U0917062

淮安诗征

第四册

《淮安诗征》编委会 编

荀德麟 主编

中州古籍出版社

·郑州·

第四册目录

卷七　洪泽区卷

卷八　盱眙县卷

卷七　洪泽区卷

高家骅

高家骅(1917～2004),字天泽,号浔叟,江苏洪泽人。大专文化。中华诗词学会会员、江苏省诗协会员、淮安市诗协常务理事、春涛诗社副社长。1980年离休。遗著有《浔河诗草》《浔河词草》。

古龟山

苏米诗题处,淮安古寺雄。三尊菩提佛,八角琉璃宫。
银杏凌云表,浮图映太空。五朝门里望,庙貌其穹隆。

今龟山

淮渎残碑在,安淮古寺空。圣人山在迹,霸王庙无踪。
峰顶犹盒镬,塔基若洞筒。庚辰若过此,难禁感穷通。

秋日登高良涧进水闸

放眼便滔滔,长虹卧碧霄。云开晴亦雨,波涌夕生潮。
舟楫凭输送,禾苗赖灌浇。鼍龙潜隐隐,鸿雁去迢迢。
天际丹山影,堤边翠柳摇。禹功殊未及,尧典庆方饶。
旭日当头照,宏图巨手描。江山皆锦绣,洪泽更娇娆。

洪泽湖

绿柳为城堤作带,银涛汹涌碧云流。帆开四叶张渔网,风动千桥送客舟。
点点晴峦霞灿灿,茫茫烟渚水悠悠。人间处处饶春色,洪泽湖光占上游。

泗州新道

沧海桑田几变迁,淮河汩汩数千年。都梁隔岸邻僧寺,汴水环城送客船。
当日波涛曾险阻,而今车马各争先。一桥飞架通南北,造福人民万载传。

龙亭御碑

乾隆数次下江南，泼墨淋漓兴正酣。到处讴吟留石刻，聊凭游意任盘桓。
悬湖虽渝波涛险，海宇空传帝泽涵。一代风流成往事，犹存碑碣在人间。

万顷烟波

春临洪泽斗芳妍，无际波涛远接天。古岸云山山隐隐，烟洲芳草草芊芊。
渔歌唱晚摇归棹，诗意催人著锦笺。漫道大湖三万六，丰收水产各优先。

长堤柳色

湖边垂柳万千丝，初绽鹅黄正入时。春暖迎风舒嫩叶，岁寒破腊孕新枝。
梢头秀色撩红杏，殿角灵和映碧池。犹是风流张绪貌，年年三月绿参差。

港坞帆樯

碧水奔驰昼夜来，波涛汹涌闸门开。河清艨舰中流见，日落帆樯次第回。
港坞有墙堪避浪，船楼近月听鸣雷。明朝又乘长风去，惊起群鸥阵阵飞。

奠淮犀虎

治淮惟赖众心齐，凿石临湘筑大堤。百里蜿蜒成铁壁，廿层耸立等云梯。
何堪一夜西风急，激起千寻白浪迷。犀虎焉能镇洪水，帝王枉自费心机。

老君遗踪

老君西去过函关，曾在湖滨炼药丹。岭上青牛留足迹，炉中红火照仙颜。
洞存石镂云崖处，风起山岗霄汉间。一径通幽三面水，至今仍作画图看。

龟山晚眺

其　一

巫支锁入琉璃井，千载传奇说妙玄。大圣殿前银杏古，安淮寺下石涛咽。
登山隐见芳洲树，俯首遥看碧水莲。一抹斜阳无限好，钟声仿佛绕云边。

其　二

峙立孤峰独特姿，摇波柳竹景清奇。参天银杏浮云际，勒石铭文傍水陂。
撞月钟声余古韵，流霞彩色染神龟。一湾渔火疑星落，宁静山城暮色垂。

龟山怀古

龟山名胜由来久，禹迹而今有若无。高塔已经成地洞，长淮依旧注洪湖。
楚王城渺残碑在，大圣楼空银杏枯。试令支祁看世界，桑田沧海变通途。

重访盱眙

其　一

离别盱眙六十年，重来不是旧山川。岭头松柏亭亭立，淮畔帆樯叠叠连。
驾起长虹连两岸，酿成美酒醉群仙。龙山牛壮麻油美，十里街廛景色妍。

其　二

车过马坝觉芬芳，桃杏梨花扑鼻香。往日弯环盘小路，而今宽道抵都梁。
清心亭内清泉冽，旅市山头旅客忙。故地重游人未倦，风和日丽好时光。

盱眙感旧

其　一

回首都梁忆旧游，髫龄几度泛轻舟。何劳淮水分南北，欲驾长虹任去留。
斗笔魁星遗故迹，洒金仙子向谁投？瑞岩观里疏钟响，午间闻声动客愁。

其　二

水驿山程引兴长，淮流千里绕都梁。玻璃泉里浸明月，宝积山头挂夕阳。
崖壁词题苏学士，碑铭石勒米元章。游人到此歇歇去，解渴清茶胜酒浆。

注：歇歇去，第一山腰有半边庙，此处名为歇歇去，庙僧免费供茶。

其　三

摩崖石刻谁狂草？传是燕人翼德张。刘项争雄城郭渺，怀王傀儡庙堂荒。
丰登桥志丰收乐，《秋舫吟》成秋雨凉。方伯夫人心铸铁，园颓碑圮堕残阳。

其　四

叠石层层万卷书，水清可以数游鱼。峡中桃杏披云锦，淮上峰峦入画图。
隔岸泗州沉泽国，比邻庵观接玄都。诗风文笔由来盛，又见吟幡烂漫舒。

联合国友人参观洪泽湖

其　一

悬湖秋水浣轻裳，茭白菱红分外香。国际嘉宾来访问，烟波一棹水云乡。

其　二

渔村新貌入荧屏，蟹满鱼鲜饷外宾。湖上人家电气化，小康局面已驱贫。

湖边暮色

其　一

斜阳一角过山腰，拍岸涛声夜未消。水面航标开火眼，归帆片片逐春潮。

其　二

风尘扰扰静中消，放眼长天景色遥。星斗渐多舟渐少，扶筇伫待月明邀。

张子明

张子明（1919～1994），江苏沛县人。1938年参加八路军，转业后在洪泽县税务局工作，1986年离休。江苏省、淮安市、洪泽县诗协会员。

春游洪泽湖即景

燕子巧将春柳剪，湖光潋滟碧连天。古堤百里垂长带，波影千层罩瑞烟。
画里轻风情脉脉，雨中桃李色娟娟。渔翁归棹歌新曲，月上东山鳞满船。

贝　超

贝超（1920～2009），江苏洪泽人。曾任乡长、中学教师、文化馆馆长。中华诗词学会会员，江苏省、淮安市、洪泽县诗协会员。春涛诗社常务理事。著有《芸香诗草》。

革命摇篮洪泽湖

革命摇篮洪泽湖，沧桑几异景尤殊。难忘匪霸猖狂甚，更叹渔民衣食无。
陈帅扁舟惩腐恶，彭师铁马展雄图。扫清妖雾迎红日，从此年年庆有余。

洪泽湖大堤

其　一

百里长堤一巨龙，烟波浩渺接苍穹。当年陈帅扁舟过，山色湖光夕照红。

其　二

好似长虹卧碧霄，湖光云影远迢迢。而今排灌皆成套，旱涝无忧乐舜尧。

陈兴复

陈兴复（1922～1995），江苏泗阳人。淮阴市诗协副会长、春涛诗社名誉社长。曾任乡长、区委书记、天夕院院长、县长、地区检察分院检察长、县委书记、县人大主任。1983年离休。

洪泽湖杂咏

临淮郡设汉时区，黄海东移出众湖。自古沧桑惊巨变，富陵旧貌换新图。

湖天今昔

其　一

百里平湖水接天，芦苇荡里健儿欢。滩头港汊皆罗网，履薄临深敌胆寒。

其　二

白水茫茫接碧空，鸥翔鱼跃任西东。欣谈陈帅扁舟过，冉冉湖天夕阳红。

陶绍景

陶绍景(1923～2015)，字颂春，江苏淮安人。中共党员。中华诗词学会发起人之一、中华诗词学会名誉副会长、淮安市诗协副会长、春涛诗社社长。在中共洪泽县委宣传部部长任上离休。著有《瘦梅轩诗文选》两集。

淮河入海道破土动工

淮河欣入海，世代梦终圆。破土开工日，安澜报喜篇。
灌排无顾虑，蓄泄保安全。洪患从兹绝，悬湖不畏悬。

瞻仰苏皖边区政府旧址

苏皖烽烟急，坚持苦运筹。边区施大政，砥柱峙中流。
日伪三光绝，豺狼一网收。霞飞云远逝，旧址足千秋。

淮河桥畔吊遗踪

绿杨夹道架飞虹，车走雷霆马走龙。客艇渔轮盈港口，层楼广厦薄鸿蒙。
芳原绰约开新貌，大泽涵虚接远空。当日泗州沉水底，淮河桥畔吊遗踪。

洪泽湖大堤考证

其　一

金堤百里两千秋，呵护长淮江海流。始纪陈登循禹迹，筑成高堰解民忧。

群湖改写沧桑史，一线攸关上下游。全局安危皆此系，沉浮与共溯从头。

其　二

古堤护理费推量，情系当年帝与王。魏武屯田留故迹，隋炀巡幸辟新航。
延伸龙脉朱皇起，驻跸康乾诏谕详。蒋挂空衔空了了，毛公八字闪金光。

其　三

束水攻沙议论多，甘超负荷锁龙鼍。九牛二虎高家堰，一发千钧里下河。
堤外生灵凭保障，湖中风浪叹如何。泗州淹漫皇陵没，离合悲欢逐逝波。

其　四

湖底沉沙积淀高，堆随水涨抗狂潮。特奇建筑刚柔济，原始堤防结构牢。
铁锔钩降崩堰浪，梅花桩顶拍天涛。深层文化铭遗产，世界稀珍足自豪。

按：洪泽湖大堤，古称高家堰，为世界文化遗产。

凭吊西顺河抗日烈士墓

血战沙场白刃红，守疆何惮敌如蜂。誓教倭寇成灰烬，甘掷头颅振国风。
悲壮声中存阵地，搏拼刀下殄顽凶。顺河廿六英雄史，岁岁清明祭扫同。

烟波万顷隐玄机

群帆角逐互争先，浩渺苍茫泛翠烟。水廊远移云外树，鱼龙共破浪中天。
盈虚有数持恒理，喜怒无常本自然。千载浮沉俱往矣，谁能识破此间玄。

长堤垂柳

古堤垂柳细条条，朝映晨曦夕弄潮。百里笼烟无俗态，千株滴翠显风骚。
常教胜境春光驻，留得浓阴暑气消。告慰当年陈太守，而今高堰倍多娇。

水域胜景

湖天辽阔航程远，万舶安危系水城。电纽指挥传电讯，阴阳分晓掌阴晴。
高墙栉比云为阻，巨浪排空客不惊。日丽风和船闸启，千帆竞发逐新征。

雄镇长淮

风云岁月几沧桑，雄镇长淮水一方。生就钢筋和铁骨，敢降水母与龙王。
浑圆丰满呈宁静，威武尊严重内藏。巧妙匠心成四绝，游人络绎费评章。

巨闸雄风

巨闸横枕锁蛟龙，固得天池挂碧空。蓄泄共消齐魏患，灌排保障皖苏丰。

烟腾闾阖千堆雪，浪击雷霆万丈虹。鱼跃禹门江海去，鳞鳍飞振任西东。

胜地钟灵

缘知西去入秦关，谁识仙君隐此间。洞里修真谈大道，炉中炼药步虚坛。
青牛有迹今非杳，黄简传经去不还。丹灶留将灵气在，千秋犹映圣人山。

龟山怀古

闻道禹王定九州，曾经驻足此峰头。龟山为证洛龟瑞，胜迹移来名胜洲。
史记深潭沉古井，世传圣手锁妖猴。斜阳返照残痕在，惹得游人苦探求。

纪念治淮40周年

着眼治本

四十年来溯治淮，伟人当日费心裁。开来继往抓修好，立足长期抗巨灾。
蓄泄同筹先问世，灌排兼顾首安排。狠疏三道通江海，天自低头水自乖。

加固金堤

洪水漫天古走廊，犹留禹迹证沧桑。一条淮渎承三省，百里金堤系万方。
勘察测量清隐患，夯挑浇砌固金汤。顶宽基实增强力，未雨绸缪好主张。

维修巨闸

六十三门飞巨瀑，百千万里走龙鱼。金身屹立狂澜镇，浊浪横吞巨浸除。
现代化中严检验，非常时刻保无虞。从今管理高标准，运转功能更特殊。

龙亭御碑

古堤铭勒字珊珊，笔走龙蛇帝泽寒。圣谕空文昭隶属，臣心无计悦君颜。
周桥决口遗长恨，巨闸分洪赖久安。今日治淮施决策，水从人愿息波澜。

老子山渔傩文化溯源

渔鼓渔傩合一台，滩头围唱共徘徊。阳春白雪呈同类，下里巴人正中怀。
祈福驱邪凭面具，招财进宝费疑猜。此间文化来齐鲁，孔子当年立胙阶。

洪泽湖生态三咏

湖区植被

湿地湖区肥沃土，纵横港汊泛清波。菰蒲菱藕蒹葭密，荇菜芹萍芡实多。
水陆莲花相网结，浮游植物似星罗。天然渊薮资源广，好个鱼禽觅食窝。

湖区鱼类

定期禁捕资繁殖，天地人间保护区。鳗蟹鳜鳅潜浪底，鲢鲭鳊鲌戏芙蕖。

银鱼涌动群虾舞，铁甲横行众贝舒。鼻孔两双淮水鲤，此间品种任乘除。

湖区鸟类

群鸟争栖一乐园，嘎嘎咕咕噪声喧。空中大鸨随群体，滩上天鹅沐早暾。

对对鸳鸯嬉水面，翩翩凫雁掠渔村。苍鹰白鹭朝朝候，丹顶千秋独占元。

按：据国家不完全统计，洪泽湖区现有水生高等植物81种，鱼类67种，鸟类194种，是一个难得的自然保护区。

古堰雄姿

凌空共步九龙湾，千里长淮一泻间。雪浪洪涛储大泽，通江入海报安澜。

金堤横枕三河闸，白蟒游移两面滩。屹立千秋屏障固，无边绿野闪斑斓。

伟哉悬湖

运水流经清口冲，黄淮交涨叠洪峰。奔腾澎湃连天际，广纳兼容与海同。

恶浪惊涛虽凶险，君心民力亦英雄。盛时合奏安澜曲，江汉朝宗日照红。

双湖琼波

延伸起伏镇中流，一线中分上下洲。西纪玄宫穷地脉，东鞭白马吼潮头。

银波交织千舟渡，绿障连横百鸟啾。月上东山收网后，渔歌互答唱丰收。

洪泽县建县50周年

其　一

犹忆当年建县初，中央省地费乘除。八方协作筹班底，一统湖周定版图。

双闸直通江海道，总渠灌溉米鱼区。隋唐"洪泽"灵根发，预兆来兹信不虚。

其　二

新县初成苦运筹，待兴百业理从头。渔粮并举全方位，水陆兼程次第投。

闸坝沟渠精布点，灌排防抗保丰收。愚公合力移王屋，壮丽经营五十秋。

其　三

毛公布政秉宏纲，首治淮河纪典章。签发协调歌总理，承前启后证沧桑。

山川湿地饶生态，水网平原足稻粱。枢纽万钧膺重任，一方洪泽活千方。

其　四

唯斯水上一长城，东汉陈登首铸成。历代沿修天地立，狂澜无损鬼神惊。

涝洪旱渍输三舍，风火刀兵乐永生。今日申遗孚众望，千秋屏障共升平。

其 五

纵横捭阖帝王州，浪拍青纱吼铁牛。悍将骄兵屯港汉，轻舟蚁艇逐潮头。
议和北望悲南宋，抗日东征斩敌酋。底事兵家争染指，细听犀虎说原由。

其 六

往日灾区产量低，泰来否极盎生机。增收八字探科学，改制千方破旧题。
机械耕翻驰绿野，干群合作垦春泥。从兹农业连年上，洪泽人民力更齐。

其 七

斗金日出水为媒，四季鹅群送宝来。鱼鳖蟹虾嬉泽国，工农渔副斗春台。
河豚驯化鮰苗进，丹笔书天地热开。运动会中频报捷，五湖行列敢争魁。

其 八

大棚密集覆田坡，雪地交相织锦罗。瓜果菜蔬娇欲滴，摘抬运卸果何多。
便民利国双车道，创值招商并蒂荷。胜地湖滨无远市，费公缩地谱新歌。

其 九

招凰引凤植梧桐，工业园区热气浓。地下卤硝倾海宇，仓中产品走西东。
尖端亮相惊来客，利税丰盈反哺农。我为人人争奉献，人人为我惠春风。

其 十

云龙风虎紧相从，一片歌声奏岁丰。竞发帆樯行速速，和谐物我乐融融。
稻香鱼美城乡富，吏洁官清誉望隆。四十万人齐奋进，新兴洪泽战旗红。

游明祖陵感怀

祖陵留迹证沧桑，一介贫民起凤阳。白水有灵存石像，青山无恙话都梁。
须知兴替非天意，莫就淮洪论短长。神道威仪仍俨在，有谁在此饷先皇。

观第一山石刻有感

摩崖石刻泛烟霞，苏米张杨各一家。常使神锋留石壁，莫教风雨蚀奇葩。

任冠华

任冠华(1924~2004)，江苏洪泽人。中专文化。春涛诗社社员。

万顷烟波

朝霞射满大湖边，万顷波涛万里天。浩渺云烟笼细浪，空蒙雨色入重渊。
新荷朵朵香盈袖，画艇双双韵满船。挂得长帆冲破晓，乘风稳舵赴前川。

春堤烟柳

春堤景似白堤娇，碧水青山绿树摇。雨细风轻梳彩线，莺啼燕剪掠新条。
牧童得意吹芦笛，游子陶情弄竹箫。返棹归来船系隐，高歌一曲涌心潮。

丹山仙境

三面环湖一面滩，蓬莱胜境数丹山。仙踪虽杳存灵迹，风影犹传护古坛。
秋来长天随客棹，荷塘月色映人寰。霞光灿灿花如火，已把新颜换旧颜。

陶洪建

陶洪建(1924～2007)，字筱波，江苏淮安人。江苏省诗词协会会员、春涛诗社常务理事、县楹联学会会员。

梦谒黄花塘新四军军部旧址

千钧一发转乾坤，武略文韬孰与伦。敌忾同仇歼犯虏，风雷激荡降天神。
范公堤上留痕迹，洪泽湖边振国魂。功盖江淮人不老，黄花塘畔四时春。

名湖一瞥

烟波万顷水连天，今古骚人喜扣舷。学士过湖留绝句，将军走马著名篇。
鸢飞鱼跃闻中外，蟹熟貂肥满市廛。队队渔帆夕照处，画图舒卷涌诗泉。

治水今胜昔

水患频仍唤奈何，空教犀虎锁鼋鼍。帝王借物迷人甚，民众求安祝福多。
巨闸腾龙喷骤雨，长堤伏蟒卧清波。回天全赖群雄力，处处齐声奏凯歌。

渔樵寻胜

青牛西去入函关，传得真经炼好丹。不见炉中火烈烈，犹存石上迹斑斑。
渔人争话仙人洞，樵子高攀老子山。万木葱茏幽静处，涟漪绿水映新颜。

畅游洪泽湖

此身有幸会湖东，万里萍踪雅兴浓。欢聚船头谈往事，笑看柳色咏春风。
同舟共驭惊涛险，破浪还凭稳舵工。天际烟波收眼底，河山尽入画囊中。

长堤柳色

长堤百里柳绵绵，一片金黄万线牵。林外海棠生妒眼，村头飞絮荡轻烟。
花间蝴蝶迷归路，叶底轻莺巧弄弦。遥映丹山如染黛，满湖春色满湖天。

度假村新貌

鹅湖杰阁赛三楼，度假村旁系客舟。西子回眸轻一笑，长淮今日更风流。

王 森

王森(1924～2008)，江苏金湖人。江苏省诗协、淮安市诗协会员，洪泽县楹联学会会员、春涛诗社社员。解放军某部营教导员，转业后任洪泽县政协秘书长。

万顷烟波

柳堤倒影映湖旁，绿满芳洲众鸟翔。托日丹山笼紫雾，连天碧水泛金光。
烟波渺渺群滩隐，舟楫纷纷万网张。玉鉴云帆浑一色，荷花点缀溢清香。

风光如画

临湖矗立石工墙，曲折回旋百里长。翠柳纵深清坎植，绿荫覆盖彩云镶。
浮波似助青龙起，浥露无声白絮扬。郁郁葱葱凝秀色，长林摇曳好风光。

港湾船坞一瞥

堤湾港坞砌危墙，块石层层叠岭岗。御浪防台夷险阻，入航定泊保安康。
朝霞露彩千帆展，夕照余辉万舸忙。争说此间诚独好，行船不怕恶风狂。

历数沧桑

雄姿栩栩卧湖边，历尽沧桑不计年。二虎镇妖曾有说，九牛报警夜无眠。
昔时遗迹成名胜，今日风华谱壮篇。洪水走廊灾患绝，神犀方得息斯肩。

巨闸神威

平时关闭汛期张，一泻洪峰入大江。泛滥奔腾随控制，巍峨突兀锁汪洋。
粮田受益连千里，沃野丰收阜万仓。枢纽中心凭掌握，润滋四省米鱼乡。

青山永志

云涛起伏绕青山，神话传奇在此间。西去青牛留足迹，东来紫气伴仙丹。
湖边隧洞犹临水，岭上风光已换颜。古木参天林海翠，朝阳似送凤凰还。

龟山晚眺

龟山侧畔水东流，大泽沧桑眼底收。夏禹曾传除怪孽，苏公犹记结吟俦。
孤峰夜色连天际，夕照波光隐泗州。明月一轮浮璧影，满湖渔火映群楼。

湖天璧合

临淮初曙柳笼阴，渺渺茫茫碧水岑。人立长堤观异景，神凝大泽费沉吟。
光摇云海千层动，璧合湖天万象森。旭日喷霞升彩幔，顿时飞溅满湖金。

豪气贯苍穹

陵园塔耸白云中，闪耀光辉映日红。浩气英灵昭海宇，文韬武略撼苍穹。
江淮策马歼顽寇，苏皖挥戈树异功。半壁河山留战绩，千秋碧血染丹枫。

游览老子山

丹山秀丽屹湖旁，独揽天光接水光。送走拖轮龙蜿动，迎来游艇凤翱翔。
微风翠滴千层绿，横岭云衔八面苍。咫尺神龟常作伴，碑林石刻载篇章。

卜厚沛

卜厚沛（1924～ ），江苏洪泽人。上海枫林诗词社社委、新四军研究会二师分会理事。曾任中共洪泽县委宣传部部长。1983年离休。著有《知足书屋诗草》。

洪泽湖滨漫步

默默原为破釜塘，史称洪泽溯隋唐。当年浪恶行鱼鳖，今日波清灌稻粮。
建闸有功灾可抗，铸牛无用汛难防。宜将水利全开发，百万人民向小康。

四十年后重渡洪泽湖

逝者如斯依旧流，无穷往事话春秋。河山昔日沦夷狄，汪伪当年媚寇仇。
捷报我军驱敌艇，欢腾群众唱渔舟。莫云四化航程远，破浪乘风路不愁。

朱维中

朱维中(1926~),江苏扬中人。从戎转业后,曾任县委副书记、书记,市人大常委会副主任,于常州市人大副主任任内离休。著有《一粟诗谚选》。

洪泽旧地重游

洪泽当年驾小舸,飓风狂浪十年多。未忘往昔同舟济,今日重逢发浩歌。

重返洪泽观光感赋

其 一

访洪喜值艳阳天,旧友重逢话万千。往日情思皆历历,同舟共济忆当年。

其 二

排忧解难当年事,水色山光转眼移。今觉渔乡分外美,延陵续写故园诗。

陈玉勋

陈玉勋(1927~2008),江苏洪泽人。中师文化,曾任小学教师、县公安局和县委政法部股长、镇党委书记、县老年大学办公室主任等。江苏省诗协、淮安市诗协会员。

古镇岔河

晚年来到少年家,古镇岔河艳若花。青石建桥通四面,新楼临水照千家。
文明景气涵高雅,古朴风情蕴典嘉。偶遇故知留小憩,叨言万缕沏香茶。

赞朱坝锅贴城

其 一

坝史溯明朝,声名今更高。鱼虾烹特色,锅贴信佼佼。

其 二

春风迎远客,鱼蟹味飘香。胜友如云集,高朋竞品尝。

富陵新韵

名标五淡富陵湖,万顷烟波映碧虚。活水源源流不尽,奔腾千里泻金珠。

功深造化

长堤柳色似青龙，曲折蜿蜒气势雄。植被有缘承造化，既防洪水也防风。

威镇淮扬

九牛二虎奠淮扬，岁岁催人早设防。洪水横行伤昔日，沧桑往事岂能忘。

巨闸保丰收

洪涛泛滥绝人烟，巨闸功成永保全。蓄泄兼施除水患，皖苏岁岁报丰年。

灵迹著丹山

丹山璀璨耸湖边，好似明珠影倒悬。石上老君留足迹，神奇活现在传玄。

晚景动遐思

登临一望渺无边，晚景苍茫泛薄烟。当日禹王降水怪，而今人力已回天。

湖堤春眺

春风和煦鸟关关，绿柳长堤映白帆。游兴浓时抬望眼，银山堆里看丹山。

晁如玺

晁如玺(1928～1999)，字国瑞，号乐斋，江苏洪泽人。中共党员，在洪泽县法院副院长任上离休。中华诗词学会会员，江苏省诗协、淮阴市诗协会员，春涛诗社副社长、副主编。

悬湖纵目

纵目悬湖景物妍，菱红蓼白柳含烟。波光映日鲢鲂跃，浪影摇山鹭鹭翩。
六月芙蓉擎水面，三秋荻絮逐风旋。银帆片片穿云雾，渔火星星遍玉田。

柳恋长堤

湖岸逶迤柳色鲜，疏疏密密望无边。轻摇绿雨随风拂，漫映清波带露妍。
节届三春犹舞雪，林深百里暗含烟。何须他地寻芳径，唯此长堤别有天。

泽畔城防

泽畔城防护众船，迎来送往大堤边。浪花飞雪腾湖面，桅杆如林接水天。
岸上欢声频鼎沸，楼头号令竞相传。千篙拨得云霞乱，万里航行捷足先。

分洪金锁钥

巍巍大闸亦何雄！横跨三河起巨龙。气象万千添异彩，风光无限夺天工。
悬湖蓄泄安全系，锁钥开关命运同。灌溉引流丰百谷，而今胜过禹王功。

悬崖访圣

湖山一色绿葱茏，游子寻仙访旧踪。西去青牛蹄隐隐，东流碧水浪重重。
悬崖脚下藏深洞，叠嶂云中赏古峰。炼汞烧丹何处去，犹留霞彩映天红。

滩涂留胜迹

明陵春色映朝阳，湖阔天高任鸟翔。郁郁青松笼墓地，葱葱翠竹绕碑廊。
重重翁仲排神道，栩栩麟狮立野荒。大泽滩涂留胜迹，游人犹在论朱皇。

仁和镇左家小楼缅怀

两层楼宇式非奇，当日曾藏百万师。将帅云屯筹策略，指挥北上斩蛟螭。

忆刘少奇视察洪泽时下榻三河闸

伟人视察榻于斯，大闸巍巍景更奇。访苦问贫询水利，清波犹在寄相思。

庄希尧

庄希尧（1929～ ），江苏泗阳人。江苏省诗词协会会员、江苏省楹联研究会会员、淮安市诗词协会会员、洪泽县诗词协会会员。

过洪泽湖

船出高良涧，天光接水光。云移空更朗，鹭舞翅双张。
尚嘴滩湾远，老山影倒长。流连四方客，酒蟹一舱香。

古镇湖边

湖边遇故友，饶兴上渔舟。畅叙万千语，看波一网收。

红鱼惊浪急，青蟹动筌悠。竹寨烟波客，同斟一盏秋。

吟洪泽湖

泗州何处觅城关，一片狂涛卷巨澜。树杪游鱼难问底，僧伽没顶孰能看。
沧桑犹纪黄河泛，日月空昭碧玉寒。两闸分洪江海曙，泱泱大泽起龙蟠。

湖天一抹

淮河百里水平滩，浪卷涛飞万顷寒。湖隔半城西望远，波连尚嘴北行难。
网推网撒千帆竞，船卸船装众客欢。不尽烟霞收眼底，白帆隐隐入云端。

洪泽建县50周年

其　一

堤横南北拱丹山，浪转峰回次第间。苏北分田根据地，淮阴抗日运筹滩。
波宁岁月规章立，旗展风光县政颁。人杰地灵回望处，新颜古貌四时看。

其　二

春来冬去开新境，国道连村景象妍。钱码岛前游旅攘，东三街上贾商连。
湖区引入新机制，物业形成大乐园。新世新时新举措，城乡互动谱新篇。

渔舟唱晚

朋邀赏碧滩，畅叙水云间。一路残阳景，渔舟唱晚还。

洪泽湖

淮河千里下，万顷碧波扬。石拱堤碑勒，毛公八字方。

题洪泽湖周桥渠首

斗纵万横匡，灌排旱涝当。湖乡一孔串，百里稻花香。

湖畔莺柳

林深染映水如蓝，倒影透迤百里弯。不待莺梭穿叶过，满堤烟柳报春还。

游龟山感怀

危峰独峙镇龙鼍，百叠征帆逐逝波。万顷涛飞烟雾里，沉浮千载说淮河。

咏洪泽湖度假村

滚滚淮河不尽流，高良涧畔戏飞舟。喜看度假村前水，楼阁车船倒影投。

马文铎

马文铎(1930～2015)，江苏洪泽人。高中文化，中共党员，曾任税务局党组副书记。中华诗词学会会员，江苏省诗协、淮安市诗协会员，洪泽县诗协理事。著有《翠竹斋诗词摘粹》等。

蒋坝行

古镇风光放眼收，西堤晚景似杭州。苍茫暮色人陶醉，拍岸涛声月似钩。快活林中观乳燕，柳阴湖畔赋沙鸥。浪鸣十里绕名寺，闸控三河引巨流。特色旅游前景灿，金波闪闪泛华舟。

浔河晚游

漫步浔河岸，秋高气转凉。银波翻碧浪，玉石映黄杨。
古渡披金彩，大桥迓月光。杜庄无觅处，遍地是楼房。

湖光远眺

淼淼悬湖水，滔滔江海流。历朝修古堰，百姓写春秋。
神笔风雷震，长淮稻谷稠。涮黄成往事，治理固金瓯。
铁闸狂澜挽，支祁眼泪啾。九龙腾碧浪，二虎吼青牛。
墩岛辟幽径，渔歌唱晚舟。今朝欣崛起，遍地玉群楼。

咏洪泽湖

膏泽滋生万顷禾，长堤百里绿婆娑。轻帆逐浪船如箭，弱柳随风雨似梭。
藕嫩菱香丰口味，鱼肥蟹熟醉吟哦。当年老帅飞舟渡，今日新图映碧波。

登老子山观湖

白露金秋吟兴高，名山专访荡轻桡。湖光闪闪青波漾，帆影飘飘碧水遥。
千里长淮萦玉带，一弯新镇衬芳郊。安淮古寺邻丹洞，老子而今不寂寥。

悬湖之秋

悬湖九派涌新潮，下里巴人吟兴高。柳暗枫红千客赞，姚黄魏紫小康饶。
渔农并举群情奋，闸蟹遨游宝典超。苦干三年重崛起，泽边风景更妖娆。

洪泽湖眺望

明珠闪耀楚江东，万顷烟波映彩虹。百里长堤连国道，三方巨闸峙高空。
巍峨楼阁迎新月，来往帆樯送暖风。山郭湖光相媲美，禹王今也赞英雄。

洪泽湖度假村闲眺

有幸归来别墅游，湖天无际望中收。总渠波涌通扬子，巨闸门开接海陬。
水上琼楼连广宇，堤边碧草枕青牛。回廊曲槛芙蓉美，独拥长淮第一流。

洪泽湖边漫步

华灯初照晚风柔，漫步湖滨赏铁牛。形态逼真神奕奕，降妖镇水溯千秋。

洪泽大桥

横跨渠中气势豪，波光帆影竞风骚。畅通淮海昌经济，车马如龙泽国骄。

长堤咏柳

久居泽畔育芬芳，雪压冰封泛翠光。只待春来阳气足，一身花絮一身香。

古堰雄姿

一线雄姿百里开，蜿蜒曲折胜蓬莱。抗洪挡浪夷天险，水底巫支岂敢来。

砚临新景

砚临河畔百花开，拂面春风煦煦来。车马人流争相艳，小桥流水钓鱼台。

小区新景

其　一

芳草雅亭一片天，蜂飞蝶舞自流连。寻幽观景闲情致，夕照游人醉若仙。

其　二

铁桥飞架分南北，绿水奔流入大湖。昔日旮旯皆僻壤，今朝楼宇赛珊瑚。

其　三

晨曦破晓健身忙，翁媪成群意气扬。惊看绝招终亮相，英姿飒爽舞刀枪。

其　四

清风亭上著楹联，字字金光靓大千。装点社区环境美，闲吟妙句赞高贤。

王浩明

王浩明(1930～　)，曾用名王玉清，江苏涟水人。中共党员，离休干部。江苏省诗协、淮安市诗协会员。著有《浩明诗词集》。

戏题老子返乡

昔别丹山跨老牛，今来故里步芳洲。水晶宫畔通天路，洪泽湖边拔海楼。
鳖蟹鱼虾销国外，猪羊鹅鸭满滩头。天堂哪有渔村美，矢志归乡共献筹。

洪泽湖春早

燕子呢喃绕画梁，银鹅戏水唱朝阳。苞桃含笑迎新绿，油菜喷香卸旧装。
蜂蝶黄莺寻伴舞，马龙车水备春忙。壮青耕作田头上，童叟喂鱼又嫁桑。

暮游芙蓉洲

悬湖夕照水长流，月映荷花绿满洲。挚友良朋相与约，敲舷酌句驾轻舟。

田园吟

滔滔湖水变清泉，巨手天公巧拨弦。配套灌排流不尽，四时甘露润田园。

咏洪泽湖

九牛二虎伫堤中，降水镇妖空霸雄。巨手毛公描彩画，渠江悠曲驯蛟龙。

游悬湖

丹山霞彩半湖天，万顷芙蓉荡小船。苍鹭鸳鸯频相语，菱吟荷舞晏游仙。

洪泽朱坝小鱼锅贴赞

其　一

小鱼锅贴誉城乡，昔日乾隆亲口尝。三百多年曾冷落，如今开放远名扬。

其　二

鱼肥饼脆汤鲜美，洞府神仙梦品尝。高速轿车频往返，离街十里早闻香。

李友清

李友清(1931～　)，安徽肥西人。中共党员，曾任派出所所长、洪泽县人民法院秘书、洪泽县司法局副局长等职。

洪泽湖四季吟

春

堤边新柳逐芳菲，燕舞莺啼得意飞。万顷碧波相衬映，湖区户户沐朝晖。

夏

湖上薰风夏日长，轻舟隐隐启新航。浪花闪处鱼儿跃，浴水菱荷处处香。

秋

金风送爽雁飞翔，蟹嫩鱼肥味更香。夜市声喧争买卖，锦鳞甲贝满船装。

冬

冰封大泽白茫茫，百里悬湖裹素装。万户千家争结网，来年捞捕倍加忙。

蔡厚泽

蔡厚泽(1932～　)，字仲恒，江苏洪泽人。中华诗词学会会员，淮安市诗协顾问，洪泽县诗协常务副会长。著有《瘦菊轩诗钞》(上下册)。

灵山览胜

莫谓山名老，千秋矗翠峰。青牛染水碧，炉火炼丹红。
崖洞留山榻，风墩挺寿松。俯看南北麓，烟雨锁空蒙。

放歌长堤(排律)

二月春光里，参差绽嫩苞。一朝酥雨润，万树绿丝飘。
叠叠青云起，层层碧玉雕。轻烟拖晓雾，细叶衬新桃。
枝茂藏鸣鸟，风摇拂暗潮。重阴复古道，曲径醉深宵。
旭日穿林艳，冰轮映色娇。长堤无限好，谁忍恣攀条。

洪泽湖今昔

其 一

旱涝连年灾害加，两淮无处可安家。一张破网熬冬夏，几碗清汤煮菜瓜。
假治真贪欺百姓，横征暴敛饱私衙。人民共作苍天叹，洪水因何助毒蛇？

其 二

百里银湖接碧天，长淮今日独鲜妍。红霞紫雾云归岫，静影清波柳吐烟。
大坝千层钳巨水，荒滩万顷变良田。工农渔运齐收益，物阜民丰乐盛年。

临湖闲眺

烟波涌出紫霞晖，万顷湖光接翠微。点点渔舟摇玉海，重重帆影入天闱。
鸥旋鱼跃斜阳灿，浪细风轻野鹜飞。浩渺苍茫浮万象，丹山碧水斗芳菲。

飞舟破晓星

千寻石壁镇湖陬，了却船家万斛愁。百里狂涛墙外锁，一泓碧水闸前收。
霞光棹影来天际，港泊帆樯蔽日头。浪静风平相早发，繁星渔火送飞舟。

赏析铁铸九牛感赋

迎涛遏浪九条牛，圆目昂头望泗州。既恨支祁兴大患，更哀官府缺良筹。
人民终有回天力，铁臂同挥镇水流。助得神犀成正果，安详自得赋悠悠。

飞洪泻彩

大泽泱泱架彩虹，吞云吐雨万花中。滔滔骇浪归东海，滚滚狂涛走巨龙，
水库一泓司命脉，淮河千里乐年丰。功兼蓄泄排航灌，利及工商渔副农。

开发洪泽

名湖洪泽誉天鹅，物产丰饶矿藏多。氯化钠层通地脉，元明粉井布星罗。
潜心开拓增新品，惨淡经营奏凯歌。碧水丹山皆是宝，斗金日出似银河。

洪泽湖四季吟

其 一

冰消日暖浪浮烟，岸柳初青一色鲜。睡醒丹山苏媚态，小涵流水灌春田。

其 二

骤雨初晴新浪起，夕阳返照晚霞红。荷风荡漾归帆急，吹送渔歌入远空。

其　三

欢声笑语满天扬，大泽流金水陆忙。最是鱼肥香稻熟，持螯把酒赋秋光。

其　四

白雪纷飞玉宇开，天公有意巧安排。丰收渔鼓迎春会，队队花船款款来。

季　琛

季琛（1933～　），江苏泰兴人。中共党员，军转离休干部，曾任县经协委主任兼党支部书记。中华诗词学会会员，中国楹联学会会员，淮安市诗协常务理事，洪泽县诗协顾问、洪泽县毛诗会会长。

贺洪泽建县50周年

芳辰龙舞凤翔时，满眼湖光映赤旗。大业凝精复凝智，华年如画亦如诗。招商广结八方友，探理深研三代师。转瞬园区兴百厂，飞梭路网走千辎。荒滩植桂华楼起，洪水化霖香稻滋。地矿联营输玉液，丹山迎客沐清池。结绳记数父兄苦，留美赴欧儿女怡。廉政工程弘党旨，惠民实事洒春曦。放歌勋绩情方茂，发轫扬帆夺胜机。

老山远眺

莽莽长淮归口处，登山总览楚天舒。琉璃波涌丹峰耸，翡翠芦牵舴艋浮。荷蔓千层藏鲤鲫，泉温四季美肌肤。禹王老子拱双璧，泽国仙乡浑一珠。劲舞巨毫新景画，瀛洲有日羡悬湖。

访国家重点中心镇——洪泽岔河

国光正照中心灿，豁亮目标励志高。已破千难基础建，犹须万苦大梁挑。奖旗喜挂十墙满，仙境知非一尺遥。每说先贤温故事，频呼时杰逐新潮。中枢筑梦催飞急，白马扬鬃向碧霄。

大泽沧桑吟

泱泱大泽波涛涌，高堰长堤万古秋。难忘泗州成巨浸，喜看群闸制洪流。
堤东粮茂林尤远，湖内鱼肥蟹更优。降怪当年虽有说，而今治理始无忧。

龟山浮想

支祁深井几时枯？水怪成仙迈正途。火眼金睛更面貌，忠心赤胆结师徒。
降妖除孽千番苦，搅海翻天一部书。是是非非谁辩解，难寻吴令问当初。

注：此系谒《西游记》作者吴承恩故居后复游龟山感赋。

游万亩荷塘

渔船摇曳入芳洲，万亩荷塘醉眼眸。碧玉盘中珠露动，红酥掌里蕊须柔。
雨催翠鸟钻青伞，香引蜻蜓上粉头。晕绕丹山融夕照，风摇细浪颤轻舟。

南风入凤巢

筑巢引凤渔区旺，日暖花红百鸟鸣。湖底芒硝因势出，堤边铁塔乘风升。
能人巧定联营策，极品深含乡土情。优质资源天独赐，称雄亚太占头名。

湖滨浴场畅游感赋

天造浴场宾客盈，古堤曲段网围成。九龙盘壁清波涌，百鸟嬉荷鱼舫横。
白发老翁深水搏，红衣少女浅滩巡。仰游侧泳凝神处，霄汉银鹰往返行。

老子山温泉

不是丹炉存火热，喷泉哪得祛春寒。纵身浸浴能强体，洗面按摩可养颜。
堪谓质优稀世宝，须知源自九龙潭。华清池水孤芳赏，怎及平民爱老山。

赞洪泽园区

湖东屹立画图雄，引领腾飞屡建功。产业更新持主导，经营做大启鸿蒙。
兴园立范标模式，率镇招商壮阵容。一县荣担三分力，为民造福急先锋。

咏洪泽湖大桥

高桥飞架势尤雄，跨越名渠捷径通。映水卧波穿玉带，连云拔地起长虹。
势吞巨舰涛声吼，固锁金堤树色浓。夜静凭栏遥望处，花灯绰约月朦胧。

洪泽湖滨温泉山庄

其　一

渔家掘井爆奇闻，汩汩泉流触手温。镇长陈情惊县市，专家献艺忘晨昏。
惠商宽拓双赢路，好客宏开快富门。草泽三年成闹市，脱贫喜拥聚金盆。

其　二

琉璃笼罩水千方，誉满华东气势庞。热带移林扶玉镜，寒山迁石映沧浪。
珠泉沁体肌肤爽，花气怡神肺腑香。接踵宾朋寻梦境，驱车万里到山庄。

其　三

浴罢登舟攀酒厅，纵谈风雨对杯擎。洪峰挑战仙庄固，铁骨强撑妖浪平。
人瘦八斤身更健，楼升百幢意方兴。开窗欲酹水中月，月晃又传鱼跃声。

老子山开发地热

招商结友同舟济，借得东风共举帆。沉醉河豚迷暖水，流连海客恋温泉。
龙驮地热昂头起，凤觅山庄振翅翩。正道沧桑惊老子，归来共建乐游园。

洪泽湖文化广场开放典礼代表老干部讲话

沿河开卷靓新天，男女翁童开笑颜。白发回眸迷泽畔，丹心写意赶江南。
敢骑双虎关山越，勇驾九牛犁浪翻。更喜禹王昭壮志，三年夺冠战头年。

高良涧富民小区

小区高耸六层楼，苏北当歌第一流。道路纵横芳草茂，屋檐齐整白云悠。
恰如海市眼前现，仿佛京城郊外游。失地农民何所憾，安居就业两无忧。

仁和镇蛋鸭大本营

浪浮十万鸭家兵，天下灵禽第一营。花羽映波嬉活水，双黄亮碟宴高朋。
添香有厂松花放，出售多渠海客争。蛋绝犹将身奉献，班师开往绍兴城。

喜迎四海诗才光临洪泽湖

涛飞唐宋名人句，来引今朝律韵鲜。姬洒彩霞摇荻浪，翁淋浩气入琴弦。
恢宏画卷迷红鲤，嘹亮诗声逐锦帆。济济高朋湖上集，纷呈妙绪史空前。

注：9月13日，中华诗词学会领导郑伯农、李文朝率20多位著名诗人至湖上采访，盛况空前，诗以志慨。

千年古镇焕新容

楼榭近临京沪道，燕鸥竞啸大湖风。新潮频吻三河闸，古杏时吟二帝宫。
京剧韵萦兴镇梦，鱼圆香彻夺金荣。化工精品销天下，丝网遥罗四海龙。

按：蒋坝鱼圆，味特鲜而形晶莹，曾获江苏乡土名菜称号，被评为淮扬菜金奖；蒋坝渔网：远销全国的渔网。

花园广场

栉比新楼俏丽妆，花园广场坐中央。彩砖坦坦娴情路，芳草萋萋惬意场。

难得乡民多护爱，能教美玉葆安详。于无声处悟真理，三个文明互激扬。

老书记重返顺河水产基地

当年万众挖鱼塘，书记筹资助水乡。回念辛劳开大业，今看奋进启新章。
规模扩展超三倍，生意延伸到五洋。基地茫茫接天远，重来对景话沧桑。

三金鼎力

金牛金虎与金鸡，鼎力降洪神话奇。未忘英豪功盖世，顺天万物任驱驰。

双柱蟠龙

经纬九州凭两龙，出神缘柱上苍穹。甘露绿降田畴里，江阔河长母乳丰。

砚波弄碧

渠引碧波流有声，倚栏观景听鸣琴。砚台泄彩谁蘸笔，画竹画松皆绝伦。

禹王勘水

妙悟升腾骇浪中，兼筹疏堵建奇功。过门不入凡三度，代代降洪续大风。

为洪泽湖《水上人家》联想“虹桥赠珠”

觅偶仙姝下九霄，凌波水斗胜天朝。良缘喜结彩虹起，惠赠骊珠在此桥。

怀念张爱萍上将与洪泽湖号军舰

登舟观景忆青萍，首创山兵变水兵。靖匪凯旋东海去，豪书洪泽舰旗名。

洪泽喜获“蟹都”桂冠

膏肥肉嫩世无双，绕闸黄花浸蟹黄。香染天安门上帜，首都加冕领群芳。

锺方立

锺方立（1933～ ），女，山东青岛人。山东大学毕业，高级工程师。江苏省诗协会员，淮安市诗协会员，洪泽县诗协会员。

洪泽湖赞

八河汇集成洪泽，一派分流入海洋。大坝龙蟠衔豫皖，二山虎踞镇淮扬。风摇芦叶千层碧，雨洒荷花万亩香。绿柳长堤飘彩带，红菱连片漾新装。弥天凫阵乌云卷，跃浪鱼群白雪狂。北马南船来往疾，汽轮拖队运输忙。满湖春水明珠耀，脉络通联百业昌。

蒋文荣

蒋文荣(1934～)，江苏洪泽人。中学高级教师。曾任洪泽县诗协副会长、春涛诗社副社长。

洪泽湖今昔

大泽升迁纪禹王，相沿疏导变粮仓。何来黄害偏为虐，难阻洪峰作走廊。
唯有毛公挥巨手，敢教湖泊谱新章。承前启后图根治，碧水丹山岁月长。

湖天即景

万顷银涛远接天，萦回洲渚映林泉。渔帆点点穿梭过，白鹭翩翩逐浪旋。
港口千商相论价，码头百货待装船。风光无限情无限，一抹斜阳破夕烟。

绿柳戍金堤

金堤绿柳戍湖边，历尽沧桑数百年。挡浪防风成整体，笼云破雾保安全。
婆娑倩影增奇景，泽被长淮利自然。北往南来商旅客，神随飞絮逐狂颠。

月夜归舟

湖畔围城御巨澜，舟船出入保平安。狂涛拍岸心无虑，恶浪排空胆不寒。
吞吐帆樯皆稳妥，往来商旅任盘桓。星明夜静人难静，四海航班戴月还。

福水长流

破雾衔云射彩虹，巍峨高耸碧霄中。灌排蓄泄东西畅，运转连横南北通。
两岸粮棉凭此熟，满湖鱼蟹赖斯丰。源源膏泽流千里，造福人民一巨龙。

仙翁何去

旅客如云访圣山，老君似在笑开颜。修真洞里藏神迹，炼药炉边袪冽寒。
有道传经何渺渺，无为而治自安安。青牛虽载仙翁去，丹灶犹存可再还。

龟山晚赋

东山月上步龟峰，水碧沙明一抹中。薄雾轻飞湖面幔，清光斜照岭头松。

帆樯隐隐归航道，渔火星星唱晚风。物我皆忘天地合，苍茫兀立醉鸿蒙。

淮河四鼻孔鲤

长淮流域产奇鱼，丽质天生别处无。浮泳头镶双对鼻，潜游鳃冒两行珠。
锦鳞六六虽云鲤，赪尾条条敢胜鲈。有幸河边曾一赏，摩娑惊叹此为殊。

刘文林

刘文林(1934～　)，号儒彬，江苏泗洪人。江苏省诗协会员、淮安市诗协会员、春涛诗社社员。

苍苍大泽

悬湖远接海云遥，万顷烟波映碧霄。大泽涛生浮泽国，斗金日出涌金潮。
风轻浪细凭鱼跃，气爽天高任鸟翱。更喜水源长发电，灌排航运路迢迢。

丹山怀古

两峰对峙立湖湾，淮水源源入此间。曾说神牛遗足迹，犹传炉火映仙颜。
野花迎客依然笑，芳草留人竟自闲。今日安淮新面貌，八方游旅恋丹山。

春到龟山

春到龟山景色幽，云霞隐隐覆岗头。水边绿草随波动，坡上鲜花带雨稠。
十里青峰留佛寺，一湾碧浪系渔舟。千年银杏留生意，不尽长淮滚滚流。

西堤晚景

西堤日落动诗情，古韵新声漾太清。啼鸟归林绕绿树，轻风掠水送新晴。
萋萋碧草迷芳径，朵朵红霞映绿坪。岸柳千丝重翠锦，横空暮霭一湖平。

长堤吟

春来无处不风光，柳绿桃红分外芳。泽畔楼高先得月，千年古堰旅情长。
畅游泽国胜蓬岛，鸟语花香任剪裁。世外桃源留客醉，风光无限动吟怀。

春游洪泽湖大堤

其　一

春日长堤欲放歌，豪情万丈壮山河。骚人笔舞乾坤小，敢借悬湖作砚磨。

其　二

远望徐城映碧空，丹山隐隐水重重。苏洪鱼米甲天下，半靠渔民半靠农。

老子山庙会

其　一

丹山如画喜逢春，古寺居然焕一新。香火水光连五彩，奇装异服满街陈。

其　二

凤凰亭阁动情思，栩栩双龙绕碧瓷。淮水丹山浑一体，仙人洞口彩云驰。

陈咸壁

陈咸壁（1934～　），江苏洪泽人，大专文化。中共党员，曾任镇党委书记、县水利局党组书记等。江苏省诗协会员、江苏省楹联研究会会员、洪泽县诗协常务理事，霞天诗社副社长。

水城湖景

水城新景映霞天，男撒网来女采莲。鲤跃浅滩云起晚，芦摇荷叶雨中眠。
渔舟逐浪风帆渡，堤岸林深石护边。春色满湖关不住，万千白鹭舞翩跹。

洪泽湖

上蓄淮河千里流，下排江海万顷稠。古今争战黄金地，历史戎征要塞头。
扼控皖苏商贾道，通连辐辏白蘋洲。东输西气资源补，南水北调清碧优。

岔河新气象

道洁街清气象新，农田水利笑声频。挡风老屋无踪影，览月高楼满目村。
香米名牌途远景，鱼禽特色席中珍。政通商贸人和睦，美丽宜居万载春。

蒋　坝

闻名水镇傍长堤，古色新颜堪可奇。百里千帆来贾客，三街六市显生机。
资源丰富温泉最，文化精深御笔批。光耀南门多活力，声扬大泽两淮稀。

环境整治换新容

零星散户小庄台，脏乱臭差瘟疫来。推进新村城镇化，容师连网洁屏开。

紫山食用菌

多层丛叠卧高床，自在温馨土里藏。五十天龄成养品，绵柔玉洁白如霜。

肉鸡养殖基地

万只苗鸡疑地霜，一村一品拓天荒。科研合作创新路，互惠双赢载彩光。

咏洪泽湖大堤

其　一

百里长堤似巨龙，弯弓抱月饰湖容。水文并茂风光秀，博得游人雅趣浓。

其　二

绿柳阴浓生紫烟，巍然古堰复修坚。涨排枯蓄自由控，力保安全种福田。

古堰雄姿

固卧湖边唱大风，雄姿挺拔仰长空。绿杨淋雨波涛急，守护安然旷世功。

巨闸分洪

八字方针号令颁，治淮功绩满人间。清泉滚滚分流去，听调龙王刮目看。

仙人洞

山坡凿洞石拱门，千古长存老子魂。炼药成丹忙惠爱，青牛足迹总留痕。

安淮寺

道德真经悟众生，佛光普照布安宁。慈悲施善皆君子，怀乐行规世代平。

湖上餐馆

湖边餐馆在船中，金碧清波千里通。别有风情招客至，尝鲜宾聚水晶宫。

渔家乐

赤红化玉映婆娑，撒网扬帆逐浪波。苍碧空中风助力，鱼船舱里唱丰歌。

参观县工业园区

胜地飞花捷报滔，华天织锦画图描。悬湖侧畔群情热，创业新潮逐浪高。

杨建华

杨建华（1936～ ），字灼然，江苏洪泽人。大专文化。中华诗词学会会员、江苏省诗协会员、淮安市诗协会员、春涛诗社副社长兼主编，洪泽县楹联学会副会长。著有《悬湖散文集》《半家诗》。

游老子山安淮寺

安淮览胜访僧尼，古寺景观诚谓奇。水驿山程多韵味，怪岩瀑挂一帘诗。
云遮鸟道藏仙洞，峰傍丛林隐史碑。千载铭文留岁月，几经风雨听阿弥。

水乡柳韵

一望无垠翠带长，环湖细柳缀新装。雨中绿染荷千盏，波里青摇树万行。
若即若离谁可绘，乍开乍合孰能藏。诗朋歌侣争相赞，独占风流是水乡。

渔港晚泊

稳舵扬帆赶早晨，惊涛撒网满湖巡。浪花不溅消闲客，斜日偏催忙碌人。
多少桨声铺水路，一筌鲫鲤动波粼。酒香晚泊如相问，杯里辛劳口里春。

龟山晚眺

龟山晚眺日斜西，水拍悬崖景色奇。道道霞光妆古刹，层层波浪奏新篪。
梵钟催棹鸟争树，帆影摇空云漫枝。千里长淮千里秀，赏观遥听鹧鸪啼。

湖上渔家

柳系轻舟映日斜，红房初建绽新霞。多经风雨寻常事，驾驶波涛独一家。
下簖磨钩欢不息，起罾补网趣无涯。闲邀湖上浮沉月，酌酒呼邻赏荻花。

悬湖即景

碧水一泓平似磨，闲云浮影镜中过。沙鸥喜逐金霞浪，白鹭低吟芦荻歌。
雁字斜天如织锦，渔舟飞棹似穿梭。风光添秀人添醉，缘是悬湖美景多。

游安淮寺感赋

桐枝柏影互侵移，叠翠重重映玉池。石径秋[illegible]留墨客，孤庵泥塑笑痴迷。
点香寂寞冷僧迹，拜佛虔诚念释词。唯物唯心皆有说，蒲团长跪费迟疑。

悬湖夕照

悬湖夕照引诗多，云霭霞光坠满河。凫戏水天穿彩浪，桨划芦荡起莲歌。
锦帆飘挂晴空里，汽笛扬声漾碧波。更令游人神醉处，涛音隐隐似鸣锣。

游度假村

其 一

活水萦回度假村，竹楼木舍露真情。莲花放艳争池白，杨柳飘柔夹岸青。
野鹭惊群随浪逐，扁舟摇桨劈波行。骋心试向远汀去，望里烟村又一程。

其 二

开豁襟怀岂有垠，天光旖景落湖滨。绿萍破处浮楼影，红蓼摇时动浪纹。
乐意烟波垂钓客，凝神亭榭弈棋人。休闲借问何方好，水寨名茶口口春。

采访观光到丹山

其 一

丹山特色入流通，漂泊远洋听走红。独信鱼虾香日本，自豪蚌蚬逛欧盟。
温泉浴喜多条路，楂酒饮欢满桌翁。次第村楼相媲美，灿如星月耀时空。

其 二

三河半日不虚行，萃集风光写激情。多少村楼云外立，一弯桥水画中平。
金黄稻穗香沉重，碧绿林阴鸟语轻。最喜惠农春雨沛，欢心处处伴机耕。

其 三

蒸蒸农贸向双赢，观念翻新岁月更。风雨招商探富路，江淮强镇数闻名。
种蔬菜长千家意，收橘心甜一串声。池养天天多好景，蟹香出口价连城。

龟山寺踯躅

其 一

俯仰晴空立寺高，木鱼敲动烛光摇。风吹梵语山边落，殿滞香烟世外飘。
画上看云思白絮，窗边听雨数芭蕉。石溪酣醉江淮客，不禁放歌吟月桥。

其 二

看过山岚看酕醄，峰拔长淮锁寂寥。登岭心升沧海曙，梦湖枕落浪花姣。
经霜碧水明如镜，染地枫红醉似醪。惹客凭栏山外景，渔帆点点逐春潮。

丹山港口远眺

港口逶迤云水间，轻纱淡霭裹丹山。晨风不倦催帆鼓，绿柳带丝垂岸弹。

隔叶黄鹂鸣脆语，穿波野鸭作狂欢。荷塘万亩红非浅，客近赏花香自宽。

泛舟湖畔

其 一

水秀自生云雨多，片帆天助渡仙河。风开菡子香如缕，岸夹春光柳似搓。
萍绿鱼潜看浪雨，花红燕舞剪烟萝。晴空舟过茫然处，谁点迷津越小波。

其 二

黄昏舛误仍相随，困惑长天去问谁。梦里年华经雨打，胸中愿景任风吹。
冰开尽九逢春晚，户闭省三思日迟。霜叶扣门萧瑟处，秋声一串度窗曦。

渔汀赋歌

垂柳依依度径斜，幽汀踏破问渔家。浆声喋喋唤春绿，烟雨霏霏卷雪花。
雁弋水隈情寂静，罾扳夕照韵升华。一筌喜悦于何处，鲤跳鲜红胜早霞。

登大墩岛

其 一

景观疑是在苏州，岛上公园似虎丘。古石假山多巧韵，池泉喷雪一潭湫。
竹林荟萃黄鹂语，梵刹巍峨白鹭洲。络绎钟声迎送客，船桥朝夕渡人流。

其 二

丽日钟情驾小舟，水天摇破绉痕悠。一行鸣雁斜天语，几点斑鹅横浪浮。
风鼓商帆情不歇，春生林树绿添稠。渔村寥落汀边外，袅袅炊烟白荻头。

其 三

斟茶小憩几时休，边赏湖光边品榴。浪雨凉花听语燕，深丛密叶隐啼鸠。
渔乡平日多帆锦，霞照常天染岛幽。草绿一湾清水荡，蛙声试比浆声柔。

避风港步韵

其 一

避风港外步欣然，走过崎岖问渊源。怀瑾神情曾握玉，攀峰汗水也弹烟。
山岚浮鸟随云度，松翠流衣任雨喧。咫尺荷池香外界，柳阴一杆钓湖天。

其 二

非是胸藏锦绣词，从容自信写淋漓。因风弯曲怜蘅草，与世沉浮涮白诗。
一抱夕阳霞似锦，再描春荫柳如丝。梦询寒士书窗月，可否延长光照时？

古镇蒋坝渔港夜市

夜市环湖特色开，渔矶船舶一条街。万家蟹味香时尚，每日鱼鲜响品牌。
灯火不眠如白昼，人声常沸似秦淮。客商步快景先得，愿望入车临梦怀。

重访古镇

十月枫红古镇游，路铺光亮照群楼。源源物料补商海，日日车船拉客流。
柳荫三街遮六市，港容四季泊千舟。今朝采访不眠夜，灯火阑珊声度秋。

注：蒋坝镇是一座集观光、度假、商贸、旅游为一体的千年古镇。

览洪泽湖

浩渺烟波多少秋，帆翔来去带潮流。浪花璀璨迷欣赏，汀草缤纷迎旅游。
古刹声声听击磬，渔矶点点乐垂钩。桨划鱼跳荷香里，接纳观光胜一筹。

洪泽湖度假村

其 一

依埂环湖景落成，烟汀别墅可怡情。一弯雪浪白扶岸，万树梅花红养坪。
绿水桥溪春外泄，竹林黄鸟画中鸣。天涯多少此间梦？来赏村光观慕名。

其 二

一瓯茶漾品姗姗，坐落青汀古堰间。江唤鱼翔莲叶沼，蝉鸣鹤立蓼花湾。
近郊每伴田耕乐，邻岸常随客钓欢。枫叶悠摇梅影里，游人安谧享休闲。

题清水沟

兴趣从容清水沟，菱香藕白雁啼秋。渔歌四起穿云淡，笑语一篙撑碧幽。
笠上荷声听溆浦，心中时雨济田畴。问询多少观光客，匀借鸟翔芦荻洲。

游三河闸

蓄泄兼施卧浪花，长虹秀影誉天涯。安澜庇护田畴梦，酿景观看旖旎霞。
一块丰碑捐水利，千秋事业献芳华。惠民赓续用慷慨，多筑风光乐万家。

袁锡琢

袁锡琢(1936～),江苏洪泽人,经济师。中共党员,曾任共和乡副乡长。江苏省诗协会员、洪泽县诗协理事。

傍晚湖滨放歌

夕照映波光,林深宿鸟忙。肥鱼盈大泽,金谷满农仓。
巨闸空中立,原油地下藏。长堤千载固,无语证沧桑。

漫步古堰

古堰雄姿举世扬,抚今追昔忆沧桑。五星赤帜擎天地,八字宏文靖祸殃。
大泽年年添瑞气,长淮处处出华章。康庄路上经风雨,几度翻番富水乡。

小河风光

小河新貌舞清风,两岸披茵郁郁葱。西倚悬湖添秀色,东连白马泄长洪。
田禾滴翠千家醉,仓谷飞香万户丰。无限村光源盛世,惠民共筑小康同。

湖滨春日

远眺洪波似画屏,长堤拂拂柳丝青。天生紫气千方秀,地纳金光万象馨。
湖阔凭鱼潜沃水,林深任鸟展花翎。凝眸尽赏和谐美,更享神州泰与宁。

洪泽县建县50周年

斗转星移五十秋,英雄儿女竞风流。励精图治展方略,集锐求新争上游。
重教兴科人气旺,倡廉反腐党风优。全民奋力前程远,继往开来岁月稠。

大　湖

碧水晴空一色连,肥鱼吹波浪中天。远帆风满行南北,天地和谐惠大千。

古堰春晓

古堰春风着意雕,鸟鸣翠柳竞妖娆。再行开发重裁剪,待现新姿举世骄。

三河闸

闸锁长河古堰头,波涛万顷入江流。淮春韵水千秋业,万里丰歌唱不休。

晨曦古堰

百鸟枝头唱月西，披霞古景露娇姿。千秋丰韵今尤盛，托起瑶池泳客痴。

旋网捕鱼比赛

渔家风采大湖扬，手撒银花灿水光。网里能容千顷浪，欢声笑语满船装。

古堰漫步

其 一

幼听西边有老堆，石工不怕浪头摧。仙人建造传佳话，梦想何时走一回。

其 二

百里长淮故事多，涛声留下满身疴。灵性奋力洪妖镇，椽笔挥成壮丽歌。

其 三

长淮一脉大湖丰，古堰沧桑换旧容。日出斗金今胜昔，水城崛起步新踪。

其 四

丽日湖光一色连，清波不竭广浇田。远帆逐浪从容渡，不尽天成出水鲜。

汤道言

汤道言(1937～2015)，别名洪舟，江苏宿迁人。曾任县图书馆馆长、文管会负责人。江苏省楹联研究会会员、洪泽县楹联学会会员。

老子炼丹洞

传闻瘟疫染淮流，好德老君亲解愁。拓洞炼丹除疾苦，访贫巡诊跋云头。
湖山从此留神迹，舟橹争来问瘴忧。普度众生闲不得，函关西去驾青牛。

吊鲁肃故址

其 一

曾传公瑾断军粮，子敬真诚献谷仓。纾难毁家垂史册，沧桑千载铸心香。

其 二

犹怀湖上战船排，四面雄师列阵来。天降狂飙掀激浪，百年瘴雾瞬间开。

湖滨观渔

钓篮卡簖布湖陬，捞捕人群众目投。网动波翻鱼蟹跃，渔歌奏凯伴归舟。

码头镇怀古

袁术当年元气丧，退回浙地自称王。至今清口留遗址，公路徘徊议短长。

唐席主

唐席主（1938～ ），江苏洪泽人。中共党员，历任乡党委秘书、组织委员、镇政府调研员等。洪泽县诗协理事。著有《唐席主诗书文集》。

洪泽新城赞

老城改造换新貌，景色宜人分外娇。河畔砚临含秀美，悬湖古堰更妖娆。
条条大道繁花放，幢幢高楼妙手雕。生态旅游淘客醉，和谐社会乐逍遥。

砚临河新貌

砚临河畔风光靓，穿越新城着盛装。两岸铺成致富路，双坡筑起混凝墙。
水流滚滚碧波漾，芳草萋萋绿柳行。境美招来商贾客，观光游览赛天堂。

新城颂

旧宅换新貌，悬湖分外娇。休闲娱乐地，游客喜眉梢。

古堰吟

古堰蜿蜒似卧龙，青松翠柏郁葱葱。巫支作怪何曾惧，固若金汤万代丰。

王学杰

王学杰（1939～ ），曾用名王纯曾，江苏泗洪人。曾任高良涧镇副镇长。中华诗词学会会员、江苏省诗协会员、江苏省楹联研究会会员、淮安市诗协会员。著有《洪泽湖四季风景对联》《悬湖吟草》《雪洁情缘》等。

洪泽建县50周年

创业维艰五十年，齐抓共管赖群贤。一张美丽新图画，百里雄奇绣锦篇。
展翅天鹅翔宇宙，随心彩笔点山川。三河吐雾多方剂，双闸吞云复线联。
古堰蜿蜒辉碧树，水光潋滟映青天。宝藏湖底招人爱，帆蔽山头带日悬。
大道通衢绕玉带，高楼栉比叠金钱。风吹杨柳千重浪，雨润桑麻万顷田。

燕舞莺歌游客醉，云蒸霞蔚大湖喧。鱼虾蟹鳖名尤重，芰芡荷菱味独鲜。
绿苇沙汀迷白鹭，红衫渔艇采青莲。滩明水绿舒心意，芦嫩蓼香凝雨烟。
宛似蜃楼天外现，更加阆苑浪头颠。九霄云绮辉新市，夏季斑斓泛碧涟。
锦簇花团香馥郁，人间天宇共婵娟。湖山美景城春集，渠路风华游客连。
工业倾心头角露，芒硝出口海天传。农工商贸皆飞跃，文教医科竞比妍。
鹭友鸥朋吟盛世，诗家墨客著新编。风景这边诚独好，何须世外问桃源。

美丽洪泽湖

泱泱大泽聚飞鸿，浪涌千舟浩渺中。碧水香莲生就绿，丹山枫叶自然红。
景升哪怕园花满，卷展难填蚁腹空。珍惜寸阴勤努力，尽忠报国驾长风。

烟波吐翠

万顷烟波似画图，丹山吐翠映悬湖。风吹杨柳株株碧，日照波心点点朱。
荷绿菱红蒲芡馥，鲂银鲤赤蟹虾殊。千舟月下星河影，百里水乡汇锦珠。

悬湖秋夜

平湖万顷晚风凉，荷芰传来阵阵香。百里芦滩栖宿鸟，长空星月照征航。
港湾篝火鱼羹熟，远近灯光蟹市忙。一片苍茫天地合，今宵酣赏水云乡。

清波翠柳

春风细雨柳丝长，百里湖堤着绿装。枝弄清波波弄影，烟笼翠叶叶笼香。
黄莺得意联翩舞，紫燕穿梭分外忙。一片浓阴临曲水，浮光冉冉万千行。

洪泽湖吟

千舟起伏水云间，辗转金波去复还。大泽泱泱连广宇，彩霞灿灿染汀滩。
数丛芦荻侵村落，几许沙鸥掠翠澜。最羡艄公操舵稳，乘风直下过关山。

朱坝锅贴城

朱坝新兴锅贴城，东西南北尽知名。高厨掌勺同称赞，旅客闻香竞止行。
油醋姜葱添别味，鱼虾蟹蚌献真情。酒醇饼脆留人醉，特色烹调日日新。

龟山晚眺

龟山叠翠映长河，古寺残阳挂薜萝。返照锦鳞戏绿水，归舟满载唱渔歌。

老子山

丹山龟岭绘新图,倒影渔村嵌碧湖。景色迷人留客醉,彩霞漫染水晶珠。

大湖烟波

山色波光景亦奇,东风润绿柳重丝。裁春燕子呢喃语,湖水渔民都入诗。

春满长堤

袅袅春风碧草萋,百花吐艳鸟争啼。多情最是五洲客,身至疑为入彩霓。

咏丹山

其　一

风狂浪恶不知愁,屹立沧桑岁月稠。哪怕洪波常腐蚀,千年逐影看清流。

其　二

丹山傍水几家村,胜景盈辉满目春。采撷莲娃荷作伞,不知已是画中人。

刘海峰

刘海峰(1939~2013),原名刘德先,江苏洪泽人。高级教师。江苏省诗协会员、江苏省楹联研究会会员,洪泽县诗协副会长、洪泽县毛诗会副会长。现有著作7部。

参观洪泽双沟小学

高楼耸立白云连,朗朗书声惊众仙。奖状悬墙如列队,德才兼备著华篇。

杨翠兰

杨翠兰(1940~　),女,江苏洪泽人。淮安市诗协会员、洪泽县诗协常务理事。

咏岔河镇

采风宝地伴同俦,一路秋光放眼收。桂蕊香飘熏欲醉,菊花婷立笑含羞。
古桥典雅留陈迹,公寓温馨满画楼。肩上两湖开富路,小康日月放歌喉。

朱坝花木园

商机无限应时新，滚滚财源四季春。花木葳蕤中外少，园林别致古今珍。
红桃映日浑如火，白菊经霜尽似银。朱坝人民妆世界，天高海阔振精神。

三河镇采风

硕果满枝科技强，风清政达小康忙。栽桃培李多良策，解困扶贫有妙方。
蜂室鹅池勤示范，鱼塘林地亦通商。全民创业和谐镇，喜看今朝富裕乡。

大墩岛远眺

大墩远望独登台，楼阁凌空眼界开。古堰原从淮水起，名湖却似自天来。

余鸿年

余鸿年（1940～ ），江苏洪泽人。省诗协会员、江南诗词学会会员、市诗协会员、县诗协会员。

洪泽湖大堤

碧浪浮金响，岩坡咽雪涛。一堤笼柳荫，万木拂云霄。
晓日穿林碎，丹山映水摇。啼莺如我意，清啭韵声娇。

临湖远眺

泱泱大泽汇清流，千里淮河一望收。芦苇成林藏宿鸟，芙蓉映日荡渔舟。
往来舰艇翻金浪，航运帆樯逐白鸥。万顷烟波来万舶，天鹅结队信天游。

月满湖天

湖天秋月两相和，篙点轻舟乘月波。伴月群星光绰约，随船一月景婆娑。
红菱羞月潜波影，白荻迎风向月歌。明月任凭圆与缺，年年月月自研磨。

湖上吟

绮丽湖光景万千，骄阳洒遍水云天。青纱帐里藏青蟹，绿水池中漾绿钱。
信步洲头惊白鹭，闲看芦草戏花鲢。蝉鸣翠柳歌新曲，觅句敲诗乐自然。

悬湖荷塘

生成秀色绿无涯，红白亭亭万顷葩。映日浮光迷醉客，接天倩影逐流霞。
轻舟戏水开香径，仙子凌波着丽纱。泽国清新呈媚态，炎炎盛夏溢芳华。

杨振华

杨振华(1941～)，字春佩，江苏洪泽人。曾任洪泽县检察院主任科员、市级检察官、国家高级检察官。江苏省诗协会员、淮安市诗协会员、洪泽县诗协会员、洪泽县楹联学会会员。

千年古镇蒋坝吟

东南雄堰首，信坝御碑留。虎踞三河闸，龙盘一井鎏。
老街风格异，美食国名馐。千亩荷花荡，万人快活丘。
三街倖六市，镇水铁双牛。渔网成全具，供销遍九州。
旅游兴盛起，企业重帮筹。常记排楼语，扬帆鼓劲头。

观湖滨九龙壁

点睛破壁起湖乡，古代留踪可考详。碑勒千秋临大泽，声蜚万里泛龙光。
云腾北海甘霖布，势纵南天瑞气扬。遏浪安澜胜牛虎，飞鳞振甲破穹苍。

洪泽湖湾游泳

纵身一跃入苍茫，醉沐清纯鱼米乡。仰泳观天呼铁鸟，俯游亲水品琼浆。
往回翻滚舒筋骨，上下冲腾挺脊梁。击浪初冬何所惧，湖鸥喜唱老来狂。

生态岔河

春花秋月夏观荷，欣喜冬来雁落窝。无染黄鳝迎闸蟹，有机玉食伴肥鹅。
退围清障还湖美，植树修堤引客多。梦绕蓝天腾白马，醉看碧水点青螺。

洪泽崛起

蓝天碧水鸟徘徊，达海通江客似归。远近财神融大泽，高新科技靓长淮。
蟹都玉食全球誉，闸畔金牛遍体辉。百船争流银浪起，天鹅振翅正腾飞。
按：洪泽湖状如天鹅。

老子山避风港

丹山舟泊意徜徉,月港堤横气宇昂。广拓观光容蜃市,更筹经贸出新章。
四时八节丰收喜,万舶千年储运忙。鲜蚬当天飞日本,资源开发步康庄。

洪泽湖大堤

披青挂碧蛟龙盘,历尽艰辛奏凯旋。涵闸驯流花浪涌,舟车竞逐笛声欢。
膏粱漫野涛滋远,鱼蟹盈舱水润鲜。泽福思贤歌巨制,兼筹蓄泄誉瀛寰。

观现场秸秆还田

焚烧草木起狼烟,污染空间大气湮。全面检查严禁绝,主张秸秆早还田。
机开秆进刀旋碎,后吐前吞出绿绵。来季天然完备料,丰收埋伏好肥源。

双沟俭风是榜样

不攀馆阔与楼长,党政凝心敬业忙。腾出机关离宝地,愿将旧舍交公房。
无牌指向能来往,隔断饭堂当会堂。节俭良风催奋进,青云直上步康庄。

光伏太阳能

巧施光伏太阳能,不废柴煤照亮灯。碧水蓝天阡陌绿,自然造福日蒸蒸。

瞻西顺河二十六烈士陵园

仰慕英年二十春,顺河狙寇杀倭人。献身为掩新军部,血染江山永记心。

朱兴华

朱兴华(1941~2017),浙江宁波人。江苏省水利厅副总工程师。洪泽县诗词协会会员。

洪泽湖大堤即兴

水上长城考察忙,论今议古话沧桑。九牛二虎凝民力,百折千弯细度量。
历史长河留伟迹,大湖文化灼光芒。斯心飞向高层次,世界遗珍岂有双。

洪泽湖

洪泽波澜岁月稠,长堤群闸共千秋。巨型水库农斯赖,斑驳金犀迹尚留。

万道霞光喷旭日，一湖瑰宝富渔舟。而今综合营开发，喜有经纶定远谋。

老子山

老山自古有傩腔，岁末驱邪祝吉祥。渔鼓声声传野趣，载歌载舞遍湖乡。

马万全

马万全（1942～ ），江苏洪泽人。中共党员，曾任洪泽县委组织员办主任、县劳动局党组书记兼副局长。洪泽县诗协常务理事、洪泽县老干部诗联社秘书长、霞天诗社副社长。

九牛二虎一只鸡

同威扬堰上，共禹泽民心。逐浪千秋秀，经风几度琛。
登台匡后世，卧石享甘霖。四起阳春曲，白头曾可吟？

古堰游

尽兴登临处，尤欣百里丰。金鸡初振翅，黄罡已鸣钟。
露食千秋叶，霞燃万寿松。风回且欲试，浪击乃从容。
童弄日升笛，虎留蟾去踪。龙湾鸥鹤乱，信坝圣贤逢。
御旨河臣效，君题众志恭。多情今古事，何罕上居庸。

水釜城

一城偶现古堤东，海市能留独匠工。借釜烹鲜千载景，凭楼数好一湖篷。
虹桥问月寻三境，碧岸投珠幻九鸿。最是龙王尝蟹日，玉皇也恋水晶宫。

故乡行

小径无踪大路光，茅棚不见尽楼房。公交下得团团转，会意同程迭迭忙。
方悟金涛连野泛，陡醒桂子接天香。村官席上沧桑叙，还说牛家已改行。

悬　湖

一泓万顷泛波光，九派风雷百脉长。破浪千帆行昊汉，分洪五闸济京杭。
蟹都香透高家堰，水釜客盈菱角塘。日出斗金誉四海，天鹅欲翥米鱼乡。

过洪泽湖

万顷波涛百里奇,鸥柔蟹横芡撩蠡。晨钟暮鼓敲云上,孤岫半城悬昊西。
耳畔扁舟佳话古,眸南老井劣头低。渔歌唱晚归帆急,放目难收不尽题。

浴温泉

山庄幸赴在今晨,满目新奇胜似春。一处蒸腾人气厚,几池肥胖岸边亲。
淋男浴女相嬉戏,抹脂涂泥闹煞频。本晓难清玉肤垢,原图延寿益精神。

西顺河巡礼

毛毛细雨伴秋风,大道迎宾一望空。几缕青烟盘昊上,千重碧浪叠湖中。
农渔走进科研室,产贸雕成电子宫。小镇有心留晚客,白鲢陈窖共霓虹。

渔村新貌

西风欲醉柳摇纱,别墅依湖绿映斜。频见红旗插楼顶,五星耀目竞渔家。

游龟山

草岭留途石乱开,负辛霸下守空台。此间御道通天处,惜子龙王可否来?

仙人洞

灵光熠熠映清波,经著五千吟德歌。修就西天思故里,可知变化此间多。

悬湖春早

风剪悬湖水荡波,日裁古堰柳堤坡。滩头芦老催冬去,枝绽新红笑雪婆。

谢启明

谢启明(1943～),江苏洪泽人。中共党员,高级经济师。曾任常务副县长、县委副书记、县政协副主席,现为县老年大学校长。中华诗词学会、中国楹联学会、江苏省诗协、江苏省楹联研究会会员,淮安市诗协副会长,洪泽区县诗协名誉会长。著有《湖畔吟稿》。

洪泽建县50周年赋

我爱家乡鱼米乡,历数变迁话绵长。自从禹王治淮渎,天人合一破洪荒。河塘沼泽相演绎，大泽迭现好风光。湖中古有洪泽镇，胚胎孕育起隋唐。日出斗金赞美誉，地下油卤富矿藏。五十春秋风火路，因湖置县证沧桑。西枕长淮浪千里，东牵白马水泱泱。浔河草泽波潋滟，滋润两岸育膏粱。一肩挑得两湖水，沟渠纵横网连纲。北依苏北总渠岸，南临三河水入江。旱涝无虞保丰产，自流灌溉五谷香。淮泗沂沭船相接，黄金水道通京杭。更有宁连胸前过，舟车便捷达四方。文化积沉浑丰厚，龙蟠虎踞凤鸾翔。山明水秀风物异，历代骚客留华章。长淮兵家必争地，水域为界古战场。百里长堤高家堰，延绵曲折莽苍苍。九牛二虎昭民力，伏波搏浪锁龙王。狂澜万丈蓄与泄，里下河区保无妨。生态旅游潮湿地，珍稀飞凫任徜徉。南端边陲老山镇，三教荟萃集山冈。人文景观凭叹赏，温泉沐浴有山庄。荷花仙子婷婷立，渔歌唱晚劝举觞。美食称绝名气远，活鱼锅贴共品尝。盛产中华大闸蟹，八足双螯水鲜王。拆甲更知风味美，妙哉豆腐烩蟹黄。良田稻麦良种化，地沃人勤粮满仓。有机绿色岔河米，大江南北举无双。缫丝织绸成配套，尤设基地广种桑。绿树成荫园林化，致富防风植意杨。知名品牌四季鹅，传统副业猪禽羊。更有务工富民策，高梧招来金凤凰。无工不富真道理，齐心协力争招商。大道纵横厂林立，工业园区气势庞。倾情服务零障碍，以人为本有严章。软硬兼优宜创业，客商含笑互争强。引凤招凰多硕果，万众一心创业忙。自主创新求发展，民营企业最兴旺。千家老板忙营运，万户农夫跑单帮。亿元大户前十位，百厂业主露锋芒。建材机械成支柱，纺织化工越重洋。内资外资都合作，独办合办皆荣昌。亚洲第一元明粉，海珠缸套虎步骧。往来匆匆情急迫，机声隆隆满城乡。以工强县红似火，创业富民志如钢。深知新型工业化，才能全面达小康。五十华诞惊回首，艰苦历程路茫茫。欲问何因换天地，党的领导造辉煌。一县中枢中流柱，两万先锋作栋梁。多少英雄曾奉献，历届公仆是忠良。两个率先三代表，五件实事不寻常。欲展农村新面貌，号令发自党中央。一年一级新台阶，群策群力慨而慷。人才辈出歌新秀，帆悬风正赞远航。一心一德图跨越，八荣八耻纲纪张。三个文明齐奋进，构建和谐纳千祥。站在历史新起点，共谋腾飞意气昂。我祝诸公多业绩，惠民实事永流芳。政声贵在人去后，百姓口碑更荣光。天鹅展翅追日月，大手笔写大文章。明朝家乡更美好，前程还需放眼量。

洪泽湖抗污

其　一

淮水原为透澈清，鳖鱼潜底看分明。滩涂植被千方绿，山色湖光一片青。
何故上游倾秽水，频教荼毒众生灵。资源生产遭残害，赤蟒乌龙竟横行。
人畜饮流悲断绝，贝鳞命运怅凋零。一方工厂图小利，彼地渔农盼救星。
更有高温同肆虐，病虫瘟疫恼船民。湖区急电层层吁，恳望中央察苦情。

其　二

悬湖还我清清水，常使甘泉沃四陲。国务院知民疾苦，长淮人盼解重围。统将标本同筹治，断绝污源莫再迟。批示行文非一日，派员视察几多回。亲查实地知湖臭，安慰灾民莫泪挥。送药送医还送水，谈长谈短亦谈微。生财促产相营补，令出法随不可违。党政军民齐努力，关停并转细相推。行看原貌将恢复，一片欢声笑语飞。

咏淮河水经洪泽湖入江入海

归江入海导淮流，八字方针根治筹。巨闸飞虹吞骇浪，金梁横锁保丰收。
支祁神话留传说，里下河区不再忧。蓄泄灌排皆配套，利民利国泽千秋。

洪泽工业园区感赋

大道交叉气势宏，园区建设奋强攻。厂房林立机声急，工地灯明笑语融。
轻纺建材销售旺，服装生化运筹工。客商云集争投入，规划周详效益丰。

咏新城

小城无处不春风，一展芳姿去旧容。拔地琼楼凌玉宇，连云亭阁映晴空。
争雄淮楚图宏志，苦干三年崛起功。满目清波驰远浪，征帆勇过万千重。

咏洪泽湖

其 一

万顷涟漪湖水平，扁舟闲荡向东行。浮云妄想能遮日，重柳连成尽是荫。
百里长堤皆画本，千年大泽任龙吟。滩涂植被开新貌，人贵精神事贵勤。

其 二

轻舟直放浪中行，骤雨狂风不觉惊。大泽泱泱多胜迹，远帆片片启新征。
当年港汊歼倭寇，传记坚持食藕菱。现代湖区赢巨变，斗金日出已平平。

过宁连路感咏

大道平宽至远程，纵横交织接连宁。轻车笑语穿青帐，电掣风驰过翠屏。
昔日途中常受阻，如今天下广通行。腾飞经济先修路，网络相联百业兴。

洪泽岔河牌大米

发挥优势著文章，引导农民闹市场。万亩有机良种化，三秋无害绿禾香。
都知优质产斯地，造就品牌泊远方。金奖十枚成示范，岔河稻米美名扬。

共和镇采风

民风淳厚米鱼乡，共建文明唱小康。整治农田增效益，招来商客话荣昌。

石油滚滚人开眼，国库盈盈粮满仓。支柱财源求拓展，阶台再上创辉煌。

老子山镇采风

河湖交汇丹山麓，四水长流积浅滩。革去旧章求拓展，迎来商客闹翻番。探寻道教观牛迹，捕获鲜鱼进美餐。欲问老君何处在，人间几度卷波澜。

西顺河镇采风

临湖环水沐东风，得益矿藏盐化工。开采资源谋发展，提升品位欲争雄。文明小镇十强镇，财力丰腴商意浓。党政一班齐奋勉，富民路上着先锋。

仁和行

小城秀丽看仁和，白马湖边欣事多。百万税资多大户，千船肥蟹出金波。林荫道上奔摩托，草泽河中牧白鹅。实事五桩民众乐，村头外处唱新歌。

万集镇采风

国土投资日月长，田园深处好风光。调优结构乡民富，反哺村农稻谷香。致力丰收挥汗水，倾情扶植保蚕桑。经营大户凭科技，合作精神堪表彰。

东双沟镇吟

乡村处处展新风，实事惠民成果丰。三纵三横除旧貌，一年一度换新容。文明兴旺和谐镇，科技扶贫富裕农。铺路架桥行德政，改医改术建头功。

咏诗词名家采风洪泽

其　一

恭迎骚客渡轻舟，大泽扬波韵意稠。儒雅文章歌盛世，名家翰墨染金秋。诗乡创建多丰果，国粹传承无尽头。莫道小城依古堰，风情万种任君游。

其　二

拈花煮酒喜相逢，笑语轻歌共采风。大泽清波初扑面，长堤弯曲语葱茏。无穷文化存香远，有限人生一世空。留下英名凭美句，诗坛史册载行踪。

朱坝花卉园

彩楼旁立养鱼塘，绿树园中百卉香。哈密瓜甜清又脆，优良品质赛南疆。能人创业领头富，全面小康来日长。流转田畴谋拓展，千株习习沐朝阳。

万集镇采风录

史上缫丝曾远扬，闻名遐迩是蚕桑。服装机械成支柱，传统玻璃工艺乡。
今日调优规范化，昔时风采又招商。喷香稻米原生态，蓄势腾飞越小康。
今年业绩谱华章，万集工商放眼量。财政增收双过半，稻香果熟报荣光。

仁和镇采风录

喜看镇村商客多，腾飞纸业落仁和。晚秋时节黄金地，白马湖边生态歌。
高产农田基地米，有机绿色藕菱鹅。经营工副增收入，笑指新楼傍野荷。

参观仁和镇光伏电

白马湖边见壮观，日光能电产田间。排排方板朝阳照，片片金牌一线箝。
兼养群鹅和闸蟹，草滩水面总无闲。高科技术开荒效，可叹热源天地宽。

三河镇采风录

古堰东旁集镇罗，入江道北立三河。文明生态国家级，古色古香荣誉多。
流转农田机械化，经营大户唱新歌。面朝黄土成过去，昂首扬眉笑绿禾。

秸秆还田

一根秸秆十分烦，搅得干群皆不安。粉碎掩耕培地力，有机肥料把田还。
焚烧不是好方法，深埋扶持也简单。投入资金明去处，为民实事有何难。

整治排灌系统

排灌维修河不残，沟渠林路换新颜。镶坡砌闸疏涵洞，机械胜过人力关。
种植园区成一景，龙头企业举云帆。农田整治千方绿，十里长街商贸繁。

咏岔河

其　一

物态人文处处优，岔河古镇足风流。鱼虾闸蟹誉遐迩，别墅彩楼各自牛。
十里长街淮宝地，百般硕果壮三秋。荷花万顷难穷目，白马湖中画舫游。

其　二

优质名牌有百千，稻花香里说丰年。粮农水产原生态，湖荡浅滩菱藕莲。
一轴三区求特色，四横四纵绘新篇。中心示范国家级，古镇宜居人似仙。

咏蒋坝

靓丽长街古色盈，史称蒋坝小南京。西临碧水连天阔，东近塘荷接地莹。
协力同圆强镇梦，凝心共谱富民情。蓝图已绘旅游业，风满征帆破浪行。

咏龟山

其　一

淮水碧波携梦游，龟峰姿色再回眸。佛林古寺芳容隐，轻雾涛声石径幽。
月落晨钟融锦绣，桃红柳绿蝶飞稠。支祁怪物今何在，残井遗踪几度秋。

其　二

长淮入口供军谋，要塞当年风雨稠。石堰千秋存古韵，波涛万顷峙中流。
堂皇佛寺遗踪在，信女痴男意未休。居士香尘留不住，人间聚散两悠悠。

其　三

千重荷浪伴飞鸥，拾级攀登古码头。撞月钟声尤绕耳，人文逸事说沉浮。
蓝图新貌已初绘，公仆如今再运筹。骚客放歌吟盛世，长淮作墨写春秋。

参观南水北调蒋坝工程

烟波淼淼碎金浮，清水一江向北流。大泽琼浆随意调，温泉湖畔善筹谋。
金梁雄立千重浪，国道穿行万绿畴。古堰腹中开巨洞，长淮送福润京州。

朱坝香水瓶工艺厂

小小玻瓶工艺强，组装配套有文章。订单批量销欧美，香水回飞五大洋。

朱坝明天种业

优质声名响四方，明天种业正荣昌。加工精选农家乐，高产富民来日长。

退田还湖

还湖退养最奔忙，平毁土圩五万方。整治农田机械化，三星示范建康庄。

万集农村环保

为民实事又新鲜，配备村庄保洁员。污水集中精处理，小河流的是清泉。

参观别墅群

长河别墅靠长堤，府苑华庭比美齐。笑指小区皆花圃，外人出入路常迷。

参观龙禹园

停车漫步进幽门,石径延伸百卉墩。硕果飘香侵肺腑,林间深处最销魂。

田村景色

田间小径土凝香,红日高悬稻灌浆。喜上眉梢心里乐,黄金铺地备粮仓。

参观湖羊肉鸡养殖场

千只湖羊立木栏,肉鸡十万上餐盘。能人不怕百番险,创业更要心志顽。

咏东双沟

排灌沟渠换旧容,良田万顷稻粮丰。黄金铺地农夫笑,果熟瓜甜秋韵浓。

轿车开进承包田

合作营销创业篇,轿车开进转包田。人忙路远奔驰快,管理多凭无线联。

物流兴旺

临路滨湖利物流,资源丰裕阅从头。多谋善策宜勤政,来日财收居上游。

参观工业区

水产岩盐天赐福,资源特色待良筹。凝心聚力凭栏眺,超越群雄再远谋。

蒋坝吟

千年古镇大湖边,公仆善筹常竞先。新路纵横连国道,群楼靓丽映苍天。

咏洪泽湖大堤

极目长堤向远延,飞车南北各争先。帆樯倒映浑如画,彩笔难描水底天。

黄集羊肉

扑鼻肉香迎客膻,请餐一顿赛神仙。尤其查氏烩羊杂,美食城中约在先。

仁和镇采风

实事千般善运筹,球场看赛在村头。报销药费乡联网,遇病农家不再愁。

献给淮安市美食节组诗

蟹黄豆腐冠百珍

欲论湖鲜夸“大闸”,更加拆甲烩羹汤。蟹黄豆腐品尝后,百道珍馐顿失香。

炖肝肠、溯隋炀

名希蒋坝炖肝肠,补脑滋心入口香。葱蒜精调浓脂味,当年绝技贡隋炀。

软兜长鱼古流传

氽制长鱼数软兜,淮肴一绝古今流。条条脊肉皆鲜嫩,闻味垂涎赞不休。

天下第一菜

鸡虾浓汁润锅巴,酥脆酸甜誉迩遐。噼噗一声惊四座,朵颐大快众喧哗。

蒋坝鱼圆味特殊

削肉青鲢搅似糊,沸汤锅里滚珍珠。筷儿夹起犹蠕动。剔透晶莹味特殊。

活鱼锅贴

烹鱼莫道技寻常,锅贴问君可品尝?入口珍馐都逊色,香酥鲜嫩饼沾汤。

题文化广场

小城景色好风流,文化广场夸不休。崛起层楼腾虎气,一年更比一年牛。

题洪泽湖文化广场

雄鸡报晓醒城楼,二虎呈威夺上筹。莫道大湖风韵浅,看过此处总回眸。

题水上餐厅

一幢华楼水上漂,清波浪拍总轻摇。只缘此处珍馐美,畅饮洋河上碧霄。

题荷蟹图

风清水碧白云飞,叶绿荷香湖蟹肥。物宝天华争艳色,和谐共度沐秋晖。

颜怀臻

颜怀臻(1943～),江苏洪泽人。中共党员。曾任县检察院科长、组织部科长、商业局副局长,老年大学副校长。中华诗词学会、中国楹联学会、江南诗词学会、江苏省诗协、江苏省楹联研究会会员,中华诗词文化研究所、中国对联文化研究院研究员。著有《颜怀臻诗文集》。

洪泽吟

千里黄金道，一流起大泽。声誉四海传，名载五湖册。水陆东西布，交通南北接。江河广通航，全民皆受益。晨起东西望，美哉一泽国。红楼隐绿荫，自流润禾谷。长堤钳恶浪，大闸同排蓄。洪水走廊史。挥手从兹别。

纪念洪泽顺河集阻击战胜利56周年（辘轳体）

其 一

英雄浩气壮湖天，烈士精神万古传。阻击顺河辉战史，痛歼日寇灭狼烟。
青春甘向神州献，生命欣为民族捐。永记殊功彰伟绩，树碑造墓祭年年。

其 二

奉命移防快马鞭，英雄浩气壮湖天。南侵犯敌凶如虎，东进王师箭在弦。
九堡沟头挖阵地，两坡堤顶作前沿。森严工事民兵助，仇恨盈胸怒火燃。

其 三

新春佳节敌垂涎，鞭炮声中枪炮喧。怒火填胸吞海岳，英雄浩气壮湖天。
交通壕似铜墙固，埋伏圈如铁壁坚。喊话冲锋齐并举，我军智勇展双全。

其 四

众寡相殊兵力悬，誓除狂寇奋当先。仇倾弹雨群情奋，怒劈刀丛铁甲穿。
勇士豪情抒阵地，英雄浩气壮湖天。打红枪管熬红眼，血染军旗色更妍。

其 五

鏖兵激战日西偏，鬼子陈尸满阵前。白刃摧殊逃寇尽，倭酋落马乱蜂旋。
军民同谱救亡曲，血肉凝成胜利篇。张福扬波齐赞颂，英雄浩气壮湖天。

岔河绿色食品“淮上珠”

色似晶丸质似瑜，清香淡雅味尤殊。米中珍品夸良种，田里精工培玉珠。
肥用有机增壮素，管施无害葆丰腴。车装船载外商喜，翘拇齐夸赛玉壶。

共和养鹅基地

改却荒塘与废河，整齐鹅舍荫婆娑。方方绿草吮清浪，片片白云辉碧波。
基地育雏称绝艺，市场定产善张罗。盘强搞活规模大，商客远来夸共和。

西顺河镇印象

绾毂淮湖一角新，滨河咫尺耐逡巡。石坊纪塔天空景，古堰商帆水陆津。
矿富芒硝魁世界，声蜚河蟹誉纯真。莫觑人少无余力，犹铸神奇独占春。

西顺河门户牌坊

坊雕名翰墨,镇绽一奇葩。借问往来客,江淮有几家?

贺张福河村入选省电子商务示范村

今岁多佳事,网销初走红。路遥千万里,敲定一分钟。

乾隆三面题字碑

一碑三面字,天下也稀奇。弘历留芳墨,撩人启远思。

老子印象

远望流霞里,近观簇翠中。一拳难起眼,千载霸仙风。

仙人洞

仙人谁见过?老子有真传。破雾青烟篆,凿山一洞悬。

凤凰台

山顶凸高台,昔传有凤来。千帆驰眼底,一碧洗心怀。

淮上明珠温泉

碧水参差布,方圆错落开。清身为洗礼,乐尽旅人怀。

井洪生态园

蔬果一茬连一茬,青畦塑架缀香花。游人驻足赏斯景,齐赞新成哈密瓜。

万集机插秧合作社

种田出路在机械,节力步丰应势来。耳边机声传妙乐,恍闻稻麦酿新醅。

万集民乐园

绮阁琼楼列队排,花坪圣像小亭台。思维颇具超前识,特把尼山请进来。

万集污水处理厂

纵横管道接家家,环保开通快速车。污水经过成净水,史无前例令人嗟。

仁和左家楼

百载小楼风雨侵，烽烟聚合响砺礅。每逢枫叶流丹季，百姓深怀几将军。

光伏电站

千块匾牌安泽地，收光成伏借青阳。有形能变无形电，科技资民逐日昌。

三河紫山食用菌

福建菌苗东北土，三河气候水如甘。神猴尝后迷斯品，抛却花山上紫山。

龙禹生态园

贴堰依湖百亩园，亭台草树亦陶然。休闲颐养称佳处，气爽神清世外天。

林海塑业

塑胶钢片新熔合，借助高温铸锰材。莫道厂区难起眼，销行全国响名牌。

秸杆还田

秸杆焚烧危害明，还田出路众皆清。只因机械今时少，谁献良方最可行！

女大学生回村养羊

胆识如金道路长，更生自立养湖羊。蛾眉偏有丈夫志，苦尽甘来梦最香。

东双沟徽式风格小区

入住寒家梦寐香，青砖灰瓦马头墙。耕夫虔祷少陵叟，广厦预言今已偿。

通园科技

重大圆盘类铁砧，支承回转特机灵。乡间偏有新工艺，产品尤欢外客心。

岔河感怀

浔身龙尾汇斯城，古镇千秋播誉声。借问此间何雅号，居民争答小南京。

白马湖一瞥

荷茎苇秆逗秋波，沼泽绵延肥鸭鹅。宝水一湖勤哺富，喜闻开发正鸣锣。

白果树自述

断肢廿载苦呻吟,四面围墙如软禁。听说身边修广场,欣吾无日不开心。

古堰首牌坊

跨路高昂壮夕阳,楹柱大字闪金光。两联两面同时用,如此安排为哪桩?

龟　山

其　一

无麓无峰入眼颦,残岗荒草没荆榛。只因石俱硅酸性,错怪当时决策人。

其　二

龟山谁道已无形,犹见三碑一树仃。一树早枯空举干,三碑落寞互丁零。

御码头

淮渎当年香火稠,曾招皇帝此间游。一波荡尽千年迹,山脚空余御码头。

三金鼎力

金牛金虎忆当年,更有金鸡协力捐。喜赖金堤成永固,三金齐唱乐陶然。

水上餐饮船

湖滨浪卷酒旗风,古柳长堤绿映红。一笛鸣声遥过岛,几番桅影入杯中。

湖心避风港

渺渺湖心叠石湾,避风挡浪稳如山。神筹解却千年患,过往船家保万安。

咏洪泽湖大堤

其　一

百里巍巍卧巨龙,遏风锁浪力无穷。千秋功绩无伦比,峙立乾坤百代雄。

其　二

碧水高悬浪击天,满堤柳色锁霞烟。一怀云水胸襟阔,漫赏涛声弄管弦。

洪泽湖素描

淮涡濉汴汇沧浪,泄涝淘沙泻海洋。潋滟满湖波浩渺,滋涟润浦沃清江。

田园礼赞

淮扬美食尽风流,洪泽珍肴胜一筹。借问酒家何处好,田园不愧占鳌头。

洪泽湖大堤偶得

其 一

一弯翠碧一弯澜,弯内文章多耐看。弯子如同一问号,凭君智慧解疑难。

其 二

剪取苏堤柳两行,又移虎踞一方墙。丹山半落云天外,渔笛几声归晚航。

安淮寺

唤醒繁华寄杵歌,千帆竞处坐弥陀。李渔联句何精切:天下名山僧占多。

湖湾一瞥

鸟声勾兑绿盈堤,细味湖湾望欲迷。叠浪举帆天上下, 群鸥竞技翅高低。

严 涛

严涛(1944～),江苏洪泽人。经济师,曾任乡镇党委书记、县交通局长、物价局长。江苏省诗协、江苏省楹联研究会会员,洪泽县诗协常务理事、霞天诗社副社长。

三河药材基地

金凤飞来药业村,瓜蒌钱草板蓝根。绿杨树下捐珍宝,笑看春光四季存。

共和油井

星罗棋布塔如林,采得原油点化金。滚滚源流连日夜,无穷甘露润民心。

西顺河硝矿

古镇凯歌造化工,芒硝产品傲称雄。今朝迈向富民路,万象更新披彩虹。

赞朱坝锦鸿生态园

乡畴又出一枝花,种养农民企业家。水陆新生图锦绣,林牧果瓜实无华。

锺如华

锺如华(1945～),江苏洪泽人。中共党员,经济师。曾任乡党委书记、县多种经营管理局党委书记。江苏省诗协会员、江苏省楹联研究会会员,洪泽县诗协常务理事、霞天诗社副社长。

新万集镇

热气腾腾万集天,时鲜故事动心弦。清新靓丽群仙宅,宽畅宜舒万乐园。科学养鳅饲鳜富,规模收谷插秧甜。管状树脂排污水,袋式婴衣创汇钱。一首小诗情不尽,复兴碑上刻英贤。

洪泽湖夕照

夕照悬湖远,紫霞万里绵。古堤纹绿浪,石岸挂青鞭。
泽铸红光里,帆雕落日边。一翁归港晚,两棹剪坤乾。

西顺河采风

初夏杉松翠倍加,飘飘袅袅柳丝斜。绿堤对对营巢鹊,紫陌丛丛惹蝶花。
浓霭淡岚啼白鹭,浅滩活水跳青蛙。渔歌声里红裙女,桨荡轻波浣早霞。

水釜城之夜

琼楼辉链映星繁,晶浪虹桥牵玉盘。丹桂香揉南海水,彩云梦抚北疆山。
鱼鲜蟹味盐流劲,溪唱莺鸣景道宽。图上清明惭不及,悠闲何必下江南。

仁和左家楼

英雄于此竞折腰,旧巷小楼奏玉箫。弹雨交飞群杰起,旗风浩荡四军飙。
仁和集会加油站,淮大学堂淬火槽。先辈精神功万世,江河不息涌春潮。

大泽写秋

曲堰涨秋息,悬湖泛夕辉。千舟帆棹错,虾将蟹兵归。

东双沟

奋斗三年响疾霆,悠悠苏北又添星。特强工贸催繁景,生态农商致富经。

朱坝见闻

其 一

碧水蓝天紫气张，地灵人杰有明堂。连茬麦芡水承旱，妙药螺蛳喂蚂蟥。

其 二

奇花异草与时鲜，工盛贸兴掘富泉。哈密姑娘嫁福地，明天种业种明天。

老子山

一点丹炉紫雾开，湖光山色胜蓬莱。青牛西去蹄痕在，道德千言济世来。

边志英

边志英(1946～)，女，江苏洪泽人。中共党员，中学高级教师。江苏省诗协、江苏省楹联研究会会员，洪泽县诗协常务理事、霞天诗社副社长。淮安市首届“十佳巾帼诗人”，全国楹联教育先进个人。

悬湖颂

苏北育天鹅，玉盘浮翠螺。鱼肥芦苇水，网撒浅滩坡。
浪急烟云渺，风平虾蟹多。安心淘宝藏，爱意化渔歌。

西顺河

镇小名声震，国家河蟹乡。元明粉基地，氯化钠盐仓。
电子营销旺，物流来往忙。等闲淮水畔，客赞似苏杭。

说蒋坝

十里荷花荡，千桅渔港湾。悬湖耽古堰，沉闸锁狂澜。
西客东游竞，南流北调欢。天然优越埠，历史久悠刊。
碑刻心悬语，帝书泽润磐。留名文武举，享誉庙坊残。
地利诚珍域，人和更仰官。殚精谋久富，竭力逐贫寒。
工副频频捷，商渔勃勃蹿。鱼圆香细嫩，猪爪脆鲜胖。
银杏岿巍挺，温泉惬意娴。沧桑孵巨变，小镇尽开颜。

禹王治水

不羁涡浪卷民漂，受命经年鲧负尧。父业子承疏代堵，山妖水患斗奇招。

家门三过含情别，堤坝千巡忧隐消。福佑清淮非井锁，太平勿忘禹王劳。

洪泽湖湿地公园

芦风荷韵

华东湿地自然姝，大泽西皋万顷涂。候鸟和鸣沙渚处，游鱼戏跃浅滩隅。
花开色色千塘藕，絮荡重重万亩蒲。水产丰盈原始态，芦风荷韵润通衢。

风流湿地

寅年元日出西游，五口之家湿地悠。百鸟禽园鸯戏水，千荷种苑蒂依头。
曲桥宾馆楼台立，芦荡清池鸟鹭啾。数九斗寒观异景，天鹅引颈自风流。

咏洪泽湖大闸

恶龙撒野布凄风，频至铺灾怎纵容。巨笔奋飞八字令，豪英苦创万年功。
降伏猛虎安淮北，喝令苍龙过运东。解旱排洪人遂意，巨闸吞吐气如虹。

百里长堤

百里长堤百里弯，百弯总系庶民安。渔歌阵阵青云上，柳色丝丝碧浪端。
谢尔成功潮乃静，感君横卧水如眠。苍龙放眼东皋望，一马平川稻菽翻。

湖增韵色

长淮活水润诗田，大泽堤头百卉妍。学子堂前研古韵，职工舍内挂新篇。
古稀翁媪珍秋晚，旺业精英惜壮年。大院夕阳光煦照，小村春笋味纯鲜。
平台结社旗辉映，网络分支脉璨联。凭借东风扬国粹，湖增韵色柳生烟。

悬湖轶事歌

亦幻亦真传故事，似无似有话神奇。防洪靳辅筑高堰，镇水康熙铸铁犀。
大禹神功擒水怪，观音巧计锁支祁。东坡泛棹愁肠放，崔颢留名洪泽诗。
仁杰遭诬身遇险，巨山直谏职丢司。周宗背主依知诰，匡胤陈桥起忤师。
裴度临淮平贼叛，昌黎淮泗播名垂。贤兄步鹭安天下，德妹名姬作母仪。
赵佶君贪冰暴泻，杨仙吉老妙灵医。推千稔泛洪漂椁，寻九峰狂芾莅龟。
红玉山头擂战鼓，世忠水上展攻旗。悬湖轶事恒精彩，汇饰中华绚烂颐。

洪泽润江淮

桐柏千年孕，雄河万里怀。明珠镶大地，洪泽润江淮。

悬湖夕景

阔面无风镜面平，天空云彩水中行。移眸远处抬头望，波反霞光目失明。

湖天三日游

其 一

金秋十月美湖天，鸥鹭芦花结伴旋。赏景乘舟摇快棹，采莲转舵入荷田。

其 二

明陵墓畔鱼虾满，铁寺山前杏栗圆。别墅三朝兴未尽，天伦之乐透心甜。

悬湖吟

其 一

谁捅瑶池淋玉液，伴生水母屡相煎。一朝巨闸长堤起，从此悬湖长碧莲。

其 二

天滋玉液瑶池注，地润长淮活水驯。万亩芰荷湖半绿，一堤松柳景长春。

湖边远眺

霭霭青山隐花楼，烟波浩渺望中收。银帆点点霞光灿，归棹渔歌逐水流。

卧 龙

西湖久住不新鲜，辞别杭州择伴“悬”。惊羡天鹅纯美态，青龙卧畔不思迁。

王步明

王步明（1947～ ），江苏洪泽人。小学高级教师。洪泽朱坝镇关工委秘书长，洪泽县诗协常务理事。

渔夫乐

清波百里是吾乡，雨露朝霞铺满舱。港汊芦苇藏野鹭，鱼虾螃蟹戏荷塘。
飞来美味和汤煮，沽下佳醪伴鲊尝。醉卧扁舟君莫笑，清风明月酣歌长。

家乡美

生态宜居大泽滨，绿荫深处画楼群。如虹坦道连高速，似练清流接远邻。
东甸锄禾千陌翠，西湖撒网满船珍。邀杯弈友桑麻话，春色桃源胜几分。

大湖春早

清漪荡漾鱼米乡，唱晚渔舟归棹忙。柳隐长堤歌盛世，粮丰湿地谱华章。
铁牛湖畔情意切，老子丹山道德香。古堰悬湖花吐艳，民生媲美小苏杭。

美丽洪泽

大笔濡湖展画屏，粉墙黛瓦旧颜呈。步移景换匠心运，巧夺天工美奂生。
绿岛芦滩寻野鹭，奇花异木赏流萤。文人骚客闻风至，水上长城举世名。

岔河采风

前人都说小南京，今日依然有誉声。两带风光游客乐，四横街景贾商盈。
老区文化芳名在，红色民权史迹陈。地利天时人气旺，水乡古镇展风情。

三河闸

一闸横卧镇三河，气势非凡故事多。水母汹汹掀恶浪，铁犀惮惮镇清波。
千帆船队通江海，百里渔歌逐水涡。一代禹王功再世，安澜淮水铸铜驼。

雨具厂

润月花园富万家，雨天蓬勃绽奇葩。龙王见状连声叹，能为人间做点啥？

三河一条街

路横路纵古街容，客去客来生意浓。御府华城环境雅，琼林别墅尽田翁。

有感政府不盖办公楼

借得邻家教学楼，资金节约为民筹。街衢亮丽农村美，赢得清风百姓讴。

白马湖

柔波倒影柳轻盈，风动秋荷翠鸟鸣。往返机船湖景靓，一帆云水总关情。

孙家别墅

小区靓丽画图新，满眼农民别墅群。庭院围栽花色艳，夫妇含笑赞温馨。

湖中荡舟

碧波万顷水蒙蒙，小橹摇来阵阵风。蓝天白云成倒影，湖光山色尽情中。

蒋坝采风

其 一

彭城文化史悠哉，治水丰碑一字排。古镇风姿开眼界，一湖烟雨入胸怀。

其 二

蒋坝鱼圆席上珍，鲜香味嫩诱游人。淮扬美食鳌头占，古镇新姿四海闻。

春暖洪泽湖

微波漾漾醉春风，蒲嫩荷尖草色葱。鸥鹭翩翩争戏水，渔帆点点彩霞中。

望湖楼鱼馆

望湖楼下水连天，临宴挑鱼一网鲜。最爱银鲢酸菜烩，色香超绝味惊仙。

生态洪泽

碧水浓阴别墅群，满湖鱼蟹伴飞禽。靓丽街容尘不染，宜旅宜居大泽滨。

幸福洪泽

大潮滚滚又东风，渔牧工农正火红。福祉频添人气旺，日新月异展姿容。

黄国莹

黄国莹（1948～ ），女，江苏洪泽人。插队知青，在洪泽造纸厂退休。洪泽县诗协会常务理事。

再到胡庄

中年忙碌未清闲，疏远胡庄数十年。旧雨寒花情款款，新歌晓雾意绵绵。
桑蚕丝似房中锦，桃李果如枝上胭。借问原居何处是，邻姑遥指小楼边。

悬 湖

拦洪蓄水润良田，弯曲长堤散柳烟。石板围墙分碧浪，林梢引鹤赏青鲢。
云帆片片穿霞里，金甲粼粼到日边。一网拖来皆喜悦，芦花雪后说丰年。

闲步砚临河

清风微雨到河边，烟柳如丝满目鲜。似月平台临碧水，一弯小径蕴悠闲。

修竹初露千分雅，瑶草犹含百步嫣。只恨行来空眷恋，无缘宿此享宽眠。

咏洪泽湖大闸蟹

欲食美味盼重阳，窗下秋花奉玉觞。钳舞爪蟠娱馥酒，汁鲜肉嫩佐黄姜。
悬湖闸蟹垂涎物，泽畔风光入诗乡。来日邀君同盛馔，醉归路馈桂枝香。

洪泽县荣获全国诗词乡

枫林滴翠晚荫浓，染得春涛又一重。新雨知时滋绿壤，好风给力润青松。
发丝系韵缠书案，瑞气吟声觅曲宗。淮水悠悠花弄影，湖天古堰月留踪。

二河追忆

湖边打草重难拖，烈日灼风渴饮波。天暮人乏归路急，桃妖柳媚正婆娑。

老子山荷塘

轻舟急浪驶荷塘，水冷草枯景色茫。远望无言心不已，霜秋泽国有余香。

卜开初

卜开初(1949～)，江苏洪泽人。中共党员。洪泽县医院副主任中医师，吴鞠通中医研究院教授。中华诗词学会会员、中国楹联学会会员、洪泽县诗协常务副会长、洪泽县楹联学会会长、春涛诗社社长。著有《文学堂诗词选》《杏林诗选》《声律大观》等10余部书。

巨闸分洪

浩渺烟波阔，金桥屹水乡。千年愁涝患，一闸谱诗章。
吞吐山河气，虚涵日月光。芳林闻鸟语，争报稻花香。

洪泽湖采风

悬湖文化古，四处彩云浓。淮水收千派，丹山耸一峰。
时禽黄舌巧，名木绿阴重。今日争相觅，千秋翰墨踪。

洪泽湖

山水清灵造化工，繁花别致上林风。千年古堰沧桑证，百里悬湖日月融。
艺可娱人方算雅，才能济世始称雄。神仙传说知多少，尽在虚无缥缈中。

春堤漫步

长堤百里草芊芊，时到春来景愈妍。骀荡东风青逐浪，空蒙细雨绿拖烟。
娇莺断续新声巧，翠柳婆娑晓色鲜。嫩荫浓光真快目，优游最好趁今天。

莫淮神犀

铜头铁额九神犀，虎视眈眈卧石堤。身历沧桑仇水怪，势吞日月伴金鸡。
湖滨四季资源足，两岸连年稻麦齐。本是人民心血铸，今留古迹茂林栖。

老君遗踪

老子曾经筑玉坛，熊熊烈火炼金丹。青牛西去遗灵迹，紫气东升上翠峦。
芳草连天环白水，斜阳一抹照青山。纵情寻觅仙人洞，把酒临风带笑看。

洪泽湖龟山晚眺

登高纵目望仙门，景色无边笑语温。新月初生云水处，落霞映照夕阳村。
莺声远啭青牛石，笛韵遥连玉凤墩。碧汐粼粼腾细浪，谁人到此不销魂。

春日舟游老子山

洪泽湖边景色浓，丹山四顾水连空。和风吹皱涟漪碧，丽日舒开芍药红。
罾网闲修穿井树，荷杯忙碌醉渔翁。晴光旖旎春万千，尽入诗囊画幅中。

老子山

千里淮河一线长，汇成大泽水汪洋。青峰扼断天门险，巨浪翻腾雾气茫。
舟楫往来祈泰福，云岚缭绕敬高香。虽然不是岐山地，也有名墩集凤凰。

丹　山

金风轻拂菊英姿，正是寻经问友时。树接云天牛出谷，岭涵道德凤来仪。
千年大泽波涛壮，万顷红莲韵味奇。一识丹山真福地，虽然拙笔也能诗。

老子山温泉山庄

瑶池仙境落山庄，引得游踪万里长。琼液飞流来地阙，清泉畅浴自天堂。
神奇缥缈香风远，恬淡幽闲玉体康。乐趣千般谁解却？无穷尽在水中央。

万顷烟波

湖天一色泛银光，点点渔帆接太苍。雾色茫茫烟浩渺，风涛滚滚水汪洋。
鱼虾跳跃舱舱满，荷芰澄鲜处处香。桐柏源源流不断，金瓯永固万年长。

洪泽湖

千里长淮气势雄，汇成大泽渺无穷。烟波雾霭连天际，云景霞光耀日空。
花木迷离阆苑岛，鱼龙变化水晶宫。兼收并蓄多方利，确保粮棉果实丰。

艇游洪泽湖

四面波光耀眼明，无边景色蕴诗情。天风驱散云霞雾，水草摇开蓼蔓荆。
澄碧怡神欣作赋，流丹快意合吹笙。书中屡道悬湖好，今日方教慰此生。

乡　居

亲手开成一小溪，几株桃李植东西。入眠不用催更鼓，破梦全凭报晓鸡。
笔墨无章常乱置，诗书有序却平齐。闲来转步门前望，鸟雀枝头相互啼。

三河蘑菇

当年隐匿在深山，一入红尘便不还。贪恋餐肴争霸主，偏臻寿考葆青颜。
清廉喜作王侯佐，平易常随百姓攀。休道灵芝身价贵，怎如潇洒满人间。

王伟伟羊场

羊场一片渺无边，点点遥观似白棉。学子雄心争创业，娇躯巨笔敢书天。
休言闺阁梳妆事，何囿黉门翰墨篇。今日共和同仰目，英华卓卓勇当先。

白马湖今昔

其　一

芦苇森森曲径幽，藏兵匿匪几千秋。渔舟入港恒迷眼，樵客临滩每皱头。
阴雨连天波浩浩，寒风掠地影飕飕。凡人不敢轻相问，若到湖边立马收。

其　二

条石镶成一岸长，高堤锁定水汪洋。无穷钓客沿涯列，有序归凫结队翔。
生态平衡书改革，天然造化秀文章。游人到此非言破，放眼当疑是浙杭。

重到三河园

一别芳林四十年，风光换尽旧时天。鸟鸣绿竹多翻覆，雪压寒梅几变迁。
潭水清清留只影，诗碑熠熠集群贤。欣然寄语乾隆帝，请放宽心莫再悬。

注：乾隆有“南望夏秋心总悬”句。

蒋　坝

名镇安身古渡头，沧桑阅尽几千秋。高楼伟岸迎风立，白浪滔天顺水流。
朝夕观澜生感慨，阴晴润植费绸缪。更余美食尤称道，博得行人赞不休。

港宏玻璃厂

双双纤手巧玲珑，雕出玻璃百样工。敢弄商潮迎叠浪，大千世界笑相通。

科技产品厂

奇形怪状不知名，片刻拼来绝艺成。妆点人间新画境，灵心妙手尽雄英。

曹连如猪场

豚栅已消何处寻？层楼曲径自幽深。风光一派千声唤，敢问谁人不动心？

管锦鸿生态园

生态园中百卉嘉，时当霜降尚繁花。人人争说稀奇事，朱坝长成哈密瓜。

草泽节制闸

洪水无情患难多，农民最怕雨滂沱。而今有闸能调控，驯服龙王已伏波。

顺河二十六烈士陵园

庄严肃穆柏松青，廿六英雄史册铭。不是当年扫倭寇，而今怎得国安宁。

蒋坝大桥

由北而南一线通，飞身却在树梢中。羊肠淖泽皆无见，唯有长桥映碧空。

戽　水

世传戽水有深知，全在阴阳配合时。一旦双绳偏失误，轻教落水重伤肢。

踩　水

秧田缺水正愁人，踩动飞车滚木轮。步履循规心有数，莫教失足跌埃尘。

崴　藕

碧荷摇曳午风清，崴藕河中最有情。手执丝茎寻路径，趾头挑出水晶晶。

薅杂稻

灌水施肥着意栽，愁看杂稻满田开。年年拔掉年年长，试问野根何处来？

耥　秧

青衫跣足下秧田，半日腰痠不敢前。忽觉游鱼踝上过，开怀一笑向蓝天。

高涧镇观感

家乡不是旧时光，燕子归来错认梁。公路通村楼满市，卅年变化实非常。

朱坝渔家

活鱼锅贴远名飞，鲫嫩鲇鲜鳜鲤肥。更有青虾和绿蟹，千般水产竞光辉。

黄集新貌

天蓝水碧稻花香，盐化工程跻百强。还有羊羹闻海外，更教古镇耀新光。

岔河大米

岔河大米美名留，白马湖边品独优。色质晶莹浑似玉，馨香弥久驻心头。

东双沟周桥大塘

一泻汪洋万丈深，谁人回忆不惊心！天翻地覆江山变，旧貌留教细探寻。

湖上餐厅

清风频送芰荷香，暑日须知近水凉。难得船头能一醉，功名富贵总寻常。

洪泽湖

浩渺烟波气势雄，巍巍古堰更葱茏。任他千里长淮水，尽入胸怀激浪中。

洪泽湖春风

东风吹绿水差差，岸柳飞花白雪姿。竞发千帆争破晓，前程万里助奔驰。

洪泽湖夏风

阵阵南风漾绿波，多情着意送香荷。人来湖畔精神爽，伫听归帆晚棹歌。

洪泽湖秋风

瑟瑟西风卷浪花，丰收喜讯到渔家。凫肥蟹满千帆竞，点缀湖天景物嘉。

洪泽湖寒风

严严凛凛朔风寒，鸥鹭成群宿浅滩。万顷湖天皆碧玉，诱人争作画图观。

洪泽湖之春

一望无边万里明，风光满目碧波清。时逢盛世春来早，锦棹渔歌颂太平。

洪泽湖之夏

满湖碧浪漾荷风，山色峥嵘气象雄。百里长堤林溢翠，银鳞跳跃水晶宫。

洪泽湖之秋

霜压湖天日月高，南飞雁阵过青霄。丹枫染透红如火，百里长廊百样娇。

洪泽湖之冬

满目光华万里天，梅花偏向雪中妍。银帆收起桅樯立，争颂人间大有年。

洪泽湖之晨

朝霞映得满湖红，碧水粼粼耀日空。汽笛一声开径路，扬帆鼓棹向东风。

洪泽湖之夕

帆收缆系竞归来，鱼满船舱笑满腮。最是渔姑情意重，红霞映得面花开。

洪泽湖之风

摧帆捍索响如雷，鸥鸟寻林浪卷堆。幸有湖中避风港，心头感激万千回。

洪泽湖之雨

纷纷落下雨千丝，妙趣横生我自知。不见甘霖流四处，船身隐约上抬时。

洪泽湖之云

云朵妆成七彩天，鱼争跳跃鸟争旋。槐花柳叶相辉映，香气飘来碧水前。

洪泽湖之月

光华一片尽如银，万顷湖天彻夜明。时见芦汀飞宿鸟，不知月色误为惊。

文化广场即兴

树绿花香满目新，金鸡牛虎足精神。砚临河水清波动，照见人间万象春。

洪泽梦

其　一

春风煦煦过悬湖，绿水青山着意铺。一片丹心谋幸福，城乡四处乐欢余。

其　二

满眼风光一焕新，童心白首长精神。春花秋月催人奋，好梦连宵总变真。

陈泰山

陈泰山(1950～)，江苏洪泽人。中共党员，经济师。曾任县机关党委副书记兼纪委书记，高良涧副镇长、副书记，洪泽县农机局副局长、副书记。老年大学副校长。江苏省诗协、江苏省楹联研究会会员，洪泽县诗协、洪泽县楹联学会副会长，春涛诗社副社长兼秘书长。

洪泽文化广场

砚临河畔彩旗飘，隔岸远观两柱高。灯火银花流月夜，雄鸡寅虎镇洪涛。
九牛添景招游客，一水扬波增画桥。漫步舒心人自赏，偷闲半日乐逍遥。

洪泽农机化

腾飞洪泽喜盈盈，四处农机一片声。绣绿描红收播快，披星戴月运输轻。
铁牛不愧摇钱树，原野皆如不夜城。有兴闲来村际望，从今割断苦耕情。

万集小区

兴建万家民乐园，而今一改纪新元。精微利用三分地，俭省建成千步垣。纵有林荫幽静秀，横穿溪汇亦潺湲。圣人塑像顶天立，农宅更彰文化源。

仁和风貌

天时地利吉仁和，盛世催生清水荷。顿减千年尘土貌，昌明满目鸟禽窝。商音欢伴古今舞，光站畅输中外波。水利农田新曲奏，左家楼上再高歌。

共和风韵

财政排名数一流，招商项目大联优。万头肥猪傲三省，四季洁鹅销九州。基础设施千款护，订单土地百金酬。入江水道伴歌唱，社会安康心韵悠。

三河风范

富民强镇目标新，财政亿元培植频。工业质升添活力，农商量扩动全民。鮰鱼基地水池沃，龙禹风情艺苑珍。模范党团勤且正，文明环境洁无尘。

东双沟风致

项目为王工贸隆，招商加快敢称雄。强村实事农民富，兴业热潮财税丰。纠正四风谋党建，秉持五德立新功。昌明生态添新翼，百鸟飞翔架彩虹。

岔河风华

岔河俗叫小南京，二带四区经纵横。万众之民强体魄，五园工贸旺财倾。红旗杆上写淮宝，白马湖中响曲声。继承先烈老传统，清廉从政地天明。

西顺河风采

洪泽明珠西顺河，岩盐水产富源梭。纵横网簖满湖设，伏羲犹疑八卦罗。探究深层千钻卤，奏成勤政一心歌。替民着想襟怀阔，掌舵扬帆文武科。

蒋坝风操

始于东汉立明门，水陆纵横古迹存。工贸称雄三业带，农渔创利二成翻。紫鹅银杏田园画，红烛青烟佛道屯。万顷碧波尘世纳，悬湖情操万年尊。

龟山村

龟山原耸水云乡，对比今吟忆锦章。御码头波腾瑞气，巫支祁井照神光。
唐龙文记一碑壮，淮渎庙飘三炷香。撩拨深情常入梦，聚焦首个古村庄。

长堤安置区

长堤安置区，规划展宏图。日月高楼伴，人人享悦愉。

朱坝玻璃厂

金秋时节港弘观，闪闪玻光百丈澜。荡起工人心喜畅，制成精品九州冠。

明天种业

独有明天种业骄，精心选种出良苗。布施科技千层眼，智慧员工尽舜尧。

万集污水处理厂

镇村污水建成厂，告示全民环保榜。珍爱田园举措新，康庄大道更清爽。

徽式小区

扎下徽州民宅根，悬湖碧水润心源。门旁小憩伴银杏，一曲黄梅荡气魂。

东双沟工业区

双沟工业集中区，高产安全绘画图。产品质优机械化，乘风破浪跨征途。

洪泽湖

千载长堤似画屏，几多赤子绕湖行。碧波浑似萱堂乳，万里征帆感母情。

老子山

烟波浩渺绿荫间，淮尾湖头老子山。圣像一尊灵气重，四方游侣仰慈颜。

温泉山庄

记得当年羡李聃，众生普救炼仙丹。而今地下温泉涌，一浴如吞保健丸。

游悬湖

快艇迎风逐浪头，游人纵目白云游。蓝天碧水长千尺，景色催诗妙笔留。

观万亩养殖

万亩湖滩养蟹鱼，心灵手巧羡渔姑。星罗棋布千方网，陆逊犹疑八阵图。

岔河大米

基地栽培水稻攻，产销旺盛品牌崇。玲珑剔透有机米，扩大规模效益丰。

西顺河大闸蟹

横行八足往来欢，膏满脂肥肚腹宽。细品慢尝滋味足，当思渔子养时艰。

周桥月潭

传说当年白浪凄，道光构筑月潭堤。如今改就鱼虾馆，游客多为胜景迷。

洪泽湖环保

一望湖天百鸟徊，碧波浩渺万人偎。虾欢蟹乐鳜鱼闹，环保源头活水来。

拜谒顺河二十六烈士墓

抗倭激战顺河滨，威武之师新四军。坚守顽强防敌窜，出奇制胜显忠贞。

陈　刚

陈刚（1950～　），笔名佳境，江苏洪泽人。中华诗词学会会员、江苏省诗词协会会员，淮安市诗协理事，洪泽县诗协副会长、霞天诗社社长。著有《陈纲诗钞选》。

春日游洪泽湖大堤即兴

湖上好春光，长堤三月妆。高枝鸣翠鸟，疏影入莲塘。
红杏墙头露，夭桃泽畔狂。含烟杨柳绿，带雨菜花黄。
浪逐千帆远，风吹万卉香。踏青芳草地，携友水云乡。
玉笛舟头送，渔歌水上扬。丹山笼秀色，南浦泛征航。
渺渺波涛涌，迢迢淮水长。逍遥舒倦意，把盏解愁肠。
桥上行人急，堤边蜂蝶忙。沙滩眠宿鹭，晚棹映斜阳。
弦上知音广，湖中锦句藏。兴游浓未减，策蹇四时郎。

大泽沧桑

泗州古地溯前朝，海市蜃楼佳话遥。韩岳阻金屯破釜，禹王锁怪镇波涛。
陈登治水兴高堰，政府修堤建路桥。几度沧桑惊巨变，悬湖百里万年娇。

访古战场

寻踪访迹走朝朝，澎湃心潮逐浪高。陈帅留诗吟柳巷，彭师抗日策骑刀。
左楼一幢筹帷幄，茅舍三间运略韬。大好湖山铭往事，缅怀先辈思滔滔。

风动波摇

东方万里碧波摇，有兴随君一放桡。隐隐丹山生紫雾，茫茫雪浪涌春涛。
鱼翔浅底嬉流水，人立舟头弄大潮。摘句寻章充墨客，愧无妙句塞诗瓢。

吟诗咏景

春满长堤柳色娇，轻盈荡漾舞蛮腰。笼烟叶底黄莺啭，丽日枝头白絮飘。
岂谓湖边专送客，常依水畔助停桡。诗人也有涂鸦术，树下迎风纵笔描。

名山感赋

老子高炉历几朝，至今紫气尚凌霄。炼成丹药诚灵验，留得仙山更显娇。
已去青牛遗足迹，欲寻古洞问渔樵。欣临胜境诗潮涌，百感皆随笔下描。

洪泽湖度假村

悬湖胜境远传闻，更喜新添度假村。碧瓦朱檐通曲槛，琼楼玉阁映芳尘。
泛舟赏景来佳客，鱼嬉鸥旋恋外宾。人与自然浑一体，怡情悦性长精神。

过洪泽湖

波涛汹涌雪千堆，游旅征帆映翠微。谁道悬湖沧海变，畅谈洪泽蟹鱼肥。
风吹莲叶舟前绕，浪击鸥群水上飞。百里长淮谋发展，丹山迎客彩旗挥。

悬湖沧桑

其　一

昔日泛灾洪泽湖，离乡百姓屡迁居。咽喉建闸通江锁，大陆开河向海疏。
树木常栽成气候，粮棉丰产有盈余。沟渠遍布江淮地，旱涝保收勾画图。

其 二

一声雁唳破长空，短棹轻摇湖水中。白浪翻涛开视野，泓波浩渺掠吟风。
丹山藏景隐诗料，秋色含情惹画工。泽畔新增盐矿井，临风高耸入苍穹。

洪泽湖传说四首

水漫泗州

恶龙妖母浪中狂，面似青猿惹祸殃。一恨道家人老子，二因明代帝元璋。
神桶装满三江水，牛肚喝余一点浆。气愤倒干倾垢底，瞬间城漫变汪洋。

观音镇锁水母娘

白浪滔天惊玉皇，钦差菩萨化民装。踏云来到降魔岭，杨柳挥成卖饭房。
竹筷轻敲施法术，面条忽变锁链桩。龟山八角璃璃井，永镇孽龙水母娘。

庚辰降无支祁

大禹当年治水诚，却逢支祁阻工程。兴风作怪掀洪浪，毁屋淹禾残众生。
铁索龟山堆石镇，金铃鼻孔大戟征。为民除害天神助，罪恶多端终有惩。

刘基造堤

洪涝连年毁古堤，元璋无奈派军师。堪查水患寻根底，沿着糠皮筑坝基。
加固砌坡长垒石，增高修厚竖丰碑。历经大浪阻风险，百里湖边形委蛇。

九牛二虎一只鸡

妖龙惧怕老牛征，听到声音逃远行。二虎生威湖畔助，一鸡报晓水边鸣。
长堤百里险方稳，铸铁千斤怪兽惊。从此哞哞声不断，风停浪静碧波平。

孤峰听涛

落日斜晖暮色娇，仙门帐望彩云遥。问寻水母形安在，喜看神龟迹未消。
银杏有枝犹半月，孤峰羁客慢听涛。万家灯火山城动，嘈杂人声带晚潮。

水上人家酒楼

其 一

湖水一湾浮酒船，飘香四面惹归帆。听涛观景留心赏，满眼风光半醉酣。

其 二

慕名来客水鲜尝，闸蟹鱼虾大碗装。小酌观光湖上景，低吟浅唱入诗囊。

王立坤

王立坤(1951～)，江苏南京人。中国电力诗词学会会员、江苏省诗协会员，洪泽县楹联学会常务理事，洪泽县诗协副秘书长，洪泽县毛诗会副会长，《洪泽诗苑》副主编。

洪泽湖春吟

其　一

夜雨细如歌，晨观弄清波。扁舟轻荡去，阔水远帆过。
网事勤丰喜，渔姑笑唱多。清风新绿柳，云燕戏红罗。

其　二

商贸九衢通，江淮自古同。文华多胜地，人杰有遗风。
白马嘶新啸，悬湖固石龙。城乡凝紫气，迎照旭阳红。

其　三

淮地一声雷，云中雁唱回。风和残雪尽，日丽柳新裁。
大泽春潮劲，轻舟喜棹催。等闲诗意发，笑向石堤梅。

其　四

人和日月昭，百业创新标。丹岭呈祥瑞，长堤雨水调。
欢颜吟古韵，盛世涌春潮。放眼神州处，江山万里娇。

洪泽湖风韵

大泽风光好，粼粼碧浪绵。长堤青木掩，曲岸紫云旋。
杖竹眺帆影，垂丝听杜鹃。迎身烟柳拂，侧耳渔歌传。

洪泽湖九龙壁

神姿呈壁上，石里舞波天。爪露弯汀柳，身浮古柏烟。
水流金鳞灿，风动紫云旋。雨泽淮乡地，福佑万千年。

万顷烟波洪泽湖

其　一

风涛万顷意无边，山色湖光四域传。春苇青青摇碧水，夏荷曳曳舞蓝天。
重阳菊艳香菱好，数九薪红老窖绵。波底泗洲犹扼腕，陵东紫气满坤乾。

其 二

湖光潋滟鹭鸥旋，远岭葱茏云影翩。倩竹庇荫徊雅客，婷荷流翠拂波天。
柳前盈月渔歌近，窗外飞霞酒色嫣。知是长淮情意重，每从梦底唱无眠。

春机（回文）

松青掩翠柳摇风，浪白驰舟晓日红。筇后堰园花色艳，石前淮水泽民丰。
蜂携蝶舞春心醉，雨带云飞远志雄。农牧林渔商学卫，龙腾势跃起城东。

注：回文顺读用一东韵，倒读用二冬韵。

长堤吟

其 一

几点云舟帆曳影，一弯远山色空蒙。网旋片片心摇腑，渔唱盈盈耳破风。
移步蜿蜒飞紫燕，寻睛碧翠舞黄蜂。烟波万顷悬湖阔，柳浪千重古堰雄。

其 二

烟波浩渺碧空蒙，长堰蜿蜒卧玉龙。漫指舟轻云拂浪，细言柏翠柳迎风。
春深百里晴天蔽，秋重千乡大泽丰。缓步闲情寻啭鸟，定心惬意捉金筇。

春 吟

其 一

天然水库九州殊，石岸迎淮世界孤。百里烟蒙莺唱柳，波涛万顷雁浮庐。
菱荷苇翠仙乡似，虾蟹鱼肥美味如。雅客骚人吟意盛，醉猿丹岭酌千壶。

其 二

楼舍门联醒目红，院厢机具散西东。堂前富贵牡丹凤，屋内清新锦绣龙。
室外砼平通道路，田边林密列屏风。农家喜唱丰收曲，春草馨花舞蝶蜂。

其 三

一夜风寒细雨稠，墒情滋润绿芳洲。氤蒙十里遥山影，水涌千涛石岸悠。
闲客怡情观翠柳，渔家逐浪弄帆舟。经年渠畅乡民利，新岁光华百业遒。

其 四

一路寻春一路来，波天穷目远舟徊。新正闲意行堤岸，夙愿痴心问海隈。
指看盈川三径雨，隐听惊野九天雷。东风轻拂湖边柳，倚日红梅著意开。

其 五

晨练行匆早起身，堆前树下恰曦辰。轻寒体转声如玉，微热云翻曙似银。
却笑风催千雀唱，还欣露润百芳茵。回眸喷薄金红处，旭日春湖万象新。

观　闸

长淮奔涌浪匆匆，大泽氤氲气势雄。闸锁悬澜听调度，清波一道走蛟龙。

龟　山

长波千里一时归，俏立青螺泥石危。身在烟波云霭里，龟山风景水生辉。

张全成

张全成（1952～　），字子伯，号拙人，江苏盱眙人。中共党员，工程师。中华诗词学会会员、中国楹联学会会员、洪泽县诗协副会长兼秘书长，《洪泽诗苑》执行主编。

贺洪泽县建县50周年

其　一

岁月峥嵘五十年，红旗猎猎壮坤乾。纵横道路繁华地，林立商楼锦绣天。
泽畔民丰歌阵阵，城乡物阜舞翩翩。工农渔牧蒸蒸上，碧水泱泱百业妍。

其　二

浩渺悬湖景色优，碧波荡漾颂歌流。田间稻谷吟金曲，浪里鱼虾放玉喉。
硝矿温泉名万里，长堤古堰誉千秋。植桐引凤筹谋略，展翅天鹅壮志酬。

悬湖水釜城

昔叹蒲塘乱草坪，今看一片炫霓明。亭桥馆阁儒风伴，水舫茶铺瑞气生。
世外桃源人恣意，民间仙境鸟传情。天鹅古韵今圆梦，烁烁湖光锁釜城。

长堤翠柳

千丝翠柳覆长堤，疑是青龙卧泽陂。云树相连成画本，水天一色望中迷。

观三河闸

巨闸凌空气势雄，飞虹万丈锁蛟龙。喷云吐雾洪峰泄，今日神工胜禹工。

蒋坝治河怀古

其　一

治河塘畔论前朝，铁器成堆任意抛。面对道淮回往事，蒋公无计锁龙蛟。

其 二

石堤百里莽苍苍，弯曲盘旋绕夕阳。点点归帆天际渺，层层烟锁帝王乡。

登老子山

其 一

名山历代几经迁，老子炼丹远古传。养性云封玄石洞，流连雕像瞻李仙。

其 二

夕照霞晖老子山，园林古刹玉楼斑。苍松滴翠天然秀，画意诗情碧水间。

安淮寺抒怀

今看安淮星斗移，毗邻老子共清姿。法门不二经幡曳，千载沧桑动远思。

观凤凰亭

悟空恼怒打翻炉，撒落仙丹引鸟呼。未料食之惊变凤，美名由此誉云途。

龟山遐思

洛龟兆瑞艳阳村，胜迹流霞紫气门。古杏支祁铭勒石，冷寞浮翩动诗魂。

龟山凭眺

其 一

危峰遥映白云楼，百里长淮一望收。水拍神龟浮彻响，金钟撞月韵长留。

其 二

孤峰峙立淮水边，浪泼青龟浪击天。古杏神碑钟撞月，军师将帅有诗篇。

注：军师指彭雪枫。将帅指陈毅。

湖上泛舟

澄波细浪浩如烟，一叶飞舟欲上天。阵阵渔歌传唱远，千帆点缀白云边。

犀 牛

栩生铁骨九神犀，二虎威严卧堰堤。岁月沧桑雄镇水，黎明报晓一金鸡。

湖上餐馆

九龙餐饮落湖天，鱼蟹虾肥别样鲜。饭菜醇香波浪远，三杯下肚笑登仙。

悬湖大禹雕像

远古时期大禹王，持铲背笠勘灾忙。于今雕像悬湖立，治水英雄世代扬。

水城田园

其　一

桑麻稻菽映蓝天，蟹鳖鱼虾鳝蚌鲜。芡藕菰蒲菱引客，绿油蔬菜接云天。

其　二

鸡鹅鸭鸽闹声喧，貂貉猪羊富万村。瓜果桃梨甜又脆，竹林花木伴丰园。

洪泽林业

林网农田焕靓妆，无边绿色谱华章。水生湿地优生态，植被茵荫众鸟翔。

洪泽古银杏树

龟山蒋坝越城边，鸭脚乾坤数百年。历尽沧桑风雨雪，春秋寿纪笑神仙。

朱坝锦鸿生态园

远山哈密嫁婆家，北国千途南国夸。百亩青藤添绿宝，锦鸿笑得乐开花。

美哉岔河

其　一

八字峥嵘古镇含，众云苏北小江南。如林商铺门庭市，渔牧农工滴翠岚。

注：岔河是全国重点中心镇，“八字”即历史岔河、商贸岔河、红色岔河、文化岔河。

其　二

十六蓝图日月光，新轮生态著华章。东驱北拓沿西进，古镇风情韵水乡。

注：2014年至2030年，该镇发展定位为“水乡风情古镇”的现代化小城镇。

左家楼

难忘红色左家楼，将帅风云事迹留。学府江淮铭后世，仁和会议炳千秋。

注：1941年7月，新四军第四师到洪泽地区休整，在左家楼召开军政委员会扩大会议，并住在此地，史称“仁和集会议”；1942年，在此创办江淮大学。

仁和光伏发电站

英姿飒爽瞩蓝天，雄壮威严立哨前。萦绕光源随日转，聚能发电渡江天。

三河长堤安置小区

民富花开聚凤麟，宜居灿梦此成真。古香古色三河镇，御府长街满目春。

注：全镇有农民小区10个，占全县各镇之首。

三河紫山牌食用菌

琼花独秀入云图，满目双孢白玉菇。一品紫山千百里，今朝彩凤落天湖。

注：国家级重点企业福建紫山集团股份有限公司，在全国拥有10家子公司。

陈中建

陈中建（1952～ ），江苏洪泽人。洪泽县特殊教育学校教师。中华当代文学学会会员、江苏省诗协会员、洪泽县诗协会员。

洪泽水釜城晚景

曲径幽深单孔桥，红霞几缕挂林娇。灵姑梦想心中漾，垂柳云推堤上摇。
陌影相依闻恋语，画船各异唤停招。玉人歌舞纷纷论，才子嬉游评点超。

晚眺洪泽湖

其　一

百里平湖波静尘，银光辉映水粼粼。箫笙吹起浮家梦，新月如钩沉晋秦。

其　二

三杯微醉上琼楼，似见中原十九州。烟雾苍茫相接处，淮河滚滚向东流。

王来发

王来发（1952～ ），笔名老夫聊发，江苏淮安人。中共党员，中学语文高级教师。江苏省诗协会员，洪泽区诗协、洪泽区作协会员。

游子情

家距平桥镇，东行九里多。离村年正少，返梓背微驼。
古堰知时月，湖风起浪波。涓流归大海，游子泪婆娑。

乡贤小聚

秋高气爽金桂妍，同乡小聚结人缘。举头邀月团圆夜，把盏吟诗鼎盛年。
满座高朋谈往事，一壶薄酒话桑田。人逢知己千杯少，意笃情深醉八仙。

老母亲

八旬有五坐门旁，满脸斑纹两鬓霜。戴月披星刨土地，吃糟咽菜育儿郎。
心宽耳背精神好，子孝孙贤福寿长。四世同堂人羡慕，经年在外梦亲娘。

老庄园

老房几栋傍村西，两姓三家世代犁。推户居前栽柳树，开门屋后喂芦鸡。
朝朝励志勤修义，日日教儿苦作题。人道庄园风水好，金融文武俊才齐。

吴承恩

问世西游集大成，是谁编撰起纷争。淮安府志吹迷雾，玉搢葵生作佐征。
巷尾街头听俚语，文豪学者究人名。神魔瑰宝传千古，辉映全球美誉赢。

暮春野望

雨霁红销惜落英，枝头新绿更分明。眼前飞絮谁家柳，身后银铃几处莺。
白发初添人不觉，青春老去岁无情。畴平野阔风光美，且采诗花度此生。

古镇名人

淮城古镇出名人，博览群书妖兽神。性敏慧多常失意，家衰俸少偶当臣。
搜奇猎怪诛贪腐，鞭恶惩邪涤垢尘。一部西游千古颂，流光溢彩万年珍。

忆童年

往事匆匆苦乐篇，峥嵘岁月忆童年。滚环上学浑身暖，采葚充饥满口鲜。
冰面弹球寻乐趣，河中捞蟹换零钱。蓦然回首青丝白，孝敬娘亲幸福天。

故乡吟

又见娘亲喜泪浑，菜肴满桌足鸡豚。畴平野阔开新路，树碧楼高映老村。
锣鼓冲天佳节近，炮鞭震耳古风存。民心淳朴提包裹，意笃情深客上门。

平桥颂

千年古镇话平桥，达海通江好富饶。市井繁华名远播，人文荟萃玉精雕。
东看稻谷千重浪，西枕波涛万首谣。清帝南巡常驻跸，流光溢彩更妖娆。

高中同学聚会感言

五十年来梦里寻，同窗友谊胜千金。校园度日思温饱，教室翻书阅古今。
商学官民无贵族，东西南北有佳音。青丝一别奔波急，白首相逢感慨深。

采风见闻

其　一

路边稻谷泛青黄，水里珍珠顶绿裳。白马湖中波浪起，江苏国瑞立堤旁。

其　二

锣鼓喧天震四方，钓虾捉鸭掼牌忙。人头攒动如潮涌，获奖嘉宾喜气洋。

其　三

禾采名声四海扬，稻鱼麻鸭育精良。害虫杀死无需药，绿色天然大米香。

其　四

沙场餐厅秋点兵，红菱毛豆煮花生。鸡鱼鹅鸭梅干菜，细品余香雨不惊。

平桥豆腐

御赐佳肴第一鲜，平桥豆腐味芳妍。鸡汤海贝河鱼脑，爽口清纯皇上筵。

徐国庆

徐国庆（1953～ ），江苏涟水人。中共党员，洪泽县老年大学办公室主任。中华诗词学会会员，江苏省诗协会员，解放军红叶诗社社员，洪泽县诗协副秘书长，洪泽县楹联学会副会长兼秘书长。

咏蒋坝

蒋坝小南京，果然不枉名。西临湖浩渺，南接闸恢宏。
史上留佳誉，城中讲文明。三街六市景，二举四门盈。
渔港繁商贾，码头过客宾。水上帆樯动，空中雀鸟鸣。
乾隆挥御笔，圣旨记碑亭。百亩荷花荡，千家产业精。
铁牛依镇水，银杏尚修行。温泉一号井，美食万家羹。
事业呈兴旺，老人乐晚晴。同心谋发展，筑梦踏征程。

洪泽湖颂

其　一

泽畔风光景万千，悬湖旧貌换新天。农村改革贫根断，集市放开富路连。
摄取城中楼厦美，网来湖里蟹鱼鲜。招商引项新区旺，迈步康庄力竞先。

其　二

小城新貌丽万端，山色湖光水云间。世纪广场连钱岛，惠民家院映丹山。
蒋坝鱼圆香美宴，岔河大米出雄关。楼高路阔霓灯亮，红颜艳服世人欢。

张福河

碧水映蓝天，秋风荡小船。渔翁身手捷，网捕一筌鲜。

湖湾景

湖中白鹭飞，水下蟹鱼肥。浪里野凫戏，船头笑语飞。

湖畔吟

极目悬湖水托天，银帆紫鹭紧相粘。渔家儿女乘风浪，收网方知苦与甜。

河蟹之乡

湖光万顷水连天，围网千层紧相连。蟹壮鱼肥忙运出，南疆北国品新鲜。

回民村

棕墙碧瓦伊斯兰，豪宅华装不一般。欲问回民何故有，中央政策放光环。

农家别墅

两百平方上下层，冰箱彩电映华灯。花红果绿庭堂美，鲜艳国旗楼顶升。

裴安年

裴安年(1954～　)，江苏洪泽人。曾任洪泽湖博物馆馆长。洪泽县诗协会员、春涛诗社社员，主编有《千秋诗文洪泽湖》等。

老子山水上运动会

岸边飘彩意情浓，湖上竞舟箭脱弓。枪令攀桅一声响，健儿登顶半分钟。

劈波斩浪凶如鳄，泗水传球矫似龙。父老依依相对语，今朝比赛虎追风。

老子山凤凰墩远眺

拾级凤凰山，长淮放眼看。紫烟幽谷起，似报老君还。

越城怀古

越城汉址久徘徊，大泽沧桑迹未埋。瓦砾犹存鳞爪影，游人误认妙高台。

龟山遐思

龟峰寺庙半残留，名士题镌石上收。百里涛声浮彻响，犹传罗汉抗倭酋。

张玉银

张玉银(1956～)，字子贵，笔名若雨、楚客，江苏洪泽人。中共党员，工程师，空军上校军衔转业。中华诗词学会会员、解放军红叶诗社社员、江苏省诗协会员、江苏省楹联研究会会员、淮安市诗协副会长、洪泽区诗协会长。有《松竹轩吟咏》与诗词学著作多部。

次高昌执行主编《洪泽湖泛舟》韵

解缆笛悠悠，云边淮水流。风吹腮后须，鹭逗艇中眸。
芦苇沿滩舞，鸳鸯逐浪游。碧波清似酒，甘爽驻心头。

基灵寺

殿门邻市井，残壁透香轻。深巷悠悠曲，红尘淡淡生。
闲云飘逸过，野鸟自由行。夕阳初入岫，渐辨木鱼声。

泽国寺

悬湖浮圣景，碧水洗尘踪。芦荻生禅韵，寮房傍雪松。
香荷摇鲤影，绿竹出丘峰。百舸穿晨雾，艄公听远钟。

洪泽湖大墩岛观景

岛上梵香细，篷帆绕野凫。朝朝红日炼，暮暮紫云铺。
蟾抱水中月，兔惊枝上鸪。时时观自在，当下脱凡夫。

万集蘑菇种殖基地

绿树阴中棉籽殊，排排棚内种蘑菇。谁知废料能成宝，此播菌苗长植株。
手握根根点睛笔，胸罗户户献冰壶。奇思妙着兴农路，打工不必踏征途。

夏日洪泽湖古堰行

暑天登堰汗柔纱，老树摇弯七彩霞。敛翼雏鸥穿碧水，迎风蝴蝶觅红花。
野鸡饱食呼同伴，狡兔承欢剪草芽。路面阴凉无热浪，清香空气竞豪奢。

洪泽湖

淮水苍茫接碧天，亦真亦幻半空悬。银盘托岛浮青玉，岸柳推帆散紫烟。
日出气蒸洪泽梦，风生浪撼古城边。鸡鸣虎吼赶潮事，牛奋轻蹄惊杜鹃。

题洪泽湖文化广场大禹塑像

上古亲民一帝称，功高东岳德能呈。家门三遇擦肩过，河道千疏向海倾。
百虑黎民期好梦，万披肝胆照华庭。知今国富民康泰，炯炯眸光霸气横。

老子山温泉浴

盘古开天真气屯，石中液化到而今。远离纷扰红尘世，近浸无为寡欲音。
清者自清魂魄处，浊之未浊节操襟。官场若得言行洁，先饮温泉洗洗心。

洪泽湖文化广场

喷泉四射亮歌喉，池水鱼欢卧九牛。双柱双龙腾碧落，一鸡一唱落田畴。
舫游活水摇霞趣，云着彩衣看鹭鸥。骑虎儿童生豹胆，扬鞭憨笑不知愁。

共和林海塑业

厂设路旁何足道？车间一瞥倍惊奇！机床转出隆隆意，产品生来雅雅诗。
管道长长高口径，金街净净艳风姿。争知环境美容事，幕后原来有大师。

次欧阳鹤老《洪泽湖长堤》韵

旱涝皆丰功已成，战天斗水筑长城。黎民赖有安民策，天赐甘泉自降生。

次潘泓老师《老子山》韵

寻常地段出名山，人去丹熔洞自闲。唯剩余温暖泉水，洗清俗气再登攀。

百里长堤

苍龙卧定势森森，臣伏洪魔贴耳吟。平地由君分界线，东酿温馨西酿金。

二河闸

水缺水盈终是患，能排能灌两分明。楚天高唱阳春曲，染到京津半壁青。

三河闸

一梁纵跨截横流，锁定龙王作楚囚。从此东皋无水患，家家乐做守亭侯。

安淮寺

老子灵丹引凤凰，熄炉建寺不苍凉。一经念罢楞严咒，散入湖中水带香。

水上酒楼餐厅三首

九龙港湾

一泓如镜绕葱茏，碧水蓝天映日红。谁料曾经大潮起，风平浪静卧蛟龙。

芦荻港湾

归棹鸬鹚啄羽欢，蒹葭摇翠水纹间。悬湖日暮升渔火，酒气芳香引白鹇。

听橹港湾

拂晓荷塘划碧波，舟行艄后起漩涡。悠扬节奏入清梦，长橹摇香一串歌。

渔民夜校

朝出销鱼赶市场，暮归红日入山岗。忽听传授新科技，鲜味先行到课堂。

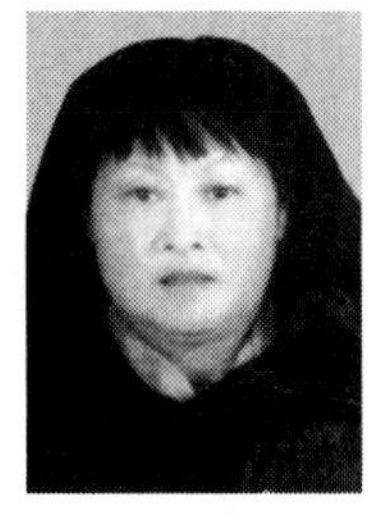

薛玉莲

薛玉莲（1956～ ），女，江苏淮安人。幼儿教师。淮安市诗协会员、洪泽区诗协会员。

悬湖婉约美如诗（辘轳体）

其 一

悬湖婉约美如诗，无限风光耀彩姿。曲折岸阶扬翠玉，温柔碧浪戏灰鹚。
春萌淑女心中梦，秋发文骚肚里词。浓墨劲毫难绘画，涛声轻唱令人痴。

其　二

春雨轻淋碧柳枝，悬湖婉约美如诗。一湾芦苇摇佳韵，万亩荷花展丽姿。
河蟹体肥藏蛋白，青虾肉嫩少油脂。鸡头昂首书真味，菱角伸根水里垂。

其　三

清波藏迹少人知，水下明陵世上奇。小岛逸豪雄似赋，悬湖婉约美如诗。
新滩靓丽飞群鹤，老树红霞挟阵鹂。远望碧涛吞日月，近观岸柳沐晨曦。

其　四

细雨扬烟叶满枝，东风追燕水波漪。晨行堤岸观云卷，暮沐霞光赏日驰。
滩岛纵情形似画，悬湖婉约美如诗。鱼腾戏鸟歌祥瑞，鹤叫寻蛙颂吉祺。

其　五

一山一水一城池，古堰新生秀丽姿。曲径回廊藏燕子，小桥亭阁伴荷枝。
兰香竹翠黄梅蕊，槐白桃红绿柳丝。幽境怡人多幸福，悬湖婉约美如诗。

尹　声

尹声（1959～　），江苏洪泽人。中共党员。曾任县委政法委副书记、县司法局局长等职。江苏省诗协会员、江苏省楹联研究会会员、洪泽区诗协副会长、洪泽区楹联学会副会长。著有诗文集《雪里红》。

老子山吟

览胜借青牛，淮流眼底收。茶庵迎远客，渔港系归舟。
雾锁龟山脚，风吟剪草沟。山庄风景异，若见老君游。

大湖寄情

氤氲紫气浮黄鹤，烁烁清波走锦鳞。放眼欣成湖上赋，挪足喜作岸边吟。
诗情涨落随缘起，画意虚实伴醉兴。纵墨泼得村野趣，高歌荡起水乡音。

洪泽县城砚临河风光带感赋

两岸草花香，蜂蝶舞翅忙。虹桥连锦苑，碧水绕华堂。

蒋坝吟

扼守长淮古堰头，佳肴美景复兴楼。游人览尽通幽处，清水塘前白鹭洲。

朱坝活鱼锅贴

死面锅贴脆又香，活鱼现煮后厨忙。随缘小聚农家乐，老酒一杯话短长。

朝辞高良涧访湖西

凭栏漫忆儿时梦，远岸回眸旭日新。今访亲朋何所有，轻舟顺带半湖金。

过洪泽湖

信步青波舟作履，环眸雾岸水为天。修得胜境逍遥渡，欲向蓬莱扮九仙。

夏宝国

夏宝国（1960～ ），江苏洪泽人。曾任洪泽报社副总编、洪泽县委宣传部副部长、县文联主席、县文化局长、县文广新局党委书记。中华诗词学会会员。主编有《千秋诗文洪泽湖》等。

咏 淮

淮水金涛涌，丹山紫气稠。文风吟盛世，人物写春秋。

洪泽湖堤晚眺

登临远眺欲乘风，暮色苍茫收眼中。点点渔帆呈倒影，波光一片水晶宫。

陈 和

陈和（1960～ ），江苏洪泽人。江苏省诗协会员、淮安市诗协会员、洪泽区诗协会员、洪泽区楹联学会会员。

秋水情思

远眺平湖一望迷，斜阳冉冉接天齐。清波荡漾千帆动，绿障迷离万树低。
点点青萍浮水上，翩翩白鹭掠湖西。渔歌弄晚秋风起，律韵萦回绕古犀。

阳春悬湖

绵绵隐隐柳笼烟，百里长堤树万千。留得浓阴遮曲水，常教大泽驻春天。
翩翩白絮随风舞，袅袅青丝带露妍。更有舟车飞笛韵，伴随林翳鸟音旋。

晚舟入泊

一方船坞傍堤边，吞吐涵容艘万千。暮色舟归争入泊，黎明艇发共凌烟。
排空浊浪难为患，保险围墙别有天。最是晚塘垂倒影，星光烟火竟相连。

伟哉巨闸

横截东西矗浪中，六三闸孔映长空。排除巨浸消洪患，削减横流驯白龙。
灌溉田畴频蓄泄，往来车辆任交通。皖苏豫鲁丰收曲，唱彻湖天一片红。

洪泽湖忆旧吟

风光独领老山春，江左匪遥雅结邻。道德千言经世久，清波万顷得时新。
疏星寒汉兵屯水，拂晓冲波士斩榛。今古几多名胜地，歌吟半是个中人。

陈幼实

陈幼实（1962～　），江苏盱眙人。中共党员，中学教师。中华诗词学会会员、江苏省诗协会员、淮安市作协会员、淮安市诗协会员。洪泽区诗协、作协、楹联学会副秘书长，《洪泽诗苑》副主编。省“诗教工作先进个人”，区“先进文艺工作者”。

洪泽湖远眺

远眺丹山物象朦，湖天美景似龙宫。千层绿叶随风舞，几点乌帆逐浪逢。
万道霓霞妆大泽，一行白鹭入苍穹。鱼肥蟹壮渔民喜，幸福歌声绕碧空。

大墩岛寺庙

狂涛大泽浪连峰，小岛香烟漫九重。善客心诚能动地，金经声远可惊蛩。
莲花护顶多灵气，古寺游人少病容。瑞霭千条呈异彩，霞光万道满湖彤。

三河闸

法力犹如菩萨链，巫魔肠锁哑声腔。调洪蓄水安黎庶，吐雾喷云润豆豇。
闸蟹芳名扬四海，龙虾美誉达三江。丰登五谷人人乐，一派祥和幸福邦。

长堤柳色

春回大地尽朝晖，百里长堤着绿衣。雨细风轻滋翠柳，枝柔骨嫩斗芳菲。

方才满目鹅黄闪，俄顷弥天白絮飞。古堰徜徉多雅趣，清烟醉赏不思归。

周桥渠首

一洞宏开猛浪呼，东流百里灌桑榆。无垠大泽苍茫色，广袤良田茁壮株。
清洌洪波如翡翠，有机大米似珍珠。滋蕃万类功勋著，黄发垂髫颂美湖。

春游古堰

信步逶迤古堰堤，花红草绿惹情迷。闲看一片银灰鹭，醉赏千株雪白梨。
紫燕穿梭巢穴筑，黄莺跳跃柳枝啼。每逢春到观湖景，才子佳人玉手携。

三河闸水利风景区

蛟龙锁钥顿脾乖，浪息风停两相谐。白鹭絮翻呈美景，金犀虎视卫长阶。
少奇心系三河闸，弘历文存五里牌。月亮潭湾垂钓乐，闲情直到九天街。

探老君遗踪

淡泊情怀一智臣，芦蒲山下乐安身。传经著说教千户，炼药施丹救万人。
紫气东来留石洞，青牛西去绝烟尘。仁心永在昭星月，大德长存禹甸春。

渔歌唱晚

一阵清风泗水沄，天鹅粉面裂千纹。云蒸霞蔚波光艳，锦簇花团霭气芬。
朝出舟轻捞蟹急，暮回舱满赞人勤。渔歌唱晚欢声远，酒过三巡又盼昕。

家乡礼赞

洪泽寰球胜境村，田良池美竹桑繁。遥看白马晶莹浪，近赏悬湖缱绻鸳。
腊酒飘香招远客，瑶仙结伴访佳屯。衣丰食足渊明慕，抛却南山入此门。

周桥大塘

青龙九曲锁波澜，骤起狂风浪盖滩。没顶冰凌撕堰坝，齐梢恶水卷神坛。
林公妙计巫魔缚，百姓真情玉帝叹。泥土亿方渊底入，金堤永固万民欢。

瞻仰西顺河烈士墓

泽畔春回柳换颜，英雄坟冢叠花环。忠魂永息天堂里，大志长存禹甸间。
遥想当年鲜血热，忍看今日害虫奸。高擎惩腐千钧棒，革命红旗耀宇寰。

洪泽湖水街

水街源起追东汉，几度繁华几度蔫。炀帝初巡留足迹，乾隆六到品湖鲜。登临云阁观帆影，信步虹桥赏柳烟。曲径通幽花映月，鸳鸯捉对任缠绵。

洪泽新农村

泽畔天蓝芳草艳，层楼别墅白云飘。有机稻米五湖运，无害瓜蔬四海销。衣着时髦皆上品，萧娘前卫尽蛮腰。通衢大道村村达，不见当初独木桥。

临河晨曲

风吹韵起临河水，斗折蛇行向远郊。两岸红梅香气漫，一群白鸽哨音抛。林间散步池中舞，杠上翻身篮下跑。黄发垂髫齐出动，强筋健骨喜眉梢。

高良涧船闸

大泽苍茫起怒涛，惊飞白鹭乱穿逃。帆摇樯动争离坞，洞入船行倒放篙。皖豫百夫才夜走，浙苏万贾又朝劳。金山银座高千仞，古闸功勋最可褒。

古堰漫步

水上长城美景多，骚人墨客竞吟哦。飞红滴翠招千鸟，踏浪凌波牧万鹅。忙罢邀朋寻野兔，闲来捉对赏佳荷。湖山秀色扬春意，幸福渔翁喜放歌。

洪泽湖鱼市

展翅天鹅映彩霞，芙蓉向日夺光华。渔翁喜获鱼千担，食客忙挑蟹几笆。巧手烹来三味出，精商尝过众人夸。长途贩运宏头利，古市湖鲜进万家。

洪泽湖夜宴

悬湖百里好秋光，蟹嫩鱼肥芡藕香。帆影归来波浩荡，菱塘隐去绿汪洋。几家饭馆高船建，四海游人美味尝。夜宿滩头邀皓月，春风得意醉渔庄。

瞻湖湾贺笪亭文化长廊

三月湖湾柳色青，长堤遥望宛如屏。端详龙壁幽思发，浏览文廊杂念醒。心底无私天地阔，胸中有义品行馨。贪婪任性遭绳缚，廉洁方能远法庭。

咏湖边镇水铁牛

金心铁骨九兄弟，虎视悬湖一片澄。凛凛威风魔远遁，雄雄霸气势高腾。
严霜虽损尖尖角，淫雨难磨硬硬棱。战友逃岗它独守，殷勤百载止波兴。

洪泽湖旅游度假村

依湖傍堰水中临，暮至朝来赏鸟音。靓艇琼楼招雅士，珍肴野蔌动馋心。
魂销一刻情难忘，酒灌三壶志易沉。滚滚红尘须谨记，人生富贵不能淫。

谒蒋坝茶庵

御旨飞传古堰南，长街顿矗一华庵。夫亡守节留佳话，客至施茶为美谈。
泼粪崔妻千载颂，剜珠房室万人惭。勤修妇道芳馨事，大德存心切莫贪。

袁翠萍

袁翠萍(1963～)，女，江苏洪泽人。洪泽县医院医生。中华诗词学会会员、洪泽区楹联学会常务副秘书长。淮安市"十佳青年诗人"，江苏省十佳女诗人。

秋登老子山

秋高气爽任优游，泽畔温泉细浪头。漫说人家湖上好，长随诗友泛轻舟。

酬谢恩师陈慰梅杜可涛伉俪

恩师学子喜相逢，谈笑风生旧雨中。我把虔诚掺进酒，举杯感德敬三盅。

和厉学勤学友

初中入学在潘湖，结业三年万集愉。宇内常思饥饭苦，心中最忆读书娱。
终身牢记求知德，一路非谈毕业途。为有同窗情切切，旧欢今写总难符。

陈传银

陈传银(1964～)，江苏洪泽人。中共党员，县城管局党支部书记。洪泽区诗协会员、洪泽区作协副主席。

洪泽湖度假村

其　一

楼堂馆所隐清葱，滟潋湖光柳色朦。曲道回廊引横索，假山汲水漾仙宫。
交融美酒蟹鲜味，宾客仪尊礼至融。品味人生潇洒处，芙蓉夕照挽亭风。

其　二

湖湾浪打涌帆船，粼影波光鸟展旋。古堰柳垂霞霁落，石破水洗雪花溅。
淮河万里汇洪泽，涧浦千年养大川。构筑旅游成看点，金沙滩外打鱼天。

观老子山

淮河千里入湖收，老子炼丹居凤头。一道水湾停舫馆，三教圣殿供神帱。
近观翩鸟船帆引，远眺含山天水流。温泉山庄迎远客，休闲度假蟹鲜酬。

赵绪林

赵绪林(1970~)，江苏洪泽人。中共党员，朱坝小学副校长。洪泽区学科带头人，江苏省级课程基地《“读悟—写作”诗词教育》项目负责人，江苏省“诗教工作先进个人”。江苏省诗协会员。

为十九大胜利闭幕而作

卧薪尝胆图圆梦，初醒雄狮吼震天。北斗卫星天织网，辽宁航母海为泉。
嫦娥奔月婵娟美，精卫投沙岛屿坚。汗水成河何所得，人民幸福慰心田。

贺淮安市诗协成立30周年

风吹万木春，花重九州新。骚客吟唐韵，诗童稚语真。

桃　花

才吐纤纤绿，纷呈串串红。丹心添秀色，笑脸漾春风。

保护环境

捡回一片纸，栽下两株榛。举手千山秀，躬身万木春。

贺赵氏龙虾土菜馆开业

龙虾喜庆着红袍，土菜开怀品位高。请问酒家何处好，淮安赵氏有香醪。

观垫底辣妹致为师者

驷马难追老师言，打赌用心乐地天。百尺坚冰融化后，甘为渡口百年船。

革命先驱李大钊

演讲撰文呼救国，晨钟暮鼓唤青年。恶魔三绞逼渝志，正气昂扬赴九泉。

颂焦裕禄

问苦扶贫走万家，改天换地治流沙。鞠躬尽瘁除三害，兰考频开奉献花。

烟雨瘦西湖

长堤碧水映琪花，夹岸浓阴万树发。细雨轻风拂绿柳，桨声船影密如麻。

5月20日游瘦西湖

烟柳江波花欲语，鹅黄墨绿映楼台。画船逐浪迎骚客，二十四桥佳丽回。

人间四月

枝头稚果现端倪，菜壮荚长遮野蹊。最是一年风景翠，落花时节醉黄鹂。

乡村春色

阳春三月献芳华，万紫千红映彩霞。昔日金黄王独有，今朝油菜绕农家。

柳　絮

鹅黄春意满枝头，近看方知柳穗稠。待到花红新叶绿，东风伴雪漫天游。

丰美种植园

种豆栽瓜五谷香，勤劳双手写华章。红花绿叶平常物，誓把儿童育栋梁。

诗香校园

抑扬顿挫美文章，腹有诗书气自强。朱小吟童开口早，校园遍地溢诗香。

紫荆吟

紫气东来挂满枝，诗情妙笔染新姿。迎春喜悦藏不住，黄叶才舒花已痴。

喜闻神十发射成功

酒泉基地喜开弓，载客神舟烈焰红。直上九霄千万里，中华儿女敞心胸。

王庆邦

王庆邦（1973～ ），江苏洪泽人，高级厨师。中华诗词协会会员、淮安市诗协会员、洪泽区诗协会员、九州诗协会员、夏云亭诗协会员、汉水诗社会员。淮安市第二届十杰青年诗人。

独坐闲思

日斜荒极浦，波动我神经。云梦痕无迹，穷生柳作铭。
湖清悬徙雁，水漾乱游萍。古堰随霓敛，凄凄野火星。

送春晚

野鹭还林渚，轻波落日柔。迎风修满面，极目送扁舟。
寂寞无人扫，临终不忍收。飞花缠乱影，只好说千愁。

古堰乡愁

短归成异客，古堰去悠悠。野渡炊烟瘦，孤帆落日柔。
飞花空自在，隔岸忆同游。春冷榆钱小，莺啼不忍收。

清　明

愁绕楚山巅，凝情独可怜。春潮吞野渡，孤影入清泉。
雁落云飞雨，人穷柳锁烟。焚香分浊泪，悄悄坠筝弦。

盱眙铁山寺游记

石寒方可卧，借柳拂尘埃。竹韵依稀隔，春花次第开。
世非无正果，林密不遗材。日夕南山下，天然活水来。

回老宅

僻巷起相思，交藤钓石移。冥心魂不见，泣柳雁来迟。
浓艳多无计，轻红独一枝。流鹂安自喜，别去惹东篱。

瞻仰淮安周恩来纪念馆

紫陌红尘白日长，寒林淮水共清光。海棠花下初成忆，待渡亭前倍感伤。
为我人民求福祉，念吾总理隔云乡。情怀若得相寻去，听遍鹃啼麦穗黄。

怀念总理

海棠花落夜窗寒，泣下锋棱出笔端。淮水余波平野尽，星河倒影曙空残。
一生经略魂犹倦，十里天街泪待干。匣内青铜谁可托？九州吟复仰头看。

入暑游湖

津迷柳错日荒芜，潮落无端滚玉珠。短棹横波升紫气，寒鸦客道引苍蒲。
回流只得三分满，稳泛难求百尺余。梦泽冰心偏照石，高槐远映久踟蹰。

静夜思

清宵夺路草深深，陌陌穷尘不自禁。老树随风悲落影，悬湖静月动归心。
漫游水釜穿高舄，谪去星河入两嵚。可待浮萍遗曲处，岂留艇子白头吟。

汤湖日暮

残暑涵虚白水平，池边芳草滞前行。风穿楠竹岩溪瘦，莲庇鸳鸯别浦清。
铃镊静听时有意，蜩蝉微动隐无声。不愁薄暮多寥落，之子低吟步步轻。

过遗村有感

穷途欲发蝶徘徊，已泛幽情锁绿苔。徒听清泉伤石径，空余冷灶泣尘埃。
孤村吊影阴风起，老树摇枝骤雨来。检点前缘皆不是，无人与我共吟哉。

病夜胡思

笔外生涯入鬓根，呻吟还育一诗魂。温床堪送春秋梦，美酒何知稻谷恩。
只怕红尘情已尽，可怜白发意犹存。寒门野径无来客，草稿多余滴泪痕。

梦里思乡

风遥霓散碧波连，夏日沙鸥入水田。幽影潜移青野外，冷香浮动玉池边。
诗中难得惊人句，梦里何妨换酒钱。再见东湖明月夜，可怜艇子落寒烟。

清江浦游记

一壶老酒半成仙，我约清江醉百年。碧水流辉杨柳暗，瑶风逐管藕花燃。
香销不冷慈云寺，韵落犹欢宠客船。城浦关河时弄月，淮人世代著新篇。

打工日记

脚扭人闲脑易轻，感时通俗独盈盈。斜飞残叶随风舞，乱入新蝉择树鸣。
寂寞有心修院落，穷愁倚杖绕阶行。可怜游子三千里，小字多辛寄不成。

仲夏咏荷

莲出瑶池淡若仙，小风轻吻总缠绵。重重冷艳多余解，缕缕幽香独自怜。
影种磁心沾雨露，舟移素手拂云烟。青苞欲放含羞涩，翘首聆听柳岸蝉。

致草根诗词

风笑我来我笑它，闲聊极浦日西斜。野深穷径迷青眼，荒乱蓬蒿出嫩芽。
水阔江天连弭棹，榆高营幕满烟霞。休拿心气吹尘世，带点糊涂度碧沙。

悬湖日暮

水釜城楼半醉中，凌波一抹大湖红。凭栏忆梦随流影，望远追欢会晚风。
轻筑烟萝虽渺渺，高飞鸥鹭莫匆匆。余生不与浮萍逐，情抒犹残满腹空。

打工日记

流年杂事乱营营，跌倒关心草药名。怀旧添愁催白发，感伤惹恨待归程。
寒窗尽日无人语，野树成阴独鸟鸣。闻道劳频家万里，可怜老病好同行。

盱眙游记

夏日轻舟水道长，蝉稀浓翠鹤回塘。梦随彩蝶穿幽境，花对村姑着艳妆。
美酒吟来千古韵，龙虾烧出十三香。有缘携手悬湖晚，头枕惊涛沐月光。

小村日记

布谷声声麦子黄，古槐隔岸日扶桑。风流极浦霓霞展，蝶入丛芳豆荚长。
野老寻思轻挽袖，小儿无赖急推筐。柳莺久作门前客，自在农家米酒香。

怀屈子

汨罗江上泛烟波，鹭影孤帆对薜萝。高卧随风初入净，独吟借酒复离歌。
春残梦断寒沙冷，国破愁时白发多。纵使豪情千万丈，苦心怎奈夜长何。

石剑鸣

石剑鸣(1973～)，笔名剑鸣问天，江苏洪泽人。就职于南京市建邺区河道管理所。擅诗词，好文墨。

巢湖秋晚

残霞别样红，落落晚来风。日隐湖天外，云飞镜水中。
清霜欺老客，高宇送秋鸿。万里关山后，流年各断蓬。

杂　感

尘云织网漫如铺，昏月前程似有无。俯仰每怜枝上绿，翻来却叹草间枯。
老夫几度违山水，山水何曾弃老夫。跃出樊笼天地大，吟鞭一指即江湖。

重　阳

西风一曲入青冥，浮影流光仔细听。世道如云多变灭，人心比月更清泠。
抛开叶底三秋恨，解得囊中两卷经。还就菊花相媚好，几分迷醉几分醒。

近中秋思李斌

每近中秋恨渐浓，三千往事影相从。清风有信呼香桂，幽径无缘觅旧踪。
驻望盈盈天上月，回听昵昵草间蛩。念君自去谁知己，且向黄泉酒一钟。

夏日雷雨

只是阴晴一转身，乌云盖地蔽金轮。翻腾造化三千相，吞吐风雷万里尘。
大雨来时无彼此，前情辨处几虚真。可怜满目纷纷劫，失路人悲失路人。

南湖公园夜怀

来思昔日小桥东，眼底翻如梦底同。明月长圆相与处，深情已负不言中。
曾怜一水青荷叶，还对多愁白发翁。今岁今宵今又我，那花那酒那帘风。

岁末感怀

眼底难分今与昨，人情一叹秋千索。漫思北雁去还归，但看东篱开又落。
老木依庭客影清，残风卷叶天涯各。闲时品味半生书，字字原来皆是错。

秋夜酒怀

淮水城头旧月轮，金陵无处不霜尘。尤怜瑟瑟风中叶，却看芸芸梦底人。
浊世何能存老病，清杯聊可寄残身。休言醉后千般假，未醉之前几是真。

深夜读史有感

兴亡自古异中同，失国之君不及蓬。别去曾怀无限恨，轮回应叹万般空。
千江逝水千江月，一样雕栏一样风。指看当年歌舞地，谁家深院锁梧桐。

秋　分

忽见晴明忽雨残，朝迎暑夏夜秋阑。金乌未减三分烈，玉镜平添一席寒。
莫道阴阳均有数，方知冷暖辨何难。热情料得终归去，从此霜风入笔端。

题落红

一片飞红一片痴，此情总在暮春时。风尘误去来年后，恐折新枝忘故枝。

初春遇雪兼咏情人节

那年桃李一相逢，醉却人间万万丛。非我不知梅雪意，痴心早已付春风。

早春莫愁行

湖上轻舟陌上尘，参差光景等闲身。回头忽向牵衣柳，原是春风唤故人。

渔　歌

江湖一带裹烟尘，网底云天网外人。堪笑群生未知意，时时仍羡罟中身。

残　荷

已是江湖老朽枝，浮光掠过影参差。凭谁笑我龙钟态，不见当初窈窕时。

岁暮咏雪

老子残年见识稠，风花堪戏不堪留。江山枉自多情客，一夜因谁白了头。

坟前思

万象尘来复与尘，归时方悟假和真。但交一个阴狞鬼，尤胜三千笑脸人。

公祭日咏金陵

江山一顾几迁更，早把新城换旧城。指认寻常游冶处，当年或是万人坑。

春　吟

青山如玉水如银，燕子归来柳色新。总在春风知意处，穿帘戏幕两亲亲。

暮春晨吟

青云深浅唱黄鸡，红雨缤纷下满蹊。料也曾经夸妩媚，缘何零落渐尘泥。

春晨感

东风旭照一开襟，嫩绿无边覆旧林。争看新花盛开日，游人应解落红心。

无　题

俗眼安能觅得真，痴迷枉自费精神。风尘固有佳颜色，只道行人不识春。

荷塘夜色

眼底花开一似春，水中风月镜中身。今宵莫辨真和假，落拓香怜落拓人。

暮日纳凉

我意游兮抱晚霞，晚霞归去野人家。云前遍举清荷叶，酒后新添碧玉茶。

夜行遇风

剑鸣月下意难禁，忽起长风万万寻。托此好风千古去，一将心曲遗知音。

郭卫帮

郭卫帮（1982～　），笔名叔尼，江苏洪泽人。爱好古典诗词。

闲　吟

闻我咏诗声，问谁知姓名。闲中无远虑，杯底有深情。

风月聊同醉，波澜已不惊。柴门空自掩，尽日少人行。

浮　萍

身轻逐水浮，何处觅清幽？长路随孤棹，离情寄远洲。
无依根底浅，有梦客中流。一入江湖里，风波未肯休。

吟　竹

青衣未着花，长在野人家。雨过沾新露，云开落晚霞。
虚心身自瘦，有节影难斜。到老吹成笛，随君向海涯。

归来闲吟诗

其　一

闲庭处处鸟啼声，酒醒推门才五更。乡下春回人早起，云中雨歇日初生。
抛开俗事长身健，摘取新蔬亲手烹。几碗家常茶饭后，乐随父老学躬耕。

其　二

一朝归去学躬耕，不待鸡鸣起五更。云外几家村远近，门前十亩绿斜横。
经风宿麦初抽穗，出水群蛙乱作声。蹊路相逢无别事，招呼田叟说收成。

其　三

黛瓦红砖接翠微，枝头花落共霞飞。故园梅酒经春熟，淮水青鱼入夏肥。
农事闲时邀客饮，家山何日待君归。忽闻犬吠疏篱下，疑有人来未掩扉。

春游白马湖

十年梦里总相逢，一入家山路自通。但见盟鸥归草畔，难寻白马饮湖中。
有花开日迎来客，到老闲时学放翁。何处鱼香村酒味，撩人趟过野桥东。

永别江南

此别江南莫转身，挥挥衣袖绝轻尘。行云遮断难回首，拙句吟成枉费神。
客里光阴催白发，枝头桃李待青春。明朝又见花开好，多少游人是旧人？

生　涯

游人到老入关山，身自闲时诗未闲。莫笑家贫多在外，犹怜鬓乱渐生斑。
晚来抱月留云住，酒后临风带醉还。此别江南成往事，梦中一夜十年间。

夜 读

梦寒灯火映窗虚，入夜深时始读书。明月撩人偏妩媚，清风醒面不糊涂。
聊将旧句翻新意，休笑斯民学大儒。心底鸡毛蒜皮事，吟成一首自欢愉。

赠与妻子

眉间心底两依依，此意绵绵各自知。日夜佳人长作伴，春秋明月总相宜。
虽无脾气犹贪酒，剩有痴情只爱诗。莫问他年何处老，与卿执手不分离。

题妻照片

翩翩裙带着红衣，犹似当年初嫁时。花下低头盈笑靥，风前舞步秀芳姿。
十分妩媚千般意，两个人儿一样痴。问我此间谁最美，多情眼里赛西施。

居家感怀

人生处处有诗心，三尺灶台如抚琴。酱醋油盐烹肉味，瓢盆锅碗绕梁音。
厨中能管全家饱，身外休贪一寸金。最喜妻儿斟我酒，悠然小曲更清吟。

诗 人

鸿雁惊飞逐晚霞，长空遥望思无涯。消愁难敌三杯酒，送别还需一碗茶。
骚客柔情绵似水，美人深意隔如纱。何时了断红尘事，收拾诗心便出家。

吟清竹

怀抱虚心身自轻，扶摇直上接天星。不争俗世三分艳，独占溪山四季青。
七窍凿开声有韵，六根埋没影无形。可怜欲识湘妃意，一曲风中仔细听。

过金湖

风波浩渺望无涯，更与炊烟入晚霞。野鸟归巢鸣远树，轻车沿路逐飞花。
接天荷叶千层碧，落日池塘一抹纱。闻说诗人居此处，不知何处觅诗家？

醉 酒

浓郁醇香四处飘，此身无事乐逍遥。一场沉醉眠三日，万里浮云梦九霄。
王母捧杯留不住，玉娥舞步意相邀。酒中封我神仙位，犹恋人间未可招。

饮　酒

小宴初开对晚亭，撩人香气正芳馨。问君几个真能饮？唯我千杯犹独醒。
月下看花应识趣，风前舞步已忘形。歌成一曲飞金盏，莫负诗仙酒圣名。

诗酒人生

此身何似在人间，酒里诗中数十年。一日无诗情易老，三餐有酒意犹欢。
诗成把酒还狂饮，酒醉吟诗更发癫。今日识清诗酒味，原来我已是神仙。

酒后狂吟

胡言乱语不成歌，竟日贪杯似饮河。酒气还如花气重，醉时应比醒时多。
百年身世魂归土，一晌繁华蚁梦柯。睡起冲天狂笑去，盈盈微步逐烟波。

贺卜开初先生70寿辰

人生七十不稀奇，抖擞精神正及时。对酒当歌非俗事，寻芳逐翠犯花痴。
齿牙未缺吟千首，鬓发微残斜几枝。今日先生逢寿诞，何妨醉作老顽皮？

有感孙兵情诗百首

为谁牵挂在红尘，惹得闲愁堆满身。江北江南同望月，花开花落共吟春。
诗成百首谈何易，心属一人情自真。字里行间多少泪，我今读罢更伤神。

敬赠寒山老师

书生已老气犹豪，欲上重天万里翱。一径横斜接微翠，千峰浓淡隔云涛。
月浮清影疑惊鹤，香入花源只种桃。知是仙人居此处，这山更比众山高。

有感雷海为获诗词大赛冠军

一路行吟一路诗，满城风月不相宜。客中才子无人识，腹里柔情唯我知。
索句虽然翻口舌，用心却是老头皮。今朝登上文昌殿，笑看红尘几个痴？

有感昆山龙哥事件

世上都来走一遭，有人身死若鸿毛。横冲街市行如蟹，欺辱乡民吠似獒。
罪恶多端终自毙，冤仇未报岂能逃。当时情景逢无赖，哪个男儿不夺刀？

有感滴滴打车事件

此去乘车歧路长，孰知生死两茫茫。昙花落尽风吹雪，噩梦袭来人断肠。
苦海沉浮谁可度，世间善恶尺难量。恨无一对通天眼，怎识妖魔与色狼？

有感明星逃税事件

笑看红尘各自忙，世人多少为财亡？七情六欲悲和喜，一日三餐菜与汤。
杯底从来无剩酒，家中只要有余粮。便成快活轻衫舞，两袖清风不用藏。

致敬崔永元先生

一声长叹一声雷，壮士寒心已似灰。滚滚红尘多戏子，泱泱大国少人魁。
追星盲目真堪笑，摇尾乞怜终可哀。除却先生谁看破，分明妖雾又重来。

悬湖春日

遍地东风不染尘，暖香拂面更宜人。吹开古堰花千朵，唤醒悬湖日一轮。
燕舞莺歌迎盛世，桃红柳绿满新春。今朝应识归乡好，难得清闲乐此身。

漫步悬湖

倦身归去任蹒跚，草色无边放眼看。路转峰回三百里，桃红李白几千团。
风吹云霭知天阔，月出悬湖觉水寒。昔日离舟柳畔处，何时垂下钓鱼竿？

卷八　盱眙县卷

郑意娘

郑意娘，又作郑义娘，韩思厚妻。北宋亡时，元将撒八太尉自盱眙掠去，不屈而死。

忆良人

孤云落日春云低，良人窅窅羁天涯。东风蝴蝶相交飞，对景令人益惨凄。尽日望郎郎不至，素质香肌转憔悴。满眼韶华似酒浓，花落庭前鸟声碎。孤帏悄悄夜迢迢，漏尽灯残香已销。秋千院落久停戏，双悬彩索空摇摇。眉兮眉兮春黛蹙，泪兮泪兮常满掬。无言独步上危楼，倚遍栏杆十二曲。荏苒流光疾似梭，滔滔逝水无回波。良人一去不复返，红颜欲老将如何？

高　昜

高昜，元盱眙人。

题公馆

玻璃倒影翠屏开，五马行春憩此台。云向山腰掩雨过，水从浦口泛香来。
帘笼窈窕浑如画，阶磴崚层半是苔。客子风清殊不恶，今余聊兴浅衔杯。

盍　志

盍志，一作盍志学，亦作盖志学、阖志学、阚志学，字西村，元盱眙人。约元太宗十三年(1241)前后在世。官学士，工作曲，太和正音谱评为“如清风爽籁”。不作杂剧，以散曲著名。

第一山

独眺东南第一山，丹崖翠壁冷云间。题诗为避元章老，且听泉声阁笔闲。

朱元璋

朱元璋(1328~1398),明太祖,幼名重八,又名兴宗,字国瑞。生于盱眙太平乡太平集,少时在皇觉寺为僧。元末参加红巾军,转战15年而成帝业,国号明,年号洪武。在位31年。

钟　山

其　一

游山智盘旋,俯谷仰奇巅。松声细入耳,云生水石边。敲竹猿长啸,临弃视鹿眠。白鹤来天翅,玄羽衣裳鲜。采芝携桂子,任意恣蹁跹。野人溪外语,黄莺哢更便。山静鸟归疾,林深紫暮烟。樵还渔罢钓,畅饮乐吾年。

其　二

暑往钟山阿,岩幽清兴多。薰风自南发,森松鸣弦歌。玄猿啸白日,丹凤巢桐柯。灵芝秀深谷,祥云盛嵯峨。树隙观天碧,天清似绿荷。迥闻樵采木,曲涧沿珠螺。鸟乐山深邃,予欢颜亦和。野人逢问处,乐道正婆娑。

钟山赓吴沉韵

嵯峨倚空碧,环山皆拱伏。遥岑如剑戟,迩洞非茅屋。青松秀紫崖,白石生玄谷。岩畔毓灵芝,峰顶森神木。时时风雨生,日日山林沐。和鸣尽啼莺,善举皆飞鹄。山中道者禅,陇头童子牧。试问几经年,答云常辟谷。白鹤日间朋,黄猿夜中仆。万岁神仙荣,千秋凡人禄。无知甲子寿,但觉年数福。彩云出洞中,鸿蒙山之麓。

赓僧韵

天台五百尊,方寸皆明月。月影弥千江,何曾有暂歇。为斯妙用通,今古长不灭。昔当悬挂时,诚非凡可越。住世及应真,几度阿僧劫。假锡作梯航,泛海涛如雪。一旦杳无踪,暂与沙门别。倏忽群禅中,孰能为机泄。禅心旷无迹,如海亦何竭。僧本具他心,宗门常合辙。

宝光废塔

宝塔摩青苍,招提岁久荒。秋高栖俊隼,夜深月影长。寂寂星摇荡,飞霞入栋梁。守僧都去尽,萤火作灯光。鬼哭思禅度,遗经风日张。独有来巢燕,呢喃似宣扬。停骖伤古意,云合草头黄。闻说当年盛,钟鱼彻上方。

思亲歌

苑中高树枝叶云,上有慈乌乳雏勤。雏翎少干呼教飞,腾翔哑哑朝与昏。有时力及随飞去,有时不及枝内存。呼来呼去翎羽硬,万里长风两翼振。父母双飞紧相随,雏知反哺天性真。吾思昔日微庶民,苦哉憔悴堂上亲。嘘唏嘘唏梦寐心不泯,人而不如乌乎将何伸。嘘唏嘘唏慈乌动恻仁,有似不如乌之至教情。

入如来禅

师心好善善心渊,宿因旷作今复坚。与佛同生极乐天,观空利物来东边。目有神光顶相圆,王公稽首拜其前。笑谈般若生红莲,周旋俯仰皆幽玄。替佛说法近市廛,骅骝杂□拥粉钿。飘飘飞渡五台巅,红尘富贵心无牵。松下趺坐自忘缘,人间甲子不知年。

横秋风吹笛

西风落木绽黄花,牛背村童笛正佳。曾识倚楼人听处,每闻吹月鹤升遐。
苍江一色浑秋意,红叶初飞衬晓华。冷露下天星斗润,烟波声到是谁家?

莽苍叟歌山

仰目巍峰柱上穹,千岩万壑尽玲珑。玄猿啸月丹崖侧,紫燕摩天碧汉中。
樵牧往来云树里,牛羊归去雾烟东。山中人物常歌道,岁岁年年莽苍翁。

早　行

忙著征衣快著鞭,转头月挂柳梢边。两三点露不为雨,七八个星尚在天。
茅店鸡鸣人过语,竹篱犬吠客惊眠。等闲拥出扶桑日,社稷山河在眼前。

新　月

谁将玉爪指长空,万里山河一样同。映水有钩鱼却钓,衔山无箭鹤疑弓。
清光未放云霄外,素影遥分宇宙中。轮满待逢三五夜,九州四海照无穷。

庐　山

庐山竹影几千秋,云锁高峰水自流。万里长江飘玉带,一轮明月滚金球。
路遥西北三千界,势压东南百万州。美景一时观不尽,天缘有份再来游。

牧羊儿土鼓

群羊朝牧遍山坡,松下常吟乐道歌。土鼓抱时山鬼听,石泉濯处涧鸥和。

金华谁识仙机密，兰渚何知道术多。岁久市中终得信，叱羊洞口白云过。

春山新水

山云叆叇节初暄，景色清明春水涟。谷鸟喜鸣花沐雨，岩猿悦跃树笼烟。
仙家麦饭云蒸熟，旅馆薇羹气育鲜。最好满川浑似锦，涨溪新水印晴天。

大 祀

晨驾旌旄列队行，龙旗遥映凤城明。护霜云外天颜碧，笼水烟边山色青。
新岁野郊春气霭，今朝村市晓晴生。鞠躬稽首参天处，四海讴歌贺太平。

钟山云

踞蹯千古肇豪英，王气葱葱五色精。岩虎镇山风偃草，潭龙嘘气水明星。
天开万载兴王处，地辟千秋永朕京。咸以六朝亨替阅，前祯祯后后嘉祯。

谕临蒸县官

临蒸邑治绝殊方，巀嶪重山碧翠行。溪曲羊肠岚杂雾，树蟠龙体雨飞汤。
墨云隙处天澄水，苍海空中日曜阳。好把寸心问民瘼，当迁离瘴任潇湘。

闻人岭南郊行

极目山云杂晓烟，女萝遥护岭松边。陆行尽服岚霞气，水宿频吞虬蜃涎。
晨仰际峰观拥日，暮看临海泊来船。信知百越风尘异，黑发人居不待年。

咏南越

边邑深隍嵌叠峰，土民食粟扣时舂。云山溪水常相合，烟树藤萝每自封。
岭外瘴温鸣蟋蟀，海滨郁热显掞鳙。常思不律皆由此，数月朱颜别旧容。

竹竿青乐钓

旷浦澄天湿晓烟，智人乐钓稳沙前。蓑轻雨霁云收谷，钓掷纶枢水映船。
举棹欲归江月上，挂帆已近暮霞边。汀芦处处飞萤火，照彻渔村饮不眠。

沧浪翁泛海

海天漠漠际无穷，巨舰樯高挟两龙。帆饱已知风力劲，舵宽方觉水情雄。
鳌鱼背上翻飞浪，蛟蜃鬐头触见虹。何日定将归泊处，也应系缆水晶宫。

题神乐道士

仙翁调鹤欲扶穹，万里风头浩气雄。翎背稳乘空廓外，丹光横驾宇寰中。飞符到处雷神集，役剑长驱疠鬼穷。见说黄芽心地转，更于何趣觅仙踪。

云衲野人

山人修道几经年，闻说餐松足意便。时以断云完故衲，日将流水灌新田。常勤侣鹤岩崖下，寂静俦猿烟雾边。欲访未知何处住，料应霞举已成仙。

钟子炼丹

翠微高处渺青烟，知子机藏辟谷坚。丹鼎铅砂勤火候，溪云岩谷傲松年。潭龙掣雹深渊底，崖虎风生迥洞边。径已苔蒙人未履，昂霄足蹑斗牛天。

咏雪竹

雪压竹枝低，虽低不著泥。明朝红日出，依旧与云齐。

咏菊花

百花发时我不发，我若发时都吓杀。要与西风战一场，遍身穿就黄金甲。

咏虹霓

谁把青红线两条，和云和雨系天腰。玉皇昨夜銮舆出，万里长空驾玉桥。

自 题

百僚未起朕先起，百僚已睡朕未睡。不如江南富足翁，日高丈五犹披被。

野 卧

天为罗帐地为毡，日月星辰伴我眠。夜间不敢长伸脚，恐踏山河社稷穿。

无 题

鸡叫一声撅一撅，鸡叫二声撅二撅。三声四声天下白，褪尽残星与晓月。

东 风

我爱东风从东来，花心与我一般开。花成子结因花盛，春满乾坤始风台。

咏燕子矶

燕子矶兮一秤砣，长虹作杆又如何？天边弯月是钩挂，称我江山有几多！

目远山

云霭远山风送雨，一帘高揭暑咸收。太平无事民康日，正在调和理顺秋。

赠四仙

匡庐之巅有深谷，金仙弟子岩为屋。炼丹利济几何年，朝耕白云暮种竹。

神凤操

钧天奏兮列丹墀，伐翩翩兮凤凰仪。敛翱翔兮栖梧枝，彼观德兮直为我辞。

新雨水

片云风驾雨飞来，顷刻凭看遍九垓。楹外近聆新水响，遥穹一碧见天开。

雨坠应落花赓徐瑛韵

人道春归实不归，但知结实蕊枝稀。昨朝一夜如膏雨，正是花成子就时。

又赓吴哲韵

时近清和气愈浓，雨催花实喜晴风。篱边点点如钱大，尽是青青间绿红。

又赓宋璲韵

清和未至尚春风，花幕园林似锦红。细雨只教成子速，蕊飞彩蝶最多功。

雪诗赓曹文寿韵

翩翻飞舞布田垓，似絮还疑玉蕊梅。一夜扑窗春蝶戏，好风吹去又推来。

又赓张翼韵

腊前三白旷无涯，应是天公降六花。九曲河深凝底冻，张骞无处再乘槎。

游钟山

钟山阳谷梵王家，帝释台前优钵花。游戏但闻狮子吼，比丘身衣锦袈裟。

思老试壮

因过雕鞍见马肥，迎风振鬣试霜蹄。试将旧日弓弯看，箭入弦来月样齐。

和州镇淮楼

年年杀气未曾收，淮北淮南草木秋。我上镇淮楼一望，满天明月大江流。

朱　棣

朱棣(1360～1424)，明成祖，明朝第3位皇帝，年号永乐。在位22年。

扬王积善感神诗

其　一

平生好善积阴功，仓卒艰难计已穷。赖有神人相救济，鲸波顿息海无风。

其　二

圣母承休积善门，诞生真主定乾坤。宗亲与国同悠久，荣显王风世世存。

李文忠

李文忠(1339～1384)，字思本，明盱眙人，朱元璋二姐之子。19岁为将，南征北战，屡建功勋，授开国辅运推诚宣力武臣、大都督府左都督，封曹国公，同知军国事。洪武十七年(1384)卒，追封岐阳王。

感　怀

家贫无束脩，八岁唯饭牛。十一亡所恃，哀泪垂荒丘。十四值兵燹，随父东西游。残生若朝露，日夜生悲愁。皇天幸见悯，默佑达神州。幸遇圣明主，训教知谋猷。爱有如亲生，深思何以酬？十八总众兵，受策驰貔貅。屯营万松岭，三军衣貂裘。执缚蛮王归，将相多封侯。皇威清朔漠，贡献来遐邸。车书人一统，事业隆姬周。炎祚期永久，运延千万秋。我生实多幸，际遇隆莫俦。开国万钟禄，欲养亲不留。徒兴风木叹，此意良悠悠。义方饬诸子，勉励思良诹。书此列家乘，补报追其修。

和刘基限韵诗

文列东来武列西，而今不必苦予题。江南富贵君游尽，塞北风霜我自知。

拔发结缰牵战马，折衣抽线补旌旗。雄兵百万临城下，何用先生半句诗。

军中夜坐倡感

辕门击刁斗，虎帐雨烹茶。夜深生白露，天朗月精华。

即　事

洞房生玉露，金殿锁春风。龙见祥云里，鸾栖翠竹中。

蒙赐马军中即事

年少挽劲弓，圣主赐追风。翻身射飞鸟，一雁落云中。

靳　敏

靳敏，字时逊，明盱眙人。景泰二年(1451)进士，历官监察御史，巡按陕西。

第一山和韵诗

仁者从来说乐山，柏台公暇到仙寰。千重阑槛凭临际，一派淮流举目间。
衣笏动摇山岳影，琴樽行乐咏歌还。欲知春色归何处，花落园林满地斑。

盱眙女

失　题

短袖笼春去，生涯一短篷。钓罢归来晚，不敢说辽东。

按：录自《盱眙县志稿》。

陈　道

陈道(1436～1504)，字德修，明盱眙人。天顺八年(1464)进士，云南右布政使，转陕西左布政使，擢都察院右副都御史、右都御史，后改任南京刑部尚书。

泊舟龟山

古寺红尘外，行边得暂游。四山开画障，万木偃苍虬。
生事惊流水，人情易转眸。泊舟风雨暮，春酌坐消忧。

第一山

我上巉岩最上头，依石松桂鹤鸣秋。神游蓬岛三山路，目送黄河万里流。

愿性从来耽水石，好官何必到公侯。会须脱却尘凡屣，结社期成汗漫游。

第一山怀古

山北临大淮，为县治主山，汴口南出对之，如翠屏然，实泗州之西山，旧名南山。宋自京师至汴口并无山，唯隔淮方有此，故米公题曰“第一山”。

翠屏嘉气自年年，极目东溟下百川。扰扰名途愧前烈，凭高搔首意茫然。

八仙台招隐

台在庆先门外，第一山东南逶迤小山下，好事者凿沿溪之石八区，号曰仙台，盖据杜甫饮中八仙，为右军流觞曲水之乐。意当时必有隐遁者八人，非真有所谓仙者。水淹台没，旧迹荒芜，今谁盟主，可以招之。

淮山还是旧淮山，荒草空台野水闲。世路多歧吾老矣，欲寻大药易顽颜。

清风山闻笛

山在第一山之南，实为县治案山，登高览胜，野兴豁然。

春草平坡坐碧茵，白头今日走红尘。清风忽送山阳笛，惆怅同声海内人。

龟山寺晚钟

寺在小南门内，第一山之西，山形如龟，寺创其上，巨钟声撞，闳达无碍。

抹黛山光洗眼明，万松台殿虎头城。钟撞初月清淮上，仿佛金门五夜声。

瑞岩庵清晓

庵对汴口，实当翠屏之半，上有泉曰瑞岩，故以名庵。泉旁石壁，皆旧时题刻。人在烟云杳霭间，骋望两淮风景，千态万状，应接不暇。而清晓微茫之色，又有难为摹写者。

熹微树色隐岩花，道侣分泉自点茶。戍鼓不鸣风浪急，两淮残月万人家。

杏花园春昼

园在玻璃泉下，为地平旷。相传，前之莅任者于内引泉成渠，率民栽杏花，政暇辄往游焉，久已分裂为民居所有。当桃杏盛开之际，想象流风，尚能起人为乐之兴。

芳园晴透绛葩新，一片香霞照眼匀。此是化机流动处，我怀何地不同春。

玻璃泉浸月

泉在秀岩下。考之,宋南渡时盱眙军置岁币库,每岁金帛使至,则游第一山,酌玻璃泉,题名刻诗,遂成故事。

碧天晴月印弧光,荡漾金波万斛凉。我有尘心都洗却,不须晞发向扶桑。

五塔寺归云

寺在第一山之北山畔,旧有五塔,因以名之。今其一尚存。学佛老者凿石屋于山麓,凉爽袭人,雅宜避暑,而塔势孤高,云气时往来焉。

山腰幽塔下层阴,佛屋斜连石洞深。时有归云带残雨,坐来爽气湿衣襟。

宝积山落照

山在龟山之西,挹湖光,背淮流,孤峰耸拔于群山中,芳草斜阳,殊有不尽之趣焉。

青山斜日暮光浮,映带长烟入远楼。天际望来飞鸟尽,大淮东下水悠悠。

会景亭陈迹

亭在第一山椒之西,当时尚余瓦砾,今并无可指者。

淮天风雨送清秋,何处亭台漫作丘。景会吾心谁问乐,百年身世一浮鸥。

陈大章

陈大章,字明之,号月泷,明盱眙人,陈道之子。成化二十三年(1487)进士,官刑部主事,调职方司,典试礼郎,升太仆寺卿,出为马湖府知府。工诗词,善书画。

龟山值雨

山僧避客锁禅关,我自忘藏意自闲。借乐故教弦管沸,旅情长怯酒肴坚。
逆流带雨舟难上,老树留云鹤未还。举目悯农心更剧,麦秋时节水潺潺。

西　湖

城中车马厌尘途,饱饫山泉愧野夫。翠荇波涛鱼跃稳,秋风寥郭雁飞孤。
凭凌水月扁舟狭,点检胸中一事无。莫道主宾忘尔汝,范公忧乐系江湖。

同登瑞岩联句

山川风日快游人(徐霖),眼界因君更一新(大章)。

鸟语悠扬如有意(大章),云岩虚峻岂无神(徐霖)。
望中极北星辰远(徐霖),愁外生涯草树春(大章)。
薄暮莫辞惟纵酒(大章),十年旧事合重陈(徐霖)。

陈惟渊

陈惟渊,字主静,明浙江慈溪人,正德九年(1514)出任盱眙县儒学教谕。主纂正德《盱眙县志》,为现存最早之《盱眙县志》。

第一山和扬州府同知孙公玺韵

汴泗南来始见山,峰峦矗矗翠屏环。光分华岳连天表,热压坤维壮帝关。
下界笙歌昭盛世,上方台殿隔尘寰。醉欹乌帽归来处,一路东风破酒颜。

王 福

王福,明盱眙人。正德十二年(1517)贡生,任河南西华训导。

会景亭陈迹

名亭会景立山腰,碑断苔封历几朝。独有水光山色在,骚人诗酒漫相招。

戚 杰

戚杰(1548~1581),字翰川,明泗州招贤乡(今属盱眙)人。嘉靖四十四年(1565)进士,知新蔡县,擢吏部主事,治理精明,秉公正,抑侥幸,迁考功郎。

登驿楼

南楼一纵目,秋色已堪哀。苦雨农人泣,荒城使者来。
水流山欲动,云去鸟空回。无限登临兴,凄凉未可开。

过沙湖

秋水湖仍阔,青天鸟自飞。日随双桨荡,风涌一帆归。
孤野人烟在,荒园草木稀。茫茫耕未得,忍见泪沾衣。

李言恭

李言恭(1541～1599),字惟寅,号青莲居士,明盱眙人,李文忠八世孙。万历三年(1575)袭爵临淮侯,累官知太保总督京营戎政。有《贝叶斋稿》《青莲阁集》等。

寄家弟惟礼

余昔居家园,只尺有丘壑。引水到门径,看山在城郭。聊鉴浣方池,亦构草玄阁。支枕听春禽,挥尘调玄鹤。水鸟去飞来,山花开自落。时时过惠连,一枝共可托。何意事远游,十载淹京洛。虽有柳为营,兼之印是鹊。多病客中身,其如惭卫霍。岂不知铅刀,何以当盘错。春草旅梦遥,西堂空寂寞。

郊行偶成

出郭不数里,岂无风与尘。但违城市喧,行行自可人。远山浓似黛,细草积为茵。穿径呼笋舆,临溪理钓纶。落花飞不去,幽鸟故相亲。松间云袅袅,溪上石磷磷。山桃开且烂,依然武陵春。人孰不云乐,忘机乐始真。愿言谢车马,许作樵渔邻。

山　行

行随芳草色,面面起芙蓉。径转湖边树,花藏寺里钟。
胡麻哪可遇,野鹤漫相从。何处箫声发,青霞隔几重。

春　柳

苒苒含朝雾,依依拂早春。烟消青眼出,雨过翠眉颦。
岂疑俄生肘,偏憎解送人。长亭看折赠,谁不为伤神?

春　草

病起闻芳草,萋萋遍陇头。未消羁客恨,翻动故乡愁。
醉可班荆坐,闲宜缓步游。池塘新水满,春梦正悠悠。

蓼花居

小山丛桂远,客舍蓼花残。聊结三生舍,应同十日欢。
居邻金马署,兴寄白鸥滩。遥忆湘江畔,矶头把钓竿。

过双寺访静修上人不值

何处支郎去，虚堂落照间。遥怜飞锡杖，应只在青山。
鸟语如迎客，藤花为掩关。坐来双树下，云气点衣斑。

过广济寺赠宝藏上人

贝叶空王法，黄金舍卫城。楼头青嶂起，杖底白云生。
慧月寒相照，昙花幽自明。一谈名理罢，回首万缘轻。

饮溪上

长啸随溪去，穷源不惮遥。未能捐组绶，聊尔混渔樵。
乱石喧流水，胡麻出断桥。尚平婚嫁毕，愿此寄鹪鹩。

花　朝

二月寒犹峭，燕山雪未消。春来无草色，病里又花朝。
鸿雁乡书断，关河旅梦遥。武陵溪上约，今已负渔樵。

晓　发

烟树晓栖鸦，长汀带白沙。中流聊击楫，新水快浮槎。
云与人争渡，春随客到家。遥知飞绿日，开满石城花。

送张伯夜出塞

翩翩题柱客，还作弃繻生。匹马弓庐月，黄沙汉将营。
浊醪胡不醉，白草若为情。自有玄珠在，堪偿十二城。

送丘谦之归田四首

其　一

牢落易为愁，红亭客暂留。哪堪逢细雨，况复是新秋。
浊酒看华发，青山送故侯。生涯应自办，万里洞庭舟。

其　二

西风吹客行，山色拥离旌。名自癫狂生，身因放逐轻。
蓼花云梦泽，秋水汉阳城。到日江醪熟，能无念友生。

其　三

罢官方绿鬓，长啸竞荷衣。挂席潮初长，还家蕨正肥。

沧州栖自稳，白眼世堪违。回首秋风外，当年万事非。

其　四

十年归未得，万里送行旌。相对风尘色，能无感慨情。
自寻秋水去，正及蓼花明。天地容君懒，江湖遍结盟。

刘国用过我谈禅有赠

姓名留五岳，谈笑悟三乘。为听无生论，具为有发僧。
迷途余尝阻，彼岸尔先登。一榻同趺坐，悠然万虑澄。

栖霞寺二首

其　一

绀宇空王宅，香台佛子筵。钟声流万壑，雨色散诸天。
暂远人间世，聊寻物外缘。到来心境寐，一扣野狐禅。

其　二

一壑路千盘，青霞客可餐。日斜山气紫，溪晚蓼花残。
雀语喧颓塔，藤阴覆讲坛。淹留钟磬寂，孤月万松寒。

送黄说仲山人南还

春来黄叔度，忽尔反沧洲。星斗张华剑，风尘季子裘。
岸花迷去路，江柳暗行舟。试问中朝贵，何如汗漫游?

杨逸人山居

野人高卧处，只在白云巅。绝壁疑无路，深林忽有烟。
门开千树上，犬吠一峰前。尔亦扬雄辈，山中独草玄。

晓发应城

古道风烟接，天涯晓梦迷。猿啼千树露，人过一村鸡。
远浦余灯暗，隔林残月低。此时有高卧，予独愧羁栖。

汉江城楼

楼阁依山出，城高逼太空。帆樯入烟雾，波浪过帘栊。
灯火深林里，星河流水中。人家半渔者，蓑笠挂秋风。

送太虚上人回金山寺四首

其　一

草绿金山寺，花蒇铁瓮城。卷帘通蜃气，支枕听江声。
远水接天尽，高潮到槛平。来来堪扫石，迟我濯尘缨。

其　二

薜荔披山鬼，鱼龙引客旌。帆樯京口渡，灯火广陵城。
钟断月初上，门开潮正生。尔能超彼岸，我益愧浮名。

其　三

多病逢春至，何堪送尔行。锡飞高鸟避，杯渡白鸥惊。
自顾风尘迹，空怀泉石盟。蒲团如何借，相与证无生。

其　四

中流开法界，孤屿转蓬瀛。客自乘风至，僧能舣棹迎。
龙从优钵起，月共宝珠明。不道人间事，依然有化城。

蓟门道中

蓟门秋正晚，芳草路苍茫。日落空山紫，沙飞大陆黄。
清霜驱树色，衰柳澹湖光。为吊孤卧墓，西风起白杨。

赠少林寺无言法师二首

其　一

一衲孤云外，钟声转法华。结茅依二室，飞锡来三花。
莲是谈经座，杯为泛海槎。予方迷彼岸，肯为指津涯。

其　二

有相皆为幻，无言始是真。尔能通大慧，我欲悟前因。
孤月悬心印，三天转法轮。达摩西去后，面壁更何人？

王百穀过访秦淮有作

声名早岁满平津，卖赋黄金未是贫。贵似释之曾结袜，穷如王灿肯依人。
病余愧我迂疏甚，秋到逢君感慨频。不向秦淮酣十日，西风其奈二毛新。

春日登真定大悲阁

崚嶒台殿倚星躔，梵语钟声下界传。雪霁云山供上客，夜深灯火散诸天。
城头高出滹沱水，槛外寒浮大陆烟。一眺中原千载思，到来不独为逃禅。

送梅参戎之彭城

大江楼橹鵕鸃冠，山色涛声四月寒。路转黄河堪击楫，营开细柳快登坛。
风云低傍尊前起，鹅鹳频从阵里看。筹国自知龙剑在，送君唯有劝加餐。

访雪松上人

为访支公薜荔重，法堂钟鼓动高松。春来四壁啼山鸟，雨过双林起钵龙。
终日闭关空万念，有时开阁对千峰。萧然出定闲飞锡，能许相随九节筇。

还盱眙山居二首

其　一

伏枕中原鬓欲丝，五湖鸥鹭好相随。非关乡思逢秋起，但觉青山与病宜。
云物可堪论世态，藤萝聊尔慰心期。归来漫结长生社，紫气丰城敢自知。

其　二

汉庭安问画麒麟，秋色江门意转亲。沧海目容耽酒客，青山翻愧倦游身。
已拚丛桂成招隐，况是浮鸥似故人。旧日高阳徒尚在，五陵裘马任风尘。

燕台卜居

萧斋何物是他乡，寥落秦淮旧草堂。踪迹自怜同斥鷃，风尘聊尔托榆枋。
梦回江上鞠葭远，秋到山中桂树长。三径总教无恙甚，幽盟早已负求羊。

登凤凰台

衰草寒江客自来，高原犹说凤凰台。云归采石三山出，地远秦淮百雉开。
万里波涛浮日月，六朝宫阙掩蒿莱。即今王气连霄汉，十二金人安在哉?

有　感

听到三言事已真，眼前白首亦如新。任教慈母惊投杼，自是曾参不杀人。
好去青山随鹿豕，敢闻高阁尽麒麟。故园三径今何状，一对西风一怆神。

得故人书有感

客思凭谁寄白鸥，十年犹自滞并州。梦回大漠孤城畔，家在沧江春水头。
花发只增乡国念，书来翻动故人愁。遥思今夜清溪月，还似当年载酒游。

春日感怀时城儿奉使日本

可胜摇落在天涯，细雨边城响暮笳。万里尚为燕市客，十年不见秣陵花。翻怜春到人多病，岂但愁深鬓有华。况值吾儿持使节，远从慱望问浮槎。

将　归

芙蓉寂寞蓼花寒，落日翩翩访曲栏。最喜秋风邀客至，况逢明月倚楼看。主非北海尊常满，座有高阳兴未阑。无奈故人归思切，又携烟雨向江干。

还　里

蓟门秋早叶初飞，尊酒红亭澹夕晖。天上自携金掌去，江干遥奉版舆归。隔城山色迎青雀，绕署荷花入翠微。故国几人曾作宦，趋庭兼得舞莱衣。

送仲弟南还兼怀老亲

无限离愁匹马前，况多风雨断鸿边。板舆未得归潘岳，春草何堪送惠连？伏枕梦回沧海月，登临望极白云天。飘零若见高堂问，双鬓休言异昔年。

雪坡草堂为陈玉叔题

曲径幽轩沔水濆，藤萝秋气郁纷纷。檐楹晓渡湘潭雨，几席寒浮梦泽云。满座高歌余雪色，当尊孤剑自星文。校书天上青藜火，夜夜还从太乙分。

怀黎维敬

归去衣裁薜荔新，一朝神武谢朝绅。非关丛桂能招隐，自是青山解欸人。蒋诩老为三径客，鸱夷遥遁五湖身。何如高卧罗浮月，枕畔梅花万壑春。

秋日感怀

春色翻惊两鬓皤，五湖归计转蹉跎。梦回双阁寒星落，病起千峰积雪多。南国音书今阻绝，北方戎马近如何。燕然铜柱非吾事，白石青山好放歌。

春日携城儿同茅平仲朱汝修集韦园四首

其　一

韦曲招寻醉酒余，太行云气满郊墟。花间疑有秦人宅，竹外堪停上客车。自取青山当几席，漫随芳草问樵渔。风尘明日长安陌，相对清尊可暂虚。

其　二

路转长溪十里斜，满村春水浸蒹葭。池边曲槛转芳草，树底轻舟载落花。楼阁昼涌沧海气，衣冠晴带赤城霞。开尊况有高阳辈，何必风流说玩家。

其　三

紫宸朝罢散鸣珂，载酒邀宾一放歌。信有好怀如叔夜，不妨病色似维摩。他乡幸得登临数，胜地翻令感慨多。佳会自须拼酩酊，狂来安问霸陵诃。

其　四

风尘何处访舟丘，十里蒹葭下白鸥。金谷信堪容傲吏，凤城亦自有沧州。当春绿柳偏垂户，过雨青山故入楼。况有画船能载酒，共君击楫向中流。

临终诗

花甲余年竟未周，谁人邀我赤松游？愧无名姓登金录，幸有文章寄玉楼。天际白云同渺渺，世间流水任悠悠。挥手一笑出门去，千古英雄止一丘。

凝秀亭

孤亭翳绿萝，正续青山断。空翠日飞来，东风吹不散。

翠微亭

峰峦最深处，隐隐小亭开。不断来霞色，霏霏入酒杯。

留春亭

不思名花色，高歌过郢人。总教飞落叶，一室自阳春。

问月亭

把酒问婵娟，清光尚何处。遥忆舞霓裳，乘风欲飞去。

青莲阁

面面起青山，蒲团自愉快。时有老瞿昙，来话莲花界。

郊行即景

不断黄尘大漠风，几人能不鬓如蓬。蓟门春色来何晚，四月桃花开正红。

葡　萄

绝胜醍醐醉五侯，扶风应许拜凉州。当年自抱文园渴，空忆金茎汉苑秋。

次黄白仲雨中见怀二绝

其 一

秋来风雨卧清溪，抱瑟何堪旧向齐。知尔扁舟孤兴在，白云千顷太湖西。

其 二

休论长铗客齐邦，匣底蛟龙本自双。一说延津当日事，满城雷雨过西江。

为丘谦之题豆云湖

羡尔翩翩楚大夫，画船频载酒家胡。何须自号鸱夷子，一日藏名去五湖。

又题纬萧庄

楚兰为佩芰为裳，门外垂杨春水长。况有青山常对酒，北窗应自谓羲皇。

赠章子敬

一日惊传郢客名，新诗题满石头城。何人谓建骚坛帜，看尔先登上将营。

晏 鸾

晏鸾，号笠峰，明盱眙人。贡生。

萧 堰

老尽菰蒲陂水秋，依依鸿雁此相投。遥闻清夜惊霜处，仿佛衡阳暮雨愁。

西河泛舟

一泓深碧净于苔，合处流从分处来。春浪不惊游客艇，太平箫鼓月中回。

狮龙桥雨涨

百尺虹梁驾海鳌，远吞雨涧水奔逃。年年不用填乌鹊，来往人无病涉劳。

黄 祯

黄祯，明盱眙人。

崇圣书院

孔公德教入人深，书院遗踪近泮林。今日残碑荒草合，怅然回首欲沾巾。

钱　芳

钱芳，明盱眙人。庠生。

游龟山寺

雨雪妨春废好情，偶过山寺得诗清。风吹湖碧天摇绿，泉活苔钱地界青。
佛境慢回尘境扰，缁衣绝胜紫衣轻。何年展尽忧君志，黍木光中夜听经。

李宗城

李宗城（1560～1623），字葵岳，号汝藩，明盱眙人，李言恭子。少以文学知名。著有《李汝藩诗稿》。

送芷晋叔国博还吴兴

宦自潘安拙，才应宋玉偏。还家千嶂雨，挂席五湖烟。
以我多愁日，逢君失意年。江干一樽酒，宁不倍凄然。

临终诗

秋风萧瑟若如禁，星斗含愁大地阴。忽有疏林来挂剑，岂无连理泣亡衾。
风悲鹤怨凭空远，暮云起处海月沉。回首浮生俱梦梦，千年木石结同心。

钱　銮

钱銮，明盱眙人。

五塔寺小憩一首

寻春同拉过山迳，暖日晴云动酒光。五塔旧名知寺古，一尘无入羡僧良。
门围紫竹家风淡，井引流泉地脉长。碍足市缠心屡厌，坐来尘务竟相忘。

题瑞岩楼赠李道士

瑞岩西畔耸层峦,楼构依岩养大还。读罢道书眠听雨,醉残仙酒坐看山。
野云暮落危檐宿,石溜年侵一榻寒。谁谓桃源今寂寞,自迷仙境在人间。

第一山怀古

独上孤峰一振衣,万峰环拱尽森微。年年依旧青青在,今古人间几是非。

八仙台招隐

浪说仙翁聚此台,一湾流水碧萦回。功名笑我曾无份,不待招呼日往来。

清风山闻笛

清风山上一登临,笛引清风到耳频。我是含芳待时物,愿同幽谷发阳春。

龟山寺晚钟

蒲牢吉吼禹林丘,独坐山房听未休。今日敲残明日又,哪堪催白少年头。

杏花园春昼

芳林晴晓嫩红繁,多少游人野鸟喧。我慕曲江春色好,托根移植半山园。

瑞岩庵清晓

万松深处着茅庵,景色偏宜趁晓看。玉漏滴残山月堕,有人早起已凭栏。

会景亭陈迹

会景人成会景亭,人亡亭废只留名。诛茅我欲重修葺,免得追游倍惨情。

王龙文

王龙文,字鼎子,明盱眙人。崇祯六年(1633)中副榜,授镇江府训导,未任,遭国变,遂隐。

冷闷诗

岁俭愁酤酒,逢门雪一限。纷华从老去,清简自贫来。
原宪安无病,林逋癖有梅。吾衰销众念,偏崇掌中杯。

白下僧寮同缓耳守岁兼寄杜于皇

旧国当除夕，炉香对酒僧。波残江海夜，劫尽古今灯。
改岁生千虑，诸天转一乘。阳春迎楚客，椒颂祝良朋。

风雨宿一衲庵同子亮师盈公纳公二上人

其　一

载酒沿堤秋气高，山门茹蘚漱寒涛。长淮一夜添风雨，梦里鱼龙势欲骄。

其　二

淙淙凉夜客无眠，万壑秋潮窗几前。水力知争城几板，愁人不暇问桑田。

戚　伸

戚伸(1574～1640)，字起莘，别号中一，明泗州招贤乡(今属盱眙)人。崇祯元年(1628)进士，曾短暂从政。主要在家乡读书、讲学，著述丰富。

重上香华楼读书

深秋曳履复登楼，却对桑麻莽自羞。门钥乍开蛛网动，床书久搁蠹鱼留。
河山此日饶青眼，愁病中年易白头。昂首尚瞻云汉近，剑光直欲指神州。

鲁须会

鲁须会，明盱眙人。

题红庙

真主钟灵诞帝乡，天开鸿运笃祯祥。淮浮云锦神喜贶，祠绕霞光惊异常。
一统山河更百战，万年基历定三霜。盈成世世边陲静，汤沐遗庥永不忘。

陈　职

陈职，明盱眙人。庠生。

宿石梁店

瘦马行迟去更赊，解鞍休倦入山家。梅花篱近香侵枕，柏树林寒夜宿鸦。

水响石梁原古渡，路回蹊径旧长蛇。醒醒不寐供惆怅，窗上腾腾月正斜。

刘 咏

刘咏，号印山，明盱眙人。官训导。

杏花园春酌

山竹巍巍霄汉容，寻芳酣醉日西红。杯传鹓鹄擎偏异，酒泛珍珠味自同。
适性已逃五马外，安身寄乐七贤中。绿阴满地交加砌，试听高歌一曲雄。

冯世登

冯世登，号崑冈，字汝良，明盱眙人。岁贡生，官顺德县训导。

集瑞岩庵

邂逅联萍梗，壶觞喜共攀。庭高日色重，风静帘影闲。
花鸟不知数，云烟还满山。人言三月好，春在翠微间。

龟山值雨

仙舟登李郭，斜雨度淮西。花柳正颜色，江山容品题。
吸日金螺炫，凌霄赤翰齐。风云如有约，相送到招提。

西湖舟上

载酒菰蒲岸，停桡杨柳风。鱼梁隔一水，鸟道架长虹。
宾从扁舟上，楼台晚照中。飞熊踈世用，散发且渔翁。

龟山寺登览张芦冈侍御限韵作

驰马东南暮，龟山迥碧岑。地维蓬岛胜，湖控洞庭深。
龙虎鳞毛窟，松楸风雨林。楼台云汉色，箫管凤鸾音。
峭壁千年秀，飞泉百道淋。我来洗凡俗，聊此振衣襟。
酒酾中山味，歌传梁甫吟。观鱼翻尺玉，惜鸟避九金。
落笔挥青雾，移毡就绿阴。擎杯邀璧月，开座倚花衾。
白石忽相认，红尘不敢侵。壮游难再遇，幽思可能禁。
绣史耽高谊，经生抒素心。飘飘飞盖里，灯火下江浔。

九日登高岩和韵

竹杖芒鞋鹤氅衣，瑞岩云际步虚时。山花拍盏香封酒，石壁生苔绿印诗。
帽侧秋风花发乱，鸟啼烟树暮阴迟。兴阑顿解流光迅，抱醉归来路逶蛇。

顾 钺

顾钺，号芋田，明盱眙人。官教谕。

秋夜宿瑞岩

月上瑶台净，炬开玉宇清。千崖澄霁色，万木送秋声。
采药思玄圃，餐霞想赤城。松风凉到骨，别院更调笙。

过霸王城

残城犹突兀，曲曲抱河流。断岸斜阳下，孤村急雨收。
中原空百战，往事已千秋。慷慨无穷意，青天独放舟。

杏花园晚酌得“酥”字

兴已将阑日已晡，主人情重更携壶。怡红院里喧莺燕，苏小门前展画图。
白白红红看不尽，来来往往醉相扶。醪醇远自谁家得，莫道杨妃乳上酥。

马 骏

马骏，号德舆，明盱眙人。贡生。

谒东莱祠

遗像昭然动夙钦，先生风教在人心。百年道脉千江水，一代文章五岳岑。
大梦有须能觉悟，独醒何必论酣沉。服膺尧舜兢兢训，此念原非异古今。

无名氏

登瑞岩亭

其　一

新亭奇绝云山阴，巾车乘兴闲登临。岩泉中分断壁古，淮流东注沧溟深。巢云密印野仙迹，玻璃清透游人心。兴阑且自下山去，抵节倚空长一吟。

其　二

鱼鳌缮诃激怒龙，腥风沫雨浸蓬窗。宝珠佛像山王护，铁锁神功水母降。石势参差龟出水，潭光照耀蜃浮江。我行未暇求陈迹，且看舡头浊酒缸。

陈　贺

陈贺，清初盱眙人。

准提阁晓望同周道南

倚南何所见，宿雾带春晴。一夕前溪雨，千山浅草生。
泉声来佛舍，烟气染香城。不尽遐心处，花间远听笙。

双节妇

操同冰蘖此方真，母子孀姨合一身。老早有怀频陨涕，留君不死靖飞尘。
难偕星小成青节，恰有光分植大伦。漫道旌扬能励俗，孤魂当日是贞臣。

陈于国

陈于国，清盱眙人。

秋夜浮桥

潮生晚岸拍天倾，白苇黄芦照月明。桥锁碧湍流影急，笛吹渔浦渡声清。
迢迢去冰沉云湿，汩汩回波蘸汉晴。遥听夜钟鸣远寺，酒醒唯觉一身轻。

陈艺衡

陈艺衡，清盱眙人。

岸园署楼晚眺

高啸出烟林，层台俯碧岑。河流山色驻，日落海门阴。
密树秋声早，荒陵王气沉。故园劳望眼，天末送归禽。

周胤洙

周胤洙，清盱眙人。

五塔寺

胡桃新绿下，坐听话僧伽。小洞开何代，闲云若有家。
水知徐子国，虫吊楚宫斜。谁了鱼生理，宰台尽雨花。

黄若庸

黄若庸，福建人，清初任盱眙县知县。

游玻璃泉因至上龟山

秋高风色劲，商气方萧森。纡步出曾麓，行行惬幽寻。素闻都梁胜，山枕河为襟。峰头开古县，冈阜磐崎嵚。不用鬼工凿，怪石罗成林。手扪足复历，何异井与参。暗泉漏石罅，细韵鸣瑶琴。小池发可鉴，昼夜如秋霖。严扉蔽白日，无复知晴阴。州城望隔水，万井咸下临。傍严结精舍，云雾时见侵。穿林露幡影，觅路随钟音。佛灯啮饥鼠，僧舍栖荒禽。襄阳有题咏，岁久莓苔深。拂拭重讽咏，字字锵球琳。人物有代谢，山川无古今。余来欢已晚，高风实所音。乘间一登陟，长啸扳遥岑。独恨寡侍侣，相招无素心。

大圣寺小憩

古刹开何代，相传自盛唐。云中孤塔迥，烟外数峰藏。
松影明虚殿，花香护讲堂。细摩文敏碣，仿佛辨钟王。

施端教

施端教(1603~1674),字匪莪,号啸阁,清盱眙人。以贡生官宣城训导,迁范县知县。工诗,喜集唐人句成诗。著有《唐诗韵汇》《读史汉翘》《集唐》《六书指南》《啸阁文集》。

吴门怀古

上方金殿郁岧峣,却忆吴王古市朝。小院回廊春寂寂,深帘飞絮画寥寥。
千年城郭名空在,百战山河血未消。衲子不关尘世事,月明夜夜自吹箫。

赠 人

送君卮酒不成欢,竹里行厨洗玉盘。十载乱离知己泪,百年粗粝腐儒餐。
风尘荏苒音书绝,桑梓凋零故旧残。客里聊为河朔饮,暂烦宾从驻征鞍。

李枝芃

李枝芃,字峨士,泗州籍,世居盱眙。清初贡生。家有小园,在其宅之西,中有"坐花堂"。工诗,有《西园同调集》。

此山歌和缓耳

骚人饮酒无常处,踪迹颇同毕吏部。便是邻家翁也窥,况乃山头花似雾。春风酣酣日正暄,脂红粉白都归树。婉转多闻好鸟音,迂回尽是游蜂路。诗翁欢喜心欲颠,三百青钱先预措。旗亭有酒呼仆沽,杖头尽出何论数。燕子常依软草飞,柳条欲索斜阳住。狂啸还过铁笛亭,野僧不解人何故。老苔古碣籀文埋,仔细详观归已暮。万绿丛中可作家,众香国里谁相恶。花发今年落旧年,看来举世茫然负。从今不问一囊悭,逢雪逢花醉此山。

元旦后三日次韵答缓耳兼招见过

晴原初听吹花信,渐逼梅开能洗病。春新易动远人思,况有若干奇字问。凝神频读壁间诗,如对高朋话薜篱。笑言留待经年酒,吩咐山妻贮缥瓷。柴门扫地频虚左,书约来游都不果。早梅正似灞桥开,莫待好花香既堕。吁嗟乎!笑门冉冉隔芳尘,新月阶前我一人。徙倚栏杆忆旧别,吟醉红灯又一春。

种花谣赠朱徽荫明府

老山苍苍石凿凿，都梁隙地无城郭。人烟寥落庐舍稀，谁知慈母来潘岳。河阳风流今不赊，朝起鸣琴午放衙。冰壶心无一事扰，只向峰头遍种花。花种三年花总盛，春风万朵开娉婷。岁岁韶华二月天，红云锦浪生山磴。县门清净径长蓬，雀罗常设日曈曈。我侯终日但兀坐，肩舆时一来花中。花见我侯颜色喜，我侯实是花知己。啼莺语燕触高怀，徘徊片刻诗成矣。记得我侯初指淮滨来，儿童竹马迎出山之隈。其时风物正萧索，桑麻鸡犬安得聚密如此哉。今日四野，欢声嬉嬉，囹圄久空，文书少羁。官租易纳，胥威难施，庭唯一鹤，麦秀两岐。非侯之德，何以有兹？君不见蒋公祠、梁公路，总是追思从既去。桐乡遗爱在栽化，他年应号朱公树。

过临漪巢

疏落栽花竹，茅庐地数弓。鸟游丝浪里，人在绿天中。
细雨当阶草，斜阳隔水红。明来携淡酒，只约白头翁。

趁远亭晚坐

其　一

春闲客无绪，空亭自凝瞩。西山日欲低，烟生一池绿。
芳树鸟喧寂，落花风反复。铛火傍窗红，奚童报茗熟。

其　二

老莺鸣一声，游鱼戏几个。小桥绝人过，周旋我与我。
行立总无心，坐卧无不可。落照下深林，登台收药裹。

题黄仲丹明府千顷斋

一隙冰壶地，宜摊秋水篇。老梅高卧石，修竹半撑天。
鸟语能留客，茶香自汲泉。陶潜腰不折，来种菊花田。

示嶟瑞嵘瑞

荏苒看伊大，身长逼老夫。须惭讹伏猎，已误试之无。
棠萼留心合，家声努力扶。青毡传故物，辛苦是慈乌。

春杪雨后过南园

一天春欲老，柳浪锁柴门。芳草迎山色，飞花乱水痕。
鸟巢闲白昼，僧磬报黄昏。只爱余香坐，枯吟对一尊。

久雨病中自遣

漠漠天如梦，黄梅雨最浓。花声翻耳祟，诗理不心从。
苔老无人迹，蔬荒有病容。休文何术遣，持偈叩禅宗。

西园即事

兀坐蕉阴底，门闲雀可罗。雨痕荒石屋，苔迹画溪螺。
看水参禅味，抛书却睡魔。一园清气足，风过竹婆娑。

怀缓耳客都下

千里长安客，三年系梦思。赋传杨得意，名起魏无知。
芳树啼黄鸟，春风舞绿蘼。嵇康疏懒甚，不是寄书迟。

答缓耳

柴门常伫立，远岫绿茫茫。已断鸿三月，空看柳一庄。
人犹存旧病，鬓莫问新霜。别恨随春老，吟成向夕阳。

西园暮眺

苔路堪容屐，空阶拄杖行。窗痕留夕照，蛩响送秋声。
病鹤同人瘦，荒天隔树晴。遣怀诗未就，山月一尖横。

送田湛令君去任归山右

操凛冰霜慕古贤，罢官只似未官前。寇恂难借迟三岁，刘宠临归仅一钱。
留得口碑悬草泽，栽成花树遍山巅。马头送别愁闻雁，汾水秋风路几千。

黄仲丹明府见过

病缠双足酿疏顽，十载暌违忆旧颜。仙令忽来敲竹阁，野人急起扫花关。
高天远赤枫全老，小径残黄菊尚斑。鸡黍村庖留信宿，莫教马首别秋山。

怀黄仲丹明府

雪前鸡黍记相过，转眼东风又烂柯。潘岳身闲头白早，陶潜官罢酒赊多。
斜阳水势门千顷，残梦莺声树一坡。花放正当春色好，耸肩吟兴近如何。

程悦山游六安归过西园闲话

千里游归舌更狂，身骑一蹇过山庄。路同新燕非无伴，屐染残花自有香。
补醉春阴搜旧酒，富收溪药实空囊。经年别恃肝肠在，须鬓何妨各带霜。

喜石庄过西园

藓径层阴绿一园，高僧却肯过荒轩。多情花鸟皆亲旧，传世诗篇即子孙。
不耐昼长人卧病，可怜春去燕无言。醇浓酒是禅家味，吩咐奚儿贯满樽。

寄杜于皇

风流三楚擅清狂，居似成都旧草堂。海内大名传子美，江东遗老见当阳。
坛掺牛耳盟应主，价重鸡林纸自香。沽酒论文何日事，秦淮欲泛少轻航。

寄施匪莪东城

风流人比谢宣城，吏隐年来住汉京。好客虽闻多酒债，登坛却喜有诗名。
关山北去天常隔，雨雪南来雁少声。千里须眉劳梦想，何时把酒得班荆。

寄黄九烟前辈

蒹葭江上冷秋飓，记别先生正此时。千古缠绵司马病，百篇悲壮杜陵诗。
人留水国羁消息，雁过霜天感别离。访戴山阴原有约，剡溪底事剌船迟。

怀戚缓耳落第归里

帆挂长江破冷涛，一担行李返林皋。光阴岂不欺陶侃，文字何曾报杜羔。
地僻门如僧寂寞，秋残人似叶牢骚。敝裘难用重赊酒，应对霜林首暗搔。

九日怀笑门

九日今年与旧殊，荒凉不独菊花无。帽因搔首斜非落，诗为怀人作不逋。
冒雨寒鸿听寂寂，隔山红树望株株。篱东想见渊明醉，曾否相思共插萸。

寄戚缓耳

莺呼别梦易销魂，过却春风廿四番。山色尽头王粲宅，花光深处杜陵门。
贫多赊酒常书券，老怕骑驴懒出村。诗就只搔华发坐，一天细雨又黄昏。

驴背吟

春风竟日逐驴蹄，人似寻香蝶易迷。柳巷尽头皆绿浪，桃花飞处总红泥。
薄烟只着多情草，好树常留解事鹂。一路闲吟方有兴，夕阳休下远峰西。

和戚缓耳春过淮阴有感

其 一

浪迹何曾学子长，羁人行李寄他乡。途遥水国多诗句，衣敝秋天耐雨霜。
重醉伯伦残酒市，再登韩子旧纶床。十年往事都非是，咄咄书应向夕阳。

其 二

萧条风景易愀然，倚创昂藏欲问天。好月犹迟僧寺里，故人不值酒楼前。
河干新水矶闲钓，郭外斜阳草带烟。最是黄昏天黯淡，戍鼙声惹客心悬。

述 怀

秋山曲处结茅庵，种竹栽花意独甘。万事未全千分一，百年已历四旬三。
看来鸡肋心原澹，说道蝇头性不谙。手把楞严常理会，前身应是老瞿昙。

郊 望

驴蹄曲曲小蹊分，踏遍晴郊日未曛。绿树居闲三月鸟，青山养老一庵云。
花沾宿雨颜如笑，草带新烟态似醺。处处挑青逢野妪，面无脂粉曳缁裙。

山 居

家依退谷不思名，叔夜无才懒一生。诗债未填如梦泽，愁围难解似聊城。
水滨放荡虫千队，花上风流鸟一声。老子养疴方抱膝，底须客到叩柴荆。

东阳道中

奚童破稿一肩担，林出晴烟岫出岚。问酒几经黄叶坞，寻诗暂憩白云庵。
鸿为乡导无歧路，水有禅机欲细参。雨后小桥移故处，疲驴不易过溪南。

寄戚缓耳

苍天一任积离愁，好友东西梦不休。雪夜未期同草榻，花天犹自各书楼。
酒无新债劳诗换，梅有残香借手留。寄语杜陵如见念，只将佳句满缄邮。

立秋日友人小集西园即拈“秋”字

卜夜何妨秉烛游，山园小宴亦风流。三更酒话全忘暑，一日诗心自入秋。
老叶萧骚如下问，新蛩唐突已高讴。诸君枕藉帷灯袅，残月犹能恋北楼。

山居冬感

寒烟古木乱鸦鸣，岁宴心藏磊块城。白眼一生难入俗，青山千古不沽名。
性同米芾宁辞癖，诗学元稹渐就轻。老屋三间真冷落，况多风雨打窗声。

游焦山

润州城北砥中流，俯瞰江根未尽头。逆水只摇轻舫过，看山不用老僧留。
钟声层麓敲风碎，涛影斜阳挂树幽。天地辟开清绝镜，登临何敢负高秋。

客越中思归

孤舟一系感天涯，水国黄昏雁阵哗。千叠白云封竹屋，万行红树画山家。
客涂秋早衣谁授，异地人生米不赊。司马病深游已倦，计时归及看黄花。

己未十月大水犯泗州城先忠端公祠堂沉没水中泫然成咏

古祠瑟瑟水流空，城阁凭看泪欲淙。事业只留青史内，衣冠不守白波中。
萍浮断碣鱼游上，瓦砌颓垣浪打通。祀典纵存梁栋失，后人何地拜遗忠。

张文光

张文光，清盱眙人。

饮泗州谯楼

回合山光入望虚，淹留杯酒意何如。云深古洞藏金刹，雨过诸陵冷玉鱼。
楚国久传烽火地，汉家谁上《治安书》。可怜河畔青青草，白露西风鸿雁呼。

冯　霑

冯霑，清盱眙人。庠生。

浮桥新成敬颂

冬初晓日照浮梁，百丈长虹饮练光。非是大才贤令尹，安能普济赞周行。

戚 玾

戚玾(1633～1686)，字后升，又字绒子，号缓耳，又号莞尔，泗州招贤里(今盱眙鲍集)人。清初以优贡授知县。著有《笑门诗集》。

过白衣庵

野寺孤峰下，松涛大壑寒。客来孤鹤唳，屐少旧苔安。幽致欹疏竹，秋光老一峦。径污风作帚，井净布为栏。鱼磬兼泉听，篱花带雨看。古碑秦字没，断堧楚城残。市近寻沽易，崖悬写句难。剪蔬贫士酒，烧芋老僧餐。薄醉骑驴去，泥途恐坠鞍。

旅夜怀西园

春风摇远山，山草生绿波。幽人山之下，老屋垂新萝。读书以忘病，抱膝高吟哦。今夜月微明，栖禽寂檐阿。思君不得寐，徙倚盼庭柯。去冬醉深堂，诗句今皆讹。雪中踏荒路，送我劳青骡。春来三拜书，情文郁嵯峨。贫交聚首难，芳辰屡蹉跎。孤灯对春酒，故人夜如何。更阑细雨声，应湿西园莎。况复落花时，萧萧归雁多。

好汉坟(并引)

引都梁百里有湄棠寺，寺前荒冢二丘。相传古甲儿构雀鼠，事久业废，途此誓以扑死者为好汉。今茔左右道旁，日益耸岿，后壮之曰好汉坟。予原其意。

湄棠寺下双男子，名字千年震山水。日归孤冢人黄错，阴阴气满如风雨。村沿邻火烧幽烛，女子笑啼丈夫哭。冷烟空月吊虚声，晨霜暮草皆眉目。桃花空忆故园春，剑光死矣无真人。裙钗小妇为衣巾，百尺松涛呼古坟。将军墓上石成铁，夜台未必分吴越。英雄长泪一千年，变作湄棠寺前血。

舟过浮山

牛岭牵帆过，朝阴日未舒。村车喧拾麦，湖艇静藏鱼。
树满山庵窄，沙平水市疏。维舟谋小醉，囊尽几踌躇。

堤上望盱眙

城居束人性，破步望郊陂。云重曾难出，烟一鸟释疑。

有声摩诘画，无字少陵诗。花草能疗病，从前悔不知。

早春怀西园

西望山云满，怀人坐野轩。新花红酒社，暮雨黑春园。
笑解乾坤梦，诗分今古冤。含情对归雁，欲寄已忘言。

怀苍存昆季

二难才绝世，磊落更雄多。白眼焉知此，青云者是何。
书城攻有雉，墨沼舞双鹅。会见庐陵遇，眉山逝一科。

九日同诸子登南山

何处望天下，兹山我辈登。晚峰红树影，秋水白云声。
飞叶随迁客，浮杯见古城。不须愁帽落，秃鬓久无巾。

招信道中

出门三问渡，沙路马蹄平。岸北多秋柳，淮西即古城。
人烟荒旧迹，市口多乡声。止宿非穷日，征夫记一程。

秋过云山怀峨士

小山云不见，入望影苍茫。旧酒黄公市，疏林杜老庄。
稻香秋路水，枣熟故园霜。高阁吟何似，行人正夕阳。

自题无闷园四首

其　一

天与人皆闷，其如我欲歌。睡乡新辟土，酒国渐成都。
到眼花能笑，同群鸟自呼。神仙真可接，何处觅蓬壶？

其　二

未敢违天意，草堂名就闲。及肩初有树，裹足竟无山。
野雀随喧寂，疏云自往还。寸心辞剥逐，蓬户得常关。

其　三

茅墙周土屋，门傍古树闲。种菜人争笑，垂竿鸟不猜。
酒卧听雨醉，朋为说诗来。珍重苍筤竹，窗前手自栽。

其　四

海岳生环堵，乾坤一桶藏。爨烟空宠辱，蚁垤见兴亡。

渚雁孤吟月，篱花冷耐霜。桃源随地是，迷路笑渔郎。

送幽上人归盱山

高僧真古貌，望气使人尊。作法烧泉水，扶身杖竹根。
青蔬三月话，白乳十方恩。愿足归山去，听经虎候门。

春日登护塔庵高台

西林移野步，病起畏春凉。河影鱼登塔，花先佛在堂。
烟横存驿废，草绿见城荒。遥妒高台上，孤僧吊夕阳。

祭扫毕饮圣人山寺

罢祭登高寺，松风咽鸟声。山传孔子迹，湖得汉王名。
古石诗堪写，闲僧酒共倾。夕阳烟树外，波浪隔荒城。

原注：山有至圣殿，适楚至此，下为皇城湖，沛公驻军处。

过东阳故城

旧迹名犹在，城根尚蜿蜒。路碑残日月，屋瓦旧人烟。
祷雨留神树，耕田得古船。故侯有贤母，遗爱记秦年。

九日登玻璃泉

秋暖多游屐，溪亭客未空。不冠云自著，非菊酒无功。
断碣迷唐宋，高泉落雨风。寸心对山水，啼笑与谁同。

过一衲庵

长堤城外路，有客负吟囊。草气湖蛙老，溪阴树鸟凉。
薄烟鱼网静，微雨布衣忘。十里南村麦，青青照佛堂。

圩头桥闻雁

旅夜心难寐，秋空得此声。凄清翻旧谱，惝恍话平生。
已自惊桐落，何堪对月明。应怜游子意，短笔事南征。

笑门秋夜

高蝉清听坐垆烟，明月窥予已十年。日醉无诗终负酒，长贫有骨早知天。
空疏一世秋宜我，变乱前身梦即禅。却羡少陵能避世，独支草阁大江边。

过盱山玻璃泉怀李慰之明府

高峰如案踞淮东，上下风泉听不穷。眉月山川生意外，画图花鸟出空中。流觞自我更前迹，睹墅无人笑众雄。一去双凫几千里，天南十载断飞鸿。

得家书感怀寄内二首

其　一

开缄未忍读终篇，手把双鱼意黯然。山水路知非万里，莺花人隔忆三年。课儿读尽窗西月，驱仆耕残垅畔烟。惭愧长安多酒债，哪能遥寄卖文钱。

其　二

纷纭魂梦已伤神，何用对书堕泪频。织锦每劳青鸟字，题桥肯负白头人。愁中卜易常妨病，别后忧年苦食贫。好展双眉待归骑，须知冰雪有阳春。

次戴还素太守游玻璃泉韵兼呈李蔚之明府

南峰古树绿当霄，亭上看云兴共遥。万里莺花开醉眼，满天风雨作高潮。剡溪想见弹琴戴，彭泽都称种柳陶。兴至山雾共洒笔，名游秉烛尽清宵。

苍存霄邻宴集西园同诸子分韵

西园廿载旧诗坛，新帜双高百尺竿。朋自云来惊履满，花如火速破春寒。论交意气归元礼，得句风流想建安。自笑枯肠忘酩酊，漫随骚客咏更阑。

元日早发云山寺

平生元日唯高卧，此日登峰最上层。逆旅梦余惊爆竹，空山雪里见悬镜。行年已觉过强仕，识字多惭累小乘。红日渐高家近渐，隔林遥指爨烟兴。

舟次招信县

蒲帆西挂不潺潺，停棹淮村柳半湾。笑语早镫今日酒，风烟古县旧人山。天高但觉云无碍，川静谁如鸟独闲。却笑书生空四部，十年犹自滞吴关。

过嘉祐院访指薪上人不遇

高名耳上已多年，况复挥毫字字仙。双屐此来寻古寺，孤筇何处入凉烟。莺花盱岭囊中句，风雨芜城梦里禅。临济传灯知几代，祖庭今喜见巍然。

同冯昭亭饮龙山寺

绿草颓垣古刹空，牡丹开处故人逢。寺留年日残碑里，僧老朝昏一磬中。
世外见身安白眼，座前浇酒听青锋。怜君傲骨纵横甚，不作虚文送五穷。

浮梁新成

星槎难问斗牛遥，天堑俄分第一桥。彩鹢横飞淮北雨，苍龙怒啮海东潮。
山开神禹功徒费，井冷支祁力半销。行旅只今歌利涉，不须欸乃叩兰桡。

秋日泛舟望盱山

风响空湖过片帆，两岸红叶见霜斑。出门不意秋将晚，老尽淮南一望山。

一衲庵烟雨

古柳长堤静掩关，门前烟树米家山。劳劳过客冲风雨，独许高僧枕梦闲。

开化寺

其　一

孤峰倒影入湖平，西浦人家柳作城。向晚花宫钟磬寂，小楼微雨听书声。

其　二

雨足青村麦浪浮，大堤如画辋川图。藏舟柳密天无隙，满涧花香水不孤。

其　三

竹里为庐老一村，焚香危坐说无根。时花炙日红羞眼，野草深春青入门。

其　四

山下疏林湖上庵，茶烟不散绕花龛。老僧午爨留闲客，新拾溪头菌一篮。

其　五

一船春酒夕阳斜，系栈归来月满家。几路渔樵声不辨，柳花烟影乱飞鸦。

望陡山忆李道士

水烟开处露山光，横入东风鸟一行。劚药春深人不见，仙宫花影护斜阳。

赠南山丘炼师

半山桃李一溪烟，昼不观书夜不眠。门第数人皆齿落，先生甲子是何年？

管公店分金

泗西北三十里，世传管夷吾鲍叔牙分金于此。古碑荒藓，野市疏烟，且路当九道，过者多停车，每徘徊不能去，盖古谊之入人深矣。

意气分金往迹真，寂寥孤市野花春。可怜今日多朋好，空对残碑忆古人。

管鲍分金碑

野市空碑立暮曛，行人背手读残文。既知管子贫如此，何事遗金尚欲分？

腊月过招信嘉祐院访指薪上人留别八首

其　一

花开醉我蜀冈东，落叶盱山恰再逢。相见掀髯无别事，新诗满手说寒风。

其　二

溪村盘蹓曲如螺，野岸敲冰客渡河。为访幽人寻旧约，雪中山路不知多。

其　三

招提门向古淮边，赵宋残碑七百年。铁甃祖堂今独立，袈裟半叶盖青天。

其　四

竹树珊珊雪满林，青狮窟里一镫深。土炉夜火煨黄独，坐拨寒灰待酒人。

其　五

冰雪吟成一卷书，非台无树竟何如。卢公也著虚空相，文字焉能尽扫除。

其　六

禅扉开处见寒山，飞鸟飞云书不闲。忍辱仙人无挂碍，蒲团高坐笑蓝关。

其　七

久处浑如结夏僧，香厨饱饭客何能。空门亦自建知己，诵赋无劳于武陵。

其　八

春风始挂片帆归，疥壁留题墨豕肥。酒病愧多诗愧少，汤休应恕谢玄晖。

季札挂剑台

壮游公子渡江东，驷马何须一剑从。却待故人成异物，空将神器赠枯松。

李嶟瑞

李嶟瑞，字苍存，清盱眙人。康熙八年(1669)以拔贡中副榜，入国学，由教习议叙知县，任唐县知县、安州知州。著有《后圃编年稿》《归来诗稿》等。

蒋公祠(并序)

公名佳征,失其字,广西灌阳人,明崇祯间以乡举为予邑令。流贼薄盱眙,公誓以死报国。是时巡按御史梁云构坐泗州,公往见云构乞调兵。云构曰:“君职民牧,无师旅之寄,贼势锐不可当,且无城可守,不如避之。君留泗,且毋归。”公曰:“无城不可守,独不可战耶?”固乞不已。云构遣之还,不与一卒。公遂送母渡河,率家奴乡丁百余人,邀贼战于山巅死焉。事闻,赠尚宝司少卿。呜呼!公可谓烈火丈夫哉!予考胜国编年诸家野乘,皆无道其姓氏者,独故老能言耳。惧其久而失载,顷过其祠,遂为此诗,以俟太史氏之采焉。

秋风鸣低空,乱峰下斜照。老树枝交天,苍凉覆破庙。入门扪残碑,太息拜遗貌。忆昔明运衰,群盗起聚啸。剿抚两成虚,蜂虿变虎豹。所过无坚城,苍生任凌暴。战士多如云,倒戈似垂钓。维公真人豪,忠贞出天造。金铁冶成心,冰霜清作操。贼烽一朝来,矢石躬自冒。官小誓捐躯,力薄哪自料。直指方雍容,请兵兵不调。南八岂可留,贺兰心窃笑。归来率市人,慷慨动苍昊。送母临长流,泪溅河上棹。再拜天色昏,忘家儿不孝。众寡势不当,一死将国报。碧血洒平芜,贼马不敢蹈。至今高山巅,白日常见烧。如何五十年,荐绅少凭吊。国史与野乘,记载皆不到。姓氏已稀传,父老犹能道。兰台事纂修,幽微须阐耀。信为秉笔人,搜求不遗奥。

题陈月泷兰竹草虫画

太常工画尤工菊,倭国十金求一幅。价高直北香山诗,能辨不独鸡林目。我与太常生同里,绝少收藏在残簏。纸墨破碎此帧存,宝爱心常胜珠玉。柴桑风景偶不写,却写幽兰并丛竹。湘浦移来满谷香,淇园占得千竿绿。更看趯趯草间出,游蜂稚蝶相如逐。著地飞怜粉翅轻,穿花过觉黄须毒。当时宝应有陶成,云湖仙人姿绝俗。笔落时时夺天巧,一见太常心辄服。太常生本贵公子,起家不借尚书禄。颇将文字敌阴何,还用丹青凌顾陆。前明好手良不乏,文唐沈仇擅高躅。后来更重董华亭,今日月泷好谁笃。图绘方闻事修纂,精详不数宣和录。我谓太常品不凡,试请诸公共推毂。

绿阴亭

碌碌常终日,须臾到此亭。老花频落瓣,雏燕自梳翎。
帆影连云白,山光过雨青。凭栏试小立,壁上读新铭。

缄子菊村见过听雨夜饮二首

其　一

浑沌云常在,秋阴不得晴。叩门来二妙,促膝坐三更。

天意撩人意，诗声答雨声。浊醪吾量浅，苦口劝君倾。

其　二

夜深人不倦，软语喜沾沾。录事频辞酒，参军自弄髯。
暗蛩啼杂沓，湿叶响廉纤。莫怪吟难就，论诗仆颇严。

送缄子游吴门

其　一

名胜江南地，苏台梦有年。凉生残伏雨，醉上太湖船。
踏得千人石，听过一路蝉。酒钱休虑阙，刺史最称贤。

其　二

炎暑正为祟，君行变早秋。地天新洒落，西子旧风流。
访古到香径，长吟登虎丘。清才有人爱，况遇韦苏州。

寄戚笑门前辈都下

其　一

笔上花难掩，京华住几年。公孙丞相阁，司马大夫篇。
天遣命如梗，人推才似仙。客囊未易壮，羡有卖文钱。

其　二

生平杯底癖，燕酒可曾醒。海内尊词伯，天涯老客星。
文空屠肆侠，授罢羽林经。别恨年年在，江干草又青。

过竹香庵

山城寡与欢，禅院堪永日。寺如燕子龛，僧近鸠罗什。
池头鱼亲人，钵底鸟啄粒。槐叶荐冷淘，伊蒲甘胜蜜。

夜　坐

黯黯青灯在，深更坐草堂。月中千点雁，菊上一层霜。
破闷忆樽酒，防寒寻絮裳。老蛩大无状，倨傲到人床。

秋夜渡淮

挂席轻如叶，秋风送小舠。汀烟迷雁路，波月碎渔篙。
两岸人皆静，三更浪正高。若非乘酒兴，霜气透绨袍。

宿湖上

天水光无别，风多浊浪惊。湖干眠一夜，枕上醒三更。
雁婢来相续，渔船过有声。霜深芦荻老，冷月照分明。

访李道士

雨过山色改，石上夕阳斜。鸡犬不闻处，道人方种花。
心情闲似鹤，头发黑如鸦。却喜交诗客，相逢唤煮茶。

中秋夜与诸侄小集

快绝中秋月，从来无此明。澹云三数点，新雁百余声。
水摘红菱熟，缸筜白酒生。竹林诸侄在，围坐到三更。

登宝积山与客谈宋南渡事怀古有作

愁云万叠镇层峰，石径犹疑战马踪。南渡衣冠惭小国，北人臣妾视高宗。
金缯不惜抛流水，社稷何曾复故封。登眺枉为韩岳恨，夕阳寒寺一声钟。

戚缄子寓舍听女师弹琵琶

龙香捍拨弄新腔，银甲轻调乱客窗。小鸟恋枝啼历历，新泉触石响淙淙。
槽传塞北佳人曲，地变浔阳怨女江。共倚春风听欲醉，不劳更索酒盈缸。

送缄子应试棘闱

区区蜗角本何奇，人却争高雁塔题。交以百千唯最密，年过三十再难迟。
青毡不是常留物，黄绢原推绝妙辞。只到吴宫倾国后，方知真艳是西施。

赠周振举建浮山祠

其　一

寥寥常尉后，邑宰罢题诗。不谓投微技，还能致好辞。
郢歌千载绝，唐体一朝窥。敢弄雕虫巧，杨雄悔不为。
桐乡多异政，怀县有新吟。吏案稀留牍，奚囊得镂金。
藩篱陶谢阔，堂奥鲍江深。此法无人晓，公从底处寻。

其　二

政成终日只看山，兴在清泉白石间。开径竹边宾客到，放衙松下吏人还。
酒行直欲凌嵇阮，豪落何曾让谢颜。颇欲从君共觞咏，秋来懒离蓼花湾。

中秋前二日周令君招集大山夜饮

小部清歌奏善才，酒场新辟客追陪。豪韩定自凌寒孟，迟马何堪比速枚。入夜山光偏觉好，满天月色不教回。庾楼滕阁风流绝，胜事还从此夕开。

落第书怀呈一二故人

其　一

落拓归来处处愁，槐花又踏一番秋。全无好友遗新札，重累山妻补敝裘。下泽车堪乘七尺，郁轮袍懒杂诸优。迂疏原是江淹笔，岂怨天教命压头。

其　二

破帽青衫苦见萦，龙泉敢作不平鸣。穷途自合悲杨子，利器谁能识董生。事历艰辛消壮志，心多酸楚怕秋声。相逢篱下迎霜笑，尚有黄花不世情。

清　明

百五韶光记卖饧，家家传火又清明。食因介子烧山熟，天为庞公上冢晴。柳外人喧遮马迹，花间风软送莺声。伤春杜牧愁方剧，愿见村桥酒幔迎。

初夏二首

其　一

春光一霎去多程，日午长时气尚清。柳外提壶方劝饮，桑颠布谷又催耕。新茶香冶寻铛试，稚笋峥嵘入屋生。支得小床堪熟睡，困人偏是雨初晴。

其　二

柴门却扫谢尘嚣，实为无能敢曰高。蜂放瓶边侵芍药，雀来人侧窃樱桃。陇黄早麦镰将刈，桑老迟蚕茧欲缫。买得鱼苗池上养，清和风起水滔滔。

秋杪过笑门前辈

其　一

邮函落寞寸心违，钝蹇西风叩竹扉。子美每教清恙累，长卿却值倦游归。早霜恨重枫全堕，秋雨伤多菊不肥。谨向伏波床下拜，虎贲殳执近来稀。

其　二

秋光野径可人怜，未让山阴访戴天。陶令门前方获秫，阮生杖上不携钱。坛标旗鼓吟称圣，宅在烟霞迹近仙。拘泥病余持饮戒，挑灯深负酒如泉。

下第感怀二首

其　一

青衫鹑结耐风尘，又作长安下第身。赋献十年都似梦，途穷半世不如人。
全无把握疑新管，最有因缘感旧巾。头脑冬烘何必问，战场文炫子瞻神。

其　二

一肩行李寄天涯，哪有琵琶奏主家。敝帙零星沉酱瓮，疲驴辛苦踏槐花。
真疑卞氏能搜玉，错料刘公不嗜痂。可怜三匝无地宿，全枝都付上林鸦。

送吴征吉落地归萧山

香名早岁饮湘湖，射策今成叫鹧鸪。万事已知归一梦，十年真悔赋三都。
屠龙自信犹存剑，弹雀何须竟用珠。酾酒蓟门今日别，穷交相对慰穷途。

岁末忆小儿女有作二首

其　一

浪游踪迹比浮云，儿女终年信不闻。多病维摩怜月上，穷途子美念宗文。
灯前理线工应熟，纸尾涂鸦力合勤。千里寸心辘轳转，岁残风雪双纷纷。

其　二

辛苦无端逐转蓬，天涯荏苒一年终。痴儿自触陶元亮，娇女偏牵左太冲。
就枕便多逢若辈，当筵可解忆而公。空思谢氏家庭事，消息何尝得便鸿。

雨夜过洪泽湖

长湖秋尽水连天，月暗中流不见边。雨落苍葭栖雁渚，人依白板跳鱼船。
故园在眼偏难到，荡子轻身亦可怜。竟夜石尤声似吼，惊涛撼枕哪成眠。

淮上豪饮答缄子

其　一

春山百舌两三声，红杏枝头媚子京。往迹重寻如异域，旧游重想似前生。
烟光和蔼多逢胜，天气阴沉少见晴。莫讶乐天高兴减，愁多何得有心情。

其　二

狭巷危桥粉黛群，当时阑入记同君。柘枝按曲听三叠，纨扇求书与八分。
古寺无僧唯我在，深樽有酒对谁醺。微茫石上三生事，游戏烦君又属文。

陈氏园看牡丹

其　一

花事关心兴未阑，匆匆客舍又春残。陈家园里风光在，偷得功夫问牡丹。

其　二

牡丹明艳殿东皇，姚魏风神贵洛阳。一自欧公园谱出，人人珍重待花王。

其　三

沉香亭畔昔年栽，调引清平绝世才。花若有知应笑我，错疑君是谪仙来。

其　四

不须载酒自生情，信步潜随蛱蝶行。携着主人详细问，一株各有一株名。

村市观灯

风来东面气和柔，节候阴晴卜有秋。未到上元先落雨，今年却是打灯头。

题小园壁二首

其　一

山中旧种树成围，漂泊今才扣竹扉。紫燕呢喃黄鸟唤，都如知道主人归。

其　二

榆荚飞钱柳掷绵，故园购物总依然。如何孟浪抛他去，枉在天涯住几年。

和戚缄子无闷园十二首

移　竹

筼筜谷口旧干云，带土移来醉夕曛。日日平安详细报，此君何幸得逢君。

种　蕉

摩诘曾描带寻姿，闲园又见种枝枝。须安笔砚当窗下，一叶题他一首诗。

抄　书

尘灰堆里拨陈编，脉望何年始得仙。误过半生还不怕，蝇头小字写灯前。

洗　砚

棐几晴窗展硬黄，淋漓墨汁泼浓香。诗人弄笔无闲刻，累得奚童洗砚忙。

闻　笛

月下谁吹笛不停，幽人酒醒得柯亭。他时我举王猷事，访著桓伊也要听。

补　窗

补就疏窗拭净尘，零星破纸又重新。设床只在通风处，稳作羲皇以上人。

剪 梅

家是孤山雪后图，繁枝出手自删除。春风到日开千朵，还要从君借蹇驴。

灌 菊

陶家名本植篱东，运水亲浇夏日中。斗酒到秋应自劳，灌花已费许多工。

扫 叶

霜重庭柯叶堕频，临风自扫乱溪滨。作书未必能胜纸，煮酒何妨且代薪。

烹 泉

中散从来嗜曲生，酒饼莫逆胜茶铛。亲泉活火煎虾眼，又夺卢仝陆羽名。

观 棋

阵列楸枰战屡挑，死生黑白讲求劳。局中争执凭低手，只有旁观一着高。

留 燕

双双觅垒立帘钩，花里衔泥日不休。养得雏成休便去，先生要与话春秋。

走笔答缄子索酒

其 一

新诗索赠景山罍，浮蚁缸头手急开。明日叩门无别客，青州从事访君来。

其 二

好天不肯对空罍，指点银瓶笑口开。绝胜晋朝痴吏部，夜深偷到瓮边来。

其 三

凉雨轻风洗旧罍，荷花池面报方开。浊醪自此应增价，能换先生好句来。

其 四

无闷园中斗大罍，寻常只当一瓢开。应多下酒君家物，我要提壶自送来。

过南园感旧四绝句

其 一

芳草铺茵柳带烟，黄莺紫燕各翩翩。过桥有路依稀记，不到南园又五年。

其 二

夭桃一株依晚风，录事巷东崔小红。满园春色少人管，付与畦头锄菜翁。

其 三

林家媪出东坡句，黄四娘传子美诗。莫道倚门人既老，当年曾似好花枝。

其 四

屋前屋后鸣午鸠，涧北涧南春水流。旧日酒徒尽零落，如今太白同谁浮。

李德耀

李德耀，字羽昭，清盱眙人，李文忠裔孙，清初入镶白旗。由荫生出任四川大邑县知县、山清盱眙河务同知、天台知县等。康熙十一至十四年(1672～1675)任泗州知州。

双贞祠

醴泉无源芝无根，姱修峻节生单门。机杼轧轧霜天日，弄粉调脂心不存。一朝父母轻离别，红颜将倚娼家楔。铁石为肠只自知，青青悬向春风折。半幅鲛绡双肩联，相携姊妹赴清涟。香魂不逐东风水，海若回澜送翠钿。堤上人人皆错顾，幽贞胪笔枫阶诉。彤纶焕彩到茅檐，榱角巍峨耸雾烟。只今淮水绿盈盈，慷慨临风吊古情。弱植却能留正气，千秋何日不如生。

第一山怀古

颠笔淋漓古似新，层峦涌翠净无尘。一山踞尽西来胜，俯视淮流入锦茵。

八仙台招隐

古树深莎日日秋，仙台孤耸枕清流。洗觞欲向东风醉，倩鸟衔书到十洲。

龟山寺晚钟

山踏城堙寺踏山，晚钟清韵到人间。梦回若个能知省，洗却尘心证八还。

清风山闻笛

芙蓉削出向云擎，拾级频高月倍明。三弄谁家声裂石，夜深霜露不胜清。

瑞岩观清晓

彩霞初散万峰空，钟磬声中旭日红。练是长流烟是树，大千一览晓窗东。

杏花园春昼

梁燕初来处处飞，当年春圃是耶非。唯余几树残红在，桃李官墙影共依。

五塔寺归云

傍岩小洞借云深，一片蒙茸草色阴。宝塔蜃楼同幼泡，数声鸟语似铃音。

玻璃泉浸月

窍石疏泉引胜多，一泓蜿蜒纵觞讹。醉来最喜天心月，皎皎清光印玉波。

宝积山落照

峭壁疑开自五丁，夕阳返照锦为屏。游人不惜归来晚，白袷荧荧每戴星。

会景亭陈迹

一城好景望中长，花自芳菲竹自凉。亭上坐残千古梦，烟霞不改旧时妆。

张友骞

张友骞，字汶川，清泗州人。乾隆年间贡生。

过霸王城

百战残城压野幽，雄风吹断楚家秋。江寒面目羞东渡，垒撼波涛怒北流。
落叶乱飘林似戟，征鸿斜带月如钩。沙飞云卷声都壮，想见当年志未酬。

罗　絜

罗絜，字画村，清盱眙人。乾隆三十年(1765)举人。

陆子遂园毛子鉴川城南法源寺看海棠约予未赴遂园成七古示予因次长春体答之

长安日丽春回速，绮陌红尘车击毂。春风开遍上林花，分得余光被林麓。紫禁城南最擅场，如锦如霞斗繁缛。别有天花落梵宫，珊珊仙骨遗尘俗。睡酣哪爇返魂香，夜深却试高烧烛。我有知心两三人，结伴探幽入深曲。赏花不尽惜花意，花性花情悬在目。看花心事未分明，哪得追陪饱瞻瞩。闻说祇园色相空，不如蓬岛风流足。紫芝琼草为丘陵，琼柯玉树倏成束。人间何处挹芬芳？还丹无计登仙箓。多情绝似海棠痴，丝丝不断尘缘续。殷勤为我礼法王，大善知识同龟卜。看到名花正几时，折取花枝供金粟。

枕　上

客梦断还续，秋窗天未明。愁添初醒酒，诗就欲残更。
夜久劳人觉，风高落木惊。岁寒兼逆旅，无那此时情。

和鉴川高涧晓发原韵

岸宿涛侵枕，晨征月在衣。先鞭争晓日，得句趁斜晖。
水气浮空碧，云光幻翠微。驰驱兼应接，心事两无违。

和鉴川过德州原韵

山左推雄镇，浮梁跨夹堤。遥关通百粤，近脉扼三齐。
俗旧争鱼蜃，时清厌鼓鼙。日边都会接，云路此登跻。

端午前一日舟中次宋云溪韵

十日官河阻，今晨始挂帆。世途殊险易，心事各酸咸。
客路当重五，乡书带一函。故人同把盏，挥汗湿蕉衫。

南池清晓

水净南池晓，亨虚五月凉。菰蒲明露气，竹树澹清光。
隔岸寻朱户，过桥接画廊。城隅名胜在，清艳似潇湘。

菊　影

华堂深锁托芳丛，移植常教避晚风。四壁香生魂魄里，一灯秋在有无中。
霜清老圃寻何迹，月满东篱望欲空。坐对直须忘尔我，晦明多半此心同。

张秋浦自山阳移居盱眙

公子淮阴士逸民，移居仍合住淮滨。天教风月归吾辈，客爱湖山作比邻。
此日追欢联旧雨，他年流寓说诗人。故园剩有松兼菊，回首桑田认未真。

过道院

洞锁烟霞岁月长，高秋落木昼苍苍。云中一径凌飞鸟，天外群峰戴夕阳。
炼气几曾烹白石，劳生空尔梦黄粱。尘凡到此容消遣，为乞神仙不死方。

滕县怀古

七雄扰扰漫争强，籍去何从问旧章。五十里能为善国，三年丧不愧先王。
井疆有愿情空切，瞑眩无成志独伤。赢得仁声留片壤，教人终古薄齐梁。

舟阻闸口书感

不堪垂白尚家贫，惭愧茅容善养亲。薄宦未成升斗缺，浪游无主去来频。关津此日羁行客，菽水高堂忆远人。阿弟承欢吾亦子，梦魂色笑总天真。

积雪书感

其　一

履霜惊集霰，雨雪暮朝昏。照彻逃亡屋，无人但有村。

其　二

积雪填门巷，居人举火难。朝来行迹杳，比户卧袁安。

其　三

云连郭外山，雪压城中屋。几缕散炊烟，人家事饘粥。

僧楼晚眺

小楼窗外接烟霞，谁写云林画意赊。一抹青山半湖水，西风帘卷夕阳斜。

秋宫怨

宫槐摇落井梧空，温室寒鸦噪晚风。玉辇不来歌吹寂，笙箫何处月明中。

桃源驿雨舟次友人韵

千里同舟惜晤期，联床风雨共搜奇。明朝欲别迟分手，他日相思记此时。

毛　藻

毛藻，字俟园，清盱眙人。乾隆三十六年(1771)举人，晚年选上元县教谕。

赴金陵乡试答罗恕戏催妆俳语

月影空蒙柳影疏，秦淮水涨石城隅。小姑独处无郎惯，争似罗敷自有夫。

春日游瑞岩

湖畔莺啼三月时，瑞岩曳履一探奇。林花入望云低拂，罗袂飘香蝶暗随。逸兴尽拼空涧谷，澄怀偏称饮玻璃。春光满眼皆堪赏，处处垂杨飏绿丝。

何　采

何采，清盱眙人。

苗门马贞女诗

百年拟合并鸾凰，未效于飞婿已亡。夜雨枝头残蝶梦，寒窗洞口断猿肠。
洁身抵死甘同穴，素服辞家不收妆。似尔清贞宁有几，千秋大节贯冰霜。

潘人也

潘人也，清盱眙人。

王门烈女诗

千古纲长一手持，舍生取义略无疑。未谋夫面从夫死，不许人间更画眉。

邹元简

邹元简，清盱眙人。

王门烈女诗

烈肠未肯与人知，三日从容别母时。奇节原来天地有，从今可逸柏舟诗。

方景圣

方景圣，清盱眙人。

望泗城有感

淮流四面塔中央，一片伤心对夕阳。街市陆沉鱼作国，城墉荡涤雁为乡。
更无地驾浮梁过，唯有天随白浪长。开济何人纾上策，好将沧海化田桑。

文昌楼晚眺

百尺楼台接化城，卷帘坐爱晚来晴。杏花深处寻巢燕，杨柳阴中出谷莺。
北极星躔奎象丽，南邦词赋采毫成。奚童切莫催归去，待看蠙珠彻夜明。

宋　诚

宋诚，清盱眙人。乾隆十二年(1747)举人。

新建第一亭

构得新亭俯大川，一山形胜此间全。风帆万里摇红日，林树千重绕翠烟。
帘卷晴云春浩荡，槛临危石水潺湲。湖光塔影清辉映，始信壶中别有天。

乔贻聃

乔贻聃，字可村，清盱眙人。乾隆四十七年(1782)岁贡。

倚　楼

身世苍茫独倚楼，雁声犹自咽残秋。半窗风影飞黄叶，几点霜痕照黑头。
冀北群空还相马，玉关人老为封侯。登高怀古平生兴，有志无成也便休。

五十有感

其　一

真成四十九年非，欲补蹉跎事已违。双鬓有丝搀雪意，寸心如草恋春晖。
瑟边弦柱有情甚，指上旌幢入梦稀。例与王民同衣帛，故园桑落尚牛衣。

其　二

侧身交旧每遭瞋，况复行年愧卖薪。敢附荀卿称祭酒，漫先高适作诗人。
也知有命原非错，到此无闻始是真。松菊自来滋味好，不烦归客亦津津。

与画村

十年甘苦共乾坤，流水高山一画村。同向斗牛分剑气，别来风雨会诗魂。
味回谏果常余想，心醉醇醪岂易言。万里河源如欲溯，可能携我上昆仑？

月下对影

霜意森森欲近人，半阶孤影一闲身。清寒剩照平生胆，落寞空传独夜神。
未怕效颦临水镜，可能扶我上冰轮。山河大地分明在，应着天涯蚁虱臣。

题徐鹤峰余

青莲小令劈蚕丛，白石长歌夺化工。韵叶丝簧犹在耳，墨霏香艳欲浮空。
英雄日暮怜风月，儿女情多恋草虫。千古词华徐仆射，半生心迹玉台中。

和人春望原韵

其　一

也知春远望难真，聊复随君一望春。残雪渐应为绿水，好风犹未上青蘋。
独寻空霭非无意，四顾苍茫尚有人。佳兴若教过二月，天涯何处着闲身。

其　二

雨余山色淡依人，莫道非春却是春。柳眼欲青无那冷，草心能绿未为屯。
惯经南浦交游倦，曾训东皇面目真。自觉年来春思浅，不烦辛苦问花神。

牡　丹

如此为花亦大难，待他花事总阑珊。力辞草野争名贵，气压繁华耐郁皤。
香重未应嫌晚出，色深浑欲忌春残。有情更试东皇面，赢得当庭眼界宽。

孙杏遗表弟移居

其　一

谁云鸾啸必岩居？即境还堪赋遂初。流水只今归别涧，青山依旧到吾庐。
才能不用终无尽，心果忘求易有余。却羡新成数株柳，春风先作黛眉舒。

其　二

山外看山眼乍舒，好将真面认匡庐。从知我辈身无事，能使人间地有余。
一饷梦醒炊熟久，半生甘苦味回初。自非性懒还兼放，谁信英雄耐索居？

菊　影

其　一

几枝迎月曲篱东，满地霜痕掩映中。淡到可怜应自顾，瘦来能绘亦难工。
欲留清夜共飞动，还曳残秋接远空。神韵未知何所托，周旋唯我更谁同？

其　二

一灯孤映壁苍茫，淡写秋容满座凉。真畏人嫌聊复尔，狂犹故态亦何妨！
翻疑枝上花无色，但觉空中月有香。忆得篱边清似水，更随花叶耐秋霜。

无题二首

其　一

更欲迎春事薄妆，风情羞复忆徐娘。月明都望圆时影，花落谁闻扫后香？
日暮碧云归梦峡，天寒翠袖怯修篁。只今剩有回肠在，曾是当年百炼钢。

其　二

羲和终遣隙驹忙，肯为劳人驻景光！茅屋青灯摇夜雨，高堂明镜著秋霜。
沾濡不满怜蜗壳，辛苦全空笑蜜房。千古坡翁真妙悟，匆匆还觅养生方。

题幕客成都温某小照

罗致谁空处士庐？锦江风物若无余。春乘一派三巴雪，梦绕平生驷马车。
指日归来山阁静，坐看门向水天虚。依然纲集澄潭下，未厌人家竭泽渔。

石城中秋

年来取次石城游，几见秦淮月满楼。古渡烟消桃叶夜，琐闱风动桂丛秋。
商声近水留弦管，练影横空失斗牛。苦向人间忆天上，广寒刚隔万山头。

过江行浦口道中

一山才过一山迎，秋色依人趁晚晴。寻壑背看松日冷，近园先听竹风清。
盘来老马还空阔，侧出长途自砥平。回首江南无限好，翠屏遮断不胜情。

和画村秋杪登天台原韵

南山何处尚堪攀？犹有天台隔世寰。觅跳鸟边真欲倦，置身云上始知闲。
四围山色低荒垒，一壑秋声走故关。乘兴哪无香草思，踏残黄叶又空还。

醉翁梅

老梅偏解醉东风，也向枝头著小红。自是独醒原不忍，若教人爱未为工。
春前颜色三分似，身后繁华一笑空。十里帘钩争禁得，玉山颓日已成翁。

种　竹

野笋穿墙发细丛，枝柔无力碍清风。多情移种烟尘外，随意挺生雨露中。
待养深阴浮远碧，好标高节插青空。何时写入鹅溪绢，数尺还将万尺同。

夹竹桃

竹外桃花尽落红，此君还复夺天工。半生疏节宁因媚，一点芳心卒未空。
自是无言听夜雨，哪能和泪笑春风！柔肠片片从刚化，偏在东皇鼓铸中。

佛手柑

隔林依约见金仙，休拟兜罗树上棉。甘露洒来应撒手，山花拈后只空拳。
多情未厌骈枝拙，一体还教色未全。千亿化身何处在？却疑都作指头禅。

浅深二色桃花山阳郡斋作

一般和露倚东风，佛面偏教次第红。情到半酣谁独浅，笑来浓抹亦同工。
微遮小径春相媚，并植公门艳欲融。君见李花更无色，芳心都在不言中。

泛舟荻庄

名园自是厌秾芳，二月疏篱见海棠。偶寄剧怜花似客，幽寻真羡荻为庄。
亭中诗草羲之圣，水面春风点也狂。便欲溯洄哪可得，伊人原只在中央。

落　花

其　一

晴烟一抹小桥东，几树繁英逐晓风。苔冷断香春寂寞，帘移疏影月朦胧。
玉骢人醉青楼里，金管愁消韦曲中。芳意肯教零落尽，绿荫深处觅残红。

其　二

不堪惆怅忆芳踪，流水何曾惜旧容。绝塞离愁三月雨，小楼残梦五更钟。
听余鹍鸠春将老，怨到蘼芜绿已浓。自是芳魂应零落，月明江夜冷芙蓉。

其　三

杜鹃声里唤将归，带月和风高下飞。自是客心容易感，况兼春事已全非。
画桥月冷羞歌扇，金屋香消卖舞衣。何处如今红正好？空山人静履痕稀。

其　四

新巢乳燕又双双，遮莫愁城不肯降。芳草何心迷古道，乱红无数落寒江。
碧梢月上人初静，绣阁灯残影半撞。多少相思思不得，风风雨雨逼纱窗。

洋　菊

不别花中第一流，海天空复苦搜求。时非九九几人爱，径总三三何处投？
老圃生涯争暮景，醉乡风味入残秋。寻霜对影还萧瑟，篱落厌厌淡未休。

无 题

平生足未履京华，梦绕燕台路更赊。七十年来庐墓草，三千里外帝王家。
静中思动临流水，客里伤春送落花。直欲径寻银汉去，不知何处觅邮槎！

思 归

归去淮山省墓田，家居酒市风坡前。稻花香里村庄近，霜叶红时竹树连。
老友尚能谈旧事，童孙还爱课新篇。买舟一棹秋风稳，好趁江南八月天。

题画八首

其 一

极目浑无地，行神更有天。河源安足数，直向斗牛边。

其 二

班氏人才盛，何如女史青。一编王命论，家学在传经。

其 三

正恐令人俗，休教一日无。名园谁是主，刚似此君须。

其 四

江山已难识，日月曾几何？回首黄泥坂，相看人影多。

其 五

只有家庭乐，常怀一味甘。群贤时复至，应悟胜清谈。

其 六

虽有绨袍赠，其如贝锦成。不因惊且愧，哪见故人情？

其 七

南郭携柑处，莺声尚可听。径须砭俗耳，只隔柳条青。

其 八

袖中有奇石，出袖姑徐徐。为问江山秀，还胜案牍无。

阅山水有缘图感赋

仙洲一别渺银河，此后因缘究若何？偶检匣中诗与画，墨痕不及泪痕多！

所 见

蜂蝶轻轻过树梢，溪泉曲曲上堂坳。去年茅屋檐前燕，今得琼楼自筑巢。

丁灿荣

丁灿荣(1738～?),字寄庵,清盱眙人。诸生。活动于乾隆、嘉庆年间,家居双山。著有《病余草》。

客夜即事

独自倚匡床,残灯映半壁。摊书对古人,聊以慰茕独。风从西山来,隐隐闻人哭。有如雍门琴,或是易水筑。杂以犬吠声,中断而忽续。想是客途中,伤心折柳曲。不然盼征人,音书犹未复。感此不能寐,月影度修竹。

秋　夜

雨过孤衾冷,风清四壁空。水流灯影外,秋老雁声中。
失学常缘病,疏亲只为穷。闲来频卜易,否极可能通!

过霸王庙

一战输秦鹿,三更听楚歌。骓伤胡不逝,人讶是何多!
白骨降戎垒,青磷帝子波。天心从此去,还问可知么?

晚　步

闲踏清风绮陌边,一筇吟思正绵绵。诗工瘦我愁无奈,老欲催人病不怜。
小市青帘新麦酒,孤村碧树晚炊烟。前途未远犹堪问,隐隐残霞掩暮天。

落　花

纷纷红雨下高柯,太息繁华逐逝波。窗外鸟啼春梦断,楼头人抱别怀多。
难留故态分人面,只有余香上燕窠。莫道乘风便归去,沾茵落溷定如何!

乙丑除夕

六八年华已逝波,孤灯竟夕自吟哦。同时故旧存偏少,后起儿童认不多。
爆竹难除穷作祟,屠苏怎解病成魔。也知明日春光近,无计留春又奈何!

纸老虎

赫赫声名草草肤,才离衿袖露真吾。看来赋命颇为薄,算起浑身总是糊。
画即能成宁类犬,威无可假怎凭狐!须知弄巧还成拙,漫说生风与负隅。

和汪东园荷钱

野沼新荷一带铺，青青不异去来蚨。依蒲可买千金剑，泻露能酬方斛珠。
只许波臣司鼓铸，还堪泽国共流输。田田也似源来远，我有闲愁卖得无？

东村杂兴同何受庵宋云溪作

秋思撩人拨不平，胡笳音里暮云生。一身寄迹浮萍远，万里关心落日明。
疏柳乱帆天外影，断鸿清杵客中声。自怜不及农家好，篝火团栾笑语轻。

怀宋云溪

爱弟送行时，用情一何苦！恐余去后悲，道我不思汝。

汪景福

汪景福，字晴村，清盱眙人。廪贡生。著有《晴村诗集》。

素心兰

洁白为天授，尘氛未许侵。幽人留本色，空谷订知音。
玉润朝凝露，香浓昼袭阴。同来玩花者，谁比此花心！

柳　墀

柳墀，字柳村，清泗州人。乾隆五十四年(1789)拔贡。

清心亭观淮

亭面长淮烟水侵，晴光满目快登临。片帆遥带千峰翠，一塔常留万古心。
秋影落将平浦尽，河源穷处白云深。夕阳无限空明景，拟取蓬瀛次第寻。

汪　汇

汪汇，字东川，清盱眙人。乾隆五十五年(1790)岁贡。

清心亭观淮

筇扶直上倚朱栏，文境天开愈可观。千里沧波云外涌，万家灯火镜中看。

独留古塔冲寒浪，移得丹霞染碧峦。最爱征帆归去稳，乘槎如在斗牛端。

王卫道

王卫道，字敬传，清盱眙人。与汪汇为同时代人。

清心亭观淮

千里长淮绕翠屏，澄澜浩渺敞空亭。依水波影随云去，隔岸人家点点青。
晚泛夕阳烘石壁，晴涵秋色接苍慏。水云漫引闲心远，遥指轻鸥上野汀。

李 溥

李溥，字介远，清盱眙人。

清心亭观淮

曲栏遥对水盈盈，一片玻璃万象生。风动淮流分两岸，月明渔唱度三更。
波涵古塔云俱湮，人醉冰壶梦亦清。更爱半山亭子上，松涛和浪写秋声。

唐 振

唐振，字雪床，又字鹭飞，清盱眙人。

清心亭观淮

高亭直与斗牛偕，万里空明烟水涯。古塔残霞飞绿浦，长天秋影落青淮。
漫从瀛海舒青眼，却遣风涛入壮怀。咫尺河源犹可溯，昆仑山外白云揩。

程 瑜

程瑜，清盱眙人。

响泉春酌

觞流曲涧弄春晴，深谷风光别有情。波浸苔痕涵翠色，光浮树影动红英。
泠泠欲洗笙歌耳，泛泛疑同霄汉行。却忆阙亭修禊事，永和三月是前盟。

冯 榆

冯榆，清盱眙人。

赋得一看云山远淮甸

自古随刊颂禹功，淮山云罨画图同。奇峰浓抹朝烟绿，远岫轻拖暮霭红。
蜿蟺袤延江以北，巃嵸高压海之东。楚天风景知多少，尽在凭阑一望中。

路骧云

路骧云，清盱眙人。

同人泛舟游下龟山

龟山高枕大淮滨，挈伴登临颂禹神。佛国无梁稽甲子，支祁有井制庚辰。
遥瞻襟带吴连楚，谁问园陵汉与秦。一叶乘流真快事，分题吊古墨花新。

周 灿

周灿，清盱眙人。

游法华洞

浮生但得偷闲处，乘兴还来古洞中。石势岭岈疑虎豹，山形突兀似虬龙。
岚烟翠绕千竿竹，天露凉生百尺桐。早识此间堪避世，秦人不到武陵东。

毛 诗

毛诗，清盱眙人。

第一山

亭台耸出翠微间，米老高踪尚可攀。石喷清泉流曲沼，树飘残叶满空山。
汀洲露冷鸥眠少，洞户云深鹤梦闲。薄醉不知归去晚，一钩新月照人还。

江　润

江润，清盱眙人。乾隆时附监，授通政司经历。

郭邑候重刻第一山碑

一山题自米襄阳，墨本流传到海疆。故碣久悲逢劫火，新摹今喜自琴堂。
丹崖翠巘垂金薤，兔颖松煤蘸玉肪。携得骊珠归去晚，林宗佳兴未能忘。

丙寅秋七月淮涨有感

壬戌于今未几年，两遭淮涨势滔天。千层雪浪摇山腹，万顷银涛接树巅。
禾黍膏原停钓艇，熙穰剧市断炊烟。鸿哀四野无栖处，又廑宸衷议振蠲。

王荫槐

王荫槐（1785～1855），字子和，号味兰，原籍丹徒，以父铭贯于盱眙，遂移籍。嘉庆十八年（1813）举人。邃于诗，年弱冠即以诗名噪江左，和王豫、王效成有“江左三王”之称。以子锡元赠荣禄大夫。著有《蠙庐诗抄》。

雨后同汪孟棠孝廉夜登玻璃泉清心亭

三秋积雨多，客夜听泉至。溟蒙峭峰顶，疏林沍云气。秉烛照回廊，古径压空翠。西风吹高岩，打头乱叶坠。长淮寂渔火，暗听惊涛沸。万瓦黑甜中，一灯隐湖寺。兹地数登览，夜景领尤异。烹泉话石栏，眼前获新契。亭名玩清心，澄澈平旦意。何用警霜钟，静理悟禅谛。

莲　塘

暮宿莲塘云，晓策釜山蹇。乡音虽渐改，百里未云远。西风阡陌凉，亭午日犹暖。野店带溪桥，鹅鹜乱清浅。担夫柳荫卧，行子荻棚饭。萧萧草露白，牛羊下遥坂。前路问更夫，烟中指候馆。

晨兴登第一山有感

朔风吹夜晴，屋脊鹊声老。晨兴白发翁，拄杖事幽讨。丛桂香已无，东篱花尚早。登高望平原，穲稏黄云少。一白槁连阡，所刈惟牛草。侧闻例开征，内顾心如捣。官租理应完，嗷嗷室难保。赖兹旱苗收，复虑催租扰。卖牛逃四方，安能复完好。谁散衡阳钱，豪家恣醉饱。岂暇念流亡，欢筵认未了。

会景亭登高即事题壁

长林啸鸾鹤，万里来金飙。杖履近青云，未觉龙山高。回首塞雁飞，秋色秦关遥。慨然童丱游，素发俱飘萧。茱萸插兄弟，何如节与旄。长淮织估帆，白日去滔滔。天地此芥舟，杯水覆堂坳。妙理悟蒙叟，无为情郁陶。明年吹帽风，孙盛还相嘲。短歌志佳日，聊用付诗瓢。

水南村杂诗

其　一

水落园蔬贱，十斤米半升。幸赖谷价平，易米钱不增。担菜日费足，比户炊烟升。归来午饭毕，市蔬刈几层。力作偕子归，举室在寒塍。向夕勤女红，茅堂围一灯。夜来梦魂安，不劳租吏憎。

其　二

鸡孙既长大，雏鸭如母身。小儿食无事，驱之向平原。溪水碧粼粼，浮云杂鹅群。野鸟亦来浴，双双不畏人。我持藤杖来，寓目怀欣欣。真意不复辨，夕阳明远村。

其　三

岧峣笠山顶，种松一万株。日夕听涛声，松子焚满炉。清烟袅座右，香气袭衣裙。胡床卧其下，但觉肢体舒。此时意何如，自谓羲皇初。

其　四

村中三二子，知我移家来。携酒过相问，同倾蕉叶杯。为言夜色佳，主人有楼台。绕屋三百树，昨夜花齐开。记得甲午冬，吾子有诗催。转瞬十四年，此乐能几回。幸勿负佳节，明当踏芒鞋。

其　五

南村一溪水，灌圃百余家。源源流泽远，绕竹更穿沙。主人开浚之，轻舟可以拿。夹岸植桃柳，傍篱种桑麻。盛夏红莲开，一望如朝霞。盈盈通洞口，细路认无差。我本捕鱼人，蓑笠水之涯。明春携渔艇，重来问桃花。

其　六

道人樊本明，天台羽士裔。分住玉皇宫，焚香勤扫地。清课诵经声，晨夕钟鼓继。饭余偶访之，守份无外意。神仙何处逢，即此超尘世。何必扣元机，聊指丹炉戏。味等竹房茶，闲身半日憩。

瑞岩观

灵宫何代遗，岿然俯绝壁。长林莽回亘，连峰耸岧客。攀崖若梯空，陟险同擿埴。入门窜鼯鼠,峥嵘塞榛棘。垣颓过松影,屋破接天色。回廊坏何年,础碣埋瓦砾。阴风气森凛,积尘昼昏黑。坛闻鬼魅啸,城拱狐兔迹。盲僧败椇卧,病体伛不直。清茗岂能供,钟鱼久沉寂。我来寻瓢堂,自拂荒阶石。残碑姓字留,苍藓细爬剔。当时题名人,芜没复谁惜。岩东玻璃泉,台榭祟咫尺。湖云荡黝垩,淮日蒸金碧。甍飞列星悬,梁亘长虹翊。同兹邱壑美,寓目判愉戚。客笑语其原,为我指飞革。彼地供行馆,达官所游历。如云驺从来,于焉张幕帟。守土重倾圮,圬人以时塓。以兹风雨余,完好独如昔。人世区贵贱,门庭互喧寥。岂伊名山尊,亦假势位力。冠盖所不至,荒废空朗屴。孤怀郁苍莽,白日黯将夕。松涛沸寒声,徙倚足频踯。枨触来百忧,喟然为太息。

自盱眙至金陵道中作

其　一

秋风吹桂树,驿路飘清香。淮山一夜雨,霁色催晨装。寥泬天宇高,新雁争先行。倦眼盼晴云,老鹘亦高翔。野人衣食谋,所乐惟稻粱。江淮夏盛涨,流冗良可伤。高原幸有秋,如云罢亚黄。旅食勿云贵,且复歌金穰。

其　二

江流何呼汹,浮梁朵动摇。解装古棠邑,落日上轻舠。水痕涨初落,木杪悬萎萎。鬖髿紫须垂,乃长枯杨腰。十室九空壁,野风吹屋茅。目击实可惨,况闻千里遥。明月照溶滴,瓜山浮一瓢。荧荧苇间火,疑有惊魂嗥。此乡称膏腴,天吴偶肆骄。哀鸿盍归来,春麦亟荷锹。回首望吾乡,五坝频增高。嗟哉滨淮田,岁岁沉波涛。

东阳城怀古

残阳照荒陇,叱犊闻鞭声。清时群少年,习业惟躬耕。过客偶怀古,怅望东阳城。雉堞圮何年,遗址今已平。当时秦鹿失,豪杰方共争。自非天授圣,拔山力空勍。贤哉陈母言,不祥得大名。侯封食堂邑,奕世传簪缨。微音著彤管,风遗淮甸清。千载不靖民,妄念不敢萌。崇祀附节孝,此义殊未明。今春设专主,聊用正荒伦。遗冢更何处,茫茫迷潘旌。

祷雨诗

皇天久不雨,六月南风吹。赤日望中田,父老肠为摧。天心岂不仁,窃恐人事乘。黄河两载决,军书东南驰。阴阳忿厥职,此意三公推。我闻阿香车,击恶张天威。虫虫蕴隆中,庶几闻惊雷。帝阍高峨峨,万里席不开。呜呼血泪枯,痛此穷黎灾。齐宿祷城隍,聊陈下邑哀。瘠土困胥吏,骨碎狼与豺。疾苦不复言,谁为恤冻饥。所求官租足,闾阎无怒催。惟神实聪明,不同聋聩司。生前岸狱理,五月去留思。矧乃赫濯灵,血食复降兹。去年干禾润,今年槁麦滋。安知非神惠,赤旱膏雨施。薄暮少女风,四野阴云垂。夜枕听倾盆,神其鉴愚私。

原注:丁酉春,山东范复詹明府摄篆吾邑,有政声。五月调任铜陵,逾年乡人往谒,盛道盱眙民诚朴易治,未几下世。易箦前二日赋诗绝笔,有"轻装都梁去"句,传为吾邑城隍神云。按祷雨乃道光二十三年癸卯事也。

悲河决

淮渎野人闭茅屋,夜枕啾啾闻鬼哭。起看流尸积满淮,汹传堤决黄河曲。兰阳七月风怒号,如山卷起黄河涛。累卵之势久所虑,百丈一落波天滔。荡潏陈留没汝颍,哀哉十万惊魂漂。我闻招信舟人女湖宿,捞得儿死在空椟。怀中炬敉谓所遗,可怜尚望人收育。又闻阜阳渔人晨汲水,水中救得双鬟起。泣言家世本清门,有兄赴试开封里。夜半洪流没满村,仓皇托命车箱底。虽蒙拯死出波涛,滔滔何处存乡里。吁嗟乎,天吴肆虐民何辜,我欲上排阊阖呼。君不见曹滑壕边髑髅满,往岁贼乱民遭屠。残魂堕魄冤未散,天阴颈血污模糊。豫州疮痍犹在眼,哪堪复此悲沧胥。方今圣人忧旰食,发帑屡下司农敕。保障谁能旦夕功,催输恐尽东南力。日暮喧呼报急来,更惊袁浦防堤驿。湖波澒洞声如雷,愁见妖星吐芒黑。

洒金桥晚眺

禅关隔深柳,小艇晚风飏。野渡漫春水,孤僧归夕阳。
云闲过竹杪,鸥懒睡沙旁。识得沧浪趣,渔歌与世忘。

宝积山晚眺

立水一峰峭,吹空苇作花。寺孤围夕照,帆远乱归鸦。
鸥鹭烽边垒,金缯劫后沙。和戎终古恨,揽发听悲笳。

雨后自第一山归闻瀑

汩地万山响,穿林百道通。雷鸣残雨外,人走乱泉中。
太古琴流涧,银河涛泻空。归来梦匡阜,三日耳犹聋。

泗　州

鬓影西风里,黄沙著意侵。孤城通汴水,一雁下娄林。
勋业藏明券,诗书鼓夏琴。州人别新旧,南北不同音。

栖云庵

茅庵傍云构,云气入窗流。雨过乱泉响,山深众木秋。

道人晨放鹤，野老夕呼牛。自笑黄埃客，曾经幞被留。

龟山阻风

其　一

见说支祁锁，胡为白浪骄。淮风吼终夜，客艇系三朝。
寺圮沙沉佛，矶荒树隐魈。米薪何处市，烟里独村遥。

其　二

湖明才见日，山暗又闻雷。不定风南北，时看云去来。
浮生逐萍叶，圣世愧樗材。寂寞床头酒，羁怀仗女开。

杪秋瑞崖观看红叶

丹枫照白发，筇杖曳林长。秋色艳枯树，老槐浓夕阳。
如忘破寺冷，乍掩古崖荒。休笑山人丑，罗裳绚有光。

过李忠瑞故里

其　一

昔拜空山墓，丰碑渍血痕。今过乔木里，故老说忠魂。
义抗风霜疏，威樱虎豹阍。崇祠更何处，欲为荐苹蘩。

其　二

礼失求诸野，兹乡大节完。家风遗俎豆，古处尚衣冠。
聚族沧桑久，留宾鸡黍欢。南楼深夕话，顿使别怀难。

法华洞同沈四星楼汪大孟棠

乱蝉声不断，古寺隔高林。一路踏松影，半山闻磬音。
雨余泉溜活，云过阁阴沉。竟日僧房话，悠然尘外襟。

题《云堂唤铁图》（有序）

壬寅季春，孟棠潞河舟中，仿开天遗事，郭休白云堂唤铁事，为其姬人绘小像，邮寄索诗，为赋四律。

其　一

又听津鼓水云涯，翠袖慵偎玉槛斜。绕指柔情原似铁，凝眸艳色更如花。
画船彩杖歌新驿，蓬户垂杨认旧家。挑菜昔年诸姊妹，封侯夫婿让侬夸。

其　二

两粤三江宦辙随，老怀一日总难离。乌纱自罢相怜句，碧玉回思未嫁时。

誓夜私情风雀听，忍寒坚信雪梅知。只愁倩影图中仿，难肖回肠万种痴。

其　三

一声唤铁万花开，绣阁铮铮绝代才。天宝春风妃子笑，都梁香草美人来。
为卿白屋磨穿砚，铸尔红炉拨尽灰。早识心同金百炼，看他蜂蝶枉凝猜。

其　四

潞河归骨几经秋，载艳而今复此游。画本悲欢传眼角，情根生死总心头。
能知燕颔闺中慧，快洗蛾眉灶下羞。羡煞香山眷春草，剡藤冰署擅风流。

重题张瑶娘遗像

其　一

生绡重展蓼花秋，旧友官斋话昔游。此日旌旗鬲渡舫，当年风雨潞河舟。
封侯慧识怜青眼，绝命痴情感白头。冰帕低声歌婉转，翠眉含笑复含愁。

其　二

英雄闺阁酬知己，落魄江湖最怆神。几见芳魂昵快婿，可怜短气对佳人。
荣生图画春风面，艳说梅花霁月身。认得翟徽真绝代，惭揩老眼在嚣尘。

嫔庐秋晓同婉卿二首

其　一

纸阁人忘老，瓷盆花耐幽。穴怜同鸟鼠，庐认比蜗牛。
鬓影霜侵晓，眉痕月淡秋。笑看明镜里，还整玉搔头。

其　二

袭户风香细，盈阶露色幽。月斜低顾兔，花放指牵牛。
凉梦星河曙，清吟草莽秋。泥人双宿鸟，偎傍野矶头。

都梁四咏

南园鸭脚树

自是栋梁质，森森百尺阴。撼能容蚁穴，怒或作龙吟。
屡动行人色，难知匠氏心。嗟哉大淮畔，霜雪历于今。

东门废圃石

汝丑世所弃，硐磳淮水浔。空怀攻玉美，谁识补天心。
偃卧儿童戏，年时苔藓深。无言一卷小，云触便成霖。

瑞岩石泉

一勺瑞岩水，泠然白石间。寒心谁可盟，绿鬓照来颁。
肯学众趋下，只今犹在山。无人饮清味，元鹤此饥餐。

南山香草

郁郁竟谁采，猗猗空自芳。可怜随众草，哪不悴秋霜。
迟莫佳人怨，行吟楚客狂。终知萧与艾，输尔国之香。

宝积山怀古

国弱偏能岁币多，狱成三字为通和。敌人遥执中朝斧，义士空挥杀贼戈。
触目忧虞古城郭，填膺悲愤莽山河。当时一桧污青史，张浚其如附佞何。

上巳游二山

慈氏山前踏浅沙，阮家巷口泛轻槎。半天云湿岭头翠，一夜雨开湖上花。
野客幽怀怜竹树，居人生计足鱼虾。年年禊日城东醉，霜鬓无端感物华。

重过岫云庵

岫云庵古指斜阳，弱岁游踪径已荒。石壁雨残蝌蚪字，茅檐风冷木瓜香。
澜回故阁闻津鼓，秋满长淮掩竹房。几日山僧悲宿草，钟鱼犹似响琅琅。

九月九日绿阴亭登高寄汪孟棠大令

杰阁岧峣府碧空，凭栏愁思岭云红。湖山落照千重树，鸿雁高秋万里风。
佳节屡惊尘鬓改，故人遥忆酒杯同。粤王台上茱萸会，篱菊还应问旧丛。

白衣庵

犬声遥吠树空围，高寺淮滨隐翠微。疏磬林端黄叶坠，乱鸦潭底夕阳飞。
安禅云自来依榻，迓客风先为戾扉。回首卅年题句在，纸窗残墨认依稀。

安乐桥晚步

春水粼粼碧一湾，人家隔岸住烟鬟。路通南北溪桥寺，屋架东西雾涧山。
竹厂不堪伤废市，马头更为指遗关。眼前消长同谁说，柱杖逢僧落照间。

赠胡华黼典史

志屈卑官但守箴，酒边奇气郁千寻。鹰鹯嫉恶原关性，杵臼论交不易心。
佳客日常留一饭，奇书价不惜兼金。淮壖高枕谁能伴，只恐支祁匿更深。

赠林兰

食椹曾闻怀好音，泮林雅化又于今。民愚忍执如山法，官久方知似水心。

伯乐马群空一顾，安仁花县喜连阴。传家吾敢夸弓冶，泪感怜才却夜金。原注：儿子锡元县试时，受知获膺首选。

蠙庐同梧生夜话感赠

诗卷生涯寄薜萝，狂来慷慨自高歌。好兼儒侠黄金尺，老卧江湖白发多。敬礼定文劳激赏，君鱼受道漫蹉跎。宵深醉把蠙庐酒，还共床头拂太阿。

寄婉卿江洲

灯前红豆数归期，篱畔黄花放几枝。远梦遥怜初醒后，离情难遣乍寒时。乌惊老树霜飞早，虫咽空阶月堕迟。辛苦作家支瘦骨，衾轻裯薄系予心。

江洲偕婉卿至盱眙

江草江花损黛螺，三年篷室别离多。高堂久待加餐饭，大妇遥怜赋汜沱。燕垒好同辞画栋，鹊桥从此稳银河。姑苏莫更愁家远，淮水能通尺素波。

除夕赠婉卿

又听千门爆竹声，梅花纸帐梦同清。偎寒赖汝成双宿，扶病随余过一生。窗外雪深先说冷，墙头日出笑言晴。枕边共忆桃花坞，胥水盈盈一舸轻。

元日紫藤花馆同婉卿

红飐钗头彩凤身，寒家也觉岁华新。山明藤馆曈昽日，湖远柴门浩荡春。天地幸能容老健，米盐且莫累愁颦。东风袅袅茅檐底，消受梅花第一辰。

清听楼听子砚姬人颜竹实女史弹琴

清听楼高拥髻来，瑶徽响处雁声回。抚弦难得散花手，理曲原须咏絮才。贤宰三年鸣单父，佳人绝代侍琴台。座中欲下焦桐泪，只有金闺惜爨材。

昆山过顾亭林先生故里

郡国关心利病陈，玉山遗老负经纶。河汾弟子兴唐室，辽海先生自汉民。落日荒陵挥涕泪，征车断碣访荆榛。高门宅相都零落，故里经过感替人。

重登玻璃泉清心亭寄怀汪孟棠方伯

其一

十五年前共酒卮，荒榛满目慨于兹。何期断瓦虫吟地，复睹飞甍鸟革时。

东鲁旧仍宣圣室,西京新下仲舒帷。英才造就凭谁力,重酌玻璃寄所思。

原注:先圣燕居殿,汉孔安国建,故址在泉上,今为敬一书院。癸卯岁,方伯任山左粮储,捐俸倡修。

其　二

淮月窥人几听泉,茫茫谁共此亭传。湖山游钓吟香草,苏米登临感逝川。

循吏君称当代彦,逸民吾愧并时贤。敢言不朽同前哲,多谢摩崖姓字镌。

原注:方伯龛余甲戌秋夜同游,诗于亭壁。

访杏花园遗址

野寺下残阳,荒园转樵路。东风杏不花,人指石榴树。

和陶文毅公盱眙览古原韵

其　一

楚都吊古访盱眙,楼阁空教指崎巇。杜宇声声悲义帝,荒林何处穴狐狸。

其　二

支祁怒吼夜声洪,十幅蒲帆白浪中。忠信平生河伯鉴,不妨叱咤石尤风。

其　三

黄河南夺汴淮长,决口汪洋又大梁。莫向波臣讯徐地,无多版籍旧虹乡。

其　四

十年鸿迹印沙汀,淮上香留水不腥。今日招魂迷楚望,富陵风雨昼冥冥。

和陶文毅公登第一山原韵

其　一

樵夫年年淮上山,山泉清溜照衰颜。邓塘陈堰凭谁考,望眼洪涛野蔓间。

其　二

山亭僚从醉觥酬,胜地重维苏米舟。七百年来泉上月,笑看清影玳筵留。

和陶文毅公晚发盱眙望玻璃泉原韵

诗成回首白云龛,采焕朝霞又夕岚。山水信能传姓字,怀哉立石杜征南。

蠙庐十卷诗成调婉卿

其　一

诗成十卷著蠙庐,搜尽枯肠白尽须。也抵通侯封万户,未妨一笑傲妻孥。

其 二

覆瓿持来手一编，婉卿醉态夜灯前。衰翁自诩连城璧，不值床头沽酒钱。

其 三

休对蠙翁说短长，卷中留得姓名香。杜陵集里无诗赠，哪识人间黄四娘。

杨殿邦

杨殿邦(1777～1859)，字翰屏，号叠云，清盱眙人，泗州籍。嘉庆十九年(1814)进士，仕至漕运总督。著有《菜香小圃诗集》。

和友人韵兼以志别

不辞山水远，来伴我慵疏。忽返乌篷棹，刚逢赤日车。
荷风江畔酒，梅信岭头书。努力青霄路，蓬莱顶上居。

韶阳访石图

旧有襄阳癖，寻山粤峤边。一囊收海岳，满袖带云烟。
听乐曾怀古，探奇欲补天。携归伴浮磬，应共郁林传。

暮春即事

九十韶光瞥眼过，壮心欲奋鲁阳戈。檐前细雨春声尽，山外顽云变态多。
入谷旌旗惊唳鹤，压城波浪起潜鼍。纤毫无补苍生计，短鬓星星唤奈何！

向 晚

向晚蝉鸣碧树阴，四围阴暝认山林。风凉渐引吟秋兴，云簿难酬待雨心。
两鬓萧骚明镜影，七弦清越古琴音。玉堂金阙频回首，未报君恩似海深。

书赠芙蓉堂诸君子

芙蓉山馆聚群英，小苑凉多水木清。异日定随鸾鹤侣，秋风且狎鹭鸥盟。
写来生意凭双管，消尽争心付一枰。愧我迂疏闲不得，戴星空有济时情。

菜灯次任苏庵韵

其 一

九华彩绣不须裁，自有灵芽吐秀来。炯炯丹心傲葵藿，疏疏翠影伴莓苔。
凡人求益金钱买，一夜生春碧叶开。莫谓寒畦风味冷，烛天宝焰出蒿莱。

其　二

玲珑碧叶斗新裁，火树银花伴影来。知味不妨添绛蜡，移根犹自映苍苔。春回老圃清辉满，光烛穷檐瑞色开。检点辛盘看四照，天葩依旧似蓬莱。

水　仙

忆别群真隔大罗，烟云渺渺奈愁何！琴弹海上移情远，佩解江头托兴多。心事自来宜白水，香痕谁为溯微波？幽人寄我春无限，好伴官梅入醉哦。

新　春

气暖红烟夜拨灰，又从珠斗觉春回。燕台云物三年别，海峤风霜两鬓催。生意渐含江上柳，冬心犹爱岭头梅。佳辰正喜来佳客，彩胜金花兴泼醅。

始兴江口有怀

晴云缥缈隔岩城，一叶帆轻驿路清。风里落梅春有迹，水边宿鸟夜无声。感时易得怀人句，入世空存济物情。遥忆群仙诗兴好，烛花红映笔花明。

题张梧冈《芝兰契石图》

香缀瑶林羽客餐，春深绣阁佳人梦。拂拂香风腕底生，呼龙不用耕烟种。

刘振初

刘振初，清盱眙人。

炼丹台怀古

旧迹寻丹灶，仙踪不复初。一从王子去，千古洞门虚。
枯井尘沙掩，荒台瓦砾余。徘徊夕照里，衰飒起唏嘘。

双　庆

双庆，清盱眙人。

游都梁山

其　一

苔封藓蚀旧题留，第一山头觅胜游。细细凉生深竹里，斜风疏雨报清秋。

其 二

嵌空去窦喷珠玑，渟蓄灵池浣客衣。泉脉带香鸣有韵，悟来味淡太音希。

其 三

爽人襟抱畅人思，短槛虚窗面面宜。眼底文澜方浩渺，望淮亭上望淮时。

其 四

茅舍门遮杨柳绿，布帆舟泊蓼花红。晚晴更有难描处，一片斜阳远水中。

其 五

昨朝山色湖中赏，今日湖光山上看。珍谢开筵多雅意，湖山影纳酒杯宽。

其 六

胜地平生亦有缘，公余暂喜得流连。山围水绕留清梦，拟约重来借榻眠。

吴 棠

吴棠(1813～1876)，字仲宣，号棣华，清盱眙三界人。道光十五年(1835)举人，大挑补授淮安府桃源知县，历官清河、邳州，署徐州府，署淮海道、徐州道，旋任漕运总督、江苏巡抚、闽浙总督、四川总督。谥勤惠，清江浦有敕建吴勤惠公祠。著有《望三益斋诗文集》，刻有《望三益斋丛书》。

赠梧生用东坡《岁晚三首》韵

馈 岁

免首乐宾客，醇醪饮寮左。筐篚礼以将，岂曰无处货。今年天人怡，如掌雪花大。洛阳穷巷中，知有袁安卧。珍薄东野箪，客满北海座。乡里忆贫交，生计困马磨。窃禄圣明朝，得此无乃过。新诗比脍炙，相要倡余和。

别 岁

少年喜得岁，望望嫌来迟。老人感岁暮，事往胡可追。俯仰已陈迹，所隔非天涯。来日虽堂堂，可惜殊曩时。贫贱困饥寒，富贵误轻肥。体貌更日月，菀枯随欣悲。所以古志士，矻矻穷无辞。驻景在简编，好学期不衰。

守 岁

流光去一瞥，电影掣金蛇。又似百斛舟，下濑无敢遮。少壮数酸辛，岁月增几何。滔滔大江流，东下声无哗。戈能向日挥，鼓且回帆挝。涉水怜瞿塘，登山虞褒斜。良时不须臾，归计无蹉跎。相将寻旧扉，州宅新勿夸。

留别王味兰学博

饥乌堕水寒雁飞，雪花冻涩游子衣。主人有约留十日，消寒高会红炉围。我思寒士之寒消不得，广厦何处遮荆扉？高堂已极倚闾望，债帅况有旁人讥。猪肝哪屑累安邑，湖风猎猎催人归。我归我贫岂能逐，菽水为乐亲心怡。男儿抑郁困乡里，有泪不肯穷途挥。高歌一曲谢知己，萧然襆被行骖骓。

翟坝闻雁

北响闻南雁，依然结阵飞。初春横塞冷，晓月入云微。
粱稻谋原悔，关山路岂违。莫嫌中泽苦，羡尔有家归。

题元旦

万象欣欣在早春，东皇肃驾展朱轮。冈陵愿祝君亲寿，草木都欣天地仁。
老辈过谈风自古，贫家得乐味弥真。轮蹄且莫催游子，留恋庭晖爱未伸。

计偕至高良涧望洪泽湖同戴二秦二作

柔丝不断柳毵毵，揽辔澄清此驻骖。蜃气百重连昼夜，虹堤一线障东南。
力驱沙石河流顺，气钓鱼龙泽国酣。为道圣人明德远，支祁安稳伏深潭。

奉旨回籍省墓望盱山志感

十年望断家山路，瞥尔峰峦到眼开。兵燹劫完稀井里，田园力垦尚蒿莱。
柴桑窈窕寻三径，同谷悲歌忆七哀。差胜玉关班定远，天恩廿日许归来。

抵里门

里门重到最伤神，呜咽难忘百感身。父老恍寻前世友，儿童似看异乡人。
剧怜洽比街尘旧，转痛峥嵘第宅新。为道耕桑安业好，宦游何苦说津津。

堂　堂

堂堂白日去如何？搔首西风客感多。尺地寸天今版籍，披荆斩棘古关河。
雪山轻重关严武，粤国兴衰问赵佗。莫漫请缨谈壮志，登坛三十已蹉跎。

题王味兰学博《蟫庐诗集》

杜陵逝后千余载，崛起雄才接浣花。独惜风尘淹骨相，争传诗卷到天涯。
吐壶感慨骚人老，舞剑苍凉壮士嗟。绿鬓银鞍回首认，奇情郁郁吐青霞。

望　皖

四战岩疆任陆沉，瞢腾谁识彼苍心。烝黎苦说无家别，庯稚徒嗟上堵吟。
迢递乡愁西日尽，缠绵杀气阵云深。吞声欲哭增呜咽，凄绝哀猿岭上音。

感旧叠韵再呈味琴

其　一

白头交比盖初倾，风雅缘兼道义情。过眼乱离余老友，拄胸文字薄浮名。
鸡林集重唐长庆，虎观经承汉永平。回首玻璃泉下水，磨刀犹记怒涛惊。

其　二

缀学深缘志不纷，欣从并世睹渊云。蠙庐觞咏思陈迹，鳝舍弦歌怅旧闻。
东去江流空感逝，南飞鹤影莫离群。耦耕尚遂湖山愿，共事犁锄罢饷军。

幸际良时追思往事叠韵再呈味兰

其　一

屯难逢亨否自倾，昭苏万汇喜心情。劫穷盗贼皆无力，时至英雄易得名。
虎子扫除河已渡，蚕丛开辟道俱平。须知宵旰忧勤甚，按堵穷檐夜不惊。

其　二

如砺中央局势纷，白衣苍狗叹浮云。八公草木谁阶厉，千里荆榛古未闻。
巨鹿何尝忘每饭，塞鸿终是爱同群。沾巾喜极成呜咽，钗钏春醪犒万军。

光绪纪元由蜀乞假旋里道经洛阳吊秦竹人

前经业县寻遗爱，共道前无后亦无。今过洛阳寻宦绩，荷锄田叟为长吁。
琴弹单父徽原古，笛听山阳调已孤。良吏爱民民爱吏，斯氏直道信非诬。

题王雨山漕帅《彭城去思图》

狂澜漭漭障东流，保护功成惠泽周。只手经营擎万户，十年心事尺千秋。
烽烟靖后知遗爱，父母间来说壮犹。我愧曹参继萧相，步趋情更功攀留。
原注：予莅海道甫两月，复住代道。

仲冬月督兵朱家湾圩寄内

巾野烽烟恨未平，忘私爱国矢吾生。壶浆馈送民依我，亲戚提携家累卿。
幸与苍黎维寨堡，敢忘忠赤报麻明。严寒莫念从戎客，早典钗环为犒兵。
按：义军首领刘平据汴塘圩，吴棠督师围攻，邳州、铜山各圩俱送豆麦饷军。时吴棠亲族在徐州有数百口之众。

和李少荃观察丙辰明光题壁元韵

其　一

眼看沧海竟成尘，同此乡关潦倒身。击楫原期涉风浪，取禾甘让擅廛囷。
可怜战哭多新鬼，无那穷途半故人。望切天戈勤扫荡，莫教困郁损心神。

其　二

哪是扁舟泛五湖，中原委贼误偏隅。恬熙同作处堂燕，纵逸谁砚集夰乌。
但愿旌麾劳大帅，何妨耕钩隐吾徒。故乡回首他乡远，欲别频教足重蹰。

再叠前韵

其　一

白羽难麾庾亮尘，关山漂泊转蓬身。孤军每忆禽填海，疲卒饥同省噪囷。
衮衮诸公谁拨乱，茫茫浩劫悔人生。青莲喜晤长安市，结契文章尚有神。

其　二

狂澜仿佛倒河湖，全皖苍生哭向隅。我是氋氃当座鹤，吾多眷恋哺林乌。
田横本自多奇客，剧孟还应访博徒。闻说义团能杀贼，官军何事重踟蹰。

和李实夫邑侯留别盱眙士民原韵

其　一

淮山烽火荡无余，几见贫民有絮袽。欣说使君新税驾，渐闻故老认空庐。
蓬飘谁识流离苦，草味真同开辟锄。古有循良今再见，攀辕泣涕信非虚。

其　二

论治群推黄霸宽，沉疴著手识医难。无心出岫云常荫，有口成碑字不刊。
伏窟蛟螭愁未靖，绕枝乌鹊苦求安。倒悬饥渴何人解，尚累苍生梦饮餐。

其　三

闽海鳌峰溯昔贤，安溪宗派善陶埏。残黎恇怯婴依母，老吏精诚石补天。
壤近鲁邾闻击柝，讼平虞芮罢争田。翩翩凫舄南飞去，凄绝空山泠蕨拳。

其　四

作楫良材仗济川，关心痌瘝意肫然。敝庐莫问陶潜柳，祖道难随晏子鞭。
颂遍万人应作佛，润分一勺岂能贤。旁求汲汲须良牧，即见丝纶贲九天。

原注：敝里荡析莫赋归来，今君到后渐有耕者。去冬分廉助赈过蒙垂奖。

潮阳吊林文忠公

南天当日仗公扶，力疾兼程卧笋舆。山泽再持龙虎节，风云常护鸟蛇图。
大星堕地长城坏，巨浸稽天半壁孤。余劫中原腾战马，征尘北望渺愁予。

袁浦中秋对月

屏翳驱除开帝阍，平看碧海涌冰轮。山河自昔涵清影，天地何曾有俗尘。
皓魄任淘千古浪，灵台谁证百年身？琼楼玉宇高寒处，渺渺烟波忆美人。

励　志

澄波容易变狂澜，始信人生立脚难。安得一渠清白水，出山还作在山看。

听　雨

兵燹西南唤奈何，东南画舫自笙歌。金阊蓬背潇潇雨，不及江淮涕泪多。

自题《抱经图》

卅年宦辙苦奔驰，蠹简陈编是我师。安顿此心无别法，一经手到去官时。

山行杂诗

其　一

闽南正月春光早，桃杏嫣红已满林。一路菜花开过岭，方知岭北未春深。

其　二

山农簕笠欣宵雨，行子篮舆盼晓晴。晴雨岂缘祈祷遂，天公著意为持平。

汪云任

汪云任（1784～1850），字孟棠，号茧园，清盱眙人。嘉庆二十二年（1817）进士，历任三水知县，摄思恩府，赣州府，授苏州知府兼苏淞太兵备道，擢山东督粮道、通政司参议，简授陕西按察使，权陕西布政使。著有《茧园诗文稿》《汪孟棠太守诗钞》等。

在平道中示敬儿

其　一

携汝长安道，朝天父子同。驰驱仍膝下，欢庆似家中。
妙擅青年选，宜持白璧躬。老夫让头地，三载两呼嵩。

其　二

老鹤闻天久，雄飞有鹄鸿。声名艳乡里，官职等帡幪。
祖德绳今日，清门有古风。护根堂下树，茂豫早生桐。

原注：谓长孙祖茂。

秋舫吟

其　一

憔悴秋心一夜中，湿云和雨压孤篷。汀花岸草如人瘦，舞扇歌裙逐水空。
香返残魂成梦幻，诗题往事说愁工。临流洒尽盈腔血，染出霜枫几树红。

其　二

犹忆临危减玉容，可怜执手泪沾胸。回生有药难驱竖，到死无言怕恼侬。
薰惯衣裳藏箧冷，拈残针线打包松。魂归识得家山否，月淡烟昏路万重。

其　三

当时幻梦背银缸，谁料箫声谢碧窗。钏尚半留姑殉一，袜曾未着忍焚双。
荒林猿狖啼秋岭，疏雨芙蓉泣晚江。身后一棺悲命薄，西风扶上木兰艭。

其　四

比翼禽栖连理枝，寻常不忍一朝离。也知此愿非虚语，未必他生有见时。
供奉昙花新画本，低徊风月旧题词。心情颠倒浑如醉，击碎当年碧玉卮。

其　五

春事阑珊好梦非，支离床畔瘦腰围。十全妙手医无术，一瓣心香佛枉祈。
孤鹤影随残月坠，美人魂逐落花飞。零脂剩粉消磨尽，门巷黄昏燕子归。

其　六

幽冥消息有乘除，手把清樽问碧虚。何术可通仙岛路，无由得寄夜台书。
他乡做鬼魂应怯，凡事输人命不如。少小可怜漂泊甚，双眉曾未一朝舒。

其　七

检点空箱见绣襦，旅怀赢得泪肠枯。钿钗渐坏全无凤，镜匣尘封剩有蛛。
半夜心伤长诀别，六年恩尽此须臾。倾城颜色浑闲事，一种聪明绝代无。

其　八

仙骨来依佛座栖，清风相送白门堤。纸堪营奠冥资寄，幡为招魂小字题。
破壁新磷萤绰绰，荒园旧径草萋萋。子规声里杨花落，似怨飘零不住啼。

其　九

哭卿手把泪双揩，寄语重泉好放怀。幸有辞堪誓天地，须知恩不在形骸。
良缘应悟生来短，积闷翻教死后排。莫向冥官歌旧曲，鬼神今亦厌情乖。

其　十

终古红楼有劫灰，莲香底事谪尘埃。遽怜玉骨人间殒，何必风轮地下回。
廿二年华消歇易，三千里路别离哀。从今阆苑归真去，白马云軿特特来。

其十一

觌面初疑遇洛神，天台残雪似香尘。印来苔径莲双瓣，行出梅花月一身。
绝调善才应服曲，惯愁西子又工颦。相逢便肯倾情愫，红烛青帘语好姻。

其十二

妆阁层层买麝薰，新梳螺髻学蟠云。摘花露重红浸袖，斗草烟浓绿染裙。
每逢闲愁听燕语，强支残醉立斜曛。可怜生就伤春骨，今岁腰肢瘦几分。

其十三

欢喜真成宿世冤，愿抛慈母嫁王孙。剪刀断发留香泽，鲛帕题诗渍泪痕。
频祝月圆偷自拜，先当衾冷为郎温。江南怪底生红豆，入骨柔情定有根。

其十四

高台近水不禁寒，帘外垂杨绕画栏。爱仿字模纤管颤，闲搜花样乱书摊。
院移迟晷清如水，人涤烦襟静似兰。顾影有时私对镜，比郎眉黛挽双看。

其十五

折得杨枝恼阿蛮，氍毹冷落舞衣闲。独怜朱户深深闭，一别萧郎事事姗。
病枕凄凉闻夜雨，妆台潦草画春山。痴情只待刀环日，始解眉头作笑颜。

其十六

天涯沦落两萧然，万转千回为我怜。灯冷伴来深夜读，酒阑扶得醉人眠。
劝加餐饭情尤切，说到功名泪欲涟。解事别饶游冶兴，玉箫吹上采莲船。

其十七

儿家住近小溪桥，几树枇杷巷一条。爱淡生嫌脂粉累，甘贫偏会语言娇。
压残针线成罗袜，采得山花当翠翘。挑菜踏青诸女伴，一春都是枉相邀。

其十八

风流曾不畏人嘲，话到绸缪似漆胶。顾我微疴扶枕问，昵她新曲贴帘教。
喜闻吟咏贪磨墨，解嗜酸咸自执庖。几度生嗔棋局散，乱拈棋子绣床抛。

其十九

槐花时节驾征舠，送别淮边一雁嗷。白屋文章如纸贱，红颜心事比天高。
脱将钏钿亲相赠，盼到旗铃亦自豪。感极翻教成一哭，至今残泪在青袍。

其二十

销魂一曲忆秦娥，填得新词赋于歌。煮酒栏前邀月姊，呼茶窗外遣莺哥。
乍惊春梦花敲户，同看秋星鹊架河。如此风光乐年少，人生能得几回过。

其二十一

旧事回头暗自嗟，粉痕鬟影记来差。梦余滋味如甘蔗，别后情怀似苦瓜。
天缺有谁能补石，海枯无处可乘槎。江云渭树成惆怅，从此相思未有涯。

其二十二

铁马敲残夜雨凉，依稀车铎响啷当。拥衾犹自留虚席，对镜常教想旧妆。
饰玉盘金兰叶佩，啼红唾碧藕丝裳。残春哭到秋风冷，酬尔当年泪万行。

其二十三

新愁如草接春生，白得才人发几茎。一觉江湖成薄幸，千秋弦管重多情。
凉风西至吹癯骨，孤舫南归滞晚程。夜半醒来孤月坠，绝无人问柳耆卿。

其二十四

倩女归来信有灵，夜深时见火磷青。雁衔残月呼前浦，鬼语荒芦聚远汀。
山与云昏天暗暗，树如人立影亭亭。船头吟罢招魂句，野水茫茫数点萤。

其二十五

身似寒花弱不胜，欲凋犹自恋枯藤。一生多难鱼惊饵，万里依人鸟避矰。
尘世寄身经几劫，仙山回首已千层。秋风同是成漂泊，知否相如病茂陵。

其二十六

同车曾记渡芦沟，暮雨晨霜伴我游。砧板雅堪充旅柝，篝灯亲为补征裘。
关心蕊榜先期数，稽首莲台细语求。千炷沉香肠九曲，负卿依旧未封侯。

其二十七

一自人亡罢鼓琴，唯凭此意谢知音。得归已是将寒骨，有托应怀不死心。
苏小荒碑秋藓重，薛涛孤冢暮云深。故乡买尔曾游地，为种春花瘗绣衾。

其二十八

纸灰飞上柳毵毵，人立秋堤漏转三。只为名花凋塞北，翻愁孤月冷江南。
辙边有泪将枯鲋，箔里无丝自缚蚕。敢说菩提心费尽，此身终抱十分惭。

其二十九

新诗和泪定霜缣，一字初成血缕添。旧事空余鸿雪印，春心分付絮泥沾。
遽怜落魄谁将慰，见说多情亦自谦。绮语而今消歇尽，儒冠翻悔误妆奁。

其三十

细雨潇潇湿暮帆，愁怀如草力难芟。可怜此日肠都断，说到平生口欲缄。
半世飘零歌白苎，三更涕泪渍青衫。船头吟罢凭棺哭，此恨绵绵再世衔。

南园杂咏

庚子春假返盱山，住南园凡八十八日。闺中人以园林诸胜事按日纪游，欢声聒耳，绮思如云。因编次成诗十二首，指示儿曹，俾知老夫兴复不浅也。

其 一

听泉听雪又听莺，九十春光画不成。栏畔翠扶修竹立，路边红让落花行。
婢携野径看挑菜，儿曳闲门唤卖饧。如此村居真脱俗，比丘邻妇惯将迎。

其 二

园林无处不飞香，人道花神返故乡。移炷上清祝繁露，买春东墅为垂杨。
前身群玉山头客，卅载玄都观里郎。别有闲情在桑下，笑他戴胜几回翔。

其 三

矜宠东风嫁后身，当时消息杏园新。热情在眼花皆闹，春意回头梦可亲。
一夜记听深巷雨，十年重踏半山尘。嫣红树映婆娑影，似水韶华问涧滨。

其 四

山暗湖明绿树遮，晨风摇漾酒旗斜。一场春雾便成雨，四野浓阴遥见花。
踏屐响惊迎客犬，叩门声怵护儿鸦。游人亟访司香尉，转恐晴天不在家。

其 五

梅事今年久未阑，来时开到去时完。香经三月千株续，花引全家四处看。
仙有化身啼翠羽，人无他姓倚朱栏。深红浅白簪都好，言采朝朝满玉盘。

其 六

名园偏有事堪豪，亲授侬家管钥操。鸭绿塘前金线柳，猩红帘外锦边桃。
梅贪多处频锄月，松想栽成到听涛。又酹百花生日酒，银灯络索玉头高。

其 七

来朝士女定如云，此夜衣裳特地薰。门启喜看花簇簇，人归荣过木欣欣。
来年桃实菲兰气，拔地莲峰篆藓纹。新种石榴丛百六，安排端午斗红裙。

其 八

仙源洞口住人家，系犊门前石径斜。百树樱桃百树柳，一湾流水一湾霞。
佩环得得寻潭口，草木深深集肃鸦。共说此泉宜煮粥，盛来颜色似桃花。

其 九

天风衣带影飘飘，斗竺山头响步摇。身入绿萝夸捷足，手持青筱健纤腰。
三叉路界川心水，一桁栏低品字桥。更为荷钱问芳讯，暮云池上雨珠跳。

其 十

花气醺浓似饮醇，花名细数总堪珍。玉堂秀挺双株树，金带宽围一架春。
绿凤凰毛才倒挂，紫蝴蝶翅又横陈。木香哪比藤萝好？说着名园便可人。

其十一

鼠姑开到算将离，花欲留行我意知。定怪天公私雨露，尽教人世贱胭脂。
臣门难得清于水，国色真教艳过诗。泥饮夜深香染骨，锦棚灯月护红蕤。

其十二

春波一夜豁方塘，缭白纡青意兴长。漠漠平堤暗残月，阴阴虚阁暖朝阳。
山连兜率群真殿，楼指逍遥大字墙。待与红妆作生日，荷花世界柳丝乡。

牵牛花

其 一

轻云薄雾锁朝暾，结撰清虚夜气存。入世原羞凡卉伍，被人排作野花论。
藤牵蔓引几枝竹，霹湿风吹何处门？转眼凄迷空复忆，问秋终是淡无言。

其 二

疏见星星密更深，万花千叶簇凉阴。东方世界秋来换，南郭朝晖静里吟。
教妾为容娱晚岁，引人入胜有仙心。墙头扁豆红蘼处，篱落西风思不禁。

其 三

攒成浓翠接楼台，秀色粘天绝点埃。大树居然施松柏，小山全已盖莓苔。
衣裳缥缈烟云染，环佩雍容草莽来。喜趁良宵清共赏，还从阿堵问根荄。

其 四

如此繁华镇寂寥，是真清品谪云霄。自承仙露心常静，唯恐秋阳势太骄。
银烛画屏怜夜夜，玉钗青鬟惜朝朝。生来芒角无人识，汲取甘泉手自浇。

木兰堂

丁酉九秋，余守吴郡，年五十有四矣。昔白香山公亦以此年来判是州，千百年间，官齿符合，登堂瞻仰，益深钦幸。余家南园，故多木兰，镌石寄归。余不敏，何敢僭拟古人。窃冀解组归山，得如公之享高年，逍遥娱乐，于愿斯足。爰志本末，并系以诗。

千载风流刺史贤，木兰题字尚依然。恰当贱子官吴日，正合香山领郡年。
拟续新诗镌石上，归将旧迹榜堂前。他时得占园林乐，定和先生池上篇。

咏双鹤

眷属因缘食俸材，结成仙侣旧无猜。惊传故里高轩至，为伴苏州太守来。
比翼比肩潭水上，双栖双宿笠山隈。回思昔日毵毵态，多谢天寒一树梅。

傅登魁

傅登魁，字杏村，清盱眙人。诸生。生活于嘉庆年间。

题吕纯阳小照

天地无神仙，神仙亦人耳。但使牵利名，神仙皆可死。倘能外形骸，此身常卓尔。其节坚如松，其心淡如水。至于身外身，何必问真似。欲比古来民，应是无怀氏。

观音阁访费朴庵遇雨

秋风突起太狡狯，空山处处生虚籁。独有伽蓝尘市中，慈航飞渡丛青霭。兴来相约访幽人，幽人放浪形骸外。谈诗直簿魏晋朝，眼高日月堪摹绘。蓦地滂沱暴雨倾，高高下下盈沟浍。漫空历落雨零花，遍地沾滞叶缁贝。此中幽趣若辈知，解人应输我辈最。

谒双贞墓

盱山正气多灵淑，不钟须眉钟巾帼。珠联璧合仰清风，天所生兮不使独。我闻何氏有双贞，德貌容功兼精诚。名媛何堪受污辱，愿期同死不同生。娇娇冰操真激烈，任他宛转心如铁。万丈洪涛一跃轻，连袂牵襟终不别。邑中旧宦有蔡公，一封章奏九重通。诏书旌奖载邑志，至今碑映落霞红。我来郊外寻墓所，瞻仰延伫不忍去。贪生含义尽纷纷，可惜男兮不如女！

都梁山

独擅东南胜，超然是此山。烟销隋别苑，云散楚雄关。
淮水咽喉外，金桥锁钥间。千秋余小草，香毓美人鬟。

花　魂

春光渺渺楚云轻，剪纸招来赋屈平。一院烟笼香忽散，三更月落梦难成。
归时但倩流莺唤，离处休教少女惊。独自临窗猜旧影，枝头曾否认前生。

东阳城怀古

逐鹿中原作战场，因人成事又何妨。不缘贤母知天命，哪得佳儿附汉王？
义帝旧宫终冷落，重瞳残垒竟荒凉！只今剩有孤城在，古木寒鸦几夕阳。

秦斗庵自塞上归

琵琶谁唱古凉州？挥尽黄金剩敝裘。塞北曾经高岭雪，江南重见故园秋。
三边到处逢青眼，万里归来尚黑头。努力弓刀期后劲，汉家原自重通侯。

石台观弈

烂柯山里旧游仙，此日荒台秘孰传？黑白纠缠无了局，死生翻覆悟奇缘。
输赢谁解千年劫？得失须争一着先。静极机心犹未绝，旁观笑问指头禅。

白秋海棠

其　一

一点情根长旧丛，芳魂隐约月明中。泪痕滴尽年年血，染到枝头惨不红！

其　二

懒将兰麝更熏香，软玉斜欹曲槛旁。只为相思无限恨，红颜赢得满头霜。

七夕大水

一望长淮竟渺然，杠梁处处断难连。愿教今夕银河鹊，填尽人间缺陷天。

客招信暮春作

燕语莺啼三月春，花开花落总伤神。可怜游子灯前影，应是慈亲梦里人！

霸王城

逐鹿纷纷苦战争，鸿沟画界早渝盟。美人气尽乌骓逝，故址荒凉千古情。

偶　成

杏花村里酒家多，酒醉看花唤奈何。懊恼花飞看不得，莫愁湖上听渔歌。

秦　杓

秦杓，字斗庵，清盱眙人。嘉庆道光间曾任凤阳守备，骑兵营参将。

晚秋送别

聚久难为别，情牵易惹愁。雁飞黄叶冷，虫语白云秋。
衰柳连霜折，寒泉带月流。征车声渐远，拄杖下荒陬。

塞上得家书

忽说慈亲健，精神尚似初。痛心逾十载，枯泪展双鱼。
塞上空搔首，梦中劳倚闾。玉关何日返，南望只唏嘘！

九日汪艾塘程远山邀同人登南岳

蹑屐登南岳，峰峦万象幽。逶迤三径窄，清啸一天秋。
令节成高会，何人识故侯。归来余逸兴，凉月在楼头。

蜀道闻子规有感

啼破蛮烟瘴雨新，殷勤苦欲劝归人。高楼思妇难成梦，南浦离筵易送春。
有泪徒挥残月夜，多情空怅落花晨。锦城丝管谁云乐？每唱刀环一怆神！

阙　题

谢却朝衫着笠蓑，幽人栖托近如何？四围山色云初起，一钓桃花水始波。
天地有情闲事少，渔樵适性晚年多。披图亦作沧洲想，可许他时访薜萝。

孙以文

孙以文，字豹山，清盱眙人。生活于嘉庆、道光年间。

和友人韵并以志别

同是羁栖客，情亲自不疏。才连湘水楫，忽返桂林车。
秋日添离绪，春风望捷书。不知燕市里，何日结邻居？

菜　灯

天然风味谢雕裁，偶向繁华队里来。绿焰分光邀璧月，金茎流影上苍苔。
漫疑宝树当阶发，喜见灵芽入夜开。照灼自堪空色相，清辉未许混蒿莱。

赠友人

芙蓉山记去年游，胜地招寻又一秋。迟我未归天外棹，羡君曾返故园舟。
重经客邸联风雨，好向佳辰共唱酬。樽酒应邀名下赐，赏心尽日乐无休。

题《韶阳访石图》

奇诡何须说十洲，蟠龙舞凤已千秋。孤筇此日空搔首，九奏当年定点头。
岭外不随羊共化，泗滨应许磬同浮。归时好觅仇池宅，珍重云烟记粤游。

王效成

王效成(1791～约1846),字子颐,号雪腴,清盱眙人。弱冠以辞赋受业于学使,道光十一年(1831)举人。与王豫、王荫槐有“江左三王”之称。著有《伊蒿室诗文集》。

二山闲居

北从山磴下,谷底皆蔬圃。栽灌百余家,篱舍各成聚。担负市头回,炊烟散亭午。有无亦不齐,靡弗岁辛苦。我来日备餐,朽骨幸未腐。暇时步林风,爰共斯人语。繁僻则何有,风气因人古。草木意欣欣,太息此中处。

偕傅文学仲文东郭外看山

古壤我不知,但喜看山势。圆阜脉中承,蜿蜒外环翠。草木暖森秀,远川互明昧。胜聚可以家,寂寞栖余蜕。吾友蕴藉人,兢兢力生事。怡居读我书,外慕甘独避。即今六十余,委心逝无累。阒然寄空谷,魂梦任高寄。他时苹藻芳,知否故人涕。

李忠瑞公故居

愤激轻杀身,明贤抱奇亢。死谏武宗南,慈实当时尚。摇足中外危,土木有前创。当车冀一回,岂意逆鳞张。冠绅婴祸成,蔑从避大杖。小臣叹无裨,甘以血肉障。茏葱枝叶繁,乔木森在望。微茫识帝心,行子增愁怅。

夜坐吟

悬天白日如镜明,照见房栊机杼声。挑灯札札不得息,争新花样巧纵横。悦华嗜素人不同,服官未识难为工。东家西家千万匹,如何高下由孤衷。夜坐吟,吟复作。不惜手爪勤,但嗟时好薄。朱碧眼底看迷离,岂省云锦内光灼。栖乌不稳啼空枝,牵牛夜中当户垂。何由持献天孙侧,津汉迢迢知不知。

邓氏山庄雨后寄子和

早雷送山雨,惊鸣春散空。三日不出门,绿满巴山东。涧口积新溜,水色明篁丛。芳草引闲步,石径寻幽踪。故人昨共来,看月东冈松。海月圆未改,念君西山重。烟景发清妙,吟怀畴与同。孤行不见影,怅望花前风。

奇　寒

奇寒雪三日,市居多掩扉。荒邱有僵丐,客来云濒危。我闻心悲冲,辍糜往食之。自振且罕术，无乃愚可嗤。力固众难给，哪忍委所知。禽鸟护其类，而况冠裾为。喘喘迫下泉，所恨来已迟。林木嗥悲风，冻日惨不晖。群族冀各遂，一物伤天慈。我生非无情，岂在知汝谁。援拯手无柯，眷焉空涕洟。

题周光禄墓

海宇日月新，思作太平佐。皎皎方出山，岂为逆尘涴。慷慨誓吾民，身共城全破。怒骂戈矛业，动气涌头堕。壮志虽未伸，凶威十九挫。赤瞻尹府君，尸血膏同裹。烽烟荡埽平，把酒泉下贺。

蒋忠烈公祠

山半官路西，崇祠貌忠烈。上有古棠阴，斑斑留碧血。兹乡苦无城，贼势何由截。逆威折境上，鏖战一身裂。遗黎逭残躯，尽是死俟活。风景异山河，浩气想缨结。落落数同仇，共耀淮天月。

冯孝烈女吴义烈妇遗匾

父出女守丧，伴宿邻妇招。夜半呼救起，人惊赤焰烧。风烈烟塞户，但闻声嗷嗷。疾呼女同出，挥妇汝自逃。入火固撑曳，违义忍独抛。拨灰理残骨，握臂嗟犹牢。宛宛帏闼中，大义谁所教。徽音并卓绝，旌门千载标。

双贞墓

孤坟何崔巍，崔巍南山陬。之子不复作，清风良悠悠。何氏有养女，颜色秦罗敷。小妹璧不如，双戏庭前幽。可怜芙蓉花，灼灼倡家楼。人生有妃耦，如何同羊牛。阿姥见逼迫，安我衾与裯。少小受哺养，汝身焉自由。女生不识家，但恐形骸羞。姥教虽未从，已辱十载留。阿姊语小妹，不见门前流。沦漪清且寒，两两飞白鸥。白鸥不饮浊，宁向洪波浮。舟人打桨来，惊看双明眸。可怜芙蓉花，漂落溪水头。立表嘉靖年，芳草春复秋。丈夫砺涉世，冰雪有同忧。遗徽仰未远，愿言拜松楸。

僧伽塔砖歌

古墙剥蚀藓苔清，摩挲上有诸县字。传是僧伽宝塔砖，助役分明各地记。惊睹当时处肃生，导愚想见装严意。妙仿阿育形制殊，诸天神力还有无。有唐灵迹最显著，重建碣更元人书。相轮承露更安在，沤散不免成盘盂。分明普放再见难，堤决时露州城滩。父老街址仿佛认，遗碌已被螺蚌攒。来往从教纵帆橹，风雨如闻铃铎语。俯仰高下有敝时，何况区区寄蜕所。睇视重将残块分，箭射却忆南将军。临风搔首不忍弃，恐有淋漓指血痕。

富陵湖渔歌

鲤鱼落底网沉河，白鱼浮颈网截波。大船缆下小船上，鱼不能飞奈网何？外河水比里河高，湖上麦田白浪淘。可怜涨过三百里，鱼散东西有底捞。

喜晤汪孟棠刺史即送入都

其　一

往者南园伴，芳春每共寻。溪云就霖雨，鸥鸟散机心。
几闻风霜变，空留山水音。巾车行更发，谨与弄瑶琴。

其　二

青云莫自致，安敢怨长贫。众口成孤士，余生作鲜民。
身惭太平世，梦远帝城春。风翥劳回首，风尘有故人。

瓜洲寄天石默庵二长官

其　一

作客瓜洲渡，开门杨柳疏。园花春不断，山麦夏何如？
乡思天中节，吟魂淮上居。殷勤谢江水，中有富陵鱼。

其　二

百里吾乡陋，何人振雅骚？风流彭泽令，萧散溧阳曹。
图画连峰月，琴声绕郭涛。花前一尊酒，知共念江皋。

读瑞屏遗稿

士只尤穷死，多财亦杀身。岂全关物累，不合作才人。
风雨东阳夕，冰霜北地春。烬余一编在，哀怨向谁陈？

都梁四咏

南园鸭脚树

嗟尔何年植，支离寄此乡。从教噪乌鹊，独自耐风霜。
夏屋遇艰啬，邱山思阻长。岂无不朽在，草木漫同伤。

东门废圃石

此地昔何盛，峻嶒唯一卷。亦应怨风雨，未肯逐林泉。
耳目久争怪，岁时终自坚。安能觅畸士，酹汝共潸然。

瑞岩石泉

流水不择地，危岩一勺盈。未能周物润，谁识在山清。

积草泻难尽，浮沙梗欲鸣。君看淮远下，初不异生成。

南山香草

芳草日已晚，萋萋淮水濆。生甘童妇佩，世岂艾兰分。
屈子今何远，骚音如或闻。空山零落意，同此惜余芬。

送杨默夫归湖南

美人久住淮山阿，揽辔不发嗟如何。苍苍云树乡梦远，渺渺离思秋雨多。
何以赠之都梁草，送将归兮洞庭波。松菊盘桓乐复乐，请君听取劳者歌。

送洪拟庄广文归新安用留别韵

送将归兮江之汀，采采手奉都梁馨。淮上秋月照渺渺，黄山桂树长青青。
抚弦自写流水曲，坐窗目注本草经。荒城花鸟寂无赖，敝庐我亦终年扃。

谢孺人

绣阁评时孰是违，忧心疾首识先几。老臣咄咄疏无补，内禁嘈嘈事已非。
四望河山归粉饰，八方兵甲几戎威。自嗟冠服殊男子，难写丹忱达帝帷。

原注：谢孺人，金陵人，归泗州王养正为妇。《明史》记载，王养正妻张氏，妾谢氏。王养正为明副使，顺治二年，抗节建昌死，头悬其城楼，其妻张氏绝食七日而死。谢氏年二十一岁，生子仅三龄。王养正祭日，族戚集堂上，孺人衰服出跪而痛哭曰，副使公捐颅，殉城社不欺，所志而女君从之，族戚阻之。婢子违夙教乎，何敢贰何，言下出刀截一耳掷地。孺人览书史，识治乱之要，忧旰之事务，教子清，赐谥烈。

慈氏山

慈氏山根淮水旁，手攀一树认枯杨。低徊应有千秋在，此是当年风雪乡。

西　风

黄叶萧萧村树疏，西风客思廿年初。夕阳原上牛羊叫，白首王孙望故闾。

倜傥庙

荒略难稽邑乘文，何年义烈仅传闻。江湖旷朗诗清久，古庙空山掩暮云。

秦茂林

秦茂林（1813～1867），字翰卿，号竹人，晚年又号闻居士，清盱眙明光集人。道光十五年(1835)举人,历官洛阳、安阳、武安知县。邃于史学,尤工诗,著有《敦艮斋稿》。

咏　古

古今有奇遇,不必有奇人。片言荣卜式,曲学相公孙。乃至汲黯贤,拊膺叹积薪。卫青有天幸,李蔡通侯尊。嗟哉飞将军,对簿独酸辛。运啬大材绌,时至庸材伸。寄语穷巷士,无为伤贱贫。

泗州明祖陵

东南千万山,一气趋淮壖。如屏环其后,如带横其前。北望不见山,万顷开平原。千年毓王气,葱郁浮紫烟。六龙乘飙车,飞上五云天。高歌还乡里,汤沐奉陵园。时移代亦更,满目悲桑田。享殿随波涛,石马沦深渊。当时陵上树,斧作荆薪燃。废兴自天数,岸谷有变迁。洪泽风涛深,日暮心涓涓。

哀村农

水乡无稔岁,湖阔农田荒。伤哉麦秋时,王税无由偿。逋逃者谁子,漾舟淮中央。胥隶是鬼伯,尽室随飘扬。哀此愚民患,作计胡不量。江湖有风波,官衙有桁杨。桁杨岂不苦,余生犹可望。淮风溜溜黑,淮日淡淡黄。行人驻足泣,水面空断樯。却视前胥未,狰狞仍岸旁。

杨庄阻风

踏雪疲山行,登舟获少安。东风不我期,三日河之干。冥冥望千艘,白月栖荒滩。东海为漏卮,银河天上干。哀此当途人,赤手支狂澜。衰草迟野色,饥鸦啼春寒。中夜闻棹歌,孤舟坐长叹。

浮山渡

薄暮唤野渡,人马同一舟。舟小苦逼仄,马嘶风飕飕。霜蹄困蹴踏,惊魄倦沉浮。水劲不受篙,飞波溅衣裘。盈盈见彼岸,泛泛仍中流。寄身浩渺里,有若风中沤。危哉一发轻,浪使千钧投。忠信虽可恃,蹈险终可忧。

杂　感

其　一

谷神自不死,浩然心体泰。无端饵丹沙,纷纭恣危败。醉者其神全,坠车终不害。种树爪其肤,生理将内溃。万事戒养痈,商歌夕阳外。

其 二

鱼乙虽云细，不可使在喉。蔓草亦云微，不可生在畴。`利剑能割物，倒执以为忧。狐裘岂不暖，不宜夏与秋。

送六弟益农之大梁需次

人不同春住，东风吹别离。中年兄弟好，久容梦魂痴。浊酒聊间尽，微官哪足羁。忍看送君处，草绿谢公池。

感 怀

其 一

种松长溪边，十年或数围。岂惟灌溉功，时地与之宜。凌风有劲节，于云无曲枝。当时少匠石，固应知音稀。幸免爨下焚，沦滞当怨谁?

其 二

鹍鸠昔悲秋，人谓妬群芳。春日尔载鸣，百卉为馨香。馨香非尔力，摇落尔所伤。感此诉秋心，所惜不知量。已矣慎尔鸣，众口易雌黄。

其 三

闲院苦宵长，明月泼寒水。高楼愁思妇，怀人在千里。篱根蟋蟀鸣，梧末凉风起。浩露沾罗衣，素琴尘玉几。朱纮久不调，旧曲为谁理。愿一临风弹，因风入君耳。

其 四

顽云不为霖，长空昼闲闲。微星不耀夜，丛杂霄汉间。本无及物功，居高亦徒然。好鸟多在山，好人多在田。云霄瘁羽翰，世路恒险艰。随分足自乐，被褐期孔颜。咄哉阮步兵，穷途乃潸然。

其 五

凤凰巢丹穴，文采珍毛羽。天风吹断去，飘萧落尘宇。穷冈少竹实，高梧渺何许。苦被饿鸱猜，滋味吓腐鼠。云霄莽万重，何时骏翮举。

晓 行

旷野树风合，晓行生夏寒。卑途雨犹积，高叶露先干。
县小巡村易，官微殄寇难。输他老田父，真当白鸥看。

吴生炳仁寓淮安以诗一册寄示题此赠之

文献日凋丧，故乡兵火哀。大音宁久阏，之子是清才。
冰雪谁携得，珊瑚吹堕来。老夫吟管秃，怀抱若为开。

淮左杂感

其　一

蒙亳萧条后，潢池尚弄兵。可怜民渐尽，不及贼长生。
草木归尘劫，关山自月明。王师屡乘胜，枵腹且连营。

其　二

江北襟喉地，天涯虎豹丛。濠鱼逢辙涸，荆玉泣途穷。
征戍三年外，旌旗十里中。伤心此蹉跌，血作野花红。

其　三

绣衣重到日，群盗已如林。岂不崇干舞，无能怀好音。
指挥劳白羽，岁月费黄金。再揽澄清辔，区区独此心。

其　四

涡水添新恨，涂塘阻旧游。王师兼胜负，世事杂欢愁。
是火终炎上，忧天一举头。长缨吾欲请，不为觅封侯。

秋　蝉

一树碧云薄，数声秋意长。已催新落叶，莫怨好斜阳。
短翼凌风怯，哀弦带露凉。客中元鬓改，侧听尔清商。

秋　燕

广厦难终庇，微寒早见机。帘疏何用隔，雏长忍分飞。
门巷谁宾主，淹留有是非。云鸿枉高翼，岁晚可同归。

送友入都

匹马看君去，鹏抟直上天。家山双泪外，京国五云边。
未觉酬恩晚，刚逢服政年。清贫吾辈分，珍重出山泉。

途　中

其　一

欲醒繁华梦，仍羁去住心。王程侵晓急，拙臣畏人深。
片月兼云度，秋山易雾沉。清漳明日近，吾欲濯尘襟。

其　二

尚忆元蓬叟，栖踪釜水边。壮心精卫石，老泪夕阳天。
有友盟寒岁，高风满百泉。斯人俱不朽，三复抚遗篇。

其　三

漳河西畔路，村旷野云低。清浊源头水，尘沙雨后泥。
荒台迷故址，疑冢失东西。陈迹何须慨，年年秋草萋。

其　四

相州吾屡至，每忆谢山人。一卷名空着，孤坟草不春。
身前王李薄，地下应刘亲。定有诗魂在，哀吟寂寞滨。

其　五

上世朝歌地，孤城景物荒。山容兼树静，淇水划途长。
麦秀迟高陇，樵歌带夕阳。居人忧岁俭，凄切雨云望。

其　六

高原雄郡出，野色太行秋。关路连村市，津桥跨戍楼。
怀贤淇竹尽，吊古隰苓愁。忽听邻家笛，含凄忆旧游。

其　七

柳枝低覆地，河水占膏腴。沙雨沉沉下，堤云漠漠铺。
高城明塔影，近郭得泥涂。昔日伤心地，红尘识我无?

浮山顶眺洪泽湖

浮山雄作中流柱，振策登临日未斜。老树阴留前代寺，野棠春落洞边花。
潼淮混合从何日，洪泽风涛未有涯。数点帆樯远天外，飘然疑渊斗牛槎。

卸商城篆留别潘广文兼谢邑人

今宵便有离宫乐，昨梦犹为鞅掌劳。万事回头真嚼蜡，百年过眼几惊涛。
微风嘘煦春何力，小雨沾濡云不高。好友分深民亦厚，都将别泪洒征袍。

闻乡园破贼久不得消息

尘沙滚滚朔风狂，吹落遥天雁一行。频向关山挥涕泪，暗从梦寐卜存亡。
滞留恐落诸郎后，消息真牵两地肠。四十弟兄来日少，间关傥可慰高堂。

寄宿偏凉寺

扪萝径叩古招提，老衲开门月满溪。古院松杉留客住，上方楼阁与云齐。
沉沉晓色栖乌起，滟滟寒宵倦马嘶。清绝山中难久住，摇鞭更向乱峰西。

喜竹溪太守至

十年云水各西东，今日灯花为汝红。雪后关河寒匹马，兵前鼓角避征鸿。

枌榆消息伤心里，少壮年光转眼中。一度相逢须一醉，一樽能得几回同。

闻官军退丹阳有作

东南形势日仓皇，江左真成百战场。骤至如风群贼合，退飞似鹢我军忙。
虚声自古蛇添足，华屋谁家燕在梁。堪叹亚夫营细柳，也教儿戏误封疆。

九日马陵元武关

层峦飞阁互峨峨，胜日携壶此醉歌。两岸万家环绮槛，孤城一线走黄河。
年深古木虬枝尽，昼静虚堂鼠迹多。日夕浮云愁北望，秋风瓠子近如何。

堤上悯灾黎

其　一

长堤如带柳如丝，处处哀鸿借一枝。风露三更凉渐觉，单衣须耐早秋时。

其　二

六塘秋水接天涯，洪泽波光映日斜。俱是东南粳稻地，荒寒输作白鸥家。

高　致

高致，字蓝圃，清盱眙人。

感　兴

岭南有嘉树，池北多芳草。春来何繁华，秋到即枯槁。人生争浮荣，能必几时好？圭玷不可磨，丝染不能保。一朝汩其真，无乃伤怀抱。曷若守初心，天机常浩浩。放眼观古今，游心出尘表。一卷足怡情，志岂在温饱！抱膝且长吟，休自招烦恼。

咏　怀

嘉桐之生苍且碧，凤集鸾栖高百尺。举世谁知是良材？一朝操斧连云劈。何辜挫折作舆薪，幸有中郎独珍惜。裁为焦尾谱幽情，千古赏音逢旦夕。人生不遇守山林，纵是良材终困厄。时乎时乎不再来！回首光阴去如掷。清宵感慨未成眠，鸡鸣已是东方白。

偶　兴

秋色不能禁，光阴任转移。到门无热客，补壁有新诗。
骨傲何须改，家贫未足悲。南窗频醉月，对酒爱眠迟。

毛赐绅

毛赐绅,字笏峰,清盱眙人。

晤刘煦庭上舍

相见如相识,从来道谊亲。风流空世俗,洒落爱天真。
夜觅灯前句,朝寻谷口春。订交盟白水,共指大淮滨。

印兆金

印兆金,号薜裳,清盱眙人。道光贡生。家贫,好为诗,著有《老藤轩诗文集》。

结交行

蒯缑一剑歌出门,风雪满天声自吞。肝胆由来似金石,人间何处逢平原? 十千沽酒饮少年,相与校猎南山前。一裘难庇天下士,不如掷作酒家钱。醉来腰插金仆姑,骏马萧萧鸣道途。相逢意气为君厚,今日论交期白首。君不见,鲍叔能知管仲才,分金泗上无徘徊。

醉歌行

春风蔼蔼,春水邻邻。禽鱼亦悦,矧矣在人。富夭不如贫寿,贵险不如贱安。锦衣不如醇酒,广厦不如良田。学仙不如寡欲,人慰不如自恬。噫嘻乎,明月在户花精神,颓然独醉,吾养吾春。

周孝侯行

英雄混迹似亡赖,与虎与蛟竟三害。男儿一日能回头,除凶折节为名流。周将军是奇男子,万年之乱不惜死。人害物害何足云,但恐不为周将军。人中有蛟亦有虎,何似将军足千古! 将军之奇不在书,读书中有小人儒。君不见莽大夫,草元奇字书何如? 剧秦美新毋乃愚! 人生一念错,杀人媚人无不作。人生一念转,孝子忠臣名以显。将军不愧称孝侯,英风飒爽吹松楸。我来再拜高台下,悲歌酹酒弹吴钩。

塞下曲

飞旆出长安,妖星落贺兰。阵围金虎气,马带仆姑瘢。
弓力风前劲,笳声雪后寒。从来班定远,投笔耻儒冠。

怀王味兰

江南君隐处，江北我高眠。不到焦山去，何时梦孝然。
隔江三百里，空忆海门烟。同调无多侣，相思共楚天。

酬涂丈半村广文

忽睹高轩过，三年慰此心。文章推老宿，江海助清吟。
伯乐群空马，中郎爨识琴。草堂新雨后，苔径屐痕深。

夜宿淮村

楚关秋色尽，淮浦叶声干。野火隔山迥，林鸦带月寒。
渔樵生计足，天地酒杯宽。永夜挑灯坐，鸡鸣逐漏残。

岫云庵

我爱岫云庵，闲云绕佛龛。僧从云里住，衣湿岫边岚。
万竹日光淡，半山潮气涵。往来拨云路，空翠踏淮南。

夜　读

并无来日米，且读此宵书。检册搜奇字，开编走蠹鱼。
竹灯迎案朗，山月照窗虚。慈母殷勤课，熊丸味有余。

登　山

登山逐飞鸟，直上与峰齐。雨远声先到，云归势渐低。
暮钟敲古寺，返照落前溪。去去随樵客，行歌下岭西。

夜坐与舍弟闲话

夜半拥炉坐，寒威正逼人。竹灯风雨暗，霜鬓弟兄亲。
阮籍狂兼哭，原思介益贫。闭门从懒拙，犹未失天真。

白衣庵

山色与波影，清华画不分。客游双屐雨，僧卧万峰云。
禅意因花悟，钟声隔竹闻。寺门对淮浦，沙上见鸥群。

寒　至

寒至夜如水，衔杯只半醺。灯摇一窗雨，梦断隔江云。
马骨悲燕市，猪肝谢使君。小园梅有信，高卧挹清芬。

刘长发

刘长发，字雨亭，一字暇瞻，清盱眙人。以诗名，活动于嘉庆、道光年间。

雨后晚眺

雨后山浮翠，斜阳送晚晴。断云依树碧，雌霓贯江明。
野趣自无尽，乡思空复情。谁家弄长笛，有客正登城。

春日山行

登山拼蜡屐，竹杖挂诗筒。嫩柳垂溪绿，夭桃夹岸红。
鸟啼烟树里，樵语翠微中。徙倚云峰上，长歌兴不穷。

登第一山

未酌玻璃水，先登第一山。路通飞鸟外，人在乱云间。
波冷鱼龙卧，时清斥堠闲。攀跻频小憩，听到暮钟还。

病　起

病起空斋静，林深夕照红。鸠呼来日雨，鸦噪即时风。
泉石牵幽梦，形骸任转蓬。九峰秋色好，有兴欲支筇。

安乐桥纳凉

斜月一痕上，微风生暮凉。池光摇浅碧，莲影散清香。
却爱平桥静，因忘此夜长。携壶向烟水，寒露满衣裳。

夏　夜

竹榻花阴满，罗衣夜气侵。凉光生曲径，残月下疏林。
露滴瓜畦润，虫鸣石砌深。清宵不忍寐，徙倚独闲吟。

新秋泛舟

携酒临渔岸，披衣上钓舟。烟波怀旧侣，山水入新秋。
凉信风前叶，歌声柳外楼。醉来情更远，渺渺忆沧洲。

与汪静潭夜话

剪灯怜静夜，风雨话柴关。子意云霄上，余情山水间。
琴樽随处好，蓑笠半生闲。欲买渔翁棹，烟波共往还。

秋夜吟

纸帐听更度，悠悠送旅愁。夜凉生竹簟，秋思满江楼。
月影窥帘静，蛩声绕砌幽。清宵不成寐，支枕忆丹邱。

题潘柏屏小照

地僻罕人事，茅斋一径通。鸟啼幽谷里，犬吠绿阴中。
寄兴随秋水，忘机羡钓翁。纶竿频在手，长啸意何穷！

春日送友人

举酒属行客，衔杯意黯然。离亭杨柳外，别路夕阳边。
芳草飞蝴蝶，春山叫杜鹃。相思今夜里，仍梦放归船。

雨　后

池边秋雨歇，槛外竹烟凉。鸟语惊残梦，蝉声送夕阳。
愁多偏见雁，亲老倍思乡。何日成归计？乘风放野航。

送友人归新安二首

其　一

久作玭城客，倏然乡思生。书来报归日，酒尽话离情。
野渡连云迈，寒山带雪明。夕阳征路远，时有雁鸿鸣。

其　二

别后相思处，空林夕照中。故人千里隔，音问几时通？
马踏乡关路，身穿虎豹丛。应怀湖上侣，诗酒十年同。

雨夜忆旧寄汪镜潭

细雨更阑后，挑灯忆旧时。梨花清夜酒，柳絮暮春诗。
别恨凭谁语？离情只子知。相思今夕梦，形影定追随。

雨晴晚眺

放眼南湖上，孤帆去影迷。沙明秋水阔，云暗夕阳低。
与客吟新霁，逢僧话隔篱。莫愁归路晚，星月照长堤。

次镜潭韵

细话浓于酒，芳姿淡若梅。歌传樊素靥，词敌易安才。
明月湘帘卷，春风画阁开。背花闲久立，鹦鹉报人来。

题友人幽居

茅屋结云林，窗开面翠岑。炉烟分古篆，梧叶散秋阴。
杯酒青萍剑，高山绿绮琴。过从吾已数，底事啸鸾音！

客中秋夜

客病惊黄叶，乡心逐水流。西风数声雁，疏雨一江秋。
布被寒欺梦，铜壶夜滴愁。怀君当此际，孤馆各淹留。

秋夜集饮

闲随淮泗客，高咏楚江楼。胜地期同往，仙源许独游。
月明三径水，菊破一篱秋。且尽樽前兴，年光不易留。

和镜潭韵

精庐山色里，客到入禅堂。桂影浮深院，秋光淡夕阳。
题诗刊竹石，论古忆苏黄。我欲携琴酒，寻君墨迹香。

题双泉上人精舍

青山通客路，古刹面荒城。鸟语入禅寂，钟声出树清。
泠然尘梦觉，倏尔道心生。更有谈经处，花台绝世情。

哭汪镜潭三首

其　一

此日一杯酒，荒村聊奠君。愁多销石骨，诗好殉秋坟。
冷蝶应残梦，哀鸿欲断云。夕阳烟树暝，黄叶落纷纷。

其　二

往事惊秋箨，余悲付夕晖。何期三径草，已作故山薇。
冀北群空相，辽东鹤不归。清秋好明月，相对泪沾衣。

其　三

潭水花千尺，平生共尔情。青山成独往，白首竟空盟。
弦为钟期断，歌因子野清。故人今永隔，烟雨暗孤城。

访双泉上人不遇

古寺依危岸，苍山浸落霞。到来惊犬吠，欲去问邻家。
地僻罕行迹，林深空见花。相携有佳客，清话夕阳斜。

冬宵同潘锄云筠圃集汪啸峰处

清宵逢素侣，一笑破愁颜。潦草成诗易，疏狂适俗艰。
开樽情自远，把剑意俱闲。醉后寻梅语，枝头月半弯。

秋夜集潘氏艭梓堂对菊

醉卧东篱下，南山句已成。月高三径僻，霜老一枝清。
人自惊前梦，花应续旧盟。何时结茅屋，相与共生平。

春林新月

新月隐春林，玲珑一望深。清辉沉蝶梦，香雾湿花阴。
游子平生意，幽人独夜心。纤纤半梳影，渐上碧云岑。

秋　望

散步乎林外，舒眸断岭间。僧归黄叶寺，鸟下夕阳山。
清磬人同冷，孤云秋自闲。雁声摇曳处，新月影如环。

和杏村送别韵

惆怅斜阳外，凉秋细雨残。西风醒别酒，落叶打征鞍。

山碧草烟湿,江晴沙路干。遥思同社侣,篱下待盘桓。

金山夜泊

海门流水急,舟泊润州城。岸阔无渔火,天空有雁声。
大江孤梦冷,斜月夜潮平。何限萧森意,挑灯坐到明。

江口阻风

回棹停江口,羁迟十日程。潮空催客急,风不便舟行。
虽有残书伴,难消永夜情。哪堪对明月,满耳雁鸿声。

夏日晚凉即事

户外玉溪清,溪声绕屋鸣。白云侵几席,空翠湿棋枰。
夏院凉初遍,荷衣晚欲更。高峰新月上,纤影照诗成。

和月波表弟韵

幽怀真似雪,青鬓未成霜。经史开贤路,风云会草堂。
月明孤影净,桂老一枝香。宝剑平生伴,清宵动斗光。

寄汪月波表弟

怅望天南数雁飞,一尊久与弟昆违。碧梧叶落客初去,黄菊花开人未归。
小雨乍晴宜对酒,凉风渐起欲添衣。青山已许重相聚,莫更登楼恋夕晖。

感　兴

玉笛吹残水畔楼,高歌遥对白蘋洲。海天客有联鸥约,塞上翁无失马愁。
沙碛月明千顷雪,菊花香绽一枝秋。平生只爱烟波好,终欲移家住钓舟。

秋日山居寄怀湖上友人

其　一

家寄江南榆柳村,频年无事掩柴门。碧梧阴里诗千首,黄菊花前酒一樽。
微雨到池秋水绿,夕阳隔树晚烟昏。山中风景真如画,安得联床与细论。

其　二

玭城分韵订交初,有约青山共结庐。小别翻成千里隔,三年未寄一行书。
江湖梦稳残灯后,枕簟凉生疏雨余。惆怅故人同此夕,满帘明月竹窗虚。

和龚峙庵秋日同友人天台访桂

树入天台路屈盘，杖藜行处草漫漫。云通曲径禅关冷，翠压空山白昼寒。
仙梵每从尘外听，桂花只合静中看。知君酒醉归来晚，题壁新诗墨未干。

寄京都梦塘二弟

樽酒青山忆别离，平生兄弟各天涯。春含荆树枝偏早，草发池塘梦已迟。
到处莺花游子恨，半窗风雨故园思。淮南冀北多愁思，料得须眉异少时。

送友人归里

西风瑟瑟雁初飞，送客登临上翠微。三径未荒陶令菊，十年还制老莱衣。
白云红叶山重过，细草斜阳路独归。明月一湖烟水阔，锦鳞争忍尺书稀。

谢程蔗园出诗见赠

回思往事负恩深，守拙年来只旧林。别路江关惊断梦，新诗冰玉见初心。
野梅香冷频侵月，流水声清自入琴。安得楚山留客住，春风秋雨伴长吟。

病后索居

长夏闲身苦病居，镜中短发雪添初。高堂衰老恩无尽，底事凄凉慨有余！
一院鸟声沉午梦，半窗花影恋残书。此应暂逐穷愁去，手辑新诗掩敝庐。

客涧溪程子山居对菊

溪山深处见霜枝，底事寒香两较迟？彭泽一尊游子梦，杜陵三径故园思。
花开旅馆秋风外，人在天涯暮雨时。唯爱洛川新句好，朝朝吟彻对疏篱。

清明微雪旅望

四顾人家烟火新，青山层叠草成茵。斜风细雪清明节，杨柳桃花上已春。
云际有村堪问酒，天涯何事累吟身？相思旧雨今遥隔，谁复谈禅一慰贫！

寄月波啸峰昆季兼美竹林

月波归路阻沧浪，桥断难寻旧钓航。城市又增新水绿，野田应满稻花香。
云根傍竹怜修箨，天末怀人喜雁行。遥忆谢家兄弟好，也随清梦到池塘。

雾涧十景分咏得三星桥春涨

翠压山桥一径迷，雨余新涨绿平堤。桃花潭净渔竿冷，杨柳楼攲酒幔低。断岸鸥飞芳草外，孤舟人渡夕阳西。不知何处吹横笛，入破天光映远溪。

漫 兴

其 一

谁怜山雨涨淮干，千尺危楼夜气寒。一水近家成远隔，新诗凭梦解都难。烟生缺岸流萤火，云傍高窗压钓竿。莫辨玭城此风景，醉吟忍恋夕阳看。

其 二

水边有客独凭栏，第一峰头夕照残。霁景凄迷寻画易，平生坎坷入诗难。楼成钓艇人堪住，蚊作雷声梦不安。玉笛更谁吹夜月，蛟龙惊起跃狂澜。

寄费朴庵

幽居深喜近天台，石路云堆扫不开。高枕有诗空魏晋，清秋无梦到楼台。听残贝叶行吟去，看谢莲花携子来。一旦淮流新涨退，祇园思欲共衔杯。

寄 友

挥手一为别，残冬倏已过。春来好花雨，诗思近如何？

宿绿阴亭

禅床高卧梦初残，一曲清歌夜向阑。月照空阶人寂寂，半帘花影下雕栏。

秋 声

梦回残月夜窗明，风雨潇潇忽暗惊。自是孤村霜信早，满林黄叶作秋声。

秋 闺

门掩清秋雁影迟，半帘梧叶雨丝丝。疏更不尽寒虫响，又是离魂欲断时！

送友人

萧萧木叶打征鞍，樽酒离亭话别难。行到前山云起处，知君回首乱峰寒。

午 睡

嫩寒轻暖熟梅天，花气熏人爱午眠。水鸟一声残梦醒，溪风引雨湿茶烟。

晚　晴

帘卷清溪雾影凉，野风时送藕花香。舍南万顷玻璃碧，翠羽一双飞夕阳。

闭　门

山寒溪水欲成冰，风雪纷纷早闭门。二十九年何限事，孤灯尊酒自黄昏。

客涧溪

家贫为客苦初经，愁绝长宵漏正停。昨日寂寥溪上望，白云遥锁故山青。

江行杂咏

其　一

千里孤帆出润州，大江浪涌碧天流。此间尽有高吟地，两点金焦在上头。

其　二

芦荻花飞暝色横，江洲无月夜还明。孤篷泊处潇潇雨，一枕寒潮梦不成。

题杨卓斋《垂钓图》

是谁戏弄维摩笔？写此江南桑苎翁。一片冰心在何许？满池花映钓竿红。

杨　保

杨保，字厚村，清盱眙人。道光五年(1825)拔贡。有诗集《池南小草》。

题李茂才《载酒观日出图》

醉翁之意不在酒，山水移情呼红友。北海樽空青莲来，酩酊千钟醒五斗。扶桑日出沧海东，挈榼提壶推乌篷。一点鲜红万顷绿，尘怀荡尽酒怀渴。习习春风不得泊，对此还须浮大白。

初秋接家书

半载无家书，书来不敢看。反复认书字，字画整且端。高堂亲寄与，重复说平安。平安非不喜，默默摧心肝。爱子父母心，强辞为儿宽。想见寄书时，执笔心先酸。心酸向谁语？无言泪阑干！嗟嗟老莱子，彩服承亲欢。

晓泊小孤山

鸡鸣发九江，清晨至彭泽。雨霁风亦恬，沉湖平似席。中流见小孤，藐此一拳石。竹树生春华，禽鸟鸣幽适。百尺悬崖中，危楼神所宅。造物好弄奇，天险怖行客。陟山望大孤，如蚁缘石隙。缅怀金与焦，手可星辰摘。山川多幽秘，人身鲜六翮。不如陶隐居，菊花平生癖。

九日刘君星桥邀老友集会景亭偶成

重阳无风雨，漠漠云浮空。共客登危亭，万象罗胸中。霜林变繁缛，岭半多丹枫。澄波天际舟，下有支祁宫。异涨春及夏，流民如飞蓬。湖平出村落，败堵西复东。炊烟亦已绝，安问山鞠藭。陇亩幸其获，大泽犹哀鸿。太息持双螯，惭此黄华丛。皓首八九人，七十无衰翁。茱萸插且饮，不惜醉颜红。夕阳下西巘，淡月生蒙蒙。龟山晚钟发，一振主人聋。

题郑寿卿孝廉《梅花小照图》即送之京

千树万树罗浮春，天公一戏霏玉尘。冰姿雪艳竞横陈，啁啾翠羽来美人。美人清梦亦俄顷，疏林斜月梅花影。千载孤山子与妻，师雄甘让林和靖。荥阳才子瀛海仙，雪中花底写婵娟。闲情已似高常侍，冷趣还寻孟浩然。襄阳不醉长安道，琼林三月莺花早。青鸟殷勤报故园，江南香雪传吟稿。

人日赣江怀家默夫别驾

年年人日醉君衙，擘笺分韵赌梨花。今年人日扁舟住，鸾飘凤泊天之涯。天涯漂泊伤离别，君归楚南我入粤。粤地遥瞻北渚云，楚中应忆淮南月。淮南草碧君山青，堂上春晖照鲤庭。莱服辛盘胪四代，况闻刘晏正髫龄。嗟我辞家万余里，高堂晨夕虚甘旨。九派浔阳五百滩，倚闾空盼远游子。游子伤心未得归，乡心夜夜江云里！忆昔与君初订交，少年意气推吾曹。文字共磨青铁砚，功名终薄郁轮袍。挽弓说剑尤长技，楼兰馘首天山矢。廿年碌碌走风尘，蹉跎岁月英雄髀。英雄老大气自殊，黄金散尽颜色无。孟坚更决从戎策，介子能摹奉使图。镂金剪彩荆楚俗，长途无计为君祝。梅讯谁传唐纠山，菜羹自煮虔州粥。君昔别我泪淋浪，我今怀君欲断肠。同时北海樽前客，只有与公共一航。一航远向东风逐，迤逦云帆来九曲。九曲湘江接粤江，迢递尺素双鱼腹。鱼书缄字不缄愁，相思两地春波绿。

过赵州书怀

太阿之剑长三尺，吾欲借斩平原客。锦衣玉食养尔曹，文英朱毂轩车高，弹铗归来横宝刀。秦兵十万增赵垒，智不能谋勇不死。千里驰书信陵姊。虎符不出邯郸休，国士恩深谁为酬！一笑敢索美人头。美人美人死有知，九京莫绣平原丝！

野鹰来

野鹰来，主人为尔起层台。城狐社鼠不可击，天阴月黑相惊猜。呼引丑类得凭借，金眸玉爪成凡才。刘景升，苏玉局，莫翻乐府鹰来曲。眼前鸡鹜方争粟，何不临江出笼鹘！

楚姑祠

六王毕，义帝立。不都盱眙都郴州，弑义帝者楚沐猴。帝死江中，姑死楚宫，重瞳尚何面目王江东！四面楚歌泣楚舞，身在乌江头在鲁，不及都梁山头一坯土！

忠正军

寿州城头节度使，寿州城下真天子。胡床迎矢矢不前，天不佑唐吾死矣。吾死矣，白虹贯日亘肥水。监军泣，少子尸。太师拜，江南旨。士卒死帅臣死君，至今人号忠正军。

淮流逆　何氏双烈

淮山不青淮水泣，水不沉尸淮流逆。姊妹之尸水中立，姊妹之心贞如一。芝草无根，醴泉无源。狂澜倒挽，乃在屠门。

途中早春

其　一

春信入残腊，春寒江上多。云低山有雪，风定水无波。
客里光阴换，闲中岁月过。金尊愁引满，倚剑一悲歌。

其　二

别有长途恨，青春哪得知。一身惭俯仰，万里远羁迟。
寒雁寻归侣，江梅发旧枝。年华空老大，孤负是清时。

假　山

峭石玲珑起，飞来何处峰？雨余苔自润，云吐月留踪。
邱壑开生面，烟霞寄远胸。九华真可缩，徙倚一支筇。

题陈春堂参军《幽篁独坐图》

流水忽成操，幽栖此竹林。是知弦外趣，不作爨时音。
凉月自来去，停云空古今。他时过单父，一曲奏愔愔。

寒食有感和豹山韵

风雨连宵急，芳辰客共惊。畹兰游子意，玉茗故人情。
又见垂杨色，何堪杜宇声。凄凄悲宿草，岭外几清明。

雨后望庐山

昨夜山中雨，匡庐我又经。练添千匹白，峰出一尖青。
面目真原好，烟云幻最灵。伤心对九老，何以慰伶仃！

除夕立春荆门道中偶成

落日荆门晚，东风汉水春。鼓声催旧腊，柳色引归人。
把酒酬新岁，移舟结客邻。故乡小儿女，此夕最思亲。

过文丞相故里

正气歌声歇，崇祠起水涯。生难归故里，死不惜全家。
姓字光高第，山河痛落花。西台埋骨后，古树尚啼鸦。

烈妇吴氏秦子小庵妾也纳一年而小庵卒既葬卒哭遂缢诗以哀之

其　一

正气满天地，钟奇一妇人。家贫何论命，义重不知身。
志烈生关盼，心安死季伦。夜台相见否？血泪在綦巾。

其　二

不遂三从志，能酬一顾恩。黄泉无贱骨，青史有贞魂。
抢地呼何补，终天恨尚存。可怜哀礼尽，直待盖棺论。

一角亭

地僻居原隘，亭虚虑自空。远山添壁画，新月挂檐弓。
蛮国分争异，丰年醉乐同。平生坐忘处，点缀不须工。

曲曲池

止水亦堪鉴，新池量地穿。蚁穿能得脉，鹭立只平房。
静落桐间露，凉生雨后泉。清光常不滓，自见性中天。

酴醾架

莫厌花开晚，能留不尽春。飞荚三月暮，甘露一瓯新。
香国羁迟梦，天心爱护真。紫薇相对发，争艳灌园人。

梦棠刺史乞养归南园诗以识之

其　一

岭峤风清乞养旋，囊羞犹剩买山钱。诛茅起屋留花圃，就竹编篱护药田。
贺监湖亭堪小隐，谢公丝竹正中年。青云飞鸟凭人羡，新赋南园乐志篇。

其　二

水曲山隈地自偏，园林随分总天然。偶添杰阁香延桂，小筑方塘净爱莲。
晚雨留人花欲放，午云遮梦鹤犹眠。从今瘴疠消都尽，日日柴门坐碧烟。

其　三

春林才遇养花天，北海清尊日敞筵。樱笋家园厨自给，桑麻清话榻常联。
当窗树弄阴晴色，隔涧风听断续泉。最好竹炉茶熟夜，山屏湖镜月初圆。

其　四

村舍旧题红叶榜，烟波新放绿杨船。不辞游屐宾僚盛，能读藏书子弟贤。
酒盏诗瓢非俗吏，青鞋布袜即神仙。清时哪便容高卧，尚有苍生未了缘。

将之粤东留住西湖风雪薄游略述景物四首

其　一

轻装万里粤东行，胜地频羁客路程。招我云山原有意，阻人风雨太无情。
莺花南渡湖中梦，钟鼓西兴枕上声。小住不嫌僧舍寂，一龛灯火话三生。

其　二

乞晴无应不笺天，豪兴谁堪镇日眠？冒雨自寻三竺寺，乘风还放外湖船。
山围竹树寒皴雪，水绕楼台暮起烟。偏是酒杯禁不得，梨花香断旧帘前。

其　三

湖光山色逐时新，屈指兴亡迹已陈。千载招来一隐士，六桥留得两诗人。
白云去住仙祠古，红粉飘零墓草青。唯有忠魂馨祀地，自将溪水荐溪萍。

其　四

草树荒寒满目愁，匆匆真似梦中游。三春花柳输裙屐，四面烟波羡鹭鸥。
乞守何年能徙宅，观潮今日独登楼。山灵知我难相别，十万峰峦送客舟。

鄂王坟

雪窖冰天二帝遥，十年民力尽征徭。谁知诸将黄龙酒，都化钱塘白马潮！
墓树生枝羞北向，江山何处是南朝？同仇独有清凉士，含泪骑驴过六桥。

滕王阁

巍然杰阁俯江雄，千载名传一序工。藩邸衅生鸡檄日，梦中神助马当风。
西山暮雨征帆落，北海清尊佩玉空。欲按新图摹蛱蝶，百花洲上有飞鸿。

南韶署中纪事

其 一

声传清白到天涯，绣节新持鬓未华。济世有方仍小草，媚人无术笑春花。
三年白简筹时策，万里寒江奉使槎。岭外由来风气异，邮程戍冷夜吹笳。

其 二

天上曾依日月光，雍容簪笔共登堂。平生事业期钟鼎，早岁文章重绮湘。
悬镜亦知来鬼妒，嫁衣谁使为人忙！九成风度千秋鉴，但祝心头一瓣香。

其 三

奏罢山公启事笺，帝知汲黯已三年。恩纶时凛天威近，风气能移海国偏。
书铸郑侨思众母，门登李杜望群仙。出山莫道泉皆浊，亲向河干挹碧涟。

其 四

百尺鲸波逐电奔，双江夜雨涨潮痕。蛙游尽室忧悬釜，鸿去何人解负暄。
方为流民图郑侠，讵期亡命走孙恩。年来雪亮看看眼，羽檄纷驰竟不昏。

其 五

小丑跳梁众向隅，五年经制费追摹。可怜夜雨逃鹅鹳，无复春风听鹧鸪。
觇国夷谋惊黠盗，倾巢上策妒诗癯。元黄黑白凭颠倒，自有胸中记事珠。

其 六

渊薮难分上下泷，牙樯八插夜巡江。潢池聚散魂游釜，赤帜招摇佛拥幢。
失律不诛军逐利，容奸尤误将驱降。请君暂试周官法，保甲还能靖此帮。

其 七

敛局才知国手高，笑除贼躏戢兵骚。千金信赏标悬首，八日成功斧伏膏。
坐狱莫须王子弱，封侯甘让贰师豪。忧心宇下疮痍甚，忍望司勋更策劳。

其 八

错节盘根利器难，虞公行部胆先寒。锄奸务尽风声肃，疑罪维轻法网宽。
塞上何须忧失马，积丛终是不栖鸾。南来到处如碑口，解说孤忠耿耿丹。

其　九

戟门此日可张罗，回忆蛮风费揣摩。刀剑佩垂生计少，李桃僵代盗源多。
黄金若辈腰横带，白水于今手挽河。报国不须求远略，朝朝民瘼眼前过。

其　十

芙蓉江上数峰青，韶石城高耀福星。碑颂广平辞贡媚，堂留玉局想仪型。
政声已是流如水，宦述何妨泛似萍。本为苍生方离阙，瑶华处处载王灵。

襄阳怀古

其　一

荆襄万里战尘清，保障无惭八顾名。龙去几年销霸业，鹰来一曲度歌声。
修文幕下余綦母，作赋筵前失正平。千载伤心豚犬子，青州刺史受降城。

其　二

苍茫烟树鹿门空，载月谁过庞德公？声价悔登纶阁上，交游醉饮习池东。
梅花桥畔犹残雪，杨柳城边自晓风。不信才名千载后，襄阳分与米南宫。

其　三

绝世颠名动紫宸，襄阳何处拜丰神？残碑尚识龙蛇字，古殿空堆鼠雀尘。
十景咏游淮海梦，千秋书画汉江春。荒凉第一山前石，风雨年年忆故人。

赤壁阻风

千寻断壁压江红，丞相楼船一炬空。墓下何须悲策士，胸中原自有英雄。
啼乌南绕当年月，孤鹤东来昨夜风。春梦迷离随去浪，铜琶铁板唱苏公。

范蠡祠留壁

赤松何意托神仙？伯越亡吴一计然。君子同仇三尺剑，美人偕隐五湖船。
剧知鸟喙猜先伏，无那鸱夷事可怜！飒爽英姿传故里，绿杨祠下水如烟。

孟翁红叶山庄饲鹤生子征诗

其　一

桃潭幽径舞翩跹，吴郡同归太守船。三省属分高廪俸，十年甘饮故山泉。
将雏此日青田梦，聘妇当时白下钱。伏翼莫将鸡鹜视，羽衣终古是胎仙。

其　二

云窝松顶渺如烟，纵别巢居亦世缘。篱外种梅新子舍，堂前保艾又丁年。
好传佳朕来三岛，尽有声闻达九天。只为晋公曾乞养，一时酬唱竞诗篇。

同人分咏虞美人

一曲虞兮唱未终，美人甘齿剑光红。丹心是处埋荒草，碧血何年化故宫！
绰约泣残垓下雨，苕华羞舞汉王风。英雄儿女千秋恨，都付余春夕照中。

题孟翁《云堂唤铁图》

高夫人字铁卿，慧而解事，宦迹所至，恒以自随。此图有东坡悼朝云之意焉，用原韵。

其　一

老去容华尚宛然，蓉城何苦召婵娟！情钟白皙题名日，慧想青衣问字年。
香草犹存如意供，桃花空剩宝刀怜。姗姗似慰来迟怨，重向禅关乞梦仙。

原注：妆阁供铁如意，壁悬长剑，画祯旁写折枝。今寓福峰寺别院，乃昔年铁夫人代听鸡鸣处。

其　二

身依宝像留难住，心比钗钿誓更坚。绕指气余环宛转，如丝恨结茧缠绵。
诚知白玉镌苕意，为订黄金铸壮缘。一幅绘真千万唤，炉烟小阁米家船。

原注：铁卿玉印翁犹佩之。

魏营诸葛菜

行营初见菜花柔，碧筱蓝英忆故侯。六出祁山留异种，一畦渭水辟新畴。
马牛已堕因粮计，巾帼重遗学圃羞。乞与中原添食料，大名小草总千秋。

陈子舫太守属题寓景图小照

渊明三径未全荒，谡谡松风作晚凉。弦外余音成太古，眼前生意发秋香。
清流趣岂忘泉石，大隐才原是栋梁。待看淮西碑勒后，杏花重写晋公坊。

题李苍存先生遗像

西园祠树郁森森，玉照谁能劫火寻？剑没丰城余宝气，图留骏骨待知音。
深情终古归潭水，文采于今愧杜林。共向苏台拜耆旧，夕阳庄外故乡心。

元日舟泊吉安大雪

漠漠东风换岁华，宜春新帖野人家。儿童昨夜争痴卖，村鼓今朝竞喜挝。
水到文江能学字，樽空腊酒不翻花。天公似解清吟味，雪满篷头好煮茶。

杏庄出其祖传奇四种属为题词久而遗其一章犹忆海棠梦多情劫回首棒三首姑存之

其　一

年来我亦惯吟秋，香国无从问粉侯。凉梦怕烧高烛照，啼痕曾为聘钱留。
云羞巫峡双身幻，烟锁阿房一炬愁。艳福几生修得到，眼前空色自风流。

其　二

同居木石本无猜，谁遣闲情入劫来！会少离多难补恨，湿啼干哭总怜才。
桃花写影扬州月，柳絮飘魂邺下台。莫谱坠楼琴里曲，绣余吟草已成灰。

其　三

南部烟花涸爱河，郭家金穴已无多。身填孽海三生债，心费菩提一片婆。
岂必温柔生鬼蜮，由来衽席有干戈。八关近日孤眠惯，不向良辰唤奈何。

送春日书怀

报国年华忽忽过，宵来空自枕长戈。贮书已恨胸中少，失着谁争局外多。
一炷炉烟沉睡鸭，几回官鼓听鸣鼍。无情风雨催春尽，惆怅乡关讯若何？

题陈参军《花溪钓鱼图》

严陵濑下客星孤，渺渺烟波问钓徒。万树桃花仙眷属，一蓑春雨酒葫芦。
坐茅地尚余云气，泛宅人俱入画图。已向海门得龙鲤，连鳌从此起蓬壶。

赠王克堂孝廉

书生何处觅封侯？十载长安剩敝裘。富贵赚人千磨蚁，光阴过客一沙鸥。
扁舟粤海新知己，匹马秦关旧壮游。莫为治聋求社酒，聪明白尽少年头。

孟翁以牵牛花图征诗名作林立意未惬也爰用原韵以达其未宣之情遂成八首

其　一

一枝风露写秋妍，惆怅明河欲曙天。旧梦未迷凝碧上，前生曾住蔚蓝边。
灵根宛转牵长恨，弱质依稀见小怜。苜蓿斋头清供惯，徐熙留照是何年？

其　二

司香仙尉本温存，珍重柔芳亦主恩。小草不嫌依碧汉，故侯同此伴青门。
金铃夜息摇风韵，玉碗天留过雨痕。潭上桃花自开落，归来秋艳满南雷。

其 三

凉露涓涓晓气侵，豆花篱畔画阴阴。轻盈自引牵云梦，婀娜犹拳向日心。
深院有时同卧看，长宵无那独幽寻。一从簪上佳人鬓，累尔多情着意吟。

其 四

野径无人亦自开，年年秋雨长新荄。一帘璧月低垂镜，百叠罗云冷卧苔。
满地黄花真隐侣，前村红叶是良媒。翠翘钿盒亲将纳，绿蜡含光拥夜来。

其 五

夜来风雨故潇潇，重展星幡护绿翘。肯把容光惊俗眼，自然清韵满秋宵。
蓝田种后方生玉，茅屋牵成亦贮娇。底事陈思怜独处，柔情绰态总无聊。

其 六

庭前何事种忘忧？倩引娉婷上小楼。翠羽幻回蝴蝶影，螺痕留得杜鹃秋。
闲情去住烟横径，笑口迎将月满头。寄语天孙须护惜，郎君名字尽风流。

其 七

披图回首怆关中，扶荔分花出故宫。钤阁偶传青鸟使，香奁亲贮绿盘笼。
可怜碧玉梳妆淡，占尽红尘粉黛工。闲把杨枝嘲太傅，如何才称白须翁？

其 八

蘅芷流馨入九歌，揭来生意总婆娑。神山小谪邻瑶草，空谷相思到女萝。
袅袅微风依玉树，珊珊清佩隔天河。花宫应有仙官秩，瓜果从今拜绮罗。

近事书怀呈雨帆廷尉

输赢棋局寻常事，窘到旁观进退难。花发不知春远近，夜行唯见斗阑干。
愁浇白堕醒时酒，饥恋黄粱梦里餐。独有快心沙叱利，夺将珠树出雕栏。

戊午过孟翁殡宫有感

香雪纷纷落殡宫，故人杯酒几年空。倥偬戎马惊魂里，清暇园林晓梦中。
待泽空飞榆荚雨，吹愁不散杏花风。韶光百五才过半，多少栽培望碧翁。

玻璃泉为敬一书院故址孟翁邀同人葺而新之九日登魁星亭分“青”字韵

重展湖山旧画屏，危亭高接掖垣星。楚吴地据全淮胜，晴雨天垂半壁青。
石上题名苔没字，樽前泼酒菊流馨。敢邀英俊频荒宴，白鹿遗规许共听。

抵　家

长安书再上，归款故园扉。裘敝黄金尽，荆妻尚下机。

出　门

其　一

高堂倚门望，归来欢几许。不遂捧檄心，饥仍驱我去。

其　二

出门意不适，无言只泪垂。天寒风浪阔，未敢说归期！

自钱塘抵常山舟行得竹枝

其　一

钱塘江上日初斜，画艇如瓜越女家。谁懈多情白司马，绕船明月听琵琶。

其　二

笛声吹破一江暝，到眼风光似未经。最好越山如越女，眉峰不断向人青。

兰花画扇闻雪鲮水厄

其　一

前身应是魏兰根，腕底春风水墨痕。莫向湘江问消息，灵均曾此赋招魂。

其　二

美人香草竟如何？幽梦迢迢冷薜萝。却有同心文待诏，轻烟淡墨谱宣和。

张大宾

张大宾，字敬庵，清盱眙人。诸生。生活于道光、咸丰年间，著有《浪吟轩诗稿》。

秋　感

鸣蝉催暑去，从此易秋光。水接遥天碧，沙飞大野黄。
有风愁月冷，无雨笑云忙。料得深闺思，伊人各一方。

和钱心田原韵

幽兴轻舟发，更阑罢酒筹。开窗人对月，欹枕夜吟秋。
渔火淡红树，芦花笑白头。诗成依短棹，四面水云浮。

和曹鏾庭残菊元韵

君非彭泽令，爱菊有高风。可惜琼英落，多残画槛东。
花容三径老，秋意一庭空。暗起幽人感，无聊检韵工。

和保乐斋观察乞休自感原韵

欲报君恩仕路过，心雄争奈发皤皤。好官裘马轻肥少，休士文章感慨多。
只为病躯爱闲散，岂关壮志忽蹉跎。廉明太守归山去，载得清风淡若何！

汪云倬

汪云倬，字砚耘，清盱眙人。诸生，生活于道光年间。

龟山寺晚钟

有客独扶筇，深山路几重？秋风黄叶寺，远水夕阳钟。
暝色上高树，余音出乱峰。敲残声八百，湖月照溶溶。

寒　江

江草已无痕，江萍已无迹。只有雪花中，一个渔翁白。

寒　林

树老红于染，中有柴门掩。萧瑟动寒声，残叶西风卷。

寒　云

出岫凉痕积，环溪冻影浮。风来吹不散，一片白悠悠。

王永沂

王永沂，字鲁泉，清盱眙人。诸生，生活于道光年间，著有《乐山诗抄》。

秦门婢妾吴氏殉节纪事

秦子字小庵，四十犹无嗣。有妾擢泥中，命为巾栉侍。二竖忽相侵，妾心即惴惴。按候问饥寒，依时调药饵。悠悠一载余，力竭忘劳悴。枯柏望春回，怎奈经秋萎。此际妾呼天，大妇首抢地。转念勿徒悲，陈词强忍泪。珍重附衣棺，乃慰死者意。珍重卜佳城，乃毕生者事。事毕默无言，独抱深沉智。不怨命不犹，不谓生如寄。君子继犹儿，大妇能抚字。黄泉魂魄孤，妾在谁为使？捡点旧时裳，着体缝坚致。假寐西阁床，闭户防窥伺。阖室举不知，从容以就义。生愿依百年，死续生前志。殉节古来稀，男儿几烈士！婢妾有完人，宇宙精英气。区区一点诚，上格纶恩赐。卓哉秦氏门，流芳千万世！

汪刺史孟棠解组桂林旋里奉亲卜筑近淮村舍招饮盱山旧雨诸君子歌诗赠之率成二十四韵

象郡珠还浦，从兹讼狱平。汪伦新吏治，刘宠旧官声。
几荷君恩厚，终怀孺慕诚。瞻云频指顾，爰曰屡心倾。
远忆高堂梦，常思薄宦情。粤西人役役，淮北路程程。
每遇乡音到，弥增别绪萦。何堪闻去雁，无复话迁莺。
粉署携琴转，香尘戴笠行。投闲如石隐，触处有蓬瀛。
谢傅山曾易，陶潜屋可成。疏篱聊点缀，小阁略经营。
绕郭园林僻，延村水月清。暂休黄鹄志，好践白鸥盟。
夜雨连床听，春风倒屣迎。壶觞开酒国，酬唱筑诗城。
伐木交弥笃，传薪学倍精。棣华俱擢秀，桂子亦舒英。
至乐君全得，穷愁我独生。衫痕淄墨汁，帽影落灯檠。
愧甚空题柱，芒乎尚识荆。不才应草莽，多艺合簪缨。
况欲娱亲老，端由答圣明。儒臣公辅器，伫卜事和羹。

客馆忆先慈书痛

其　一

佳城筑罢又浮槎，浪迹珠江玩物华。弹铗恐违泉下意，心安耕砚旧生涯。

其　二

检点轻装欲断魂，征衫已破线犹存。记从谷日慈晖冷，白发萧萧不倚门！

宋德扬

宋德扬，字溥斋，清盱眙人。生活于道光年间，工诗书画，著有《遣耕轩诗钞》。

为陶大戏写泼墨山水因题

寒风酿作雪，濡笔冻还结。戏呵墨池水，落纸半明灭。树石与山家，随君自区别。

元　旦

疏狂远世事，村俗颇相亲。礼数皆从朴，衣冠不尚新。
梅花堪作伴，浊酒可留宾。怪底逢春日，家家又说春。

首夏杂咏

其 一

华丽春三月，萧疏鬓二毛。醉残余血性，梦后失牢骚。
爱读囊萤火，求牛卖宝刀。薄田都绕屋，正喜雨如膏。

其 二

树老连枝曲，溪深澈底清。泥龟甘曳尾，石蟹逞横行。
腰折陶彭泽，途穷阮步兵。何如编箬笠，黄犊伴云耕。

其 三

小园春尚恋，高卧日初长。点点荷浮水，娟娟笋出墙。
缫丝供夏税，刈麦接秋粮。篱角鸡声唱，风飘午饭香。

其 四

是物含生意，吾人共化机。燕忙黄口食，鸦引乳雏飞。
市远见闻少，交疏车马稀。茶烟飘竹径，一缕衬斜晖。

秋 日

稻粱多数斛，稼圃便争雄。斟酌村墟酒，招呼田舍翁。
绿凝蕉叶露，香送藕花风。新月依人挂，管弦四壁虫。

雨晴晚眺

湿云归去患山根，一抹遥天尽碧痕。牧笛数声芳草径，炊烟几缕夕阳村。
霞光绮丽红侵地，溪水弥漫绿抱门。眼角增明凉袭袂，如轮月又破黄昏。

春 游

肯为韶光踏软尘，几人领略楚天春。酒因浇恨翻难醉，诗到书情却易真。
谷口风和莺学语，陌头烟淡草含颦。不缘解得乘时乐，争识东皇面目新。

五十自寿

五十年来一掷梭，红颜青鬓总消磨。梦中未觉豪情减，镜里偏增老态多。
极目前途仍混沌，回头何事不风波！数椽临水依田屋，愿作余生安乐窝。

九日漫兴

短发经霜莫漫搔，茱萸聊插且登高。面皮仅受秋山笑，意气还追晚菊豪。
老妇懒饮无米粥，童孙尚念有糖糕。一坛一瓮收成薄，犹胜湖滨地不毛。

春日喜晴

才得寒威霁四郊，无边春色上林梢。迎人丽日成新赏，吹面和风识旧交。
多种花凭天长养，少吟诗省梦推敲。村居尽足容疏懒，凿井耕田自解嘲。

新春杂兴

其　一

造化丝牵傀儡身，一番节候一番新。筋骸差健须知福，年岁稍丰莫患贫。
初出韭芽充盛馔，偶来田父作嘉宾。东皇昨夜如相识，百卉安排赠故人。

其　二

骎骎岁月尽消停，白发萧然七十龄。老去聪明难再用，衰时笔砚竟无灵。
偷闲重整新棋局，买醉常携旧酒瓶。闻说寒梅香乍吐，巡檐索笑几回经。

其　三

茅屋深藏老树村，杖藜随步自温存。淡黄柳识春风意，浅碧山余腊雪痕。
不禁凋零怀故旧，唯将耕读润儿孙。闲看竹马嬉游处，多少同人绕梦魂！

其　四

可人春色最轻柔，岚气氤氲四野稠。宿麦抱根抽夜雨，新蒲脱颖逗溪流。
湖山毕竟怜知己，花木何曾厌白头。乐得疏狂闲散遣，盲词信口付歌讴。

新　秋

其　一

才薄偏耽句，思艰又善忘。睡童还作扰，几欲觅干将。

其　二

夙好惟嗜酒，樽罍信有缘。年年多种秫，酿在菊花前。

三月三十

绿阴深处啭黄鹂，底事春残着意啼？嘱咐东皇休便去，夕阳尚在板桥西。

春　暮

嫣紫娇红别路赊，是谁留得好韶华？多情只有提壶鸟，流水溪头啄落花。

洞庭席楚帆索画

地北天南各怆神，迢迢千里梦难真。寄将一幅横斜竹，风雨潇潇见故人。

寓楼题壁

檐前铁马任风摇，有客楼头正寂寥。月淡灯昏谁是伴？拥书唯对影萧萧。

汪根恕

汪根恕(1810～1886)，字小棠，清盱眙人，汪云任子。道光十七年(1837)举人，仕至苏州织造。

次吴秋槎招饮第一山原韵

清明节后雨连阴，挈伴寻芳入杏林。屐过苔痕防滑齿，泉流松涧欲澄心。虚堂席侍先生座，断石碑传大雅音。第一山思人第一，临风景仰寄情深。沿堤杨柳绿成阴，酒兴偏依翰墨林。淮海远穷千里目，禹山久系十年心。当阶红计添佳种，隔院黄鹂送好音。翘首帝城双凤阙，丹书应绕五云深。

原注：戴扬廷学博、李莲师在座。时方自粤归。

送李莲溪先生北上

骊驹一曲唱仙城，岭海迢迢客远行。枫叶醉迷帆影峭，梅花香护马蹄轻。
衙斋久侍谈玄席，京国应怀问字诚。雁塔题名芳讯早，木天高旷直承明。

镜　听

其　一

屠苏饮罢寄闲情，镜听家家趁暮晴。爆竹春声惊络绎，芙蓉人影记分明。
已占鹊语侵晨报，恰喜灯花隔夜生。几度巡檐寻仔细，天街小步到深更。

其　二

朱门红透隔窗灯，吉语传来得未曾。鸾影明明思照水，狐踪寂寂宛疑冰。
属垣有耳原难隐，出语无心定可征。报道瀛洲消息好，春华努力快飞腾。

郡斋听荷小阁落成

其　一

草阁新营小院东，遥山虚纳一窗中。荷花世界香千顷，新水池塘绿半弓。
清听乍回蘋叶雨，嫩凉消受柳丝风。揭来更忆乡园好，烟树楼台面面通。

其　二

凌空倒影借邻墙，入座人如共一航。不雨光阴先送响，未花时候已闻香。

新蘋细草添生意，小扇单衫趁晚凉。试与卷帘揽幽趣，撑空孤塔画青苍。

其　三

不须轮奂竞繁华，竹树阴多住即嘉。略就屏山安几榻，欲招溪叟话桑麻。
夕阳在水鸥同梦，官阁携琴鹤一家。退食余闲来问字，半钩新月上窗纱。

其　四

落成刚是暮春天，楝子风多物色妍。入社有人皆旧雨，乍晴无树不新烟。
闲情偶寄红栏外，芳讯潜通白藕边。从此听荷成雅集，好将妙绘俟龙眠。

谷雨茶

赢得芳名记雨前，烹时酌水在甘泉。壶倾碧碗莺舒嘴，笙奏红炉鹤避烟。
许有芬芳回舌本，用将沆瀣润心田。一杯领取尝新趣，清沁诗脾味美旋。

丁亥夏日范月桥王竹楼偕家季父暨
某弟南园纳凉分用壁上王味兰广文韵得"偏"字

其　一

藤萝绕屋出檐偏，稳坐真如不系船。韵事自追莲社雅，风流人说竹林贤。
天涯游迹都成梦，乡国幽栖即是仙。野草孤云共闲适，忘机飞鸟总前缘。

其　二

半林返照入东偏，好趁归来罢钓船。如此园亭堪坐隐，几回樽酒为招贤。
圆澜息静莲皆佛，曲径通幽鸟亦仙。歌啸雅宜消永日，何须身世结尘缘！

吾邑有牧羊山相传为柳毅传书处
丁亥秋日友人戏咏五章因本唐人传中意答之

其　一

为访仙踪陟远巅，牧羊人去草芊芊。鱼沉海国三千里，雁报苏卿十九年。
自有神仙来叱石，讵无侠客代传笺？翠屏峰下销魂处，芳讯依稀在柳边。

其　二

贝阙鳞堂返旧居，何时风雨作龙摅？斜阳吹冷三声笛，故国飘零一纸书。
此处漫言无纸笔，当年犹记佩琼琚。雨师被谪长相忆，谁把平安一慰余！

其　三

下第书生取道归，芙蓉泣处驻骖騑。悲笳蔡女何时赎？织锦苏娘故愿违。
雾鬓风鬟人独自，天关海扇境全非。一缄郑重频回首，鞭影凄凉又夕晖。

其　四

钱塘阵舞太豪粗，一笑传来万劫枯。粉黛春回淮海国，玄黄血洒洞庭湖。

禹门频掣空中锁，谘浦争擎掌上珠。重语使君须记取，祠边橘树认连株。

其 五

鲤鱼谁信是良媒？果见仙姝阆苑回。出水鲛绡犹有泪，凌波罗袜不生埃。紫云得路归琼岛，青鸟传言到玉台。翘首碧空笙鹤远，荒山樵牧重低徊！

甲申七夕后十日咏秋落花诗
为宾阳陆女史作即用袁简斋太史落花韵

其 一

萧瑟西风感物华，残英飞尽总欹斜。自怜黄过三秋草，敢说红如二月花？霜露妒时愁素女，蘼芜采罢惜蛮娃。多情我是怜香客，临浦云深天一涯。

其 二

谁言丹桂种瑶池？开落姮娥总不知。寒蝶伶俜同抱处，乱虫啾唧各鸣时。漫嗟风雨摧残早，转恨容华殂谢迟。十八封家诸姊妹，白头犹自说连枝。

其 三

家住清溪近桂林，谁能护惜冷香沉！飘零今日非红粉，憔悴无人证素心。愧我根深犹自落，恨他子满已成阴。花枝虽被狂童采，隐恨难言只自禁。

其 四

曾听春涛宝水潺，腰围亦自解连环。芳春何必思前度，浊水无从怨出山。袖倚天寒惊竹榭，车停暮色静松关。罡风本是无情绪，吹散香魂一霎间。

其 五

得瞻玉貌惹余香，倚竹窗前卸晚妆。秋实无成空细雨，春华有恨寄斜阳。孤鸾南国桐阴冷，双蝶西园草上忙。三十年来多少泪，与君一样断人肠。

其 六

曾愿东皇护翠微，而今花与愿俱违。辞科犹觉成长别，委地如遗怨大归。谁向风前怜弱质，犹从雨后惜香衣。何能燕子同留住，再向朱门款款飞！

其 七

寒甚难禁一病中，欲将薄命问天公。海棠倦倚栏杆北，仙桂香飘画槛东。铜鼓芦笙凄梓里，蛮烟瘴雨泣蓬宫。今番断送寒香去，犹耐严寒舞晚风。

其 八

延延一息剩香茎，荣悴无关自不惊。秦馆凤箫难再听，蓬山笙鹤已相迎。关心月色三分改，转眼风光一抹清。城自荒凉人自老，枫林独自昕边声。

其 九

天上人间总莫论，悄随倩女共离魂。一番肠断梧桐雨，几处香沉薜荔村。黄叶乱飞徒自苦，红颜未老不承恩。从兹蠹不忧虫蛀，衰草萋萋永闭门。

其　十

灵鹊飞还失彩桥，天风吹彻袖飘飘。空嗟迟暮情何限，虽辱泥涂恨不消！
芳魄归来依故主，秋魂化去遣谁招！吟成勒马江头望，衰柳萧疏咽暮潮。

无　题

沿溪春水碧波深，隔坞桃花艳绮林。春水流将思妇怨，桃花开尽美人心。
珠帘隐约香难减，玉宇高寒梦不禁。白昼正长容易倦，绿纱窗下理瑶琴。

镜　卜

秋娘亦自感华年，缓出深闺思悄然。往事旧曾猜梦里，佳音多半属郎边。
忆从燕幔牵长线，可有鸾胶续后缘。缓步金莲脂粉湿，残妆应不整花钿。

马裕庵太守招同陈含斋刺史范震伯孝廉宴集邮亭次韵为别

其　一

高人太守不悬床，蜡炬更残照早霜。两岸冰光坚水骨，一江雪浪浣诗肠。
交游坛坫推牛耳，樽酒天涯接雁行。白玉车声应不远，春风亭幔隔关梁。

其　二

弓剑图书拥客床，五花高桁马嘶霜。酒分青眼才人席，曲乱红灯刺史肠。
杜甫诗狂吟绝调，张颠草圣字无行。观鱼濠水知何日？落月相思满屋梁。

有　赠

其　一

小姑可是水中仙？晶箔琼闺护篆烟。兀坐斜凭香案侧，靓妆无语弹檀肩。

其　二

殷勤芳讯问邻姬，秋色朦胧月上迟。携手板桥西畔路，清宵同去访师师。

其　三

琼楼高处不胜寒，休怅春风识面难。环佩一声仙子下，采莲影里步姗姗。

其　四

第一仙人莫与俦，得瞻颜色亦前修。众芳从此皆低首，懒向金陵问冶游。

其　五

北方倾国态依然，遗世曾闻乐府传。一顾定教难再得，不须独立怅华年。

其　六

休教厌倦锁眉颦，青眼安排伫好春。自有绣襦佳话在，风流汧国是前身。

其　七

小字纤秾胜莫愁，锦屏曲血写银钩。品题诗句真如画，幼妇新词属虎头。

其　八

多时倦眼为卿揩，归去匆匆系旅怀。潮信初平风力软，朝来打桨出秦淮。

其　九

秋风吹梦堕人间，白下维舟亦强颜。贪看六朝山色好，黛螺重认小眉山。

其　十

似曾相识漫相猜，我到乌衣又一回。应笑旧时忙燕燕，乍惊铩羽亦飞来。

其十一

衣长故向邻娃笑，腰细衫宽整复斜。一语乍闻最酸楚，阿侬生小是良家。

其十二

云鬟略整倚妆台，相待窗前不忍催。底事兰闺偏迫促？晚妆初罢又迟回。

其十三

携手同过阿母家，笛声幽怨胜琵琶。后庭歌舞香消歇，低唱当年玉树花。

其十四

酒阑人静去还休，原为名姝一小留。咫尺蓝桥许飞渡，夜深还上小红楼。

其十五

秋深偏欲借春阴，雨妒霜欺两不禁。坐对频烧高烛照，夜深无限惜花心。

其十六

商量软语总凄清，竟夜喃喃梦未成。玉漏渐迟窗渐曙，衣香鬓影可怜生。

其十七

尊前私语未分明，憔悴风尘我慰卿。我自慰卿卿慰我，感卿怜我未成名。

其十八

关心频问赎韩娥，豪侠相期抱愧多。只为褵褷怜弱羽，开笼笑放病英哥。

其十九

啁啾翠羽梦醒时，也嘱东君代主持。遥忆春来香谷里，梅花应放向南枝。

其二十

养母心寒泪自抛，更兼伧父惯咆哮。慈乌自觅高枝去，不肯飞还渡落巢。

其二十一

清献风流好语传，主持鸳谱护婵娟。来朝一瓣心香奉，琴鹤堂中许乞怜。

其二十二

商量心事致温言，一诺千金定弗谖。珍重留君无别意，为侬扶住护花幡。

其二十三

踏歌声里驻行人，又是乘舟欲问津。桃叶渡头千尺水，谪仙今日送汪伦。

其二十四

凌波微步暮烟清，凝睇凭栏望远征。江上芙蓉堤上柳，依稀一水隔盈盈。

其二十五

重见飞琼捧玉杯，江头贫贱浣纱回。蓬窗话到伤心事，一样名花怨未开。

其二十六

蒋山空忆叠晴岚，水驿行舟客趣谙。好梦如烟情似水，何时重唱望江南！

汪根兰

汪根兰，字稚松，清盱眙人。道光年间优贡。

福峰寺晚望

秋原一以眺，寒意禁垣多。天阔腾雕鹗，风高健骆驼。
楼尖撑殿阁，水势抱城河。我亦悲摇落，苍茫发浩歌。

冬　夜

残叶和风语，凄凄声可怜。有人坐遥夜，听尔不能眠。
白堕思千日，黄华又一年。孤灯伴形影，兴味转萧然。

自题腊梅水仙画轴

其　一

湘皋解佩步迟迟，罗袜凌波傍九嶷。乐府新声填白石，山家清供证黄磁。
仙人绰约风裳曳，词客歌行水调宜。最是小窗晴旭上，冷香参透淡忘时。

其　二

宫黄点缀色星星，蜡破春前采素馨。磬口檀心宜古钵，淡香高韵透疏棂。
清能照水占心迹，寒欲凝冰问胆瓶。证取夙盟交最久，岁寒松柏自青青。

都门秋感（节选）

紫禁严更隔九霄，长安城外草萧萧。霜飞大漠孤鹰健，日落重阓万马骄。
久客身如将堕叶，怀人心似不平潮。买来丛鞠多情甚，犹恋斜阳未肯凋。

金　逵

金逵，字逸仙，清盱眙人。生活于道光、咸丰年间，善画山水。

题羊叔子画像

堕泪碑，岘山趾。布大信，如江水。常将酒饮献计人，岂专酖人羊叔子！取吴不须臣自行，事后恐劳圣虑耳。岘山趾，公之魂魄犹登此。

题绿珠画像

项王爱虞姬，垓下之围不可脱。汉王爱戚姬，牝鸡之毒不可活。金谷美人人争求，如何翻身竞堕楼？蒙君恩爱言难尽，更着舞衣心不忍。一身无可报君情，愿为千斤桃花影！

题高凉妻画像

高凉妻，能将铁骑击赣西。高凉母，能取金印悬儿肘。高凉使，能招叛亡人不二。百越部落长晏然，夫人抚驭七十年。中州男子三易姓，区区一媪总其全！

题东方曼倩画像

索米讽至尊，臣朔自言贫。斫骨遗细君，臣朔自言仁。
滑稽博金马，游戏批逆鳞。星精固难信，世间无其人。

杨志同

杨志同，字煦亭，清盱眙人。生活于道光年间，诸生。

和黄叶村韵（有序）

道光癸未岁，无为州大水。黄氏举家漂没，独遗处女一人，名菊奴，字叶村，行乞至柘皋。杨氏铺伙艳其色，以言戏之。叶村索纸笔，立赋一律，杨氏收为养女。好事者丐得诗稿，并绘其像，遍索和章。余步其韵。

漫把风流羡绮罗，穷途贫女志难磨。凝霜小草含新泪，泣露飞花落远波。
风泊鸾飘情可拟，梅清竹瘦品能过。红闺雅操堪图画，一曲阳春仔细哦。

戴之梅

戴之梅，又名汉翔，字铁夫，清盱眙人。道光二年(1822)举人，曾任颍州府学教授。

夜　坐

天涯同作客，清语共疏灯。夜色凉如水，秋怀静若僧。

此间无俗士，到处有良朋。莫虑乡关远，金风已渐增。

和友人韵兼以志别

昨夜论心处，梧桐一叶疏。岭南初判袂，冀北忽驱车。
风度孤标客，云程万里书。长安红杏发，重为款君居。

傅　桐

傅桐(1808～1873)，字梧生，号味琴，清盱眙人。道光十七年(1837)拔贡。工骈体文，著有《梧生骈体文钞》《梧生诗钞》。

咏　怀

其　一

商声振林木，关河凄已霜。薄寒森凛冽，白日灭精光。元景不重煦，柔条难再芳。蟋蟀蛰床下，砉鸣雁南翔。感物发长喟，中夜起彷徨。妍华无美实，草露晞初阳。君葆岁寒节，松柏郁苍苍。

其　二

蔼蔼何盈盈，城南通侯宅。鸡鸣重门开，花缨影上客。轩盖靡远埃，缓带承颜色。服美改众观，流盼生光泽。宵钟四五动，乐饮未尝息。自顾蓬蒿人，胡为列瑶席。铿然金石声，浩歌霜天碧。

放舟至龟山夜宿道院

游山不上山，一棹弄烟水。解缆放中流，缘山行逦迤。看山忘在舟，如坐青山里。是时天雨晴，晚照郁青紫。水波平不兴，泼刺游鱼喜。隐隐望龟山，兀若水中芷。野火出疏林，到寺宵钟起。石窦搏奇声，断壁空潭依。临深悚毛发，惊风坠石子。恐有巫支祈，深锁古井底。佛顶晾鱼罾，丈室何年圮。行行款道院，苍苔滑屐齿。下榻就东厢，山月上窗纸。

瑞岩观

山根辟寺门，百级到山顶。禅扉镇日扃，草深已没胫。廊榭峙颓垣，碑碣杂荒梗。林隙掩湖光，一白挂冏冏。凉阴古木交，秋日淡留影。高步清微天(磴道署“清微天”三字)，石气逼衣冷。侧瞰压峦翠，半壁森虚迥。青枫绽霜华，新妆觌明靓。爰寻崖下泉，乳滴更清警。积瓮上古苔，清甘真味永。何当置竹炉，瓷瓯试佳茗。

雨后同王石生游南园诸胜归憩台子山得诗四首

其 一

长夏多积阴，兀坐愁淫雨。欣逢薄霁开，凉翠袭庭宇。散步恣遐寻，无村辨淮浦。崖峦荡清气，寒闷苍苔古。褰裳涉乱泉，人影纷可数。遥指原上村，淡烟生几缕。

其 二

一山行已穷，一山人面挺。草蔓惑故蹊，崖转得妙境。空庵无杂喧，泠泠磬声永。道人采药还，留客煮茶鼎。樠椮竹柏光，满地铺云影。山风檐滴吹，清逼毛发冷。纤月吐苍烟，已上青松顶。

其 三

哀蝉嘶凉天，斜阳在高树。忽觉流水香，行人藕塘路。花影堕参差，衣袂裛风露。一径转修篁，阴翳白日暮。幽构足林泉，招隐淮南赋。佳时觞咏多，悦性适所遇。言偕素心人，饱听泉声去。

其 四

投林众鸟啼，子亦归兴发。贪看远湖光，梯苔上突兀。岸净平沙迴，一白浩如雪。颓阳散余霞，景入苍波阔。暧暧远树浮，层阴带日夕。翛然寄遥情，趺坐云根碧。

九日偕同人南园看红叶遂登台子山

连山莽逦迤，一径入深窈。叠嶂互以环，地僻尘事渺。野畦莳花竹，下有清泉绕。照眼枫叶明，丹树经霜饱。东折陟崇冈，谽谺石径小。风磴盘盘高，履声行木杪。一步一憩息，突过惊飞鸟。回首望林园，蓊郁杂松筱。日夕寻途归，疏钟出林表。

蒋坝遇雪宿许氏村居

其 一

晨起天作阴，近午朔风急。笋将忙戒途，御寒羊裘袭。酒旗冻不翻，天低同云湿。望眼乱雪花，一白莽原隰。断雁荒泽围，饥乌麦田集。古梗突无枝，迎面如人揖。村外到归樵，宛然图屐笠。十指僵不伸，衣袂峭寒入。野渡待舟人，拥篙伛偻立。

其 二

桥滑断冰凝，林密飞霙灿。一发指遥山，顷刻苍颜换。忍冻揭帘衣，玉戏足奇玩。短晷倏西匿，宿鸟背人散。茫茫失前途，踬蹶舆夫叹。径访许宣平，入门笑口粲。殷勤置松醪，饭客樵苏爨。围炉恣谈谐，乐甚嵇康锻。听雪不成眠，灯昏夜过半。

雾涧草堂题壁赠小溪山人

斗室焉能贮叠嶂，晴岚扑扑飞衣桁。山根窈窕开窗棂，奇赏一览收山上。新曦未吐宿雾封,倒映山光入镜中。过雨岩泉百重下,泠泠鸣玉漱当胸。支流一线堂坳入,气含清润轩楹湿。笼连修竹两三杆,石痕苍突波心出。斜敞筠帘放午晴,花阴匝地茶铛鸣。葱阡寒绿俯庭际,树头树底闻流莺。据梧隐几傲自足,人语依稀隔山曲。狂来一卷写新诗,泉声吟声满茅屋。卿翁旧是山泽癯(谓南溪舅氏),元晖点笔天真俱(小溪精六法)。松关昼掩少剥啄,烟云供养无时无。软语堂前飞又燕,东崦西崦阴晴变。几日春寒不出门,长红零落浮花片。石桥宛宛接林边,客来便自煮山泉。何当一幅生绡展,自写幽图拟辋川。

晚登象山

兹山无美荫,夏景郁炎蒸。向夕寻途上,遥天正月升。
行歌偕旧侣,清梵理童僧。坐看西崖下,湖船半上灯。

秋晓过随园崇乐胥留饮小仓山房

其　一

云霭前宵雨,阴生众壑秋。遥烟散丛竹,初日辨层楼。
浥露荷香馥,近人禽语幽。小栖霞畔立,空翠扑帘钩。

其　二

束发慕诗老,云烟识主人。须眉犹昔梦,花鸟异前春。
余亦孤吟者,时谁大雅振。举杯还酹尔,磊落古褱伸。

原注:是日观简斋太史烟云如意图遗像。

冬日山居遣兴

其　一

兀坐西窗下,匆匆逼岁华。风声半山树,寒色一天鸦。
本少趋时术,翻因迟暮嗟。御冬还自哂,老园足菘芽。

其　二

柴门风雪里,寂寞昼常扃。月落荒村黑,磷飞乱冢青。
爱吟词客赋,还有野人听。输与西头屋,浸潭醉六经。

其　三

乞食厌奔走,故园守薜萝。窗迎台子月,门掩富陵波。
只以贫居适,而令暇日多。著书苦未逮,望古一悲歌。

其　四

翛然尘事少,恣意步寒林。断岸落黄叶,空山鸣素琴。
栖迟云有伴,去住鸟无心。阶下多幽草,经冬好色侵。

送弟梗渡淮应州试

只为微名累，天寒弟出游。帆开淮北路，肠断屋西头。
岁俭艰资斧，家贫袭敝裘。豫愁风雪迫，归计阻扁舟。

山斋坐月有怀

四山浮露气，秋月迥生光。坐对虚庭景，能添满座凉。
伊人谐古调，高咏和沧浪。寂历疏风里，池荷闻暗香。

和家仲鲁游云山

野人茅屋低，在眼衹烟萝。每有幽寻约，相从胜日多。
如何成独往，不及共经过。渺渺云山路，听君劳者歌。

宿迁关

利括尽毫发，申之关吏威。虎耽饥旅泣，猬缩富商稀。
负戴群知惧，诛求课岂肥。萧条书一卷，笑亦在重围。

行近德州有怀汪观察孟棠先生

其　一

我丈特英物，东方领缙绅。过逢联各位，感激异天真。
径欲依刘表，吁嗟后郄诜。不成向南国，相遇益愁辛。

其　二

此时沾奉引，尺牍倒陈遵。掘剑知埋狱，乘槎与问津。
定知深意苦，方觊薄才伸。不谓矜余力，稽留伏枕辰。

其　三

自伤甘贱役，愁坐正书空。亲故行稀少，关河信不通。
层巅余落日，乔木易高风。暂阻蓬莱阁，天涯水气中。

晚　行

襆被匆匆去故园，长途容易入黄昏。驴疲直疑前无路，犬吠方知近有村。
僮仆蛇行防涧道，衣裳狼藉涴泥痕。今宵下榻知何在，月上重敲侯馆门。

寒　樵

岧峣石径入云危，空谷丁丁听斧施。十里荒寒连野色，几家烟火待晨炊。

霜堆木叶黄侵发，雪压蓑衣白上髭。满担归来当日暮，鸟声相伴出林迟。

怀王味兰学博

诗泒渊源蜀草堂，早年词赋号三王。穷愁锻炼天应醉，歌哭嵚崎老更狂。
有子已如龙沛艾，爱才许偕鹤翱翔。盈盈一水翻违面，却怪篙工送夜航。

晓发示侍琴

须戒来朝须早行，双眉淡扫待天明。风清袭袂凉应觉，沙软扶轮梦不惊。
致远青蹄真累彼，偎眠黄耳亦多情。时光此际宜人甚，但有微阴未放晴。

除夕抵家漫兴

爆竹声中织估樯，东风淮上送春航。一年流序临除夕，万里归人到故乡。
儿女欢迎同贺客，几筵健饭侍颐堂。晴轩赢得梅花笑，烂醉屠苏喜欲狂。

坝头桥

帆樯历落此通津，烟火村居结比邻。风紧荒原低叫雁，日中野市早无人。
半堤低堰连渔屋，五坝高增痛泽民。襆被从过立雨雪，无因重犯马头尘。

崇海秋自秦归来盱眙过访喜晤奉赠即送之旌德司训任

其　一

上阶幽绿长莓苔，寂寞闲愁遣不开。今雨欣将残暑去，故人喜共早秋来。
衣裳紫气余函谷，朋辈清尊忆吹台。刚是昨宵梁月梦，见君颜色屡惊猜。

其　二

华顶吟诗自惜工，十年常苦顿尘中。飞升竟尔天门豇，呼吸真令帝座通。
何物汉唐销王气，至今陵寝起悲风。知君怀古开襟抱，一线黄河晓日红。

其　三

飘蓬断梗剧堪怜，关塞同经路万千。落木寒风燕市里，垂杨疏雨灞桥边。
相期惭说弹冠日，此会依然戴笠年。树影淮流入平远，又添离思夕阳天。

其　四

牛羊奔突尚羁縻，消息传来心骨悲。遥望南天灼烽燹，欲倾东海洗疮痍。
安边窃笑群公窘，养拙须知冷宦宜。况是梅溪风景地，饥餐苜蓿醉哦诗。

都梁十咏

第一山怀古

刺天石气青，石上路宛转。陟巅不见人，读碑剔苔藓。

八仙台招隐

空谷响岩耕，茅茨野人住。不见隐者来，自得隐者趣。

清风山闻笛

笛中梅花落，香风吹空林。清听未终曲，隔山起梵音。

龟山寺晚钟

空山淡落日，满地松阴碎。谷口下归樵，钟声出鸟背。

瑞岩观清晓

霁色澹远天，林风生凉吹。露滴鹤梦惊，踏折松枝坠。

杏花园春昼

林表发红萼，林中春鸟啼。居人不迎客，看花人满溪。

五塔寺归云

雨云罥塔尖，晴云霭塔底。僧归日已西，打钟白云里。

玻璃泉浸月

月上暖中天，照见泉深处。泉流月也流，不到花阴去。

宝积山落照

绝壁生秋阴，舟喧寒潭静。迟迟下夕阳，渺渺去帆影。

会景亭陈迹

胜一地延伫，空阶芳草青。已无昔时客，犹有昔时亭。

过胯下桥

夜露秋深白露溥，征歌倚遍玉栏杆。朝来胯下桥边过，只觉无情楚水寒。

又题胯下桥

副车误中太无聊，圯上书传摄气骄。胯下同时能折节，赤松归路愧逍遥。

九日登淮安西城

衰草斜阳满目秋，全凭薄醉遣清愁。佳时也作登临兴，观谢城西上剑楼。

王锡麟

王锡麟，清盱眙人，王荫槐次子。道光二十三年（1843）举人。著有《求放心室诗集》。

沈孝妇

颍阳薄虞渊，谁能迴太阴。沧海扬洪波，精卫不言深。沈氏有孝妇，杀身以疗亲。可怜衰翁衰，膏肓久滞淫。膏肓久滞淫，妾身犹可任。肱肉狃再效，有肝殊欣欣。鹗鸟从西来，啼我中堂檐。元云蔽广术，酸风凄以森。怀比一寸刚，成彼千载心。筋肉岂不惜，痛深生何贫。煌湟白刃蹈，视死如饴甘。百世标旌门，淮山高崎嵚。

题桃花画轴

尔曾托地得芳丛，无奈繁华转眼空。回忆艳阳三月暮，几多人面此门中。
娇莺细啭阑干外，粉蝶狂飞露井东。到底画工知护惜，不教零落怨春风。

汪　藻

汪藻（1832～1892），女，字藕裳，自署都梁女史，清盱眙人。祖父汪云任，父汪根敬。嫁桐城胡德森，随夫转徙苏州等多地，晚年居于扬州府宝应县。著有评弹巨著《群英传》《子虚记》。

《子虚记》书成感言

作者劳心非一日，造言原自笑荒唐。只图闺阁知音赏，窗下生涯笔底忙。盛暑严寒皆不辍，一任他，疾风暴雨打寒窗。子虚本窃相如意，是是非非尽渺茫。以此为名堪晓得，前朝有甚马牛羊？无非道出忠奸辈，善良兴隆恶者亡。牛马成群皆畜类，一朝得志便鸱张。仁人君子循天理，自有葵心向太阳。剿灭群奸天下定，河清海晏现贞祥。都梁女史书于此，贻笑闺门也不妨。二十年来书两部，《群英》一传早传扬。洛阳纸贵非虚语，争欲传钞尽宝藏。唯此《子虚》新作成，拟待要，灾梨殃枣付书坊。扫眉才子如欣赏，乞改书中字几行。作者之心唯望此，要知名姓问都梁。清贫自守来消遣，哪管他，世态人情暖与凉！

无　题

一自故国兵乱后，流离无所叹途穷。钗分镜破深秋里，托足安宜类转蓬。

吴炳仁

吴炳仁(1840～1921),字蕤甫,清盱眙人。随叔父吴棠任所参与幕中,保举知府,曾任大胜关税务、扬州知府。辛亥革命后,杜门不出,卒于南京。

童年茹苦

髫年日夕尚辛苦,捡草犹捻几束缗。博得来朝钱数十,买将饼饵奉双亲。

汲井温经

山居苦旱水艰难,天未明时到井栏。片刻灯笼怀卷读,弟兄坐待水生智。

风雪负粜

漏之三更弟犹读,粜米百里兄未归。吾祖望儿愁不寐,四郊风紧雪花肥。

马磨偕读

一家生计在一裘,春人质库秋收回。养亲教弟赖马磨,万苦千辛儿力谋。

策蹇送试

阿弟策蹇兄步行,盱山钟山如画迎。投鞭野店无人识,主仆原来是弟兄。

洪湖涉险

同难相扶族与亲,一舟满载到淮滨。中流舵断樯倾倒,默祷天心护有神。

海滩同难

芦屋同居数十人,一盂麦饭派来均。更挑野菜和根煮,惊恐忧劳度一春。

铃阁诵经

不畏艰辛不爱华,熬成苏末炼成渣。布衣一领经一卷,心静何须身出家。

滁阳卜宅

故乡风景足堪夸,聚族同居数百家。卜宅滁阳庐墓近,春秋祭扫认无差。

汪瑞高

汪瑞高(1849~1905),字君牧,清盱眙人,汪云任曾孙。同治十年(1871)拔贡,历任户部山东司行走、北洋机器局总办、直隶通永道道台、北洋支应局总办、长芦盐运使、德州制造局担任总办等职,授二品顶戴。

赋得绿树阴浓夏日长得"浓"字

其　一

长昼逢初夏,清阴树几重。日行红已暗,雨过绿偏浓。
宫漏迟迟出,湘帘密密封。黛痕遮覆叠,砖影度从容。
向晚蝉吟柳,消闲鹤绕松。上林嘉卉满,响报候晨钟。

其　二

何处消长夏,阴阴树影重。不教红日漏,但觉绿云浓。
翠映千竿竹,凉生百尺松。垂垂笼锦鸭,缓缓滴铜龙。
泼黛痕疑染,抛书梦未慵。御园宜避暑,佳气郁葱茏。

赋得数家烟火自成邻得"家"字五言八韵

不用多烟火,芳邻自足夸。数椽高士宅,一带野人家。
曲突晨炊早,团焦夕照斜。稀疏围竹树,洽比话桑麻。
鸡犬前村应,云山隔坞遮。姓才两三问,价合万千赊。
扑枣情偏重,樵薪语正哗。皇都廛闬密,风景乐无涯。

题《子虚记》

其　一

才思岂输香茗集,词华尽拟小山篇。却弹别调随巴曲,怕少知音白雪弦。

其　二

梦中应食茂陵书,绮丽缘情托子虚。漫说绛仙才调好,清名犹愧女相如。

其　三

纱幔春风拂绛云,传抄夜校鲁鱼文。最怜小妹簪花格,书遍双鬟白练裙。

其　四

为砭俗耳说南柯,心事能传春梦婆。装出琉璃空世界,月明古井自无波。

吴炳祥

吴炳祥(1850～1899),字吉甫,号子仙,清盱眙人。同治九年(1870)举人,候选郎中,光绪二十年(1894)任扬州知府,署江苏盐巡道。著有《怡庐诗钞》2卷。

正月六日喜雨

再署天涯吏,滋惭绶与冠。诏书流大惠,好雨救冬干。渥泽年前盼,春声到处欢。丰收仍米贵,多病自衣咒。天眷淮南北,人谁古范韩?但能安刈获,已许起凋残。麦慰饥肠待,花从倦眼看。纸窗云尚暗,孤坐忘清寒。

九日亲友会饮少浦作诗见赠次韵奉答

永竹萧疏秋兴存,草堂带郭自成村。老人时健身经杖,稚子欢迎客在门。尊酒累倾凭笑引,瓶花静对觉香温。我能狂咏君能醉,肯负窥筵新月痕。自古诗豪爱重九,况君病起倍精神。闲居会觅论文友,勤醉时须好事人。垂老弟兄开菊社,交欢宾主坐花茵。江风吹动芳兰佩,试从遥情吊楚臣。

原注:时旬甫兄年七十,捷甫亦与饮质莽、伯冶、雨村诸君。

元日寄少宣弟

棣萼怜君小,梅花验岁春。初分除岁酒,遥忆早朝人。
心对金屋远,身惭彩服新。华年容易过,何事报君亲。

述　怀

流水青山在四邻,柳酣花醉为谁春?时难自信才无补,身健人疑病不真。
无到难忘归气数,事多未了爱精神。晚来闲倚庭椅立,忍见池塘草色新。

三月廿五日偕杨杏城妹倩出门散病沿溪看山循柳阴踏青而归

十年江上系离忧,懒惰无心具钓舟。幸及同行携手乐,肯容沉醉为身谋。
春光烂漫供幽讨,旧梦依稀忆后游。稍喜东风知我健,时时吹绿满汀洲。

程传德

程传德,清盱眙人。

回文诗

风鸣竹冷气漫漫，露湿衣时瑟罢弦。红散蓼形飞曲槛，碧凝灯影照斜栏。
虫吟砌老秋天暮，雁渡云深夜色寒。东转汉明星耿耿，空廊响彻听更残。

李世琦

李世琦，清盱眙人。庠生，工诗。

淮南道中寄怀柳亭先生

斗酒盱山句共题，暮春分手各东西。淮干作客书难达，梦里寻君路易迷。
匹马晓风三尺剑，半林残月数声鸡。挑灯野店遥相忆，小阁高然太乙藜。

馆中偶感

薜荔村深乏马蹄，青毡是处可安栖。一弯柳岸偎花鸟，半顷桑田夹菜畦。
春老几人怀渭北，学荒无术愧淮西。多情唯有溪中月，照得新溪似旧溪。

江殿魁

江殿魁，清泗州（今属盱眙）人。

管镇道中

吾尝谓鲍叔，重义不重金。天下才须恤，生平分最深。
可怜今交道，难似古人心。莫问当年事，昏鸦噪几林。

陈卧楼

陈卧楼，清盱眙人。

湖上晚眺

万里湖光漾碧波，晚来登眺兴如何？船头风破桃花浪，林外牛驮牧子歌。
片月初生芳草岸，晴霞倒映绿杨波。十年游荡倍山水，山水无情恨更多。

胡业恒

胡业恒，别号秋浦渔人，清盱眙明光集人。善书、画、诗。著有《淮南艺草》《秋浦渔人诗》传世。

枕 书

不作曲肱枕，抛书待若何。罗胸千卷富，人梦古人多。
高卧疑心醉，徒钻笑顶摩。醒来可解嘲，自恨老吟窝。

读 画

披图须得间，点缀手频探。会意多诗句，知音少客谈。
声随流水绘，坐对白云参。读到无词处，源头入山峡。

评 剑

对兹肝膳剑，拂拭拟红莲。炼气磨三尺，酬恩待十年。
黄金难定价，至宾不虚传。若使化龙去，风波破万川。

买 琴

高山徒仰止，流水听空虚。古调不长久，焦桐失短余。
知音思得汝，待价每愁予。新典鱼鬓去，归来鹤舞初。

为贫女乞化奉母代作感怀诗

其 一

生长深闺十八春，金龟入赘亦徒然。只因反哺恩难报，十字街头乞化钱。

其 二

替父从征花木兰，世人谁作女儿看。于今徒乞嗟之食，欲慰亲心难上难。

其 三

奉母当思饭有余，谁知菽水一杯无。穷途暗洒英雄泪，自恨今生不丈夫。

其 四

世路茫茫总是空，休言女儿累英雄。蛾眉未展心先死，忠孝应怜际遇间。

题燕语桃李戏柳丝

绿杨低映小桃红，毕竟东风剪彩工。羡煞呢喃双燕子，一枝栖息图画中。

杨承模

杨承模，字楷山，清盱眙人。生活于咸丰、同治年间。

听张柏桢明府话长安故事

良夜不成寐，听君说壮游。最能关学问，岂独擅风流。
慷慨英雄事，凄凉逆旅愁。乡心与客思，各自上眉头。

老　樵

一担飘然去，烟霞任意评。有山皆可入，无树不知名。
斧柄操持久，琴材鉴别清。门墙多朽木，未免费权衡。

晚泊老子山

淮滨贪市蟹，日暮滞孤篷。照水月光白，贴波渔火红。
山荒名独古，舟小客偏雄。又听榜人语，明朝趁晓风。

早行口占三河道中作

无计免风尘，劳劳此一身。怪禽鸣似鬼，枯树立如人。
屈指岁将暮，怀才志未伸。为情最难处，投刺谒名臣。

原注：住袁浦谒吴漕帅。

春　草

斜阳流水绕前村，嫩绿平铺渐到门。地下又教留色相，天涯难断是情根。
六朝渺渺人安在？南浦离离泪有痕。一种闭愁芟不了，缘他雨露有深恩。

春闺怨

其　一

薄暮难禁料峭寒，思欢无那又更阑。儿家门户重重闭，梦里因缘结亦难。

其　二

大刀未唱意何伤？懒照菱花理靓妆。生怪邻家小儿女，对侬偏要绣鸳鸯！

玉　环

生太尊荣死太轻，唐家天子太无情。九泉有日重相见，怎讣长生殿里盟！

偶 成

柴门虽设启偏迟，怕惹尘风入座吹。春去秋来无俗虑，半栽花竹半删诗。

漫 兴

频年酬赠寄诗筒，费尽推敲句未工。歌哭无端缘底事？半因儿女半英雄。

南山感旧

芳草萋萋苜蓿香，山花无主自芬芳。马头细认斜阳道，恰是当年旧战场。

陶炳南

陶炳南，长沙人，以军功入仕。清光绪元年(1875)出知盱眙县。

游玻璃泉

寇氛混毒地，胜迹付销磨。洗涤湖山迥，登临感慨多。
乱余筹富教，治出愧弦歌。泉水差堪证，心源净不波。

朱育贤

朱育贤，清盱眙人。

龙 潭

倒从石窍喷，分流溪涧去。水清直见底，龙蟠在何处？

纪树滋

纪树滋(1867～1935)，清盱眙人。光绪三十一年(1905)拔贡。以舌耕为业，平生作诗甚多，脍炙人口。结集《芝园吟草》。

途中偶成

东风最公道，草木尽芳菲。柳被莺啼醒，花随蝶乱飞。
泉声喧古渡，岚气袭征衣。回首一西望，层峰衔落晖。

庚戌夏初经宝邑遇友人俞少岩赴京朝考同驾小轮渡洪泽口占二律

其　一

大湖轮舶小，颠簸浪花尖。心静身仍动，天低水与连。
客生惊汽笛，风劲扑煤烟。幸有良朋聚，高谈亦畅然。

其　二

但得心常定，何愁浪不平。天容人话旧，风与水争鸣。
击楫悲时事，题诗记客程。十年惭故我，云路羡班生。

丙午秋书斋偶成

其　一

睡去月华朗，醒来闻雨声。阴晴无处定，冷暖霎时更。
即此观天道，因之悟世情。挑灯闲独坐，四壁乱虫鸣。

其　二

八月每忧病，今秋独晏然。风凉知节换，人瘦有天怜。
饭量三分减，吟怀一半捐。养生得真秘，不必问神仙。

冬日赠杨素存

不逢杨汝士，三月竟无诗。似水流光速，如云客意痴。
溪清冰冻早，霜冷雁飞迟。为问春消息，梅花发几枝？

冬日将归赠杨素存

欲雪不成雪，云阴敛碧虚。酒边寒气却，诗外世情疏。
梅影水清浅，松声风卷舒。乡心闻雁切，况是岁将除。

寻梅五律二首和杨素存原韵

其　一

雪地遍琼瑶，寻梅上坝桥。但看天一色，不辨路三条。
溪冻人停棹，山深客荷樵。未知花放处，先有暗香邀。

其　二

春光何处早，行过小溪桥。竹老犹凝翠，松寒不改条。
冻云盘健鹤，晚径唱归樵。若遇林和靖，孤山定我邀。

无题诗

其　一

看到梅花才是春，凡香俗艳总埃尘。如君以外谁知己，恨我虽生竟不辰。
无复垂髫同事砚，唯期买屋早为邻。红笺题句回环寄，慰藉愁中病里身。

其　二

相逢一面胜封侯，沥胆披肝二十秋。情到能真浓似淡，约期再订去还留。
鸳鸯惊棒难成偶，鹦鹉当帘怕说愁。试向天公翘首问，福缘须要几生修。

其　三

绝无人处乍倾心，一语缠绵抵万金。情似茧丝抽不尽，愁如蕉叶剥逾深。
梅非和靖终多恨，琴必钟期是赏音。安得百年常此日，冰壶雪碗涤凡襟。

其　四

深闺深处即天台，未许刘郎去复来。门掩桃花谁识面，诗吟柳絮我怜才。
良宵有梦难瞒月，小院无人怕印苔。记得云鬟相对整，粉痕钗影映妆台。

其　五

当初悔不早联盟，辜负深闺旧日情。竟使名花归别浦，翻教明月冷孤城。
青衫拭泪痕犹在，红豆题诗怨已成。一瓣心香祈月老，赤绳莫再误来生。

其　六

只待来生了寸心，此言荒渺恐无凭。良缘有定谁为主，好事难成我欲僧。
爱月却怜将满地，看山须上最高层。鲽鱼比目鹣联翼，错作人身愧未能。

其　七

深情如海总难量，莫辨柔肠与热肠。病最谙君频赠药，贫能怜我每倾囊。
誓将天地词常在，说到功名语亦祥。何必并头方足偶，分飞分宿亦鸳鸯。

其　八

心心印处畏人知，哪敢相逢便诉思。好语但凭眉目递，柔情竟遣梦魂痴。
订三生约天难问，缺一分园月尚亏。二十年来今似昔，受恩绝少报恩时。

新柳和曹少康原韵

其　一

漏泄春光别有姿，不随红紫斗妍媸。近无知己谁青眼，娇趁芳辰尽翠眉。
宜雨宜晴皆入画，情长情短总成丝。堤边多少闲花草，仰赖浓荫待后时。

其　二

回黄转绿半难齐，宿霭朝烟着意违。渐有新眠同汉苑，绝无旧恨到隋堤。
临风濯濯红尘远，顾影珊珊翠黛低。生小未谙离别意，莫教攀折画桥西。

其　三

唤醒东风莺语柔，青青点缀遍枝头。托根已占先春地，著色偏宜近水楼。
二月韶光经雨媚，一林疏影补烟稠。风淹为问灵和殿，张绪当年似也不？

其　四

淡写轻描总可人，娉娉袅袅想丰神。小蛮腰试风前舞，少妇愁添陌上春。
弱不胜烟青尚浅，娇还畏日绿初匀。高楼多少凝妆女，也歙眉痕解效颦。

荷花和曹少康原韵

其　一

沅芷湘兰寄迹同，清芬汽遍碧池东。凌波仙子娇无语，出浴真妃画不工。
破梦鸥惊千叶雨，纳凉人坐一亭风。笑他凡卉难争艳，着色俱成别样红。

其　二

伊人宛在水之西，翠雨亭亭十里迷。风软荡开香世界，根深脱净旧淤泥。
修来清福羞红艳，傲倒炎威占碧溪。休说六郎同面貌，须知君子品难齐。

黄　菊

陶令高风何处寻？野人篱落也铺金。一丛正色中央占，满鬓幽香着意簪。
红紫不争留晚节，风霜能傲耐秋深。芳情脉脉如人淡，题上新诗瘦不禁。

冰　鱼

琼瑶化作水梭花，玉鲫银鲈比尚差。只许双睛留点墨，不教垒体有微瑕。
争光早陋趋灯蟹，语海应殊在井蛙。我每临渊动欣羡，投竿聊当钓璜夸。

荷花叠新柳前韵

其　一

尘心洗净逞幽姿，休问群芳妍与媸。晓日争窥蓉一面，春光不斗柳双眉。
文章蕴蓄花成笔，情绪缠绵藕有丝。觅得水仙堪比洁，可怜寒暖未同时。

其　二

花影波光漾欲齐，田田一色望中迷。喜沾碧露长擎盖，怕惹红尘不近堤。
水阁凉生秋气早，画船香扑晚烟低。天姿未必人间有，疑是神仙出洛西。

柳湾吟

其　一

东风绿遍柳千丛，佳水佳山画不工。云点螺鬟层障叠，波平燕口小桥通。

四周麦气晨天润，几处人家夕照融。最好渔舟寻渡泊，笛声吹入碧阴中。

其　二

树树烟丝挂碧痕，山村景物当诗论。云低野圃围如幄，风送鸣泉晌到门。
蛙鼓雅堪充夜柝，马兰聊为佐盘飧。东皇犹恐繁华俗，遍展清阴净客魂。

其　三

三月东风暖不狂，水纹轻软漾天光。长桥垂影游鱼聚，香絮沾泥乳燕忙。
耕野农来新雨后，浣纱人坐绿阴旁。酒家欲与春争色，也出青旗向夕阳。

眠菊限秋魂二韵

其　一

满径黄花不惹愁，醉来何必醒双眸。数丛冷艳甜乡聚，一枕寒香睡味留。
幽梦未堪惊栗里，幻情直欲笑庄周。最怜诗思如人瘦，腹稿吟成九月秋。

其　二

款款疏篱静不喧，苔茵一径淡无言。幽香近入高人梦，美景深藏处士门。
唤醒卢生谁借枕，醉酣陶令欲停樽。晚来月色朦胧里，知是花魂是客魂？

折花竹枝词

折花莫折未开枝，爱惜风流少年时。依正垂髫花正蕊，天然一幅画中诗。
为爱梅花学作诗，碧纱窗下写清思。儿家春色年年早，报与东邻姊妹知。

折　扇

天风端不借吹嘘，自引轻飔透葛襦。舒卷随时同夏簟，炎凉分任对冬炉。
欲教暑气含秋意，好叠湘波入画图。莫虑世人多热客，一经披拂总清娱。

清心亭小立

淮流东去几时还，剩得名亭枕碧湾。飞瀑散空晴亦雨，层峰倒影水皆山。
云深苏米留题处，人在林泉入画间。为问帆樯来往客，何如身似白鸥闲。

晚眺回文

其　一

连村几处映明霞，画里诗成写景嘉。天近碧云晴纵鹤，寺藏红树晚喧鸦。
芊芊草色凝烟淡，隐隐山花落日斜。年复年来愁客久，隔溪前望入苍葭。

其　二

斑斑碧藓石平铺，聚景烟村好画如。闲鹤伴云新入梦，远鸿飞雨旧传书。

山连密竹摇风乱，水映寒梅绽雪初。环屋一溪双眼豁，删全俗意乐樵渔。

苦雨步友人韵

无计能教宿雾收，声声滴碎万家愁。麦苗高下随波叠，山涧奔腾出岸流。没径泥深难著履，压篷烟重欲沉舟。算来已届逢庚日，犹是潇潇响不休。

萤　火

其　一

西风舞乱一天星，腐草丛中此化身。贫室无灯怜焰冷，深闺有扇拭罗轻。能从黑暗留余照，记取丹娘作小名。最是行踪无隐秘，置身到处总光明。

其　二

显出荧荧黑夜中，最宜皓月未当空。灭明不定疑沾露，高下难凭只任风。仅有流光能官照，绝无热焰与人同。扬辉莫向朱门里，华烛金缸影正红。

其　三

仿佛明珠灿夜光，不须前路叹迷茫。照游莫问隋家苑，助读犹存车氏囊。怎共大明开曙色，只凭微焰耀宵行。寄生从未因人热，到处能禁风露凉。

红　菊

西风三径灿明霞，多买胭脂画尚差。秋士性情偏烂漫，野人篱落也繁华。酡颜似中陶公酒，艳质斯称帝女花。从此园林增富丽，不须寂寞叹贫家。

黄　菊

其　一

万紫千红孰比方，独留正色应重阳。花能隐逸金同贵，根在中央土亦香。已降蜡梅为后辈，却从丛桂继前芳。虽经明日犹堪赏，莫为过时遽感伤。

其　二

餐到金英齿亦芳，炎凉历尽始逢君。天教晚节香三径，人比秋容瘦几分。泛酒新鹅光潋滟，花穿小蝶影缤纷。台瓜畦菜羞为伍，独耐风霜自不群。

白　菊

其　一

一枝冷艳占秋光，比玉真知玉有香。送酒人来衣混色，簪花客去鬓添霜。洁身不羡丹枫染，顾影常怜素月凉。毕竟晚成能有分，好留清白殿群芳。

其　二

本色英雄世岂知，年年小隐寄东篱。红尘一点难留迹，素节三秋转入时。
赛雪已先添雪景，傲霜因得逗霜姿。孤标皎皎谁堪友，且待寒梅发早枝。

涧溪八景(节选)

青平怀古

据险曾闻此用兵，山城烽火几番经。斜阳只剩横牛笛，往事空谈饿马铃。
圣水一池连寺碧，荒藤四壁挂云青。登临不尽沧桑感，拂拭残碑读旧铭。

元宫映月

溪山四面寺中央，捧出冰轮夜色凉。钟磬有声皆度水，楼台无处不疑霜。
人来石径穿松影，地接天风落桂香。一点佛灯红似豆，哪能掩得九霄光。

响泉春酌

饮罢玻璃第一泉，西来又听水潺湲。半轮影浸杯中月，一片声喧镜里天。
洗净耳根无俗韵，放开眼界到层巅。淄渑英问寻常味，且遴清音入管弦。

鲁岫飞云

欲描佳景仗丰隆，点缀螺鬟叆叇中。岚气乍经新雨翠，烟痕遥界夕阳红。
断崖隙缺青皆补，众壑阴晴碧不同。薄似秋罗浓似墨，为霖谁有济时功。

杨谷樵自京师归携有美人衫菊索诗用题四律

其　一

五斗辞官粟里归，美人相伴尚芳菲。添香端合来红袖，送酒何须定白衣。
堪与绛仙同秀色，好从青女傲寒威。新妆未许封姨妒，篱落深深护锦绯。

其　二

缟衣不与梅同素，艳入愁心色相存。别有风标称帝女，也如云锦织天孙。
新痕似染陶公酒，疏影疑留倩女魂。未合绮罗终老圃，移根好借玉为盆。

其　三

何须桃李斗芳姿，霜亦天恩各有时。艳养自堪三径隐，助娇新喜五珠披。
秋心岂为炎谅异，晚节休嫌锦绣迟。不借春风裁剪力，也将颜色染胭脂。

其　四

雾縠云罗绝点埃，东篱秋好即妆台。但教岁岁重阳遇，便是珊珊仙子来。
印袖不嫌霜月冷，为衣应胜芰荷裁。主人深惬还乡意，羡尔多情衣锦陪。

和汪味闲先生祝莲二首

其　一

到此真堪泛宅游，四周如壁尽花稠。碧盘露重千珠泻，画舫风凉一掉浮。
有月俱香何况水，逢时虽晚未经秋。双开便似人双寿，愿祝枝枝作并头。

其　二

寿域欢场并一时，名花名士两相宜。直从胜境消残暑，且引清香入好诗。
盛会不嫌人聚众，良辰翻恨我来迟。狂吟若问情长短，请验缠绵藕万丝。

题张鼎丞梅溪山庄

其　一

人与梅花有夙缘，室庐新筑小溪边。吟成和靖香中影，悟彻师雄梦里仙。
松竹补添三友景，楼台映带六朝烟。于焉便是琅環地，卜福端宜住茂先。

其　二

眼光流览遍全球，跨海连年作胜游。万里美欧参学术，一官鄂皖展才猷。
卜居善继先人志，被泽频闻野老讴。知道苍生还属望，莼鲈未便久勾留。

其　三

狮桥行行到虹亭，月榭风台次第吟。自是神仙兼福分，恰欣城市有山林。
长江绕郭饶鱼味，嘉树当门近鸟音。驿使传书来往便，折梅应慰望乡心。

重建和县刘梦得陋室落成七律四章原韵

其　一

名人陋室亦琼楼，上有云烟镇日浮。一代文章留胜迹，千秋形势枕寒流。
沧桑变幻前贤杳，风雨漂摇过客愁。卜筑幸来新令尹，重瞻轮奂在江头。

其　二

水有灵龙山有仙，一技妙笔记当年。但教官迹留寰内，如遇诗豪在目前。
探到骊珠曾得句，歌成鸟革又开筵。元和荏苒逾千载，文字通神尚结缘。

其　三

德馨传播到于今，一室仍留万古心。经卷琴弦重点缀，苔痕草色自幽深。
历阳湖阔波平岸，亚父城高春满林。都为使君写胸臆，鸠工端不吝囊金。

其　四

声声燕雀画檐鸣，奠到椒觞气象清。胜地废兴原有数，才人今古宛同情。
连篇珠玉唐音合，一路讴歌楚水平。后至倘能勤嗣葺，规模不共岁频更。

六十述怀

其 一

六十年华一瞬间，利名打破几重关。人无俗好因无累，天与清贫便与闲。将雪诞生原耐冷，有梅作伴未为鳏。蹉跎百事今何补，赢得萧疏发已斑。

其 二

艰辛历尽少孤时，生计唯存笔一枝。弟幼应知兄独苦，家贫更见母多慈。抛荒学业为师早，辜负韶华娶妇迟。往事酸心哪可忆，濡毫和泪写新诗。

其 三

一片青毡任送迎，水萍风絮转移轻。寄身到处弹冯铗，有舌频年效贾耕。黄鸟嘤鸣求友意，白驹维系故人情。迢迢四十又三载，鸿雪东西记不清。

其 四

躬耕聊可给饔飧，一味分甘且弄孙。幽草得天饶绿意，斜阳恋树未黄昏。薪劳渐喜儿曹代，穑事闲寻野老论。唱到山花来百和，此身如住武陵源。

其 五

万事输人莫占先，弧辰恰在岁寒天。雪中山水开图画，风里松篁奏管弦。笔懒尽教诗有债，囊空幸与酒无缘。未能耳顺生何益，偏乞苍穹更假年。

和欧伯书六十述怀原韵二首

其 一

最多灾患是今年，谁为生灵策万全。关塞极天烽未熄，闾阎成海户难编。地经蚕食无完土，民叹鸿嗸少力田。惹得骚人悲[illegible]忿切，忧时诗句遍流传。

其 二

遍地萑苻避乱难，卜居犹幸室家完。谋生计拙君同我，媚世情疏暖亦寒。何岁可占鱼入梦，有粮尽许鹤分餐。十年重介诗人寿，得句深惭字未安。

题 画

其 一

收拾好春光，肩挑四季香。神仙闲不得，无事为花忙。

其 二

飘飘绝点埃，脚下五云开。捧得蟠桃笑，瑶池座上来。

其 三

鸟以双栖寿，花当百卉先。此间春不老，香到雪冰天。

其　四

秋色赛春风，园林指点红。晚来多艳福，休笑白头翁。

春晴寻芳

其　一

雨过山容翠，寻芳趁早暾。是谁闲着屐，先我印苔痕。

其　二

垂杨三五树，绿到画桥西。却怪雏莺小，临风不解啼。

其　三

山水清幽处，茅檐结构奇。春风直入户，不问主人谁。

送　春

其　一

飞花如雪点芳尘，转眼迎春又送春。做到东皇还是客，更谁不是客中人。

其　二

红嫣紫姹绿盈条，大块文章信手描。底事功成身便退，行行愁煞水边桥。

其　三

情长端合属侬家，别后犹留种种花。芍药满阶薇满架，教人依旧赏春华。

其　四

培出人间美丽姿，而今始有别离时。明年待到重来日，再缀新红上旧枝。

其　五

赤帝将来步后尘，东皇功满罢司春。一樽清酒殷勤饯，当作临歧送故人。

其　六

吟成离恨一条条，尽向垂杨树上描。幸有流莺能解意，嘤嘤啼过水边桥。

其　七

送君原不识君家，只向风前问落花。见说人间皆逆旅，竟于何处驻芳华。

其　八

人老原无少好姿，花残亦异乍开时。明年春到人逾老，花又骄人红满枝。

盱山竹枝词

其　一

妆楼一带翠屏环，明镜新楷照鬓鬟。不用别寻眉黛谱，碧纱窗外有青山。

其　二

山雨初停现瑞暾，胡家小巷遍苔痕。浣衣不用湖边去，自有飞泉送到门。

其 三

青色年年占十分，粉墙高不到尘氛。儿家惯住花香里，衣服无烦买麝熏。

其 四

杏花园里好良辰，相约游青踏软尘。姐爱淡妆侬爱艳，一齐都作画中人。

其 五

一片浓阴认画桥，香风轻软绣裙飘。只因此地曾经过，惹得垂杨学舞腰。

其 六

欲钓嘉鱼上小舲，般边风细碧荷馨。投竿莫遣波声响，尚有鸳鸯硅未醒。

其 七

絮果兰因莫浪猜，龙山寺里叩如来。低头祈到难言处，只爇心香口不开。

象山纪游

其 一

不向如来礼拜虔，禅房小坐便超然。料应难免山灵笑，只结僧缘无佛缘。

其 二

万历高镌明代年，观澜古迹尚巍然。前朝事业俱磨灭，不及山中片石坚。

其 三

为访仙踪洞口经，洞中留得卧时形。世人醒眼多如睡，何似仙人睡作醒。

围炉杂咏

其 一

试将榾柮满炉煨，酒盏茶瓯左右偎。万事须留余地在，十分红处易成灰。

其 二

寒暑原难一气融，遂令冰炭两相攻。持平还借阳春力，和解南风与北风。

其 三

迷信焚香年复年，不能熏暖巳寒天。金炉虽比泥炉贵，无补生民亦枉然。

其 四

附热趋炎各计功，一时相习竟成风。有形火比无形好，不与寻常世态通。

秋虫四咏（节选）

红娘子三首

一身楚楚好衣裳，胜过蜉蝣寿命长。不号樗鸡号娘子，居然名共美人芳。

锦绣丛中此化生，翩翩文采自鲜明。前身想是崔家婢，记取红娘作小名。

人间何处结奇缘，只合名留本草篇。自是医家多艳福，药笼常贮女婵娟。

纺纱婆三首

星河耿耿夜方长，工作偏宜纺织娘。一片秋声鸣到晓，不知辛苦为谁忙。

篱豆花开秋露零，缫车阵阵耳边鸣。征人是否寒衣到，引起深闺夜夜情。

世事何须问假真，只凭声响作劳人。春蚕若解秋虫意，不吐丝纶自缚身。

二山桃花

其　一

市廛何处远嚣尘，镇日寻春不见春。好着芒鞋出城去，料应空谷有佳人。

其　二

修竹千竿柳万条，一般绿意总难描。游人偏爱红情好，贪看桃花过小桥。

其　三

一湾流水几人家，绕屋新桃尽着花。最是山林幽僻地，春风吹到也繁华。

其　四

写出天台绰约姿，美人端合少年时。笑侬白首难相称，也要临风折一枝。

赠汪味闲先生

其　一

名山佳境绝尘埃，陶菊林梅着意栽。应筑粉墙高百尺，不教风卷市声来。

其　二

枫叶荻花秋已深，旧时春梦不堪寻。多情唯有青天月，常照幽人万古心。

其　三

清溪一曲漾晴波，乘兴寻芳唤渡过。隔岸人家临水近，种花庭院得春多。

其　四

诗鸣天籁难拘律，话到心声胜听歌。岂奈斜阳摧送别，不能挥动鲁阳戈。

晚晴同傅石渠闻步

其　一

斜阳满树水平汀，散步长堤酒乍醒。山色也知逢画手，群峰耸翠入丹青。

其　二

淡烟微霭润芳尘，画意传神触处真。留得泥痕沾屐齿，乡亲俱是踏青人。

题敬一学堂蛱蝶图

何必寻花作醉乡，世间最好是书香。为沾时雨春风化，飞入文人讲学堂。

久　雨

其　一

东风吹雨洒窗轻，小院无尘众绿生。蕉叶似怜人寂寞，递将幽响到琴筝。

其　二

说甚甘霖润似膏，江田万顷总波涛。麦苗淹尽香粳贵，愁煞前村酒价高。

秋桃复花赋诗六绝

其　一

西风吹不到仙家，九月天台又见花。真是美人能耐老，秋深仍现好容华。

其　二

绰约仙姿本绝尘，但无寒意即成春。趁他青女方偷懒，瞒着东皇又现身。

其　三

秋容仍不减春容，犹是前番带雨浓。莫谓佳人难再得，曾经分别又相逢。

其　四

结实累累既满枝，秋来重又见芳姿。羡他多子还多寿，仍是夭夭少好时。

其　五

又值龙山落帽辰，三秋风景属诗人。题糕为助刘郎兴，添出玄都观里春。

其　六

明日黄花时已过，更将何物助吟哦。幸能寻得仙源路，红树依然两岸多。

新婚竹枝词贺李申之入赘

其　一

画堂春好菊屏开，报到乘龙佳婿来。忙煞如云诸姊妹，一齐偷眼下妆台。

其　二

锦绣罗胸玉作骸，隔帘评量遍裙钗。女儿心愿无他事，姊妹班中婿最佳。

其　三

洞房良夜壁双联，红烛光中宝镜圆。正是梅花风景好，绽将新蕊小春天。

其　四

斟酌时妆淡点脂，丰神婉娈镜先知。可人最是生花笔，题了新诗又画眉。

杨志桂

杨志桂,字小山,清盱眙人。诸生。

春日杂兴四首

其　一

雨霁开新境,春风暖气薰。花枝红倚日,树杪绿团云。
老态欢场倦,幽怀俗虑分。欲消愁底事,唯借酒杯醺。

其　二

草寓荣枯理,花开朝暮情。根源参宿世,培植说平生。
春识归巢燕,晴迁出谷莺。忘机有鸥鸟,好与共寻盟。

其　三

半亩芳园地,茅斋一径连。云垂花养露,风定柳萦烟。
碧水回栏外,青山卧榻前。更堪新雨后,欹枕听鸣泉。

其　四

薄酒不辞饮,闲游兴亦豪。竹稠蹊径窄,日暖岭云高。
啸傲双芒履,乾坤一布袍。夕阳归未晚,身健喜忘劳。

苦　雨

久雨无休歇,春来浃日阴。声声惊断梦,点点滴愁心。
釜冷薪炊湿,池平水涨深。呼农问麦信,积潦苦相侵。

散　步

逍遥宇宙一闲身,散步寻芳到水滨。茅店烟浓鸡唱午,柳堤风暖鸟鸣春。
犁扶绿野催耕急,船泊青溪唤渡频。老眼惯看人世事,莫教前路怅迷津。

村居二首

其　一

晓起晴云望眼赊,市尘不到野人家。已过社雨郊原绿,又见春风燕子斜。
慰我离杯欢伯酒,怡人闲趣女郎花。浴蚕改火随时序,名利何须挂齿牙。

其　二

桃花开遍柳花飞,谁道村居景物非?叱犊鞭拖轻霭过,荷锄人带夕阳归。
林深时见鸦翻树,地僻稀闻客扣扉。闲与邻翁卜多稼,追随箫鼓事春祈。

李作鹏

李作鹏,清盱眙人。秀才。

过都察院有感

欲把文场作市场,大罗天上也沧桑。庭蛙有恨犹鸣鼓,瓦雀无知尚处堂。
寂寞秋风荆棘满,凄凉明月桂花香。而今举子清闲甚,直待槐黄逐一忙。

过瓜洲

万里长江扼上游,东南门户数瓜州。九天虎啸夫人鼓,一路狼奔太子舟。
不是獾河通间谍,如何驴背老王侯。我来正值秋风紧,芦荻萧萧战不休。

欧佩森

欧佩森(1872~1933),字伯书,原籍五河县,移居盱眙管镇。19岁成拔贡。复考入安徽省政法学院深造。辛亥革命期间,被举为安徽省参议员。此后主持亳县司法有年。因痛恨官场黑暗,愤然辞职回家,从事教学和行医,终其一生。

四十述怀五首

其　一

频年索笔走风尘,荏苒光阴四十春。已过识华鸷梦幻,最难乐事序天伦。
随缘到处逢知己,作嫁依然尚为人。极目家园增感触,故交几辈尚清贫。

其　二

幼承鲤对懔严威,生小庭前未敢违。一自飘零离故土,难将寸草报春晖。
家寒还耻因人熟,众瘠何心忍独肥。薄宦尤如贫士苦,不如早日赋当归。

其　三

鸾胶断续忆中年,贫贱糟糠任何天。修教惭无南国化,出行常赋北门篇。
承先幸未诗书绝,裕后还期子侄贤。最是伤心无限感,未能姜被共同眠。

其　四

老念子孙薄俗情,浮踪两袖尚风清。惭余碌碌甘鸠拙,笑彼劳劳学兔营。
辜负高堂虚后望,频年弱弟未成名。春秋责备浑闻事,午夜扪心忝所生。

其　五

身逢过度变多端,家累愁生择术难。驽马原无千里志,鷦鷯只借一支安。

开轩纳日迎朝爽，秉烛夜书彻夜看。翻惹荆妻频问讯，为怜民命怕摧残。

五十初度述怀八首

其　一

人事推迁似转篷，行年五十太匆匆。水虽东逝盟终白，日已西斜盼晚红。
早岁名场空逐鹿，半生心血误雕虫。知非敢与前贤比，常在冰渊惕厉中。

其　二

压线苦吟年复年，举家重任一身肩。世转旧德经为圃，业少先畴砚作田。
祗奉双亲常缺乏，相携诸季半颠连。天伦乐事何时叙，午夜扪心泪潸然。

其　三

中年宦辙效驱驰，角逐名场未合时。皖国上书参未议，谯陵判事谱新词。
飞鸿踏雪留泥印，倦鸟归林戢羽翼。识得一身无媚骨，此生不作服官思。

其　四

家乘频修苦未成，无能毕竟是书生。经参灵素难绳祖，法宪申韩笑弋名。
识马有谁同伯乐，牵羊偏欲重匡衡。自从返得家乡后，桃李新阴又向荣。

其　五

补我愆尤幸有儿，重闱聚处展乌私。桐荫正放孙子茂，荆树分荣暮景怡。
末世能贫翻是福，高堂健饭未全衰。如斯双庆人应少，喜怒交乘只自知。

其　六

百年过半果无闻，久不开编问典坟。旧日声名虚副望，天涯朋辈恨离群。
摊书且把蹉跎补，闭户还防智虑纷。门外是非都不管，瓣香心事拜河汾。

其　七

婚嫁连番岁逼人，谋生无术惹妻嗔。也知糠粥来非易，不解锱铢计较频。
知足各言师老子，治家善政愧君臣。漫嗟此日修肩瘦，多少哀鸿历苦辛。

其　八

年来家教日更张，狂简书成愿莫偿。怀酒论文怀李杜，门前立雪少游扬。
鹜鸡争食羞参伍，牛马频吁任短长。久矣索居闻见寡，为赓伐木未周详。

和纪澹成诗八首

其　一

遥望飞凫化鸟来，相期中泽救鸿哀。鹿舟鹤舫争相连，蝶使蜂媒莫浪猜。
小试牛刀能僵化，暂羁骥足士元才。家乡闻听与人诵，未到琴堂月西回。

其　二

一见倾心别太匆，早知济世有宏功。宗风韶织清文达，吏治遥逢汉伊翁。

冷署楼迟冰在抱，巨奸照彻镜当空。良谋次第从容展，箕毕民情任西风。

其 三

花落闲庭长碧薇，一轮明月照窗扉。盗清深喜民安乐，众瘠何甘马独肥。

政比仇香能熹化，贤为向玉早知非。公余无事闲吟咏，爱向东皋赋落晖。

其 四

五河凋敝不堪言，迭见兵灾历有年。端敕旌旗麾白昼，拨开云雾见青天。

置新党国须行政，好个文官不爱钱。劫后余生资建设，为怜民命日忧煎。

其 五

几人肯把利权轻，得失为同鸡鹜争。归见重轮销剑气，风行四野听琴鸣。

妖魔谁敢窥明镜，黑翳焉能宰太清。莫愁铄金束众口，明珠薏苡有公评。

其 六

坦白一心安委曲，重门四面可宏开。人治膏雨怀郇伯，野爱冬暄戴赵衰。

语不及私谈月夜，民皆如皋上春台。鲰生深幸蒙青眼，抚德甘堂弗忍回。

其 七

老吏从来心最婆，治书唯恐屈人多。寻思己过情难已，不得其生唤奈何。

民泯冤声称定国，法乡哲理本卢梭。此官去后谁能嗣，听我乡人道路歌。

其 八

政平争颂杜延年，况复诗同白乐天。方共齐民歌孔迩，谁客淑度遽言旋。

者番聚首风生席，他日归蓬月满船。徜许从来如郭仍，欢迎竹马小山岭。

六十述怀

寄路人间六十秋，飘然天地一沙鸥。如流岁月悲空逝，未晚桑榆冀早收。

王福初

王福初，清盱眙人。清末秀才，民国初以教书为生。

谋生杂感

人生总是为穷忙，况择凶年愁断肠。惭愧南来开讲舍，独怜老去卖文章。

门生境遇多殷实，夫子家中又缺粮。唯告尔门头一次，好将番饼寄回乡。

倪建邦

倪建邦(1882～?)，字时甫，世居盱城涧沟渡。清末秀才。排行第五，时人尊称之为

"倪五先生"。

与纪树滋二山看桃花

为寻世外武陵春,山转溪回别有村。芳草艳阳山下路,看花人遇看花人。

咏　柳

小桥深处乱垂杨,道路迢迢欲断肠。记得去年寒食节,一溪烟雨色才黄。

姚德芬

姚德芬(1882～1964),字杷之,盱眙人。清末秀才。1952年起,历任盱眙人民代表会议常委、县人大代表、江苏省文史馆馆员,参加《盱眙县志》编译工作。

访白衣庵故址

创造白衣庵,虔诚持经咒。觉岸快同登,团瓢精结构。晚看舟卸帆,晓看云出岫。佛火昼夜明,佛经靡弗究。如何兵燹余,规模未复旧?我来访遗墟,怅对湖山秀。

嫁　女

吴隐之嫁女,卖犬营嫁赀。胡铨嫁其女,书砚厚相贻。古人存本色,道在不自欺。我性甘藜藿,炫奇果何为!皎皎掌上珠,爱甚豚犬儿。少小侍我侧,从无拂意时。失恃亘三载,赖有姨母慈。相攸不轻率,遣嫁神为疲。适遇风鹤警,仓促订婚期。迎我至旅舍,促成合卺仪。为咏迨其吉,家室庆尔宜。亲翁素相得,酌我酒盈卮。

访楚姑祠故址

父无幸福作天子,女在故都殉节死。贞操上争日月光,血泪痕留梼杌史。幽魂一缕恋旧宫,不嗟薄命怨重瞳。姑之葬处无可考,姑魂永寄荒祠中。荒祠未知何年建,官吏频将俎豆献。盱山终古耸烟鬟,淮流不尽呜咽恨。倭寇祸盱祠宇残,荆榛满目心为酸。我来剔藓读碑记,萧萧哪管朔风寒。

盱城失陷消息业经证实

其　一

风急马萧萧,城空敌焰骄。沿街都纵火,无土不同焦。
栋宇霎时烬,乡关百里遥。故园消息恶,空自泣寒宵。

其 二

流离十余日，芝燕各分飞。有母依予妹，无家可再归。
伶仃怜稚女，仓促出重围。病妇困床蓐，深虞生命危。

不 寐

焦土江南北，荒原剩远村。寒威厉冰雪，杀敢满乾坤。
谁酿兵戎劫，频惊旅客魂。鸡鸣愁不寐，醒眼待朝暾。

对菊怀旧

寥落悲庭宇，秋英一无存。林泉余涕泪，风雨诉烦冤。
同调嗟安住，前尘莫与论。伤心何无忌，酹酒吊诗魂。

雨 夜

雨声听不得，欹枕且吟诗。酬酢难违俗，疏狂怎入时？
贴林摹乞米，人只念同枝。暌隔空余恨，关心鬓若丝。

时 艰

焦土成功血迹斑，于今谁复恤时艰！欲求酣寝先谋醉，不惹穷愁只爱闲。
处境尽堪焚笔砚，思乡唯恐负湖山。独怜予仲将慈命，荆棘盈途自往还。

原注：指当时政府实行焦土抗战的策略。

杨国宾李自藩约余往牧羊山麓看桃花自藩首唱七律一章爰次其韵

其 一

挈来单冠作闲游，多少峰峦眼底收。映日桃林胜红锦，在山泉水尽清流。
三春风景花兼鸟，垂老交期白与刘。为笑玄都太器杂，输君别业径通幽。

其 二

缓步高原汗漫游，殷红浅碧望中收。栽花竟肯留芳草，煮茗先教汲活流。
云树苍茫同忆李，琴书沦落合依刘。仲宣迟暮惊春老，羡尔山村事事幽。

晚 眺

凝眸欲数远山叠，只恨微茫辨不清。叱犊鞭声林外响，涤场灯火雾中明。
秋深昼短农功促，野旷天低暝色横。北望淮流时隐现，无端触起我乡情。

旅 怀

砚池哪得起波澜，饱食贪眠且莫叹。略减晚餐求梦稳，未捐晨饮畏天寒。
迂疏敢诩成书易，狭隘深虞行路难。幸赖陈编消岁月，龙泉有铗敢轻弹。

和朱任生游汪园吊铁心夫人墓

园景清寥一望收，诗人于此小勾留。空将短碣标千古，赖有颓垣缭四周。
松影不随云共散，天光惯与水争流。羡君览胜饶吟兴，凭吊芳魂破旅愁。

山 行

自公退食从容甚，旧地重游证夙因。惯向途中除积石，为求月下便行人。
漫矜花木丰姿秀，且赏湖山面目新。几处颓垣和废宅，当年记我往来频。

偕四弟进之对酌

携来稚女和孙女，乍到应知认里门。怅汝连宵遇阴雨，负侬三日趁朝暾。
风雷际会开诗境，棠棣联欢借酒樽。可恨暑威仍未减，姜家大被怎生温？

遣 兴

莫将寒暑怨天公，大地同膺造化功。瘦骨难禁蚊喙毒，愁城端赖酒兵攻。
家居云白山青外，人在风萧雨晦中。幸有睡乡资偃息，黑甜兴味本无穷。

雨 后

哪许尘埃侵此夜，挑灯得句且长吟。满庭蛩报初秋信，两部蛙传隔水音。
暑退顿捐新竹簟，宵深为整旧衣襟。天公竟慰三农望，一雨真如得万金。

东门外与吴典周晚眺

郊原风景出尘埃，每值闲游意暂开。暝色渐从林际合，寒威先自水边来。
远村灯火时明灭，当路荆榛待剪裁。莫恨阮囊羞涩甚，百千犹足醉新醅。

闻中日战讯有感和许元如韵

杀劫当头可奈何？为怜壮士枉挥戈。经营徒蓄三年艾，鼓荡空扬万顷波。
奋斗仍须言奋斗，蹉跎莫再误蹉跎。金瓯残破嗟如此，国耻创痕永不磨。

登清心亭和友人韵

其 一

盛名之下信非虚，任运行藏愧不如。高咏百篇聊复尔，退依三舍只愁予。
满山诗料供收拾，几辈文机此展舒。黄卷青灯成往迹，鸿泥追溯杏花初。

其 二

荒亭曲径草离离，断壁残碑文字奇。石罅泉流泻珠玉，天空月影浸玻璃。
深林禽鸟差云乐，遍地干戈奚所之。争战看淮输一着，东山自古有围棋。

偕稚瑜游龟山

龟山两点锁淮流，又见龟头耸上游。古木几株云外尽，沧波万顷眼中收。
为怜短碣理幽草，谁把残钟起废邱？常乐禅林存故址，黄童白叟此勾留。

灯 下

咄咄书空唤奈何，挑灯怎遣此愁魔。人思故里风情爽，诗到深秋涕泪多。
雁序兴悲棠棣什，驹光莫返鲁阳戈。老来无处消髀肉，愿向沧浪着钓蓑。

忆徐汉三表弟

去春曾问尔行踪，迢递云山隔数重。同恨梓乡难插足，何期竹径任携筇。
战争差幸功初就，讲诵遥知兴未慵。门巷夕阳自今古，不堪回首翠屏峰。

登夫子庙小学门前高台远眺 有怀桑梓材即次其寄怀原韵

凭眺淮流眼界开，登临何幸得崇台。扁舟竞逐狂涛去，轻燕偏随细雨来。
极目沧桑增感喟，惬心花木待移栽。问君可否丰脩脯?请听嗷嗷中泽哀。

教师节

我也吹竽效南郭，因人成事感衰年。穷原竟委谈金石，悦性陶情奏管弦。
册籍标明新主义，沧桑赓续旧因缘。诸生排队行仪式，接受教侬转赧然。

按:1932年曾确定每年6月6日为教师节。

吊屈原次张菊隐韵

其 一

浮沉浊世眼常醒，贬谪身同水上萍。谗间何堪结郑袖，艰危尤甚过零丁。

汨罗今日波仍恶，楚泽千年草自青。祭品流传唯角黍，味馨端为德维馨。

其　二

宗社垂亡哪有家，更无人与话桑麻。互相怜惜唯渔父，共把衷情寄水涯。
莫鉴孤忠终厌世，竟教绝笔赋怀沙！离骚脍炙今人口，博得芬芳溅齿牙。

追悼何於庆烈士次其弟於祝韵

极目沦胥愤激昂，倭氛直逼水云乡。摧锋哪许身常在，流血唯期国不亡。
君以捐生膺奖恤，民经解放获安康。无端触我西河痛，陈迹追思枉断肠。

陈旭东家芍药盛开诗以赏之

娇娆面貌画难工，生长端资灌溉功。革命家庭余隙地，殿春花卉簇芳丛。
轻风披拂枝枝秀，微雨催开朵朵红。珍品于今群众化，插瓶喜煞白头翁。

八十述怀

其　一

丢开七九竟逢旬，八十年华信可珍。人到白头谁与偶，室无隙地怎延宾？
避嚣专为破陈例，觅句唯知写性真。喜得同伦诸友伴，钻研讨论互相亲。

其　二

鲁鱼亥豕莫轻谈，意义须经仔细参。床上摊书资考证，灯前斟酒惯分甘。
儿童歌哭皆天籁，老叟情怀竟夕酣。碌碌因人成底事？月糜馆费我滋惭。

其　三

赚来醉饱复何求？自信枯肠未贮愁。私幸苍天降霖雨，欣看平地起层楼。
潜身大厦谋消暑，注目崇冈卜有秋。掌握三餐善调剂，推恩老幼展新猷。

其　四

工作连年大跃进，农田生产递加翻。东方红焰腾光彩，美帝阴谋现裂痕。
希望强兵先积谷，相期饮水必思源。自嗤衰朽无他技，重累诸君设酒樽。

由盱城至自来桥道中口占

其　一

行踪匆促出荒城，未带邮签莫记程。窄径驰驱数十里，逢山强半不知名。

其　二

危磴纵横堪小憩，方圆累累遍山陬。凭谁说尽生公法，顽石知难学点头。

其　三

自怜侠骨老山丘，揽辔澄清志未酬。莫笑书生不善骑，居然策马渡中流。

其 四

马上新诗信口占，难禁背后北风严。自惭秃管无锋颖，羞对山名落笔尖。

其 五

黄昏休息问归樵，踯躅丛山怅寂寥。莫信人言八里杠，行过十里尚迢迢。

其 六

轻骑经过华陀寺，源头活水响潺潺。北门锁钥森严甚，两道溪流弯复弯。

次韵和钱士青银婚纪念四绝句

其 一

为着银婚君赋诗，赋诗回忆结婚时。老来涉笔都成趣，写出才人绝妙辞。

其 二

神仙眷属共称奇，世外刘蕃今见之。庭树有花开并蒂，晓妆为折最高枝。

其 三

曾从海外效驱驰，解组归来景物移。锦簇花团娱晚境，塞途荆棘喜芟夷。

其 四

老庆齐眉引我妒，羡君食息有扶持。良辰应备佳肴馔，酌罢匏樽恣朵颐。

古招信十景诗

嘉祐院晚钟

钟鸣每值日斜西，天畔朱霞映碧溪。不待敲完百八杵，树巅乌鹊尽情啼。

东莱祠书声

东莱祠宇足千古，好借遗篇迪后生。莫怪行人频止步，琅琅听惯读书声。

杏花园春昼

每于春昼问芳讯，步入园林乐不支。触目杏花刚破蕊，出墙都是最高枝。

义渡舟往来

双桨如飞义渡舟，潮痕涨落记春秋。橹人不厌往来数，月上东山尚未休。

古城基远眺

抽闲寻得古城基，高踞湖滨地势奇。到此信堪抒远目，峰峦隔岸望参差。

碧崖坡垂钓

坡号碧崖幽僻甚，谁人于此把渔竿。名缰利锁都抛却，应与严陵一例看。

玉带河环绕

河流环绕喜澄清，弯曲无惭玉带名。内水朝宗有停蓄，看舆指示最分明。

庵口湖泛舟

茅庵西向一平湖，庵口朝来似画图。舟泛中间甚容与，逍遥尽足作狂奴。

狮龙桥涧泉

千年古迹溯迢遥，传有狮龙踞石桥。曲曲涧泉清见底，月光澄澈喜今朝。

球儿墩星火

球儿墩下草萋萋，数点青灯望未迷。最是一泓秋水阔，红光斜射碧玻璃。

盱城警讯传说不一口占小诗志概

其　一

猿鹤沙虫一例休，故园东望不胜愁。繁华街市都消灭，善后凭谁借箸筹？

其　二

曾幸先人有敝庐，相传十世恋蜗居。而今一炬成焦土，尤恨烧残满架书。

其　三

老妻贫病苦相侵，子女依依慑素心。仓促奔逃何处所，黑烟高耸故山岑。

其　四

天寒岁暮叹无家，真个心情乱如麻。几度思量悔欲死，问心岂仅负梅花？

次韵答何寿之

其　一

前尘历历堪追溯，每遇良辰即会餐。枨触顿教思往事，挑灯兀坐耐更残。

其　二

既痛逝者行自念，交深白首总颓唐。而今子敬知难觅，指囷何人特赠粮。

李庄开学

其　一

垂老自甘落人后，农村藏拙亦良图。自惭启发无能力，把卷空将负负呼！

其　二

情殷维絷感居停，自顾颓然七十龄。张氏横渠传绝学，开端先为讲西铭。

其　三

离却家山五十里，出门举目见家山。羁愁不为家山起，童冠春风非等闲。

归途口占

其　一

遄归好趁早凉天，征马萧萧快作鞭。谢过送行门下士，霎时飞鞚越东阡。

其　二

崎岖仄径等蚕丛，夷险安危顿不同。下马步行凌绝顶，群峰历落指挥中。

其 三

下山直赴大淮滨，俯入轻航扑客尘。到底封姨差解事，一帆风正助行人。

迁回故居

其 一

整理行装返故居，劫余幸已葺新庐。笑侬身外无长物，仅剩床头一束书。

其 二

荆妻逝世届周年，展视遗容为黯然。回首前尘卅五载，伤心琴瑟旧因缘。

其 三

飘零奚以慰慈亲，侍奉晨昏素志伸。安置藜床母心喜，欢承菽水不忧贫。

与李望溪游磨刀涧黄冲港

其 一

安流幸未起波涛，行旅无烦涉足劳。试问潺潺曲涧水，英雄过此几磨刀？

其 二

于今山港患催科，曷丧兴嗟奈若何！拨置闲情且莫管，绿阴小坐听农歌。

其 三

连日肴蔬供大嚼，归途纡曲夕阳斜。牧童欹侧眠牛背，芳草如茵绿水涯。

女生陈娥华自乌鲁木齐寄葡萄干赠余赋诗答谢

其 一

塞外葡萄颗颗圆，制成干果味尤鲜。来从乌鲁木齐市，万里邮程不展延。

其 二

男儿立功万里外，女生今也展鸿图。行经万里不辞远，饱阅风霜觅坦途。

其 三

万里寄来土产品，闲拈一撮细尝新。老怀得此殊宽慰，今日尊师尚有人。

龙山草堂答张亚屏

其 一

去年三度违君约，新岁携儿策蹇来。病愈欣君筋力健，开怀为我罄余杯。

其 二

携筇相约过邻家，卓午开樽笑语哗。烹治淮鲜欣适口，雄鸡风味更堪夸。

其 三

挑来荠菜簇春盘，为尽平原十日欢。酒后相偕凌绝顶，从容凑得六人团。

其　四

楼高百尺与山齐，大好楼名谁品题？乘兴登临一凭眺，远峰缺处讶天低。

何云程

何云程(1892～1976)，江苏盱眙人，务农。

风雨吟四首

其　一

风雨潇潇彻夜过，雨倾风吼意如何？狂风骤雨群芳妒，细雨微风万象和。
风送雨来声淅沥，雨随风去势滂沱。风调雨顺民安乐，霖雨休风盛世歌。

其　二

兴风作雨惯同时，爱雨临风系远思。雨撒纱窗风浩浩，风吹绣阁雨淋淋。
晓风朝雨山光好，疏雨轻风水色宜。最是风流雨降后，风停雨止静吟诗。

其　三

风情潇洒雨徜徉，化雨仁风却异常。时雨春风滋万物，惠风膏雨渥千方。
和风甘雨皆为瑞，喜雨歌风不是狂。杨柳舞风花带雨，乐观雨霁好风光。

其　四

连绵春雨任风驰，雨后风前草木知。雨润百花风送粉，风摇万树雨添脂。
栉风沐雨谁嫌苦，冒雨乘风自出奇。雨过天晴风气好，风平雨散艳阳时。

李金平

李金平(1895～1977)，又名镜屏，字鉴堂，上海美专毕业，中小学美术教师，喜西画、国画。老来落脚盱眙穆店乡。

七九诞辰吟草

清绪登銮依幼郎，年刚弱冠殒严堂。父肓世嘱期儒嗣，慈目家寒弗教忘。
瘴气乌烟狼虎横，青天白日犬狐狂。悲风秋雨阴云遍，万幸今朝见曙光。

遭　遇

盗贼为邻寒逼人，虎威狐假害良民。工农义校私烧毁，母子逃城自负薪。
惨遇山洪双子溺，痛遭日寇一烧沦。滁阳风月成惊梦，荆棘经途几十春。

怀 往

浮生一梦醉香醇,邀月迎杯照此身。抗日枕戈无靖夜,乘舟北撤有同仁。分巢燕子分南北,卫国男儿志屈伸。共话三千花絮散,蕙风关满画堂春。

原注:因特殊情况,妻离子散,所谓“分巢燕子分南北”,含意在此。

再 生

昨日中秋继旦明,突抛日弹死回生。身埋坑穴无知觉,心脏醒苏若梦惊。扫射机枪天际绕,硝烟弥漫地遮平。已殇复活谈何幸,值得狂欢话险情。

榆 景

无负轻身白发依,来兮绿野学经农。要骄逞傲天涯远,弄墨敲吟日曜逢。贫杜族亲消谄媚,交游艺侣不从容。淡餐自力堪温饱,献画联诗握赤松。

怀 趣

根扎农家不患贫,钻文自学几霜晨。砚田幸植丹青绘,竹简留诗漆碧筠。俯首十年何负我,虚生一世等纤尘。流光假我神凝笔,欲绘姜公钓渭滨。

夙 愿

踏遍名山摄翠容,烟云哪怕万千重。嶙峋五岳描苍峭,秀丽中原取迭峰。近水有缘稚鹤见,来滁小别瘦梅逢。浮沉幻海沙鸥渺,惟步层崖倚劲松。

观 感

同寅同学道非同,海外天缘讯绝通。人事适调归野叟,力田强干理田翁。江波翻浪连颠覆,云影清疏聚密松。阅尽沧桑浑蜃市,几家绣阁几门蓬。

胸 畅

久期小住僻山庄,绿绕柴门云绕房。枯坐敲诗诗解寂,兴来摇笔笔生忙。老残天赋眼光小,淡泊人生口味长。七九风尘梅竹慰,春秾桃李百花香。

乐 趣

巍巍河山万象新,嘉禾林树绿如茵。沿村花絮风光艳,志士经纶业务精。民智奇才掀海浪,国强浩气壮天垠。贵宾接踵观光拥,掌政英明暖度春。

纪蓉瑞

纪蓉瑞(1899～1968),字镜美,江苏盱眙人。一生吟咏勤奋,并善书法,多流散于盱眙、来安、嘉山、合肥等地,现遗墨留稿甚少。

冰　山

其　一

九仞无烦一篑功,造成峭丽是天工。合污岂肯随流水,屹立原能傲朔风。
未必游踪容热客,何须费力效愚公。人间顷刻同仙境,疑向瑶台有路通。

其　二

霎时液体变坚贞,峻极将同泰岱争。岂到冬来常似睡,纵无仙住也留名。
岭崖只称栽琼树,宫殿浑疑筑水晶。莫说神州今易色,高瞻气象倍光明。

安乐乡古迹五咏

花岩寺铁佛

野寺萧然动远思,荒榛断概慨于兹。梵音久寂无闻处,铁体虽坚有朽时。
浩劫共嗟民族难,救灾岂仗佛心慈。老僧默向台前祝,试问灵通可得知?

徐宣威将军墓

郁郁佳城耸古碑,将才自昔重边陲。龙牙高建威名远,虎略难回国运衰。
桑海变迁留故事,云乃繁衍到今时。我来凭吊低徊久,烟树苍茫夕照迟。

石　塔

阅历千年劫火侵,依然一塔出疏林。空门泪没无名氏,巨石坚贞见道心。
乱世流光随水逝,矗天孤影入云深。西山耸翠添春色,相对浮图共古今。

石　狮

一拳怪石近山村,蔓草丛中世纪更。风雨飘摇仍稳卧,铁蹄践踏总无惊。
漫传祈祷能明目,安得翻腾作吼声。想到同群遭浩劫,卢沟桥上恨难平。

流　泉

一勺溪流绝点埃,四时洋溢傍山隈。至清未许贪夫欲,不竭何忧旱魃灾。
岂似玉泉因地贵,疑通银汉自天来。沧浪歌罢尘缨濯,俗虑消除醉眼开。

和徐汉三韵借以感怀

夜色当窗月影纤,春寒料峭气偏严。愁怀消遣凭诗酒,生计艰难乏米盐。
为避虎狼安客枕,暂随燕雀寄人檐。书生空切同仇愤,难扫千军用笔尖。

绿牡丹

名园仔细认芳容，相混翻嫌时太浓。国色独承青帝宠，贵人不借紫泥封。
翠涛合同花前饮，碧玉何期洛下逢。春水差差堪照影，羞同桃李比华秾。

喜得先人遗墨

先君教读五十年，著有《芝圃吟草》二卷，于一九三八年避日寇乱，仓皇遗失，遍觅无踪。今春得知为戴君云程所获，珍若至宝，并谓欲见余一面，即当原璧归赵。喜得先人遗墨，又感戴君热诚，因寄赠律诗五首。

其 一

午夜仓皇敌寇来，先人手泽委尘埃。保存竟负临危嘱，疏忽原非应变才。
黄鹤无踪飞不返，青蚨有价赎难回。六年继述关心事，深锁愁眉未展开。

其 二

闻说遗篇护碧纱，不劳寻霓屡咨嗟。未曾同腐荒原草，又见重开镂管花。
赤水元珠收象罔，丰城宝剑遇张华。珍藏什袭情何切，骨肉斯文是一家。

其 三

赏识欣逢阮眼青，免教楮墨散零星。得邀藻监增声价，好籍梨刊作典型。
百世定能传后辈，九原当可慰先灵。多蒙补我从前过，感激常殷心版铭。

其 四

先君早岁即为师，著作唯存笔一枝。身后文章千古事，个中甘苦几人知。
但教心血常留迹，便是精神不死时。从此父书常习读，对兹手泽好追思。

其 五

爱诗必定是知诗，翰墨因缘遇合奇。幸免秦灰逃劫运，却欣赵璧有归期。
物还故主明廉德，友得新交系梦思。他日偷闲访安道，好聆教益识丰姿。

六十述怀

其 一

六旬岁月白驹过，劫后余生鸟脱罗。思痛创痕犹宛在，捧亡鬓发已全皤。
看来今日山河壮，流得当年血泪多。往事回思增感恸，濡毫先自涕滂沱。

其 二

苦味能回谏果甘，喜看晴霁日三竿。荣邀优抚饔飧足，时遇升平枕席安。
客里家庭饶幸福，老来学海觅波澜。弧辰正值春光好，俯唱遥吟宇宙宽。

六十三自述

其　一

花甲年过两鬓丝，回头往事忆儿时。一宵侍父谙平仄，五岁迎宾识象熙。
咏菊构思邀众誉，读经解说释群疑。哪知少小虽聪颖，老大无为未足奇。

其　二

旧业绵长善继先，笔为耒耜砚为田。十年黄卷承严训，一片青毡累世传。
家塾羁身愁失学，滁山有梦去无缘。六张五角难成事，只叹因循志不坚。

其　三

远游何肯离亲前，亲老丁单极爱怜。未渡南洋千万里，滥充西席十余年。
头衔已惯称夫子，眼界终难见海天。篱燕云鹏原异路，高飞低伏各随缘。

其　四

任他逐臭与趋腥，踽踽何妨赋独行。歧路不迷双足稳，贪泉未酌一心清。
常甘淡泊儒风守，懒事逢迎势利轻。祖德追思堪远绍，厩听衙鼓爱书声。

其　五

残腊亲帏承色笑，无端二竖忽相侵。溪桥代馆从严命，汤药奉翁尽妇心。
荫失灵椿悲仰事，劫余吟草费搜寻。六年原壁仍归赵，待付梨刊责任深。

其　六

烽火漫天日月遮，为忙衣食暗咨嗟。锄携绿野勤农事，户插青帘作酒家。
营利自惭才太拙，鬻田人笑计全差。书生迂阔无他技，只得能涂纸上鸦。

其　七

猖狂日寇据山城，避乱频惊风鹤声。夜色朦胧遭袭击，危机咫尺幸全生。
血腥魔爪明珠攫，气壮男儿宝剑横。民族多灾家国恨，悲歌一曲贯长虹。

其　八

看到河清眼忽明，得歌解愠喜风熏。宣传胜利书标语，纪念英灵读祭文。
出席县城参会议，扶犁野叟代耕耘。党恩待遇殊深厚，自愧驽骀少建勋。

其　九

省图寄寓便为家，工作轻松兴趣加。客地多交三益友，公园近看四时花。
临池字迹惭春蚓，观海胸襟异井蛙。连架牙签书万卷，老来眼福信堪夸。

其　十

投林倦鸟又飞回，春去秋来岁月催。怕斗机心疏对弈，为防宿疾少衔杯。
安排笔阵逢诗友，收听笙歌到舞台。暇豫更增吟兴健，推敲月下每徘徊。

锄田杂咏

抗战时生活困难，近街之田十数亩，学习耕种，心之所感，得诗十绝。

其 一

锄杆拿来重百钧，事因初学手还生。不能灵活随人意，挥洒何如笔杆轻。

其 二

倪宽好学带经锄，劳作余闲不废书。笑我弃儒恋畎亩，野人情与圣贤疏。

其 三

安坐何能享现成，劳工神圣语原真。未衰筋骨堪磨炼，自力更生学做人。

其 四

去草由来如去恶，嘉禾始得获新生。眼前真伪须明察，良莠相参要辨清。

其 五

采药陆游鸭咀擎，种梅刘翰月光明。古人闲逸余忙碌，一样锄头两样情。

其 六

平畴一望碧无垠，清气真堪荡俗襟。随遇而安心自泰，苦中也有乐能寻。

喜日寇投降

其 一

倭奴力蹙竟投降，消息传来喜欲狂。东亚野心终失败，中华正气得伸张。

其 二

驱除虎豹神州复，洗涤腥膻血债偿。但愿人民歌乐国，欣然日月又重光。

桂五水库舟行口占

其 一

昔时驴背一鞭扬，今日中流一叶航。五载沧桑惊变换，山区忽作水云乡。

原注：余客居合肥5年。1961年农历四月作。

其 二

微风细浪浴凫鹥，双桨轻摇直向西。蓄水不知深几许，船高恍觉众山低。

其 三

平湖十里镜新磨，山色青苍映绿波。岂料岩阿樵唱地，扣舷一曲听渔歌。

其 四

创造功深效用收，水经约束也低头。山洪自昔常为患，今化宏渠膏泽流。

其 五

水库仍将桂五名，追怀先烈不忘情。保收今日无凶岁，犹忆借粮作斗争。

避日寇乱重到周营

其　一

旧地重游廿八年，鸿泥踪迹认从前。槐阴满院依然好，不管沧桑有变迁。

其　二

仿佛村居近水坳，层楼又见拂云梢。我来好似堂前燕，犹自关心认旧巢。

其　三

我已于思尽有须，君家昆玉比髯苏。若非对语言能辨，面目几难识故吾。

其　四

当年侍读尚孩童，卅载光阴指顾中。却怪联班儿女长，催人老大易成翁。

其　五

虽经久别意拳拳，交谊真同金石坚。感谢多情今似昔，殷勤欲赋白驹篇。

原注：幼时随先父于周营读书7年。

次前韵感怀

其　一

举家转徙又经年，饮啄从知有夙缘。觅得一枝堪稳寄，多情乔木许莺迁。

其　二

信步寻芳水一坳，恼人春色上林梢。许多胜地成焦土，完卵无从问覆巢。

其　三

抗敌谁能捋虎须，西江难救辄鱼苏。忧时未有匡时策，文弱书生只笑吾。

其　四

欲检春衣付幼童，探来羞涩阮囊中。乱时得失关何虑，知福惟凭塞上翁。

其　五

故园东望意拳拳，何日能摧贼垒坚。莫谓家中无长物，关心犹有旧书篇。

王问贤

王问贤（1901～2005），江苏盱眙人。一生从教，百岁入党，曾任两届县人大代表。盱眙县诗词学会会员、江南诗词学会会员、中华诗词学会会员，先后有10部诗文集问世。

中秋节台胞探亲

乍见亲人热泪潸，合家欢乐到更阑。庭前荆树须皆白，堂上椿萱背已弯。

恍记别时亲子面，更从隔代认童颜。衷肠倾诉良宵短，急望回归侍膝前。

自感

诵曲吟诗陶性情，解忧解闷解愁城。心胸开朗海天阔，笔墨纵横日月明。
万物静观皆自得，一心攻读与谁争？无关荣辱名和利，自在逍遥乐趣增。

四月即景

四月清和分外忙，蚕桑未了又莳秧。摇金麦穗层层浪，落雪槐花阵阵香。
学子莘莘勤课业，老夫碌碌撰诗章。欣逢盛世千般好，耆幼输诚俱发光。

怀念江上青烈士

时至于今六十年，朝思暮想梦魂牵。三山已倒民心乐，四化方兴国色鲜。
港澳回归疆土固，台澎期盼金瓯全。英灵泉下当含笑，领袖功高举世贤。

深情无限颂党恩

其　一

一生爱党在追求，数十春秋无怨尤。弟子成材桃李秀，心花怒放乐丰收。

其　二

百岁人生愿已酬，光荣入党放声讴。年高体健雄心在，爱国利民志不休。

其　三

党恩浩荡永难忘，教育子孙更自强。竭力尽心为四化，老梅花发放清香。

其　四

离休岁月事无忧，乐意舒心喜唱酬。作赋吟诗歌盛世，挥毫泼墨颂金瓯。

其　五

身逢盛世百年安，领导关怀问暖寒。最是夕阳无限好，晚年幸福合家欢。

其　六

世纪新开千禧迎，心花怒放变年轻。虽临百岁情犹激，宣誓红旗一老兵。

一百零五岁自咏

晚景生辉喜气临，无忧无虑度光阴。期颐又五诗常咏，盛世欢歌伴一生。

王晴飞

王晴飞（1901～1997），江苏盱眙人，旧私塾读书，爱好诗联。

大桥风景

大桥观景景无休，吸引诗人此处留。淮水盱山随意赏，诗情画意任搜求。
秋来天过南飞雁，春暖波浮逐浪鸥。喜听渔民歌唱晚，红霞染棹乐归舟。

乔迁新宅

喜向城南好宅迁，天台山下建家园。前临车路人行便，后辟篁林鸟语喧。
门第向阳春意早，书香传代子孙贤。广栽花木随心赏，四季温馨年复年。

催暑迎秋

高林蝉唱催残暑，小径虫鸣报早秋。水碧山青风景秀，气清神爽月当头。

赞米芾

盱山淮水多名胜，历代诗人捉笔忙。最爱都梁吟十景，千秋文史米襄阳。

初　夏

杨柳堤边步白毡，藕花池里看青钱。蛙鱼同戏逐清水，鸥鹭齐飞上碧天。

洪道钧

洪道钧，江苏盱眙人，教师，善书画。

和郑寄民诗

其　一

月前驾回故乡城，未忘旧交友谊情。承蒙不弃先过舍，东道未尽愧在心。

其　二

五十年前音信断，三千埯路志气同。离衷话长叙时短，临别依依两情浓。

其　三

人生八十志愈坚，蔬菜经霜味更鲜。老蚕结茧丝方尽，鞠躬尽瘁心也甜。

其　四

民富国强居盛世，人寿年丰福无穷。苦尽甜来天伦乐，老当献策才光荣。

谈信成

谈信成,江苏盱眙人。

回乡感怀

光阴时刻不停留,离别家乡数十秋。革命一生无建树,故人聚首思悠悠。

赠郑寄民

其 一

接电未能回家园,迟来县招不相见。实感遗憾机会过,离别家乡思挂牵。

其 二

光阴时刻不停留,离别家乡数十秋。革命一生无贡献,如今不觉已白头。

其 三

家乡面貌换不停,各方情景俱更新。昔日领导均离去,接待新人认不清。

其 四

人生不过数十年,何须计较名利权。识破人情如纸薄,自古及今亦皆然。

郑寄民

郑寄民(1912~2005),江苏盱眙人。1942年加入中国共产党,中华人民共和国成立后任浙江嘉兴地区财贸办公室党组副书记、副主任。

家乡盱眙

我爱家乡美,千古有名山。乡城景物致,旧貌换新颜。
经文相并茂,工农翻几番。十景能恢复,再来共游玩。

庆祝抗日胜利

日本宣投降,光复盱眙城。军民庆胜利,民气大舒伸。
惩办汉奸贼,农业好收成。恢复工商业,万民齐欢腾。

与窗友洪道均会晤

其 一

离别五十载,相逢在故乡。交谈坎坷路,历历未能忘。

回忆同窗苦，知音情义长。晚年居盛世，高歌颂兴邦。

其　二

慕君体康健，已届耄耋年。高谈精神爽，才华书画篇。

日夕云霞蔚，相助乡史篇。盱山十景美，蜀水幸福泉。

其　三

历史趋发展，沧桑变化多。回忆当年苦，哪堪受折磨。

三年冷板凳，守缺未蹉跎。吏途方厌弃，同唱自由歌。

边区征粮自山洪港至自来桥

欲将军库粮充足，哪怕边区有豺狼。身心锻炼红似火，步履轩昂志如钢。

崎岖三十八山岭，翻越龙山又凤山。途经乡长村宿夜，农家玉米粥更香。

日夜突击运粮

运粮重任落在肩，烽火连天运河沿。干群团结军粮保，同舟共济摇橹欢。

白日渔村栖泊隐，夜间粮站忙支前。喜闻前线传捷报，干劲倍增笑开颜。

与老战友周世民聚首第一山

其　一

千里来相晤，战友情至深。别离四十载，聚首话乡城。

其　二

纵谈今昔话，品茗著新茶。不觉红日下，翠屏色更佳。

其　三

既饮玻璃露，又食洪湖鱼。淮河佳肴美，家乡风味殊。

其　四

君著桂五传，足迹半中华。书成慰忠魄，句句含泪花。

应邀游第一山

老友邀相聚，翠屏色更佳。玻璃泉水好，品味煮新茶。

寄老友庄壮

其　一

旅淮曾过访，相聚乐悠悠。叙旧嫌时短，感情晚宴留。

其　二

笔懒未候安，千里寻音难。钟期能知遇，流水有何惭。

其　三

月是故乡明，知音便多情。天若能作美，待机访故人。

思游怀故乡

其　一

年已八十三，身体尚粗安。党恩滋雨露，期颐想登攀。

其　二

桃园春夜宴，游兴上心田。再读金陵梦，盱山淮水间。

步韵和谈信成

其　一

去年旅游回家园，相邀因事未相见。病体违和多抱歉，我去君来添挂牵。

其　二

都梁相约未候留，梦萦苕溪又一秋。何时有机来相会，相思未了空搔头。

其　三

盛世高歌庆龙年，不计名利不争权。君赐佳作几番读，诗意深长心畅然。

其　四

韶光易逝不稍停，世事沧桑变革新。革命前辈留定种，盱山淮水更丽清。

另赠谈信成

其　一

都梁英烈写颂歌，自古淮上豪杰多。羡君早怀革命志，史册记载未蹉跎。

其　二

人情厚薄看钱财，趋炎附势可鄙哉。得失何须来计较，胸怀坦荡乐自来。

寄老友周世民

其　一

玻泉饮茶未能忘，春咏盱山韵正香。独在异乡思老友，不知重会在何方？

其　二

年年砚田耕耘苦，情系英史方太忙。老要偷闲多珍重，好为鸿书写几行。

寄窗友洪道钧

其　一

鸿雁传书为候安，敢劳炎夏费辛艰。高龄妙笔力苍劲，渴望期颐渡蓬山。

其　二

高山流水识知音，鱼雁常通好鼓琴。寄语宽舒多保重，身心健康福星临。

其　三

松菊为侣画为俦，现代骚人数风流。诗能言志画达意，悠游山水无忧愁。

其　四

知君书画有底功，高雅情操能叙胸。都梁山水多诗意，大好时光乐其中。

秦志儒

秦志儒(1913～?)，江苏盱眙人，离休干部。

都梁览胜

游人爱览古泉亭，龙口流银映翠屏。苏轼题词崖尚在，米芾留字迹犹存。
寻幽淮泗九州客，觅胜都梁四海宾。山水楼台观不厌，长河晚眺喜微吟。

赞盱眙山水

山城处处绿成堆，亭阁楼台次第排。淮水长流飘玉带，芦花摇曳雁飞来。

朱　华

朱华(1913～?)，原名朱维翰，江苏盱眙人。早年参加革命，后到上海工作。1983年离休。

咏盱眙

丛林滴翠掩山城，梨白桃红喜映人。春到盱山当久驻，人临淮水更知情。
输油巨管横山过，跨水长桥接岸成。战火几经墟不废，重来广厦赏高层。

缅怀朱云谦同志

志在犁除世不平，一生戎马未安宁。人间已现生存望，鬼域随来日蒋兵。
不达长城非好汉，终消恶敌是豪英。朱君夙以廉为贵，报国精忠全为民。

翁浴人

翁浴人(1913～?)，江苏盱眙人。四川绵阳市运输公司工作。

返川前过盱城四首

其　一

浩浩长淮九女峰，依山傍水古盱城。当年走马豪情客，再度来临白发人。

其　二

揖别盱城五十年，星移物换几更迁。穷山恶水凄凉地，万象翻新又一天。

其　三

寇进中原多难时，神州板荡各东西。迎来盛世还乡后，上苑新芽竞吐奇。

其　四

老鸿展翅并肩飞，百步回头看几回。故里风光情眷眷，来年梅放带香归。

李次安

李次安（1914～2008），四川达州人，长期在盱眙从事金融工作。

游山海关

群峰夹石湖，碧水荡明珠。峻岭高千丈，长空一缆途。
华佗迹遍野，义旅袭攻吴。山色呈青翠，伟哉碧玉壶。

大莲湖访友

登高望友立山头，淮水烟波百舸游。陋室深居桃柳伴，渔耕湖畔度长秋。

春　酒

故人相约会亲邻，酒过三樽叙旧情。往昔家家春宴少，今朝改革喜盈盈。

夜宿北岩禅院

禅院晨钟暮鼓喧，夜深犬吠亦难眠。悬岩飞瀑雷声吼，子卯鸡鸣报晓天。

王亦纯

王亦纯（1914～2012），江苏盱眙人。1930年加入中国共产主义青年团，1939年加入中国共产党，曾任《皖东北日报》编辑、中共安徽当南工委书记、辽宁省委工业部副部长、辽阳市委副书记、大连工学院党委副书记。

游盱眙龙潭

且向龙潭去，清波映翠峦。临流濯手足，照影整衣冠。
一鉴开明镜，千秋泻碧湍。当归君摘取，此处可盘桓。

原注：潭畔有当归，陈皓同志摘以问人，始知是中药。

归来辞八首

其　一

逝水年华去不归，盱山此日绣成堆。葱茏云树甘泉碧，历落风帆白羽飞。
昔日滩涂今菽麦，满城花木尽芳菲。长淮千里连吴楚，似锦征程沐晓晖。

其　二

风帆隐隐水如银，花发淮南锦绣城。半塔陵前枫叶赤，小洲滩上柳丝青。
市廛屋宇多新建，邻里亲朋轶旧闻。往日凤坡岭下住，依然莼脍故乡情。

其　三

常道天涯若比邻，今朝欢聚更相亲。关山远隔归心急，岁月空抛白发生。
云树苍茫林壑远，波涛激荡水云深。山河带砺金瓯在，战迹依稀忆故人。

其　四

松柏长青墓道边，陵园一奠伏碑前。德文洒血风云际，桂五流芳天地间。
取义成仁雄鬼烈，粉身碎骨寸心丹。于今绿遍淮南岸，故垒消残辨认难。

其　五

一桥飞架似长虹，玉砌雕栏跨碧空。帆影云屯连海外，车声雷动过淮东。
滩头柳色风梳绿，船上花枝水漾红。寥廓楚天归雁过，水明沙净旅途通。

其　六

他乡远别三千里，旧地重游四十春。斗笠林深山有色，玻璃泉歇水无声。
岭松劲世参天碧，石榴繁花照眼明。更有故人能指点，山光水色沁人心。

其　七

吴头楚尾碧云峰，伏虎屠龙战士功。松已霜凋还翠绿，花如锦簇更绯红。
远帆激水知航速，麦浪翻风庆岁丰。烈士音容今往矣，长桥犹见气如虹。

其　八

凤坡岭下林泉好，月到风来近远人。笑指朋侪多白发，喜看乡里尽青春。
夕阳宝积云崖暖，洪泽晴和波浪平。更愿同舟凌万顷，长淮浩渺楚山青。

乡 思

其 一

一水环如带，长淮日夜流。家山从此别，荏苒几春秋？

其 二

云压天将蹙，霜寒海亦枯。思乡人易老，犹自忆莼鲈。

其 三

夕照山积宝，夜月泉沉璧。秀岩如许青，淮水无穷碧。

其 四

松老经霜绿，花繁映日红。岭前销旧垒，水上引长虹。

其 五

窗外杏花红，阶前芳草绿。春归人不归，百岁何匆促。

其 六

水上三山岛，门前二月花。分明临海角，未必是天涯。

其 七

浮云投海角，归雁过滩头。历落随风去，乡思动客愁。

其 八

关山千里远，岁月一年秋。短景桑榆晚，长淮日夜流。

其 九

丹桂三秋里，黄花九月初。青山明夕照，宝积接天衢。

其 十

流水生文漪，夕阳散绮霞。何当返故里，且见满城花。

其十一

余年何迫促，归梦已迟延。见说洪湖水，依稀在眼前。

其十二

花因春雨艳，月是故乡明。还是家园好，淮南风岭青。

谢张孝敬先生赠画

其 一

淮水千重浪，盱山一片云。故人有深意，神韵入丹青。

其 二

杨柳依依绿，桃花灼灼红。乡情千里远，华翰写春风。

离休辞

华发还期百战功，挂冠依旧论英雄。岂甘伏枥营三窟，直欲乘风上九重。

忆盱眙

其　一

水绕山环十万家，峰峦碧玉浪银花。葱茏云树迎朝日，历落风帆映晚霞。

其　二

龙潭澄澈千流碧，凤岭透迤万树青。更有长淮流不尽，何人不忆故乡情？

第一山

第一山高百卉妍，岚风水色更无边。南宫遗笔千年迹，阵马风樯在眼前。

杏花园

天生丽质谢铅华，绰约风姿红杏花。何必满园关不住，平分春色到千家。

魁星亭

飞檐高啄见魁星，花木丛中荫小亭。踢斗一碑争墨拓，人间早已重斯文。

闻淮水污染作

其　一

长淮千里绕洪湖，此日清流竟合污。万顷波涛东海去，嗷嗷众口似枯鱼。

其　二

污流荼毒满河鱼，仰腹朝天水面浮。鲈鲙秋风今又是，洪湖浩渺尽菰蒲。

洪　沛

洪沛(1915～1991)，曾用名陈一萍，江苏盱眙人。中华人民共和国成立后，历任安徽省人事厅副厅长、中共安徽省委统战部部长、宣传部副部长，安徽省第五届政协副主席，第三、四届全国政协委员。

悼念查化群同志

其　一

一别隔遥天，从征不计年。知君身死后，一忆一潸然。

其 二

大别山前路，艰难与共奔。何期脱险阻，平地竟沉沦。

其 三

步入旧山林，凄愁故客情。村翁聚相问，言下泪沾襟。

其 四

声望满山城，才华炯出群。昙花伤早逝，挥泪吊斯人。

其 五

革命一忠贞，沉冤四十春。三中全会后，地下得昭伸。

雪枫墓园春日

几处重檐叠绿苔，春风摇拂燕飞来。呢喃新谱英雄曲，唱得园花次第开。

朱友群

朱友群，曾于1945年9月至1946年9月间任盱眙县副县长。

悼化群

同学当年杏花村，几经风雨共浮沉。黄花野外寻遗骨，腊树乡中祭归魂。

颠倒是非人遭难，沉冤昭雪党英明。观云不事思前事，泪眼唏嘘悼故人。

注：杏花村是皖省立第一乡村师范所在。黄花：盱眙黄花塘乡，查化群被冤杀之地。腊树：怀宁县腊树村，查化群骨灰曾安葬地。

王玉笙

王玉笙（1915～1988），江苏盱眙人。一生执教，治学严谨，酷爱诗文，长于工律，留诗作300余篇。

都梁怀古

山势巍峨映夕阳，登临不禁感沧桑。亡秦毕竟归三户，继楚犹堪存六王。

西望崤函遗迹渺，南瞻鄢郢故宫荒。多情最是长淮水，依旧徊环帝子乡。

磨刀涧怀古

磨刀胜迹有来由，圣帝英名到处留。急欲成功恢汉室，致教大意失荆州。

中原休怅沧曹魏，正统终评属蜀刘。鼎足三分千古恨，至今涧水不平流。

过马过嘴怀古

一室称兵说不祥，建文此论欠思量。石城终被燕飞入，淮水难阻马过忙。
义士无心投北国，郑和有意下南洋。登临凭吊寻遗迹，难见红墙映斜阳。

注：马过嘴，地名，在盱眙县洪山乡淮河边。朱棣带兵伐建文帝，过淮河无船，骑马从水上游过。因此叫马过嘴。嘴旁有山，其土红色，本地人名之为红墙。

登烟山钓鱼台

今朝独上钓鱼台，游目骋怀亦快哉。雁阵冲寒声断续，鸥群掠水影徘徊。
登皋闲数千帆过，挥笔惭无万句才。最是渔家知乐趣，扁舟诶乃又南来。

华严庵题壁

坦荡胸怀羡塞翁，世人何必计穷通。是非曲直千秋后，唐宋元明一瞬中。
性僻难逢青眼友，诗题敢望碧纱笼。名缰利锁真无趣，我恨华庵竟隔蓬。

观棋有感

对弈芸窗大有情，俨然疆场动刀兵。冲锋陷阵凭车马，斩将搴旗看纵横。
千古兴亡皆一著，百年因果说前生。人间何事非棋局，莫叹沧桑几度更。

塾师吟

闻道遑云某在先，只因糊口度年年。佞新弟子咎陈腐，泥古东翁嘱切研。
苜蓿当头聊果腹，束修到手辄空拳。笑人最是装洋派，满口诗文不值钱。

抗日留别

其　一

金瓯破碎谁收拾，遍地苍生叹奈何。抗日莫思家室累，从戎何惧敌顽多。
匈奴不灭难营宅，宗泽临终唤渡河。天下兴亡人有责，吾应投笔执干戈。

其　二

胡尘滚滚遍神州，多少男儿把笔投。报国人当轻七尺，请缨我去系三囚。
新亭对泣嗟何补，壮志应怀洗昔羞。整顿戎装疆场赴，莫疑吾欲觅封侯。

夜归侍疾

家童报母病兼旬，归省高堂不待晨。寂静荒村闻吠犬，崎岖小路断行人。
霜华覆地寒侵足，月夜中天影伴身。侍疾恨吾知信晚，骑驴终觉逊飞轮。

雪

瑞雪纷飞一夜中，开门难辨路西东。荒山隐隐连天接，野水茫茫与地同。
六片咸夸宜麦子，孤舟独钓有渔翁。喜人最是村前树，树树花开不著红。

忆童年

溯我髫龄病屡生，四周步履尚艰撑。形单影只无兄弟，随分从时乐读耕。
就傅难忘姑育爱，处事牢记父言行。而今前辈俱弃世，想到亲恩泪几倾。

乐暮年

襟怀豁达乐吟哦，搔首徒嗟两鬓皤。名利早忘谁得失，桑榆应让柳婆娑。
箕裘喜看双儿继，兰桂常谄七字歌。去日苦多何足计，老夫拟借鲁阳戈。

春雾山行

晨雾茫茫笼大地，青松滴翠湿衣裳。空山语响人何处，旷野花繁露有香。
不测风云皆短暂，从来冷暖寓兴藏。漫天雨色难遮日，几见阴晴得久长。

端午即事

竞向河边角黍投，咚咚锣鼓耍龙舟。门悬嫩绿蒲三叶，人饮雄黄酒一瓯。
彩缕系将童子臂，榴花簪偏女儿头。未能免俗且从众，剪虎焚香闹不休。

读姚挹之先生遗稿

遗篇读罢泪沾巾，一代儒宗孰比伦。洗涤愁肠频借酒，生成傲骨不因人。
广培桃李多英俊，结缘山林脱俗尘。哲嗣为余增眼福，春风虽去国风新。

书 愤

五二年华感逝波，半生壮志愧消磨。跋前踬后韩公恨，春望秋兴杜甫歌。
静坐愁城书检讨，萦思家国盼儿哥。覆盆冤抑终须雪，日拙心劳奈我何。

六十自咏

虚度光阴六十秋，萧萧白发渐盈头。半生荣辱殊堪笑，七字油盐常致愁。
早岁有心期则仕，近年无志觅封侯。舌耕现尚能糊口，衣食粗安莫妄求。

莫嘲两首

其　一

莫嘲粉笔老生涯，得育英才亦可夸。批卷不知天将午，论文每至月西斜。
喜看后辈飞腾日，尝谢先生训诲嘉。谁说此间无乐趣，春风桃李满京华。

其　二

忝作西宾已卅年，偏余乔梓爱青毡。德才不敢称师表，学业荒疏愧俸钱。
弟子晤颜先问好，东翁有酒约聊天。世间最乐教书乐，我愿儿孙永砚田。

怀念周总理（步郭沫若韵）

其　一

举世同钦总理才，细思遗政实堪哀。丰功伟业垂千古，虎穴龙潭独往来。
辅佐导师谋国是，终赢联席把权恢。光明磊落无私曲，若此芳名孰敢猜。

其　二

辅弼才诚冠古今，翻开史册实难寻。乘风破浪狂澜挽，浴日补天全世钦。
为我群黎谋幸福，笑他四鬼枉劳心。每思惠泽衷肠痛，热泪怎教不湿襟。

初夏游后岩山村

绿树阴浓曲径斜，层岩侧畔住人家。荒村零落多狂犬，佳木葱茏集乱鸦。
新竹才高三四尺，野蔷已放万千花。此间胜境疑观尽，忽听峦峰笑语哗。

暑夜杂咏四首

其　一

入夜依然暑未消，欲眠不得苦今宵。空庭幸有花为伴，时送清香慰寂寥。

其　二

静坐窗前独纳凉，缅思往事感沧桑。可怜多少衣冠客，不及王家翰墨香。

其　三

星月皎然夜未央，仰看织女和牛郎。荒唐如此诚堪笑，偏得诗人说短长。

其　四

一轮明月渐西斜，坐久方知露湿花。暑退欲眠刚入室，曙光已透绿窗纱。

课余纵笔

幼年苦学期优仕，今仅教师两字名。衣着无殊苏季子，诗词终逊李长庚。
楚辞读罢苍天问，昆玉缘何黑夜明。或劝先生宜少说，惹灾都自不平鸣。

赠黄医师

愧我庸才说甚高，比公直若壤和霄。早闻清句江淮噪，老爱青囊技艺超。
课子弄孙便是福，栽花锄药免无聊。夕阳漫道黄昏近，返照红霞胜火烧。

除　夕

围炉谈笑一家春，除夕奇传不足珍。听镜吉凶全是假，观风南北更无因。
压锅覆履荒唐事，接灶迎神迷惑人。免俗未能权守岁，明朝再作拜亲邻。

喜见院中又建一新花台

为使娇红常近眼，再将院角建方台。幽兰丹桂俱高位，玉叶金枝绝点埃。
疏影在窗知月上，暗香透户伴风来。莫嫌砌小栽无几，请看庭花季季开。

病后杂感

本拟逍遥作远宾，无端二竖扰吾身。固知药到医能治，其奈囊空我太贫。
体弱仍怀超七秩，心宽谅可享三春。胡思若此诚堪笑，世上难寻百岁人。

怀　人

每溯丰仪倍怅然，索怀常结梦中缘。谈心把酒知何日，浪迹飘萍各一天。
凝碧山房无片瓦，圈红窗稿烬成烟。侍尊空负三年学，家祭烦公告九泉。

月夜看场

昼不农田夜宿场，为教颗粒早归仓。月光淡淡犹寒意，人影憧憧继日忙。
抱膝唯期天速晓，科头斜倚露沾裳。今宵幸有邻家叟，伴我哝哝入睡乡。

赠朱梦璞医师

其　一

病院曾逢未识韩，陌生惜未话暄寒。青囊妙术闻君早，皓首穷经笑我难。
今日抛砖缘引玉，何日觌面就吟坛。不才唱出巴人调，敬候佳章赐墨函。

其　二

何日相逢得畅谈，暂凭俚句代书函。惭吾设帐年过卅，羡尔悬壶臂折三。
医道早闻超]皖北，诗名今已遍淮南。他时造府芝颜晤，请约陈公枉驾参。

自　嘲

抚心自觉太疏狂，不事农田不理桑。垂老尚疏家务策，半身都作小孩王。
床头所束皆残稿，瓮内难储隔宿粮。糊了一天完一日，管他李短与张长。

归　迟

课罢归来已夕曛，黄昏短景亦堪欣。悠悠白日傍山顶，淡淡清风荡水纹。
远岭迷蒙天色暗，荒村零乱犬声闻。幸家早具粗茶饭，佐食无需再煮芹。

示　友

恋栈休疑畏折钱，端缘习惯坐青毡。应知灌溉培桃李，胜却清闲逛石泉。
谁说校园非福地，我甘函丈伴余年。请君莫惦余多病，老骥怎安伏枥眠。

杂　感

全家笑我老荒唐，好说他人短与长。青壮妙龄虽去去，幽燕豪气觉堂堂。
桓温抚柳空弹泪，廉颇挥刀岂是狂。莫道古稀行就木，漫天红色拱夕阳。

客　至

陪公闲话到三更，谈笑风生赖酒兵。约步山林期月底，仰观星斗喜天晴。
休嗟落泊聪敏累，应乐清闲放浪名。人到七旬成败定，尔吾何必问君平。

赠　友

先生莫再不平鸣，自古难填世路平。怒发冲冠希仰啸，点头顽石默无声。
欲言最好三思后，纵目请观亏里程。长发牢骚防身影，何如合眼任他横。

村　居

人都卜宅迁城市，我觉村居胜市城。柳绿花红环我室，莺啼燕语唤农耕。
兴来痛饮三杯酒，闲去轻敲一局枰。漫道田家无乐事，湖清到处有歌声。

沈建中

沈建中（1915～1989），江苏盱眙人，离休干部。

致友人杨巩

其 一

分襟各自走风尘，未失庐山面目真。今夕西窗同话旧，绨袍情重感知深。

其 二

江南购物仍依然，镜里愁看白发添。壮志未灰空扼腕，权将杯酒解忧煎。

其 三

少年抵足忆疏狂，戏语详言尚未忘。忽见诗词摊枕畔，汪伦犹恋旧书箱。

其 四

百炼终成不朽钢，春风桃李万千行。匆匆小聚空留忆，且志鸿泥付短章。

杨 啸

杨啸(1916～2000)，原籍洪泽老子山，后定居盱眙。曾任盱眙县政协副主席。

山亭远眺

胜境都梁地，深秋气更清。汀花飞白雪，滩苇织青屏。
雁歇淮中渚，舟湾柳下坪。夕阳斜照里，片片远帆轻。

咏盱眙

凤岭青松翠，龙潭碧水清。芳林吐奇秀，万象喜迎新。

中秋有感

寒暑频交替，悄然霜满头。关山瞻望远，淮海暮云稠。

黄花塘三首

新四军军部旧址

八年抗日史，黄花三载留。华中运帷幄，碧血写春秋。

将军挑塘

赤足挑塘土，肩筐汗水流。将军今已矣，遗爱注心头。

陈总赋诗

浩气冲霄汉，挥毫慑鬼神。元戎骑鹤去，懿范世长存。

杏花园

煦煦晴岚日渐长，微风拂送杏花香。游人欣赏芙蓉色，焕发精神惜春光。

会景亭陈迹

名亭面貌已全非，旧址依然伴夕晖。础石残砖留翠黛，苍山碧水秀成堆。

瑞岩观

红霞正欲照人寰，鸟语幽林自在闲。露湿游人浑不觉，岩前散步竟忘还。

张孝敬

张孝敬(1916～?)，江苏盱眙人。上海美专毕业，离休教师。

题画赠王亦纯

二十五年劫后逢，故人团聚乐融融。乡情无限从何寄，写和丹青小幅中。

偶　成

园丁灌溉最辛勤，花木千株四季青。说与旁人浑不解，几多午夜细耕耘。

季一凡

季一凡(1916～1991)，江苏盱眙人。小学教师。

送谈信臣同志返湖

久别重逢四七秋，当年风雨忆同舟。河山破碎忿投袂，家国维艰懒举瓯。
革命浪潮撼大地，工农起义震顽酋。中华有幸英雄出，济济从龙定九州。

淮河大桥

大桥宛似卧龙形，气象威严绕紫云。横跨湍流行旅便，贯穿洲渚畏途平。
石油管道桥边伏，机器航船脚下行。最喜斜阳回照下，青山处处入眸明。

盱城新貌

人间正道是沧桑，“七五”期间改革忙。乱石翻身争致富，古街面貌变堂皇。

楼台重叠临山立，厂矿兴隆导国强。处处欣闻欢笑语，喜看男女着时装。

新中国40年盱城变化

回顾年华建国初，盱城建设未蹉跎。长街直达沿山出，马路畅通绕市过。
文教卫生相继立，工商企业发展多。十年摆脱贫困貌，始具规模听赞歌。

淮河乡四时即景

其　一

满目春光骀荡天，淮河堤柳已生绵。农村想是春耕早，辘辘机声送耳边。

其　二

风光流转绿肥时，正是蚕眠欲吐丝。忽觉东窗移日影，插秧薅草两相宜。

其　三

蝉声早歇暑威消，蟹正肥时菊正娇。一望田畴金色浪，丰年大有在今朝。

其　四

北风凛冽动尘埃，碧落天花乱舞开。煮酒消寒谈改革，农民再不厌时乖。

山城除夕之夜

其　一

今日山城不夜天，万家爆竹响连连。五光十色灯如昼，一派升平大有年。

其　二

山城倒影水中央，无数灯球逐浪忙。仰望升空成一色，今宵难得此时光。

其　三

邻家夜宴早安排，酒味随风迸发开。改革播来人尽乐，从今再不说时乖。

其　四

坐至三更分二年，转炉祝寿话当前。谁家先点炮声响，迎接新春第一天。

陈　军

陈军，女，曾用名陈德容，江苏盱眙人。1940年参加革命，曾任安徽省总工会妇女部长、生活部长。

龙山晚眺

闲来偶步小山巅，纵目遥观泗水前。云树碧波笼紫气，扁舟摇破夕阳天。

李庚秀

李庚秀(1916~1991),字霭生,江苏盱眙人。幼年历从家学,成人后从事教育事业,后回乡务农。著有《寻芳吟》。

大兴安岭战歌

大兴安岭多树木,丁卯之夏遭毁戮。烈火起兮拂晓倏,浓烟漫兮山林谷。吞没人家丧牲畜,器具成灰人号哭。百处村庄瓦砾黑,一片禾田焦土热。老者转移灼肌肉,妇幼逃离饥寒迫。闻之心惊形局促,牵动国人皆注目。同胞受难何分域?解囊资助钱粮服。重伤医治早康复,灾民生活全由国。军队救火争先足,飞机火器威力速。嚣张火势被灭扑,万家团聚种五谷。不怕石裂山峰秃,十年不要又碧绿。

盱城游感

盱城秦邑楚王都,兵燹政荒宫殿无。淮水长流通泗泽,重山永耸接来滁。
千秋十景诗中画,百孔一桥河上图。游者视今今视昔,风光壮丽市容殊。

告燕子

春光未老燕巢成,双宿双飞出入勤。煦煦梁间育雏乳,劳劳禾上啄虫蝇。
语音呢调讨人爱,捷体蛮腔谢主情。华夏风光无限好,何须南去爪洼村。

题梅花画诗

耐寒傲骨笑群芳,笔绘花枝入画堂。疏影横斜留日久,暗香俯蕊傍香床。
饱经霜雪华堂憩,隔断烟霞雅室藏。堪比美人留倩影,赠诗几句挂东墙。

吟　雁

似人似一阵成行,如鹤如鸾万里翔。觅食避栖沙漠地,征程常落水云乡。
多情立作传书使,重义常当通好郎。邮电今朝大普及,怎烦足下费心忙?

次韵王亦纯盱眙思咏

难成大业楚王都,此地空留凤辇途。淮水东西分泗泽,大江南北属苏吴。
山河破碎匪氛起,日寇侵凌奸炬屠。经乱老夫归故里,家乡正议绘蓝图。

怀　友

其　一

久别思来卅四年，风光人世两相迁。釜山一别成春梦，茅屋重归属世缘。
咫尺何曾千里地，寸心哪得一谈天。想君唯望君家树，不问相逢月缺圆。

其　二

浮生若梦到残年，至厚之交心未迁。长载疏离同理解，小诗感慨系前缘。
惯看俗事劳劳日，丢读文章默默天。手杖随身行步稳，毫尖难写字方圆。

自　述

其　一

白发强增心壮年，启封迈步向新迁。良辰机遇三春景，盛世欣逢四化缘。
早失良机因动乱，暮居华屋换新天。闲来去赏东篱菊，色雅花香朵朵圆。

其　二

今年道地是丰年，祖国丰收困境迁。日富三餐油富足，鸡添五只酒添缘。
放心鲜有盗偷夜，每户绝无人怨天。一曲清平歌盛世，紧敲腊鼓叮咚圆。

乐道晚年

我亦年登七十秋，半生教学半生浮。雕虫蛀木难他誉，放燕寻巢只自谋。
曾爱名山随俗意，得交雅士也风流。门庭冷落甘书味，严己宽人常自纠。

登第一山口占

夕阳斜照半环山，一线长淮数点帆。十万人家嬉闹市，玻璃泉上客身单。

赋落桃花

昨日桃花满树红，今朝半落草丛中。人间离合浑相似，一夕枯荣两不同。

寄张渭川

久别君颜忆旧情，寄人篱下过清明。传书不叙纷烦事，独忆东门渡一行。

题庐山雄姿画

千古名山点缀松，经年怪石卧云中。游人陶醉月明夜，爱是光圆不似弓。

吟　感

琴剑飘零几十年，诗空书尽画无全。枯肠考正鲁鱼豕，只有搔头面向天。

咏　柳

性婉身柔爱绿裟，迎风曼舞逗人夸。私情吐语成飞絮，谢女多情一句佳。

咏　荷

蕾如彩笔叶如钱，红满池塘绿接天。腰直心空根底实，有丝有节爱清涟。

菊　吟

掠地秋风催菊开，惊寒雁阵系书来。东篱莫冷花黄白，相对相看当友怀。

见邮思远

离乱卅年感慨多，花晨月夜等闲过。欲笺心事春邮处，怅望天涯泪似沱。

有　寄

远山含翠对斜阳，绿满芳园柳线长。烽火情亲家万里，一灯悄对泪千行。

胡　坦

胡坦(1917～2000)，曾用名胡本常，江苏盱眙人。中华人民共和国成立后，曾任安徽省粮食厅厅长、中共安徽省财贸部部长，池州、六安地委书记，安徽省财办主任、副省长、省人民政府顾问。

湖西侦察

湖西侦察去，不成誓不还。何期坟墓地，处处有青山。

长淮烽火

鹤唳风声紧，全民尽皆兵。滩头斩匪特，号令奋军民。

打回淮南

千里冰封踏雪归，翻山越水过如飞。阳春三月人豪气，逐鹿江淮马亦威。

都梁城下

都梁城下话桑麻，动荡河山哪探家。残壁断垣风雨后，一城秽气锁烟霞。

淮南解放

当年离别几时回，喜见同侪并马归。江淮大地今谁属，解放红旗满天飞。

接管盱眙

招来战友几多名，十年又上第一峰。青山踏遍人未老，昔日风光今又逢。

古城新貌

满山林木接天青，装点烟云若画屏。大地莺歌春正好，晴空燕舞绕新城。

重返都梁

当年离别几时回，又与同侪并马归。城南城北烟囱起，四化红旗满天飞。

三顾家园

都梁城上话桑麻，清风岭下夕阳斜。茅屋断墙门更矮，此处就是我的家。

旧地重游

三十年来风雨秋，而今旧地作重游。行经几处山河改，多少亲朋笑白头。

山乡巨变

其　一

当年艰苦走泥沙，茅屋依稀四五家。今日重来新气象，砖墙瓦顶绿窗纱。

其　二

七十高龄作旧游，一丘一壑也风流。已忘精力衰多少，信步从容大山头。

其　三

高峰走罢走低丘，流水青山景物幽。寻得当年林大嫂，萧萧白发已满头。

其　四

当年大嫂实堪夸，多少伤员信任她。几度清剿无所惧，并非一般女人家。

三访林大嫂

其　一

港上游来港下游，高山流水共悠悠。寻得当年林大嫂，萧萧白发已盈头。

其　二

多年未见喜胸怀，临别依依泪满腮。老人向我频频问，此去何时得再来。

其　三

疆场话别几多秋，三十七年作旧游。到此枪声犹在耳，回思往事慰白头。

邓一凡

邓一凡(1917～2009)，原名邓继昌，又名邓涤凡，笔名一凡、业樊、叶樊，江苏盱眙人。20世纪30年代投身革命，一生坎坷。见《盱眙县志》。

与杜师夜赴东岳观初小

1930年冬，仲和师每日夜由我陪送去东岳观初小，路上相谈甚欢，不觉路远崎岖也。杜师说："话长路短。"续成四韵：

月暗东官道，风寒序岁阑。话长嫌路短，计拙且心丹。

塞北依人苦，淮南首事难。匆匆六十载，忍泪不轻弹。

注：杜仲和是早期共产党员，1929年9月由凤阳来盱城山上小学，一面教书，一面从事地下活动。后遭国民党当局驱逐。邓在杜师影响下走上革命道路，师生关系甚笃。

别　家

岁暮天寒远别家，缁衣下角结冰花。渡淮趱路赴鲍集，望见庄头日已斜。

悼念江上青烈士四首

1938年冬我偕李、周等同志去淮北参加抗日队伍，江上青、周邨是引路人，江于1939年为反动土顽杀害，周已40年不通音讯。1979年12月，阅11月27日新华日报，见刘扬等悼念江上青文章及周邨悼诗，勾引前事，感慨万端，因占俚句以志予怀而已。

其　一

烽火连冰雪，黄庄始识公。谆谆传马列，娓娓折群雄。

佳句添春色，高才迎日红。大星西陆陨，肠断雁声中。

其　二

四十年前忆旧游，循循善诱念千秋。字除佳句犹能记，游子情怀赴国仇。

其　三

倜傥风流亦壮哉，经纶广博启予怀。谁知重返张塘日，不见春风笑面来。

其　四

黄庄干校追随日，统战精微譬喻多。对我关心怜我少，九泉应斥太蹉跎。

注：此组诗为悼念江上青烈士而作。

悼亡妻

别时唯有泪，相见只余灰。廿载同忧患，伤心忍独归。

注：发妻王淑英在丈夫受潘、杨事件牵连，蒙冤隔离审查期间，因受不了精神打击，第一次跳黄浦江时被救起，在邓即将结束审查前，再次投黄浦江身亡，年仅41岁。

赠洪沛

四十年前忆旧游，淮南淮北任自留。烽烟处处山河碎，饥馑频频岁月愁。

管镇投鞭千里志，盱城系狱半生忧。鸿鱼慰藉衷心感，年过知命复何求？

注：洪沛，江苏盱眙人，原盱眙特支委员，曾任安徽省政协主席。

1943年赴新四军军部

咫尺光明黑暗殊，管它社鼠与城狐。郊区耕作熙熙乐，市廛荒淫色色俱。

夏夜行行虫扑面，湖乡处处水当途。明朝再度亲人晤，应识今吾仍故吾。

1948年赴鲁途中

入夜枪声紧，登程月上坡。急行过陇海，徒涉渡洋河。

防兽常持棍，耕田亦荷戈。一行男女伴，引吭总高歌。

赠谢萍袁美玉

四十年前曾教读，相逢都是白头人。时迁世变如驹隙，但愿从此岁岁春。

注：1947年余在沪执教于邑庙补校，有谢萍、袁美玉两同学，至今分别已40年，日前走访，话短情长，志之。

陈一石

陈一石，江苏盱眙人。抗日战争和解放战争中在淮北解放区工作。

开辟淮滩乡

收复失地意志坚，进军盱眙古城边。昼联民众湖滩内，夜击敌人山水间。倭寇脚跟埋炸弹，汉奸头上亮刀尖。淮河儿女多英雄，救国立功争向前。

解放盱眙县城

解放长淮八百里，进军盱眙一孤城。南方阻击河梢桥，北部登临山口门。残敌纷纷俯首降，人民阵阵扬眉迎。盱山淮水红旗舞，从此阳光永照明。

被　围

炮声连天响，夜守湖滩滨。四帷茅作壁，空中月为灯。
惯闻野凫啼，不听家鸡鸣。待到东方白，挥戈斩敌人。

反　攻

春行冰封解，匪军登陆来。拔除敌据点，横扫贼狼豺。
清算冤枉帐，讨还血泪债。红旗遍地舞，万众笑颜开。

坚　持

讨厌闻家讯，噩音偏自多。心坚似铁石，守卫我山湖。

淮河搭船桥渡野战军南下

双沟脚下搭船桥，横越淮河断浪滔。南渡大军征腐恶，金陵直捣蒋王朝。

张晶亚

张晶亚(1918～2001)，江苏盱眙人。自幼随父习中医，18岁开始行医，直至退休。曾任盱眙人民政协委员会第一、二、三、四届委员。

七十述怀

其　一

荏苒光阴七十过，平生事业感蹉跎。家藏二有书嫌少，乱失五经恨已多。
少小儿经桑海变，老来喜听盛世歌。诞辰今日风光好，绕膝儿孙笑呵呵。

其　二

祖居原籍是淮东，医德相传五世风。治病胸怀怜疾苦，救人心不负苍穹。

为医难窥轩岐术，治学尤无流麦功。五十年来唯谨慎，寿民乏术尽愚衷。

其 三

半耕半读在农村，有山有水四季春。花径能招千里客，乡居可度百年身。
年交七十精神健，学足三余意味深。最喜夕阳无限好，黄昏虽近未黄昏。

其 四

崦嵫未迫鹈未鸣，好趁余晖补前程。整理诗文酬素志，编搜医案秉师承。
小康遇我心已足，继业有人愿也平。从此优游闲岁月，齐眉夫妇乐晚成。

中秋怀友

客中望月旋低头，一别乡关数十秋。处处亲朋常入梦，迢迢瀛海费神游。
离情尤胜银河隔，赏景欲将玉镜留。移念寻欢又触绪，相思恹恹下更楼。

冬后二日降雪解旱喜作

其 一

云霓久未注田畴，抗旱冬修忙不休。处处已呈塘底竭，年年怎把岁月忧。
五行六气诚难测，夏涝冬干费运筹。造物有情心意转，一场大雪解农愁。

其 二

连朝瑞雪满穹苍，惹得医人喜欲狂。千村嘉禾生气转，万方草木总呈祥。
山城银色催寒到，玉箸檐前滴更长。最是梅花多傲骨，素妆队里着红妆。

八旬双度述怀

其 一

悬壶设悦八旬过，历尽沧桑志未磨。踏遍坎坷成坦道，迎来事益得人和。
平生未有冲天翼，到老仍挥大戟戈。幸喜夕阳无限好，桑榆晚景乐呵呵。

其 二

忆昔年荒世乱时，米珠薪桂费国持。盱山两度逃倭寇，家室三迁累奔驰。
内助有人能截发，谋生使我瘦腰肢。小康今日思往日，说与儿孙共勉之。

其 三

八十年华志气扬，继承家学业岐黄。怜贫惜苦为医德，救死扶伤有热肠。
济世救人本祖训，全心全意保民康。壶中日月知多少，且向天公问短长。

其 四

比翼双飞六十年，同甘共苦两心甜。诗题红叶姻缘好，笔画黛眉意志坚。
少壮多为儿女累，老来且喜彩衣翩。一生未得消闲日，慢度春秋不息肩。

八龄遇匪记

其　一

人生易老情难老，斗转星移事不移。挥笔故将匪难记，雪泥鸿爪去传奇。

其　二

八岁遇匪八十编，不堪回首忆当年。小时不识愁滋味，到老方知乱世天。
草木风吹惊宿鸟，荒村犬吠裂悬肝。东南半壁烽烟起，宵小常翻月下栏。

张伴农

张伴农(1919～2008)，原名张瑞琦，江苏盱眙人。南京二野军政大学毕业。1987年离休，应征写旅游诗词，曾获银奖。

冤假错案平反感怀

竹村遥对古渝州，旧地重游感不休。二十八年如昨日，九肠委屈话从头。
辛酸往事频繁述，激愤言词岂雪羞。平反今朝感谢党，认真纠错尽详周。

注：竹村指四川大竹县。28年是指冤假错案发生于1955～1982年曲折的平反期间。

晚登盱山凭眺观感

繁星点点照盱城，火树银花彻夜明。耿耿银河空际挂，滔滔淮水向东行。
多层华屋如鳞次，几丈高楼像竹林。盛世欣逢尧舜日，都梁面貌尽更新。

庆祝盱眙中学建校80周年

胜境盱山第一峰，花明柳暗孕文风。文星文物精英萃，树木树人献巨功。
几度劫波几践踏，更番扩建更恢弘。莘莘学子中流砥，培养人才报国忠。

奉陪老战友游览盱眙第一山公园观感

名胜盱山第一峰，攀登石级上千重。满山苍翠松涛啸，浩渺烟波淮水雄。
峭壁玻璃泉览胜，悬崖石刻字尊荣。三生有幸同欣赏，谈老高潮偕伴农。

霸王城怀古

项王霸业已全非，剩得孤城锁翠微。堞雉永随秋草没，宸鸿遥带夕阳飞。
东流淮泗羞难洗，南渡衣冠恨不归。独有此间非汉土，至今犹得说依稀。

分金亭怀古

一湾淮水绕街流，省识分金迹尚留。求富原非豪杰志，居奇终蓄霸王谋。
渔盐遗利传齐国，尘市生涯托楚游。湫隘欲寻何处是，残碑千载使人愁。

步李庚秀怀友

迢迢岁月别经年，黑发霜鬓几度迁。祖国中兴民气盛，故人健在寿星缘。
久怀会面倾情愫，预约明春话旧天。百度维新今胜昔，往来方便晤期圆。

步韵张德勇咏盱眙县城南石牛山石牛

不耕田地卧山巅，殊懒生成亿万年。雨打风吹无媚骨，电鞭雷击过长天。
悠然自在养生法，沉稳安详昼夜眠。芳草甘泉拒入口，名称是畜感茫然。

范炳文

范炳文(1918～?)，江苏盱眙人，安徽蚌埠市离休干部。

故乡吟五首

其　一

春宵苦短未成眠，回首乡关感万千。昔日同窗云气散，风情非复似当年。

其　二

仆仆风尘千里行，回乡又作故乡吟。柳堤风月童年梦，对景兴怀白发人。

其　三

故乡湖水故乡山，今日重游喜再看。无限情深寻故旧，别时容易见时难。

其　四

烟雾迷蒙故里行，轻车如矢已秋深。相逢都是陌生客，笑问侬家何处人。

其　五

长车颠簸到盱眙，十里市街望眼迷。城郭依稀寻旧迹，思潮如涌复如丝。

赠表兄

其　一

搬进新居心地宽，远离村落自寻欢。小桥流水来天外，明月清风用不完。

其　二

离休退职乐闲藏，卌载砚田翰墨香。梦里不知身已老，依稀又入李桃乡。

故乡行

其　一

峰回路转到都梁，一片归心鬓如霜。十载返乡情更怯，浮沉人事几沧桑。

其　二

轻车如驶雾茫茫，隐隐青山绕四方。错落村庄三百里，不知何处是家乡？

其　三

一片竹林一片松，野花栾树遍山岑。云遮雾绕迷归路，欲问渔樵何处寻？

到盱城

岁月峥嵘故土行，乘风破浪到盱城。乡关远眺若千里，回首征途七十春。
淮水滔滔前复后，人流滚滚旧催新。重游旧地品今古，山色湖光别有情。

记王庄诗酒会

王庄小聚记犹新，萍水相逢似故人。总为诗文同骨肉，何妨少长结芳邻。
三生有幸酒诗会，一席难忘师友情。淮水盱山笑我老，夕阳不必叹黄昏。

杨　巩

杨巩（1919～2003），江苏盱眙人。曾任江苏省委组织部办公室主任、江苏师范学院党委书记兼院长、扬州师范学院党委书记兼院长、南京师范学院党委书记兼院长。有诗集1部。

春色满园

金饰丛条破冻开，冷香带雪和春回。孤芳出岫云为伴，千手摩天玉作胎。
照眼纷纷浑俗醉，盈门灼灼待疏裁。春归莫道无寻处，犹见墙头白絮堆。

重游张圩

六塘河畔草芊芊，回首烽烟五十年。鱼水情深思不思，同舟谊厚梦还牵。
重游顿觉沧桑改，俯仰兴怀宇宙宽。更喜弦歌声琅琅，英才辈出续前贤。

咏教师

灵魂塑造亦工程，设计精详谁与伦。十载成材堪作器，百年教化铸新人。
殷殷都是耕耘手，兀兀全凭赤子心。春日融融风送暖，朝登讲座夜悬灯。

抗日战争胜利50周年感赋

其 一

岁序翻过五十年，每逢此日寸心煎。百年耻辱铭金柱，亿万亡灵沉劫渊。
独立花开悲血雨，富强伟业尚多艰。而今台海重重浪，统一何能息仔肩？

其 二

百年殷鉴何曾远？外有强梁内有奸。烈士救亡甘浴血，懦夫媚敌但求安。
不忘前事频回首，重抚伤痕仔细看。杳杳东条寻旧梦，田中也欲借尸还。

其 三

百年忧患虽云过，胜利已交五十年。重抚伤痕犹作痛，细温旧事不成眠。
富强大业蒸腾上，社鼠城狐滋蔓延。自古枯荣多史览，养痈贻害愧前贤。

1962年夏由淮阴经洪泽湖大堤返盱眙

滔滔白浪疑沧海，却是洪乡水接天。绰约龟山云里住，依稀老子雾中眠。
古堤蜒蜿金牛九，新闸横空河渎三。犹记一声传霹雳，淮河修好万发欢。

重访盱眙故乡感赋三首

其 一

第一山头今又临，沉沦往事记犹新。群魔乱舞山城暗，人鬼同愁草木殷。
书生挥却新亭泪，壮士悲歌易水吟。毕竟猢狲春梦短，惊雷烈火缚长鲸。

其 二

高楼拔地参差起，不见当年汪氏园。斗笠天台仍旧势，苍松翠柏满山颠。
滨淮喜见筑新港，龙涧广开集市喧。宝积半边成幽壑，余峰观日可流连。

其 三

长淮西望杳无垠，淮左重峦右绿茵。芦白蓼红栖客雁，波平沙净跃金鳞。
后山晓日迟迟起，前渚新潮款款生。最是夕阳云水合，一城暮色半山明。

重访盱眙三章

1984年12月与刘士任结伴重访盱眙。离乡已45年，首次赋归。我虽近在咫尺，自1962年访盱后，亦已22年矣。

其 一

十里层峦西傍淮，寻踪问迹又重来。四山联袂依稀旧，一线长虹跨两崖。
总角而今成白首，荒城此日尽杉槐。高楼广道迤逦远，井巷沧桑漫费猜。

其　二

瑞岩古寺觅无踪，一勺清泉亦敛容。暮鼓晨钟恍昨日，春鸢夏笛尚朦胧。
伤心东寇狂屠事，呜咽长淮血染红。此会登临多感慨，抬头已是日当中。

其　三

此番行色太匆忙，故迹追寻也未详。朋辈不知今存几？家园隐约已沧桑。
多蒙程叟频指点，难得刘郎结伴行。但愿来年腰脚健，玻璃泉水引流觞。

明前茶

春雨润如酥，春风软似沙。明朝清明节，今夕试新芽。

凌霄花

百尺楼头花朵摇，攀垣附木入云高。可怜树倒墙坍日，方见此君少脊腰。

咏菊二首

其　一

籍在东篱色本黄，无心入世着时装。但教陶令樽常满，野径荒阶不胜香。

其　二

昨购黄金甲，今添胭脂莲。白屋秋光满，囊中余俸钱。

水仙花

白地蓝纹丁蜀瓷，雨花玛瑙衬芳池。舀来一勺秦淮水，浇出寒香便是诗。

郭　辉

郭辉（1919～？），江苏盱眙人。早年参加革命工作，离休干部。

离休十年感赋

回顾归休已十年，丰衣足食笑开颜。好书不倦连篇读，诗友交谈任往还。
漫步花前歌一曲，又来棚下吟三篇。今逾七秩身犹健，晨起体操不早眠。

怀念三烈士

1944年秋，肖品和、严品、马志同三烈士在戴巷乡与叛徒搏斗中，光荣牺牲。四十多年来，时常怀念三位战友。这次原桑戴区区长曹波同志由沪返乡探亲，相见甚欢，更引起对三烈士的怀念，因赋诗三首。

其　一

当年报国离蓬门，慷慨悲歌义勇军。战友情深深似海，风餐露宿到淮滨。

其　二

乱世乾坤豺虎多，同哀战友泪滂沱。报仇誓死歼顽敌，国际歌声汇大河。

其　三

四十二年转眼过，江山易主五湖歌。神州大地腾飞日，烈士光辉永不磨。

参观盱眙县花卉展览

都梁山上百花开，四面游人接踵来。扑鼻芳香人欲醉，却疑身已到蓬莱。

淮河大桥

长桥油管并悬空，横贯淮河若彩虹。改革十年欣巨变，都梁处处乐融融。

甘泉山一瞥

都梁寺院牡丹开，阵阵幽香扑面来。饮了甘泉茶一盏，骚人韵味满情怀。

都梁山赏菊

山城景色红林染，淮水东流映碧天。更喜满冈霜后菊，金黄灿烂尽鲜妍。

登宝积山

秋风送爽倍情浓，年值古稀攀险峰。宝积山巅观胜景，苍烟浩渺夕阳红。

参观黄花塘新四军军部纪念馆

忆昔当年新四军，挺身敌后扎行营。诸多将帅英名在，壮气浩然举国闻。

龟山怀古

寻踪跋涉上龟山，引路牧童兴趣酣。千载龟头成几截，沧桑古寺旧痕看。

周世民

周世民（1919～？），江苏盱眙人。曾任合肥市广播电视局副局长。

故乡遇郑寄民同志

同上玻璃亭，喜听潺潺声。池中一轮月，含笑迎故人。云雾待战友，夜半泉水烹。夏令茶当酒,灯前笑语频。分手四二载,景物俱变更。昔年战敌伪,血火染乡城。吾辈幸存者,互勉慰忠魂。家乡水味美,家乡面貌新。乡人抬头见,乡音意倍亲。愿君多珍重,来岁盼再临。

忆　旧

红军北上赴长征,敌后坚持倍苦辛。战士汇集罗霄岭,铁军成立南昌城。巍峨云岭多豪俊,广漠平野显智能。喋血沙场诚快事,何须四海扬英名。

悼朱云谦同志

惊闻噩耗夜难眠,笑貌音容耀眼前。奇袭山城戴霜露,坚持故土走硝烟。刚埋铁骨英雄憾,又悼朋侪壮烈篇。千万军民拭涕泪,沸腾热血斗凶顽。

与郑寄民相逢第一山

其　一

同上玻璃泉,喜听潺潺声。池中一轮月,含笑迎故人。

其　二

云雾待战友,夜半泉水烹。夏令茶当酒,灯前笑语频。

其　三

分手卌二载,景物俱变更。昔年战敌伪,血火染乡城。

其　四

吾辈幸存者,互勉慰忠魂。家乡水味美,山城面貌新。

第一山重逢和陆毅诗原韵

当年奋笔战淮南,雀跃重逢第一山。畅叙离情卌二载,山河巨变鬓毛斑。

金秋感怀

都梁一别行千里,虽有来时未有期。一月之中三十日,无时无夜不相思。

农家乐

千里淮河流万家,都梁脚下灌庄稼。春风放胆明梳柳,夜雨瞒人暗润花。

哀挽德文烈士二首

其　一

斗转星移五十年,清明时节"野坟"前。柳条吐绿插青冢,凭吊忠魂俱黯然。

其　二

斗篷山麓柏苍苍，瞻仰人群来四方。巍巍丰碑今竖起，名垂青史永流芳。

与谈信成同志重逢都梁

其　一

五月榴花红似火，小园月季笑颜开。暖风熏得游人醉，白首谈公今再来。

其　二

都梁迎客柏苍苍，叙旧南山情谊长。漫说当年征战迹，喜看后辈忆忠良。

张逸痕

张逸痕(1919～2005)，女，江苏盱眙人。1939年参加革命。

忆万卷书

象山有奇石，俨然书万卷。雨洗更如新，风化亦未变。
少时常伫观，老妇期再见。重访湮无痕，天物遭人践。

赴豫途中

其　一

栈马思归路，关山跋涉遥。日中挥汗雨，夜渡警风涛。
豫地怜饥馑，江淮庆足饶。专车集流散，恩泽胜前朝。

其　二

斜月映江皋，忧思逐怒潮。半生空碌碌，一梦感迢迢。
索哺乌雏急，衔泥燕子劳。为求泾渭别，千里敢辞遥。

悼震弟

其　一

格律皆心血，开篇泪已垂。烙痕凝祖训，迷道涉艰危。
知者珍留墨，风流免化灰。伯牙琴碎处，今古总兴悲。

其　二

少小即相违，离巢自己飞。风尘怀黯弱，草榻梦跟随。
京沪知成长，都梁骇病危。此生团聚少，一忆五衷摧。

谪居杂感

其　一

绿杨草舍近清溪，梦里方惊日已西。破瓮贮粮防黠鼠，荒庭种菜逐贪鸡。
食无甘脂心常淡，诗欠精工韵不齐。诧我年来似解脱，既无欢笑亦无啼。

其　二

萧条寒夜一灯明，围坐群儿课读勤。稚女怯孤依膝睡，老人坐困突心惊。
小庭微雨天初冷，半局残棋未负赢。八载辛勤能食力，京华憔悴独安贫。

复友人

其　一

文人着笔易疏狂，铸错常由字数行。谨慎谦虚名哲论，勤劳俭朴治家方。
红楼雅韵空陈迹，洛水芳踪更渺茫。假假真真休考索，阿环终始伴凄凉。

其　二

暮霭沉沉夕照红，冰天傲立羡青松。志坚岂畏含沙蜮，视锐常窥蚀谷虫。
曲折屡经惊路窄，辛勤勉力作粮工。桑麻杖履知何日，但付凄凉一叹中。

检　讨

铸错皆因烙印深，十年回首倍心惊。怕添白发悲迟暮，愿举红旗永值勤。
尽瘁期能弥往失，紧跟只为感英明。誓从实践酬恩泽，名著青灯课读频。

悼毛泽东主席

电讯惊闻陨巨星，肝肠碎裂泪沾巾。云昏日暗山河恸，雨泣风号草木倾。
举国共悲丧舵手，环球震悼失奇英。史书万册歌功绩，光耀千秋不朽名。

离休书怀

其　一

竹影桐阴夏亦凉，庭深花静蝶偏忙。缤纷世界荧屏里，璀璨图书案榻旁。
棋未服输重布局，诗难押韵细思量。无边意趣浑忘老，七彩云霞绕夕阳。

其　二

杯倾佳酿佐时鲜，劫后余生识苦甜。冤狱重重脱枷锁，恩情脉脉激心弦。
呻吟化作咏歌乐，僻陋变成闹市喧。蓬勃生机连十亿，令人奋进惜流年。

其　三

新居花卉溢芬芳，佳境何来细忖量。拨乱惩奸危复稳，翻番晋级弱为强。

明珠粒粒生光彩，舞袖翩翩衬乐章。立足改开称特色，英雄业绩铸辉煌。

回文诗评

奇葩独绽见回文，顺逆成章意境深。反复构图心沥血，纤毫作绣笔成针。
为求史粹终存世，不惜余温再献身。十载艰辛信有获，精诚启迪后来人。

赠故友段君

廿年劫难改音容，相见浑疑在梦中。为念陈州共朝夕，竟劳柘地觅残踪。
风标虽近初斜阳，气度终留道义风。烛剪西窗人已去，空余惆怅托鳞鸿。

宝积山

南天高矗一峰青，早岁登临记忆新。神庙乞灵香缭绕，仙床争卧石日莹。
野花织毯欣舒卷，秀浦弯环俯视清。最是水天衔夕照，一轮红澈醉人心。

涧沟渡即景

东西古道半悬空，涧谷幽深树林浓。山势两分舒翠黛，泉从一脉响琤淙。
内空传是藏兵处，外险寻无渡口踪。四面绿阴山欲合，恍如身在画图中。

和友人

其　一

春来再见百花洲，逝去年华岂可收。壮志空存余健骨，新人后继建重楼。
风云善变心常悸，魑魉残存手莫柔。北望京都情意切，浊污冲涤仗清流。

其　二

荒地重新见绿洲，十年浩劫恨难收。蒿莱芟去培佳木，瓦砾清除建住楼。
人处尧天争上进，马逢伯乐化驯柔。新诗爱写英雄事，砥柱中流抗逆流。

赠　妹

鸿来雁去两无踪，相见依然在梦中。五十深居抚稚子，七旬尽瘁侍瘫翁。
遨游湖海成虚构，终老家园亦幻空。烛泪滴干心始尽，人间谁惜可怜虫！

有　感

茫茫浩劫已当头，百万生灵顷刻休。如此危亡须救护，权将一脉托同舟。

注：1937年秋，上海等地抗日战事正酣，一日，张父与蒋坝盛海秋谈论时局，有意在危急时将子女托盛带到乡下避难。

无　题

其　一

人如萍梗乱浮飘，又拨征桡过小桥。别绪总多欢绪减，哪堪瞥眼又明朝。

其　二

昔日曾言不暂违，难禁战乱复分飞。空余数滴凄酸泪，洒向东风化子规。

1947年在华北土改新年有感

其　一

农村土地尽平分，彻底清除封建根。政策宽宏超法外，依然照顾各阶层。

其　二

残冬方尽又回春，击鼓鸣锣到处闻。万众欢欣齐颂祝，雇贫从此得翻身。

咏　梅

金樽檀板已无缘，十载红尘杳若烟。君本孤寒侬失意，相逢何必问当年。

缅怀周总理

其　一

万机日理宁知倦，任重途艰岂惜身。阴雾弥天终夺命，十年浩劫巨星沉。

其　二

灵车缓缓送君行，日黯风悲万象凝。动地哀声谁敢阻，丰碑千丈在人心。

其　三

清才智勇一身兼，东渡只为解倒悬。毒焰狂飙无所惧，愿将生命化甘泉。

其　四

梅园肖像肃无尘，瞻仰无言遍泪痕。忠魂有知当有慰，蒸蒸伟业正飞腾。

听　雨

其　一

何来白水漫平畴，倾泻竟无片刻休。枨触浮生多少恨，一齐和雨注心头。

其　二

风雨潇潇警客魂，室如悬磬念农村。笑侬家未余升合，强自欢颜咏北门。

马一非

马一非(1919～?),江苏盱眙铁佛人。退休教师。淮安市诗词协会、盱眙县诗词学会会员。

初为师

孤贫早辍学,勉力课童文。教学互相长,先生即学生。
自当循善诱,不应施体刑。今后常为戒,谨书永作铭。

登盱眙第一山远眺

十座高峰傍水起,一河如带绕山来。水光山色相辉映,全市桃花眼底开。

蔡幼农

蔡幼农(1920～?),江苏盱眙人。盱眙古城小学教师、新四军研究会上海分会常委。

游古城小学感怀二首

其 一

执教古城四学年,师生相爱密无间。欣看桃李满天下,叱咤风云非等闲。

其 二

故地重游还夙愿,校园成就胜从前。幼苗培育成梁栋,共写富民强国篇。

悼念梁化农同志

益友良师数化农,堪称盱地一英雄。饮弹牺牲多壮烈,名标史册永光荣。

陈 怡

陈怡(1921～2011),江苏盱眙人。1960年之前于上海、南京、扬州等地工作,1960年后调到盱眙于教师进修学校、盱眙中学、二中等学校任教。

政协中秋茶话会有感

共赏中秋月,都梁底事新。群贤集广厦,少长增新声。

意盼千家富,诗吟海内清。婵娟如有意,亦应醉花阴。

春日偶成

劫后且歌身尚健,神州重睹艳阳天。悲歌慷慨评兴废,闲咏激扬话忠奸。
大地回春宜耕砚,芸窗书乱任堆山。人生莫道难相见,鱼雁传书亦解颜。

缅怀邓小平同志

其　一

邓公可敬在胸襟,设计宏图第一人。两制构思新日月,金瓯无缺万民欣。

其　二

几度浮沉志不移,残灯冷月伴沉思。人才尊重鹏程远,科技兴邦正此时。

其　三

百年奇耻炎黄泪,合浦珠还举世闻。已是计时能待日,哲人萎矣可曾真?

刘隽甫

刘隽甫,生平不详。

祝贺盱眙县诗词学会成立

淮南雅集报都梁,许说讴吟多擅场。坡老游踪存胜迹,韦郎停舫著春光。
诗情每共湖波涌,神思常随酒旆扬。韵得天风来太白,文明高咏富篇章。

范养群

范养群(1921～?),江苏盱眙人。曾任盱眙古城、穆店、古桑等中学教师。淮安市诗协、盱眙县诗协会员。

晨眺都梁

苍翠盱山云若涛,曦阳初上射晴霄。风帆万里映淮浦,林木千重藏古桥。
晨渚菰芦青似玉,晓坡桃杏红如烧。声声汽笛耳边绕,渔艇排排趁浪摇。

游明祖陵

胜日明陵驾棹游,山花岸柳逐波流。绛黄宫殿沉湖底,玉白麒麟出渚头。
荒冢衣冠新贵拜,孤村襁褓老妪求。牧童也谙祖龙术,自撰碑文颂冕旒。

咏曲河

甘泉山上牡丹开，不见隋炀龙舸来。昔日曲河弦管地，而今游客履苍苔。

春　游

暮春三月天方晴，诗友驱车圩老行。沿路洋槐如绿带，田头油菜似黄云。
红楼座座连山麓，白堰条条绕院庭。桃杏夭夭难惜别，夕阳西下返盱城。

洪德聪

洪德聪(1922~2007)，江苏泗阳人。曾任盱眙县政协副主席、盱眙县诗词学会会长。

瞻仰韶山三首

其　一

赴湘考察学经验，怀念导师哺育恩。韶峰峻穆钟灵秀，旗帜高扬党国魂。
故宅河塘涵日月，雄文思想润乾坤。功垂千古人人颂，标志拓开一代新。

其　二

再到韶山瞻旧宅，满坡白雪压青松。若无领袖惊天业，只怕神州摸暗中。
陈列馆中增史绩，人民心底众英雄。湘江汇入长江去，万里长江总向东。

其　三

三谒韶山气自清，无边光景记犹新。银河停灌无流水，专线犹通少客人。
开放担心来混乱，红旗切忌染污痕。真金不怕红炉火，恩在人心功在民。

藕塘夜雨

黄土岗头惊霹雳，绿衣儿女泪沾襟。荷塘便把芙蓉浴，黍岭满怀玉米婴。
包产人家喜梦笑，池头蛙鼓乐争鸣。我蜷敝庐编报告，卧听伏水涨东风。

注：编写农业经济调查报告。

盱眙胜景十咏

第一山题刻

明伦堂下论兴衰，胜迹多从治世来。民富财殷扬礼义，兵连祸结堕尘埃。
南山镌刻泗州史，唐宋铺陈现代赅。赏罢玻璃泉浸月，登山仔细认摩崖。

淮河大桥

千载斜阳古渡头，飞虹叠架两层楼。原油滚滚输宁去，车马熙熙涌客流。

突突机轮忙转运，黄莺呖呖唱河洲。古城巨变谁登捷，第一功名数石油。

泗州地下城

庞贝梦中惧火山，泗州地下怨狂澜。黄河放荡侵淮甸，搅得州民总不安。
万顷良田成泽国，一城黎庶葬深渊。而今油管穿城过，遗迹斑斑待探勘。

明代第一陵

泗州城北十三里，洪武祖坟第一陵。翁仲神骖威仪在，衣冠寝殿尚淹沉。
精雕技艺原无价，身后工程总害民。研究洪湖发展史，流连不为祭幽灵。

东阳城遗址

秦时县治名犹在，并列双城尚有根。出土星图世最早，湮沉古墓史留珍。
陈婴响应反嬴政，民众揭竿附楚军。今日云山还不老，秋光春色总宜人。

新四军军部旧址黄花塘

堤畔依稀帷幄在，营前白马忽嘶鸣。东征为逐倭奴去，北上全歼蒋氏兵。
驻地浅塘难御旱，军民合力拓修深。黄花鱼水情无限，流血牺牲为国民。

宝积山落照

孤峰形胜水清清，秋日登高问古津。宝积应怜贡敌国，名山也许愿和平。
漫滩芦荻晴辉映，浩荡长淮漾彩金。回首观城景色好，青山夕照最明明。

龙山林壑

龙凤虎长各逞强，林幽壑老虎称王。云飞腋下挥雷雨，剑舞长空掩日光。
引颈啸天星月冷，低头饮水涧流长。天鹅孵蛋留仙迹，备战工程地下藏。

甘泉山寺

山有灵犀一眼泉，甘甜清冽富氨酸。都梁宝刹香烟袅，满院牡丹国色鲜。
绿药环山铺锦绣，佩兰得水喻江南。道人不在枇杷在，留下青山勿化缘。

雨山茶园

旧铺西山云脚低，白云苍狗幻迷离。四围香稻连阡陌，八面旗枪翠岭陂。
系列毛尖招远客，几多杜宇报春时。窨焙揉制名园里，茉莉飘香供配诗。

淮河柳二首

其　一

郊游骋目汴河头，杨柳依依满大洲。蕴秀含烟娴淑静，随风戏雨乐悠悠。
黄淮并涨吞洪泽，暴雨连天漫泗州。为怨隋炀怨堤柳，奢靡总惹世人愁。

其　二

春上枝头闹喧哗，牵莺串燕又藏鸦。滩头帆过千丝乱，山角风来一面斜。
叶自多情舒倩眼，絮原无义不成花。系舟拴马几株岸，可是淮南处士家。

莲塘民歌赞水库

大莲小莲连山塘，山穷水乏旱难防。如今种田有龙王，有了龙王幸福长。

新 铺

军麾猎猎照中华，聚集英才救国家。抗大歌声犹在耳，英雄业绩壮黄花。

夕次化农水库

其 一

水秀山青物候娇，工程忆及每堪豪。求书镌刻溢洪闸，蓄泄从容效益高。

其 二

宝塔山前征战地，化农英烈笑黄泉。鱼肥稻谷长香熟，水利为先幸福源。

竹枝词

其 一

春日采风咏竹枝，山歌合唱绿猗猗。多情最是酥梨树，犹有残花点点诗。

其 二

春色喜人共踏歌，郊游联袂学吟哦。桃花冶艳蹉跎过，攘臂展枝缀果多。

其 三

辛未吉祥三月中，友朋健步绕山行。为寻老子炼丹处，名镇依依访故人。

其 四

春游趁兴逗淮村，遥指龟山失险夷。开辟建材多贡献，锁妖释怪总无稽。

诗人节怀屈原

辞赋天成世绝伦，端阳永远系诗魂。怀才只恨楚王暗，不重贤臣重佞臣。

纪益昆

纪益昆（1922～2000），江苏盱眙人。1941年参加革命，历任盱眙县青年抗敌协会理事、盱眙县政府文教科长、安徽省文化报主编、省图书馆副馆长、滁县地区行署文化局顾问等职。

俘虏参战

说奇也不奇，自信遇时机。往日我开炮，指东打向西。今朝刚解放，弹弹未偏离。伙伴皆呼怪，胸怀那有疑。皆因心里亮，过去眼睛迷。请看济南府，攻城少用梯。颓垣量尺寸，倒塌一般齐。羞夸神炮手，觉悟有高低。

七十四师俘虏自述

自述学生出身，抗日时期曾参加远征军，赴缅甸作战。被俘前任工兵排长，对失败不认输，但又钦佩我军将士多才，心里矛盾，这是我和他深夜谈话的实录。

自叙生平甚感怀，从戎异国远征回。山河破碎人憔悴，兄弟阋墙实可哀。奉命难违如火急，追踪北撤费疑猜。江淮战线无强敌，直捣沂蒙号令催。深入鲁中寻劲旅，孟良崮上起惊雷。重围既陷终成憾，昨日御林竟化灰。可叹张公身殉职，朝为骁将夕尘埃。以多胜少心难服，美式精良去不来。覆没全军虽自悔，贵军将帅有雄才。兴亡已定乃天意，大厦将颓预兆衰。

按：这是纪益昆先生参加孟良崮战役所作。该诗与《俘虏参战》一样，皆真确生动，乃史诗也。

叶挺军长托孤儿

轻骑走皖南，三载未离鞍。血泊孤儿泪，荒村战火残。
胸怀拥幼小，衣食御饥寒。抚慰心犹痛，相偕马上还。

桂五还乡

其　一

只身千里足，一马两箱书。故土悲贫瘠，归途叹废墟。
豪绅邀宴席，饿殍殁荒芜。未见阿翁面，已知爱憎殊。

其　二

家门行险道，敌我费踟蹰。老父刀枪逼，灾民血泪枯。
除凶烧债券，举义誓捐躯。万贯归贫户，欢声动五湖。

原注：1931年春灾荒，李桂五带领农民先从自家借粮五百多石，山林竹园悉供救灾，遂与其父决裂。次年4月，率领武装举义，同年8月牺牲，年仅27岁。1942年4月5日根据地举行追悼大会，行署主任方毅同志致悼词。

瀑　布

惊闻老子山区委书记戚光遇难，时路过某山区，见瀑布，触景伤情，留诗以志悼念。

下临深百丈，仰望别尘寰。急泻波涛渺，留痕峭壁残。
丰碑常肃立，逝水不回还。浪碎飞花涌，恍然泪自潸。

伴 侣

战火相偕去，年华二十三。临危同一路，不死再双还。
扶病卿多苦，暖儿母更寒。关山常作伴，千里共艰难。

小 岛

晨光夸小岛，日暮似孤舟。震撼惊雷动，漂泊入夜愁。
枕前疑巨浪，梦境到中流。呼啸星辰落，奔腾仍未休。

雨 夜

路滑风来急，衣单透骨凉。茫茫临夜幕，默默忍饥肠。
骤见微光闪，驱前共喜狂。森林荒墓处，疑是近村庄。

月 夜

似电刀光白，奔骑队影长。枪林正疾走，车炮自成行。
心旷如明镜，山高近海洋。东方天欲晓，马上整戎装。

北渡渤海

敌兵舰封锁，我方汽艇数十只分散突围，海上三天三夜，留诗以志此行。

风 暴

海怒何其壮，吼声动上苍。星沉千仞浪，涛起万重墙。
纵有排山力，难当舵手强。同舟期彼岸，杀敌去边疆。

船 长

海上老船长，萧萧鬓发斑。一身担重任，两手挽狂澜。
风雨三番夜，凯歌四面还。返航重奏乐，浪卷笑声欢。

访古遇险

年少列戎行，好奇不觉狂。名城近咫尺，胜地访沧桑。
警报遭空袭，刹时转战场。归来领队怒，伙伴笑声扬。

给四弟信

万绪千头意，心情告弟知。从戎捐国难，游子念亲慈。
未尽先驱恨，谁无骨肉离。嵯峨虽险道，南下有归期。

夕　照

晚眺上危岩，炮声何处来？夕阳连战火，月色染尘埃。
海涌波涛血，烟埋明镜台。团圞终有日，不忍再徘徊。

省文化报创刊前夕

砚田无昼夜，笔墨亦耕耘。方寸豪情广，文章苦乐分。
五更修百稿，一字重千斤。明日江南北，知音道路闻。

无　题

不惑过三载，方知昨日非。怒潮通彼岸，坦荡见心扉。
去路仍多难，初衷不可违。恍然如解脱，又庆突重围。

梦故人

故友相思久，深宵入梦来。解忧勤劝饮，对酌好抒怀。
秉笔仍需直，悲歌不是哀。诗成留墨去，浩气满书斋。

旅　游

其　一

卅二年前路，匆匆鬓发霜。风云战上海，花甲下苏杭。
昔日飞骑去，今朝放眼量。山川留足印，寸土也难忘。

其　二

驱车寻胜地，结伴近重阳。过客征途短，奔流岁月长。
从戎经弹雨，橐笔恋风光。战友安眠处，黄花正绽香。

其　三

迈步跨三江，欣然共举觞。相亲如故里，不觉是他乡。
杯入太湖景，茶浮龙井香。和谐多畅想，韵味更悠长。

深　宵

其　一

何事又情牵？敲诗夜不眠。讴歌人未老，爱墨药无缘。
笔下寻欢曲，心中有劲弦。谁云终点站，任重压双肩。

其　二

今夕忆华年，书怀有万千。悲欢皆入卷，壮烈化长篇。

少小斩仇寇，老来磨笔尖。晨星仍照耀，数典学先贤。

其　三

留踪关外路，习墨江淮边。笔比刀枪重，心随战马旋。
春秋多悼念，岁月不流连。未尽风云录，深宵伴砚田。

新　居

其　一

户牖对山亲，醉翁是近邻。老藤鲜果累，小院落英深。
举杖通幽径，听泉远俗尘。半酣无长幼，再论白头吟。

其　二

居安心不静，非利也非名。笔下寻甘露，庭前盼晚晴。
难申儿女志，谁解老兵情。漫向花间路，雏孙步后尘。

归队书怀

岁月已蹉跎，老兵感慨多。十年空叹息，一旦作高歌。
归队迎花甲，兴杯解百疴。同班比白发，秃笔再重磨。

陈毅代军长夜巡

午夜探行营，刀枪月下明。翌晨攻险隘，驻地禁喧声。
邻里民安寝，丛林鸟不惊。将军寻妙句，一步一低吟。

随军老干队

华东干部大队老干队十余人，皆红军时期干部、战士，身经百战，我曾有幸与他们编为一队，行军生活数月，留诗以志。1946年11月9日。

话到长征唯感叹，平凡豪杰实难分。胸间枪弹留痕迹，脸上风霜刻皱纹。
屡问功勋夸烈士，纵谈征战恋将军。满腔血泪仍怀故，万里云山战友坟。

团长自述

我军三野某部团长，自称井冈山俘虏。作战英勇，多次负伤，也是老干队成员。

井冈解放获新生，俘虏光荣榜上名。回首盲人驰瞎马，翻身走卒帅骑兵。
军刀血洗重围路，壮士饥寒塞外行。自比戎装无愧色，甘为民族作牺牲。

血吸虫

华阳河畔少耕农，芳草丛中孕毒虫。沃土良田沦祸水，荒村乱冢觅行踪。

如经战火留残壁，几处悲声到太空。今日显微惊腐恶，连年喋血是元凶。

曲艺调演大会即兴

噩梦惊回十几春，哪堪劫后叹余生。花残人去鸟无语，弦断书封鼓息声。
老少重逢歌欲泪，琴心又喜妙传神。江淮明日添新曲，路有知音莫问津。

龙　井

客到茶乡好洗尘，含杯漫品听泉声。原知佳酿能安枕，始信芳茗也醉人。
点点甘醇沁不散，涓涓滴翠满还斟。涤心醒世非虚语，总有明眸辨假真。

致台湾堂叔

其　一

同窗叔侄亦同庚，总角情真不染尘。每诵“芝园”思故里，如聆祖训说家声。
修文习墨传身教，试笔开篇为育人。幼稚不知青管史，重温吟草学坚贞。

其　二

海峡苍茫屡问津，将逢已近古稀人。他乡邂逅难相识，老态猜疑觉陌生。
梦里朱颜仍未改，秋来玉趾可成行？风云往事如烟散，备有香醇好洗尘。

欢迎崔亚兄自台归来

卅载归来赤子心，七旬依旧故园亲。天涯唯有江淮梦，海峡难分骨肉情。
阅尽风云知恶浪，还期雨露化坚冰。魂牵两岸人多少，赞叹崔兄万里行。

日寇投降故乡记事

其　一

道路频传喜，慈亲泪自潸。开颜问幼弟，几日阿兄还？

其　二

故里伤痕在，山城血迹残。晨昏何所见，父老祭灵坛。

其　三

战士无哀叹，三弦信手弹。复仇歌一曲，喜恨两相参。

其　四

诸兄投笔去，幼弟未曾谙。今见军威振，方知七尺男。

秋　声

入夜竹篱西，哀鸣常唧唧。寄生天地间，向隅因何泣？

期 待

其 一

屋塌云层逼，风来雨也欺。秉灯听滴沥，破晓有轻骑。

其 二

狂飙腾万马，错把敌情疑。战地无消息，枕戈梦里驰。

山 洞

其 一

遇山穿石过，跳壁落深渊。勇往无回顾，涓涓汇百川。

其 二

涧水向东南，关山隔翠岚。长流经故里，寄宿有龙潭。

山 村

峡谷泉流急，山村日上迟。峰峦疑故里，溪水动乡思。

野 藤

其 一

丛生缠小道，毒刺惹人恼。形状类枯骸，盘根伸利爪。

其 二

夜幕惊蛇扰，纵横百尺条。黎明现丑态，风雨正飘摇。

偶 成

斗室安营寨，厨房作卧房。食眠同一处，难别桌和床。

偶 成

夜色走齐鲁，车骑护幼雏。他年夸自小，出世便驰驱。

原注：幼雏，指小女文娟。《秋声》至此诗均为1946年所作。

忆盱眙惨案

其 一

千家残壁炊烟断，十里孤城兽迹多。泪话都梁蒙难日，阴云密布共滂沱。

其 二

长淮终日血流过，国土沦丧唤奈何。官吏争逃无愧色，“黄连”抗暴壮悲歌。

其　三

复仇旦夕莫蹉跎，少壮男儿宝剑磨。快报山门除国贼，频传虎穴斩倭奴。

原注：1938年元月初，日寇侵占盱城，血腥屠杀居民二千余人。国民党县长钟俊臣闻风而逃。"黄连"是中央军连队，与日寇激战三天三夜，连长黄子均等壮烈殉国。汉奸县长被民团处决于盱城山口门。

赞淮南大众剧团

其　一

一曲洪山故土腔，江北丝竹更悠扬。行人止步多疑问，此地今晨是战场。

其　二

纵横百里历风霜，背上胡琴肩上枪。锣鼓铿锵惊日寇，前沿演唱身安详。

其　三

未散硝烟演出忙，登台俱是少年腔。含悲曲尽情难忘，战地琴声寓意长。

原注：抗日战争期间，大众剧团以天长为基地，活跃在津浦路东。团员年龄大的二十岁左右，小的十一二岁。演唱多为洪山调。

罗炳辉将军六首

劈　刀

矫矫五支队，人人善劈刀。临空来闪电，卷地起狂飙。

锐气穿顽石，寒光灭鬼曹。雄师谁主帅？敌后众称豪。

对　弈

百战疆场近半生，四方格局笑谈兵。楚河汉界军威振，破阵如闻厮杀声。

书生对策已三更，怎敌胸中百万兵。决战运筹相迫近，将军出马定输赢。

原注：1940年秋，罗师长曾住在我家，常与我父亲对弈。

叠罗汉

背负群童笑语亲，将军重任力千钧。大罗汉叠小罗汉，后继英才系一身。

瞬间稚气最传神，朵朵含苞掌上珍。喜到忘年无老小，永恒美妙是纯真。

原注：罗师长和孩子们作叠罗汉玩耍，曾留有照片。1941年4月作。

北撤随笔

偶 感

喜报街坊鼓乐鸣，花灯爆竹旱船行。烽烟初熄刀藏鞘，切莫酣歌庆太平。

原注：当时淮南解放区宣传和平，盛行一时。

别 亲

长淮浪去暗吞声，几片风帆别五更。默对双亲难慰藉，扁舟载重尽离情。

思 亲

此去凯旋未有期，倚门北望念儿痴。征衣怕见慈亲泪，每慰乡心读父诗。

梦 醒

何处隆隆唯自问，难分炮火与雷声。莫惊小女酣甜梦，来日风波是险程。

无 题

其 一

四野阴霾命整装，何人饮泣意惶惶？一灯如豆风来急，无月中秋觉夜长。

其 二

初闻炮响便丢枪，七尺男儿何处藏？怕见挑灯来伙伴，何颜日出走山乡？

其 三

曾经示范几宣扬，入党陈词更激昂。应料人生分昼夜，无端噩梦断愁肠。

野 藤

其 一

能伸能屈随风意，一旦忘形便蔓延。确似蛇行无止境，田园肥瘠善周旋。

其 二

攀缘曲直欲登天，祸及丛林遍陌阡。放任贪婪成成患，从来虺蜴不堪怜。

孤 舟

从宝应出发，数人夜逃，敌军尾追，我们与大队失去联系。

其 一

危帆夜渡射阳湖，万顷汹涛一叶浮。北斗星光云外觅，初经恶浪失群孤。

其 二

楫浪惊鸿乱野凫，是谁吆喝太轻浮。平生自愧无韬略，胸有三军不算孤。

注：三军，指华东第三野战军。北撤随笔至此诗为1946年作。

胶东姑娘

其　一

乍见军中美少年，端详原是小婵娟。海滨儿女多奔放，心地纯清似涌泉。

其　二

穿梭炮火身如燕，救死扶伤夜不眠。且奈战前常寂寞，轻歌也可动心弦。

其　三

战壕说唱神枪手，袅袅音符阵地旋。一路歌声一路笑，疆场却像是游园。

界湖遇三弟

1947年1月7日于鲁中南东平湖，传闻四弟凤翥宿营地离我处30里，永珍往访，乃三弟凤章。

其　一

东沟立马遥相望，行色匆匆别路旁。又喜征途成巧遇，通宵共榻话难详。

其　二

手足他乡望夜长，强颜说笑怨朝阳。战时聚首诚非易，顷刻风云各一方。

日本大夫

1947年10月12日，我军辽南医院接受一批日本战俘，皆医务人员，这是中野大夫的言行。

其　一

颠倒晨昏入醉乡，酩酊也可慰凄凉。为寻乐土重温梦，醒后人前怕说降。

其　二

胡须如刺不修装，卖物典衣独自觞。莫问扶桑儿女事，大和民族也遭殃。

其　三

此酒辛酸流不尽，多年苦果酿成浆。天皇陛下深宫里，欲醉不能更断肠。

胜利渡江

1949年4月20日下午4时，毛主席、朱总司令向人民解放军发布命令，各线总攻。先是刘、邓所部30万人在安庆、芜湖之间，陈、栗所部35万人在镇江、南通之间，同时安庆、九江之间也有30万人，在24小时之内百万大军打过长江。

其　一

元凶“引退”意惶惶，犹梦江南霸一方。且料江防腰斩断，金陵永诀独忧伤。

其 二

领袖湘音四海扬，挥师百万越三江。永恒四月中旬末，史册翻新见曙光。

其 三

败将如潮奔海角，追兵急电向南方。总归落叶秋风扫，还是留芳岁月长。

其 四

雄师历代谁曾见？千里金汤一夜降。叱咤称王俱往矣，请听亿众凯歌昂。

盱城解放

1948年12月19日，于青州见报，深夜命笔。

欲从津浦去淮水，一叶扁舟识古城。弟妹乡思三载别，明朝待聚话征程。

袁 恒

袁恒(1922～2008)，江苏盱眙人。教师。

庆教师节

师道原非贱，今朝始更新。拳拳慈母意，默默园丁心。

新绿千重秀，老红万点春。颔首庆佳节，感谢党恩深。

重游玻璃泉

叠嶂层林隐翠烟，明台依旧镜如悬。百年愁绝辛酸泪，一日重开幸福泉。

铁笛声销魂梦影，玉壶心共水云天。人间无复曾孙老，特色新风浴暮年。

原注：宋白玉蟾诗云："人间几度曾孙老，只有青山自古今。"吾反用之。

都梁新貌

妙笔神工裁锦绣，山城无处不新装。千行百业源头活，大厦高楼气势昂。

科技文明鹏翅展，水通陆运海天长。十年再看都梁貌，跨过长江越浦江。

游八仙台友人留饮

暮访仙居染落辉，迷离偶过故人扉。山蔬野酒殷勤约，莫忘羊羹雪里梅。

偶 兴

平生何处真情见，每向诗中醉里求。酒醉诗成天地阔，心随日月照春秋。

赞筑路工人冒暑施工

天腾烈焰地腾烟，赤膊挥镐斗暑炎。汗水浇出通途路，通途一寸万涓泉。

李长新

李长新(1922～?)，江苏盱眙人。工人。

都梁景色

都梁城上彩云深，叠嶂重峦若画屏。淮水苍茫远野阔，高山葱郁接天青。
花丛喜见勤蜂舞，树上常听俊鸟鸣。今日故乡春久住，高瞻远瞩最宜人。

游新修杏花园

整旧翻新古杏园，故乡风景胜从前。北观淮岸帆穿树，南仰峰峦囱上烟。
泉水玻璃能浸月，一山松柏竞参天。华亭艳色游人赞，饱览春光欲醉眠。

忆日伪时期

乌云密布漫蓝天，血雨腥风暗故园。焦壁残垣山岭秃，萧条市井雾连烟。

单　飞

单飞(1922～?)，江苏泗阳人，定居盱眙。离休干部。

颂雷锋

雷锋业绩重如山，为党为民一片丹。革命螺钉心火热，急公好义愿躯捐。
利名不计尽忠职，爱憎分明斗敌顽。千古长吟学榜样，汗青永照墨难干。

离休抒怀二首

其　一

退居茅屋意悠然，聚友联欢乐似仙。酌酒弈棋增兴趣，谈今论古话当年。
看书读报研真理，泼墨挥毫赋俚篇。伏枥犹存千里志，愿挥余热夕阳天。

其　二

一生好动不闲居，院室常清秽垢无。长跑练身重保健，笑谈牌赛乐文娱。
无心不管繁琐事，有趣常研格律书。索尽枯肠洒笔墨，吟声琅琅哪言孤。

咏长子新居

新居更比旧居优，山外青山楼外楼。小院静幽花鸟伴，华堂清雅客宾留。
门迎流水飘银带，宅嵌青山铺锦绸。更喜三通空气净，无烦无扰度春秋。

孙永宽

孙永宽(1922～?)，江苏盱眙人。皖北行政学院教育班毕业。江苏省、淮安市、盱眙县诗词学会会员。著有《汪孟棠遗诗轶事》。

采茶女

蝉鬓云中湿，罗裙露上潮。红颜怜嫩绿，素手惜春条。
采罢芽尖叶，弯酸豆蔻腰。芳心殷勤意，广撷艳阳苗。

燕

柔语呢喃燕，双飞绕曲栏。泥衔汀浦润，巢筑画堂安。
杨柳春分弱，杏花谷雨寒。楼台浑似梦，倩影隔帘看。

咏 菱

聚叶含泡出水新，藤长花小不争春。弱枝惊见风翻芡，嫩实惯看雨打萍。
戏水游鱼往返过，凌云白鹭去来频。渔姑纤手殷勤觅，一脱青衫白玉身。

早春二月

料峭清寒冰已融，菜花初放麦田丰。软红渐润杏花雨，嫩绿才舒杨柳风。
待嫁村姑羞彩礼，含情碧玉盼归鸿。春光焕发伊人面，脂粉晨妆尽减浓。

惜 春

九十韶华转眼空，群芳渐尽叶成丛。夭桃有恨舒枝晚，茉莉无心小朵丰。
绿柳飘绵怜洁白，杜鹃啼血惜残红。几回谁洒伤春泪，情极如痴一瘦翁。

三河农场

洪泽湖滨逐逝波，从前农事尽蹉跎。滩涂万亩人烟少，浅浦荒原鸟雀多。
水畔有花皆苦荻，岸边无地不藤萝。如今农场蒸蒸上，户户书声户户歌。

桃花

艳质仙姿小朵娇，嫣红嫩蕊降云霄。香君韵事传千古，扇底柔风送旧朝。

梨花

洁白幽香春意融，怕教双颊惹胭红。夜来一阵东风雨，羞煞群芳卧绿丛。

夏夜

骄阳落尽路灯红，夜合幽香透绿丛。昨晚匆忙因赴约，新诗稿失小桥东。

纳凉

浴罢拖鞋纳晚凉，芭蕉庭院带幽香。茶余细想天孙事，时有流萤绕竹床。

初秋

新月眉痕淡若无，午荫犹恋碧桐梧。纤云弄影才舒展，乞巧毋忘约小姑。

咏月

蛾眉满后又蛾眉，一月团圆望一回。难怪嫦娥能耐老，任它圆缺不生悲。

绿菊

婷婷碧玉展雏姿，确似垂杨吐嫩丝。披耳翠环梳不住，纱窗鹦鹉背新诗。

水仙花

水是精神冰是魂，娇花如玉玉为盆。淡香仙子轻如羽，梦醒西楼月染痕。

张幼兰

张幼兰(1923~2018)，女，四川眉山人。1945年毕业于四川大学教育系，曾先后在成都、绵阳等地执教，1957年调到江苏盱眙，一生从事教育事业，为淮上名师。

乌拉草

异草来关外，乌拉早闻名。柔长似美发，纷披绿满盆。一夜西风紧，叶叶故人情。

忆慈父

半忧半乐历沧桑，我父丰姿总难忘。皆曰为父当严厉，我父卓然忒慈祥。温文儒雅性宽仁，济困扶危邻里钦。愧我无能兼幼稚，未能尽孝报亲恩。几回梦里喜相见，犹是生前笑语频。常忆儿时乐无边，可叹往事已成烟。儿最顽皮常耍赖，撒娇撒痴在父前。我父循循施教化，春风阵阵暖心田。儒家理论常称道，自古孝为百行先。安贫乐道存仁恕，君子坦荡天地间。一生未敢忘庭训，转瞬蹉跎至暮年。儿孙仁孝承遗教，堪将此讯慰黄泉。

乐山大佛寺告别中一师弟

东坡楼畔眉山客，月榭逍遥俨若仙。儒将品题欣遇合，明珠尘掩返光鲜。彩霞红染夕阳美，令誉流播大佛山。疾病缠身弥奋进，书坛名重益恭谦。诗情雅意凌霄汉，妙语谐言若涌泉。数载神交增仰慕，几回相见感流连。明朝萧索关山道，重会不知可有缘？

注：儒将指张爱萍，他对伍中一的书法评价甚高，因而引起各界人士的注意。

祝画家周崑先生九秩大庆

人生难九秩，祝寿正宜秋。遥借家乡酒，喜添海屋筹。
升平多友辈，盛世少烦忧。仰慕思前谒，期盼侍宴游。

拜访启功

高才仰慕久，永忆识韩初。风景寒梅茂，胸怀瀚海舒。
挥毫惊落鹘，笑语胜连珠。诗画书三绝，时人总不如。

赠张幼矩

家住绿杨村，楼高满堂春。有缘闻绝唱，无语赞奇人。
一意寻真美，半窗净俗尘。艺坛多俊雅，杰出是张卿。

老伴情

其　一

维扬干校初相见，同病相怜落寞人。曲水园林芳草地，青山古刹绿杨村。
相期敬业培桃李，互勉提高共论文。白发而今人老矣，欣然回首尚温馨。

其　二

星月微明私语时，垂杨湖畔弄柔姿。新婚旋唱阳关曲，往事何堪静夜思？
泪洒十年留苦涩，汗挥七月忆东菑。如今共享天伦乐，习字读书不算迟。

怀念眉山女中校长王佩瑜

国难方殷忆少年,禹玉宫内聚群贤。激昂慷慨中东血,悲愤凄凉月亮湾。

烈焰腾腾焚日货,韦声阵阵入云天。爱吟红蓼兰桡曲,回首常思化雨篇。

注:中东血为话剧名,系反映东北人民抗侵略战争的情景,我校曾在校内演出。月亮湾是当时学生爱唱的描写人民流离失所的歌曲。王校长离眉时赠学生的诗:“蟆颐山下纪同游,红蓼花开水国秋。共把兰桡齐唱曲,歌声更比橹声柔。”

眉山女中旧事

1935年,我12岁时考上眉山女中,时中央大学高材生王佩瑜为校长。初中一年级的生活,丰富多彩,令我终生难忘。

其 一

禹王宫殿锁灰尘,几度经营草木春。侃侃言谈倾肺腑,谆谆教导尽铭心。

尊师重道平生志,育李培桃化雨情。细数故人多谢世,默然回首泪沾襟。

其 二

异彩纷呈记忆深,悠扬伴奏小提琴。如吟如诉渔光曲,亦舞亦歌女性新。

借助文娱添雅兴,还凭艺术唤移民。流光七十东流去,往事如烟无处寻。

其 三

抗日呼声震九霄,群情激愤起高潮。长街演讲何慷慨,校内高歌若怒涛。

揭露野心烧日货,鼓吹寻恨唤同胞。张弓更欲天狼射,小小姑娘胆气豪。

香港回归有感

英军寻衅珠江怒,敌忾同仇胆气刚。遗垒烟销功业在,虎门雾尽缅怀长。

六朝金粉繁华地,清代议和屈辱乡。炼狱百年须记取,江山一统正兴邦。

读东坡“四论“有感

救时匡世忍为先,早定行藏云路宽。难展雄才由自取,敢倡弥患恨空言。

坡公高论留思索,领袖鸿猷挽倒澜。扭转乾坤凭铁腕,刷新历史看今天。

原注:“四论“指《留侯论》《范增论》《贾谊论》《晁错论》。

慰幼时同窗蜀冰

塞北音书抵万金,史缘别久念尤深。满纸辛酸嗟往事,千行热泪感浮沉。

经霜月桂香尤远,映雪寒梅韵更新。且遣愁怀如雾散,芝兰玉树看儿孙。

读高潮贤伉俪赠诗

西川遥望路漫漫，不禁乡愁归梦寒。白发羁留淮上客，绿衣远送锦城篇。
挑灯吟诵心潮涌，攲枕沉思感慨添。愧对品评当自勉，无涯艺海更扬帆。

七十述怀兼答化文老友

其　一

古稀不用悲迟暮，老树春来犹绿枝。师友情深筹盛会，至交意美赠佳诗。
一庭风月诚吾伴，满架图书是我师。雨骤风狂成往事，福多寿考遇明时。

其　二

不须回首话当年，莫道牛棚恨万千。我意平和常自得，君怀磊落总欣然。
夕阳尚有光和热，奉献何分后与先。更幸交游皆俊雅，诗文酬唱乐余年。

游铁山寺恐龙园

绿树幽深曲径环，恐龙分隐半山间。纷繁品类出人意，奇异造型妙趣添。
见客口张疑复活，闻声尾甩欲趋前。时空隧道遐思远，遥想悠悠亿万年。

游蒲江朝阳湖

策杖攀登到坝巅，四围美景望无边。画船载我轻轻去，秀色凭君细细餐。
曲岸逶迤人欲醉，丛林蓊郁鸟争喧。湔尘涤俗疑仙境，更有氧巴不用钱。

庆贺小茜乔迁水天花园

聪明美丽压群芳，嫁与多才快意郎。华屋新迁幽胜地，温泉涌入靓丽房。
半世悲欢经风雨，一生荣辱渡沧桑。闲愁抛去九霄外，共享天伦乐趣长。

咏张学良

西安兵谏足忠忱，爱国情怀最感人。可叹功臣遭软禁，幸逢佳偶享温馨。
白山黑水流民泪，赤胆忠心少帅魂。世变时移今胜昔，还将真相细推寻。

读张先痴先生回忆录

字字行行血泪凝，如椽大笔写人生。垂髫忧国怀奇志，弱冠从戎赴远征。
预设阴谋张密网，正逢诗案锁雄鹰。亲朋故旧争传阅，几度深宵梦魇惊。

白兰花

故乡遥望在天涯，久住他乡即是家。无力补天嗟命蹇，有孙知孝喜人夸。
图书常读开心智，电视选看度闲暇。静卧且听毛阿敏，枕边几朵白兰花。

眉山桃花山游宴

风柔日暖好春光，贤主相邀喜欲狂。片片红霞迎远客，峰峰秀色焕朝阳。
仙桃璀璨花如海，彩笔淋漓意似江。万里欣逢当庆贺，此生最爱是吾乡。

欢呼神舟七号发射成功

飞机不造造飞船，智慧结晶岂偶然。经济腾飞为后盾，科研跨越著先鞭。
群传佳讯增豪兴，众览荧屏展笑颜。欣羡问天三勇士，探求奥秘苦中甜。

抢险英雄

亿万军民皆舜尧，以人为本立高标。呼爷唤女哭声惨，救死扶伤意气豪。
空陆两施忙运送，医防并重继焚膏。感天动地英雄业，四海扬名赞誉高。

随　想

回首一生半苦甜，当年失意满辛酸。兢兢业业凌云志，紧紧绷绷阶级弦。
改革迎来新岁月，开门更换旧征帆。兰芳桂馥风光好，但恐阴霾误凯旋。

倒春寒

其　一

清明将至倒春寒，大雪封门行路难。墨冻手僵闲纸笔，眼花光暗掩书刊。
川西花柳春情盛，苏北风霜冷气煎。人意温馨消凛冽，夜来归梦绕家山。

其　二

反常气候倒春寒，深闭重门镇日闲。漫忆儿时多趣味，低哼小曲减忧烦。
他人富贵何须羡，我自平安便是仙。高卧草堂殊惬意，平心静气学陈抟。

无　题

其　一

老来日日惯伤悲，故旧凋零人事非。正喜春光林园满，忽惊风雨众芳摧。
沧桑多变与时进，季节常新伴梦回。逝者如斯其未往，何须惆怅蹙双眉。

其　二

世情勘破更清闲，逆旅人生一瞬间。爱咏唐诗钦太白，漫抄两赋羡坡仙。
蓬门数日无人扣，深巷几回访友还。诗画娱情贫而乐，超然物外度余年。

读文友大作有感

文坛喜作追星族，艺海痴迷意未休。巴蜀锦心逢李杜，都梁妙笔拜韩欧。
喷珠吐玉春风暖，溅雪飞泉兴味稠。何事人生称至乐？好书细读胜王侯。

赠蓉城诸老友

旧地重游别恨长，相逢皓首感沧桑。蜗居久蛰门庭冷，广厦新迁宴饮忙。
往日倒霉遭白眼，今朝转运出锥囊。世情冷暖今犹昨，蝶梦人生学老庄。

忆偕航弟全家游上海植物园

联袂西郊心绪好，名园购物记犹详。坡前池畔鲜花艳，亭下流水碧草芳。
曲径通幽迷旧路，小桥流水近兰房。销魂最是水晶殿，嚄嚄齐呼梦幻乡。

题中一《亦庐存稿》

滑稽多智似东方，早见诗书俱擅长。华盖曾随疑一世，知音偶遇近斜阳。
堂倌鸡贩风尘苦，代表馆员荣誉香。不是三聪多逆境，仙翁哪得赋华章？
注：1988年，伍中一被聘为四川省文史馆员，又被选为眉山市人大代表和政协常委。

赠中一师弟老伴德君妹

寂寞孀居九度春，常思古刹远红尘。床头有泪凄凉夜，膝下无儿黯淡晨。
旧侣忽逢生恋慕，新家喜建享温馨。潘郎俊雅偏多病，深爱轻怜照拂勤。

怀念张云逸军长

苏北解鞍暂驻停，满腔抗日救亡情。办公未怕茅屋陋，定计常教寇胆惊。
饮露餐霜心更热，卧薪尝胆作干城。辉煌战绩传捷报，刻骨铭心颂四军。

怀念陈毅元帅

川中儒将最风流，武略文韬擅运筹。笔底壮歌辉日月，堂前樽俎泯恩仇。
敞开茅屋容四海，竖起红旗亮九州。黄花塘畔延芳泽，纪念馆中信史留。

赠重庆徐文彬

书剑飘零逾半世，严霜苦雪志难摧。鹍鹏自有凌云日，书艺文章相映辉。

慈母颂

慈母夏蜀珍辞世31年，而我对她的眷恋之情正像长江流水，悠悠无尽。

其　一

儿时欢乐胜神仙，无虑无忧母爱怜。督练楷书研墨久，夜阑犹自坐灯前。

其　二

偷闲教我读唐诗，细语花前紧傍依。杜甫秋风茅屋漏，谪仙醉卧酒家时。

其　三

最怜消瘦一年年，贫病交加损玉颜。君子固穷休志短，教儿自重学前贤。

其　四

京华落魄母心悲，万里驰驱紧护持。淡饭粗茶安若素，温言慰勉暖心扉。

其　五

谋生南下别慈颜，幼子悲号热泪涟。母返雾都依阿姊，山遥水远梦魂牵。

其　六

拜别慈亲五十秋，惊涛骇浪一孤舟。常思孝养承平日，墓草凄边空泪流。

参观黄花塘新四军军部旧址

三间茅屋将军府，一杆红旗斗士营。满地黄花如有待，年年岁岁吊忠魂。

忆两次赴渝探望二姐

其　一

云封雾锁闲庭院，翠竹几竿带露斜。灯下重逢悲老迈，忍含热泪品新茶。

其　二

万家灯火山城暖，皓首重逢笑语哗。忽唱骊歌心欲碎，今宵小妹在天涯。

怀念二姐四绝

其　一

几回梦里喜相逢，如花笑脸漾春风。无情晨曲催人醒，寂寞霜晨又一冬。

其　二

智慧超人遐迩闻，少年才女美无伦。可怜自幼遭天忌，百病缠身直到今。

其　三

频劳遥寄救心丸，捧视窗前老泪涟。忽忆儿时嬉笑处，山茶树侧海棠边。

其　四

无方缩地恨绵绵，何日重逢欲问天。衰迈常愁云路远，电波时盼报平安。

注：我老家后院有个小花园，幼时常嬉戏其间。

记梦寄承寓表弟

夜来恍惚到蒲江，如画群山曲径长。惆怅新人无觅处，觉来残月满纱窗。

扬州西游纪幻宫记趣

展厅玻璃墙

逼真幻境使人迷，欲入镜中去揽奇。不是旁人拉得快，险些碰破一层皮。

花果山水帘洞

青山环绕百花稠，蹦跳水帘戏小猴。饮酒悟空山顶坐，高翘毛腿晃悠悠。

观盱眙根雕展

敢将腐朽化神奇，细刻精雕顺势为。栩栩如生齐叹赏，须防兽逸鸟惊飞。

扶病春游

其　一

桃花烂漫柳含烟，犹怯春寒未减衫。踉跄徐行人老耄，搀扶一路笑声甜。

其　二

镜头处处对苍颜，记事园中摄影欢。归去孤鸿残照里，犹留彩照翠屏前。

金银花开有感

繁花似锦满墙头，勾起离人万斛愁。当日种花人已杳，唯留此蔓伴春秋。

余家花园与老同学欢聚

其　一

轻车瞬息到丹城，乍见迟疑自报名。万里风云悲远隔，相邀旧侣诉离情。

其　二

当年旧照共猜详，翁媪而今两鬓霜。贫富穷通均老迈，天涯多少梦黄粱。

其　三

相见何难感慨长，楼台花树好风光。座中喜有东方朔，笑语欢声满画堂。

注:东方朔指师弟伍中一,他诙谐多趣,我戏称之为当今的东方朔。

伤逝四首

其　一

如梦如烟不见回,空房独坐有谁来?葳蕤怕见盆花茂,昔日怡哥手自栽。

其　二

日日呼君不见回,此生无复有依归。夕阳黯淡霜风紧,长夜无眠泪暗垂。

其　三

风雨十年最难忘,同遭迫害断肚肠。你怜我爱减悲苦,陋室相依盼艳阳。

其　四

黄花吐艳枉多情,寂寞空庭只泪痕。往事已随春梦断,寸心无主似飘萍。

王　坚

王坚(1923~2008),江苏盱眙人。1948年参加工作,离休干部。江南诗词学会、江苏省诗词协会会员。著有《晚吟集》。

自　遣

安宁便是福,见异莫思迁。野鸟枝头唱,闲花坡上妍。
荣华如泡影,富贵似云烟。努力事耕作,辛勤种砚田。

离休感怀

久作他乡客,常怀故里情。离休归未得,独卧复长吟。
兄侄音书少,新朋道路生。寂寥何所事,唯与小孙亲。

寄　怀

别路关山隔,离情日月长。风吹方寸乱,雨洒泪千行。
独卧沉诗句,相逢托梦乡。几时还旧地,把酒解愁肠。

野蔷薇

春光伴我作郊游,且看蔷薇花正稠。从雅淡中观雅淡,自风流处见风流。
锋芒无意人前露,香气有心山上留。荒野清居情趣异,不为势利惹闲愁。

卷　尺

委曲作蜗居，出门敢直书。生来倔强性，从不弄玄虚。

电　梯

身居于大厦，能上也能下。只要人方便，高低何惧怕。

压路机

稳重持身奋力行，真心实意为人民。休言缺少冲天术，专碾城乡路不平。

幽　居

一生落拓未愁贫，哪肯攀登势利门。陋室独居书作伴，兴来月下对空吟。

买菜翁

屈指流光数十冬，枪林弹雨杳无踪。当年戎马驰骋客，今作提篮买菜翁。

雨夜怀友

冷雨潇潇动旧思，怀人又到晓鸡啼。离愁恰似长淮水，滚滚东流无尽期。

赠　别

送君东去雨难收，遥望飞车入画楼。淮水有情知惜别，替人不断唱离愁。

无　题

一样相思两处愁，心头未解上眉头。局外怎知其中味，晨起又见银丝稠。

叶宝林

叶宝林(1923～?)，江苏盱眙人。教师。

第一山

南山悦目草青青，楼阁亭台日照明。路转峰回游客醉，题诗摄影各留痕。

杏花园

风和烟淡杏花开，粉蕊沁香蜂蝶来。漫步闲吟抒雅兴，满园春色任徘徊。

玻璃泉

半山腰上水溅溅，石刻龙头引碧泉。最是清幽听玉韵，露凝蛩伏月中天。

淮山堂

淮山堂里陈遗迹，同治道光碑刻清。秦汉都梁形胜地，一砖一石载文明。

张昱中

张昱中，江苏盱眙人，后移居五河县。

怀友人

云树怀良友，天涯共此时。青春存眷顾，皓首益相知。
磋切文章老，襟期岁月迟。寸阴还自惜，元白是吾师。

留别沧溟兼致诗友雨辰眉山

其　一

一车飞越到都梁，旧雨重逢喜欲狂。昔日同游年正少，今朝相对鬓如霜。
纵谈把盏情难已，抵足论诗意未央。毕竟江郎才出众，惊人造诣不寻常。

其　二

僻居孤陋老浮生，聊作嘤鸣觅友声。张老诗风超世俗，眉山书法绝尘清。
荆州初识仰丰采，人杰方知是地灵。愿与良朋常结伴，就聆教益自非轻。

秋日书怀

退归喜醉菊花秋，揽镜犹怜雪满头。为觅诗材常外出，每逢佳处辄淹留。
青松雨后寻匡壑，皓月空悬卧谢楼。刻句崖屏千载迹，市朝于我已无求。

咏　竹

三五琅玕近野居，萧萧风雨俗尘无。虚心不愧真君子，坚节堪称大丈夫。
碧鸟双栖深眷恋，斜阳一抹浑成图。无辞剪伐甘为杖，留赠残翁瞽妪扶。

谈化文

谈化文(1924～),江苏盱眙人。江苏省盱眙中学教师。淮安市诗词协会、盱眙县诗词学会会员。

王亦纯赠《散绮集》

飞鸿自辽东,携来诗二集。开卷且漫吟,怜君思乡癖。秀崖碑铭记,玻璃泉永忆。淮浦大洲滩,几回魂梦里。垂老念宝积,落霞散成绮。乡情淳且浓,乡愁何时已！无以慰乡思,一语聊相寄。淮南得时雨,秋熟当可俟。

雨后偕淡人访友

雨后长空净,访友北山陲。小道苍苔滑,林边枝湿衣。信步过幽径,轻叩碧纱扉。主人取佳酿,殷勤劝举杯。二客岂酒徒？友情不可违。茶烟助奇想,闲聊逸兴飞。或道眼前事,妄评是与非。或说天国近,何如自镌碑。论史仰班马,谈诗怀孟韦。聊斋志狐鬼,何妨姑听之。狂言犹未已,暮色笼山隈。微醺欲归去,主客皆依依。

读黄稼《辛夷集》

木兰花似雪,词人志高洁。无端逐南荒,南荒多蛇蝎。豺狼日横行,蚊蚋夜吮血。九死终不悔,廿载还清白。归来鬓染霜,韶华谁补偿！殷勤问故旧,愤慨诉衷肠。红楼辛酸泪,迅翁惯投枪。风骨何冷峻,噩梦岂能忘。鉴往知来者,韵味耐思量。

辛未洪灾见闻

七月风雨急,千里淮河溢。咆哮惊四方,郊原行鱼鳖。滔滔吞田禾,决堤摧民宅。几家迁桥头,草草安枕席。床头扣猪牛,地上堆衣物。棚外鸡鸭鸣,棚里儿女泣。农妇向客语:洪水似猛虎,汹汹扑过来,毁我衣食住。老天太无情,幸有人相助。但愿连朝晴,回乡重安聚。

寄笑枫

三十年前枫叶时,山间溪畔诵新诗。少年怀抱拿云志,天上人间想象驰。独走江汉迎风雪,喜举红旗换日月。黑龙江行文犹在,从此鱼鸿长断绝。忽然云开妖雾散,天地澄清见庐山。会须一饮三百盏,挥毫再聚大江边。

原注:《枫叶》为郑笑枫当年所编刊物名称。笑枫另有散文集《黑龙江流域纪行》。

第一山菊花盆景展览

群芳欣聚会,胜地展新容。丽质同琼玉,黄花耐冷风。
虬根发嫩叶,尺土育苍松。巧手精培植,竟超造化功。

咏　怀

其　一

江河流日夜,岁月不饶人。白发羞言老,故书翻觉新。
无聊炼诗句,有趣看荧屏。一觉不知晓,浑然忘古今。

其　二

阵阵秋风过,鬓丝白几茎。眼花须老镜,腿软杖枯藤。
神倦床堪坐,天寒被预温。劣根唯好读,常伴夜灯明。

答友人

得书久未复,疏懒负君情。陋室堪容膝,粗餐可养生。
酒酣忘冷暖,夜读费精神。雪后寒风劲,蛰居盼早春。

题《都梁山水图》

淮左称名邑,青山作翠屏。韦公停舫处,米老觅诗情。
楼阁凭岩起,轮舟逐浪鸣。长桥连古泗,生气满山城。

按:韦公句,唐韦应物《夕次盱眙县》有“落帆逗淮镇,停舫临孤驿”句。

和友人

其　一

人生岂如寄?过客入尘世。市井颜色新,歌吟步履滞。
哲人宁远游,河水长东逝。举首见青山,浑忘老已至。

其　二

写尽几瓶墨,走过几道关。山中寻瘦石,淮上看清澜。
安步身犹健,焚香心自闲。寂寥风雨夕,开卷忘忧烦。

为盱眙报刊创作

小雨浇炎夏,好风喜讯传。都梁有香草,报界出新编。
敢作图强赋,毋忘激浊篇。耕耘勤创业,舆论本元元。

甲戌夏日苦旱

空梅连盛暑，似火日悬高。电扇风生热，园蔬萎盼浇。
塘渠渐干涸，禾黍半枯焦。老农眉不展，夜梦雨潇潇。

送眉山二老归蜀

姊来探视妹，妹伴姊还乡。手足情无限，家园梦正长。
衡阳归雁速，淮浦旧居香。明岁山花发，相期共举觞。

酬张伴农

西征一战士，桥畔爱讴吟。壮志巴山梦，乡情淮岸深。
朋俦重道义，松菊见精神。皓首身犹健，起居须自珍。

清明悼亡妻

一束山花献墓前，风凄林暗泪潸然。十年浩劫同忧患，睽隔阴阳魂梦牵。
几番梦断披衣起，儿女春寒衾被添。人口平安休惦念，空山冷寂我尤怜。

无　题

相逢何喜别何悲，杨柳枝头燕子飞。十里桃林红雾锁，一湾溪水碧波回。
惊闻云里轻转雷，伫立桥边细雨霏。底事流连天欲暮，杜鹃声里不如归。

诗人节吊屈原

其　一

五月端阳吊屈平，忠贞流放楚天惊。上官有术欺庸主，令尹无方祸世人。
逐客彷徨鸡鹜舞，乡邦离乱艾萧生。可怜九死何曾悔，一卷离骚见素心。

其　二

又是榴花照翠屏，几人思念故灵均？龙舟不竞端阳渡，角黍空教稚子欣。
惜诵怀沙原恨事，涉江哀郢赋忠忱。楚王不悟楚辞在，南国诗魂永不沉。

过柘皋忆旧

抗日时期忧患频，远游学子踏归程。老农带过淮南客，小道奔来鬼子兵。
前站先行陷绝境，后批疾走隐丛林。晚间幸得重相聚，永记村民爱护情。

游扬州喜逢琼花初放

万绿丛中绝代姝，相逢有幸快何如！风轻日暖幽香溢，玉琢银装碧叶扶。
难得园林添韵事，俨然仙子下江都。名花只合游人赏，岂忍骄狂杨广徒。

答淡人金陵客邸见赠

南天遥望念金陵，造化小儿妄弄人。有兴唱酬情未尽，筑巢辛苦业初成。
曾悲僻院幽兰弃，又见愁怀老泪吟。愿得卢医疗痼疾，瑞崖漫步读碑铭。

偕友人山口门凭眺

疏林衰草大淮边，巨石断墙诉旧年。土埂蜿蜒埋岁月，荒坟坍塌向云天。
宋元兵火遗踪渺，日伪壕沟故老传。幸有泉清山不老，夕阳微暖照桑田。

答昱中

老同学张献敏日前五河来访并习诗，相聚甚欢。今又同车赴宁，途中得一诗作答。

春雨秋风四十遭，相逢两叟笑霜毛。俞河说孟天花坠，淮镇扬帆别梦遥。
劫后吟诗怀故旧，樽中有酒唱离骚。连朝畅叙情难已，又见钟山隔水招。

依韵和淡人病中述怀

世事多艰意料中，达人淡泊不攀龙。清晨养气迎朝日，薄暮练功听远钟。
煎药为驱二竖子，爱乡常念一山峰。安心静养临新岁，去疾回春兴致浓。

王公问贤百岁寿诞

幸存世纪同龄者，寿庆蟠桃三月三。抗日曾经保乡里，传家依旧爱田园。
父慈子孝天伦乐，酒冽茶香情趣添。莫羡瑶池王母宴，嘉宾满座主人贤。

春末答陈吉人

五墩曲巷闭门居，动少闲多常伴书。忽有高朋诗代柬，敢酬盛意道非孤。
莺飞鱼跃风光好，人困春残音问疏。珍重他时温旧梦，莫教风雨病相如。

酬嘉德兄赠《周易浅说》

淮阴握别岂能忘，又读手书情谊长。周易勤研疏解细，志书方纂姓名香。
老犹伏枥怀宏愿，胜似耽吟学旧腔。君子自强天道合，功成惠我好篇章。

过泗州城遗址

其　一

汴口帆樯无觅处，临淮古郡陷波中。僧伽名塔留青史，明祖先陵有旧踪。
筑堰防洪洪愈涌，沉沙埋道道难通。唐城宋堞今何在？水母为灾论岂公！

其　二

当年重镇障淮东，今日平畴一望中。郊野清波光澹澹，城厢嫩麦绿茸茸。
几丛杨柳含烟霭，十里淮桥跨彩虹。汽笛长鸣船队过，滩头新市正繁荣。

读吟草赠孔庆煜

壮见曾经风雨狂，归休好学爱文章。名篇读罢生豪兴，佳句得来贮锦囊。
咏物抒怀意真挚，扬清激浊韵悠长。盱山淮水深情系，直把他乡作故乡。

下龟山怀古

龟山依旧扼淮流，古寺钟曾动客愁。禹锁支祁导洪水，宋开运道利行舟。
当年名镇埋荒草，今日残碑卧土丘。世事沧桑难逆料，长淮东逝思悠悠。

八十自寿

四月清和气象新，时逢浴佛我生辰。无缘顿悟禅宗法，有幸还存常态心。
座上知交捐俗礼，樽中醴酒助豪情。不拘形迹浑忘老，慷慨高吟客半醺。

题红叶

霜降后山上多风沙，傍晚立阶前，见落叶纷纷，舞姿美甚，乃捡一片叶，题诗其上。

映日红于火，经霜艳似花。翩翩天上舞，含笑向风沙。

第一山

矗立淮南列翠屏，崖边题刻比碑林。玻璃泉冽消尘虑，苏米游踪说到今。

东阳城遗址

土沃泉甘城址遗，君王无道众心离。秦民拥戴陈婴起，竟作亡秦一旅师。

明祖陵

一片绿洲浮水边，两行石象立威严。堂皇殿阁随波去，巧匠精雕百世传。

记事园落霞

花木沿淮锦绣带，小桥曲径草为茵。凭栏远眺胸怀畅，万点波光照眼明。

淮河大桥

彩虹飞架过洲汀，北望田畴千里平。破浪船鸣幽谷应，湖光山色荡胸襟。

登宝积山

其　一

一片朝晖空气鲜，望中洲渚碧连天。几人晨练登山顶，身爽神清恍若仙。

其　二

宝积曾为赵宋羞，今逢新世可无忧。欣看百业方兴起，十里街廛一望收。

甘泉山

寻幽探胜上甘泉，佳木葱茏蔽碧天。红紫满园绕松竹，禅林净土任流连。

铁山寺

山深寺古木森森，游子何妨效逸人。涉水穿林寻野趣，清泉一掬涤尘襟。

折柳送友人

其　一

丁香垂首杜鹃红，杨柳一枝别意浓。此去沿途春烂漫，西行万里一帆风。

其　二

穿越瞿塘巫峡云，巴山蜀水诉乡心。亲朋会聚开筵日，莫忘淮南鸿爪痕。

马坝中学留别

余于1974年恢复工作，翌年调回到马中，1976年妻不幸病故。9月调回盱城，行前马中诸同志殷勤饯别，赋此志感。

其　一

益友良师助益多，怎堪执手赋骊歌。孤鸿归去情何急，室有饥雏唤奈何。

其　二

黄叶秋风惜别时，把杯款洽解忧思。感怀潭水桃花意，珍重毋忘后会期。

寒 夜

朔风透户撼衡门，寂寞寒窗砚水冰。儿女灯前勤夜读，童声憨态送温馨。

读《江城诗稿》

生平战士且诗人，功过何须后世评。霁月光风松不老，江淮南北好行吟。

注：江城，庐江人。抗战时期曾在盱眙工作。

悼王道扬二首

其 一

春寒料峭雨如丝，忽报诗翁与世辞。无疾而终原是福，幸留吟稿耐人思。

其 二

结社耽吟淮水滨，同俦新作共研评。前尘历历头飞雪，今日推敲不见君。

和陈衡病中作三首

其 一

不怨他人不怨天，心胸旷达慕前贤。从容驱疾诗三首，抵得陈琳檄一篇。

其 二

生老病死寻常事，说甚人雄与鬼雄。苦药钢针皆好友，青山留得夕阳红。

其 三

聒耳蝉鸣暑意长，病床消夏又何妨？淮水钟山风物好，相期弃疾话沧桑。

张德勇

张德勇（1924～2001），江苏盱眙人。曾任教师、县报社记者、县志副主编等职。

全县县乡道路建设竣工喜赋二首

其 一

秦皇县邑楚王都，淮水盱山不逊吴。期达小康铺大道，胸怀壮志绘宏图。

莫言伊甸仙家有，敢作天街旷古无。号角声声犹在耳，军民共建赴征途。

其 二

兴盱有术先修路，遍地英雄战绩多。龙古途中开峻岭，葫芦套里启长河。

林峦不锁迎游客，阡陌畅通奏凯歌。放眼城乡春色好，万民欢庆舞婆娑。

新春和友人

又是春风焕物华，乾坤一样齿增加。长街门对添新句，小院枝头绽幼芽。
志馆淹留勤运笔，东篱收拾学栽花。冰天独爱常青物，哪管寒来恋旧家。

西山即景

桃源本属虚无事，不到武陵也是春。淮上清风声有韵，山间明月色无尘。
闲花野草镶幽径，翠竹苍松绕小村。且喜峰回路转处，东风一样入蓬门。

喜见新县志出版发行

新编《盱眙县志》问世，余退休后仍受聘于县志办、文史办。13年来史志情深。爰赋七律二首以述怀。

其　一

灵台十载无他用，秋肃春温志业艰。子夜焚膏妻抱怨，病床运笔我冥顽。
千里墨迹今和古，一片冰心水与山。谁识此间真乐趣，几番易稿风登攀。

其　二

归来颐养无遗憾，新志初成两鬓斑。仍教寒窗援拙笔，竟将陋室作他山。
心如止水何曾止，身似闲云未必闲。莫道砚田耕稼苦，文章得意赖增删。

石　牛

非驴非马卧山巅，不饮不餐如许年。流水落花熬岁月，栉风沐雨望云天。
欣逢赤县春归早，笑看红旗夜不眠。历尽沧桑堪见证，凯歌一曲自悠然。

咏松贺程玉西八十寿辰

随处皆安乐，悬崖可自存。凌霄无所惧，冰雪见精神。

赠张幼兰

蜀水莅盱山，青春入杏坛。百年无老态，志在李桃间。

山行口占

曲径通幽处，桃花匝地开。红云一片片，飘下玉人来。

读　书

垂老何期满七旬，诗书滋味倍堪珍。莫言今后无多日，愿做春风化此身。

长征颂

千秋彪炳当年事，壮丽诗篇启后人。喜见长征成号角，如今再写小康文。

吕庆堂

吕庆堂(1924～?)，江苏盱眙人。退休干部。

中秋对月有感

蟾光普照五洲同，祖国中秋意更浓。改革新风吹大地，升平爆竹震长空。
诗人集会添吟趣，农户开筵庆岁丰。窃药嫦娥应悔恨，不该奔往广寒宫。

甘泉春游

甘泉寺院久思游，诗友相邀雅趣投。雨后芬芳馨世外，佛前烟烛净尘忧。
香茗一盏神怡醉，畅咏百篇韵味稠。花木满山迎远客，夕阳画景不胜收。

按：甘泉山在盱眙县官滩镇，临淮。

秋日逛盱城

秋日漫步临淮滨，长桥卧波笑面迎。回眸一笑金色染，侧耳两岸汽笛鸣。
土街茅舍无觅处，大道危楼间绿荫。华灯初上琴声细，丹桂飘香满城馨。

忆抢修黎湛线

硝烟未尽又登程，泪别阿妈壮家行。开凿万山通路广，横穿郁水铁桥平。
边陲口岸达洋海，南国荔枝名古今。百越今闻奏新曲，胸怀激起当年情。

修鹰厦线

当年壮士进南国，林海苍茫扎帐篷。风钻敲开千丈石，爆声唤醒万年松。
武夷山顶成通道，集美滩头接彩虹。里程碑前留足迹，人间造福赞神工。

鲁　化

鲁化(1924～　)，江苏洪泽人，定居盱眙，退休干部。

春日登第一山

风和日丽艳阳天，远眺登高看大川。春昼花园红杏树，玻璃泉水浸婵娟。
米碑翰墨插云秀，苏赋才华刻石肩。汽笛几声鸣响处，淮河上下过轮船。

都梁情

南山滴翠晓云轻，绿树林中百鸟鸣。花动盱城春袅娜，歌酣万户国升平。
一天细雨杏花笑，大地东风旭日新。日暮诗成取纸笔，挥毫写出都梁情。

游新修杏花园

寻芳沽酒杏花园，粉饰淡妆耀眼前。仰望南峰云欲雨，俯观淮岸柳如烟。
晓林春暖无梁殿，奇石巧开碟大天。展纸写诗红树下，归来不学醉翁眠。

盱城金秋

到处平方到处楼，秦关楚邑旧颜收。淮河碧浪鱼龙跃，古镇青山松柏稠。
香雾晓烟迷闹事，丹枫黄菊艳桥头。画家虽有生花笔，难绘盱城金色秋。

春日渡舟

渡舟淮上漫飘摇，仰望盱城分外娇。南北大桥跨泽国，东西官路卧山腰。
花园红杏闹春昼，凤岭青松起海涛。古镇讴歌逢盛世，闲情逸趣乐陶陶。

渔家乐

盱山淮水夕阳斜，满载而归兴致嘉。几路轻歌声不断，电机高唱木兰花。

王道扬

王道扬（1925～2008），江苏盱眙人。1948年参加工作。离休干部。

贺盱眙县诗词学会成立20周年

二十春秋月，山城韵墨香。东风吹碧水，时雨润诗乡。
老树萌青叶，新枝披绿装。芬芳桃李茂，国粹大弘扬。

答友人

读罢君诗不觉酸，但凭一片寸心丹。知多世事胸襟阔，阅尽人情眼界宽。

自古雀罗传典故，历来陋巷颂清寒。岂为形役随波浪，晚节延年自在欢。

鸦片战争150周年

近史英雄第一人，反侵炮火虎狼惊。不贪厚禄疏荣贵，只顾兴邦置死生。
日暮清廷沦腐败，昏沉皇子落无能。频频辱国丧权耻，时到如今待洗清。

戊辰重游东南第一山

风雨十年楼外楼，南山无见昔时愁。鳞伤秽臭形踪绝，素裹幽香体态柔。
千里淮涛银练舞，万家烟雨绿丛稠。人生难得升平曲，秋月春花不尽讴。

农翁闻免税

老农闻免税，怕耳失听真。策杖乡邻问，喜呼天降恩。

都梁之夜

起落华灯一片红，山城倒影水晶宫。歌声荡漾淮中月，何处丹青著笔工?

今日甘泉山

四时花果溢清香，半入云空半入乡。山下轻舟来复去，甘泉锦绣几船装?

登望淮楼

望淮楼上望淮流，一片机船绕绿洲。隔岸芦苇青似染，友人遥指泗州头。

春　酒

寒过七九暖回升，日丽风和报早春。淮上笑喧春酒散，丰年多有醉归人。

咏洪泽湖

天工神笔绘洪湖，一日风光几画图。最是迷人欢乐处，红霞万顷棹归途。

晨眺都梁

水拍山城绿海妍，云低楼阁欲登天。渔歌不怨淮河浪，今唱春潮万象篇。

夜观淮河大桥

漫步桥头不夜天，巨龙闪烁耀山前。昔时沦落滩头地，人换精神地换妍。

咏四山湖

其　一

夏日湖光别样妍，荷红叶绿漫淮边。清香扑面浑身爽，来到四山无暑天。

其　二

扁舟一叶傍湖边，渡口艄公待客眠。忽听轻歌何处起，寻声荷荡女喉甜。

逛盱眙山城商场

山绕商场百卉馨，红男绿女笑喧声。赏心岂令菜篮满，半是游春半健身。

东阳城遗址

陈婴举义起东阳，小县名声从此扬。沧海桑田千百载，乡人乐道反秦王。

辛未年盱眙水灾

其　一

遥望村庄一片沨，都梁十里半街洪。百年未遇灾情重，民自安然避险凶。

其　二

河西浩渺水连天，十一万人离故园。失所灾民神饱满，五星普照党恩甜。

观电视剧朱总理《政府工作报告》

一篇报告好文章，字字玑珠四海扬。不是空头摊政绩，有忧有喜不夸张。

离休吟

数十年来两袖清，为民为党献忠心。离休淡饭陶陶乐，简陋公房助我吟。

陈吉人

陈吉人（1925～2010），江苏盱眙人。1950年参加工作，一生从事教育事业。

咏怀教师节

见闻重教以兴邦，提倡尊师入典章。残夜孤灯耽敬业，星霜荏苒育栋梁。
耕耘谏果回甘味，蓓蕾春风桃李芳。晚景桑榆无限好，人才济济著辉煌。

登第一山

云蒸霞蔚锦屏峰，老去登临爱好同。层岭苍苍凝晚翠，芳洲郁郁映遥空。
繁英欲绽朝晖里，逝水含情绮照中。白发黄花相映趣，青山助艳夕阳红。

都梁颂

青峦叠嶂霁澄明，襟带风光万象生。环列园林舒画卷，周遭景物入诗情。
山川擅胜恣游眺，境宇斑斓郁古城。佼佼崇阿留客恋，涟漪淮水为谁清。

游铁山寺

铁山风物最宜人，画卷翻新冠绝伦。林壑松筠含晚籁，岗峦嶂崿映朝暾。
清溪自得鱼欢乐，幽谷情抒客啸吟。且喜桑榆霞彩蔚，游踪道上似山阴。

霸王城怀古

秦亡逐鹿起烟尘，对峙湖山楚汉营。野戍鼓声惊五夜，淮滨雾霭绕三城。
悲歌不利空凄切，啸咏风云见邃深。兴替沧桑陵谷变，雪鸿遗迹落湮沉。

张 震

张震(1926～1988)，江苏盱眙人。自由职业者。

题照片

昂藏两丈夫，君智我何愚。无学惭公瑾，多才逾伯符。
请缨情壮烈，抱朴意踌躇。何日如斯影，并肩读《汉书》。

手术后有感

平生无所长，饭袋酒之囊。疾病侵肓膏，钢刀断胃肠。
囊残难贮酒，袋小少盛粮。剩有双眸在，犹能看夕阳。

赠幼兰老师

1986年7月9日下午，化文来邀同访张幼兰女士。女士与三苏同里，在盱眙任教多年。其吐嘱风雅，秀外慧中，不胜敬佩。归作五律二首以赠之。

其 一

闻名业已久，今幸得瞻韩。松竹方风骨，珠玑蕴笑谈。

清流来蜀水，绛帐设盱山。桃李芳园满，猗哉君子兰。

其　二

峨眉多俊彦，蜀道苦难行。偃蹇才非短，坎坷路不平。

牛棚成旧事，马列育新人。珍重桑榆景，常教夕照明。

赠都梁诗社发起诸元老

其　一

都梁山水秀，秦汉已知名。碑有米颠迹，诗留苏守情。

风淳俗亦美，人杰地常灵。结社同吟咏，讴歌颂太平。

其　二

服务不知老，归休为让贤。林泉犹后乐，笔墨续前缘。

诗咏忧民句，词填爱国篇。夕阳无限好，余热胜春暄。

无　题

独坐萧斋意兴寒，前途遥顾恨漫漫。知音都向云中去，唯我仍从壁上观。

笔秃愁多描不尽，书繁学少读皆难。徒增马齿人依旧，自笑自怜亦自叹。

有　感

老来无业学屠沽，日坐长街看酒徒。喝六呼么鱼得水，称兄道弟火加荼。

未闻刘季交樊哙，哪有文君嫁相如。到手一杯且尽饮，浑然不识古今殊。

坚儿婚日作以示诸儿

坚儿今日喜完婚，又为而翁了向平。难背群言徇旧俗，且随节令到新春。

不求孝顺能娱我，但愿清新好做人。萁豆同根当永爱，心齐何为患家贫。

除夕书怀

除夕之夜，独居斗室，反侧辗转，不能成寐。听爆竹声声，感时光流逝，顾影自怜，悲从中发。口占数语，聊以遣怀。1986年春节。

往昔人嫌我太愚，而今自觉亦粗疏。求鱼无望曾缘木，待兔终空却守株。

七尺身躯成烘土，半生烦恼误诗书。声声爆竹惊残梦，忍泪又将一岁除。

除夕示诸儿

儿孙雀跃过新年，燃罢烟花又放鞭。何物是年浑不识，但知来日一龄添。

红颜易老尽人知，有志男儿要惜时。七五并非三十五，一朝一夕莫延迟。

注:七五,指国家第七个五年计划。

作诗焚诗

其　一

沥血呕心学作诗,个中滋味自心知。酸甜苦辣吞声日,风雨晨昏入梦时。
强调性灵翻佶屈,追求肌理弗深思。从来不惯阿谀体,宁受批评不受嗤。

其　二

自笑平生好作诗,怡情未必要人知。留心写去偏多舛,信手拈来不入时。
大老常批无一是,老妻每劝要三思。不如都付丙丁去,化作烟云免惹嗤。

咏物四首

春　菊

千红万紫饰春光,谁记东篱一簇黄。既被遗忘甘落寞,不求表现敛微香。
梦寻五柳因知己,醉倒重阳岂自狂。老去未忘三径好,且将雏叶伴群芳。

早　荷

田田出水绿无涯,才听熏风便发花。盛放如云承蛱蝶,迟凋作伞覆鱼虾。
香清因是距离远,质丽何须出处佳。救世观音存异癖,常留足下当浮槎。

蜡　梅

开花本欲在春前,偏遇冬残雪满天。零落无言行我素,嶙峋有骨怕人怜。
暗香每伴朦胧月,孤影常笼缥缈烟。浪蝶游蜂全不惹,自甘寂寞断桥边。

庭　兰

幽香空谷本天生,底事强移到院庭。狎久渐消君子气,势移半失故人情。
难随流俗夸颜色,愿向平凡献素馨。已过花期浑不觉,犹同野草订鸳盟。

和友人《诗人节吊屈原》二首

其　一

嵚崎瑰丽举天惊,每读离骚总不平。哀婉焉能回昏主,温良总不敌谗人。
漫凭历史评功罪,留得清名足喜欣。何日九嶷山下过,江流一掬濯吾缨。

其　二

问天何故欠平均,旷世奇才却自沉。奸佞横行君失道,哲人萎谢国无屏。
江流有幸溶忠魄,蒲艾多情献素馨。千载群黎犹悼念,谁言乐死不如生。

寄萧真求兄谢赠金

四十年前车笠盟,几经劫难未消沉。西风黄叶金陵梦,小室灯昏沪渎情。

今日深知鲍叔意，异时莫碎伯牙琴。高山流水传千古，一曲清歌胜万缗。

淮河大桥晨眺

回望群山瑞霭多，天光云影落淮河。欢腾百鸟枝头唱，竞渡千帆脚底过。
杨柳沿滩飞绿意，楼台近水漾清波。长桥彳亍无人识，独赏朝曦映碧荷。

过黄花塘

黄花时节过黄花，物换星移感岁华。得主田畴改旧貌，翻身黎庶立新家。
江南一叶英名在，苏北三军战绩奢。堪笑东洋武士道，纷纷折戟尽沉沙。

圣人山佛寺

儒释分流每互难，各留经典在人间。丘言忠恕崇兼济，佛说慈悲劝脱凡。
百世莫能衷一是，双方何苦树三幡。如来孔圣应和解，共处无分彼此山。

明祖陵

滚滚长淮水自流，斜阳蔓草掩荒丘。宝驹半折奔腾足，翁仲常低破碎头。
父老犹谈英烈传，祖先难替子孙谋。一朝王气如烟灭，剩得遗踪供漫游。

观日环食

三球运转有周期，路线分明轨迹齐。相互并行原不悖，偶然互掩未为奇。
无端放炮轰天狗，何故鸣金震地祇。科学新风驱暗影，团圞岂减旧时姿。

七律二首

1986年9月10日，在南京携稚子，踏小舟，渡秦淮，访衡表叔于马道街寓所，把酒谈心，晤谈甚洽。归作七律二首以志之，兼作呈衡表叔雅正。

其　一

秦淮碧碧水悠悠，未雪先摇访戴舟。话旧频提盱泗事，谈诗懒下秣陵楼。
羡君有志甘红烛，愧我无为剩白头。倒屣出门赴夜市，盘飧意重胜珍馐。

其　二

三十八年才一瞬，再逢相对俱龙钟。炎凉变换心还暖，道路艰难力未穷。
杯酒怎能消块垒，片言终不尽离衷。夜阑执手依依别，无限温情客梦中。

答大姐

可惜东君隔岁逢，乌江谁复记重瞳。呜咽叱咤今何在，踯躅行吟昔有踪。

以沫相濡涸辙好，摔琴未必世途通。真真假假人间事，漫说天功与己功。

病里述怀

其 一

半世沉沦市井中，江湖落拓混鱼龙。但求人尽生前责，不计儒敲饭后钟。
对客欲藏青白眼，看山难辨古今峰。茶香药气黄粱味，溶作云烟趣亦浓。

其 二

疾病缠人夜不眠，朦胧窗月小炉烟。欹床忆旧增伤感，握笔书怀剩自怜。
濒死更加思药石，临终方悔信神仙。天堂地狱浑难料，回首沧桑一黯然。

其 三

碎瓦颓垣苦作家，勤如牛马慢如蜗。多情土木终遮雨，未播庭阶已发花。
嫩叶春回喜自茁，残枝秋老欲成沙。新陈代谢寻常事，毕竟朝曦胜晚霞。

敬贺俊溥兄两令郎同日结婚之禧并呈鲍老伯正之

八八春风乍劲吹，香车并娶玉人回。双双蝴蝶成双舞，对对鸳鸯捉对飞。
老凤清扬鸣未足，娇雏婉转喜相随。团花簇锦开琼宴，满座宾朋尽醉归。

除夕述怀

漫天爆竹似惊雷，梦醒三更万念灰。癌鬼已经登记定，死神故不及时催。
春回历上心还颤，药冷杯中口懒开。美妙人生原是假，而今深悔不该来。

寄怡兰斋主人

嶙峋瘦骨渐温和，户外春光料已多。作梦犹夸腰尚直，翻身始觉疾难瘥。
有心访友探仙侣，无力寻芳恨病魔。遥问怡兰斋里客，起居饮食近如何？

和衡表叔

其 一

身如轻絮偶然来，起落随风实可哀。苦海沉沦悲灭顶，未能自拔愧庸材。

其 二

骚坛籍籍既蜚声，天妒同兼自在身。无病呻吟无好句，特颁诗料给诗人。

七绝二首

其 一

昨日为诗今未成，关门卧地作吟声。才妻不解敲窗问，无病因何不断哼。

其　二

镇日为诗却少诗，其中缘故祝融知。平生愧少惊人语，吟到黄昏悔已迟。

赵秀昌

赵秀昌（1927～2011），江苏盱眙人。五墩社区诗社常务副社长。

重游大莲湖

其　一

一片葱茏入眼帘，十分景色列车前。金黄稻浪点头笑，深绿果枝伸臂牵。
旧日良朋相问候，新班领导道寒暄。感人场合时时起，撩动老夫忆当年。

其　二

逆风飕飕卷泥沙，大雪飞飞漫水洼。腰系草绳光脚板，肩扛扁担顶云霞。
冲锋陷阵领头雁，斗地战天扶舵槎。千万民工同吃住，大莲湖内共安家。

其　三

弹指时光四十冬，当年战士变衰翁。艰难倒得时钟转，还我青春火样红。
万丈雄心随日落，一腔热血付清风。独欣未负黎民望，往日香甜记忆中。

为民造福当好官

倾心百姓解民忧，群众饥寒苦索求。正直清廉乐称面，一方造福好名留。

骆春华

骆春华（1927～　），南京六合人，定居盱眙。高级会计师、中国注册会计师，离休干部。江苏省直书法家协会、中华诗词学会、江苏省诗词协会、淮安市诗词协会会员，盱眙县诗词学会常务副会长。

忆祖国解放推陈出新

东升旭日煦风扬，驱散乌云见太阳。革去三山除旧制，推翻蒋氏换新章。
中华崛起民安泰，百姓当家国富强。喜看神州飞跃进，干群奋勇赴康庄。

颂国学复兴

气暖风和万物昌，神州处处百花香。迎来孔圣传仁政，喜获包公反腐章。
国学奇葩皆怒放，儒家之道闪霞光。全球视作安邦宝，华夏珍为治世方。

书写《大学》《论语》书法长卷感作

默默攻书年复年，孜孜不倦学前贤。重温经典古今句，再读儒门盖世篇。正己修身仁至上，亲民务本德居先。齐家治国平天下，志士当思永续延。

今之孝者是为能养

三年怀抱吸娘乳，立业成家忘母恩。温善椿萱无食宿，狼心子女弃猪豚。乌鸦反哺今人晓，老莱娱亲古有闻。晚辈不知行孝道，遗传后代步尔尘。

党风正国久安

端正党风严吏治，诏明法纪反官贪。施行德政人心向，关切民生国泰安。

生态文明

春风送暖百花妍，水秀山青万物鲜。生态文明如画境，天蓝地绿美庄园。

居无倦行以忠

居位勤劳何倦怠，行之笃敬忠以民。秉公执法施仁政，立志清廉不染尘。

为人之道

贫而无怨何谓难，富者不骄穷不贪。遇利不亡仁道义，见危授命舍身安。

兴邦之道

其　一

细悟温良恭俭让，兴邦之道以求之。齐家治国和为贵，忠信惠民总相宜。

其　二

慎重权量严法度，复兴继世举贤才。民生衣食居首位，宽厚诚勤公允怀。

德政教为先

种植禾苗细作耕，栽培花木水肥先。施行德政民为本，足食齐刑教在前。

有君子之道四焉

行为正直己先恭，尊老忠心敬以躬。教养之恩民也惠，使人兴礼义为宗。

能行五者其为仁矣

恭而不侮宽容众，信则人和敏则功。惠可使之民悦服，普施德政行以忠。

上欲善之民亦善

江河洁水靠源泉，子帅清明部属廉。上欲善之民亦善，人和德政胜尧天。

大哉农民

终年劳累翻泥土，饥饿耕锄粱谷黍。豪富专捞不义财，吃粮哪晓种粮苦。

晚晴之春

其　一

不谋权利一身清，乐守庭园万事新。小苑春光无限美，草堂书画有深情。

其　二

回思趣事乐忘忧，莫忆蹉跎自惹愁。桌凳陪吾糊岁月，诗书伴我度春秋。

顾克明

顾克明（1927～　），江苏盱眙人。江苏省名中医，中华中医学会、中华诗词学会会员，盱眙中医药学会名誉会长、市诗词协会顾问、县诗词学会会长等职。著有诗集《杏林》。

铁山寺见闻

四A景区洵不凡，珍禽异兽献娇憨。葛花醒酒添诗趣，贯众杀虫清热烦。
“福寿檀”前讨喜庆，“夫妻桐”下许情欢。八弯九曲藤缠树，竹海松涛百卉妍。

第一山景色

第一山新景色娇，孔丘笑指状元桥。魁星亭阁赏淮水，杜甫草堂诗句敲。
奶奶观前看落照，龙王庙后听松涛。书声朗朗飘天外，锦绣都梁孰与超？

赞供销大厦

供销楼顶看都梁，飞架长虹映碧苍。泗水护山绕绿树，淮堤负柳向清江。
摩崖石刻添情趣，幽谷层林泛彩光。最是名贤怀十景，登临大厦发诗狂。

洪泽湖大观

炼丹台上望悬湖，点点渔帆隐若无。万顷波涛捧日出，千行堤柳接云舒。
鸢飞鱼跃浮光动，藕白菱红产品殊。人杰地灵兴宝藏，满仓稻菽满船鱼。

爱我都梁

都梁名望最强音，水绕山环日日新。舟楫往来争搏浪，层林尽染舞轻盈。
园区兴盛民心亮，市井繁荣世所钦。最是龙虾富百姓，诗乡处处乐天吟。

第一山览胜

闲来兴至逛山头，烟海高楼一望收。最喜玻泉添锦绣，爱看石刻显名流。
含羞杏蕾迎堤柳，举笑魁亭送客舟。淮上娇龙舞盛世，都梁景胜桂林幽。

农家乐

改制承包乐务农，耕耘机器快如龙。春初布下优良种，秋后收来特别丰。
鸡鸭栏归星月白，鱼虾舱满夕阳红。美衣足食求知识，建设文明家国荣。

瑞　雪

岁末银花六出飞，龙年预卜蟹鱼肥。家家赞美小康好，处处高歌业绩伟。
水笑山欢逢盛世，地灵人杰尽朝晖。神州大庆兆头好，共饮屠苏酒两杯。

都梁新貌

过去满街碎石头，而今路网绕高楼。层林叠翠南山秀，淮水清清荡昔愁。

参观工业园区有感

园区开发热腾腾，机器轰鸣鼓舞人。产品源源运海外，财福聚汇挖穷根。

淮河二桥

彩虹飞落卧长淮，天堑通途财路开。民富国强歌盛世，与时俱进有安排。

赞雨山茶

都梁特产雨山茶，碧绿芬芳健齿牙。聪脑提神沁脾肺，防癌抗老益诗家。

魁星亭上咏魁星

莫误体态不惊人,字画皆非别有神。指点南山过往客,增辉盱邑一星辰。

穆桂英石马槽

见槽顿觉马萧萧,武士神威气势高。定国安邦酬壮志,中华自古出英豪。

观景台远眺

攀上景台望眼开,青山绿树绕长街。楼亭阁榭仿欧式,悦目赏心诗兴来。

庙山风景

山峦叠翠映蓝天,流水潺潺耀眼帘。白鹭翱翔戏伴舞,游人若醉乐无边。

八仙台探幽

洞中有洞溢流芳,含笑仙姑迓客忙。乳石钟离持扇舞,凉风习习透心房。

泗州城遐想

蠙城多景景多娇,鱼嫩虾肥品位超。芦荡千层隐古迹,泱泱大泽沐虹桥。

中澳乐博园畅想

其　一

中澳同培乐博园,葡萄美酒润心田。人头攒动争观赏,生态平衡景万千。

其　二

生态平衡景万千,年丰人寿共婵娟。园区盛产中草药,抗老防癌唱舜天。

赞盱中石板路精神

石板精神冲斗牛,莘莘学子出人头。清华北大伸双手,再创辉煌照九州。

常石泉

常石泉,江苏盱眙人,现居新疆。

访战友

古稀战友最情深,相见言欢话不停。回忆征途求学事,追思边塞急行军。

飞沙走石进荒野，投弹挥刀穿密林。转瞬到今五十载，离休一语话长生。

病房有感

其　一

久卧病房思绪纷，老来无力不从心。回首当年心酸事，欣逢盛世喜言今。

其　二

寒雾迷空晓色红，临窗凭眺细思中。多年顽病期康复，经岁常诊盼顺通。
老伴相依情切切，亲友探视语浓浓。军区医院高楼里，倍感心舒盛世逢。

陈娥华

陈娥华，女，江苏盱眙人，现居新疆。

观电视话盱眙十景

漫游十景话都梁，电视荧屏传四方。淮上盱山有第一，米公怀古永留芳。别趣宝山观落照，玻璃泉映月非常。闻笛清风可起舞，杏花春昼诗人忙。晚钟韵出龟山寺，五塔归云已渺茫。祖国山河多壮丽，天山游子爱家乡。

中秋吟

月白风清秋夜寒，园中赏月觉衣单。光华万里映新景，富丽千家换旧颜。
桂子飘香非漠北，乡心归处是淮南。婵娟共赏人长久，万户团圆喜健安。

边城秋

雁字长空过玉关，思乡游子盼家还。北风阵阵单衣冷，秋雨霏霏扑面寒。
窗外阴云几密布，楼前衰草近枯颜。不知时令冬天久，春夏难分戈壁滩。

赞盱眙诗词之乡

人道故国春日暖，诗词乡里展新颜。文明时代文风盛，可赞都梁美誉传。

郊　游

野草青青铺绿毡，向阳仰卧独成眠。枝头鸟语怡人意，徒步杖藜徐向前。

宋振武

宋振武(1927～),盱眙县京剧团编导。创办都梁业余京剧社。

都梁京剧小史

都梁京剧百余年,几度沉浮淮水间。夫子庙前南阳关,过街楼唱窦娥冤。行云流水送良善,出将入相斥权奸。娱乐之中净心灵,高台教化寓意深。一唱雄鸡气象新,文艺新兵党最亲。古往今来沧桑变,欣喜京剧又逢春。街头巷尾管弦乐,赏心悦耳听京音。

述 怀

其 一

少年踪迹似漂萍,随母江湖作艺人。二十年前流浪者,人民解放得翻身。

其 二

淮水盱山已扎根,感恩党是最亲人。全家老少多安乐,不再杨花转绿萍。

其 三

五千年史俱陈迹,广大工农成主公。海宴河清人幸福,大家合唱东方红。

其 四

古稀之年忆从前,身逢乱世离家园。浪迹江湖千般苦,悲歌一曲唱断弦。

其 五

而今合家多欢庆,四代苦甜最分明。忠厚传家遵古训,永世难报春晖情。

献给清洁工人

月白星稀夜色宁,冷霜碎雨伴君行。冬来秋去几多载,路净街明恳恳情。

六十抒怀

岁月蹉跎六十春,艰辛历尽记犹新。风霜卅载催人老,浪迹天涯唱断魂。

陶 冶

陶冶(1927～2010),原名学俊,字陶冶,江苏盱眙人。一生从事教育事业。著有《五柳吟草》诗集。

下放回乡感怀

彭泽辞归建故乡，宦家风月不夸张。雅居乐境闲评菊，淡饮黎香半醉觞。
明志落花何易性，垂青五柳映华堂。人生进退无荣辱，仕庶劳劳一样忙。

赠刘晋卿校长

其 一

立身教界最怡情，堪羡前途万里程。刘氏诗豪称禹锡，陶家逸士愧渊明。
联交外面多英俊，领导中心著令名。团结教师惟友爱，并肩携手与同行。

其 二

脱离教育已三年，依社为家学种田。每欲登龙亲有道，当思附骥恨无缘。
半耕半读谋开展，一步一趋费转旋。此后果能君不弃，赖蒙推毂助成全。

答谢刘晋卿先生七律二首原韵

其 一

展现佳作遍笺朱，诗友知心谁说无？名隐西山闲弄墨，身藏乐壁览图书。
百篇文品公真易，一气呵成我假呼。他日有缘欣会晤，举杯畅饮酒三壶。

其 二

把酒盈樽不恋留，客来倾觥醉无忧。桃源境界今当念，陋室德馨忆往秋。
程道非遥音隔久，诗情郁厚笔头收。吟哦愧向骚坛献，继欲抛砖将玉求。

观三河闸感怀

放眼山原处处新，游观佳景最怡情。三河闸挡淮河水，蒋坝堤通洪泽城。
日照湖光明似镜，风吹波浪白如银。实因览物陶人醉，休怪题诗下笔勤。

村 居

而今身退乐胸中，傍水依山临好风。仰见松云山巅上，时闻汽笛古城中。
勤栽花草怡情性，闲握鱼杆练臂功。诗侣两三欣会晤，高吟常对晚霞红。

新春感事

笔底春秋诗意佳，律回岁转话桑麻。桃符红遍千家景，柳絮风飘万树花。
爆竹连声除旧岁，欢歌高唱庆年华。老夫喜看人间美，社会和谐个个夸。

夏夜漫步

浴后茶余漫步行，星稀月朗晚风轻。池塘蛙鼓声声闹，城市荧灯烁烁明。
倾听村头飞笑语，争夸国策顺民情。身闲自在清如洗，不尽诗材处处吟。

咏　梅

玉貌红妆映彩霞，凌霜傲雪独开花。先桃超李争春色，友竹寿松度岁华。
劲节情操骚客恋，仙姿丽质世人夸。东风又献殷勤意，香送江淮千客家。

咏　菊

东篱盛放在重阳，隐逸高风韵自香。月影移来三径路，风前染出九秋霜。
杜公醉眼因花癖，陶令诗文借酒狂。雪打霜欺逞艳色，人间何处比芬芳。

张畅裪

张畅裪(1928～　)，退休前在盱眙县税务局工作。

参观龙王山水库

峦障巍巍气势昂，粼粼碧水晓梳妆。耕耘有望祥云美，旱涝无忧瑞气芳。
汩汩山泉流水库，条条渠道润田庄。而今世盛歌尧舜，华夏腾飞达小康。

庭院乐趣

庭院两株树，名称各不同。迎春花艳丽，秋后色尤红。

离休乐

离休十八年，生活乐无边。教子持家乐，吟诗意坦然。

忆当年游击战

夜出晨归手握枪，弄清方向靠星光。执行命令凭坚决，任务完成睡觉香。

侍锡和

侍锡和(1928～　)，退休前在县政府沼气办公室工作。盱城五墩诗社社长。

满头霜雪写诗文

其 一

解甲归来又启程，满头霜雪写诗文。歌吟盛世风光好，握笔滔滔碧浪耕。

其 二

解甲归来仍不休，社区忧乐挂心头。倾情陋室愉翁妪，效法亲民结帮俦。
琴棋竞技高超见，书画抒怀妙笔遒。十年奉献毫无悔，未晚桑榆倍运筹。

陈连科

陈连科（1928～ ），江苏盱眙人。曾任人民公社党委书记、林业局局长。五墩诗社社长、盱城诗社顾问。

观景台远眺

登高远眺细观淮，唯见碧波滚滚来。水接苍天呈丽色，霞迎赤日散阴霾。
泛舟浪碎芦花影，摇橹闲观柳叶排。谁作丹青辅两岸，天公着意画瑶台。

深秋感怀

深秋季节万山红，晚景霞光布彩虹。月落霜凝金菊绽，窗开露结赤枫彤。
风翻树叶旋飞落，雨润花丛傲碧空。最是斜阳逢盛世，秋高气爽竞豪雄。

春游戚大山

参天石径路遥迢，未达全程已九霄。东拓园区通域外，西连淮水报春潮。
风光艳丽撩人醉，时景清华引客瞧。姹紫嫣红多胜境，天公有意绘妖娆。

西官路望盱中

一路台阶通上天，嶙峋叠翠入眸帘。人行石径云霞里，树长土坡汽雾边。
孤庙驿桥遗旧迹，两山峡谷画新篇。层楼点缀皆春色，无限风光韫俊贤。

圃园遣怀

免冠颐养遣途年，寻趣销魂结圃缘。尽力挥锄风擦汗，躬身浇水雨成帘。
一畦嫩韭陪葱绿，几垅鲜瓜比蜜甜。遥想桃源陶令在，满园春色缀诗篇。

山城新景

路绕山城城绕河，轻舟浮水荡涟波。松青竹翠朝红日，铺就丹青未笔摹。

插　秧

畦田淡水满湖忙，夺秒争分遍插秧。细绣株行心暗喜，村姑对唱牧牛郎。

望青山

峰峦叠翠水流西，翘上云天下碧堤。竹浪松涛声乐奏，常青点缀看今时。

穆店街夜景

街坊数里展仪容，起落华灯一片红。映水光芒晶影碎，游人疑是到龙宫。

清明凭悼烈士墓

敬谒遥途未忘迟，冢前高仰忆雄师。青山处处埋忠骨，一束绢花寄远思。

咏塑料大棚

温棚银色露天骄，玉果黄花四季饶。若是玉皇需寿典，村姑立马奉仙桃。

治　水

雪地冰天风怒嚎，肩担日月战狂潮。欣瞻亩产双千过，毋忘当年汗水浇。

史　超

史超(1928～　)，江苏盱眙人。早年参加抗日工作。

忆淮南公学从戎

弱冠从戎百战多，狂飙细雨改山河。漫天烽火堪回顾，一代风流逐逝波。
老骥仍怀千里志，暮年喜共万民歌。桑榆未晚夕阳美，曲奏红霞欢乐多。

盱城师生重逢有感

古城分袂数十年，忽漫相逢淮水边。会晤师生话往事，黯然扳指忆同贤。

山乡情

蔡老岁寒访古城，山乡义重事无伦。人云京沪风光好，更喜淮南一片情。

回乡别母二首

其　一

故乡有母故乡温，故土人民情义深。常思归田谋小隐，难酬报国彤彤心。

其　二

浮生六十流光逝，直把他乡作故乡。无意功名重品德，愿将余热发辉光。

傅景云

傅景云（1928～　），江苏盱眙人。离休教师。

咏盱眙

山环水抱古都梁，路转峰回建设忙。淮上大桥多壮丽，城中马路可徜徉。
五光十色开屏锦，万紫千红映画廊。欲借丹青来写照，更期明日换新装。

翟吉元

翟吉元（1929～2012），江苏盱眙人。退休前在盱眙县农业局工作。

山城新貌

东流淮泗水，翠色染南山。胜境风光美，都梁雨露甘。

菊　花

橙白紫黄各要强，年年喜闹斗重阳。老夫非赏芳颜俏，只爱枝头能傲霜。

天鹅湖听雨

绿树苍天水色浓，荷花含露入眸红。一船烟雨摇新曲，飞出韶音颂国风。

胡　萍

胡萍（1929～？），女，江苏盱眙人。中学教师。

故乡行

其　一

戊子还乡魂梦萦，洪湖碧浪绕山青。伤怀最是游子恨，近水远山皆有情。

其　二

凤凰台山望悬湖，浩瀚烟波展望舒。满目风光观不尽，风帆点点似飞凫。

咏盱眙

其　一

滔滔淮水绕山城，郁郁青山似画屏。满目风光无限好，都梁秀色激诗情。

其　二

山城锦绣接云天，十里长街奏管弦。古邑花开红似火，城乡赶写小康篇。

其　三

火树银花不夜城，流光溢彩市通明。都梁大道车如织，十里长街处处星。

其　四

淮水盱山近碧天，峰峦叠翠柳含烟。华灯秀丽添诗意，古都城乡尽管弦。

回盱眙感吟

别却都梁五十秋，而今归去泪难收。岳家恩在情如海，怎解思亲满腹愁！

游盱眙象山公园

悬崖峭壁胜天工，路转峰回曲曲通。淮水悠悠流不尽，象山挺立傲苍穹。

重游象山公园二首

其　一

绿柳依依淮水长，象山如画着新装。高台雕塑游人爱，翠岭岚烟映夕阳。

其　二

峰峦叠翠入云霄，鸟鹊啼鸣闹树梢。楼阁亭台无限好，游人到此乐逍遥。

登盱眙都梁阁

都梁高阁接云天，林壑峰峦映眼前。秀丽风光无限好，迷人景色乐流连。

无　题

世人笑我老来痴，白发何须苦学诗？我劝世人休笑我，情人眼里有西施。

陈新民

陈新民(1929～),原名陈登万,笔名季杰,江苏涟水人,定居盱眙。从事教育事业,县、市、省诗词协会会员。著有《夕照吟》《夕照吟续集》《夕阳追梦》《夕阳圆梦》。

站立泗州大酒店顶楼西望

纵目河西阔,滩涂分外娇。依依杨柳舞,片片白云飘。
芦苇轻轻荡,风车闪闪摇。清风吹夏夜,游客乐逍遥。

赞甘泉山景区新建游道

坦荡路宽宏,穿湖似玉龙。喜迎四海客,笑纳五湖风。
丛岭千层翠,甘泉一点红。交通新面貌,谁不赞神工。

洒金桥的夜晚

夜晚洒金桥上过,高楼矗立刺天河。华灯耀眼光芒射,小曲悦耳舞婆娑。
幽静藤廊消暑处,青年男女唱情歌。一弯新月淮山映,美景良宵好梦多。

登戚大山远眺

登临远眺碧云天,锦绣淮河展眼前。风到慈山云欲雨,涛来古邑水生烟。
双桥飞架千帆过,一练环流百业联。古邑腾飞惊巨变,蓝图愿景谱新篇。

金秋乐

少小从教老退休,夕阳奉献乐悠悠。凤岭南卧青山翠,淮河北横绿水流。
家临雾涧桑园畔,院展歌舞雅境幽。心宽体健身常动,有乐有为度春秋。

六十述怀

六十回首忆峥嵘,流光飞渡一瞬中。烟消皓月山河美,日出彩霞宇宙红。
愧无功绩传后代,喜有清白慰祖宗。伏案潜心读书报,引领天外望云峰。

白发吟

古人明镜悲白发,老朽欢歌唱黄昏。历尽艰辛知世路,饱经风霜悟育人。
悲欢离合棋三局,私怨恩仇酒一樽。颐养天年不忘本,衔环结草报深情。

新桃源

君问桃源处，就在涧沟渡。不妨寒舍来，休闲好读书。

游象山地质公园

步行上象山，仰首白云翻。淮河如玉带，湖泊万顷蓝。

涧沟渡里桃花源

我向清溪试问津，世间何处最温馨。居家独选涧沟渡，不爱繁华为养身。

漫步淮河风光带留影

桃花落尽黯魂销，春去犹狂柳万条。如此风光抛不得，流连小立锁拦桥。

月下天鹅湖赏荷

六月天风热九垓，凌波仙子下凡来。更兼月色无穷韵，一缕清香入梦怀。

登九女峰

仙姿绰约插金钗，九女散花云外来。指点山峰开万景，流传胜境誉江淮。

淮河风光带

淮水清清洗旅尘，风光旖旎最销魂。客从何处无须问，八方宾客会盱城。

涧沟春晓

林幽谷静鸟啼飞，雾涧初开映曙晖。九女峰前闻乐奏，莫疑仙子出宫闱。

小憩玻璃泉

其　一

清风遥送野花香，泉水潺潺逸韵长。坐看亭前山岭上，游人如织景观忙。

其　二

名山名石配名泉，清洌甘纯润腑田。畅饮一杯心欲醉，白头老朽有前缘。

盱城东扩新貌

新城崛起五墩东，耀日琼楼高入空。商贸金融连国际，花坛绿化畅心胸。

游甘泉山风景区

甘泉一览乐逍遥，傍水依山景色娇。疑是桃源迁古楚，圣山无处不笙箫。

游天泉山庄景区

喜看湖光似桂林，青山绿水碧波深。山庄栉比相依恋，木茂花繁石径荫。

盱眙四山花圃

实现小康村里人，四山花圃绿荣森。春光遍地桃花境，一览蓝天绝染尘。

大云山汉墓

云山汉墓古王陵，室室相通主次明。金缕玉衣身显贵，楚东今日更扬名。

咏盱眙淮河大桥

举目淮河卧巨龙，蜿蜒南北亦西东。车轮滚滚争相过，四海五湖山水通。

望九女峰

望断南山九女峰，秀姿飘逸雾朦胧。时人遥指云深处，九女今居第几重？

都梁玉皇宫

依山傍水碧云天，日照象山映水前。峭壁悬崖阶石上，玉皇宫内绕炉烟。

老船塘里垂钓多

游人如织满长堤，柳色风光令客迷。绿水映天深浅处，钓纶遍布岸东西。

天鹅湖晚眺

风偃天湖草色新，碧天如水野云轻。偶然一阵歌声起，知是渔舟唱晚晴。

金婚乐

其　一

身前身后儿孙绕，尝苦尝甜两意连。勤俭持家甘淡泊，率真处事靠诚虔。

其　二

盛世金婚入梦甜，壮怀未已学新贤。月圆花好情陶醉，沐浴党恩福寿延。

其　三

同堂四世庆金婚，避却豪华乐本真。舞步迎来全福梦，琴声道出向阳情。

丁以谦

丁以谦(1930～2000)，江苏盱眙人。从事教育事业，离休干部。淮阴市诗词协会、盱眙县诗词学会会员。

李桂五烈士

戎马硝烟不顾身，甘为革命对枪林。分田烧契除奸恶，举义开仓济苦贫。
渴饮河湖清冽水，饥餐垄亩野禾根。英雄浩气千年颂，血染江淮励后人。

第一山摩崖石刻

苏词宋字誉都梁，万古千秋众口扬。客问题词何处有，摩崖石刻印苔苍。

离休无职乐奔忙

其　一

授业传经数十年，功名淡泊爱荷妍。园丁汗水浇桃李，且看葱茏满陌阡。

其　二

离休无职乐奔忙，老壮扬帆再起航。不惜艰辛书史志，青山满目赏斜阳。

咏斗笠山

窗含斗笠岭连天，门启车流闹市喧。传道黉园明盛世，晚晴奉献续新篇。

按：斗笠山在盱眙县城。

姚　远

姚远，江苏盱眙人。

故乡行

一别家乡六十秋，年年梦里返田畴。故园往事知多少，旧地萦怀几度游。
七五童心人未老，一湖风月韵难酬。今朝忽见惊悲喜，邻里亲朋参半留。

七十五言怀

七五年来一瞬间，层楼对景每凭栏。小斋卧听三更雨，故园神游万里山。
政界几曾临险境，文坛数渡过难关。无成业绩人今老，尚奉微躯乐献丹。

解春林

解春林(1930～)，江苏盱眙人。退休干部。

偕友人游甘泉山

偕友去甘泉，时逢盛夏前。近山闻鸟语，入寺见安禅。
万壑松涛响，长淮楫影连。夕阳无限好，漫步仍流连。

幽兰一盆并诗赠淡人

幽兰发几枝，我故为君移。品尽繁花俗，方知此物稀。

庭院即事

小院香风拥翠华，海棠簇簇灿如霞。晚春蜂蝶时时舞，朝夕翁姑扫落花。

都梁花协成立

改革神州处处春，花坛脱颖众芳芬。奇葩异草堪研赏，社会文明胜万金。

邵立俊

邵立俊(1930～)，江苏盱眙人。退休前在盱眙县公安局工作。

游老虎山

其 一

久闻老虎山，目睹尽开颜。松竹生机旺，繁花遍地间。

其 二

顶上有仙洞，“旨云”镶其间。无人知内景，传说有神坛。

其 三

有日能开发，新装易旧颜。珍珠如贯串，景点九连环。

桂 花

庭院双株桂树嘉，枝繁叶茂向天涯。长青四季殷勤意，八月中秋蕊吐花。

程琪璜

程琪璜，盱眙中学教师。

龙虾节感赋

端阳忙过后，不禁话龙虾。打入长三角，招商靠大家。

解鞍未必歇征人

岁月流逝烟雨里，解鞍未必歇征人。沧桑易变情难却，老朽操戈志向伸。

王友槐

王友槐（1930～ ），退休前在盱眙县农资公司工作。盱城五墩诗社副秘书长。

赞五墩夕阳红诗社

夕阳西坠晚霞红，别样风情暮色中。莫笑五墩诗社小，老翁豪气可吞虹。

知足常乐

知足能将贪欲丢，平衡心态少惊忧。清风明月相为伴，一曲闲吟共白头。

游庐山

久慕名山恨未登，而今一览慰平生。毕身愿化芊芊草，永倚巉岩松柏根。

武锡阳

武锡阳（1930～ ），退休前在盱眙县粮食局工作。盱城五墩诗社常务理事。

第一山怀古

面临淮水势雄奇，怀拥青松挽凤栖。千载诗人留墨迹，弘扬国粹志难移。

植 树

花甲年华植树林，山河美化一番新。保持水土防灾害，功业千秋惠子孙。

张汉文

张汉文(1931～)，江苏盱眙人。会计师。

老干部视察淮河乡

送客东风一阵响，老兵驾驶上西乡。滩头芦苇随风舞，河畔柳荫影渐长。鹅鸭成群水上戏，牛羊遍野草芬芳。乡村居住新模式，砖头为楼小院墙。人面春风仪态美，嫩红翠绿着时装。当年筑坝曾几时，转瞬青丝染白霜。堪赞丰收抗灾后，无边稻谷闪金光。

重阳节有感三首

其 一

佳节重阳敬老日，党恩未把白头忘。一年一度同欢庆，余热生辉犹发光。

其 二

雁来燕去又重阳，白发师生聚一堂。笑语欢歌情切切，畅谈改革业辉煌。

其 三

持螯把酒细品尝，敬老毋庸太铺张。慰问当年革命苦，前人栽树后人凉。

王 涛

王涛(1931～)，江苏盱眙人。从事教育事业，退休后学习诗词创作，淮安市诗词协会、盱眙县诗词学会会员。曾在多家诗刊上发表诗词。

春 游

前日潇潇雨，今朝刮暖风。草坪含翠绿，桃树吐娇红。
畅意寻芳迹，尽情忆旧踪。春游心里乐，写句颂繁荣。

游淮河大桥

淮河两岸架双桥，横贯东西路万条。车辆畅通无险阻，行人往返笑声高。
渔舟点点迎波去，白鹭翩翩戏浪潮。津渡而今枢纽捷，旅游商贾启新招。

咏盱眙

沐浴淮河水，寻幽第一山。峰峦松柏秀，鱼米供人餐。

盱眙新貌

其　一

都梁建设更辉煌，遍地楼群绿树行。十里长街通夜亮，车流滚滚穿梭忙。

其　二

绿色山城四季新，玉宇琼楼万家春。乡村铺设千条道，市镇繁华百业兴。

其　三

美丽山城披绿装，长街整洁万民康。文明建设卫生讲，城市繁荣日盛昌。

老人节

岁岁重阳天气爽，三秋木落菊花黄。登高望远抒心志，作对吟诗话小康。

里　凡

里凡(1932～)，女，原名汪雯，又名黎明，江苏盱眙人。1939年参加革命。中华人民共和国成立后，曾任法院审判员等职，省电建公司离休干部。

小　草

植根大地默无华，迎得春归自发芽。晴沐阳光阴沐雨，朝披珠露晚披霞。
屡遭践踏从无怨，常被剪修亦不嗟。脉脉含情描丽景，愿铺绿毯接天涯。

看荧屏《潘汉年》有感

荧屏瞩目念忠魂，泪眼朦胧万绪纷。囹圄死生千古恨，盛时昭雪百冤伸。
深居虎穴奇勋建，洞察敌情大业成。磊落英姿才拔萃，丹心一片照乾坤。

老梅开花

枯树发新芽，经霜一片花。幽香情脉脉，含笑送千家。

老人节登高望远

风月从容竞自由，山川起伏数春秋。犹闻岭上莺鸣处，瞩目滩涂尽绿洲。

花甲吟

年过六旬犹上坡，求师结友学诗歌。老当益壮雄心在，何惧途中有坎坷。

读《潘汉年传》感赋

其　一

真真假假假成真，是是非非一鉴昏。半世飘零千载恨，于无声处见忠魂。

其　二

追踪虎穴为传真，坎坷征途铸国魂。无影电波丧敌胆，光留青史德长存。

陶孝熊

陶孝熊(1932～2006)，江苏苏州人，定居盱眙。中药师，于江苏省盱眙县医药公司退休。

淮河风光带一瞥

杏正吐艳妒桃红，还羡南山翠绿松。柳岸杨花飞絮白，鳜鱼戏水喜波浓。
风光带上人攒动，第一山前道挤拥。想是他乡寻径客，慕名访胜送春风。

淮河特大公路桥

越水傍山一卧龙，英姿洒脱夺天工。三江白练齐歌唱，十里红荷掬笑容。
一派恢宏连碧水，千波浩荡托青峰。都梁古邑添新秀，特大桥成盖天功。

新春诸友莅兴喜赋

恭候高朋独放梅，群贤莘至壁生辉。客居僻壤难酬友，宾至穷乡易皱眉。
好在春光添雅趣，欣为新景播清晖。人间乐事逢知己，酒薄情浓戴月归。

邀《都梁诗词》诸吟友至家中小酌感赋

寒居无饰房檐小，诚请诸公一席聊。蓬荜生辉增异彩，院门舒展益风骚。
谈经作句论文字，说古道今舞笔刀。尽是人间真实意，开怀畅叙乐陶陶。

淮上春光

樱桃陌上润芳洲，快乐黄鹂不住喉。葱岭轻风吹渡口，长淮绿水荡游舟。
碧桃含笑千枝重，翠柳曳摇体态柔。小伙船头推白浪，姑娘棹桨尚含羞。

泗州城咏怀

千古名城罹水患，后人忆念甚伤怀。唐时设治歌尧舜，明代建陵领皖淮。绚丽光辉砾史册，斑斓文化述荣衰。当今开发藏龙处，胜地逢春筑凤台。

宝积山

淮滨独峙一青峰，奇石怪松不尽同。历史已成谈笑事，畅游山水爽心胸。

第一山吟

赞县委扩建第一山

做大做新夸一山，千年胜绩倍增颜。招来游客添风采，古邑新荣景更繁。

玻璃泉照影

碧水一泓谁凿开，清流好似半空来。俊男俏女若来到，泉作玻璃当镜台。

杏花园吟句

春昼山洼杏满园，提壶载酒复何求。邀来三五知音客，花外吟篇乘兴游。

魁星亭感怀

魁司北斗掌文墨，星曜千秋日月明。翰海兴衰多少事，古今评说在碑亭。

清风山邀笛

清风弄笛到南山，我约清风赴景台。弦管抑扬正揖客，韩湘胆怯不曾来。

大成殿仰圣

飞角重檐石砌栏，雕刻画栋巧安排。重修文庙千秋业，梓里增光泽圣山。

元宵节观淮河双桥灯景

双桥灯火赛星辰，天上人间分不清。从此无须求喜鹊，牛郎织女自由身。

写春联

岁末腊冬送旧年，里邻央我写春联。挥毫书尽人间景，字字深藏喜笑甜。

铁山寺度假村品茶

陆羽书中无有载，品茶要到此间来。清莹泉水松风下，吟句联诗乐忘怀。

朱士高

朱士高（1932～2012），教师，2006年任盱城五墩诗社理事。

明祖陵怀古

采风今日到皇陵，老友新朋结队行。纪念堂前留影相，参观路上话朱明。
文官武将阶前立，玉带龙袍冢内存。昔日辉煌今不见，犹闻黄水夺淮声。

刘晋卿

刘晋卿（1932～ ），字靖清，长期从事教育事业。

无 题

夕阳将坠欲何之，对镜微微两鬓丝。几卷破书成故纸，一支秃笔谱新诗。
偷闲专养盆中菊，得空勤修庭侧枝。可叹世人难自乐，暗中咄咄笑余痴。

访 友

绿竹林中一小村，访朋时过日黄昏。挑灯对坐谈诗意，展画同观叙慧根。
畅吐衷肠嫌夜短，回思阅历怨更深。寒暄家务平常话，后事还需问后人。

端 午

五月榴花照眼明，庭前芝蕊更多情。老妻乘兴裹香粽，且把余欢对酒吟。

新居吟

其 一

新居惬意座天台，山上风光扑满怀。信步林间闻雀噪，苍松伴我咏诗来。

其 二

久欲依山作静休，已成现实不他求。闲来只把天台上，极目淮河望扁舟。

李兆坤

李兆坤（1933～ ），江苏盱眙人。统计师，曾任村长、乡粮办员，会计、县粮食股长、局副局长等职。

颂都梁

碧水青山绿满岗，长堤百里荡垂杨。田园发展依科技，市井繁荣赖俊良。
电脑荧屏交挚友，手机短讯慰高堂。新兴楚邑百花放，社会和谐颂栋梁。

淮河风光带

其　一

淮堤绮丽绿茵俏，曲径长廊格外娇。山色湖光多景秀，扶栏鸟瞰水波涛。

其　二

琳琅满目眼前收，傍水依山境雅幽。绿树婆娑垂柳秀，红花飘洒古槐优。
荻芦风拂雀声起，画舫徜徉鸥放喉。玉阁琼亭精雕琢，风光秀丽供人游。

苏少亭

苏少亭(1933～　)，字颢，盱眙人。经济师，曾在政府、企业供职。江苏省、淮安市、江南等诗词组织会员。省内外诗刊发表多首诗词。

茶乡见闻

峻岭群峰映彩霞，山坡处处吐新芽。绿云碧浪滚翻花。
背篓姑娘挥短袖，挎兜小伙脱长衫。男欢女笑采春茶。

淮河春色

粼波万顷渺茫茫，浪激飞舟追艳阳。晨雾笼栏腾紫气，晚霞喷火漾红光。
风扶翠柳丝丝碧，雨露琪花朵朵芳。燕舞莺歌春报晓，淮山一夜换新装。

都梁国庆之夜

良宵彩焰映天空，火树银花照地红。灯耀长街光灿灿，人欢巷口乐融融。
红颜白发翩跹舞，绿女青男歌韵宏。情满古城明不夜，淮山大地落长虹。

山乡曲

迭翠重峦曲曲河，高空日照陌阡禾。东山松柏西山竹，北岭野兰南岭蘑。
岗上采茶群姐妹，溪边吹笛几阿哥。青峰欲暮红霞灿，男女晚归唱对歌。

喜看盱眙巨变

昔日残垣乱石滩，今朝建设似花园。高楼栉比参天出，大道宽平车马喧。
澄净园泉喷绿水，清幽市井舞红翩。芳花吐蕊娇妖艳，翠树迎姿锦绣添。

春游天鹅湖

仲春三月艳阳天，举棹天湖兴趣添。风动波涛翻锦浪，雨停峻岭望岚烟。
渔家新唱丰收曲，骚客咏吟新纪篇。盛世人逢眉眼笑，神州处处百花妍。

访汪氏花园

斗笠山边汪氏园，早年胜景甲淮南。如今贵宅无处觅，商铺高楼大道连。

寻西官古道

西官古道风坡岭，自古都梁老地名。多少游人寻旧处，石街车辙尚留痕。

胜游第一山公园新景点

石门坊

第一山前放目瞭，石坊矗立接云霄。“淮山胜境”绘金字，新貌古城分外娇。

大成殿

淮畔东南第一山，大成殿仰圣人颜。儒家传学黉门地，几废几兴今复还。

龙山寺

龙窝宝地古遗基，山寺重修又入时。佛殿香烟长缭绕，善男信女晚归迟。

米芾塑像

汴京一叶顺风帆，停泊都梁胜境天。第一山书留十景，游人笑拜米公颜。

咏盱眙宝积山风景区

宝山胜境曲通幽，峻岭巍峨云顶头。落照红霞呈异彩，孤峦傍水景悠悠。

岁币库遗址

顶端币库有千秋，赵氏江山一段羞。历史悲秋成往事，而今开发客争游。

岩松石

岩石青松挺立高，霜欺雪压不弯腰。一年四季常青翠，盘石扎根站的牢。

望悬崖

悬崖峭壁日霞晖，树密岩间笼翠微。波涛浪迹花坪岸，逗得游人带月归。

小丰岛

丰岛风光别样妍，水环三面柳堤烟。天风吹绿长淮水，撒网渔姑一朵莲。

花草坪

山上青松山下园，红花绿草玉阑干。亭台廊阁桥流水，坐看淮滨到客船。

新港湾

黄金水道入城河，新港波光映月娥。舟影几多归港处，声声汽笛荡山坡。

荷叶洲

荷叶洲头四溢香，采莲秀女曲悠扬。烟波浩渺临风荡，落日晚霞归棹忙。

洒金桥

宝积奇峰神话多，洒金桥下金豆窠。相传故事人遐想，开发旅游财满箩。

竹枝词

约　会

风吹翠柳色姿柔，妹唱山歌润玉喉。忽听摩托鸣汽笛，又惊又喜又含羞。

相　恋

三月阳春日照霞，点瓜种豆护秧芽。阿哥阿妹进城去，又买农机又买纱。

结　婚

脱却婚纱换便装，铁牛驾起去耕墒。公婆咧嘴开颜笑，社会新风乡井扬。

婚　后

郎出打工侬守家，耕田种地养鱼虾。成群鸡鸭大棚绿，生活小康节节花。

家乡寒食节

1947年

韭山春到冷风吹，顽敌疯狂倒算回。寒食无烟烟处处，村头野外乱尸堆。

1960年

清明时节雾沉沉，话及“三风”欲断魂。寒食无烟锅少米，乡民饿死怨何人？

1980年

阳春三月遍花枝，喜笑农民耕作时。寒食无烟壶酒暖，高歌一曲唱新词。

1998年

春风吹绿韭山洼，幢幢小楼新住家。寒食无烟糕点美，山歌高唱入云霞。

注：1947年我军北撤，凤阳人民遭到顽敌派残酷摧残。“三风”指浮夸风、平调风、吃喝风。凤阳小岗村在全国第一个实行包产到户。1998年是十一届三中全会召开20周年。

王志超

王志超（1933～2013），盱眙县诗词学会会员、城北诗社副社长。作品常在市、县诗刊发表。

新春入市赏桃符

丙戌来临万象苏，新春入市赏桃符。大街墨彩金光闪，小巷楹联意境殊。
妙语祝词文笔畅，银钩铁划艺心抒。盱眙无愧诗乡誉，贵在民间隐玉珠。

回眸中华人民共和国成立60周年

其　一

六十年前平内患，军民同庆舞秧歌。三山推到兴民主，四海欢呼立共和。
土地还家镰做弟，江山执掌斧为哥。东方红曲救星颂，卓著功勋入史河。

其　二

两弹一星升九天，勇攀科技达端尖。抛开超级核讹诈，不赖权威自主研。

其　三

航天科技自钻研，环宇遨游七问天。实现太空行走愿，跟踪测控保安全。

其　四

中华探月启工程，首派嫦娥作卫星。奋起直追欧美技，争当着陆月球人。

其　五

钟山江段本无桥，浦口南京轮渡操。姊妹多娇添胜境，穿江隧道领风骚。

其　六

镇江对岸古扬州，两市双桥引客游。往返毋须登鼓渡，润扬飞架更风流。

其　七

科学思维治大江，三峡筑坝仍通航。节流开发能源力，受益于民万代长。

其　八

青藏高原铁路成，百年三代梦成真。夜郎讥我无才技，不识炎黄睿智人。

其　九

农业经营兴改革，推行土地作承包。种粮补贴免征税，激励躬耕产更高。

其　十

喜看北京奥运成，回眸申奥历艰辛。扬眉吐气终圆梦，展现中华国力升。

盱眙巨变

其　一

都梁昔日街如巷，起伏山城路不平。大小车型难入境，而今宽坦畅通行。

其　二

满目茅庐是昔年，琼楼林立看今天。繁华市井工商旺，车水马龙人气添。

其　三

建国初期困难年，光山秃岭是昨天。而今翠柏峰峦秀，处处公园景色妍。

其　四

隔淮如阻万重山，对岸交流天堑难。今驾双虹民受益，人车往返霎时间。

其　五

昔听广播觉新奇，电视荧屏更少知。电脑冰箱今普及，途中通话手中机。

瞻仰第一山《圣谕碑》

其　一

历代为官奉圣诏，心存百姓付辛劳。薪酬接纳方无愧，俸禄来源民脂膏。

其　二

警示官员严守职，上忠下爱秉廉明。当知俸禄人民付，莫做世间垂怨人。

孔庆煜

孔庆煜(1933～2002)，江苏扬州人。1958年至盱眙，从事畜牧兽医工作，任盱眙县供销职工学校校长、讲师。淮阴市、盱眙县政协委员，盱眙县诗词学会秘书长。有诗集《半知斋吟草》。

都梁公园

昔日嶙峋怪石愁，梳妆打扮竞风流。楼台碧竹歌声隐，亭阁青松云雾游。
秀水回旋飞画壁，黄鹂婉转唱枝头。牌楼广场巍然立，曲径长廊客恋留。

都梁览胜

满目青山接远天，半河灯火耀微涟。淮堤杨柳风摇影，盱岭苍松雨化烟。
水下州城沉寂寂，湖边县治治阗阗。白云深处危亭耸，古庙钟声香火延。

都梁赞二首

其　一

葱茏古邑矗淮边，改革春潮喜变嫣。屹立云峰高塔耸，纵横河上大桥连。
楼台柳映山山绿，街市车流色色鲜。村落瓦房红一片，清波荡漾打鱼船。

其　二

都梁古貌赋新篇，多少景观呈眼前。松径岚浮藏妙境，柳堤烟绕探幽园。
飞檐亭榭青山畔，翘角楼台绿水边。日落华灯光灿灿，却疑银汉降淮天。

登盱眙第一山

九九重阳天湛蓝，千人尽兴竞攀山。丹枫似火香浓郁，白菊如鸥情更欢。
坐爱玻璃泉映月，遥看五塔寺浮岚。俯看淮水千舟过，白首登峰展笑颜。

天鹅湖远眺

一泓碧水晓风柔，柳绿含烟景色幽。隐现汀州芦曼舞，纵横河汊鸭悠游。
长桥连接双城邑，古汴沟通五水流。北国天鹅寻乐土，银湖恬静仰天讴。

湖光春眺

平湖如镜意融融，帆影翩翩四海通。汀渚沙沙芦苇翠，港湾泼泼鲤鱼风。
蓝天白鹭舒银翅，绿水青峦映碧空。淮渎悠悠流不尽，归来鸟唱夕阳红。

重九登高

长淮似练绕城流，隔岸芦丛荡小舟。车驶如梭桥下影，雁飞形字月空俦。
茫茫林海松风细，隐隐云峰岚气柔。枫叶斜阳红艳艳，流连忘返唱金秋。

农村秋眺

红云冉冉映蓝天，一片金黄沃野连。机剪频仍忙刈稻，铁牛飞转急犁田。
呱呱鸭阵池塘戏，累累柿林山坳鲜。改革东风苏大地，歌声处处庆丰年。

水冲港精神颂

峻岭崇山野草花，丛林深处有人家。修渠老叟驼晨月，植树村姑惊宿鸦。
酷暑造池眠露地，严冬搬土饮溪茶。横吹铁笛瑶台唱，几见长空几缕霞。

铁山寺度假村

蜿蜒幽径入林中，绿树修篁掩碧空。汩汩清溪流石涧，嘤嘤春鸟唱云峰。
平湖水底蓑翁影，松岭山坪古刹踪。气爽风清尘世外，游人度假乐无穷。

田　园

遥看南亩有家园，郁郁葱葱绿柳烟。秀竹临风吟晓月，红梅傲雪爱春兰。
金鸡庭院甜歌唱，银鸭池塘笑语喧。溪水潺潺村落过，青山隐隐白云边。

瞻仰黄花塘新四军军部旧址感赋

黄花塘畔访村庄，抗日将军住草堂。帷幄筹谋千里敌，沙场歼灭万条狼。
先驱救国撑穷困，后继兴邦建富强。瞻仰当年军部地，心潮激荡不寻常。

谒都梁第一山孔庙

南山风雨堪回首，难觅十年浩劫愁。至圣殿堂重建立，先师塑像再兴修。
千秋默化文明灿，百代潜移道德稠。华诞传人膜拜祖，儒家学说永长流。

原注：值孔子诞辰2551周年之际，率子前来祭祖。

盱眙县中学80周年校庆

风坡岭上树葱茏，此处风光今不同。扫却颓垣楼阁矗，劈开山岭坦途通。
莘莘学子陪晨月，眷眷良师伴晚钟。八十春秋风雨过，同仁代代应歌功。

日本鬼子火烧宣化街

纵火焚烧街四方，国人逃难宿无房。残垣断壁今犹在，怒斥东洋罪恶彰。

日军毁机清水坝

日机狂吼绕低空，侦察施威任逞凶。敌后武装神射手，土枪击中倒栽葱。

咏怀古泗州十景

淮水浮烟

浮烟淮水漫漂流，隐约笼纱摇小舟。鸥鹭盘旋迎客舞，游人欣喜放歌喉。

挂剑台秋风

纵观华夏五千年，多少前贤激后贤。挂剑留许锋尚在，萧萧松柏傲苍天。

浮桥练影

古城落座汴河头，衔接淮波汇碧流。悬架浮梁如匹练，遥看倒影水天幽。

盱山耸翠

州城隔岸翠屏山，耸接青云不胜攀。嫩绿嫣红如画卷，多情春鸟唱其间。

灵瑞塔朝霞

层层叠叠巍然立，片片云霞摩顶飞。晨照塔峰光耀眼，参天闪烁日同辉。

一字河环流带

东门清澈一环游，干涸诸沟水独流。若到河边缨子濯，桃花源里荡渔舟。

九岗山形蛇蜒

谁抛飞镜照平川，映入琼楼万户烟。状若蛇蜒苍色远，九冈山伴泗州眠。

渔舟咏月

河如带绕古城身，荡漾轻舟弄网人。月映波光渔唱晚，行歌鼓棹水怡情。

商橹吟风

南来北往货盈仓，远近号歌淮水忙。浪静风恬豪壮曲，艄公摇橹九州航。

禹王台晓月

登上王台看大千，超凡脱俗念先贤。临风凭眺晓山远，碧水蓝天映玉婵。

古城新貌

眺望东门景象多，华灯一片落星河。古城展现新都貌，流水风尘流水歌。

咏盱眙淮西四古

下草湾化石

茵茵草木绿蓬蓬，野味鱼虾食不穷。上古猿人生息地，掘来化石探遗踪。

分金亭情重

淮水湾湾千里游，经商来往汴河头。分金挚友推心腹，义重如山万古流。

明祖陵遗迹

一代牛倌乱世雄，民膏不惜建陵宫。光宗耀祖追封号，雕像如今伴草丛。

古泗州沉睡

无情洪水漫天流，吞没州城赤县愁。三百年来沉地下，何时重现古城头？

雨中登斗笠山

茫茫烟雨洒云山，淅沥松声隐碧岚。曲径登临幽静处，风光无限誉淮南。

贾永荫

贾永荫(1933～　),江苏盱眙人。高级农艺师,长期从事农业和农村工作。

上老年大学

明伦堂里乐陶陶,老骥开怀意气豪。翰墨歌声吟咏客,银丝白发亦天骄。

登第一山

南山镌刻泗州史,唐宋遗陈胜迹挨。赏罢玻璃泉浸月,壁前仔细认摩崖。

游都梁公园

鲜花红陌荒,翠柏满山岗。林海鸟鸣乐,公园换艳妆。

广场观灯

虾节广场不夜天,缤纷五彩更空前。身临其境精神爽,一曲逍遥宇宙间。

章道鲁

章道鲁(1933～　),1994年县果园场退休,曾任盱城五墩诗社秘书长。

咏　桂

院里孤株不谓王,晴姿雨态独芬芳。枝繁叶密千层绿,蕊吐花舒万点黄。
云影生时凝华露,天光开处护仙妆。从容后笑兴霜发,只写新诗作颂扬。

秋日抒怀

于今七十不稀鲜,白发何妨学少年。春早买花西圃运,夏凉扫径小庭前。
为寻佳句萦魂梦,求解难题访哲贤。正是金秋风物好,催人奋进再加鞭。

来盱土改工作队队员五十年联谊会

弹指一挥五十秋,民强国富喜心头。当年协奏摇篮曲,今看巨龙舞不休。

余　情

赤日炎炎似火烧，苍苍白发壮心豪。习诗何惧三秋热，浩气填胸敢弄潮。

戴天全

戴天全（1933～2018），安徽灵璧人。1953年至盱眙工作。著有诗文选集《履印霜痕》2卷。

都梁公园赞

依山傍水美林园，多少游人看不嫌。翠竹悠然摇倩影，苍松傲立挺峰巅。
蜿蜒通道达幽境，宽阔广场笼淡烟。池水喷珠莲叶碧，牌楼高耸入云天。

退休感怀

四十余年农技手，辛勤耕种度春秋。山山水水留痕印，雨雨风风热汗流。
峻岭柏松增秀色，农田稻菽献鸿猷。吟诗学画添情趣，白首高歌夕阳楼。

谢永柱

谢永柱（1934～　），江苏盱眙人。长期从事教育事业。

登第一山望盱眙城

都梁天下秀，城绕复山环。倩影林峦隐，波涛涧岭翻。
长淮腾细浪，夕照映盱山。千载繁华地，今朝更好看。

铁山寺竹海

茫茫绿海起波涛，挥动青衫彩笔摇。倒映天泉云似画，坚穿铁岭笋如矛。
伴梅为友骄压雪，与柏同志傲霜凋。若谷虚怀邀眷赏，不阿不谄品高超。

第一山怀古

虎踞龙腾第一山，米公神笔气非凡。诸君欲识前朝事，石壁摩崖仔细观。

杏花园春昼

玉楼人醉杏花天，今日媪翁游杏园。日丽风和春昼永，登峰皓首笑声喧。

宝积山落照

宝积山崖夕照红，长天一色水流东。落霞有意留天际，孤鹜多情舞晚空。

游八仙台

八仙湖水碧波柔，岸柳山花眼底收。画舫轻摇仙乐细，落红飘絮景悠悠。

记事园喷泉

长淮飞瀑景观奇，出水蛟龙恨天低。不是今人心计巧，何来此景壮盱眙。

朱承瞳

朱承瞳(1934～)，江苏盱眙人，教师。中华诗词学会、江苏省诗词协会会员、盱眙县诗词学会副会长、《都梁诗讯》副主编。著有诗集《龙泉吟草》。

秋望有思

放眼晴川接碧霄，凭栏如梦忆狂飙。岁月悠悠流水去，人生漫漫阔路遥。
天难凝成民族气，雄风筑起外星桥。彩虹如锦山河秀，霜染红枫弄鼓箫。

中秋节感怀

上天入海技空前，世界赶超捷报连。阴霾散去月圆好，九土同欢月管弦。
奥运已酬千载梦，震灾却把亿心连。名声鹊起威欧亚，国力飙升撼地天。

赠老伴(朱)明珍

小家碧玉出岩阿，沐雨经风耐琢磨。体惯勤劳怜影瘦，思无邪念尽情多。
温馨奉作贤妻子，良善修来长寿婆。白发盈头身益健，为卿伴唱晚晴歌。

泰州白马庙寄怀

当年轮训泰州方，似渴如饥读典章。春夜田蛙鸣励鼓，冬晨瓦雀唱新腔。
目穷征雁排空远，耳熟啼鹃沥血忙。梦绕海军诞生地，心随舰艇沐春光。

注：白马庙为中国海军诞生地。

诗友欢聚

丁丑年9月17日赴袁恒先生招宴，并得以会见诗友张伴农、陆启东、张海荣、陈书生、张晶亚等诸位喜赋。

鱼沉雁沓许多春，相聚今朝喜气珍。出手推敲歌击壤，挥斤砍削响清音。
时风习习和谐语，往事悠悠感慨吟。诗兴常因知己发，声声欢笑度良辰。

雪中远眺遐想

柳絮梨花扰扰来，凭栏远眺遣情怀。京畿云驿马蹄动，台港雪泥鸿爪揩。
海峡坦胸平巨浪，昆仑昂首举琼杯。银河玉阙一朝白，东望愁云结正开。

64岁生日述怀

六十四年一瞬间，老来生活展新颜。重温笔墨怡情远，探索诗词入梦难。
读帖临池研法度，从师学画究流源。琢金镂玉增工本，汲古铸今效哲先。

题自画“梅花”

骨结殷周气，香凝赤县春。百花相继放，灿烂耀乾坤。

乡村老太婆

不食荤腥尝野草，乡村老太赶时髦。闲暇相约山坡转，一跑归来总自豪。

都梁景象新

其　一

经济腾飞气象新，骚坛盛事报佳音。天涯淮水风流动，燕舞莺歌第一村。

其　二

婆汉烹调七十秋，寒窗儿女十年优。凤鸣出院梧桐树，骏骋长江三角洲。

舒议章

舒议章(1934～2013)，江苏盱眙人。副研究员，从事公安工作。中华诗词学会会员、县诗词学会副会长。著有《陡湖吟草》2集。

过大雨山

青山日暮斜，徒步走深崖。绿野千重秀，新茶百里佳。

风吹香远道,雨润碧无涯。乐坏采茶女,欢歌笑语哗。

盱眙新十景

明祖陵怀古

三代衣冠共一陵,杨墩宝地虎龙蹲。地藏锦绣玄宫殿,水拥豪华古泗城。
神道两旁兵马立,祭厅四面竹林深。湖光山色宏园秀,万岁山前忆大明。

铁山寺寻幽

寻幽古寺客纷纷,宝殿神爷笑脸迎。孔雀园中观异彩,恐龙场内赏奇珍。
险峰怪石蟠龙路,古树老藤绕虎厅。信步元璋跑马处,天文台上觅群星。

第一山眺远

群峰拥翠向天开,眼望淮河远处来。两岸风光皆似画,一湖碧水绿烟埋。
河中汽笛连声响,天上双虹落古淮。楚地悠悠今盛世,游人到此乐开怀。

黄花塘烽火

中华大地起烽烟,各族人民斗志坚。血雨腥风沙场战,金戈铁马保家园。
冲锋陷阵千兵勇,帷幄运筹百将贤。抗战八年终胜利,黄花留史万年传。

八仙台访道

山深林老八仙台,八位仙家立地埃。翠竹青松临雨茂,善男信女拜灵台。
山中泉水流新韵,岭上荆藤绕古槐。今日特来将道访,可知世上有如来?

甘泉山御汤

甘泉览胜乐逍遥,傍水依山景色娇。寺内神龛香火旺,山中紫气白云高。
温泉流淌绕芳径,浴客浸汤过小桥。胜似世间仙境地,游人顿觉忘辛劳。

古淮河放舟

淮水放舟洪泽湖,沿河风景画中图。滩涂万亩芦青翠,堤岸千程柳绿途。
古老文明追昔日,弘扬传统在今诸。波涛滚滚东流去,浪急奔腾入海隅。

都梁山揽月

登高望远上山岗,极目凌空到月旁。峻岭原从城上起,长淮疑是路边塘。
苍松翠柏连云处,广厦高楼贴地床。曲道盘山观锦绣,都梁山顶睹辉煌。

龙王山渔歌

名山胜水客争游,一片风光看不休。碧水有情常伴客,青松无语性刚柔。
风平浪静观鱼跃,雨过天晴听鸟啾。水秀山青如画美,渔姑新曲唱丰收。

天鹅湖听雨

荷红菱绿满湖馨,垂柳飞烟四季春。秀阁画亭桃叶渡,琼楼酒店杏花村。
马嘶鸟语相诙趣,流水芳桥曲径深。举棹游湖烟雨里,耳听淅沥韵清声。

注:曾有县城管局女骑警驻在湖边。

重游都梁公园

绿树丛花景物增，风轻日丽漾诗情。瑶亭览胜莺歌起，琼阁观光瑞气腾。
曲径通幽临小圃，层峦迭嶂接云屏。苍松翠柏春秋秀，景醉游人忘归程。

都梁阁

其 一

横空出世立山巅，气势巍巍贯九天。朝送长淮归海内，暮观落日挂山前。
常邀明月吟新韵，又唤清风弄墨缘。登上高层千里目，楚天锦绣写新篇。

其 二

都梁高阁气势宏，独嵌江淮宝地中。百里云烟藏锦绣，一泓湖水忆峥嵘。
长山起伏随龙舞，淮水浪涌迎落鸿。盛世春秋添美景，手挥彩笔写英雄。

游淮河大桥

步行桥上看西东，远眺水中渔火红。夜幕低垂笼四野，路灯高照亮星空。
青山滴翠连淮左，碧水扬波入海中。喜见双虹架南北，畅通无阻显神功。

秋眺南山

南山秋色看分明，指点山峰景物清。绿树红花成画意，苍松翠柏溢诗情。
烟霞绚丽晴天晚，夕照余晖待月明。莫道人间多胜迹，都梁妙境美丰盈。

春游翠屏峰

回望葱茏接碧空，闲游直上翠屏峰。龙山寺里香烟绕，会景亭旁曲径通。
老树遮云尘不染，清泉映日客留踪。山花烂漫添新韵，四季风光各不同。

游铁山寺

铁山古刹久驰闻，大殿巍峨佛贴金。小径迂回寻旧路，苍松挺拔引前程。
奇峰怪石添灵气，异卉天泉去垢尘。日照青山铁岭秀，枫红水碧醉游人。

观黄花塘新四军军部旧址

天高气爽好秋光，一座丰碑照四方。血雨腥风沙场战，金戈铁马保家乡。
冲锋陷阵千兵勇，筹运指挥百将强。青史留存传后世，黄花色艳永芬芳。

春到淮河

杨柳青青碧水流，清风细雨两相柔。悬湖浪涌连天际，淮水波平系画舟。
前世洪魔留史册，当今玉液灌神州。长堤千里莺歌舞，两岸琼楼眼底收。

陡湖游

细雨蒙蒙热已消，微风拂面陡湖娇。苍山远树藏珍鸟，碧水浮舟越画桥。
白鹭双双滩畔立，沙鸥对对水中漂。荷塘映影诗情醉，雾里行船梦里摇。

故乡兴隆处处春

一览长街景象新，故园小镇美无垠。汽车摩托东西去，绿树鲜花左右分。
林立高楼欣致富，纷呈广店喜迎宾。多年未到桑梓地，喜看兴隆处处春。

洪泽湖赏景二首

其　一

碧波渺渺景幽幽，浩瀚连天尽兴游。日出芦花红似火，霞濡荷笔嫩还柔。
饥鹰眼乱抓闲浪，鱼鲤心慌跳小舟。乘兴渔家且相约，湖中把盏话丰收。

其　二

湖中把盏话丰收，不尽风光载满舟。浅水悠闲寻白鹭，凌波依次戏玄鸥。
荷莲芡实真名贵，野鸭獐鸡特产优。倒映盱山添景趣，通渠处处接淮流。

参观老年大学书画展

四壁琳琅放异香，书情画境醉心房。苍松翠竹连天碧，绿草红花遍地芳。
泼墨龙腾惊海域，挥毫虎啸震山冈。千红万紫迎朝日，一曲高歌颂夕阳。

咏　茶

意在深山碧玉妆，情居幽境不张扬。根连万壑三春秀，叶揽千峰四季芳。
日照风吹枝壮壮，月华雨润体香香。流年莫作等闲过，评品方知韵味长。

重阳登高

秋高气爽雁南翔，邀友登山笑语昂。满树果黄金灿烂，遍山枫赤胜红装。
攀峰远眺群楼立，极目遥观泗水长。野菊飘香人欲醉，清歌一曲唱重阳。

古稀抒怀

其　一

老去年华鬓发稀，依然难忘少年时。放牛拾草长年事，摸蟹捞鱼四季迷。
春到帮耕还学种，冬来习字又温诗。匆匆岁月如流水，西下斜阳仍未迟。

其　二

十载退休未等闲，砚田耕作结情缘。东风催我追新韵，时雨润花开满园。
身坐西厢观晚景，手研微墨写诗篇。满头白发容颜老，起伏心潮想昔年。

其　三

辛勤工作为民图，退后诗坛觅玉珠。律句未成难入睡，佳词寻得可安舒。
修辞搜字苦思考，浅唱低吟乐自如。闲看身边无别物，床头诗稿案前书。

小院新雨后

小院新雨后，温馨气象清。沉思寻韵句，忽听客敲门。

淮上酒家

淮上彩船作酒家，掀窗远望尽芦花。鱼肥虾嫩开怀饮，十里风光醉日斜。

述　趣

不进歌厅不打牌，诗词书画畅心怀。任他琐事多繁杂，不让灰尘落案台。

看照片

昔日英姿今日身，白头对影忆青春。历经五十沧桑变，本是同人不认君。

离家50年感怀

早年求学离家乡，闯荡江湖走八方。五十春秋急逝去，常思故土晓王庄。

王明富

王明富（1934～　），江苏盱眙人。职业行医。盱眙诗词学会、江南诗词学会、中华伏羲文化研究会会员。诗作曾在多家诗刊发表。

村居乐

晨曦灿烂照山村，蓬勃生机一派春。朝读华堂听鸟语，耕归阡陌赏花明。

客来沽酒烹池鲤，友去赠鲜至果林。清晓踏歌迎丽日，农村风景四时新。

扇　子

助人为乐且逍遥，送爽清心溽热消。世态炎凉常过眼，需时追捧背时抛。

春　雨

潇潇春雨畅心胸，万物情痴共向荣。最是修篁蒙惠泽，儿孙个个露芒锋。

陈　超

陈超（1934～　），江苏盱眙人。北京水力发电学校毕业，高级工程师。盱眙县诗词学会会员、县书法协会会员、五墩诗词社理事。

赞淮河风光带

双桥淮上跨，南北变通津。楼宇映波动，垂杨傍岸新。
坐廊观棹女，仰首赏山鼠。画卷长留此，游人乐趣增。

游象山公园

四十年前事未忘，开山放炮运输忙。万吨巨石知何去？筑路修桥建故乡。
旧地重游山麓暖，新风今拂草花香。公园规划宏图展，别有心情思味长。

游铁山寺国家森林公园

峡谷深山碧水流，仙人桥上荡悠悠。扶栏过水攀山路，拾级登峰倚竹楼。
名贵药材医百病，珍奇树种越千秋。多情应是山中鸟，孔雀开屏客逗留。

登都梁阁

长淮碧水绕青山，楼宇回还绿树间。街道纵横蛛网布，轿车来往喇叭喧。
白云缝里看高阁，石凳林中卧醉仙。今日凭栏游兴好，登高眺远恋霞烟。

盱城抒怀

其　一

十里长街似巨龙，东流淮水抱山峰。新城崛起宏图展，古邑风姿瑞气融。

其　二

依山傍水木葱茏，古刹烟云燎太空。太祖明皇登宝座，盱城竟在此山中。

明祖陵

风吹雨打百年侵,文武百官两侧分。铁甲刀骑威武势,精雕细琢栩如生。

第一山碑廊

长廊九曲展新碑,历代名流泼墨挥。细刻精雕真草隶,笔锋秀丽伫忘归。

古淮河

长淮千里稻花香,菱藕满池鱼满塘。往日沙滩洪水漫,而今河上架桥梁。

朱泽民

朱泽民(1934~),江苏盱眙人。合肥师范学院毕业,教师。

题盱眙县全景图

形胜东南地,风光映满淮。龙腾一带舞,虎跃万山回。
齐备从征处,东坡弄墨台。谁持彩练起,异想叩天开。

春 雪

昨夜春风起,今朝万树花。满天玉蝴蝶,飞舞到千家。

中秋节致海外兄长

水是故乡好,月是故乡圆。隔海相思苦,行将四十年。

淮河大桥二首

其 一

芦洲露尾首藏峰,洪泽湖中有故宫。上帝征召敢不至,人间今日喜乘龙。

其 二

钢筋铁骨势腾空,振尾扬鬃一世雄。足踏岩心身着力,风雷难撼玉花骢。

植树节访二山朱君

山重水复是君家,一路春风一路花。为致殷勤留客意,却教细雨强烟霞。

回乡登第一山有感

栉风沐雨一归鸿，日夜兼程觅旧踪。未敢长鸣惊宿鸟，青松岂识昔时容。

咏管鲍分金亭

纬地经天管仲才，诸侯九合万邦来。分金亭下思鲍叔，长使英雄泪满怀。

自　嘲

书未读成剑未通，凭将口舌战儿童。老来拾得诗人唾，学做平平仄仄虫。

程其洋

程其洋，生年不详，江苏盱眙人。毕生从事教育事业，1997年8月退休。淮安市诗词协会、盱眙县诗词学会会员。

妙境美如仙

都梁第一山，屹立古城间。河面千舟过，长淮一日还。
清泉声不断，寺院佛经传。蔬果时时有，鱼虾日日鲜。

都梁明更荣

水清媚鸟白，山绿缀花红。活活龙虾笑，熙熙贾客踪。
园区工业旺，佳地贸商隆。淮畔美生态，明朝更盛荣。

锦绣都梁

碧水都梁翠绿冈，淮堤垂柳李桃芳。轮拖南北穿梭过，车架东西运货忙。
沃土滩田禾谷壮，园区工厂机声扬。龙虾美酒迎来客，“务实、创新”奔小康。

两岸一家亲

同根同族一家亲，海峡虽长岂可分。今日同圆中国梦，炎黄儿女聚精神。

铁山寺度假村

圣水天泉清澈纯，山庄别墅绕湖滨。休闲度假桃源处，虾蟹鲜鱼款待君。

神七问天

千年梦想太空行，神七载员星宇奔。发展科研兴国策，航天业绩振人心。

王尔明

王尔明(1934～)，江苏盱眙人。1995年8月退休。中华诗词学会会员、泗洪县清明诗社理事会会长、《清明诗刊》主编。著有诗集《平沙鸿爪》。

咏故园解放初期土地改革

其 一

农民获得自耕权，激荡心潮诵大贤。送子从戎除匪霸，挥锄筑梦种庄田。
牛羊牧放青山上，稻麦飘香绿水边。曾几艰难已熬过，一犁春雨惠江天。

其 二

春雨催犁喜若狂，农民包产解饥肠。云轻日丽桃花醉，水暖风柔蟹肉香。
旧屋夷平增土脉，新楼筑起靓村庄。过河摸石趟新道，滚滚洪流奔小康。

其 三

东风号角震天涯，试改千年旧制枷。因地制宜扬特色，翻新革故举桑麻。
弄潮又见排头雁，织锦还凭巧手家。土地生金增效益，村成闹市美中华。

洪泽湖畔赏春

山青水秀丽无瑕，应约高朋到我家。莫叹他年烽火疾，堪欣今日笑声哗。
近思晚节浓香远，遥望春光倩影斜。惜别何时重萃聚？阳关道上问桃花。

盱城唱晚

不觉黄昏夜幕临，城郊遥看碧云深。圆圆皓月添花色，袅袅轻风拂柳林。
灯火清歌牵远梦，楼台雅韵觅知音。青天瀚海相思处，咏露吟风漫步寻。

盱眙观景

九峰十景几滩头，云度高空水自流。千里长淮飘玉带，百幢大厦立芳洲。
水沉古泗天官府，地现明陵石马侯。欲得山花开不尽，都梁更上一层楼。

游沿河村三官庙

淮湖交汇水连天，无际芳菲染大千。古刹凌空香火旺，新楼幻化梦魂牵。
归来白鹭偎依树，飞去苍凉不计年。感慨沧桑情不尽，神驰目断暮云边。

葫芦套遐思

三面河湖映碧天，地藏灵气毓高贤。分金亭畔传佳话，患水天官赈歉年。
领荐京都巡学政，披坚边塞督师前。兴家卫国人多少？灿烂诗章无数篇。

第一山上望故乡

北望长淮十八弯，双虹巧架彩云间。何能尽览家乡美，爬上都梁第一山。

魏继志

魏继志（1935～ ），江苏盱眙人。毕生从教。中华诗词学会会员、江南诗词学会盱眙县联络站长、盱眙县诗词学会副秘书长。

感 怀

时日匆匆过，人生数十年。金砖如粪土，纱帽似云烟。
贪利三杯鸩，图名一吊钱。心宽身自健，七教子孙贤。

注：七教，古指敬老、尊齿、乐施、亲贤、好德、恶贪、廉让七种道德规范。

《淮山诗友集》出版喜赋

千里长淮第一山，名闻遐迩冠东南。云峦岭接摩崖刻，烟水波连大泽澜。
妙境生辉光翰苑，钟灵毓秀耀诗坛。友人集韵抒心曲，情系都梁独倚栏。

庆祝盱眙解放50周年

解放盱城五十年，都梁旧貌杳如烟。沿淮开辟观光带，游客徜徉记事园。
阔道纵横连世界，高楼栉比插云天。花团锦簇人含笑，日子舒心蜜样甜。

春日都梁

梨白桃红碧柳斜，春光无处不流华。蝶儿对舞翻香絮，燕子双飞剪彩霞。
蛙鼓频敲农户乐，莺琴常奏路人夸。和风荡漾都梁景，锦绣河山未有涯。

国庆之夜喜观兴隆烟火

国诞欣逢五十秋，兴隆夜景美无俦。霓虹闪烁霞光灿，焰火缤纷异彩游。
万众欢腾临雨立，千歌奔放竞风流。与民同乐升平世，上下齐心笑语稠。

爱我中华诗词选粹

江东诗书画院编《爱我中华选粹》，来函约稿，作藏头诗一首。

爱山爱水爱家乡，我赞中华礼仪邦。中古文明千载秀，华今昌盛万年强。
诗歌改革花常艳，词颂腾飞果更香。选就佳章成雅集，粹篇妙韵寓情长。

盱眙盛名天下闻

今日都梁面貌新，淮山胜境最迷人。翠峰屹屹如描画，碧水滔滔似鼓琴。
美味龙虾招远客，真情海角结芳邻。小城善做文章大，古邑盛名天下闻。

都梁颂

古城鸟瞰立高峰，名邑都梁现美容。淮水清波扬碧玉，盱山秀岭透玲珑。
红楼群里花千种，绿树丛中景万重。市井繁荣民泰乐，欢歌改革喜由衷。

观都梁阁

画栋雕栏矗翠峰，顶天立地势恢弘。朝曦初露风仪淡，暮霭微呈意趣浓。
夜衬玲珑光灿烂，晨添秀丽雾迷蒙。多姿多彩都梁阁，雨雪阴晴景不同。

淮畔风光

沿淮十里好风光，绿柳依依碧水长。苍鹭蜷枝临岸立，白鸥展翅掠波翔。
红楼瑞气融朝旭，翠岭岚烟汇夕阳。景点多多无限美，游人更爱十三香。

习近平主席南海海域大阅兵

主席戎装豪气扬，英姿挺特阅南疆。战机列阵穿云战，航母排兵踏浪航。
巨艇遨游观隐现，长风吹拂感温凉。三军将士多神勇，撼岳惊天慑虎狼。

高官落马有感

为官切记勿贪财，勤政亲民理应该。羊续悬鱼邪路堵，时苗留犊正风开。
守操尽可人臻福，失节皆因金致灾。事发东窗天有眼，秦城悔晚泪盈腮。

港珠澳大桥通车喜赋

横空出世映青苍,港澳珠联一线长。缩地凌波千载梦,驾龙越海八方扬。
宏图尽赖群贤绘,大业全凭众秀当。华夏英雄多伟举,古今中外破天荒。

新春喜赋

追梦黎玄奏管弦,瑞年庆罢喜良天。雪花晶洁梅花馥,松叶葱茏竹叶翩。
玉犬迎春光日月,金猪送福满坤乾。放歌九域新时代,激越诗情似涌泉。

感　吟

掬浪江淮海上行,频传优美唱诗声。芳词丽句亲民意,雅韵清音爱国情。
碧水扬辉无薄暗,蓝天流彩有重明。航程志力千山越,硕果丰盈享盛名。

新年初雪

飘飘洒洒下瑶台,雪雨交亲结伴来。粹玉无瑕凝竹翠,散丝有意润梅开。
苍山碧水增精色,银叶琼枝除俗埃。最是隆冬呈绝景,人间天上两疑猜。

暮春即景

其　一

季春将尽景尤优,登上都梁一望收。足下波光云影动,眼前山黛雾岚流。
花红似火香盈苑,麦绿如茵色满畴。油菜枝枝黄荚饱,柳丝朵朵素英柔。

其　二

莺琴迭奏林还静,蛙鼓频敲境尚幽。紫燕穿廊凭记忆,银鸥翔野任遨游。
蜜蜂碌碌嗟辛苦,蝴蝶翩翩乐自由。三月乡村呈画卷,骚人拙笔绘难周。

戊子新春登都梁阁

登临绮阁立危峰,壮丽河山现美容。俯视波光金点点,仰观云影玉重重。
皑皑雪映群楼艳,杲杲阳辉众木荣。周览都梁情自乐,只为身在画图中。

祝管镇分金亭诗词学会成立

分金亭畔结诗缘,翰墨飘香别有天。文苑情深歌善政,骚坛意厚颂尧年。
江淮雅韵扬先德,管鲍高风效古贤。盛世和谐民泰乐,生花妙笔著华篇。

赞管镇二首

其 一

管鲍遗风万古芳，地灵人杰米鱼乡。欣逢大治民心乐，欢度小康国力强。
集市繁荣皆锦绣，农村富裕尽楼房。和谐社会朝阳艳，改革花开报吉祥。

其 二

长街阔道楼房高，人往车来似涌潮。绿树阴浓呈画卷，红花香溢荡春涛。
万家旺盛无贫苦，百业兴隆多富饶。古镇而今非往昔，舒心日月乐陶陶。

县老年大学20年庆喜赋

风雨兼程二十秋，万千翁妪步芳洲。琴棋歌舞同勤学，书画诗词共苦修。
启智增知情更乐，强身祛疾意尤优。夕阳绚丽添光彩，喜创都梁第一流。

陡湖游

诸君相伴陡湖游，踏碧披霞架小舟。列队芦旌招客喜。成排蒲剑断宾愁。
青虾紫蟹戏荷底，苍鹭白鸥嬉浪头。敢问渔家欢乐事，惠民善政永无忧。

赠管镇小学同仁

初临新校喜非常，管小而今巧样妆。幢幢楼房呈画彩，排排教室溢书香。
老师学博倾才智，领导品高培栋梁。化雨春风花木秀，齐心给力创辉煌。

祝贺盱眙县诗词学会成立叠韵二章

其 一

诗词学会立都梁，吟友文朋喜若狂。众臂高擎山当笔，饱濡淮水写华章。

其 二

以文会友聚都梁，放眼神州老更狂。情注毫端描盛世，尽将肝胆付诗章。

祝贺盱眙县诗词学会成立10周年

其 一

都梁十载铸诗魂，万唱千歌颂党恩。改革壮怀挥彩笔，情随开放绘乾坤。

其 二

骚坛翰墨溢芬芳，桑梓情深赞故乡。淮水盱山增秀色，诗人最爱古都梁。

中秋有感

一年转眼又中秋，大好时光似水流。龄过杖朝回首望，满园桃李喜丰收。

盱眙新十景

明祖陵怀古

悠悠岁月历沧桑，泽畔淮滨觅帝乡。陵寝辉煌今不再，山河依旧共天长。

铁山寺寻幽

千年古刹座崇冈，林海茫茫锦绣藏。山色湖光人易醉，置身仙境忘还乡。

第一山眺远

踏上南山石径香，登高极目览都梁。长淮大泽腾朝气，重岭平川沐艳阳。

黄花塘烽火

抗日烽烟遍四方，黄花塘上战旗扬。文韬武略多才将，率领三军灭虎狼。

八仙台访道

野径苍松伴翠篁，道山无处不春光。世人来至仙台下，心底频添一瓣香。

甘泉山御汤

异卉奇葩秀岭藏，山开御井溢芬芳。喷珠溅玉琼浆涌，茗品甘泉乐帝王。

淮河放舟

千里长淮水渺茫，清波碧浪绕城厢。如烟岸柳鸣鸥鹭，一叶轻舟入画廊。

都梁山揽月

芳草萋萋渐转凉，迷人晚景漫山香。登峰似听嫦娥语，欲赴蟾宫桂酒尝。

按：芳草，都梁香草，秋季开花。

龙王山渔歌

龙王山下柳堤长，万顷烟波映昊苍。阵阵欢歌鱼满网，笑声飞处见红妆。

天鹅湖听雨

结伴游湖载杜康，泛舟银浪逐鸥翔。诗吟兴会逢甘澍，淅沥声声入酒香。

祝贺盱眙县被命名为“中华诗词之乡”

其　一

山清水秀属都梁，古邑文风世代昌。多少骚人留墨宝，摩崖石刻万千行。

其　二

而今古邑创繁昌，格律诗词进学堂。老凤争鸣雏凤和，都梁大地涌华章。

赞盱眙

千里长淮入大湖，都梁泽畔一明珠。诗乡帝里虾都美，无限风光展画图。

赵长江

赵长江(1935～)，江苏盱眙人。初级政工师。盱眙县诗词学会会员、马坝诗词分会常务副会长。著有《夕照江波》诗集。

水亭独坐

湖光日色晴，风息镜磨平。相看鱼儿跃，腹诗也草成。

自　娱

两间小瓦屋，一介老书生。吟客常来往，开怀咏晚春。

忆南京大屠杀

匆匆岁月水东流，日寇侵华恨未休。血染金陵三十万，岂能一笑泯恩仇！

咏象山公园

翠柳依依兴水长，象山如画着新装。高台雕塑游人醉，林下清泉映夕阳。

垂钓趣

风吹碧池水无声，鹤发渔翁静小心。笑谓游鱼休近饵，嘴馋即失自由身。

农村普建新楼房

昔日草房低矮小，如今楼阁几层高。家家选用朝阳地，设计装潢赶时髦。

喜领养老金

翁妪相邀聚一堂，欢天喜地领钱忙。国家政策多关爱，人老无忧唱夕阳。

李发同

李发同(1935～)，曾任盱城五墩诗社常务副社长。

“三农”颂

难得种田无税征，小康路上跨新程。“三农”政策人民爱，万众齐声颂党恩。

张尔福

张尔福，江苏盱眙人，教师。

枯叶自述

老了力儿衰，下来吾应该。如其还占位，新叶怎登台。

野　草

自生自长自开花，天地之间处处家。给予人多无索取，阳光雨露度生涯。

小贩子

寒风刺骨满天星，菜贩驱车路上行。休问为谁辛苦累，便民利己达双赢。

雪天清洁工

鹅毛大雪落高天，挥帚扬锨战路边。不惧寒风刺骨痛，为谁辛苦为谁甜?

林中鸟

树木无边任意栖，忽南忽北忽东西。笼中虽得三餐饱，怎及林间自在啼?

蝴　蝶

飞到东来飞到西，忽南忽北忽高低。无拘无束逍遥派，草草花花任意栖。

自述二首

其　一

认认真真学做人，多年小教付青春。风风雨雨从容过，太太平平度一生。

其　二

小教生涯数十春，赋闲以后一身轻。游山玩水寻欢乐，老友之间论古今。

纳　凉

庄头塘埂树荫下，八面来风人度夏。村里闲人侃大山，古今中外家常话。

牧牛翁

远望一人山地中，近观却是牧牛翁。头发雪白炸鞭响，惊吓鸟儿飞满空。

老来伴

相互搀扶慢步行，边谈边走话家庭。儿孙自有儿孙事，哪有时间顾老人。

退休二三事

衣食住行都不愁，敲诗觅句乐无忧。新朋老友话今昔，玩水游山忘白头。

淮河岸边所见

淮河岸畔一孤舟，拴在堤边树下头。船主不知何处去，风吹浪打晃悠悠。

老来伴

拄棍搀扶漫步行，花园观景健身心。满堂儿女不如伴，为命相依互嘱咛。

诗迷翁

葱茏幽静大山林，隐隐传来谈话声。远似诸仙传道术，近观几叟论诗文。

观 荷

污泥浊水自生根，满布池塘谁问津。绿叶红花相映美，群芳谱里有其名。

送子上学

倾盆大雨出家门，撑伞护伢朝校行。儿子全身没有湿，妈妈上下水淋淋。

田头见闻

扬花小麦舞东风，三两农翁地埂蹲。互敬香烟喷白雾，笑谈各自种田经。

小牛自述

刚到人间一两年，无奈身强上菜盘。只因有了机耕地，不用我来帮种田。

孙子睡觉

想看电视进房门，忽见床头熟睡孙。害怕惊醒童子梦，回转身来步轻轻。

观坟有感

豪华墓室满堆花，想是子孙富贵家。此孝何如生前孝，当年是否敬爹妈？

养　鸡

老妪饲鸡如抚子，心里牢记一条理。儿孙再富属儿孙，鸡子换钱归己使。

童年趣事

田头小沟草丛生，流水哗哗歌好听。鱼戏草棵虽可见，手伸欲捉遁无形。

席长桂

席长桂(1936～　)，江苏泗阳人。曾任江苏省盱眙人大常委会副主任、副研究员。江苏江南诗词学会会员、盱眙县诗词学会顾问。诗词作品曾在国内多家刊物发表。

命名“盱眙星”

张目曰盱举目眙，盱眙二字与天齐。双鱼座上大名署，四象宿中声誉驰。
飞马接风迎贵客，仙姑捧酒结新知。南山北斗拜兄弟，天上人间皆出奇。

咏苏轼草亭

风骚出类一名家，梦笔生花五色霞。故国豪吟怀赤壁，楚都绝唱看摩崖。
东坡筑室隐居士，南岸造亭挂乌纱。铁板铜琶沉宦海，大江东去浪淘沙。

登都梁阁

拾级瑶台别有天，神怡心醉步流连。楼头举手招黄鹤，阁外凝眸眺紫烟。
十里明珠金粉地，万家灯火大观园。无边风月绕城郭，锦绣河山认不全。

登观淮亭

斗笠山巅觅胜游，千枝滴翠百芳稠。东来紫气入峦嶂，西接碧涛迎客舟。
汽笛频声鸣闹市，洪钟悦耳唱琼楼。康居广厦遍城郭，一派生机石点头。

都梁胜境

楼接青山山接河，城通芳径径通坡。长淮拍岸千帆影，古柏参空万顷波。

地造天工风物好，人文神韵史诗多。赏心悦目游人醉，处处奇观处处歌。

游铁山寺

香烟一缕绕乾坤，宝殿雄浑万木春。清脆晨钟醒碧野，悠沉暮鼓悟黄昏。
身临净土远污浊，心驻仙山不染尘。养性安神何处是，此间风物最宜人。

都梁题刻

月到风来第一泉，青山绿树杏花园。神工鬼斧一魁字，铁竖银钩二百篇。
翠壁留题千载史，秀岩遗刻几朝天。都梁自古徕名士，米苏堪称捷足先。

诗乡盱眙

千载文明翰墨香，古今诗史咏都梁。吟坛骚客出佳作，绝唱名篇入典藏。
石壁摩崖生异彩，愚公妙笔著华章。传承国学正能量，诗教花开遍帝乡。

《都梁颂》诗集出版

新声古韵竞华章，十万珠玑耀眼光。岁月峥嵘歌国泰，风云变幻颂时康。
多娇山水墨中染，稀世人文笔底藏。满卷诗言皆绝唱，风光无限绕都梁。

读陈光永《精彩盱眙》

赏今阅古读盱眙，异彩纷呈景色奇。唐韵宋词明石刻，秦城汉墓霸王师。
人文国宝世罕见，山水湖光眼欲迷。青史千秋犹在目，雄风伟业永留题。

赞盱中人

崎岖山径苦攀登，磨砺盱中几代人。饮水艰难常忍渴，蜗居陋室欠容身。
铁鞋踏破人才出，衣带渐宽功业存。石板精神无价宝，丹心一片贵千金。

祝县诗词学会20华诞

新声古韵绕都梁，再造名城翰墨香。二十春秋磨铁砚，三千里地创诗乡。
弘扬国粹培桃李，引领风骚比宋唐。传颂人文施教化，讴歌盛世共天长。

山乡巨变

物换星移岁月增，城乡差别近平衡。照明有电悬灯亮，通话无绳侧耳听。
饮水自来清澈澈，居楼崛起密层层。放开老眼从头看，万象更新喜气腾。

农村即景

联产承包责任强，农家从此屯余粮。平川沃野禾苗壮，山谷丘陵果木香。
珠蚌甲鱼盈水底，羊羔牛犊满山冈。千村万户歌新策，足食丰衣颂小康。

工业开发

南山广筑聚金台，招引凤凰比翼来。昨日奠基忙剪彩，今朝开业揭招牌。
一方沃土逢机遇，四海投资共发财。互惠双赢同发展，富民强县众心开。

第一山远眺

登峰极目览神州，千里长淮拍岸流。东看天台升紫气，西瞻宝积忆鸿沟。

第一山览胜

一山摇绿满园红，石壁风骚韵味浓。玉兔沉浮泉水里，灵岩仙境醉游翁。

淮河桥壮观

横淮飞架锁湖头，碧水连城泛客舟。海市蜃楼收眼底，大河东去浪淘秋。

古淮河放舟

蜿蜒千里水清流，迭浪银波绕泗州。洗尽前愁消后患，双舟并鹜乐遨游。

明祖陵怀古

其　一

乱世英雄出凤阳，兴亡成败细思量。若非苛政猛于虎，重八岂能做帝王。

其　二

王朝覆没付洪流，翁仲沉浮伴古丘。占得龙盘风水地，子孙无德亦翻舟。

黄花塘烽火

其　一

内忧外患硝烟稠，铁马金戈声影留。战地雄师磨利剑，指挥若定思陈刘。

其　二

一代雄师民族魂，八年浴血定乾坤。拯民救国安天下，抗日丰碑万古存。

铁山寺优游

其 一

天文台上觅牵牛，释氏门中访比丘。意醉林泉迷曲径，菩提树下悟新秋。

其 二

山深林密鸟声稠，溪水潺潺砌底流。野寺幽岩芳草积，此来浑入武陵游。

都梁寺观佛

甘泉碧水洗心尘，古刹香烟绕法门。寺院梵音声悦耳，禅林净土风怡神。

水漫泗州城

洪峰灭顶浪惊魂，万幢楼台尽覆盆。风物无遗沦泽国，涛声依旧咏名城。

偕友游都梁

海市蜃楼见泗州，名人逸事说从头。登临驻足西官路，坐爱桥头观碧流。

纪事园观光

滚滚长淮碧浪翻，千帆竞发水云间。一滩芦叶风声动，两岸柳烟春意阑。

龙王山渔歌

水天一色映瑶台，疑似银河落下来。阵阵棹歌声悦耳，更听鱼水唱和谐。

都梁山揽月

日照都梁万木春，峰高揽月摘星辰。近观松海连天碧，远比庐山面目真。

甘泉山御汤

项王城外几沧桑，不见金汤见御汤。一眼温泉流玉液，洁身疗疾胜偏方。

八仙台访道

问仙原籍住何方，道曰蓬壶是故乡。易地莲塘作别墅，只缘此处胜天堂。

天鹅湖听雨

仙鹤天鹅水一方，鱼肥蟹胖柳成行。听风听雨听蝉唱，一曲霓裳奏小康。

重九登山

重阳得意乐天游，九九层台步步秋。登上奇峰陶野趣，山风笛韵荡心头。

状元桥落成

雕栏玉砌马鞍桥，胜境新添一凤毛。文化名城升异彩，淮山着意竞多娇。

观景台远眺

登峰极目遍葱茏，四顾河山万象荣。翠壁琼楼连广宇，杉松掩抱楚王宫。

盱眙淮河二桥建成

淮尾湖头瑞气融，泗州城上又腾龙。车船飞逝水云里，物畅其流天下通。

开通龙古路

龙山凤岭险峰重，盘古洪荒路不通。当代愚公多壮志，筑成坦道接苍穹。

何永清

何永清（1936～ ），女，江苏盱眙人。会计师，曾任人民银行盱眙分行总稽核。

龙虾节广场

昔日硝烟采石地，而今修建易尊容。苍松翠竹摇青影，石级环山气势宏。

咏　桂

庭院一株香桂花，青枝绿叶受人夸。中秋吐出金粒米，四溢芬芳送各家。

蔡明德

蔡明德（1937～ ），江苏江阴人。退休前在盱眙县工作。

古城赞

建国四十载，古城变化夸。长淮浮玉彩，秀岭着青霞。
铁塔冲霄汉，荧屏乐万家。工农兴百业，商贸起繁华。

旧俗更新念，风淳不信邪。公人双袖洁，廉政岂容奢。

第一山公园

石梯叠叠覆苍松，山路弯弯四处通。佳木葱茏生画境，曲泉清澈绕蟠龙。
悬崖石刻期千载，游客身临迹万踪。闻说毗邻仙子处，不知九女在何峰。

登宝积山观落照

夕阳无限美，人老志未灰。莫道桑榆晚，余热更生辉。

菊

灼灼金秋菊，傲霜显俊才。只为人偏爱，不伴别花开。

吴　坤

吴坤（1937～　），江苏盱眙人。曾任教师、测绘、档案管理、县水政监察常务大队长等职。中国文联第二届委员、中国摄影协会会员。在《人民日报》等发表大量作品。

赞抗洪英雄

淮河大坝斗洪魔，数万英雄谱赞歌。铁骨忠心防北堰，铜墙共济保南坡。
为民不顾汗湿背，舍己临危血洒河。壮志凌云何所惧，苍龙锁住漾蹉跎。

中　秋

无席淡宴敬中秋，点点诗文稍应酬。忭见吴刚斟桂酒，嫦娥展袖探神州。
长天皓月千家照，两岸遥思万户啾。早日海峡国大统，期接游子系归舟。

曳住龙王鼻子走

曳住龙王鼻子走，峦泉处处荡清流。荒丘野岭皆青翠，旱谷沟渠遍绿洲。
碧水鱼欢千画美，蓝天鹭跃万图优。山区水保结丰果，板栗累累满树头。

退休生涯

岁迈情攀不老天，扬蹄骏马岂需鞭。高温聚伴漂帆艇，大冻交融奔峪巅。
涉水跋山集史卷，蒙霜犯露铸雄篇。创作摄影精耕种，老有丰为醉百仙。

祝吴梦遥鸾凤和鸣

祝福鞭炮震穹苍，吴氏新婚喜满堂。梦笔生花求大业，遥相呼应奔康庄。
鸾翔万里寻知己，凤踏千枝慕系凰。和睦如宾谐共济，鸣吟盛世乐无疆。

同窗好友60年欢聚感怀

韶华荏苒去匆匆，六十流年一梦中。热血青春挥壮志，激情岁月立奇功。
千磨万击仍争秀，璞玉浑金似彩虹。悦聚祝福人长在，扬眉益寿乐无空。

王兆济

王兆济（1938～ ），江苏盱眙人。退休教师。淮安市诗词协会、盱眙县诗词学会会员。

教师节致恩师张德勇老师

金桂吐香时，花苞缀满枝。每逢迎此节，未忘敬恩师。
久旱求霖渴，一朝送露滋。真情纯似玉，学子若含饴。

三农政策乐农家

三农政策乐无涯，更值民丰焕物华。余九余三仓廪满，乃箱乃积近莩葭。
舜天尧日映朝气，甘雨和风齐放花。劳燕远征归晚急，呢喃不识旧时家。

读台湾戚玉珊先生“沁园春”词

拜读华章叶正黄，感君爱国谱华章。三淮景胜无沉雪，八浦图新有异香。
扶醉柔情浓似酒，躬耕惬意蜜如糖。金瓯百代多豪杰，独数今朝破大荒。

题院中假山

层峦蕴秀石多奇，为玉他山乐解颐。小院清新偏瑞景，秋冬春夏总相宜。

颂公安局长任长霞

公安局长任长霞，执法秉公为大家。冷眼横眉惩腐恶，琴心侠胆护繁华。
扶贫济困黎元敬，教子相夫戚里夸。大德昭昭胡不寿，民悲感止涕泪加。

七十述怀

曾记六秩众亲连，转瞬白驹又十年。干劲未因衰老减，用心反比壮青添。
扬荣抑耻兴邦意，补短取长结墨缘。最喜小孙能奋进，晚霞装点艳阳天。

河桥中心小学建校90年

校庆欣逢九十年，河小淮畔一枝妍。春风化雨苗盈圃，沥血呕心果满园。
岁月如歌开放日，前程似锦艳阳天。辉煌再创培梁栋，伟业中兴赖众贤。

周猷宽

周猷宽（1938～　），江苏淮安人，退休前在盱眙县工作。淮安市诗词协会、盱眙县诗词学会会员。

赞老年大学艺术团

鹤发老年狂，歌喉颂夕阳。彩绸挥艳丽，乐曲奏铿锵。
勤学精神奋，舒心体魄康。英姿人赞美，莫不焕春光。

钓鱼乐

垂钓痴情我独钟，练磨毅力畅心胸。风云变幻凭观察，鱼蟹行藏赖晓通。
日晒雨淋知理趣，时来意得坐春风。温馨浪漫余生度，潇洒休闲乐在中。

题赠盱眙诗词学会

淮水泓波贯泗东，夕阳烂漫染苍松。诗人结社都梁颂，怒放心花雅韵中。

江凤来

江凤来（1939～　），江苏盱眙人。曾任盱眙县老年大学副校长。淮安市诗词协会、盱眙县诗词学会会员。

爱　菊

雅趣幽性爱菊狂，一尘不染世无双。黄花绿叶心含蕊，铁骨丰肌夜斗霜。
绰约风姿呈妩媚，清高质朴对炎凉。寒侵历尽坚贞在，艳丽迷人醉夕阳。

颂　菊

时到中秋菊渐黄，无缘国色亦风光。清香扑面传神韵，风采撩人观靓妆。
注目细观舒雅兴，凝思略颂撰诗章。只因获得陶公爱，独领寒霜竞自强。

春游玉皇山

和风拂面好春光，携友驱车赏玉皇。果树成林赢利大，家禽满棚创收忙。
山生秀色人神往，地贡资源贾赞扬。改革带来今富裕，明天岁月更辉煌。

农家乐

新楼别致众人夸，庭院清幽摆设佳。室外沟渠鱼跳跃，门旁果树杏开花。
微调音响听名角，遥控荧屏学行家。富裕扶贫行善事，小康生活乐无涯。

学友聚会感怀

母校分离各自忙，相逢今日叙衷肠。为民从政持廉洁，执教兴邦育彦良。
岁月悠悠催白发，风霜历历易韶光。人间最爱黄昏美，老树新花二度香。

斥贪官

身居要职忘廉风，受贿营私恋色情。百姓忧愁全不顾，舞池放浪肯挥金。
光明正道无心走，黑暗胡同任意行。一旦贪赃邪念露，千年遗臭进牢门。

第一山

南山甲秀史闻名，光景宜人缀古城。石刻摩崖生雅趣，苏词米句寄深情。

杏花园

春风化雨杏花开，粉蕊馨香蝶舞来。老干枝头红烂漫，满园秀色沁心怀。

玻璃泉

六角亭中第一泉，石龙俯首吐银涎。美名招至他乡客，一品甘甜了夙缘。

宝积山

矗立淮滨宝积山，登临晚景懒归还。落霞照映清波面，闪烁金光上白帆。

记事园

垂柳红花碧水流，游人到此放声讴。长廊憩息观今古，淮畔倚栏赏绿洲。

都梁公园

风光旖旎在都梁，异卉奇葩竞艳香。绿树森森听鸟语，寻芳未必去苏杭。

铁山寺

山高路险鸟声悠，溪水潺潺峡谷流。古刹幽深花木秀，游人一步一回头。

明祖陵

明陵四月尽葱茏，又见当年太祖风。殿宇恢宏生紫气，群雕石像展新容。

甘泉山

绿荫掩道入甘泉，山色湖光别样妍。寺庙翻修今美奂，漫游胜地会神仙。

黄花塘新四军军部

黄花塘畔聚英才，帷幄运筹戮敌哀。斗敌驱倭号角响，长征接力后人来。

陈祖宝

陈祖宝（1939～ ），江苏盱眙人。微篇文学研究会、中华当代文学学会、盱眙县诗词学会会员。

夜观盱眙淮河大桥

长虹七彩现，碧浪玉龙腾。河岸灯光灿，山城夜色明。
千乘桥上过，百舸水中行。四海皆兄弟，五洲庆共赢。

赞盱眙县管镇镇

鲍管分金处，金牛打豆场。千年留史册，百世历沧桑。
南北皆粮库，东西尽厂房。春秋三十载，开放铸辉煌。

咏铁山禅寺

清晨气爽身，红日慰虔心。泉水穿山过，钟声充耳闻。

白云无陋隙，曲径不染尘。天籁悠扬曲，人间满福音。

瑞雪吟

连天暴雪北风吼，千里冰封无尽头。白树银花添锦绣，骚人墨客写风流。
挥毫泼墨山川美，吟诗绘画岁月稠。圆梦中华歌盛世，国强民富冠千秋。

迎春颂

阳光明媚苦寒抛，薄雾轻纱漫野飘。燕雀迎春情欲动，松筠吐翠冻先消。
顽童嬉戏寻欢乐，美女相偕有妙招。飒爽英姿多俊俏，平台竞技弄风骚。

青海湖

莽源仰卧数千年，眨眼动灵宝镜圆。云影蓝天增秀色，山光碧波荡青烟。
岸边曲径人潮涌，湖里游船水上颠。各族人民团结紧，相亲相爱乐无边。

家乡的田野

田间溪水涓涓过，夹岸风光处处优。湛湛蓝天镶白玉，茫茫沃野嵌芳洲。
泱泱泽国鱼虾美，片片滩涂草木稠。道路条条传爰曲，歌声阵阵醉心头。

渔家乐

晨曦初露夜色明，晓驾轻舟破浪行。渺渺轻纱终散尽，红红丽日喜相迎。
渔歌互答声声脆，水鸟盘旋阵阵鸣。满载鱼虾车上市，家家宴席聚欢腾。

咏洪泽湖

日出湖光异彩现，晶莹剔透雾遮颏。风吹绿野荷浮翠，雨打碧波水吐烟。
鸥鹭盘旋双翅展，鱼虾蹦跳小船颠。渔歌唱出真情意，天地交融本有缘。

赞盱眙老年大学

青山绿水翠屏绕，白发银须雅兴高。绘画吟诗歌舞美，扶琴摄影弄风骚。
吹弹拉打声威震，书法词章翰墨香。嬉娱休闲犹自乐，夕阳向晚更添娇。

渔　村

琼楼舞碧水，绿柳戏炊烟。湖中罾网现，鱼蟹云上颠。

山　村

露滴青山翠，花开庭院香。荷塘红日丽，天籁曲声扬。

夜游盱眙山水广场

华灯互映照人寰，色彩斑斓花正酣。天地交融如契合，喷泉绽放更争妍。

冬　至

数九严寒何所惧？梅花着意伴松筠。红妆素裹山川秀，冰雪消融又一春。

凤凰古城沱江夜景

天摇水晃金银汇，色彩斑斓叠翠微。吊角琳琅盈耳目，沱江两岸尽朝晖。

日照登舟出海游

海阔天空游乐场，登舟破浪碧波扬。颠簸摇晃当儿戏，心旷神怡向渺茫。

赞革命前辈高老太

百岁高龄筋骨硬，当年戎马抖威风。身经百战功卓著，巾帼英雄老寿星。

李长云

李长云(1939～　)，江苏盱眙人。主治医师。退休后任盱城镇五墩诗社协会副秘书长。

重九登都梁阁

滔滔淮水逝，冥冥翠屏开。细雨愁肠涤，微风喜月来。
流云揉面过，牖阁敞胸怀。观景神将醉，茱萸插帽回。

贺老年大学回迁第一山

黉门又设明伦堂，喜得妪翁眉梢扬。教室通明舒老眼，草坪翠绿溢青香。
远离街道噪音小，常见米苏诗韵亢。林木森森多氧气，退休却老最宜量。

庚寅春游盱眙特校

特校老师倍费神，情丝缕缕注童心。潜移默化高科技，竟使哑童吐字清。

新　居

小区得雨路无尘，檐下鹦哥唱不停。庭院迎春花绽放，新居安适很怡人。

春游大雨山

雨后春山万象新，生机勃勃草青青。时兴偕友东山下，醉眼老翁扶杖吟。

盱眙新十景

龙泉湖渔歌

一片莺啼绿树中，谗岩怪石展姿容。扁舟出入清波里，风送渔歌上碧峰。

都梁山揽月

月光悄悄照亭台，风送嫦娥款款来。一诉广寒多寂苦，凡间欲配栋梁才。

铁山寺寻幽

水秀山青绕白云，曲径幽幽穿丛林。喜看桥下鱼戏水，古寺钟声润客心。

第一山远眺

攀游胜境翠屏峰，极目楚天气势雄。淮水涛涛波卷去，往来船舶渺烟中。

古淮河放舟

杳杳烟波淮水长，轻摇画舫笛声扬。翠屏已过回眸看，半壁秋山染夕阳。

八仙台访道

山色朦胧石径斜，参禅悟道在山崖。当年过海龙王斗，今坐莲台颂释迦。

天鹅湖听雨

方塘万顷起涟漪，柳榭花堤总相宜。风送雨来声淅淅，吟诗作赋入痴迷。

明祖陵怀古

绿柳红墙紫气生，湖光山色伴皇陵。幽幽神道沧桑史，几度衰亡几度兴。

甘泉山温泉

山峦跌宕绕云烟，神斧天工造浴泉。传说神奇池里水，可疗肤病又添颜。

黄花塘烽火

抗日硝烟华夏起，黄花茅屋聚英才。将军帷幄胜千里，消灭倭贼云雾开。

倪祖华

倪祖华（1940～　），江苏盱眙人。退休前在盱眙县粮食部门工作。江南诗词学会、盱眙诗词学会会员。

游盱眙第一山

盱山灵气育才雄，绝胜天缘造化功。初入深幽惊路断，方临仙境叹神通。
蹭蹭悬壁留碑记，步步登云上顶峰。此地此时观此景，余生不再去江东。

游盱眙象山公园

乘兴参观到象山，清风载我彩云间。车行险处疑无路，人至幽深别有天。
独上展厅看玉石，自登绝岭畅心田。沧桑巨变天无变，万古自然若大千。

参观盱眙大云山汉墓怀古

木落荒山古墓台，残阳夕照伴蒿莱。灯红汉殿人何在?酒浊黄泉事可哀。
金玉难随身后愿，锦衣终作土中埋。多情最是溪边柳，依旧欣欣惹客怀。

登三河闸咏洪泽湖

浩浩悬湖混太清，涵虚渺渺浪翻腾。气吞五岳三山地，波撼两淮四域城。
云起风高舟楫断，鸟啼月落客心惊。从今不奏琵琶曲，唯恐蛟龙侧耳听。

缅怀彭雪枫将军

国难危艰半壁灾，将星陨落坠长淮。风云叱咤驰千里，倭寇丧魂入九垓。
功著普天光日月，名重青史耀云台。山河未复先辞世，秋草含悲万众哀。

春来茶馆怀阿庆嫂

铜壶煮水客三江，送往迎来接四方。巧计回旋迷敌寇，能言善辩骗豺狼。
高风亮节奇侠女，赤胆忠心中国装。永记当年阿庆嫂，至今人去未茶凉。

酒

蓬门未启客先呼，相约邻翁把酒沽。稻菽泉新阳液足，高粱器洁涤尘无。
沁心晓日红颜喜，扑面春风紫陌苏。一醉忘归松下卧，任人身后说贤愚。

思　乡

瑟瑟西风下月寒，半窗星火正阑干。饥虫唧唧人初睡，小犬哖哖夜未安。
蜡炬泪多孤榻冷，金炉香尽漏更残。秋声扰梦思乡远，万里家书一字难。

夏 日

漠漠荒原起白沙,阴阴夏木夕阳斜。穿花蝴蝶因风舞,逐水凫雏傍母划。虚枕沟溪听漏雨,疏帘邀月共尝茶。渔樵退隐两鬓雪,负手东篱点落霞。

登雁门关

青山半落断云根,雁叫三环难路寻。万壑深沟腾雾暗,千峰叠岭蔽朝昏。羊肠险道催戎马,绝壁通天过雁门。古径驼铃何处觅,雄关依旧照今人。

上五台山

五指山高入碧霄,深秋黄树遍松涛。车行险道惊魂落,身若浮尘一叶飘。峭壁上旋常闭眼,陡坡下滑乍寒毛。慨叹古人心向佛,修为徒步不辞劳。

过甘泉寺

车过甘泉寺,殿门僧未开。空山人去后,飞鸟仍徘徊。

春 韵

鸟嬉花间树,隔枝相对鸣。落红随逐水,春韵满山城。

赞南水北调工程

千里银堤走白龙,悠悠江水燕京通。多年夙愿终圆梦,举世讴歌赞党功。

过故友墓

柩前宿草满阶台,我到坟地更觉哀。日落黄昏天已暮,隔山闻笛化音来。

东陡湖渔家

其 一

水清鱼跃碧荷鲜,十里珠帘簖接天。唱晚欢歌归满载,一船活蟹一船莲。

其 二

丰收喜悦笑心间,千古渔民今日甜。举酒一杯邀晚月,长空碧野共婵娟。

除夕守夜

九冬未尽气寒凝,三十围炉闻漏迟。爆竹云桥声不断,一星无月正西移。

过 年

东家童稚约西哥，拍手言欢戴翠罗。总算挂镰闲一月，囊中钱比去年多。

蝉

风吹残叶落枝头，古木森森已报秋。一去寒蝉声匿后，空留躯壳待医收。

游东陡湖

天光云影暂徘徊，一叶轻舟逐浪开。绿柳如蓑披两岸，锦衣巧手玉人裁。

魏超明

魏超明(1940～)，江苏盱眙人。教师。

夏季风光

夏日炎炎绿满窗，风吹麦浪闪金光。荷花莲叶香飘远，蛙鼓声声入梦长。

旅 伴

结伴旅游情意长，台湾港澳去观光。人间岁月千般好，四季花开处处香。

中秋节

中秋佳节庆团圆，银汉流光玉镜悬。万里河山无限美，清霄月色满人寰。

杨柳花

杨柳花开四处飞，飘飘荡荡任风吹。纷纷起舞如冬雪，外出行人染白眉。

花清霞

花清霞(1940～)，江苏盱眙人。退休前在盱眙邮电部门工作。盱眙县诗词学会《都梁诗讯》编委。

参观周恩来纪念馆

步入展厅听讲解，丰功伟绩记心怀。南昌起义红旗举，震撼五洲传九垓。北上长征驱日寇，挥师南下敌巢埋。安邦治国才华展，执政清廉不染埃。亮节高风传后代，全民全党敬贤才。

河岸吟

独立淮河岸,吟诗柳树前。轻舟迎浪去,隐隐到天边。

淮河晚景

夕照淮河荡碧漪,微风吹柳拂长堤。渔舟唱晚归来乐,漫步游人欲醉痴。

河畔赏月

河畔春风伴月圆,月光如水水如天。同来玩月人何在?明月今宵似去年。

敲　韵

长淮似带柳如丝,夕照山光水色迷。故友招呼无在意,因敲韵句陷沉思。

房仕文

房仕文(1940~　),江苏盱眙人。曾任党委副书记、乡长、县农能办主任等职。盱眙县诗词学会会员。

咏都梁观景台

喜登观景台,观景又观淮。东望园区境,西瞧闹市街。
南河舟艇发,北壑竹松排。丽日依山上,和风越岭来。

春游都梁公园

都梁景色径通幽,碧竹迎宾览阁楼。烈士高碑松柏护,桃花曲路比肩游。
三山阔道供玩走,百米长廊可歇休。绿野林深群鸟乐,登亭眺远阅淮流。

观都梁阁夜景

都梁阁上闪霓虹,五彩华灯射夜空。画柱雕梁增灿艳,瑛墙玉地放荧红。
黄蓝紫绿光环迭,柳竹松桃树影重。晚景风情无限美,详观细赏乐无穷。

咏盱眙石牛山

闻名遐迩石牛山,传说神牛立岭前。月起昂头观宇宙,日升俯目览人间。
峰峦顶上苍松茂,壑谷坡边芳草繁。唐代白公诗一首,石牛山誉满文坛。

咏夏日盱眙又一风景线

夏赶时髦人盛行，盱眙女性爱穿新。乡姑异服颜鲜艳，城妹奇装色透明。
老太多宜丝罩褂，童妞广着绣花裙。如今民富追求美，物质文明上日程。

刘文生

刘文生(1940～)，江苏盱眙人。中学高级教师。2013年开始学习古诗词写作。

教　师

扁舟往返一篙撑，不望遥山只渡人。幸慰琼林听笑语，灯连晓色破荒津。

黄山云海

倒海排山百絮飘，小山沉底且为礁。风翻云浪如潮涌，荡起诗情上碧霄。

盼　圆

窗前明月家家有，千里婵娟代代情。把酒陆台邀弯月，圆成海上一冰轮。

张保德

张保德(1940～)，江苏盱眙人。退休教师，淮安市诗词协会、盱眙县诗词学会会员。

登宝积山

曲径几盘旋，空山问路难。森林原始态，仙洞出天然。
雨后清山静，夏初霜露寒。宝山多秀色，淮岸蕴诗篇。

蛇年寄语

一年周始至，万物暖胸怀。桃李呈芳艳，燕莺歌出台。
亲朋相道喜，邻里祝生财。结伴新春到，富随新策来。

暮春野望

杨柳已飞花，小荷新吐芽。南山挂李果，淮水泛银纱。

芦笛黄昏里，鸟鸣旭日霞。杜鹃催布谷，最火是农家。

寒露节

寒露步秋凉，菊花始渐黄。千门丹桂酒，万里雁南翔。
乌鹊哀声远，稻田收割忙。诗人情至胜，挥笔尽春光。

农家一瞥

何处觅闲暇，田庄农友家。五间红瓦屋，两棵绿梅花。
门前弯枣树，家后植桑麻。书房飘墨韵，墙上锦联佳。

游天泉湖

登舟离岸去，顺势向东游。纵目高楼现，放歌水浪鸥。
紫霞飞秀岭，虹彩落山沟。群鸟湖心集，云峰古树秋。

参观河桥镇玉皇山开发区

久闻壮举恨来迟，惊叹玉皇展靓姿。千叠山坡千叠画，万行果树万行诗。
欢欣今日丰收景，感慨当年苦战时。创业精神传后代，一抔热土献沉思。

参观老年大学书画展

南山披翠宝山秾，三百翁妪书画宏。淮水扬波调七色，悬湖作纸绘长虹。
毫挥桑梓千条彩，墨洒斜阳万里红。雨霁都梁风景美，秋光尽染满山枫。

古稀学诗

古稀敲韵泛舟迟，熬尽苦心谁最知？唐宋名篇千遍读，当今佳作百回思。
推敲平仄茶余后，斟酌辞章午夜时。偶得芳馨孤自赏，芸窗笑煞一吟痴。

秋游都梁阁

暮色苍茫已晚秋，西风落叶入清眸。寒霜紧锁梧桐树，冷露重凝阁子楼。
翰墨轻抒枫荻志，诗词吟唱藕荷愁。长空欲待梨花雨，洗却尘埃污浊流。

题小园雪人

身似玉人生，天真又动情。太阳如不晒，只怕变妖精。

天泉湖泛舟

紫霞飞秀岭，霓彩落溪沟。鸥鸟湖心起，吟声出小舟。

觅　诗

春日寻诗趣，山高石径斜。独行无向导，一路问黄花。

听　蛙

池塘细雨密如麻，芦荻青青柳影斜。夏日风情无限好，窗前闲坐静听蛙。

偕老伴重游都梁阁

知己今生卿与我，何须为老叹沧桑。都梁景色无边好，同偎雕栏赏夕阳。

观山城灯火

群星疑似落人间，闪烁层峦绕翠环。最爱盱眙霞色美，都梁阁上赏灯山。

淮河大桥

山滩高下临天堑，铁架钢梁跨太空。身似长龙波影动，车船往来各相通。

故乡行二首

其　一

桑梓人人笑语哗，红墙绿瓦沐朝霞。电车电话电炊具，已进寻常百姓家。

其　二

溪水门前照白云，村前村后杏花林。已湮旧宅新楼建，生态优良处处春。

赏　梅

朔风猎猎众花衰，独秀新枝雪里开。今得梅心芳作伴，丝丝香气送诗来。

张霖和

张霖和（1940～　），又名张宁荷，笔名淮荷，江苏泗洪人，落户盱眙。中学高级教师。著有《淮荷吟稿选》。

晚年乐

张张奖状似仙葩，本本聘书像彩霞。壮岁从文多努力，耆年志在习文佳。
读经引典夕阳趣，继晷焚烛学大家。老骥扬蹄鞭作废，吟诗立说乐无涯。

侯明金

侯明金(1940～)，江苏盱眙人。获淮安市首届优秀田园诗人称号。诗词入选《大中华千家诗》《中华诗人年鉴》等。盱眙县诗词学会会员、东方艺术家协会会员。

赋闲情

推窗纵观都梁秀，移步细玩淮水清。一室图书游学海，九州胜境养心灵。
素琴玉笛抒情感，美酒香茶会知音。应道夕阳无限好，人间有味赋闲情。

第一山

米颠出汴见南山，峰秀林深好蔚然。峻岭嵯峨烟雾绕，乔松伟岸入云天。
摩崖题刻领风雅，悬壁飞泉水吐烟。仙境醉瞟骚客兴，挥毫信笔第一山。

登　山

登山寻古道，越岭几盘旋。身在风云处，方知天外天。

八仙台

秋风扫块垒，碧水荡浮尘。仙子琼浆奉，游人欲断魂。

征　雁

凌空征雁正南迁，昼夜兼程一箭穿。立下声声精锐志，行行诗意写蓝天。

登都梁阁

巍巍琼阁伴云闲，翘角迎风夜雨眠。相叠五层风雅颂，登高望远脱尘缘。

洪泽湖

碧波万顷水粼粼，野鸭腾飞羽翼轻。虾赤蟹肥鱼跃浪，低吟浅唱弄潮生。

王国生

王国生(1940～),江苏盱眙人。中学高级教师,毕生从教育事业。中华诗词学会会员,县诗社常务理事、编委。

暮次山城盱眙

暮次盱城镇,蓬蓬世态新。山松迎楚客,泉水涤风尘。
闹市霓虹灿,长淮碧浪奔。老街惊巨变,华彩一城春。

咏古盱眙八仙台

满山碧树满山花,葱绿台区望眼赊。酸枣盘桓生峭壁,虬松屈曲挂悬崖。
云端鹰击淮洪浪,草际狐藏安乐家。昔日仙人常至此,灵丹炼就走天涯。

游盱眙铁山寺

朋俦相约铁山寺,旖旎风光望眼痴。溪间潺潺流碧玉,佛烟袅袅伴春飔。
草坡峡谷野花放,云岫峰峦猛鸟摛。游客凌高看不够,山如图画美如诗。

管镇西牛涧的传说

千秋老涧柏森森,传说金牛午夜吟。口吐清泉滋甸禹,年年丰稔慰乡人。

咏盱眙玻璃泉

桃花影里有泉踪,水若琉璃映树红。萦石清声流不断,源头似与武陵通。

淮河行

云影天光夕照红,碧波相逐意无穷。扁舟正挽新荷处,惊起鱼虾浪几重。

重访盱眙城

又访都梁意忱忱,身披霞彩入迷津。高低楼宇纵横道,一步前行一问人。

登盱眙都梁山

松柏森森翠满山,鲜花芳草秀能餐。谁裁层岭千重绿,遍染盱眙城上天?

洪泽湖畔行

菡萏青菱看水乡，蒹葭滩地蕴苍茫。遥思芦荡硝烟处，烈火红旗任舞扬。

洪泽湖畔怀思

半湖渔火半湖星，应是当年烈士魂。往事桩桩铭记忆，竹篙荷箭立如林。

故乡陡湖湾

湖畔青波浅水湾，绿荷叠翠蟹虾欢。村童夏日水中戏，惊叫鲢鱼胯下钻。

春游陡湖荡

胜日寻芳到陡湖，鱼游碧浪掩菰蒲。村姑摇橹渔歌唱，别样情怀望眼舒。

姚百良

姚百良（1941～2018），江苏盱眙人。农艺师，江苏省劳动模范。县诗词学会会员，盱眙县人大理论研究会副秘书长。

乒坛姐妹

乒坛姐妹世无双，久战沙场气势昂。横拍开弓擒猛虎，削球转动锁娇娘。
先声出击快如电，后发制人力克刚。奥运女单连六冠，金花朵朵比儿郎。

旅顺日俄炮台观后感

遗迹虽存铁已消，丧权辱国骂前朝。兵无斗志将无力，矛不制人盾不牢。
魔怪横行伸利爪，睡狮猛醒舞锋刀。弱穷挨打百年史，天下如今试比高。

纪念中华人民共和国成立60周年

清源正本赖英豪，风雨兼程不动摇。富国强兵圆旧梦，为民执政创新招。
中华崛起惊环宇，民族复兴惠世胞。彩笔华章描锦绣，高歌阔步战狂潮。

水泥道路达乡村

水泥道路达乡村，梦想千年终变真。政策惠农诸业旺，统筹发展四方宁。
羊肠小道变高速，僻壤穷乡建富屯。浩荡春风催绿野，城乡差别渐无痕。

致蜂友

不恋繁华只恋花，走南闯北转天涯。千山作伴时时伴，四海为家处处家。
宿露餐风期雨少，追花夺蜜畏天差。春来冬去少闲日，胸有芳菲一片霞。

登第一山

绿树千山秀，风来月到清。魁星瞧远色，玉带系芳屏。

暴　雨

大雨从天落，惊雷动地来。抬头悬白练，转眼涨长淮。

免征农业税

千年税赋一朝除，遍洒甘霖万物苏。一派春芳生绿野，农民挥笔画新图。

游甘泉山

名山宝刹都梁寺，圣水湖边楚国城。四季甘泉听咏诵，千年古树伴钟声。

登戚大山

戚大山峰景色优，林间曲径可巡游。青松柏树千年翠，碧水淮河万古流。

周振国

周振国（1941～　），江苏盱眙人。从事学校教育事业。盱眙县诗词学会会员。

登宝积山看淮河

斜阳倚石看淮泓，岚雾蒙蒙天水同。飞架长桥连楚地，流通经济建殊功。
天鹅湖畔飘瑞气，宝积山巅挂彩虹。山水盱眙如画美，都梁阁耸一方雄。

秋游铁山寺

茫茫岚气漫天秋，邀友铁山浪漫游。庙里檀香云里雁，湖边竹筏路边楼。
饱餐美色心陶醉，乐品天泉茶味悠。伫立索桥身俯瞰，谷中鸟语送清幽。

重游天鹅湖

邀朋再作天鹅游，乘兴重登红绿楼。赏景慢吟崔颢韵，观鱼尽览谢安秋。
滔滔不息长淮水，渺渺难寻古泗州。欣业山庄腾意象，心情坦荡踏飞舟。

雨日即兴

雷声阵阵闷沉沉，小舍蜗居别样亲。斗室思潮千重浪，颓垣豪气万层云。
粗餐淡饭何言苦，学海书山立志勤。莫道年高无奉献，夕阳霞彩满天金。

七十吟怀

暂离农村居市廛，人生感悟几盈千。节衣缩食有栖处，夺秒争分步艺坛。
笔走龙蛇书盛世，口吟国粹效前贤。平生幸会清明世，未觉风华七十年。

早晨都梁公园

红男绿女绕山游，树落珍珠水滴头。晨练强身人自乐，古稀耄耋竞风流。

冬游都梁阁

冬看都梁处处幽，寒风凌冽兴情稠。翠篁摇曳鸟歌唱，丹桂迎梅情意柔。

铁山寺

铁山风景誉遐迩，游客摩肩笑语来。回望群峰松滴翠，佛声悦耳上禅台。

诗友相会都梁阁

春暖花开千卉芳，诗朋相会畅心房。仙山借取东风剪，裁碎桃红绣锦章。

庄景龙

庄景龙(1941～)，江苏睢宁人。盱眙管镇分金亭诗词学会常务副会长，盱眙县诗词学会、江南诗词学会会员。

踏　春

细雨辞寒去，和风送暖来。绿池摇绿柳，红日映红腮。
紫燕灵姿舞，黄莺巧口开。踏春翁妪乐，联句己忘回。

盱山行

悬崖窄路边，溪水过松帘。紫鸟鸣高树，红花伴草庵。
狂风清浪起，疾雨黑云翻。人在峰巅上，眼前无数山。

夜游洪泽湖

如鉴含星月，烟波千里秋。风生观浪起，山转觉船游。
高树前青岸，良田近绿洲。天光多色彩，诗句上心头。

自　省

离职十三载，虚名早已抛。常临书圣帖，频学老苏谣。
聚友棋牌乐，邀朋舞剑操。夕阳无限美，晚景自逍遥。

游黄果树瀑布

十里云天虎啸高，近观瀑布泻惊涛。银花溅起红霞雨，霜练抛垂碧玉绦。
难逐轻舟寻妙境，更无神手摘仙桃。水帘洞里虽衣湿，一首小诗吟自豪。

游洪泽湖畔大周滩

大周滩地遍青葭，长揖相迎笑语哗。放眼高天观鹤鹭，低头浅水赏鱼虾。
忙中蜂蝶情无限，莲底鸥凫趣有加。千顷风光问谁识，归来满载一身霞。

管镇行

览胜观光管镇行，红花绿树鸟禽鸣。田间稻谷绿涛涌，工厂机声响不停。
坦道朝天车辆挤，高楼林立物华新。文明古镇贾商旺，小巷大街生万金。

咏明祖陵村

野村风景不平常，紧靠淮河鱼米乡。绿柳夭桃村舍绕，鸡头莲藕荡湖塘。
春天蔬菜畦畦绿，秋日稻花处处香。致富龙虾钞票赚，家家户户建楼房。

游陡湖

南洼陡湖景色幽，波光潋滟映渔舟。风吹芦苇绿涛涌，雨打荷花红浪悠。
林立簖塘营巧阵，开心老汉布金钩。渔姑桨荡春情绽，小伙歌声把客留。

兴隆集庙会

又到元宵喜气浓，兴隆庙会荡春风。腾龙跃虎祝祈运，结彩张灯庆贺隆。
腰鼓旱船皮影戏，佳肴美酒彩灯笼。和谐社会民欢乐，企盼年年百业荣。

咏管镇大官塘水库

大坝横拦水底天，浊波激浪化清源。溪流入库聚藏宝，绿水行渠灌沃田。
莲藕塘生肥蟹壮，顶坡杨柳鸟声喧。闸楼耸立迎风浪，誓保丰收大有年。

又过芦滩地

其　一

又经滩地苇中行，芦絮沾衣香满身。不见荒洲蛇蝎洞，今成碧水蟹虾城。
荷塘片片芙蓉翠，游客排排雁阵临。喜会当年船老大，京都榜上几提名。

其　二

远望荒汀芦荡花，傍滩依柳草船家。沙鸥惊叫他年泪，紫蟹横行今日华。
足踏人生如果实，风摇苇叶似春葩。赏心悦目心头驻，雨霁蓝天看晚霞。

春　韵

春风送暖蝶双飞，野草芳林入翠微。穿柳黄莺将曲唱，诗人润笔写春晖。

王志曾

王志曾（1941～　），江苏盱眙人。盱眙县诗词学会副秘书长、淮安市田园诗社常务理事、江南诗词学会会员、中华诗词学会会员。

象山公园

采石开山几十年，如今改造建公园。千寻峭壁栽松柏，万丈岩坑变水潭。石级景亭因地筑，池溪曲径顺峰环。画廊留韵诗香溢，展馆藏珍地质研。左右双桥淮上架，湖光山色换新天。

登都梁阁

一阁凌云起，都梁名望增。淮山添画意，古邑注诗情。
气势雄苏皖，风光占古今。登临天地阔，万里艳阳春。

参观盱眙县淮河文化会馆

淮泗沧桑记满楼，千秋功过阅从头。禹王治水江河定，果老降妖井底囚。
黄汛夺淮殃国难，毛公决策解民忧。洪流今日从人愿，勤灌良田畅载舟。

参观盱眙象山地质博物馆

奇珍异宝馆中收，百态千姿吸眼眸。塞北残岩风蚀壁，江南秀石洞连沟。
沉沙叠皱沧桑变，钟乳成形岁月悠。最是火山喷发景，惊天动地震心头。

淮河放舟

日丽风和淮上游，诗朋画友喜同舟。长虹腹下分龙影，航塔标前绕鹭洲。
湖泛鳞波光碎玉，山绵锦障色牵眸。谁开画卷徐徐展，天地风情无尽头。

游铁山寺

古刹钟声林上飘，晴岚淡淡绕山腰。群峰环抱天泉水，深谷悬浮铁索桥。
人架轻舟摇画境，藤缠古树探云霄。今生不做焚香客，迤逦风光着意描。

咏石牛山

此山一石化为牛，栩栩如生誉九州。居易题诗载史册，唐寅对句记心头。
坚身岁老千年健，炼铁潮来一旦休。留得山名村亦旺，而今四处起高楼。

忆万卷书二首

淮河大桥与二桥之间的山嘴边上，原有盱眙一奇观，由黄色页岩自然形成的书状石堆，人称“万卷书”。

其　一

堆堆叠叠字模糊，崖下原存万卷书。积典难容儒士读，封经不让佛僧租。
山深常歇林中鸟，水涨能藏河下鱼。历雨经风形未改，天公杰作世双无。

其　二

万卷图书积岸边，淮山风雨不知年。齐齐整整千层合，叠叠堆堆百类全。
厚薄宽长由地造，精粗繁简任天编。当年若得书中字，不是神人亦是仙。

八仙台神韵

一湾碧水映蓝天，洞邃山幽隐八仙。藤树缠林含野趣，石莲出土现奇观。
珍珠泉涌流溪涧，参果飘香溢岛园。情醉仙台疑是梦，瑶池美景落人间。

参观龙潭有思

林隐清溪山绕山,龙潭世代泽庄田。千年沿袭原生态,万户依存古脉源。环境优良乡里福,资源持久子孙甜。常思多少泉涸处,都怪人愚不怪天。

再游盱眙玉皇山

垦得荒山成果园,瑶池珍品落人间。桃铺红锦春光灿,梨挂金铃秋味甜。绿色西瓜滋肺腑,清香银杏养心田。游人尝得时鲜果,只羡都梁不羡仙。

玻璃泉

池若玻璃镜,源称第一泉。夜来浸皓月,昼映白云天。

杏花园

杏林一片半山栽,春到都梁树树开。淮上遥观花似锦,笑迎宾客八方来。

游长港水库

一埂联山锁巨龙,清波十里映群峰。而今岁岁丰收曲,犹唱当年筑坝功。

天台山秋韵

时过重阳露带霜,天台树色泛霞光。缤纷五彩天工绘,赐于山城作画廊。

第一山览胜

门　前

碑石临街镌大名,淮山胜境景添新。状元桥上人熙攘,笑纳三江四海宾。

门　厅

古香古色大厅廊,黑瓦青砖白粉墙。树茂花香清气爽,进门顿觉入仙乡。

孔　殿

大殿巍峨耸上方,飞檐翘角气辉煌。儒家始祖孔夫子,一代宗师万世香。

碑　廊

画廊四合笼花园,碑刻新修立壁间。苏轼草亭观典籍,米芾挥笔写诗篇。

咏盱眙新十景

明祖陵怀古

筑陵为祖耀荣光,只盼千秋百代长。黄水不从天子愿,唯留翁仲诉沧桑。

铁山寺寻幽

竹海林山古寺雄，通幽曲径隐仙踪。潺潺溪水流音韵，船荡清波入画中。

第一山眺远

无限风光眼底收，淮滩城郭矗高楼。船车水陆飞驰过，不见当年古泗州。

黄花塘烽火

身居茅屋自从容，万里风云掌握中。昔日烽烟留史迹，黄花军部忆元戎。

八仙台访道

仙台访道问仙人，道教经传几度春。世上妖氛今尚有，缘何不见显神灵。

甘泉山御汤

沐得甘泉人似仙，强身除疾寿延年。君王未浴身先死，留给黎民省药钱。

古淮河放舟

古淮千里放轻舟，折转都梁景更优。沿岸青山随水动，船行似在画中游。

都梁山揽月

山高更觉月光明，欲揽冰轮报世情。唤出嫦娥俯首看，人间灯火胜天星。

龙王山渔歌

浩渺烟波映夕阳，渔舟满载欲归航。一声欸乃悠扬曲，情满湖山乐满乡。

天鹅湖听雨

雨打荷莲跳玉珠，画亭听雨最心舒。堤边烟柳随风舞，天乐和谐奏满湖。

龙王山春色

林木无尘鸟自啼，山花烂漫草凄凄。一潭碧水怀中抱，绿润千家万户畦。

甘泉山遐思

山因泉水得芳名，佛以清泉涤秽心。泉水有情流万古，年年惠泽一方人。

李承新

李承新(1941～)，江苏盱眙人。曾任教师、文化站站长。淮安市诗词协会、盱眙县诗词学会会员。

小院赞

院落不宽长，瓜椒种数行。客来很省事，煮酒漫品尝。

再过龙泉渡

细雨龙泉渡,同舟结巧缘。艄公媒妁老,相去已多年。

夜宿金山寺

金山林鸟宿,月色映山泉。鼓罄声传野,山僧夜坐禅。

张大祥

张大祥(1941~2018),江苏盱眙人。盱眙贸易局工作并退休。淮安市诗词协会、盱眙县诗词学会会员。

农村巨变

昔日土墙茅草屋,现今住进小楼房。阖家安度年年乐,感谢党恩民自强。

金　婚

相爱相亲五十年,半生坎坷半生甜。儿孙绕膝天伦乐,美好心情日月圆。

单海波

单海波(1941~　),字巨涛,号养生斋主,江苏盱眙人。先后于盱眙、泗洪从事医务工作。著有《夕彩纷华》一集。

登铁山

山高黛色浓,岚雾暗苍穹。鸟语飞林外,花香聚壑中。
层峦藏寺古,禅偈劝人同。策杖今摩顶,悠悠一脸风。

铁佛小镇新貌

小镇情缘梦里牵,十年一别换新颜。琼楼栉比云中立,坦道纵横村际连。
六巷三街人海涌,千家万铺货山尖。荧屏内外欢声远,火树银花不夜天。

五里小区景观

漫赏小区诗韵新,萋萋芳草绿如茵。奇花百态迎风笑,怪石千姿沐雨欣。
碧树参天藏丽日,喷泉拔池洗埃尘。媪翁相向亭中弈,时有秋千稚趣真。

欣看盱城

半城山色半城河，殿阁琼楼满岭坡。碧水银波鱼吐玉，青峦绿树鸟穿梭。
摩崖凝秀升平颂，翰墨飘香盛世歌。最是龙虾天下晓，都梁今日喜多多。

忆1956年寒假由管镇中学夜归

四顾月光连雪光，无边万物着银装。茫茫旷野兔迷路，隐隐孤灯犬吠庄。
归客途中留足迹，来人陌上已眸盲。皑皑浮海家何在，但待星沉踏晓阳。

故居行

阔别旬年一梦惊，柴门草屋甚时倾？新楼栋栋摩云立，哪是咱家难辨清。

沈定安

沈定安（1942～ ），江苏盱眙人。中学一级语文教师，先后在小学、中学、泗洪县教育局工作。

春游盱眙

欣沐盱眙三月风，柳枝泛绿杏花红。都梁阁上欢新景，第一山间寻古翁。
剧院辉煌京韵荡，鸟巢壮丽友宾逢。老城崛起呈奇彩，淮涌春潮滚滚东。

在古泗州遗址前

明珠璀璨缀长淮，何故天公降大灾。不见朝霞灵瑞塔，难寻晓月禹王台。
遥思漕舫随风去，空望商儒踏浪来。祈盼古城波涌处，丰姿出水艳荷开。

游明祖陵

祖陵沉没又观天，斗转星移三百年。九拱玄宫藏秘密，一厅享殿化残垣。
石雕栩栩存灵气，神道森森隐缈烟。遥想帝王兴土木，江山不老子孙贤？

李永铨

李永铨（1943～ ），江苏盱眙人。幼承家学，爱好诗词。盱眙县老年大学诗词教员。

游铁山寺

古寺风雨后，晴光复昭明。苔茵新意绿，曲径旧痕清。
山鸟绕檐啭，紫烟佛面生。磬钟催暮响，游客数回行。

玉皇山采风

山不在高低，物灵即为奇。风轮调淮水，巉石叠青姿。
碉堡留长痛，茅房话昔时。“顺溜”基地在，归客步迟迟。

游八仙台

八仙台上八仙修，鸿爪雪泥逗客游。石壁如仙留指印，云峰若髻耐凝眸。
驴鸣声响雾岚外，笛奏音生竹啸头。每值月华临谷底，笑声阵阵出溪流。

莲塘驿怀古

邮包奔马影无踪，贡赋车尘永不逢。莲下吴歌音杳杳，山中楚鸩叫空空。
废兴千古循环事，怀感由来人性同。俯拾砾砖详辨认，似犹隐透宋唐风。

参观盱眙老年大学15年成果展

十五年来果满枝，春风打扮入时题。争奇斗艳盆中景，隐玉藏珠画里诗。
影摄秋容松茂态，书描晚骨菊芳姿。南山一抹枫红色，鞭促老驽快奋蹄。

仇集镇访秋

其　一

郡邑边陲仇集乡，嘉名誉皖柱南疆。天生地造物源广，师古礼今民气良。
野出獐狼狐獾兔，家饲鸡犬豕牛羊。若非新筑乡村路，酷似桃源方外庄。

其　二

清平山秀壮镇悠，轶事几多民口流。皇后妆台峰有影，柴王车辇石留沟。
月华抚睡垒壕草，风信唤醒残夜鸠。怕是宫闱规矩在，层层雾幛不容瞅。

其　三

秋霖添景亦添愁，妙趣奇闻失望收。未赏长山狼上树，少观水库鲫追钩。
山姑野韵喉荡谷，老汉矜能脚骑牛。几领东家轮次盏，教人怎得不回头？

题都梁阁

凌空拔地破鸿蒙，吞水衔山气势雄。窗纳朝霞三万里，檐飞暮雨九千重。

一城灯火泛红海，四面松篁摇绿风。何日神来添妙笔，更同滕阁结姻兄。

咏第九届盱眙国际龙虾节

辉煌灯火转风旗，不夜山城鼎沸时。路着彩装街扮俏，花描眉色草吟诗。
十三香味冲霄汉，四国佳宾倒醉卮。谁谓钱塘潮汛大？当今热闹看盱眙。

过宣化街旧宅

一庭花木被风吹，卅载履痕吟式微。好梦尤时常易醒，多情觉处总相违。
经肠世味悠悠在，过眼烟云缓缓飞。去也去也今去也，归兮归兮已难归。

缅怀父亲逝世10周年

失教屈指十经霜，舐犊情深刻未忘。犹记提携手温暖，哪堪诀别语凄凉。
杯羹菽水时光短，寸草春晖日月长。遥向西归途上望，几回低首几神伤。

国家级象山矿山公园游感三首

其　一

世间事物太奇稀，祸福殊途各异之。峰受炮轰名响远，身经锤凿位升提。
公园序列国家级，游客无分冬夏期。第二春天真伟大，残山剩水也逢时。

其　二

断岩残壁整姿容，浅谷深坑修馆宫。弯曲径通水泥路，高低坡植草花松。
山风闲奏天籁乐，霞岫遥牵月开弓。美景几多尝不尽，全藏骚客笔端中。

其　三

秀水名山天地生，亿年千代洗雕成。一朝容貌遭伤损，百度灵丹难复形。
前策失衡生态惨，后车得鉴是非明。人情物理浑似似，手捧霜枫擒泪吟。

山间小憩

心同流水远，眼逐白云低。枕石空山暮，蝉鸣发古思。

淮中泛舟

雨霁风停虹影留，鹭翔鸥戏逐鱼游。水衔山色山浸水，斜日移峰上小舟。

明祖陵怀古

得民心日势腾腾，三代祖茔平玉宸。谁识煤山悬吊影，秋风腐草哭黄昏。

天鹅湖听雨

一望绿伞向天摇，占尽清波掩画桡。忽地跳珠柔靓面，雷声不敌雨声娇。

淮岸信步

水拍掌声柳哈腰，芦翁隔岸点头招。有情还是旧相识，如约一年一侃调。

咏　梅

无论墙角与桥边，心志终如铁石坚。任尔霜欺和雪渎，誓留香气伴人间。

早春偕友游杏花园二首

其　一

自来逸者好惊春，与物相期两会心。昨夜南山约疏雨，特为故友洗陈尘。

其　二

信步杏园探讯芳，半醒芽眼试凝妆。总还未薄此行意，腋下先偷一缕香。

张国富

张国富（1943～　），江苏盱眙人。淮安市诗词协会、盱眙县诗词学会会员。

秋日南山

谁绘丹青不染尘，问秋不语却情深。南山秀色三分醉，淮水清波九曲吟。霜叶飞红红烂漫，菊花流彩彩缤纷。夕阳辉映霞光美，枫韵千番解梦魂。

明祖陵感怀

一路风尘赴祖陵，放眸寻探泗州城。悬湖浪吼观豪迈，盱岭云横绕莽林。绝代哀歌长恨杳，千秋帝业荡无存。最怜寂寞群翁仲，百态无声动客吟。

游玉皇山生态园

五月玉皇郁郁葱，榴花染得满山红。葡萄串串上钢架，梨枣枚枚纸袋中。园大西瓜忙外运，新鲜野味应时供。荒山昔日冷穷处，今朝科技惠三农。

参观观音寺蔬菜大棚

云腾雾绕覆田园，宽敞银棚相接连。菜绿千畦青翠翠，桃红万棵味甜甜。
品牌推广产销旺，价格商谈敲定前。民办公司民做主，观音客户笑开颜。

重阳登高

浩气如虹乐放喉，重阳结对大山游。攀巅纵览黄花苑，踏岭横穿绿草洲。
立地妪翁尤潇洒，冲天歌赋自风流。历来多少茱萸客，吾辈登临最上头。

老 农

星移物换未离农，操守田园面古铜。春耕夏锄迎晓月，秋收冬贮送寒风。
闲临溪水观鱼跃，客至家陪话友逢。犁雾耕云歌盛世，老牛伴我乐无穷。

参观台儿庄大战展览馆感怀

当年鏖战此庄中，数万先驱血染红。倭寇贼心吞日月，英雄虎胆啸长空。
东条绞死阴影在，右翼抱尸不放松。余览台儿庄馆展，无名怒火灼心胸。

拔 牙

相依相伴命攸关，七十余年共苦甘。百味无卿难下咽，三餐少尔不成欢。
小虫成患人无奈，百刃交加心若煎。割爱忍疼君去也，此生骨肉再难圆。

孙克常

孙克常（1943～ ），江苏盱眙人。盱眙县历史文化研究会会员、盱眙县分金亭诗词学会会长。

诗友聚会

诸多诗友聚书堂，似火骄阳暑热狂。古镇骚人吟丽句，诗乡墨客写华章。
诗词唱响凌云志，歌赋连篇翰墨香。争给老区添异彩，同为故里创繁昌。

诗词进校园

古镇诗词进校园，繁花似锦舞翩跹。师生泼墨留佳作，学友挥毫著丽篇。
上课齐声诗赋诵，休闲共语韵声研。琢磨切磋学风好，国粹弘扬大有天。

观“龙江苑”有感

其　一

悬湖南畔龙江苑，奇巧玲珑别有天。开创旅游新景点，建成娱乐大观园。
千年泽地换新貌，一片湖滩变富源。湖岸如今添锦绣，讴歌盛古艳阳天。

其　二

十里长堤美景连，怡情乐趣满心田。闲观湖面生财道，漫步亭间供憩闲。
陶冶情操可放钓，修身养性亦延年。悬湖岸畔如图画，锦绣山河分外妍。

其　三

离别龙江夜不眠，心田阵阵荡漪涟。福泉神水待开发，仙阁回龙盼变迁。
大庙神灵思俊杰，金牛霞彩结姻缘。分金景点招贤士，古镇新葩乐万年。

参观黄花塘新四军军部有感

触景生情忆往年，英雄业绩谱诗篇。雄狮威武号声响，铁马金戈把敌歼。
日寇望风惊破胆，顽匪披靡上西天。红旗师部春风舞，大地欣荣福无边。

为泗县记者采访管鲍分金故事作导游有感

分金亭下观亭景，十字街头游客诚。四面四尊珍宝像，八雕八段塑真情。
尊尊宝像威严立，段段内容含义深。摄入镜中贤德事，流芳世代永传承。

为拍摄《梦怀青萍》央视记者做向导即兴

怒吼北风霜雪降，隆冬湖景更凄凉。八方妖雾如围幛，四面坚冰似堵墙。
千古黄粱皆梦幻，三军豪气尽华章。残云消散寒流尽，战地黄花分外香。

参观开封清明上河园

龙亭湖畔上河园，漫步林间别有天。市井繁荣呈百态，民风朴实尽欢颜。
楼台亭阁相辉映，流水小桥在眼前。时序倒流千百载，犹如梦境见当年。

颂长征

其　一

长征路上太艰辛，百炼成钢铁骨身。前有顽军拦阻截，后加敌匪紧追跟。
天空狂炸飞机扫，地面崎岖暴雨淋。坚定信心豪气壮，艰难困苦卧寒冰。

其　二

长征历尽苦和难，举步维艰度险关。草地穿行眠湿地，雪山攀越步云间。

断炊多日痛餐马，无药长期受病煎。赤胆忠心为报国，播传火种可燎原。

其 三

长征艰苦实难言，屈指行程路万千。浪涌金沙船险渡，桥横铁索水惊湍。
岸头顽匪弹如雨，河面红军勇夺关。顷刻死生悬一线，英雄豪气古今传。

其 四

长征本是宣言书，马列播传民族苏。火种星星燃大地，新苗棵棵植沿途。
弘扬革命精神旺，壮大声威豪气殊。胜利红旗飘处处，党恩浩荡世欢呼。

画中游

上河园内景芳幽，市景繁荣分布优。皇族林园多别致，宫廷内部更风流。
多姿多彩民间事，作福作威帝王侯。宋代择端成画卷，而今我在画中游。

五台山观光

五台山麓好风光，景色尤佳碧玉镶。山下还留秋色景，高峰又见早冰霜。
鲜花奇草难寻觅，翠竹苍松别样装。唯有青峰依旧立，严冬酷暑换时妆。

诗词进村庄

闲暇有兴进村庄，偶见房前似学堂。大伯尽情诗词诵，老妻忘掉拉家常。
女儿聆听诗中意，媳妇暂停瓶内浆。创建诗乡黎庶乐，惠民政策暖心房。

参观三峡大坝

其 一

坛子岭前高坝游，工程浩大耀千秋。巫山截断云和雨，神女当年愿已酬。

其 二

巫山云雨峡江情，大坝工程世界惊。科技而今多发展，国强富民赖精英。

苏金丞

苏金丞，江苏盱眙人。

踏青偶得

极目长淮九曲弯，蒙蒙烟水绕青山。游人不识因何醉，手执桃花共鸟谈。

吟　竹

不领春风拂绿情，寒霜压顶也丰盈。世间谁不羡高节，碎骨剐身作汗青。

王兆金

王兆金（1944～　），江苏盱眙人。中级技术职称。淮安市诗词协会、盱眙县诗词学会会员。

东方都市小区掠影

高楼栉比列成行，木异花奇争吐芳。照明灯光如白昼，纵横道路似棋框。
青年创业奔工厂，老者携孙进学堂。邻里和谐千户乐，小康显现在家乡。

参观黄花塘新四军军部纪念馆

黄花寄意艳阳天，纪念馆厅忧意然。呐喊震天伤敌胆，歌声冲宇动民联。
伟人音貌铭心腑，烈士雄姿浮眼帘。千古功臣华夏建，九州圆梦史无前。

马培文

马培文（1944～　），江苏盱眙人，祖籍山东青岛。小学教师，苏教版小学语文教科书（国标本）编审。

登都梁阁

闲来频眺美山城，故乡风物总牵情。卧听都梁一夜雨，胜观昆明十里云。
童心跟随年不老，热望同和日益增。安得腿留青春步，携水游峰踏歌行。

赠友人

其　一

讲台辗转细量裁，苦口婆心润栋材。快乐皆因辛苦得，成功多自吃亏来。
车临停站须低速，船近滩头得慢开。年老莫言春梦好，高风亮节胜钱财。

其　二

尔体如山勿恋萍，栽植快乐益寿身。神安气定无干扰，心净邪风不入侵。
种德宜于种善果，修身贵在修真心。健康第一立天地，莫被虚荣薄利熏。

其 三

老要随时更要乖，常规违拗忧烦来。退居静守书香乐，进出动移云朵开。
卧看绿园花弄影，闲观碧水鱼咬鳃。带孙教字天伦福，何故仰人鼻息哉！

忆童年

其 一

人生好，苦辣又酸甜。昼抱红霞观大海，晚披月色种西园。最忆是童年。

其 二

童年忆，最忆是春游。踏遍青山寻野味，逡巡碧水荡轻舟。欢笑满心头。

天文台寻幽

遥遥天际盱眙星，环视乾坤万里巡。喜看神州如画境，太空也送世间情。

自 嘲

其 一

莫羡缠绵插柳鞭，勤栽蔬菜助盘筵。折枝扫叶炊新果，乐与家人烹小鲜。

其 二

亮雨晴窗对小院，绿肥红瘦映高天。未倾浊醪心先醉，遥谢捧书过往年。

张忠梅

张忠梅（1944～ ），女，山东海阳人。毕业于复旦大学，中学高级教师。曾任盱眙中学教师、县教育局教研室副主任。中华诗词学会、上海诗词学会会员。2008年被评为“江苏省首届十佳女诗人”。

游铁山寺

久慕铁山名，驱车出古城。层峦凝翠绿，幽寺露檐楹。
湖水轻轻渡，风帆款款行。悬桥深涧过，烟壑野莺鸣。
携手探芳径，听泉响玉筝。奇花香阵阵，林海气清清。
嘉树参天碧，蟠藤交叶情。云亭品茶处，谈笑忘归程。

咏都梁阁

雄踞长淮碧水边，飞檐高耸翠峰巅。眼中饱览人间景，腹内珍藏桑海篇。
画栋雕梁腾紫气，琼台玉砌引群贤。凭栏极目凌云处，更上层楼天外天。

登都梁阁远眺

雄阁凌云迎彩霞，凭栏一梦到天涯。琼楼迢递知何处？瑶圃芳菲属哪家？
翠岭逶迤绕城郭，碧涛浩荡卷平沙。清风玉笛悠扬起，疑在仙乡八月槎。

参观黄花塘新四军军部纪念馆

碑塔仰望高入云，江淮河汉忆征尘。三间茅屋灯光灿，千里烽烟捷报频。
塘柳谁栽万年绿，军民难忘一家亲。山村往事传天下，应似黄花岁岁新。

中国龙虾节见闻

湖畔山城披盛装，八方宾客聚都梁。万人欢宴笙歌媚，美味龙虾十里香。
唤友呼朋游兴旺，投资签约洽谈忙。淮河儿女试身手，巧绘神州锦绣章。

观看中国龙虾节山地广场大型文艺演出

都梁佳节搭歌台，万众豪情涌碧淮。巧借龙虾传美誉，渴求腾越引英才。
天公撑伞擎云至，虹雨携风送爽来。鼓乐齐鸣震山壑，欢声雷动畅心怀。

从教30年感怀

耕耘教苑卅冬春，育栋培梁献热忱。唤得东风催嫩绿，引来甘露润清芬。
难忘茅舍油灯暗，长忆云山石径深。莫叹秋霜染鬓鬓，喜看嘉木秀成林。

铁山寺采风

拜谒严佛调塑像

佛坛先圣气轩昂，挺立高山放眼量。布道撰经敢为首，人间万代永流芳。

观葛藤缠树

嘉木参天气势雄，藤缠蔓绕意融融。相成相辅无穷趣，携手长生晴雨同。

过悬桥

双峰挺立势千寻，碧水粼粼溪涧深。一线凌空架南北，悠悠荡荡醉游人。

瞻大雄宝殿

山围岚绕绿阴浓，宝殿巍峨称大雄。袅袅香烟伴钟磬，声声祈祷佑年丰。

咏八仙台

其　一

云亭蓬岛八仙台，紫气氤氲迎客来。幽境遗踪听神话，清风碧水净心怀。

其 二

相携漫步踏幽径，雅乐悠扬透竹林。疑是韩湘迎远客，万竿仙笛奏清音。

其 三

八仙相约别蓬莱，携得灵芝聚此台。日月精华和雨露，千年紫气满园栽。

其 四

谷静林幽一勺泉，珍珠粒粒涌山湾。谁人引得天池水？玉液千秋润世间。

游明祖陵

其 一

巍巍望柱凌云起，石象如生各有姿。神道悠悠思往事，游人争试插枯枝。

其 二

大兴土木卅冬春，三百余年水底沉。历尽沧桑见天日，幸逢盛世谢今人。

咏甘泉山牡丹

华贵雍容冠众芳，无端遭贬出咸阳。淮边山寺好风色，长沐朝晖艳艳香。

咏盱眙新十景

明祖陵怀古

望柱巍巍冲碧霄，悠悠神道接金桥。拱门先祖积功德，三代躬耕农务劳。

铁山寺寻幽

山环水绕绿荫浓，宝殿巍峨称大雄。袅袅香烟伴钟磬，万千心愿蕴其中。

第一山眺远

叠翠云峰笼晓岚，攀登携手笑声欢。淮流千里无穷碧，放眼方知天地宽。

黄花塘烽火

黄花塘畔帅旗扬，十万铁军豪气昂。浴血江淮驱敌寇，金瓯永固屹东方。

八仙台访道

仙家修道聚深山，幽洞栖身石作坛。历尽沧桑悟真谛，心怀百姓善为先。

甘泉山御汤

寺建汉朝源远长，水甘山美世人详。星移斗转换新貌，百姓争相试御汤。

古淮河放舟

悠悠碧水绕青山，一叶扁舟鸥鹭旋。如画风光难看尽，诗潮逐浪意翩翩。

都梁山揽月

群岭连绵淮水边，云台高筑矗山巅。蟾宫邀得众仙女，曼舞轻歌不夜天。

龙王山渔歌

龙王山下碧波潭，渺渺茫茫水接天。点点渔舟逐轻浪，鱼虾满载唱归帆。

天鹅湖听雨

风舞绿裙情满塘，赏莲骚客弄诗章。凝眉踱步觅佳句，难尽雨声流韵长。

参加都梁山地广场万人龙虾宴

翠岭云台落绮霞，彩灯万盏品龙虾。南商北客纷纷至，齐赞中华第一家。

叶少白

叶少白(1944～1996)，江苏盱眙人。1963年入伍，1971年参加工作。

晚 眺

遥对青山晚，炊烟几处斜。暮云连野合，远树接天涯。
稻菽苍如海，残霞艳若花。舌鸦还自散，星火落千家。

与袁恒次韵和张晶亚70述怀

其 一

曾惜烟云放眼过，漫凭赤手慰蹉跎。寿增七十精神健，岁迫中年感慨多。
救病端为输古热，穷通岂欲问渔歌。心情乐到无声处，满纸诗章一气呵。

其 二

流落千回复转东，儒医一脉继先风。东君有意吹桃李，夕照生辉映晚穹。
术窥岐轩知老骥，诗磨李杜识元功。良师益友谁堪许，谨向先生谢五衷。

其 三

绿荫深处是新村，水秀山明处处春。书屋半虚留待客，庭除常扫为强身。
东篱种菊情怀淡，西圃锄瓜趣味深。但使一天无俗虑，不知日暮是黄昏。

其 四

啼血子归晓色明，青山指点踏征程。落花流水浑无意，断句残篇幸有存。
挂角当年空着憾，补牢今日愿初平。国荣家庆风光好，祝贺先生百事成。

马年书怀

生命年轮又一圈，鹅毛大雪盖丰田。雪中意趣炉边火，烤热人情烤热天。

陈光永

陈光永(1945～),江苏盱眙人。中华诗词学会会员、盱眙县诗词学会常务副会长、《都梁诗讯》主编。

贺盱眙历史文化研究会成立

公府结文缘,逢春二月天。厅堂盈喜气,宾主献良言。
掘史寻芳泽,开今引玉泉。有期司马笔,再得离骚篇。

重游盱眙戚大山

重登忆旧游,盘道鸟啾啾。绿树荫山长,银波绕郭流。
连田拼色块,散玉琢村楼。讶不当年景,已违二十秋。

淮安河下古镇访友

淮镇早春行,烟花照眼新。街坊藏古巷,屋瓦积烟尘。
礼敬躬三让,谈谐酒数巡。依依河下柳,满是故人情?

探访大奇山

危崖新雨后,整履探幽途。山静泉声远,竹清鸟迹无。
索桥悬谷翠,云气障峰虚。原是风尘客,归来慕隐庐。

游纪事园感怀

园邻闹市自生幽,山色淮光入镜头。万斛芬芳游侣醉,无边秀色白云浮。
沧桑时日易虚度,锦瑟年华难久留。底事堪能碑上纪?亭桥如幻月如钩。

盱城沿淮风光带

二月淮堤柳色微,莺歌待唱草含菲。一川烟水机帆过,遍岭松槐山鹊飞。
秦邑翻新皆入画,楚都承古倍增辉。人生喜遇升平世,日日诗囊满载归。

登观淮亭

路盘九曲费攀登,四月南风欲醉人。眼底槐花香雪涌,天边淮泽画图明。
汴河古接洛阳渡,国道今通白帝城。时有林峦空谷处,声声杜宇播乡情。

登都梁阁

凌空百丈揽都梁，楚水吴山画卷长。广厦笙歌千里靖，重门酒肆万家香。东研汉墓追青史，西效唐风续雅章。无限乡心同皓月，情丝缕缕洒淮浜。

游泗州城遗址

三百年来积盛名，几多游侣吊秋风。僧伽塔影何方觅，澜阁涛声无处闻。水母兴波原为恨，虹桥增物亦因恩。五朝粉黛埋淤土，今睹长淮仍黯神。

游明祖陵感赋

追封三世建皇陵，门院重重锁太阴。金水河清春柳翠，琉璃瓦灿夕阳明。孰知腐政江山失，未卜惊涛衣冢平。昔日风光何处觅？斑斑石像伴流萤。

登第一山读碑有感

屡次登临兴未消，今观碑刻读前朝。宋人北望淮河泪，明士西瞻帝里豪。一统江山民有幸，乱离家国土成焦。中原兹日升平世，归岸兰舟莫误潮。

登翠屏山庄

回望登程石级稠，雕栏曲转接琼楼。长淮落日胭脂水，廓野浮烟翡翠洲。灯火连星生绮梦，弦音绕树间鸣鸠。乡关若画驰才俊，不卸征鞍到白头。

铁山寺森林公园寻幽

竹木森森藏古寺，花开花落付流年。珍禽异兽通灵气，秀水琼岩出自然。心净方离尘世远，境幽可助寿龄延。莫求道士圆因果，身处名山即是仙。

瞻仰黄花塘新四军军部旧址

胜地初游寻故迹，黄花塘畔柳依依。皖南血溅惊残梦，江北情牵插帅旗。离去元戎遗草屋，往来阡陌失骢蹄。问询烽火当年事，皓首拈须入话题。

游盱眙御花园感赋

旌旗半展护城墙，疑是回天到宋唐。白日传杯红粉面，晚间舞袖绿纱窗。风吹软柳憎无态，雨打花枝惜有香。请问史家知晓否，御花园内住何皇？

题宣化寺

古寺沧桑几更容，记年辨认断碑中。面迎泗水送斜日，背倚天台沐惠风。
瑶草阶前凝瑞气，磬声夜半悟禅宗。山门俗客争朝拜，缕缕心香上九重。

游览盱眙中学

门仰南天俯泗州，山巅毓秀景观稠。楼群蓄势周遭阔，台地依然环境幽。
千载杏坛垂古训，百年沧海铸名流。满园桃李正春好，学府高居无匹俦。

过盱眙中学旧址

紧闭门庭人迹稀，园中寂寞鸟空啼。花开乏力因思主，狐窜频欢乘得机。
百载登高成特色，一朝弃旧变荒陂。多情弟子今来访，感触鸿心眷雪泥。

惠源居小区访友

故人邀我赏园秋，家住新区十二楼。夜览灯辉灵瑞阁，日观泗水往来舟。
丹枫醉倒香山客，黄菊迷酣居士眸。闲步芳坪相笑问，陶庐可抵此庐幽？

自题斗笠斋

斗笠山根斗笠斋，斋公雅俗莫须猜。樵夫不使伐柴斧，渔父何撑逐浪排。
潮涨清池闲钓月，露滋瘦石促生苔。篷门洒扫候佳客，蜂蝶未邀频去来。

题　菊

一丛素蕊几丝霜，远避蜂蝇生性凉。璧月珠帘灯影瘦，金风玉槛雪姿刚。
无争富贵分香色，何计枯荣道短长。不耐盆泥非气傲，自甘草野沐天光。

斗笠山秋晨

斗笠山苍草木秋，晨曦初露紫烟稠。林幽宿鸟鸣声寂，露白人踪太极柔。
岭叶斑斓霜有色，身心康健岁无忧。高台日照浮云散，朵朵芙蓉耀眼眸。

立第一山巅观雾

岭阻霞辉暗泗州，云烟低涌障平畴。绵波拍润山前石，潜舸鸣惊淮上鸥。
景物朦胧增魅色，人生豁达减烦忧。少时日上轻纱揭，满目娇娆景更稠。

壶口观黄河

黄河九曲自生威，身若游龙势欲飞。豪气逢温凝作雨，柔波遇阻化为雷。
泥沙淘尽英雄出，日月交升经史垂。横世汤汤东入海，风光万里总称魁。

遣　怀

解甲归林亦快哉，情投集会老无猜。对花把盏诗心发，结伴登高眼界开。
半世遭灾哀命运，一生随俗恶尘埃。伏槽未灭奔腾志，不信东风不再来。

姊妹聚会尽兴而醉

邀来姊妹聚温慈，正值秋香溢桂枝。年岁增高始淡定，鬓眉转白渐呆痴。
推杯不计随心绪，忆旧无拘扯话题。月上更天人散去，家中醉卧老夫妻。

参加五墩诗社成立会议

昨友询余可得暇？五墩结社会诗家。进门满座初谋面，入耳诸言胜品茶。
久旅山川眼界畅，常吟韵律心胸佳。幸逢盛世多歌咏，无限东风竞翠华。

贺盱眙被授予全国“诗词之乡”称号

岭上枫红篱菊黄，清秋一夜醉淮浜。廿年结社兰亭盛，百载逢时国运昌。
深巷遗风吴语软，摩岩古韵续篇长。今朝喜作白头诵，人在诗乡老愈狂。

老年大学学员参观盱眙建设

冬日晴光染满腮，游城结伴五车开。楼新体态云霞染，道阔街边花树栽。
卅载殚思何有报？一朝展目共无猜。家园日益宏图现，激发归槽老骥怀。

观老年歌舞演出

歌舞场前翁媪双，年庚倒转老来狂。翻飞彩扇鹏挥翅，说唱黄梅莺啭腔。
晚景霞红怀皓月，早春叶绿谢青阳。莫奇耄耋今多健，国祚民丰人寿长。

赴泗县参加《古今诗人咏泗州》首发式

聚会缘因属泗州，古今雅士一书讴。沧桑慨说淮河浪，锦绣欣吟汴水秋。
虹府难能扬国粹，兰亭可比继风流。诗途俱进心犹壮，细数同行多白头。

瞻仰周恩来故居

芳树闲庭映夕晖，故园人去几时回？沙场百战怀才智，国务多劳树口碑。情洒山河千载奠，德昭日月九天垂。眼前睹物勾思绪，井下清泉宅后梅。

过吴承恩故居

风墙雨瓦积苔痕，廊竖檐横院落深。碧水池中三圣石，紫砂壶内一乾坤。悟园设伏诸山怪，书屋安排各路神。一部西游天下读，几多磨难警世人。

凭吊淮阴刘老庄八十二烈士

奋起刀枪御日贼，英雄浴血视如归。家亡骨肉千般恨，国破山河万里悲。朝政无能遭祸患，匹夫有责挽安危。前村弹壁成追忆，故地今朝赏竹梅。

丙寅端午吊三闾大夫

端阳角黍报升平，沧海桑田变化惊。衡岳风光迷侠客，潇湘山色醉游人。神州竞富蘅兰茂，华夏腾飞政德馨。闲虑须抛宜抖擞，誓将才力付躬行。

游琅琊山

车去琅琊一日游，环滁岭树正逢秋。名亭古刹文章在，漱石潺泉景致留。涉足江湖多有索，寄怀山水概无求。自从太守酗情后，千百年来醉未休。

太行记游

车进太行秋未深，万仙山里访诸神。云崖削壁将军石，隧道通天郭氏村。曙色燃红孺子血，龙姿震慑日贼魂。此心不老家邦恋，崇岭归来意更亲。

延　安

喜如夙愿访延安，睹物躬知往事艰。窑洞张灯驱夜色，礼堂讲话注春澜。贫穷共济情相近，生死同存志不单。今望来途心有悸，陕京中隔几重山？

龙虾吟

烟柳池塘爱筑巢，洁身逸性自逍遥。劲钳舞动抒豪气，娇体沉浮炫紫袍。名大生来龙与伍，誉微颠倒类同蚝。幸逢贤士多推荐，一出江湖卷赤潮。

祭龙虾

坚甲雄螯装玉盆，一生功德作何评？东风染绿江湖梦，烟水催红中外情。
赢取楼台增市貌，招来歌舞庆花灯。莫言些许愧微献，自有乡人肺腑铭。

咏　雪

洒洒扬扬雪，莫朝西部飘。山区多困者，身缺御寒袍。

初　雪

昨夜北风起，冬云瞒万家。清晨廊下立，雪里赏梅花。

房交会购房

昨去看楼市，伤心未购成。羞言房价贵，唯恨自身贫。

登观景台

登高骋目望乡关，何处芳菲有此般。八面风光三面水，一城景色半城山。

秋登都梁阁

一层秋气一层凉，山色空蒙水色苍。唯见城中情更热，排排塔吊建楼忙。

铁山寺访秋

其　一

春岑碧秀耐人看，莫厌苍黄暮气寒。四季风华须记取，一年最富是秋山。

其　二

清泉掬取指间流，洗净心胸百事忧。唯恐明朝尘复染，临归携带一壶秋。

秋游玉皇山

其　一

梨花八月斗娇憨，拭目惊疑时序颠。信是东君传旨意，春风永驻玉皇山？

其　二

玉翠珠红玛瑙圆，主人呈上尽时鲜。天宫岂有蟠桃宴？一口酥梨胜似仙。

其　三

硝烟散去展遗踪，敌堡刀枪战马雄。留得青山常警世，时人永沐太平风。

注：盱眙玉皇山是电影《我的兄弟叫顺溜》拍摄景地，现被建成影视基地。

题泼墨山水图

浓情泼墨绣成堆,莫道峰峦欠曲回。四季风光君晓否?寒山骨瘦暑山肥。

咏盱眙十韵

明祖陵怀古

明园冷落晓星沉,玉殿丹墀何处寻。遥想当年逢祭日,彩幡翠辇满湖滨。

铁山寺寻幽

苍藤密树锁天开,石径阴滋生绿苔。山寺栖云方外地,游人结队探幽来。

第一山眺远

淮口青屏第一山,登临眺远赏烟寰。街沿柳岸花沿路,水接天涯迎客船。

黄花塘烽火

号声起落暮云收,长忆黄花塘畔秋。决胜每回千里外,将军灯下运奇谋。

八仙台访道

八仙离去玉床空,留下禅台点化功。今日犹奇灵性在,每回过访悟非同。

甘泉山御汤

昔有甘泉浴帝王,灵山圣洁驻春光。时人虔信求康泰,亦去温身亦进香。

淮河放舟

人到淮河逸兴稠,浮山起伏荡轻舟。心潮不抵春潮急,瞬达都梁古渡头。

都梁山揽月

向晚都梁玉露垂,山高月近揽清辉。团圞正合情怀好,花下几多情侣偎。

天鹅湖听雨

天鹅久别不知时,湖畔亭台望眼迷。细雨无声撩旧绪,一帘幽梦草萋萋。

龙王山渔歌

擒住龙王锁坝桥,平湖万顷水多娇。渔姑网织江南景,一曲吴歌荡碧霄。

都梁山摄影得韵

其　一

秋入淮山色几重?榆黄柏翠叠枫红。画师穷尽丹青术,全在快门开合中。

其　二

重阳渐近沐金风,草树更妆褐色浓。莫道苍山无碧照,秋来野果胜春红。

其　三

谁画林山梦笔功?似花似果远朦胧。秋风不是杯中物,却教游人醉意浓。

咏　莲

其　一

绿叶田田入画诗，芳莛净植树风仪。有朝献上农家乐，情醉霜天起藕时。

其　二

叶净花娇天作成，自生自灭本无心。只因人世戒贪腐，从古高标学到今。

其　三

植根泥淖洁无沾，多少公人学得全？但愿荷仙能转世，不为草木作官员。

桂

院桂临街半掩扉，馨香四溢醉秋晖。花开每伴团圞月，多少乡心万里归。

菊

不羡春红心自悠，霜丝一放百花羞。性孤偏有直臣爱，开上眉梢别样秋。

荷

洁身原自出泥塘，曼舞仙姿送素香。皓月清风君子德，居尊未必着浓妆。

惜　桂

幽香散发隔墙闻，小院无风花自零。惜扫金沙何忍弃，案头供放品余馨。

读《甲申三百年祭》

官场灯红酒绿迷，江山万里醉如泥。甲申有警仍寻乐，便到丧权亡国时。

观网上诗词唱和

朋俦唱和敞心扉，妙玉连珠似紫微。喜看吟坛浮瑞气，几多巾帼赛须眉。

丁亥岁末大雪封途

其　一

漫宇飞花驿道封，行人阻外困归鸿。慈情久别思团聚，无奈家山隔万重。

其　二

欲速归程计已穷，天恩不及党恩隆。春晖日暖融冰雪，万户团圆夸政风。

冰雪灾中见真情

南冬暴雪酿天灾，电断冰封遍地哀。喜见阶层援暖意，京都阵阵送春来。

目睹地震灾区感赋

震区目睹紧牵魂，捐款几多难表心。恨不三头生六臂，直飞西部救灾民。

回娘家二首

其　一

女儿远嫁日无暇，一载才回一趟家。车进盱城惊喜见，新楼新道满街花。

其　二

去岁班车到站台，任由的姐往家开。今年自驾城中转，几遇红灯几费猜。

友　约

众友相邀去涧西，何人爽约误行期？停车等待频催发，又打灵通又手机。

逛城南

前回得空逛城南，老屋风尘小巷弯。又遇休闲今再去，楼群已换旧时颜。

管镇行

其　一

越过淮桥是水乡，悠悠古镇进车窗。主人好客推杯盏，满座谈诗话宋唐。

其　二

管鲍分金佳话长，而今福地更风光。琼楼耸立新街阔，工富农丰达小康。

其　三

前贤道德立文章，承继千年古训扬。工贸人家临翰墨，渔耕子弟赋诗行。

参加省三次诗教表彰会

其　一

车到邗江非出差，诗家兴会聚吟台。秋风不染扬州路，多少春花依旧开。

其　二

灯火明辉列酒家，瓜州不见旧时鸦。沿江犹唱应时曲，已别前朝玉树花。

其　三

韶音一阙出琴弦，犹醉歌诗绮丽篇。时过千年今日见，春江花月更无边。

其　四

吟坛复盛正逢时，花放扬州缀碧枝。最喜黉门皆俱进，满园稚子诵诗词。

悼李桂五烈士

豪门叛出欲何求，不忍乡亲成骨头。举火烛天传马列，先驱血处万花稠。

悼梁化农烈士

长山揭竿赤旗明，列阵刀枪御黑云。血洒淮乡何足憾，头颅换得九州春。

悼毛培春烈士

潜藏魔巢显才能，情报一封抵万军。未现庐山真面目，共和国史载英名。

过平型关

平型关内伏兵刀，百里烟霞染战袍。日寇当年丧命处，犹闻将士杀声高。

青海游

其　一

气渐膻腥人渐疏，苍山云暗点声无。此行方解昭君怨，衰草黄沙心越孤。

其　二

青海潮平烟水凉，屏山裸列白云镶。江南七月稻初熟，此地菜花开正黄。

赠友人四首

其　一

雅癖生来自爱兰，幽香缕缕任风传。分明世上多情种，偏又瑶池玉女颜。

其　二

远看云霞袅娜红，近观粉面胜芙蓉。几多风韵缠绵意，尽在回眸一笑中。

其　三

招展花枝绝俗尘，诗书满腹见精神。品如洁玉多珍重，自古清高是贵人。

其　四

蔷薇带刺欠温柔，篱菊冷香千里秋。唯是牡丹人可意，百花群里独封侯。

宴罢归来

宴罢归来雪满空，万家灯火影朦胧。若非卖赋囊羞涩，邀遍都梁学放翁。

李文庆

李文庆(1946~),浙江上虞人。毕业于复旦大学,副研究员。曾任盱眙县文教局局长、县委宣传部副部长、盱眙日报社总编辑。中华诗词学会、中国毛泽东诗词研究会、江苏省诗协、江南诗协、上海诗词学会会员,《铁沙诗刊》编委,江苏省毛泽东诗词研究会常务理事。

盱眙县被命名为中华诗词之乡喜赋

京华传喜讯,古邑命诗乡。新韵追唐宋,淮山出凤凰。
南宫挥巨笔,常建发清狂。更有东坡醉,豪吟锦绣章。

纪念盱眙邮协成立20周年

廿载匆匆过,邮坛喜结缘。心游三万里,情寄五千年。
莫怪方塘小,应怜菡萏妍。何须愁白发,同好乐群贤。

都梁山远眺

且是东南形胜地,楚都秦邑物华新。一湖烟柳藏渔港,几点轻鸥逐汽轮。
淮浦青青萦翠岭,山楼叠叠绕芳滨。前朝要塞凝眸处,正建长桥贯古津。

第一山怀古

盱眙第一山秀岩,有苏东坡手书《行香子》词摩崖石刻,诗以记之。

淮山几度驻坡仙,酣饮东南碧玉泉。斜倚琼楼云淡淡,漫寻幽壑月娟娟。
和风弄袖吟松畔,崖壁挥毫醉岭巅。一曲清词留胜迹,千秋熠熠照江天。

偕友登第一山

洪泽湖头古楚东,白云深处酒旗红。临淮十里琼楼宴,把盏三巡杨柳风。
松壑微吟苏学士,杏园狂草米南宫。古泉新酿酬知己,春醉都梁翠雾中。

咏都梁阁

碧水滔滔苍岭幽,冲天一柱俯清秋。气吞衡霍三千仞,襟带江淮四十州。
绿树隐城听闹市,风烟搏浪望轻舟。且看自古龙腾地,云海群峰竞上游。

怀水下泗州城

昔日芳华惊世间,高城古塔对淮山。楼台十万客商聚,漕运三千樯橹还。
仙子赠珠珠有泪,香花迎佛佛开颜。东风依旧凝春色,岁岁湖烟鸥鹭闲。

铁山寻幽

其 一

清溪出幽谷,竹径踏云开。绿海鸟声脆,朝朝迎客来。

其 二

隐隐铁山寺,悠悠竹海青。幽泉响云谷,啼鸟两三声。

其 三

铁山天下秀,古寺白云深。飞鸟鸣松谷,碧溪穿竹林。
明湖开玉镜,幽径绝尘氛。携手同游处,清泉净我心。

其 四

幽谷清溪未染尘,小家碧玉喜逢春。芳龄二八初妆扮,含笑凝眸惊世人。

其 五

东风初识小桃源,绿绕山村花正鲜。万树千篁藏古寺,九溪八岭听流泉。
洞天仙子迎游客,湖柳鸳鸯戏钓船。夜宿云楼近春月,幽禽相悦唤苍烟。

参观黄花塘新四军军部旧址纪念馆

忆昔小村拥帅旗,江淮千里聚雄师。救亡抗日烽烟地,浴血挥戈征战时。
壮志盈怀寻旧迹,巨碑耀眼仰风仪。黄花塘畔思先辈,列队拳拳温誓词。

洪泽湖口老子山春行

丹山三月灿如霞,篱院融融桃李花。细雨微风催秀色,娇枝嫩蕊透韶华。
窗前渔港忙开市,湖畔琼楼唤上茶。春醉不知身是客,轻舟芳草恋天涯。

为盱眙诗词学会而作

诗家兴会聚淮滨,云壑飞泉鸣玉琴。万顷松涛齐啸咏,一川烟水伴行吟。
听歌更喜民情朴,闻鸟应惊物候新。谁与东风同唱和,唤醒古邑满园春。

2001年5月1日起盱眙报
改为日报重新使用刘少奇所题报名有感而作

采编校印共艰辛,呐喊讴歌已十春。得失文章千古事,兴衰舆论万民心。

元勋厚望催人急，旗帜高扬耀眼新。鼓动春风化春雨，盱山淮水播芳馨。

参观玉皇山林园

不见荒丘乱石坡，芳林万顷绿婆娑。开垦犹忆栽苗急，滴灌难忘挥汗多。
边塞遥望忧瀚海，沙尘狂卷袭山河。谁怀家国千秋运?我为神州发浩歌。

拟学子吟赠盱眙实小

泽畔淮山毓灵秀，层楼深院念园丁。心如春露澍桃李，身似朝霞护幼鹰。
学子成材遍天下，梦中依旧读书声。春来又见枫杨绿，惹得年年母校情。

为校园诗教现场会而作

东风送暖到淮山，率雨催云情满天。卷得三江五湖水，来滋千李万桃园。
楼头颔首听新韵，泽畔开怀赏嫩莲。直待百花红烂漫，更携芳馥播人寰。

为“风雅古邑”盱眙诗歌朗诵会而作

何处歌台清雅声？飞扬秦汉古山城。长淮烟水齐吟咏，苍岭云松共和鸣。
苏米新翻富民曲，丝弦奋促小康程。都梁正唱春风赋，洒向人间缕缕情。

舟游淮口所见

层楼依翠岭，万户面芳汀。淮水轻轻渡，山城转画屏。

贺苏皖十县市“古泗州”书画联展

其　一

风吹淮泗水，十县聚都梁。翰墨结良友，齐心绘小康。

其　二

十里山城飘桂香，佳宾济济到都梁。挥毫泼墨多豪兴，齐为淮峰增蕙芳。

题管鲍分金亭

高义千秋管鲍亭，分金久仰二贤名。古碑如镜清光澈，依旧昭昭映世情。

游八仙台风景区

其　一

醉游天宇几时回？露滴空阶生绿苔。竹径尚留清气在，相携长揖八仙台。

其　二

丹崖烟壑八仙来，得道云游渡海回。普济凡间留胜迹，悠然疑到小蓬莱。

其　三

一泓烟水碧如染，闲鹭轻鸥自往还。隐隐蜃楼露仙岛，悠悠兰舫渡人间。

其　四

八仙亭畔修仙石，圣迹重重印绿苔。破壁千年还面壁，功须久练莫疑猜。

其　五

轻纱淡淡影娟娟，素手纤纤拈碧莲。玉蕊清心劝尘世，温馨馥馥播千年。

咏盱眙新十景

明祖陵怀古

淮边丛柳隐红墙，百万游人瞻帝乡。湖底沉沉三百载，悠悠神道说沧桑。

铁山寺寻幽

石径穿林一线连，古亭幽壑响流泉。云深竹海寻山寺，人过溪桥入翠烟。

第一山眺远

淮山绿漾万千家，迢递楼台映绮霞。春满都梁舒望眼，车流高速向天涯。

黄花塘烽火

昔日小村拥帅旗，江淮千里聚雄师。元戎茅屋今犹在，共忆当年激战时。

八仙台访道

竹径幽溪访洞天，云台楼观碧桃鲜。红尘尚有妖氛在，各显神通思八仙。

甘泉山御汤

御笔题诗忆锦帆，行宫泉暖倚雕栏。而今山寺满游客，浴罢春风赏牡丹。

古淮河放舟

千里放舟桐柏青，都梁古邑拜魁星。楼台隐隐笙歌处，淮畔山城转画屏。

都梁山揽月

都梁翠岭出淮湾，拾级登高小众山。更上层楼揽明月，清辉万里耀人寰。

龙王山渔歌

龙王山下白鸥闲，村舍桃花水一湾。何处渔家唱新曲，烟波万顷驾船还。

天鹅湖听雨

又见烟桥杨柳枝，天鹅湖水起涟漪。荷亭重聚长相忆，香嫩莲娇听雨时。

作客农家

其　一

新舍疏篱竹径斜，春风邀我到农家。寒霜岂老门前柳，依旧枝头发嫩芽。

其　二

柳径虹桥水清浅，竹篱瓦舍碧桃开。风微雨细胭脂色，袅袅炊烟迎客来。

赞县二中校园诗词朗诵会

其　一

教苑芳菲雏凤鸣，喜听古韵伴新声。少年豪气冲天起，他日腾云万里程。

其　二

山阁歌吟动古城，新词雅韵少年情。校园绿荫梧桐树，雏凤清于老凤声。

生态园纪游

水榭观黄梅戏

荷湖水榭柳廊回，鼓乐悠扬小舞台。一曲黄梅游子醉，娇莲数朵送香来。

莲花湖赏荷

莲仙轻降碧湖中，波作歌台舞兴浓。含笑争迎千里客，春风拂面斗芳容。

荷乡品茶

娉婷仙子到荷乡，含笑烹茗劝客尝。素手盈盈演茶艺，芳心一片酿真香。

创建中华诗词之乡感赋

其　一

古邑层楼笼晓烟，春潮入梦涌江天。丹心凝作东风劲，掀动长淮卷巨澜。

其　二

万里清风浩浩来，微吟高诵上层台。淮天满目芳菲盛，山邑诗花遍地开。

其　三

漫步沿淮满甸芳，春风十里拂诗墙。莺吟燕诵飞声起，散入山城万户窗。

金旭东

金旭东(1946～　)，江苏盱眙人。曾任卫生院院长。盱眙县书法家协会会员，北京诗词学会、盱眙诗词学会会员。

都梁吟

青青山色水迢迢，千里长淮架二桥。南北远航舟有道，东西公路车如潮。
帝王故里换新貌，鱼蟹龙虾向远销。淮楚城乡非昔比，小康社会尽逍遥。

古稀感怀

古稀夫妇忆当年，沧海人生苦变甜。风雨同舟六十载，青梅竹马一生缘。
少年祸乱无宁日，壮岁春回见舜天。今日喜逢新世纪，白头欢乐胜春颜。

叶　青

叶青(1946～　)，江苏盱眙人。退休教师。

陡湖吟

昔日陡湖枉断肠，今朝变成鱼米乡。万顷塘口连成片，百里柳堤围作框。
鸟叫蛙鸣天籁曲，荷红荻白藕花香。扁舟隐约烟波里，夕照归来鱼满舱。

洪　亮

洪亮(1948～　)，江苏盱眙人。教师。盱眙县诗词学会副秘书长、《都梁诗讯》副主编。

穆店观感

招商创业鹏图展，旖旎田园栖凤鸾。借得他山攻玉石，谋求本土绽芳妍。龙泉湖畔春潮涌，穆店街头别墅连。莫叹时光流似箭，可知手笔大如椽。八仙梦醒当惊喜，咋入盱眙都市圈？

纪念红军长征胜利80周年

铁流两万五千里，一部回肠荡气诗。弹雨枪林风猎猎，雪山草地马嘶嘶。
雄关有幸寻真道，绝处逢生沐暖曦。九曲江河归大海，浪花朵朵寄心仪。

北固山有怀

登临远眺润扬桥，心伴长川起浪潮。楚水抒情波叠叠，吴云寄意木萧萧。
曾垂京口英雄泪，难忘瓜洲烽火苗。放想稼轩今若在，雄词一阕唱新豪。

寒枝吟

花凋叶谢仍枝雄，直面严寒凛冽风。咬紧牙关迎考验，张开膀臂傲苍穹。
精魂竟蕴冰天里，希望尤萌莽野中。待得春光盈大地，生机勃放见葱茏。

瞻仰县革命烈士陵园

翠竹苍松挺碧空，鲜花瓣瓣祭英雄。长淮九曲涛犹涌，黄土一抔碑最丰。
铁骨铮铮晖日月，初心眷眷系农工。若非先烈千秋血，岂有今朝万里红？

赞盱城诗社吟友们

雅兴痴情火样浓，群英荟萃口碑丰。金花银树全频道，霜鬓芳姿大阵容。
气韵织成风景线，精神铸就翰林功。倾心装点斜阳美，尽染淮山一片红。

古桑掠影

一路春风驰古桑，青山秀水逼车窗。龙潭荡漾鲟鱼美，港口吐吞船队忙。
凹土园区红火火，农家书屋亮堂堂。扬鞭跃马小康迈，僻壤飞来金凤凰。

龙山大棚

绿染龙山百姓家，温棚蔬果绽奇葩。曾嫌南岭荔枝远，当惹北城翁妪夸。
恰似神工施巧艺，竟为科技展芳华。今冬又摘丰收果，集市村姑灿若霞。

早　春

欣引孙儿览早春，叩开绿色自然门。微风小草芬芳气，翠竹青松苍劲身。
勃勃生机妆沃野，巍巍彩阁壮豪情。登高望远少年志，摘朵祥云寄爱心。

龙山行生态吟

送爽秋风迭面吹，林幽路曲九盘回。白云深处炊烟袅，黄港堤边渔钓垂。
灌木丛中寻美味，虎岩壁下品鲜莓。此行探绿如醇醉，来日方长再举杯！

三河闸

大泽悬湖涵口封，凌霄一闸锁蛟龙。铁牛坐镇徒昂首，威虎凛风早隐踪。
过往遗篇存碣石，抚今盛景赞愚公。任驰千里长淮水，直入胸怀激浪中。

大云山汉墓

寝宫富丽越千载，石破天惊震纵横。东侧墓连西侧墓，南山云宕北山云。
探幽岂见龙蛇影，转岭犹闻箫笛声。一世荣华东逝水，悠闲还羡牧羊人。

诗社开学

淮山方吐绿，诗苑满春晖。相聚一堂燕，呢喃雅韵飞。

重阳登都梁阁

翁妪相携登彩阁，浓情尽在笑谈中。凭栏远眺和风惠，满目青山夕照红。

社区文艺片段

五墩广场耍花船，灯火斑斓一片欢。最是光鲜擂鼓汉，鼓槌一落唱“天仙”。

瞻曹雪芹纪念馆

几番荣辱兴衰史，多少悲欢离合情。一部红楼遗万梦，大江东去听涛声。

莲　境

帘外荷香月色融，床头细语诉情衷。防微淡泊身心爽，好个清莲枕上风。

临淮骋目

吞波衔浪孕明珠，千里长淮吻大湖。一二三桥凭远望，云帆片片缀宏图。

竹林笑语

山村雨后散芬芳，雀跃蛙鸣蜂蝶忙。一阵清风传笑语，林荫深处嗑家常。

孟继荣

孟继荣（1948～　），江苏盱眙人。主治医师。淮安市诗词协会、盱眙县诗词学会会员。

自行车

轻便小双轮，天天代步行。毋忧车阻道，环保更强身。

游小三峡

江身狭窄谷幽深，两岸奇峰直入云。壁立千层遮不住，山间逸出对歌声。

游金湖荷花荡

万顷荷塘接地天，芙蓉碧叶荡清涟。清风拂过含花笑，到此游人胜似仙。

游雁荡山

朦胧月下看灵峰，漫步轻移景不同。敛翅雄鹰迎远客，犀牛望月面朝东。

刘　琳

刘琳（1948～　），女，江苏盱眙人。中学一级教师。盱眙县盱城诗词学会副会长。

自　勉

转瞬逾花甲，幽幽一梦中。无心思利禄，有志傲苍穹。
处世先贤品，为人长者风。君瞧云际里，最是晚霞红。

早起送孙女上学

五更将近梦犹酣，预设铃声废我眠。速做羹汤尝口味，频催孙女着衣衫。
街灯闪闪晨风紧，步履匆匆晓月寒。刺股悬梁诚可贵，提高素质最当先。

阳台春色

严冬时节冰霜结，满室春光暖意稠。月季娇容争异彩，茶梅傲骨竞风流。
娉婷玉树枝含韵，妩媚金花面带羞。莫道阳台天地小，嫣红姹紫驻心头。

赠恩师朱老承疃

犹记冲龄习字词，蒙童有幸遇恩师。书山领路心机费，学海导航良策施。
陋室修身扬道义，粗茶养性作书痴。苍颜奋发情思远，愧未堂前奉玉卮。

访癞石山

秋风尽染昔荒山，神往心驰访故颜。运物如龙车竞道，观光似水客摩肩。
南坡硕枣枝头压，北岭葡萄架上攀。差识家园君莫笑，天堂胜景落人间。

赏农家

青牛岭下有农家，近水依山景色佳。草木葱茏归画卷，鸡鹅肥硕沐朝霞。

亭台一座池边立，楼宇三层郭外斜。莫问陶公何处去，霜浓勿忘赏黄花。

过盱眙淮河三桥

正是枇杷耀眼黄，驱车结伴出都梁。路旁月季舒娇蕊，墙外榴花吐异香。
碧浪层层巨龙跨，金波道道铁牛忙。精调焦距留诗意，漫步芳堤入画廊。

参观台儿庄大战纪念馆

倭寇侵华气势汹，炎黄赤子岂能容？胸怀大义刀丛闯，志灭强梁弹雨冲。
救国何谈生与死，保家哪计利和功。豪情成就千秋业，铸作丰碑立宇中。

七夕随笔

未赏祥云多变幻，纷纷细雨湿楼栏。鹊桥牛女随缘聚，世俗夫妻着意欢。
有害天规当废弃，无形桎梏应松宽。红尘仙界伤心事，莫过情深作憾篇。

访渔村

岸柳青青碧水边，陋船茅舍作家园。鸡公高调迎稀客，犬崽忠心护矮栏。
广阔滩涂菱藕盛，绵延土岭草花妍。渔人出没风波里，夏去秋来苦亦甜。

微信感言

点开微信越时空，世界风云入眼中。惩寇结盟舒正气，灭蝇打虎赞新功。
低吟浅唱平台广，淡写轻描趣味浓。两岸同胞方寸聚，古今万象自亨通。

午收即景

布谷频催小麦黄，南风一夜果飘香。红楼侧畔机声起，绿树前边客语扬。
更喜村娃停宝马，恰逢阿妹奉茶浆。丰收曲里人人醉，再续明天锦绣章。

登盱眙天台山

都梁城内有名山，丽日和风约我攀。老树葱茏舒傲骨，奇葩烂漫展娇颜。
时闻春鸟高枝唱，频见游人深处还。抛却红尘烦恼事，心无俗念享悠闲。

摘野菜

春色融融三月天，和风伴我到郊田。无心烂漫山花俏，属意青葱野菜鲜。
手采嫩芽调美味，情思雅趣酿新篇。旧时果腹寻常物，今待嘉宾上席筵。

忆 母

为谋生计四方奔，育女呵儿苦度春。朝暮精心调饭食，暑寒尽力备衣裙。
柔肩可担三江水，纤指能提五岳薪。难报泉台慈母爱，小诗一首慰芳魂。

写在朋友聚会席间

苍颜鹤鬓聚厅堂，几许从容几许狂。酣饮杯中情与义，畅言世态暖和凉。
方评后辈权威重，又论家园广厦洋。莫让浮尘遮望眼，烟云缥缈自思量。

漫步淮河风光带

雨霁风斜柳色青，桃红李白吐芳馨。空中紫燕翩翩舞，树上黄鹂恰恰鸣。
水碧微澜生画意，山苍薄雾动诗情。长亭最是迷人处，鹤发翁婆执手行。

游戚大山

春光又沐满山槐，曲径幽幽探景来。嫩叶欣欣舒肺腑，繁花簇簇醉心怀。
远看夕照羞天际，近赏华灯映古淮。暮色苍茫风骤起，回眸劝友下层台。

冬日淮滨信步

日照清波喜气融，淮滨信步趣无穷。娇花正酿三春景，柔柳先迎二月风。
舟载诗情耘浪漫，人游画卷绘峥嵘。晚晴最是牵肠事，灿灿斜阳暖意浓。

思挚友

常忆风华豆蔻时，金兰相契未曾疑。溶溶月下弹心曲，灿灿灯前颂古诗。
吴地君培桃蕾艳，淮山我育李花奇。夜阑冷雨敲窗倦，翘首南天郁郁思。

整理衣橱有感

闲来半日理衣橱，质地参差有细粗。憾少绫罗消酷暑，嗟多葛布御寒躯。
如烟往事由裙证，似水流年向袂嘘。几欲除陈新面目，犹珍敝帚意踌躇。

公园遇故人

柳叶桃花绿映红，幽幽香径与君逢。犹存余韵容颜老，未忘青梅趣味浓。
曾育幼苗挥汗雨，也观夕照沐清风。人生多少铭心事，权付溪流带向东。

西山夕照

山花别样鲜,夕照醉西天。不慕蓬莱景,人间已是巅。

赏牡丹

雍容华贵出蓬莱,百态千姿带露开。曾令洛阳车马动,天香国色沁心怀。

赞无名山花

姹紫嫣红暗吐香,迎风斗雪不寻常。牡丹或比山花艳,岂耐悬崖峭壁旁。

山路拾趣

林密山高行未稳,攀崖过涧几惊魂。毛桃数串枝头炫,此景儿时梦里存。

袁书柏

袁书柏(1948～　),江苏盱眙人。2012年参加盱眙县老年大学诗词班学习。

欣游戚大山

时值重阳节,欣游戚大山。登临苏轼路,观赏禹王磐。
秋菊漫香气,晚枫易绿衫。景稠暇不接,胸意荡晴岚。

夕登观景台

欣然奋力至高台,夕照余晖沐浴怀。锦绣都梁楼栉比,茫茫淮水日边来。

王其昌

王其昌(1949～　),江苏盱眙人。淮安市诗词协会、盱眙县诗词学会会员。

人与共和国同龄

岁月沧桑大变迁,中华甲子我同年。人如秋叶容颜老,国似春花景色妍。

赞农民工

平凡小草感情浓，领悟春潮意志同。只要谁施三分爱，就争美景七成功。

丁燕呢

丁燕呢(1949～)，女，江苏洪泽人。退休前在盱眙红旗医疗器械厂工作。

故乡行

弹指离家三十年，寻宗觅祖故园还。纷纷秋雨乡情爱，阵阵清风稻菽甜。
白发里邻情切切，青丝朋辈意拳拳。他山虽好他山景，秋月更妍淮上山。

长淮吟

潋滟长淮接远天，山城倒映白云边。鸥翔鱼跃相娱悦，橹摆帆扬各欲先。
情寄烟波心旷达，身抛尘事意欣然。最宜返棹斜阳下，水调声声入耳甜。

自画像

少时狂想志辉煌，风雨空谈虚掷光。错将春嫁东风去，徒有梅花暗自香。

学书法

怡深尽赏欧阳柳，养性勤书沉费林。功在胸中生净气，石川流水不违心。

洪泽湖赏景

旋湖白雾绕灵霄，欲语丹山共客骚。苇叶千帆收眼底，飞花万点耳边撩。

老山镇一瞥

百货银行敬老亲，楼房鳞次栉比新。渔乡任是处偏僻，熙攘也似天街行。

知青泪

津门离别两千里，南下盱眙二十年。一曲“知青”诉坎坷，唏嘘双泪伴愁眠。

甘泉老尼

淮滨寺院赏名花，山美泉甘仙气发。游客问尼寿几何，笑云才有七旬八。

叶有明

叶有明(1949~2020),江苏盱眙人。淮安市诗词协会、盱眙县诗词学会会员。

游盱眙淮河风光带

淮岸都梁景,山川十里融。紫藤缠玉柱,翠鸟戏梧桐。
曲径幽思起,长亭老友逢。一衣带绿水,览胜话无穷。

玉皇山生态农业园

玉皇开瑞颜,厚礼馈凡间。雨润三千垅,风梳十八盘。
果蔬争硕壮,花草舞斑斓。生态山乡美,农人不慕仙。

题盱眙中澳乐博园

都梁新景点,淮水四山前。彩圃群峰抱,清溪玉带连。
葡萄酿美酒,丹药献神仙。乡旅城中客,流连醉暮烟。

马湖美丽又神奇

家乡美丽又神奇,地杰人灵亮彩姿。饮马湖边出国宝,癞山岭下插红旗。
东牵古驿莲塘色,南沐仙台紫气滋。最喜卅年兴改革,田畴处处写新诗。

注:1942年盱眙县政府办公地点设在马湖,领导全县抗日斗争;1982年在马湖南姚庄出土稀世珍宝陈璋圆壶。

咏都梁公园

天公给力美都梁,练体休闲好地方。雾里重亭晨路近,山巅叠阁晚霞长。
鹤翁剑舞循仙道,靓妹裙飘隐月廊。游客如云惊巨变,明皇故里媲苏杭。

悼罗阳

神州痛失一精英,舰载歼机开路人。大海滔滔悲巨浪,长空咽咽祭忠魂。
卅年坚守强军志,千份担当报国情。托起鲲鹏翔宇梦,九天迎战秃头鹰。

胡杨颂

扎根大地傲风霜,直面狂沙挺脊梁。日月精华功力厚,千年不倒立玄黄。

秋之韵

银 杏

黄蝶翻飞好乐悠，又如金币满枝头。夕阳挥彩公孙染，一树霞光一树秋。

山 菊

霜染山林红绿苍，一丛野菊隙中黄。不同大地争秋色，独引蜂群采蜜忙。

枫 叶

如火朱颜霜露侵，赤诚烈烈染秋林。当年山寨乡情重，一柄书签藏至今。

咏 梅

花中别韵流疏影，摇落群芳独自妍。休怪风姿常比雪，天生冰骨万千年。

于光华

于光华(1949～)，女，江苏盱眙人。盱眙帆布厂职工。盱城镇诗词学会副秘书长。

友 情

独行柳岸边，心语寄仁贤。人海欣相识，君交淡水缘。

愁 思

细雨绵绵寒意添，雷声震耳觉难眠。思随乱絮云层外，点墨如何报众贤。

琴

哆来咪发几根弦，奏起乐章魂梦牵。小巧玲珑随处带，常弹盛世太平年。

月亮湖

青纱幔帐雾中天，几艘渔舟镜里旋。憩息师生茶代酒，流连忘返咏诗篇。

登都梁

春风拂面意撩人，兴致悠然拾级登。玉带银须吹淡笛，金腔老旦趣情增。

咏 马

沙场奔腾千里行，铁蹄铮铮铸声名。战功赫赫垂青史，老骥狂嘶警世音。

赵成全

赵成全(1949~),江苏南京人,盱眙知青。盱眙县供电公司工人。盱眙县诗词学会会员。

取消农业税感言

千年农纳税,今日一朝非。国祚开新史,人民颂党威。

廉　官

当官靠自律,事事想黎民。身正言行慎,莲荷不染尘。

自　乐

甲子临碑帖,心随墨意游。退休寻乐趣,握笔续春秋。

颂奥运

健儿叱咤正逢时,奥运赛场展俊姿。豆蔻年华豪气盛,五环旗下聚强师。

陈道东

陈道东(1949~),江苏盱眙人。小学高级教师。淮安市诗词协会、盱眙县诗词学会会员。

习　诗

花甲休闲练写诗,平平仄仄不容欺。精观细察身边事,五彩缤纷把我迷。

老年大学“傻”婆娘

儿孙绕膝傻婆娘,不享家福进课堂。作画吟诗学跳舞,演出节目到中央。

王慎发

王慎发(1950~),山东微山人。工程师。曾任盱眙县石油公司经理兼书记等职。著有《岸石上的树》《一盏小油灯》等。

淮滨感赋

轻柔淮水偎城边，陡峭山峰隐雾间。翘首清廉政治好，春风常绿百花妍。

都梁香草

都梁自古多变迁，尽谱英雄壮丽篇。绿水青山依旧在，草香代代有人传。

盼　望

山边户户烟云绕，柳色春丝处处飘。十载换来温饱日，小康屈指并非遥。

三河闸上

一闸锁关万顷湖，千帆惊跳满船鱼。放开激浪通江海，悦目赏心壮画图。

忆故乡

其　一

春风吹放满园花，飘洒沁香百姓家。忆昔盲流淮岸客，梦和泪水伴随她。

其　二

风风雨雨甚匆忙，游子飘零到此乡。粮美水甜润来客，甘抛身骨报都梁。

石油会战到盱眙

石油会战到都梁，绿水青山喜气扬。一幅小图成大事，风流岁月伴和祥。

王兆浚

王兆浚（1950～　），字瀹泉，江苏盱眙人。县教育局退休。中华诗词学会会员、江苏省楹联研究会会员、淮安市诗词协会常务理事、盱眙县诗词学会常务副会长、盱眙县老年大学诗词班教师、《都梁诗讯》主编、江苏省诗教工作先进个人。

梅

疏影小园横，凌霜又一庚。琼枝披锦绣，瑶蕊绽云英。
雪沃幽香暖，格高深巷馨。春来交紫燕，素面寄痴情。

雨中第一山

疏雨层岚遮寂空，松涛漠漠远山重。莺啼杏苑清幽辙，柳抚摩崖遒逸工。
魁阁灶云明灭里，长淮船号有无中。漫嗟一览晴方好，梦幻迷离韵亦浓。

登都梁阁感吟

细雨都梁濯远埃，泛香拥翠上层台。和风浩荡春潮激，瑞气扶摇晓色开。
千古兴亡收眼底，万家忧乐入襟怀。牵云重拭蹉跎恨，筑梦铿锵扑面来。

喜接“教育世家”贺匾

掌声热烈曲轻柔，金匾千钧举过头。无意争芳怜小草，有心摆渡作轻舟。
常思槐苑先人苦，喜看杏坛娇女优。盛世春晖舒万里，情怡红烛伴新秋。

注：《宋史·王旦传》：“祜手植三槐于庭曰：‘吾之后世必有为三公者，此其所以志也。’”后王祜次子做宰相，“三槐”为王姓的代称。

明祖陵石刻礼赞

兰芳浩气浸明陵，石像巍巍六百庚。瑞兽骄骢尧舜业，雄狮华表帝王风。
堂堂武将山河握，佼佼文臣肝胆倾。铁石亦知真善美，呼之欲出替天行。

清明吟

清明萧索锁阴云，远岭苍茫尽泪痕。紫燕绕碑鸣厚德，素花缀地伴慈亲。
高香袅袅千重憾，疏柳依依万绪纷。最是幽幽悲泣处，昨朝朋辈作英魂。

春暖大莲湖

春波浩渺大莲湖，坦道沿淮织壮图。麦浪连天承惠泽，绿杨蔽日洒珍珠。
花溪竹径农家乐，短笛欢歌岁月舒。堤上老翁扶醉指，金戈铁马说当初。

重阳登高

笑折茱萸叩阁歌，重阳绝顶揽山河。号悠淮浦讴和颂，鹰击澄空蹈远谟。
莽莽层林峰浅黛，滔滔九曲舞婆娑。黄梅凤蛑祥云驻，还是人间欢乐多。

退养7周年感怀

吾侪遂愿起归帆，人海茫茫又七年。钓雪未忘天下事，弄孙长享膝前欢。
情缘脱俗扬晴煦，世态怀仁释怅然。晚雨斜风呼浊酒，识时何处不桃源？

南湖红船吟

翠柳缘堤烟雨楼,云蒸霞蔚泛红舟。潮平岸阔风帆正,志笃歌酣岁月遒。同德同波萦国运,一篙一桨系民忧。河清海晏长天赤,浴日南湖棹影稠。

荷 颂

田田点点满荷塘,雨压风催气自昂。复叶如盘呈淑德,繁花似火映兰章。出污成玉另般洁,集露递阴别样忙。乐向人间施厚爱,年年岁岁送清香。

中秋吟

月圆榴笑桂含芬,满院归欢拂倦尘。笃学娇孙龙翼趣,克勤爱女凤毛吟。德才兼备诚为本,家国无忘信乃真。秋水殷殷风切切,一声珍重雨缤纷。

淮阴刘老庄烈士陵园松林漫步

沉沉暮色步轻轻,扑面当年厮杀声。八十二株松郁郁,九千万里泪盈盈。不挠不屈齐天节,遮雪遮霜同脉情。侧耳铿锵犹筑梦,茫茫淮海遍摇旌。

悼抗日女英雄保三娘

风号长街淮水寒,松涛涌恨万寻巅。竹签裂指仰天啸,铁杖加身冷眼看。自是丹心交故国,会须正气驻人间。雄鸡一唱东方白,满目春光正烨然。

淮河养蟹户巡礼

悠悠淮岸笑声扬,烟柳芳堤玉满舱。万顷龙池披锦绣,一篙蟹浪逐洪荒。功夫不负春光好,科技尤添秋蕊香。把盏持螯祈岁岁,安澜佳饵遍尧阳。

夜过淮河三桥

茫茫夜色奔山城,新架三桥捷足登。摆渡北乡成过去,绕途南陆似曾经。多情船女可安好?无际晴滩应阜增。岁月滔滔抬首处,万家灯火照天明。

参加盱城诗社元旦联欢会感吟

淮山元日着华装,吟苑欢声接岁忙。高趣寸怀翻旧戏,痴情一片赋新章。珊珊玉态心犹醉,袅袅清音兴未央。愿景翩跹春又至,教君能不少年狂?

梦圆篁岭

晓风暮雨下徽州，遥梦终圆红叶游。黛宇远嚣存旧事，清阶叠浪遍新俦。
依依笛韵客心醉，袅袅书香竹径幽。最是缤纷调色匾，扮天扮地扮春秋。

盱城益民巷装上了路灯

薄暮南郊火树明，银河碧落九天惊。融融莲炬残更暖，软软晚风欢语萦。
僻巷今宵终不夜，瑞光永昼几无争。真真切切益民事，一路柔晖万缕情。

琼花吟

矜容玉骨木难求，独秀维扬誉九州。嫩色清纯红粉妒，灵枝摇曳丽人柔。
聚芳八客共明月，冷眼无端一俗丘。高洁荒淫能与伍？邗沟夙夜不平流。

原注：无端一俗丘，指隋炀帝动用上万民工开凿大运河只为去扬州看琼花的故事。

敬谒西湖岳王庙

黄花一束致崇钦，长揖丰碑仰圣岑。三十功名垂史册，八千里路竭臣心。
统分难泯风波恨，日月永昭肝胆忱。收拾山河弦未断，精忠柏畔遍知音。

顾老克明吟长书赠县诗词学会《沁园春·雪》题匾有感

荷月晴曦涤俗尘，欣迎咏雪一题珍。砚城大气依然美，仁海无垠别样亲。
未忘诗乡长振旅，尤祈世路续传薪。吾俦当践风流嘱，莫付灯前拂素人。

赞淮安好人叶培良

暮雨晓霜深巷巡，走来秋夏走冬春。也曾送药空巢老，几度倾囊窘境邻。
启后谒碑思任重，率先护学献情真。玉皇山畔淳风满，夕照驰晖大写人。

记盱城南苑广场理发刘师傅

椅放南园大树边，望中刀布别枝悬。归田驱寂重操剪，逸兴扬长岂为钱？
满面春风雕总角，顶尖发艺事高年。花开花落皆无意，乐乐呵呵又一天。

惊悉侯洪涛老师辞世泣吟于京城会场

霹雳经天怅别魂，哀音万里咽晨昏。未忘励学拳拳意，犹记敦行缕缕恩。
顿首沉哦祈旅逸，伫阶遥揖送师尊。香山带雨云涛涌，红叶潇潇尽泪痕。

赠书情

卜老赠书魏老牵，关工佳话又琼篇。和风有意传真谛，惠雨无声润稚园。
骥耄尚怀千里志，鹰癯犹梦万重天。喜看云涌新樯竞，夕照江淮遍爱涟。

注：卜仲谟，涟水人，“全国关心下一代工作先进工作者”。魏继志，盱眙人，“盱眙县关心下一代工作功勋奖”获得者。2012年8月20日，魏老偕夫人饶华冒着酷暑，将卜老自费印刷、邮寄的100本《雷锋日记》送至盱眙关工委。

雨中情思

梅雨如烟笼九州，蛙鸣四野竞风流。插秧少妇郎君盼，万缕情思织满畴。

栀子花

麦收时节醉春光，栀子花开送晚芳。素韵悠悠几人识，品高胜过外来香。

小满日路边即景

小满三天望麦黄，刈神浩荡赶西乡。遥祈炽日南风紧，戴月趁晴粮进仓。

里运河之恋

棹影涛声万顷秋，载悲载喜载风流。放歌清浦千帆竞，岸阔潮平合力遒。

吴其霖

吴其霖（1950～　），江苏盱眙人。曾任民办教师、车间主任、副厂长、乡长、副局长等职，于盱眙县住建局退休。

都梁春色

几番酥雨后，画阁又东风。河柳一丝绿，杏花两岸红。
南山春色润，淮水碧波融。谁说都梁好，依楼一望中。

桃园幽居

家住桃园一涧沟，壑深小巷曲生幽。好花八节飞春色，鲜果四时不问秋。
松柏千年通世变，秀崖万古显风流。不惊宠辱心怀旷，危坐书房悟性修。

李厚仁

李厚仁(1952~),江苏盱眙人。中学高级教师、盱眙县特级教师、淮安市新马高级中学校报主编。中国毛泽东诗词研究会、中国诗词家联谊会会员,《都梁诗讯》编委。

游铁山寺

林茂青山秀,嘉宾四季稠。荡桥人颤颤,迎客鸟啾啾。
明镜观天象,梵钟解世忧。征程鼙鼓急,安得久淹留。

游穆店八仙台

仙台美景胜瀛洲,览物如何必远游。雨润山花花愈艳,雾蒙仙洞洞尤幽。
修篁嫩笋亭亭立,古柏新芽簇簇抽。驰目明湖风浪涌,拿云心事放飞舟。

登盱眙都梁阁

思登高阁梦魂牵,今上方知可揽天。无限风光奔眼底,几多烦恼弃云巅。
怡情游客欢喧语,风雅骚人喜赋篇。我欲丹青无妙笔,放歌一曲动山川。

农家争上互联网

远程教育筑高台,父老登临眼界开。轻击鼠标游胜地,漫敲符键访英才。
烦心百结悠悠解,启脑千方款款来。情系康庄通达网,农家踊跃聘良媒。

雄师百万中流柱

首义功勋百世芳,千年古郡更辉煌。红旗指路驱迷雾,豪杰扬眉惩恶狼。
革命刀枪知握紧,人民胸胆赖开张。雄师百万中流柱,军舰西洋正护航。

参观国家博物馆《复兴之路》大型展览

中华复兴征途长,病体沉沉觅妙方。先觉挺身擎火炬,后昆合力逐豺狼。
醒狮举步山林颤,乳虎伸腰百兽惶。明日欣圆强国梦,英雄碑下奉琼浆。

瞻仰淮海战役纪念塔

巍巍高塔上凌空,赫赫当年浴血功。战士肉身淋弹雨,将军虎胆入刀丛。
车轮滚滚硝烟里,担架穿穿阵地中。更赖高峰千嶂外,电台嘀嘀送飞鸿。

咏盱眙龙虾节广场万人龙虾宴

相逢无不说虾肥，十里山城喜气飞。广场万人欢宴散，香风笑语袭人归。

登都梁阁

遥望都梁阁接天，凭栏四望景无边。山河如画怡人眼，情鼓征帆不羡仙。

闻神8与天宫再次交会对接成功

新婚小别又重逢，情致风流自不同。难拂娘亲归省意，依依滋味两心中。

寒山寺谒《枫桥夜泊》诗碑

夜半钟声动客心，书生妙手摄金音。时光荏苒千年过，何故悠悠响到今？

曾广伟

曾广伟（1952～ ），江苏盱眙人。从事交通运输管理工作。中华诗词学会会员、盱眙县诗词学会副秘书长。

四季风光

日出千山秀，雨滋万木葱。春来杨柳碧，秋季桂香浓。
夏至荷花丽，冬时梅朵红。一年风光艳，大地美无穷。

登雁门关

来叩雁门关，心头卷巨澜。昭君别汉月，飞将射夷蛮。
石浸杨家血，城飘秦晋幡。断碑红叶在，征战几人还？

过岷山得句

未蹑长征路，今来叩险关。岭头晴亦雪，壑里雾偏寒。
日照千峰白，霜凝万树丹。逶迤望不断，指点是岷山。

故里行

烟村花灿灿，原野绿千层。酒醉新楼院，诗成老宅庭。
荷塘风淡淡，石径水清清。蛙鼓鸟鸣唱，乡亲趁雨耕。

参加万人龙虾宴有作

彩灯娇似花，信步上云崖。山地龙虾宴，宾朋淮水涯。
笙歌冲玉宇，香味漫中华。醉饮归来晚，欢声带到家。

淮上春色

燕归日暖绿桑麻，玉带芦洲蒿出沙。芳草欣欣亲翠柳，蝶蜂阵阵恋黄花。
南山修竹迎风舞，泗水渔舟穿雨斜。放眼长淮千里浪，都梁阁上醉流霞。

都梁春晨

林中百鸟唱淮滨，唤醒千家万户人。彩带高悬迎远客，霓虹闪烁送佳宾。
长街仙子洒甘露，古邑都梁展锦茵。诗涌山城关不住，新成一阕颂春晨。

登都梁阁感赋

一阁连天气势雄，云岑耸翠映霞红。宝山泼墨飘香远，泗水放舟春意浓。
百载碑林辉日月，千秋青史耀长空。帝王故里名天下，锦绣诗乡谁与同。

游天泉湖

翻山越岭到天泉，秀水青峰一色连。众鸟低旋枝上闹，群鱼嬉戏浪中潜。
沿湖曲径通仙境，绕寨溪流润果田。漫步花间人欲醉，梦中疑入大观园。

中秋登第一山

攀崖直上碧山头，千里长淮一望收。古邑明珠迎远客，芦洲烟柳送渔舟。
幽幽曲径环云阁，隐隐青松掩画楼。雁叫高天清气爽，枫红霜染艳中秋。

故乡农民新居

层叠楼房四面花，婆娑杨柳鸟喳喳。小桥碧水荷塘绕，曲径徊廊竹影斜。
田事初闲连网络，清风有约醉流霞。霓虹闪烁翩翩舞，乐得东边露月牙。

舅乡巨变

春来携子舅乡行，老宅无踪格外惊。日照红楼光灿灿，风梳翠柳水清清。
村前路阔连湖广，苑内花香馨石城。喜鹊何须枝上叫，粉墙户号按门铃。

都梁诗讯百期感赋

俗草凡花细剪修，妙词佳句咏春秋。良师益友心田阔，古韵今声笔墨稠。
吟帜高扬昌国运，诗乡创建竞风流。韶光引领齐添力，欲摘星辰再上楼。

贺《都梁诗讯》100期

百期诗讯尽华章，常读常新梦亦香。泼墨吟歌扬国粹，挥毫敲韵颂炎黄。
心萦禹甸田园美，情系工农岁月昌。淮畔明珠花事好，青山夕照满庭芳。

儿童节致爱孙

两鬓飞霜细点圈，人生珍惜忆童年。轻松雅趣涌心上，娇稚乖孙绕膝前。
夕照余辉当有限，朝阳丽日正无边。尊师习韵仿唐宋，菊苑芬芳赖续篇。

述　怀

悠悠岁月去难回，志欲凌云力渐微。庭院抒怀何等好，儿孙绕膝岂言亏。
长淮碧浪诗中涌，皓月清魂梦里随。凭寄闲情浇菊苑，松枫作伴沐霞晖。

学诗杂感

才疏学浅小诗迷，有愧席间称老师。才迈吟坛三尺地，难登韵府百层梯。
勤敲常改调平仄，互探齐研释愚痴。聚力凝心扬国粹，凡花俗草亦瑰琦。

赠友人

不羡权财不信神，梅兰篱植学骚人。清明池畔常依柳，冬至坑头频把樽。
棋友时来敲夜月，发妻久伴沐朝暾。鬓霜犹咏诗千首，休向世间争寸分。

清　明

风和日丽映春容，碧水青山景色浓。冬雪已融千里翠，春晖更沐万山荣。
情凝冥币皆飞白，泪洒烛台尽染红。期盼音容重再现，桃花流水实难寻。

献给九旬慈母

岁月如刀削弱肩，转头已是九旬年。勤耕勉读期儿好，茹苦含辛盼日甜。
多少晨昏衣满露，几番风雨夜无眠。恩山慈海何从报，化作诗茶奉膝前。

春日诗友小聚

弃车携手踏莎行，欣赴三滩听鸟鸣。欢聚宛如思贵客，闲聊却似诉衷情。
垂钩独钓渔歌子，提铲专寻紫地丁。酬唱痴迷深院月，觥飞醉卧柳梢青。

清明感赋

先人祭扫复年年，步赶车奔集墓园。青酒樽樽溶泪雨，纸钱片片化飞鸢。
柳摇草漫断肠地，风抚碑残继世言。天下儿孙须自省，可曾行孝在生前？

端午感怀

五月南风送粽香，榴花似火映端阳。蒲刀千仞驱魔恶，角黍万民哀楚良。
浪里伤怀凝振藻，江边悲韵寄沉殇。骚魂竞渡龙舟急，奋起神州歌九章。

自　题

仕途虽短几徘徊，欣有家山入梦来。细检诗行无好句，漫游秦岭胜蓬莱。
垂钩乐与烟溪钓，赏菊嬉将篱苑栽。惟记初心犹未变，胸襟坦荡向阳开。

初上庐山

一路盘旋逐峻峰，倚天观赏玉芙蓉。满庐烟雨九江棹，四野云岚万壑松。
雾化晴光凝作彩，泉流飞瀑挂成虹。游程屈指行将半，遥看东林意未穷。

咏井冈山

秋收起义举刀枪，铁甲洪流汇井冈。哨口旌旗鸣鼓角，丛林火种耀星光。
血凝斑竹诗魂健，泪洗山鹃书石芳。绝壁凭栏朝远眺，炮声萦耳唱黄洋。

游开封

七朝历数帝王州，板荡千年故事悠。昼现清明河海晏，夜闻汴水桨声柔。
樊楼似奏梅花落，杨府犹迎墨客游。史上烟云今已逝，都城郁郁雨初收。

龟山怀古

寻幽踏径览名山，淮水悠悠载白帆。赑屃驮碑书日月，支祁锁井享安澜。
风摧浪刻千秋石，雨濯云悬古驿幡。欲觅皇家临岸处，渔歌阵阵夕阳残。

题泰州望海楼

雄居古泰托青宵，襟带江淮观大潮。三峡猿声啼脚底，六朝帆影映楼梢。飞檐沐雨催红日，画壁经霜披紫袍。荫佑海陵何处写，吞云吐月领风骚。

登岳阳楼感吟

伏枥难收羁旅心，名楼邀我又登临。碑廊尚印希文句，画舸犹听诸葛琴。千载兴亡随浪去，万般思绪漫流沉。签名题字烟云客，谁是先忧后乐人?

有感中国诗词大会

唐风宋韵共鸡鸣，岁转银屏淑气升。田陌枝稠莺啭柳，江河水暖鸭嬉冰。百花园圃开娇蕊，千载骚坛露晓星。迎曙呼朋高处望，泱泱诗国大光明。

曾子文化贵阳论坛感怀

雁引曾门集贵阳，论坛一席尽倾觞。修身重信传邦远，立德忠诚继世长。纲乱皆因多忤逆，族兴犹赖众贤良。余今毋忘千秋训，唯愿齐家孝永芳。

瞻仰聂绀弩铜像

脊挺京山气贯虹，为民何计仕途穷。从文不失新奇味，对敌尤呈桀骜风。铜像无言倾枉屈，碑林有墨记殊功。骚坛细检千秋史，铁骨铮铮谁与同。

第一山石刻

魁星亭下水流东，石刻摩崖依古松。月到风来遗胜迹，千秋笔墨米南宫。

题铁山寺红叶

铁山林海色葱茏，一夜秋霜尽染红。疑是当年义旗举，熊熊烈火亮淮东。

天泉湖泛舟

雨后斜阳水泛橙，群峰峡谷自天成。清风阵阵樯帆过，船在泉山顶上行。

都梁寺赏牡丹

欲赏何须赴洛阳，都梁国色惹情肠。天姿无愧花仙子，梦上骚坛韵更香。

月亮山采风

千顷桃林硕果期，鲜红滴翠压枝低。不知何处寻陶令，山雀陪翁觅小诗。

雨山茶场作客

山路弯弯草木匀，漫天云雀迓佳宾。主家何用春芽泡，一捧清泉也醉人。

纳　凉

村头树下纳新凉，农活初闲话小康。媪舞翁吟开夜幕，欢声溢出大曾庄。

夏晚漫步

园区漫步举家行，明月清晖珠露凝。戏说银河牛女事，孙儿抢我捉流萤。

漫步淮河风光带

紫藤玉树漫淮浜，曲径幽幽草散香。燕剪春风穿翠柳，廊桥碧水印诗行。

又到淮河小渡口

当年候渡待天明，风打舟颠浪上行。今见车流昼夜过，凌空飞架二桥横。

中澳生态乐博园观光

鲜林红翠果盈丘，采得芳香藏满楼。春酿不忘山外友，邀来一赏醉风流。

雨后盱城

三春雨后夕阳斜，飞瀑松烟对万家。姹紫嫣红云岭外，满城霞彩满城花。

小院春日

草木欣欣日渐长，阳光初透碧纱窗。黄鹂嬉戏喳喳叫，满树梅花一院香。

教子赋

两鬓飞霜故土寻，桑榆老井教儿孙。家乡欣看新城起，富日休忘昔日贫。

学诗杂咏

解甲归田学写诗，水程山驿费神思。清词夜得披衣起，惊醒妻儿笑我痴。

垂钓乐

垂钓归来暮色浓，友人戏说篓囊空。清风惬意车难载，乐在其中趣未穷。

垂钓吟

静静垂纶山后隅，蔷薇野兔比邻居。晨晖夕露篓中溢，钓得清风俗念祛。

春　钓

春塘三月最怡神，粉白芳红香满身。欲看篓中鱼大小，不防蹦出锦花鳞。

夏　钓

背靠荷池面柳林，长塘隐隐泛霞云。鲤红鲢白蝉声里，鱼满网箱诗满盆。

秋　钓

闲来携友上船头，鱼戏霜天潜底游。满篓钓情藏不住，抛钩惊破一湖秋。

风中钓

顶风静静坐河头，痴等鲤鱼来上钩。欲问翁君何所乐，篓中盛满夏春秋。

雨里钓

凉风拂面雨蒙蒙，淮水垂钩傍柳丛。春夏秋冬未曾歇，闲情都付碧流中。

船上钓

水碧风轻柳岸幽，船头抛线晃悠悠。随心钓出湾中月，欸乃声声唱不休。

钓归来

夕照流烟袅袅斜，篓囊满载乐回家。乡邻早已红炉火，酒煮鲜鳞诗泡茶。

淮河第二大桥

淮上飞虹似画图，跨山越水物华殊。车流滚滚千帆唱，北上京都南入吴。

为母亲洗头

细理轻梳热泪噙，银丝稀落扎儿心。娘亲洗我一河水，我洗娘亲半小盆。

塞外采风

霏霏秋雨湿征衣，千里迢迢易水西。采得关山云岭月，欲题塞上几行诗。

欲钓峡江

凭舷极目楚天舒，十二峰峦似画图。我欲夔门来放线，一竿钓尽峡江鱼。

谭昌奎

谭昌奎(1953～　)，江苏盱眙人。中学语文高级教师。盱眙十里营诗词协会秘书长，县诗词学会副秘书长。

贺《都梁诗讯》创刊100期

都梁诗讯百花香，朵朵争妍溢四方。二十五年风雨路，月异日新谱华章。
弘扬国粹明真理，经典传承育栋梁。老少耕耘齐奋进，同心协力铸辉煌。

家乡新貌

布局重调新建村，水泥大道达家门。楼房幢幢开心地，沃野隆隆机械声。
电话空调因特网，冰箱彩电太阳能。三农政策人心暖，社会和谐享泰平。

马年咏马

万马奔腾势若虹，争先恐后赛蛟龙。飞蹄逐走银蛇远，仰首长嘶春意浓。
昔日载戈驰战场，如今巡察戍边冲。中华崛起新功立，自策扬鬃疾似风。

游铁山寺

日丽风和柳绽金，我陪孙女去寻春。麦苗叶绿碧波漾，油菜花黄馥郁侵。
古木参天鸟嬉戏，山泉入涧水弹琴。玉兰树下留佳影，孔鹤开屏抢快门。

第十四届中国盱眙国际龙虾节登高望远大型文艺晚会

流光溢彩闪华灯，广场茫茫演艺厅。山地披红迎远客，舞台竞技聚精英。
明星说唱真情动，观众欢腾四野惊。但愿良宵长共度，春风荡漾送温馨。

赞新舟幼儿园教师

新舟幼教好园丁，素质超群世艳惊。绘画弹琴拿手戏，唱歌跳舞赛明星。

待生若子同亲养，爱校如家似火情。德艺双馨赢赞誉，青春奉献铸师魂。

参观新四军军部纪念馆感怀

瞻仰馆藏立案前，读文睹物忆当年。挥师北上中原挺，帷幄运筹战火延。
两党和谈同抗日，军民携手共擎天。红旗漫卷铁流涌，倭寇投降捷报传。

都梁春韵

花开李树满枝头，春至黄杨翠色流。煦日和风情易送，青山碧水镜难收。
金梅款款迎宾客，墨竹茫茫泛绿洲。生态公园群鸟嬉，都梁美景赏千秋。

观《开国大典》有感

湘音震撼北京城，唤醒雄狮站起身。镰斧旗挥云雾散，中华大地易乾坤。

赞环卫工人

披星戴月扫春秋，巷尾街头忙不休。城市美容多付出，身穿马甲显风流。

赞莲花

清风荷叶绿波扬，出水莲花品质良。源自淤泥尘不染，一生无悔吐芬芳。

写在美丽淮安“生态新城杯”诗词吟诵会上

运河广场搭诗台，诵演歌吟花盛开。老少同声今古咏，弘扬国粹育英才。

赵永衡

赵永衡（1953～ ），江苏盱眙人。教师。盱眙诗词学会会员、九州诗词文学社会员、楚东诗词学会常务副会长兼《楚东诗苑》常务副主编，在各报刊、杂志发表作品300余首。

清　闲

惆怅复踌躇，清闲独自居。早晨踏旧路，夜晚看新书。
秋去黄花采，春来野草锄。满头霜似雪，难得老糊涂。

游鸡鸣寺胭脂井

隋皇兵马陷城楼，后主江山一并收。玉树临春音律断，红颜相伴泪双流。

如今辱井成明镜，当日君臣几许愁。盛世太平无限好，东风万里送温柔。

回故乡黄花塘感怀

黄花进驻欲何求？不为金钱不为侯。头颈早知抛南北，胆肝宁愿献春秋。
荡平倭寇方才罢，未尽奸雄岂肯休！直到神州红遍后，英灵飘逸九天游。

纪念长征胜利80周年

万里长征八十年，赢来华夏艳阳天。翻山越岭何时惧，夺隘攻关勇向前。
优秀作风承壮志，光荣传统谱新篇。太平盛世乾坤好，只爱人间不爱仙。

问天宫二号

宇宙遨游览大观，地球遥看似弹丸？天穹探索能多远，银汉研究几许宽？
可见嫦娥愁月冷，曾听玉帝怨宫寒？假如羡慕人间好，顺便乘风带转还。

重　阳

重阳未到盼重阳，盼到重阳菊未黄。无意常逢花茂盛，有心不遇蕾芬芳。
昔年陶令青衫系，今日王弘白衣忘。怎奈知音分两地，只能独自酒癫狂。

访　菊

传闻金菊正花开，冒雨清晨赶过来。黄白平常田垅种，黑红娇贵玉盆栽。
客厅上下排双队，庭院高低垒数台。相约年年重九日，东篱痛饮酒千杯。

登威海幸福门感谢党中央

争先登上彩楼门，不见当年小水村。筹划绘图谋盛世，精诚执政定乾坤。
鞠躬尽瘁为民众，茹苦含辛惠子孙。俸禄退休勤到账，一腔热血报深恩。

登仙姑顶

努力加餐为哪端？储存能量顶登攀。东观渺渺刘公岛，北望巍巍铁拐山。
游客虔诚情静穆，仙姑慈悲面和颜。流连不忍离归去，再谒尊容隔万关!

春雨及时

和风细雨斜，草木发新芽。万物生机旺，农家种菜瓜。

南越王宫博物馆前感怀

云涌十三朝，风流万古娇。至今思越主，日月可明昭。

开荒种菜老来乐

其 一

荒地开平做菜园，烹调新蔌四时鲜。邻人不解余心乐，笑道年高学种田。

其 二

邻里同乡笑我痴，退休劳动事离奇。老来应去享清福，何必回归日落时。

雪夜约会

彩灯门口久徘徊，为你空调早打开。荤素菜肴先备好，耐心等待玉人来。

喻加田

喻加田（1953～ ），江苏盱眙人。盱城医院中医师。淮安市诗词协会、盱眙县诗词学会会员。

咏第一山古松

立壁悬岩百丈峰，虬针破雾刺苍穹。霜欺雪压从容翠，雨打风吹任尔雄。
浩气长存昭日月，劲姿显赫贯长虹。厅前伫立迎宾客，无数骚人泼墨浓。

咏黄花塘新四军部

岁月流芳七十年，风云变幻忆忠贤。一塘碧水书青史，百里黄花映秀园。
名勒丰碑呈大义，骨埋沃土写长篇。铁军不负黎民愿，红色江山万代传。

题泗洪半城彭雪枫墓园铁马

马啸长空踏血行，将军举义自亲征。纵横苏皖传星火，转战中原救众生。
逝水悲歌星陨落，苍松垂泪地翻倾。今朝吾辈须牢记，不让东倭再乱营。

吟盱眙14届龙虾节

明皇故里又飘香，六月盱眙喜气洋。淮水含情邀客至，青山披彩笑迎商。
小城智慧扬天下，古邑传奇誉四方。政府牵头虾引路，妙棋一着写辉煌。

读骆春华先生《学步集》有感

拜读方知墨韵奇，熏香滴艳润心脾。临窗闲赋雕龙舞，伏案耕耘画凤啼。
翠竹几枝摇绿影，苍松一度任霜欺。斜阳西下天难老，最美人生耄耋时。

赤脚医生

披风沐雨绕山庄，涉水过溪送健康。蔓草根针医百病，灵丹妙药愈千疮。
背箱看病村村走，防疾宣传户户忙。赤脚医生成史话，农村贡献著华章。

美丽盱眙我的家

远秦置县写神奇，苏北名城山水依。数代从臣争勒石，几朝骚客竞留诗。
大明宝地炎黄晓，都市龙虾天下知。景色迷人生态美，花开四季是盱眙。

春夜寒

夜半抱寒磨韵痴，昏灯伴我织情丝。枯肠无墨书佳韵，盛世有言填好词。
一枕春秋千载梦，三分醉意几行诗。自为好律忙推赏，更漏呼人尽锁机。

秋夜感怀

雨疏风骤夜阑珊，更漏声声人未眠。击键屏中游韵海，铺笺笔下点江山。
衣轻寒著昏灯伴，影瘦秋长老镜添。不怨今生多憾事，骚人此刻正谋篇。

今昔高平村

往　昔

出门放眼四环山，祖辈逃荒落此安。幼小爬山登兀顶，大人担水找河湾。
泥泞小路鞋难涉，荆棘山峦步更艰。日出三竿鸡懒叫，斜阳未落鸭回眠。

今　朝

群山环抱绕村延，果树参天水碧蓝。绿瓦朱梁镶别墅，红墙玉柱叠山峦。
奔驰往返穿村过，大客来回靠户前。昔日荒滩披锦绣，风光如画住花园。

退休感赋

转眼轻程整一年，银屏缱绻问秋寒。青春驻足杏林笑，花甲倾心诗海癫。
常聚桃园推盏乐，时临山水放眼欢。斜阳写尽甜中苦，余热烧红霞满天。

年夜团圆饭

一桌亲情一桌圆，茅台慢品口香甜。礼花绽放全家乐，美味飘香满桌鲜。
爷奶举杯谈旧事，儿孙守岁庆明天。马年福到身体健，拥抱平安度晚年。

打工路

寻梦天涯走四方，抛贫求富别家乡。霜星拌饭填肠瘦，汗水和泥抹路光。
晨顶浮尘筑大厦，夜蒙冷月卧泥床。年终白雪飘希望，母等工钱济岁荒。

盱眙癌友聚新家

其　一

顽疾如魔似虎鲨，一人殗患痛全家。欣逢妙手驱霾雾，喜遇高科唱晚霞。
政府关怀扶绿叶，民间捐款护黄花。温馨小屋倾心语，癌友相逢翘指夸。

其　二

因病结朋聚一堂，交流心得吐衷肠。昨谈往日枯枝瘦，现论今朝福体康。
有痛人生情有岸，无私社会爱无疆。娘家送暖平台建，驱散乌云喜气扬。

写在改革开放40周年

其　一

撬动环球巨擘吟，春天故事说南巡。三中革故宏图远，四秩抓纲老梦新。
小岗村中耘沃土，大都市里断穷根。扬帆奋进新时代，敢向天河试水深。

其　二

四秩沧桑举步坚，鼎新革故挽狂澜。春天故事民心顺，盛世新篇社稷安。
丝路飞花香九域，清风洒露润无边。今朝畅想新时代，崛起中华大梦圆。

其　三

铸就辉煌四十年，三中时雨润心田。紫缨断腕为民富，枯木逢春切骨寒。
革故思人歌盛世，迎新追梦挂高帆。国家大事我家事，再上长征定有咱。

追忆总理逝世时

噩耗惊天大地悲，巨星陨落动西垂。长安街上哭千里，联合国前降半旗。
忧国忧民熬瘦骨，全心全意佐根基。今逢盛世思人杰，欲祭无茔奉小诗。

登南京明城墙有感

其　一

闲听墙头鸟,风中正放喉。大明多少事,仰看古城楼。

其　二

小草城头立,枯荣几度休。金陵多故事,墙里砌春秋。

其　三

雨虐风侵六百年,雄姿依旧耸云天。明墙敢比秦墙厚,几度破城为哪般?

吃龙虾

其　一

张开双手褪红袍,白嫩酥躯露脂膏。轻吻香唇心欲醉,龙虾伴你度良宵。

其　二

麻辣鲜甜一品香,盱眙美食胜淮扬。手抓豪放疏狂醉,红色招来众客商。

咏龙虾

双螯八跪闯江湖,节庆轮番为你呼。神趣憨容名富贵,攀龙借誉画商图。

看都梁十景有感

十景十山远古恒,盱眙故事总传情。当年明帝如知数,都市辉煌怎属宁?

邢永宪

邢永宪(1953~2009),江苏盱眙人。盱眙衡器厂工人。

涧沟渡

云吞雾涧树参天,气吐三山抱慧泉。几度乌龙避暑地,常旋瑞鹤抗寒湾。
东官旅客吟双燕,西路游人唱杜鹃。幽雅清源翠绿道,丰登玉阁胜当年。

春游第一山

风轻云淡览长淮,燕蝶双飞款款来。苏赋摩崖昂首笑,米书碑字杏花开。
苍松喜鹊观春景,榴老玉蟾赏月怀。还我河山咏壮语,常思豪杰斩狼豺。

春日偶作

绿水淮堤柳色新，莺歌草长艳阳春。风华未减当时志，改革振兴启后人。
忆昔常温年少梦，而今更觉古城亲。平生最爱品诗味，得句却从眼底吟。

忆涧沟

忆昔涧沟今变迁，增新去旧换人间。楼台次第层层立，坦路宽长处处妍。
暴雨淹街成往事，弦音溢巷结新缘。而今不见三星石，水井唯存福慧泉。

隔淮思念

春风四月苇稍生，荡漾红霞波未平。极目山前无限意，隔淮晚眺楚都城。

象山春晨

绿树青山景色鲜，长淮芦苇大桥连。静听百鸟歌新世，畅沐春风意盎然。

龟山晚眺

水扑龟山岸柳垂，桃花含笑麦苗肥。夕阳帆影随风去，渔火星星逐浪归。

慈氏山观淮

秋风渡水送微寒，一抹残阳照苇滩。汽笛机鸣传闹市，长龙已转陡山湾。

喜看四山湖捕捞

机鸣鱼跃四山晴，挪网蟹欢湖底清。笑语声中谈致富，丰收莫忘带头人。

侯明铎

侯明铎（1953～ ），江苏盱眙人。中共党员，编辑。中华诗词学会会员、江苏省诗词协会会员、江苏省楹联研究会会员、盱眙县诗词学会副会长。

铁山寺之秋

秋深寻古寺，曲径掩黄花。叶落何须扫，缤纷是锦袈。

七月初八有雨

昨夜牛郎赴鹊桥，谁将清泪洒今朝。可怜滴滴芭蕉雨，暗把相思独自浇。

彩　虹

秋雨初停气象新，青山遥对彩眉颦。瑶池仙子方淋浴，未及收回霓羽巾？

秋　晨

满目金黄杂黛青，曦光未闪已分明。遥遥犬吠炊烟里，早有农机赴播耕。

西津古街

五十三坡接古街，昭关石塔倚青崖。宋元不掩明清味，早挟江风扑满怀。

枫　叶

霜花悄寂清如雪，却染枫林叶艳红。莫怨大千调错色，原来情挚是秋风。

访云岭兼缅皖南事变

风雨当年谁种墨，九千热血洗沉冤。而今换得云天碧，难忘江南一叶幡。

打工返城辞行

东风久已路边停，难舍娘亲侧耳听。忍泪转头轻落座，车厢满载是叮咛。

乘高铁

身无双翅也能飞，窗外烟岚隐翠微。欲赞沿途山水好，漫天夕照载歌归。

春　野

薄雾轻寒浸野畴，春光初艳半含羞。深黄浅绿翔归燕，正唱耕歌唤铁牛。

六一琐忆

开蒙尤忆那山村，黑板空窗对矮门。最爱教鞭虚一晃，偷瞧鹤发是师尊。

夏　山

雀噪蝉鸣绿树间，危岩高岭各斑斓。听花时落幽溪里，一涧清香向远山。

野　菊

偏生贫瘠杂荒丛,只把闲情付野风。霜染金黄开几束,轻摇秋色最玲珑。

枫　叶

曾恋春枝绿色融,也经酷暑舞罡风。方听北雁携霜雪,便趁秋光赶紧红。

南飞雁

径将一字写苍穹,展翅高飞不懈中。情寄南天何惧远,悠然已过大江东。

解　冰

解冰(1954～　),江苏盱眙人。在盱眙县农机局工作并退休。

重阳登高

岁岁重阳今又至,登高远望醉心扉。淮边翠柳迎商贾,山上红枫伴菊葵。
大厦成排财气旺,小区林立绿荫肥。都梁旧貌难寻觅,博引游人不忍归。

游淮河

划桨碧水飞,两岸柳枝垂。陌上人家隐,渔舟满载归。

秋　游

叶落满天飘,秋风把树摇。胸中春永在,无欲自逍遥。

立　秋

年来到立秋,碧水带烟流。天命尤勤奋,黄昏更有求。

陈明恕

陈明恕(1954～　),江苏盱眙人。小学高级教师。

赞盱眙国际龙虾节

盱眙六月涌虾香,绿水青山过节忙。四海嘉宾迎盛会,五湖诤友聚都梁。
登高一曲歌盛典,望远千里吟帝乡。更喜龙虾游世界,环球共享美名扬。

端午偶感

又遇佳节艾插檐，品尝米粽怀屈原。岁月沧桑匆忙过，至今《离骚》育后贤。

赞春色

冬云春来万物青，蝶飞燕舞弄天晴。花香暗送催人醉，万紫千红百鸟鸣。

中秋寄语

万户团圆笑吟吟，短信一条远寄情。又是一年秋月夜，亲情无限胜黄金。

丁德涵

丁德涵（1954～　），江苏盱眙人。江南诗词学会会员、淮安市诗词学会会员、盱眙县诗词学会会员、副秘书长。

初　夏

李谢槐黄掩小池，清流入夏鸟先知。天连翠绿川原壮，地接膏腴沃野怡。
日暖花浆难醉蝶，风轻树影独摇枝。蛙声更乱行人步，唱出丰年别样姿。

村　居

夏日乡村风未柔，枝疏竹茂引清幽。山前石径犹呈湿，屋后溪沟正惹流。
漫步寻诗惊得句，凝神看野巧听鸥。闲来喜乞农家乐，也学黄鹂唱柳头。

山

直上南山雾霭松，环盱紫气四时溶。苏翁墨绕千秋壁，米老踪留九女峰。
翠滴青峦全似画，霞飞碧浪却如彤。登临莫道云帆急，且看长淮卧巨龙。

回乡偶书

久别家乡旧困贫，归来草宅变楼宾。飞莺戏树相呼伴，野老提浮自看纶。
稻菽田前香引路，瓜桃屋后喜撩人。儿时发小无猜意，捉手摞衣说日新。

咏春草

小草天涯处处新，年年岁岁任枯茵。轻萌嫩绿和风起，浅孕茸芽伴雨伸。
不憾红尘无恋意，只期碧甸有芳心。夭桃丽杏时花尽，才感平畴一片亲。

新年偶成

送旧迎新又换符，白驹过隙值千铢。宁将壁镜留华发，不愿窗灯醉酒垆。冻合霜天梅俏月，冰凝雪地柳藏鸪。春寒只恐花眠去，托与东风一一呼。

望

日照平畴草渐芽，东风着意染青纱。飞莺唱暖村中树，早燕寻踪巷里家。翠绿依稀争媚艳，嫣红次第斗芳葩。春妍试问何人乐，远望农家正剪霞。

游

三月芳菲日照明，平畴漠漠踏春行。溪头野荠轻裁色，水畔垂杨漫舞声。戏语黄莺鸣老树，呢喃紫燕辨新楹。游人互问销魂处，却话南庄最有情。

春日村行

寻芳拾翠小桥滨，一片妖娆倍有神。柳舞村塘鱼戏水，桃妍野径鸟和春。泥炉煮笋民风朴，瓦瓮陶醅古俗纯。最喜农家诚待客，樽前举笑话年新。

早春二月

杏雨沾衣鸟未栖，凌寒翠绿又新枝。和风戏舞惺忪蝶，丽日轻歌婉转鹂。雪化桑田犁沃土，冰融涧草响清溪。春光唤得人争早，二月耕播正应犁。

秋日杂咏

长空雁叫绮云堆，韵敲松涛尽翠微。秀野金黄连夕照，青山碧绿映朝晖。鸥旋大海雄惊立，马逐苍山势骇飞。暮岁枯荣知劲草，神州亿万正强威。

夏日乡村漫兴

夏日炎炎带汗游，枝头翠鸟唱风柔。蒹葭影里和烟乐，菡萏香中伴水悠。几度离骚歌楚曲，一番五柳系归舟。清心最是求诗趣，何必相疑说野鸥。

粉碎“四人帮”感赋

忽如一夜降甘霖，赢得青天慰净音。半枕黄粱终粪土，十年美梦尽烟喑。腾欢庆父今擒缚，甚喜神州未陆沉。雁叫长空传捷报，擒妖更仗老臣心。

明祖陵

其　一

三代衣冠作水囚，朱家紫气再难收。纳贤招士图新制，缓霸高墙运远筹。
既助龙颜成帝业，又何鱼腹葬春秋。而今不见当年事，唯有长淮任自流。

其　二

虬螭吼啸似雷隆，殿芜何如抵巨风。宝地无辜沉浪底，神骖有幸出湖中。
刷黄束堰悲穷技，以水谈兵叹竖童。宋祖清宗皆可恕，治淮还是看今功。

盱眙第一山

其　一

南山挺秀立淮边，阅尽都梁看转旋。楚汉黎元能举帜，靖康将帅勇挥鞭。
倭奴铁爪尸横地，蒋政苛捐怨满天。更有萧墙无限祸，人文景胜毁空前。

其　二

细雨和风第一山，涤污洗垢展朱斓。莺啼杏浪留香苑，日照魁星拱紫寰。
石刻苏词添俊秀，碑题米字换新颜。登临更喜长淮水，大浪前头万里艰。

咏　荷

一碧清泓冉冉香，伊人宛在水中央。杨妃出浴娇无力，洛氏凌波梦未长。
夏照横塘呈净植，秋妍玉镜褪浓妆。亭亭不与淤泥染，羞倒炎威笑六郎。

咏洪泽湖堤柳

妆成碧玉绽葱茏，漏泄春光别有风。落絮轻扬迷谢女，疏枝漫舞恋张公。
四周绿水云烟里，一片青芜雨雾中。泽畔行吟惊放眼，苍龙跃过大堤东。

除　夕

声声爆竹唤童真，五彩缤纷福映辰。正见天伦欢笑语，又闻侪辈互躬身。
弄孙膝下含饴乐，示子樽前庆国新。更鼓催春惊午夜，家和处处有温亲。

秋日感怀

叶翠霜凝黛色鲜，荷残菊傲又枫妍。秋风劲草鹰飞远，冷雨枯藤月半悬。
地展千山寒气舞，天开万水浪声穿。胸怀激烈群峰立，起步登高看日圆。

早 春

草木凝酥半野丰，山光远看对苍松。流莺匝树寻新伴，早燕回堂觅旧踪。
细雨轻霏冬渐远，和风漫舞日初浓。春寒莫怪无花事，一剪红梅正染彤。

退养感怀

最喜归来不早朝，诗词作伴任逍遥。潘安淡定闲居兴，边孝从容眠日嘲。
月下无愁歌汉赋，灯前有乐读霜桥。结庐煮酒东篱约，宋韵唐风细品聊。

无 题

宋玉墙东对月吟，何缘比翼失同林。珠帘有意能偷目，锦帐无人可弄琴。
门锁夭桃空掩面，沟传落叶巧倾心。巫山梦断云中月，谁唤红巾拭泪涔？

七 夕

星光烁烁月如钩，一楚离情万点愁。叹我鹊桥双对面，痴侬汉水独回舟。
时因七夕同私语，将谓三更入梦逑。莫怨东坡圆缺句，人间到底有牵牛。

中秋感怀

其 一

桂魄流银拥万新，长空远望总怀人。遥知岁岁期难约，却道年年梦断尘。
水映溶溶千里月，星垂淡淡半天辰。登高共此清秋处，汉怨唐愁寄一轮。

其 二

习习秋风弄古弦，飘香桂子落星天。依稀玉影临窗下，恍惚飞鸿步树前。
蕉叶传沟欣有意，桃花对面恨无缘。嫦娥应悔蟾宫冷，痛惜婵娟几共圆？

初 秋

气爽云高雨未留，长空雁叫总惊秋。桂葩懒语偷妍树，碧水闲流悄漫沟。
暑火初消千里热，清风乍送一天柔。重山滴翠村烟直，更喜塘蛙唱稔收。

愤

习字攻书曾几何，遥观冷月作悲歌。窗前秉烛华章少，镜里添霜白发多。
回首艰尝时日苦，抚心愤恨早年苛。而今枥马休嘶晚，无限诗情任砚磨。

端　午

千帆竞发逐龙舟,野渡悲风任水流。酒饮雄黄空醉月,榴红半院枉登楼。
幽兰正拭离骚泪,惠树难言屈子愁。村小不知天问远,频争艾草插门头。

龟山晚眺

孤峰撞月月初生,入画芳菲恣眼明。映水霞光惊宿鹭,连天夕照起飞莺。
云横万里帆樯动,浪遏千层汽笛鸣。日暮关山何所是,长淮处处说乡情。

游宿迁乾隆行宫

第一江山处处春,风流俊雅有题陈。京杭漕水龙帆动,宿豫行宫御辇巡。
驻跸黄淮忧国力,游踪绿野问年轮。频频细访康乾事,只冀平生唱日新。

长淮杂感

载酒孤篷压远游,羞将白发弄兰舟。千顷碧浪盈花岸,万里湖光落野鸥。
淮水有情催掉泪,云帆无影暗生愁。江郎梦捉销魂句,尽写人间一纸收。

暑热中天

暑热如笼夏日长,吴牛不待问时丧。足蒸土气呼风冷,背灼炎光盼雨凉。
野老麻衫欺月远,村姑汗袖拂荷香。农家最惜盘中苦,愧我心潮理乱章。

秋夜望月得句

冰轮皎皎感年华,一片砧声乱碧纱。去雁翻翎悬兔月,归鸦宿树挂秋花。
莲红出水娇撩梦,叶绿分香玉煮茶。夜半和衣难抱枕,溶溶小院看钩斜。

山中自题

万仞青云压岭丛,芬芳紫气醉葱茏。山深几处藤缠树,天窄何多月伴风。
静里松前归远雁,闲中竹下捉秋虫。农家向晚孤烟直,共与飞霞落照红。

访　菊

又是黄花欲放时,云轻日暖访霜枝。寒中骨傲君何立,月下朦胧酒可持。
影伴幽香寻故道,人随冷艳问东篱。只因岁岁秋风劲,才有诗翁约此期。

与友登高

云清雁急正南飞,与友提浆上翠薇。早菊花开香有韵,晚葵籽满叶成肥。难将万事倾山月,只敢千言诉落晖。醉卧秋风君莫笑,登高酩酊几时归?

立秋日试笔

万绿丛中一树摇,新秋尚热暑难消。稻香暮晚归村女,枝动栖鸦闻远箫。细细荷甜撩水气,微微月淡透窗绡。桑麻雨足蝉声乐,都入农家作稔谣。

听秋蝉有感

雨沐秋蝉昼夜鸣,清风断露影无惊。闲来煮酒知花怨,梦去推窗感月情。暮鸟斜阳投古树,平川野色入关城。江山自有英雄气,独善当思鲁二生。

春日道中即兴

雨后天晴半感凉,飞莺不肯换时妆。偏怜夜露摧娇杏,更爱东风护海棠。水绕青山连嫩绿,窗含紫气吐幽香。春花正放为谁醉,月待中宵问篱墙。

秋　感

万里秋容各景妍,三分翠色莽无边。苍山远岭衔残照,碧水霞光落晚烟。纵目浑如云坠地,登临顿感日追年。休将白发催长笛,好踏清歌唱大千。

遣　兴

金风习习送秋华,远望苍茫转兴赊。客舍堂前悲雨叶,山村野外踏霜花。佳诗未作和谁读,拙句难敲枉自夸。草木离离原有性,何求岁月媚权衙。

咏牡丹

东风有信转繁华,云想衣裳漫舞纱。管领椒宫惟帝辇,遵从御殿赖扬家。天香不负春恩暖,国色偏依日照霞。拒奉丹昭争上苑,只教洛邑绽仙葩。

咏　梅

不与群芳妒宠新,香飘岁晚自精神。疏枝恰合霜凝韵,浅水何愁月映辰?总是风摇能瘦影,由来雪虐可清身。休言傲骨难轻弃,只报人间第一春。

荷　韵

一碧横塘淡淡风，伊人挹翠映霞红。天姿蓄韵羞花艳，根洁流香破梦胧。
水阁难将秋气散，渔灯可聚晚烟融。尘心洗净娇无语，独耐亭亭不染功。

杨　花

淮堤踏景不吟鞭，唯看青杨坠玉钿。病眼长疑花似雾，倦躯暗怪柳如烟。
谁怜落絮携时令，自卜伤春梦逝年。寂寞浮云千里雪，相思片片总难眠。

桃　花

一片葳蕤入粉匀，情温掩面恼芳辰。韶光不解杨妃袖，春色偏盈织女巾。
慰我深墙何护雨，倚门浅态自羞颦。华清醉湿全身软，倾倒天涯几梦沦。

梨　花

蝶占东风任挽君，缟仙绰约逊钗裙。缤纷艳雪春难奏，寂寞冰肌日未曛。
天宝堪知怜玉泪，时宜端合识朝云。缠绵最是溶溶月，留取高情已十分。

水　仙

若有人兮倚月凉，依泉立石送柔光。水沉玉蕊偏凡骨，春伴冰肌总淡妆。
高洁何须身入韵，等闲未必梦牵郎。年年解得东风醉，管领荼蘼一脉香。

赏桂得句

古桂花浓逐世情，香飘月窟送秋声。金枝展韵和风软，玉叶题诗向晚明。
露湿丹心身有梦，寒侵素萼影无筝。全无媚骨何求折，皎洁葳蕤自写清。

山茶花

春风二月剪新芽，山野初红绽嫩花。蝶醉芬芳迷秀色，人惊媚艳著仙纱。
千年粉气成王梦，一叶清香属吏衙。此日纷纷争沐雨，却疑鲍女在民家。

咏秋兰

霜谷氤氛不瘦花，淑行峻节焕秋霞。天香自可摇云气，国色尤能映月华。
品举兰亭心有远，德冠楚畹梦无涯。一溪绮石同芳佩，独展贞风驻万家。

杏　花

阳回燕舞动花魂，生就红颜薄命村。乍识风情谁抚泪，初怜笑靥自题痕。
添妆敢媚墙边道，夸色还窥屐下门。应悔绍翁留不住，一枝怨恨老黄昏。

广场舞

拟向人间惜晚晴，老依健硕共歌声。灯前袅娜身摇月，树下喧阗笛惹莺。
华发三千凭寿考，青葱二十感升平。而今四渎波光秀，一舞神州乐舜明。

小　恙

陡生小恙半缠绵，辗转寒衾梦不鲜。形瘁孱躯连困瘼，病劳苦药感医仙。
饮汤每是妻频煮，如厕多随手惯牵。瞬息光阴添白发，倍珍蜡烛共窗前。

腊　雨

腊动青钟万事搓，归帆远影掩寒河。伏槽枥马嘶风冷，棲木山禽怨雨多。
竹瘦敲窗心煮水，松遒压石笔飞梭。轻肥不向蓬门就，谁为西邻扑枣歌？

村趣四拾

牧童晚归

暮色空蒙草正肥，山歌小唱伴霞飞。归途向晚人声少，黄犊横骑看落晖。

山村少妇

夫婿请缨守国门，田畴日日伴晨昏。绿邮忽报佳音到，佯掸衣尘掩喜痕。

农家姑娘

月照山姑焕靓光，踟蹰柳岸俟情郎。人来慌步和羞走，霞染双腮绕树藏。

乡老闲钓

野老闲情惜晚温，莓苔侧坐钓鱼豚。提浮喜看鲈鱼美，引火泥炉乐稚孙。

盱眙览胜

第一山石刻

南山翰墨有遗香，历代风流写短长。绿染摩崖千古刻，苏词米字各芬芳。

淮河渡夜泊

烟笼绿水棹帆斜，岸镇华灯次第花。夜半舟槎瘢皱月，旋忙取舀护流霞。

大桥头观淮

红波绿水画淮幽，晚泛东南万里舟。远艇长鸣声有韵，惊飞宿鹭向霞讴。

铁山寺晚钟

森森古刹隐山中，为避红尘事事空。若向摩耶祈夙愿，静听晚寺对禅躬。

都梁阁听涛

峰中一阁镇淮惊，张目烟波卷远征。古木苍苍千障叠，秋风逐浪写涛声。

明祖陵陈迹

淮灾泗戾祸涛流，淹没皇陵万古愁。幸喜蛟龙今已缚，雕群石像任遨游。

宝积山落照

一峰削出白云中，怪石嵯峨各异同。偏爱霞飞千里浪，蓝天绿水漾橙红。

甘泉山怀古

野木森森淹古城，层林恍是霸王兵。空图帝业虞姬泪，舞剑悲歌对别情。

天泉湖采莲

山衔落日满湖鲜，影动人歌采碧莲。千尺丝罗鱼窜破，渔姑戏耍水中天。

大雨山春茶

清香一叶醉天涯，纵目春芽映日华。坐爱新茶谁细品，山前笑问野人家。

史玉明

史玉明（1954～　），笔名雨民，江苏盱眙人。资深编辑。中华诗词学会会员、江苏省周易文化研究会会员、江苏省诗词协会会员、南京市楹联家协会会员、盱眙县诗词学会常务理事。

夜游南山

明月名泉醉，清风老柏吟。疏枝摇淡影，流韵拨乡情。
心似池中水，身如月畔云。登高纵目望，渔火接天星。

醉游铁山寺

其　一

一世浮华如梦过，半生惬意踏云行。三千弱水随春去，十里长亭载酒吟。
独向青山寻旧迹，闲来古寺忆往程。洗却尘埃还本色，修出真我入梵庭。

其　二

枕石闲看云隐约，依水静听鸟徘徊。酒醒一半诗兴起，魂游三更蝶梦飞。
笔有仙风不随俗，人无媚骨难入围。无情不负风流债，满天柳絮醉春归。

新修杏花园

盱山自古有名园，今日翻新大改前。细雨初晴生秀色，绿杨摇曳散青烟。
引人蝴蝶寻芳草，诱我林泉入洞天。不学诗翁狂饮酒，此身已是醉翁眠。

游南山遇雨

九峰遥看青林色，百壑低悬野寺烟。湿鸟破云声乱落，残花萎水色弥鲜。
日落人归疏雨后，酒酣我到翠屏前。屐痕唯恐踏诗草，独倚南山待梦圆。

龙王山水库

柳岸金堤半是花，野鸥漫舞逐流霞。神龙昔日腾飞地，今日清波浮钓槎。

咏　菊

野　菊

黄英郊外自风流，丽质何当春侍俦？时过重阳霜气近，捋须独坐钓寒秋。

满地星菊

捣破苍穹满地星，葳蕤全赖旧年根。餐霜饮露自成趣，莫道花时不在春。

残　菊

冰肌玉骨两无痕，半嫁西风半委尘。劫后是非谁管得，明年三径又逢春。

王华亭

王华亭（1954～ ），江苏盱眙人。工人。中华诗词学会、中华当代文学学会、盱眙县诗词学会会员。

斗笠山

斗笠大山名，清晨入院庭。白云松柏翠，赤石瓦房青，
旭日冲林鸟，烟霞抱玉瓶。秋风吹不断，幽处况冥冥。

车过盱城

自别盱眙后，东风又一吹。樟香车路畔，石秀古城姿。
暑日山庄阁，星天水榭池。苏公米子在，行处刻新词。

石板路吟赠

石板西官砌,层层勒苦艰。寒霜濡足迹,朗月瘦容颜。
士志高山立,精神创业间。育人诚不易,百载话登攀。

春　日

斗笠山崖暖,云从岫石升。幽荒添秀气,草径伴诗兴。
绝顶长淮远,临风古楚胜。松涛过足下,青宇羡盘鹰。

徐　步

冰轮抱寒宇,徐步踏霜痕。露滴鸣虫砌,风敲斑竹门。
白云浮玉兔,黄菊吐金盆。不舍秋高洁,清新共与存。

削　壁

象山观削壁,千仞白云轻。鬼斧何时有,人工数代成。
柔猿悲镜滑,疾鸟见心惊。百姓生存计,淮津自述评。

冬日忆索涧

雪掩东山白,青眸一遍花。黄烟明狡兔,墨迹点慈鸦。
结冻流连日,飞禽入住家。撒粮存善意,野味少人夸。

陡　沟

陡沟深巷里,瓦舍傍山居。古树藤萝密,篱墙薜荔疏。
风随花气出,日伴鸟声舒。举目天台上,铁塔柱清虚。

早　起

我爱晨光好,朝朝向日来。观星天有眼,踏露地无埃。
心乱三思破,空灵万绪开。何言庭院小,自乐似蓬莱。

读庄严教授来信

千秋诗法古,九有代传承。辩字音源割,和弦格律兴。
山高惭智叟,海阔羡鲲鹏。立马探囊去,今人第几层。

苍　鹰

扶云上天宇，振翮海扬波。眼疾千山小，心高万壑过。
草丛知鼠穴，雪地识狼窝。峭壁烟生处，惊魂始筑窠。

答谢茶姑

武夷山上客，赠我大红袍。石灶连青壁，柔荑擘白毛。
梦回神话里，香透玉壶涛。未饮心中醉，卢仝欲比高。

园中漫步逢雨水节气

园中柔草嫩，曲径绕蔬坪。日出风无力，鸟过身疾轻。
樱桃舒展梦，竹笋暗中萌。春意徘徊老，盎然不了情。

学雷锋

人生何事琐，品德贵如金。脊骨为民挺，螺丝爱国深。
量才身尽力，铺路石甘心。崛起中华梦，登高振臂吟。

盱眙新十景

明祖陵怀古

去日茫茫泽水侵，帝王风范哪追寻。空留兵马看宫殿，含恨天河过苑林。
玄烨知焉祖陵地，元璋惜否大明心。从来作客乾坤换，万岁山前读古今。

铁山寺寻幽

古木深山曲径开，朝香宝刹净灵台。经通孔雀和人意，佛悟藤精迓客来。
焦赞营中惊鼓角，天文馆里赴星垓。花赏四季呼云气，漫品流泉洗玉胎。

第一山远眺

风轻云淡浪鸥闲，路带淮流两玉环。木落秋清征雁过，湖悬烟赤钓舟还。
滩西乡镇拥青蚁，桥北松峦叠翠鬟。胜日邀朋何侑酒，读碑唱和米芾山。

黄花塘烽火

战火烟泯看太平，黄花岁岁复分明。征骖八载驱倭寇，浴血三秋斗蒋兵。
匡国匡时匡正义，铁军铁骨铁长城。元戎陈帅真雄杰，一代功臣世代名。

八仙台访道

缥缈蓬瀛雾里悬，欲行弱水路三千。立身处世心存善，美德于人己纠愆。
苦海淹留喜贪壑，赃官检点怯廉泉。道传八子皆凡客，不失天良即圣贤。

甘泉山御汤

神造温汤浴滑肌,甘泉岂是华清池。怀王兴楚亡秦暴,天宝宠安乱国时。未灭灵光开盛世,又从圣地出盱眙。而今游客崇骚雅,一洗风尘展玉姿。

古淮河放舟

长龙船队过长淮,不到悬湖兴不谐。两岸风情千里曲,一河星月半城街。都梁津口衔云脚,桐柏源头接海涯。曙色烧天夕阳赤,红波紫浪荡胸怀。

都梁山揽月

高台揽月九天低,四望山城景色迷。广厦星灯漂水雾,长淮船队隐沙堤。新园喧夜传车笛,古邑招商助鼓鼙。寒宇嫦娥何寂寞,闲摇桂树落花齐。

龙王山渔歌

龙升碧落岂空潭,代代鱼虾互自参。山势回环成宝库,泉源汇合竞泓涵。渔夫归晚歌吟乐,钓客烹鲜酒味甘。劝饮舟中人莫醉,星天影月伴长谈。

天鹅湖听雨

长空泼墨玉珠弹,亭阁湖中阁雨看。跛刺心随鱼浪跳,咔嚓雷伴马蹄欢。风掀荷盖摇朱笔,水溅鸡头洗翠盘。返照云消开蜃气,彩桥横架紫霞宽。

丙戌9月12日晨过淮河大桥观雾

倚栏桥上似天河,南北东西看雾过。路带车灯星蹀躞,乡居庭院树婆娑。淮滩蠕动朝青社,山岭漂移献黛螺。一脉茫茫烟海里,眸回足下赏云波。

书龙城建筑工地

龙城天地泗淮东,彩笔新描建设中。商厦蓝图初破土,民居清样正开工。花香山县春风动,人乐诗乡韵律通。我至园区非看客,添砖加瓦亦亲躬。

写在桂五鼓楼路

鼓楼路上正鼓楼,一遍新光看不休。商厦中心欲封顶,民居次第待装修。天高赤县风清正,岁足诸乡政远谋。桂五英灵应笑慰,当年碧血后人讴。

书盱眙县人民医院

城中大厦纳眸青,立面山峦叠翠屏。十字殷红语人道,一心坦白曜辰星。名医世著凌烟阁,硕鼠身寒耻辱亭。救死扶伤神圣地,黎元庆喜扫铜腥。

老鞋匠

十字街头一角栖,路人见惯自东西。慈眉皓首声音软,巧手精心线脚齐。

顾客无争闲左右，同行和睦识高低。每言老退军工后，犹击鞋砧作鼓鼙。

贺《都梁诗讯》甲午年改版

其 一

驰骋江湖百二州，英雄自古爱骅骝。欢欣旗帜沙场动，鼓舞烟尘锐意酬。
革故为民驱腐策，鼎新报国倡廉谋。新兵老将精神健，万里征途远放眸。

其 二

甲午风来汗马嘶，奋蹄淮畔见龙姿。根生双百心花怒，岁结三才道德随。
上榜歌吟彰政绩，安居舞蹈惠仁慈。路遥且作深呼吸，相伴人间日月知。

其 三

载荷春风接踵来，观花淮畔吉时催。山前佳话人传去，乡里知音日带回。
泥古文章行末路，创新曲赋上高台。都梁骚客真豪迈，一卷诗刊百巧裁。

象 山

象山朗日净硝烟，中有青松峭壁悬。凿石炮声成梦魇，游人笑语见明天。
淮津荷载生存道，时代连通幸福园。地质容光能博览，更添一景赏新鲜。

过王庄访友不见

屈指扬长十四年，村中访友复流连。房墙面带沧桑色，篱草身披翠嫩烟。
旧识沟渠水清浅，新生鸡犬日悠然。邻人传语京江去，岁月如刀一怅然。

书在7月7日卢沟桥事变77周年

日寇凶残岂可忘，囚笼焦土丧心狂。贼窥禹鼎黄河怒，子誓宗祠赤血张。
八载连营受降表，千秋正道筑城墙。弭兵四海回眸处，安倍磨刀看夕阳。

为盱眙县创建文明城市

淮山彩帜饰秋光，华夏文明硕果香。枫吐丹心红似火，松摇碧玉绿同篁。
楚乡五载渊源远，仁里千秋仰望昌。老幼谦恭生雅致，知荣知耻自刚强。

过冠世榴园

榴园硕果压枝低，夹路青红向客题。谔谔车中惊笑靥，连连世上问猜谜。
元宵夜烛灯笼小，除夕烟花火树齐。欲别深秋逢五月，烧天喜煞赤云霓。

书在枣庄影视基地

睹物犹思国难中，八年抗日战旗红。风行草木皆人杰，血洒河山为鬼雄。
御敌家园匡正义，安疆禹鼎铸丰功。应教世界无魑魅，共奏和平响碧空。

小区采风有感

十载山城步履新，高楼次第感情真。沿淮柳荫时花灿，沐日风和社稷春。
耳过安居传笑语，心怀乐业问朋亲。官为父母民为主，秉政清廉自解贫。

无　题

苦茶醒脑亦铭心，览镜宽容岁月侵。鬓角添霜言路迹，生平逆境变胸襟。
逢人律己三思过，涉世持家八字吟。院落徘徊无写处，斗横星乱夜沉沉。

自题加入《中华诗词学会》感怀

驹光泻涧不轮还，日植诗心忘苦艰。邀月三更吟对酒，寻师万里喜登山。
人痴但羡愚公志，鸟笨唯怀夸父顽。极目长河天远大，探源炼石傍云闲。

遣　怀

寒露蓬茅兴致中，秋山淡雅树开红。悲风十载还文革，铮骨千年与世通。
俯首消愁荆棘路，登高欲语海天空。朝花夕拾沧桑恨，化作霞光紫气东。

九一八80周年祭

粮丰酒熟祭中天，耻日无忘八十年。国破山川流泪血，家离六畜殁烽烟。
锤镰骨振神州起，寇贼魂飞破庙旋。今诫儿孙世应悉，和平岁月砺龙泉。

纪念辛亥革命100周年

其　一

革故鼎新志士酬，王朝覆灭启春秋。武昌彪炳开新纪，华夏荣光从此谋。
昔日三民称主义，而今二党理鸿沟。期颐辛亥同天庆，忽忆和平过海舟。

其　二

红色旅游淡血痕，民安国泰诫儿孙。垂涎外寇时时在，护鼎同心代代存。
卖祖求荣汉奸死，横刀御敌世人尊。枣庄一叶英雄谱，遍地刘洪固有根。

对 山

层层青白叠重重，雨霁晴岚隐柏松。疾鸟穿林形淡淡，浮云笼日影憧憧。
庭前草色牵眸绿，天底春光依约浓。惬意寻常思远足，登高一览扫凡庸。

春游老船塘

日久初成古堡装，游人还识老船塘。苔藓斑驳飞檐落，桥水无声立柱张。
钓者思鲜消寂寞，余情怀旧复徜徉。春风又绿淮河岸，明月相逢各健忘。

对白头翁

樱桃未熟思悠悠，携子飞来忽去休。语出林间殊景异，行传天下爱心酬。
荒园已入深春日，小鸟何欺老叟头。嘉果应知红一夜，明晨立夏早绸缪。

象 山

象山峭壁望中悬，鬼斧神工客至牵。侧柏扶摇空俗世，细流隐约挂苔藓。
光寒吐碧深潭出，石瘦含丹化日前。岁月无声因隔代，谋生时节散云烟。

西题戚大山

山路崎岖几次攀，荆丛杂草近身难。行云傍石迎人动，深树萦烟绕岭盘。
漫溢春风少时勇，壮哉岁月老心酸。曾经鬼子碉楼处，踪迹无寻足迹残。

狐蟾洼对酒

残颓老宅百年期，游子归来母老时。漫喜儿孙承膝下，却愁耄耋插花枝。
幽山僻地经人事，古井浮波压酒卮。得道刘基飘逸去，蟾藏狐隐剩今诗。

教师节

有教无类业师尊，孔子言行四海温。治世抚民称至圣，持家效国定乾坤。
嫣红姹紫千花艳，妙语争鸣百鸟论。义骨仁心传史册，中华道德植深根。

都梁阁下

都梁阁下雾飘飘，络绎人流各赴邀。剑路天然随舞步，拳名太极伴歌谣。
林风惬意松翻浪，云曙传神日卷潮。变幻山中随四季，退休翁妪健身桥。

九一八盱眙拉响防空警报

诫引吾孙问不知，防空警报再拉时。山川草木传军旅，道口乡关见义师。浴血驱倭民族节，反侵保土国家姿。无忘耻日今须记，瀛岛还存祭寇祠。

山　泉

破石清流四季新，容情大海一心纯。生烟弱骨浮云过，泊夜疏星淡月亲。梦伴苔藓听雨露，莺啼磡石奏霜晨。不辞万里胸怀阔，波浪滔天涤俗尘。

狐蟾洼赏秋得“阴”字

秋锁山峦树笼阴，烟开几户出园林。红黄柿子流连鸟，黑白牵牛缱绻心。故道生苔尘客少，浮云向日彩霞临。居神庙宇迁文革，古井波扬岁月音。

立春日盱眙试笔

春来山县气昂然，洒绿播花过野田。名傍星空千岭小，身临淮脚一湖悬。摩崖刻石垂青史，古木层林绣碧烟。汉骨唐风行处见，民居楼阁媲芳鲜。

庆中华人民共和国国庆

义勇军歌民族音，五星赤帜九州心。一呼振臂身腰直，四海传声列国歆。完璧千秋称业伟，描图两制展胸襟。强权奴役流光去，为保和平作咏吟。

龙虾吟

身出将军府，来游百姓家。双螯无一用，高举向前爬。

芦　苇

扎根滩渚伴渔家，身直心空兴不赊。窃喜声名传代代，满头白发亦如花。

题楝树

蓬松枝叶笼光青，沐浴晨风唱百灵。迎得秋来如梦里，摇摇晃晃挂金铃。

九日登千岛湖梅峰顶即兴

兴趁秋风醉意多，云屏万顷艇犁波。梅峰绝顶观千岛，碧玉盘中点翠螺。

登黄山莲花峰

振臂高呼四海闻，真情陶冶醉微醺。林间松鼠还争路，山半秋鹰戏闲云。

秋日忆北朱村

果树幽篁次第开，依山望水绝尘埃。一年四季秋光好，林荫道中生绿苔。

谒孔庙

文及春秋教化开，诗从三百净心埃。儒家香火传天下，勒石犹存劫后灰。

有　闲

有闲片刻胜无差，忙里何如事事谐。寡欲清心茶一盏，倚窗沐日看松槐。

李维一

李维一（1954～　），江苏盱眙人。穆店诗词学会理事。

游八仙台

其　一

青松翠竹水波牵，山石云峰抱岛妍。此刻此间吾是主，晨昏陪伴洞中仙。

其　二

秋风伴我上亭台，悦性娱情何快哉。笑问仙姑和果老，几时度我上蓬莱？

蔡国齐

蔡国齐（1954～　），江苏盱眙人。中华诗词学会会员、中华当代文学学会会员、江南诗词学会会员、盱眙县诗词学会副会长兼秘书长。诗作在全国30余家刊物上发表。在国内各级诗词大赛中多次获奖。

夏游陡湖

花满陡湖迎日开，波梳岸柳意随淮。吼鹅惊鸟踏波去，飞鹭邀鸥戏水来。碧叶连天清浪里，白帆弄影彩云怀。红菱绽蕊奉元宝，灰蚌含珠献玉钗。对酒酣歌船载乐，临风赏景斗量财。

戊戌冬吟竹

万个满园春，严冬独有神。风来舒韵影，雨过洗烟尘。
交友松为伴，知心梅作邻。刚柔皆本色，亮节性情真。

重阳登宝积山

初上秀峰巅，岁临七秩边。荷残尤爱菊，霜冷更怜蝉。
捧起斜阳酒，邀来佼月仙。恣情欣跨越，一步一重天。

春　韵

和风唤醒眠枝梦，细雨润开睡蕾怀。竹绘新图千个绣，柳描异景万人裁。
流连蝶戏黄花菜，往复蜂嬉绿叶槐。陌上游人吟雅韵，呢喃酬唱燕归来。

咏盱眙象山公园

峰峦竞秀拥蓝天，峡谷龙潜千尺渊。水映青山山照水，山徊碧水水环山。
雄关高阁观风雨，剑口长淮数浪帆。蝶绕蜂旋芳远客，如痴如醉正流连。

金陡湖采风

陡湖集趣尽收天，日月星云过往间。燕掠清波衔细浪，鱼游碧水戏青莲。
渔翁垂钓晨光坐，牧子欢歌夕照旋。景醉江郎才思尽，敢邀李杜赋新篇。

夜泊洪泽湖

夜泊悬湖宿舫楼，荷风拂暑似清秋。遥观渔火连银汉，近赏扁舟泛碧流。
鸭噪更深惊梦客，鱼腾浪溅动眠鸥。推窗波荡天边月，大泽抒怀日探头。

印象第一山

南山涌翠仪婀娜，名远声高六合和。米字峰前千古韵，苏词崖上万年歌。
披云画阁撞星斗，联袂彩虹跨玉河。择地商英频落户，五洲游客往来多。

春漫书斋

春风不速入书斋，缕缕馨香拂面来。正壁红梅酬雅客，侧墙紫竹迓同侪。
窗前泼墨桃花动，案上挥毫柳眼开。集趣多多嫌室小，清词丽句溢琼台。

踏春吟

春暖花香三月天，枝头戏鸟画中喧。板桥泼墨人陶醉，李白吟风诗涌泉。
蝶舞巡芳呈异彩，蜂飞采蜜酿甘甜。文朋结伴踏青去，燕语呢喃趣更添。

参观盱眙希望小学

梅芳竹翠生盈园，国粹弘扬名远传。曲径临风吟古韵，长廊听雨续新篇。
鲜花四海盛春岁，硕果九洲强少年。风雅诗坛多俊茂，耕耘希望栋材田。

春庭问月

春风星夜送芬芳，露润花舒笑脸张。园畔桃梨红间白，沟边竹柳短与长。
院中漫步听鸣鸟，网上遨游看信箱。敢问庭前天上月，嫦娥何日可回乡？

六十抒怀

花甲之年学写诗，欲成佳作叹无知。青丝少学每言早，白发多求哪说迟。
乐在人生逢盛世，安遵岁月度良时。为圆国梦舒心志，老骥奋蹄昂首嘶。

秋上大雨山

雨过天晴秋色嘉，林间流水酿清华。黄花吐蕊妍如锦，红叶经霜灿若霞。
一片诗情云渡野，几分意趣叟烹茶。燕亭不绝三江客，生态茗山无二家。

吟南山野菊

九月初寒早见霜，星星野菊靓山冈。蒿莱与伴风弹曲，贤士相酬墨洒香。
夕彩诗中秋色润，晨霞画上凤仪妆。毛嫱西子无争妒，愿化清茶供品尝。

游成都杜甫草堂感赋

景物名流冠古今，浣花溪畔韵根深。风弹翠竹怀乡梦，雨打红莲忧国忱。
漂泊常含《哀郢》泪，乱离难舍济民心。少陵野老人何在，绿水青山《春望》吟。

吟　菊

傲立风霜一草根，儒林翰院有知音。凌寒泼墨唐寅绘，踏雪题词李煜吟。
越近秋深容越艳，尤经冬老骨尤馨。生能得尔三分韵，不枉流年一世人。

淮乡新农民

淮畔男儿又弄潮，龙虾田里插秋苗。汗流沃野滋年景，手捧嘉禾歌舜尧。科技结来丰硕果，能工酿出美醇醪。船装车载销何处？丝路匆匆逐浪高！

雪夜吟

夜半鹅毛雪，风吹树啸哗。心牵年迈母，归急盼晨霞。

一片枫叶

飘落池塘一叶舟，轻波和雅荡悠悠。吟君莫道舱容小，满载风情十月秋。

夜宿铁山寺

幸是天门尘世开，此身今日卧瑶台。众星守夜轻无语，山溜泠泠入梦来。

盼夫归

帘钩斜挂半窗开，辗转难眠庭月偎。好个挣钱拼命汉，天寒地冻不知归？

冬晨登高

鸡鸣四野起寒烟，隐约前山舒袖翩。百级霜阶开远目，岂知好景更高巅。

大雁情怀

霄汉神交秋复春，耆年追梦未沉沦。生来一首阳关曲，矢志天涯大写人。

冬暖农家院

朔风寒烈雪花飘，夹道池杉似玉雕。还是农家庭院暖，四檐满挂火红椒。

参观淮扬菜文化博物馆有作

舌尖文化史流芳，满汉佳肴遍品尝。几上中华开国宴，淮扬风味世无双。

作客渔家

待客渔家如办年，红菱烧肉蟹黄煎。千杯不尽长淮水，醉卧船头枕月眠。

晨游淮乡问路人

远山初醒披春纱，水澹烟生浮紫霞。指问仙居何处是？琼楼隐隐万千家。

游西湖感赋

秀水灵山赋有神，三潭映月化诗魂。岳坟翠柏冲天立，侠女宝刀英气存。

老知青回乡

卌载重回革命村，萦怀往事叹无痕。茅檐早与秋风去，春满康庄直到门。

辛卯六月与朱家邻兄游金陡湖

荷田宛在月中央，舟荡芳丛入画廊。绿叶推杯花换盏，你吟我唱醉仙乡。

天泉湖上

天泉湖上荡兰舟，影载相思鱼伴游。短棹轻波声细细，画船已近小茶楼。

月漫荷田

月漫荷田展画篇，星星醉落水中天。芙蓉出浴亭亭立，宿鹭频惊蛙语喧。

春晨悬湖观日

冉冉金轮出大湖，霞光辉映彩云舒。波歌鸟唱迎春曲，万紫千红入画图。

壬辰龙年南山咏梅

喷红吐翠暖山崖，傲雪凌霜独放华。唤梦春雷惊大地，迎来草木发新芽。

癸巳蛇年暑旱连秋

暑旱连秋烈日烧，禾盈沃野接天骄。何来这等丰收景，党治淮功胜舜尧。

登高望远

登临画阁凭栏处，风绕云环足下楼。山水都梁收眼底，骋怀极目大江流。

冯承祥

冯承祥（1954～ ），江苏盱眙人。中华当代文学学会、盱眙县诗词学会、淮安市诗词协会会员，盱城镇诗词分会副会长。

独自行

久雨天开霁,城郊解闷行。野花山烂漫,浅草树阴轻。
信步随弯路,飘然乱踏坪。晴和心自语,何必问归程。

七一届初中同窗20年后聚会

廿年重聚首,旭日已中天。畅叙同窗谊,共瞻前路宽。
举杯皆尽兴,转运赖争先。不忘师恩泽,东风桃李妍。

观央视直播“神10”胜利凯旋

一从神十发苍穹,半月心随轨道中。万目观屏聆世外,三英演示授天宫。
亚平笑靥羞丹凤,海胜驾舟玩玉龙。落地腾云皆信步,银桥对接鹊桥通。

金湖县“荷花荡”采风

一别金湖廿载长,采风骚客入荷乡。比肩莲叶清心爽,迎面花枝碰鼻香。
素裙仙子凌云塑,紫柱凉亭着彩妆。四望接天摇碧浪,芙蓉起舞我中央!

重游明祖陵

国庆重游明祖陵,路宽馆展有新增。观图复现龙颜怒,举镜犹闻战马鸣。
炮打午门皇族乱,洪淹帝墓石雕倾。千年载覆王朝史,遗境留人说废兴。

观央视“中国汉字听写大会全国中学生竞赛”

碧玉台前一比高,计时听写展风骚。胸藏精锐凭差遣,笔点亲兵出战壕。
祖国文章充汗栋,中华典故赛牛毛。师生父母同欢惜,血脉承传逐浪潮。

癸巳正月淮边随感

八九寒流看劲松,淮边柳色渐春浓。闲人舞得冬棉去,待放桃花入镜中。

都梁晚景

树暗灯明飘冷叶,山朦人近急铃声。鸣船桥下逝淮水,竞渡星光映楚城。

朱克琴

朱克琴(1955～),女,江苏盱眙人。淮安市诗词协会、盱眙县诗词学会会员。

医院看病友感想

操劳忽视养身肌,疾病缠身后悔迟。吃药打针无济事,花钱住院请名医。
病人痛苦家人累,康复何时无定期。有限人生需爱惜,健康长寿乐滋滋。

生活新貌

其 一

幼童免学费,生病医保疗。老来有所养,孤寡不用焦。

其 二

有事打电话,办事用电脑。和谐大家庭,地球今变小。

咏兰花

兰花独立在山崖,历尽风霜品德佳。岁月推移犹不折,香飘馥郁万千家。

城河小景

水面莲花次第开,浮萍风送去还来。香菱由黛渐成赤,芡叶田田暗结胎。

暮 景

宝积山头享落霞,凤坡岭前燕子斜。炊烟缭绕云生处,翁媪围坐煮晚茶。

淮河情变

怒发时候气势雄?惊涛百尺拍堤空。一朝还却女儿态,渔火流萤照芙蓉。

林文彬

林文彬(1956～),江苏盱眙人。曾任县总工会党组副书记。五墩诗社社长、盱城镇诗词协会会长、市诗词协会理事。

喇叭花

嘴大未喧哗，腰灵高处爬。无心攀锦壁，有意嫁篱笆。
伏地犹谦逊，凌云不自夸。名卑花朵艳，质朴近桑麻。

第一山怀古

都梁承造化，苏米赞奇峰。淮碧千寻浪，云深百壑松。
烟岚凝紫气，山势隐真龙。望远登高处，初升旭日红。

淮岸晚景

黄昏出简居，满眼彩云舒。淮水涟漪景，渔舟唱晚图。
鱼游鸥戏浪，鹭舞雁传书。一曲清平乐，心怡醉捋须。

缅怀焦裕禄

披肝沥胆为谁愚?治水防沙忘病躯。车站拦民倾热血，基层救难展宏图。
粮丰庶悦清官卒，桐绿渠成忠骨枯。心底无私天地感，几经兰考泪弹珠。

汉　字

远古刻图留迹痕，象形造字始为根。横平竖直炎黄骨，撇剑捺刀民族魂。
隽秀钟灵描岁月，端庄厚重绘乾坤。传承文化千秋史，独领风骚天下尊。

筷　子

同胞姐妹忌孤单，职业卑微做侍餐。可使君王开圣口，能陪乞丐舔空盘。
常来病榻施关爱，不去功台评冕冠。为保高风持亮节，一天三度洗污残。

退　休

解甲归田膝绕孙，春风送我入琼林。泛舟踏浪三江远，探月撩云一径深。
月下听琴撩舞步，花前置酒醉行吟。昨宵梦里逢清照，拜问婉词何处寻。

都梁阁晨景

世外云烟缠岭岚，逍遥明月下关山。有心润笔妖娆绣，无意铺笺旖旎添。
紫气氤氲呈瑞兆，红光弥漫露娇妍。无须猜测滋狂语，仙境奇观出自然。

夜　读

夜阑更静未知眠，秉烛凝神习古篇。缕缕唐风怡肺腑，丝丝宋雨润心田。
谪仙沽酒诗豪放，清照垂帘词婉言。正欲添茶驱倦意，忽闻早市闹声喧。

再探虎山老虎洞

攀拽荆藤探虎山，雁鸣脚下白云间。石扉烟锁通幽处，空穴风生险岭巅。
俯视青山春未老，侧闻碧涧水仍潺。我吟雅韵抒情去，友和清词挽意还。

注：虎山老虎洞位于盱眙虎山林场，卧虎洞室遗迹犹存，无路登顶，只能顺势拽荆藤攀行。

同窗聚会

朗朗书声四秩悠，青春岁月共回眸。启航自信三千里，聚会同惊两鬓秋。
峻岭云深曾探路，长江浪急正行舟。同窗幸遇千杯少，舌短影双仍不休。

黄花塘缅怀

群星璀璨聚中原，决胜筹谋草舍间。歼敌后方施号令，救亡前线漫硝烟。
除顽抗日浙苏豫，跃马横刀大别山。战地黄花分外灿，铁军赞誉九州传。

第一山怀古

秦砖汉瓦翘檐斜，道观尼庵座壁涯。勒石馨词苏轼妙，碑文行草米芾佳。
东顺悬湖延帝脉，西拥淮水沐霓霞。文人墨客灵岩至，心旷神怡韵自华。

盱城诗社

盱城诗社纳精英，泼墨挥毫趣共鸣。几缕清香心里醉，一枝独秀眼前生。
唐风初解良师点，宋韵微知益友评。培训办班添羽翼，藏龙卧虎得佳名。

赞淮山诗苑

妙句奇联满案诗，品高调雅惹迷痴。朝华夕秀铺千卷，韵美律工舒万姿。
婉约风如商隐句，疏狂势若牧之词。马年诗苑圆幽梦，不待扬鞭自奋蹄。

贺《都梁诗讯》百期问世

其　一

都梁帅帜立潮头，律鼓轻帆达九州。诗具修辞增韵味，词涵意境见情柔。

天开文运千般景,地送书香万户楼。借得春风航瀚海,碎涛破浪领风流。

其　二

杏坛庆出百期刊,滚滚春潮卷巨澜。竹节梅风豪放句,菊魂兰韵婉言篇。
润林引进三江水,兴会邀来四海贤。且向春风赊一律,传承国粹尽微绵。

春信寄都

谁挽东君拔首筹,俏梅浪漫渡兰舟。抽丝岸柳鱼传信,回暖长淮雁递邮。
青浅巡回惊玉案,红娇次第放琼楼。查无地址知何处?原是都梁桃李收。

都梁阁晨景

雄鸡破晓立巅峰,履后紧随三五翁。山秀山幽山有影,雾朦雾散雾无踪。
长淮西挂冰轮白,短岭东升赤炭红。日月同辉稀少见,今晨巧捉入帘瞳。

赞盱城向上文化演唱会

雄峻都梁器宇昂,妙音婉美绕山梁。歌催淮水千帆竞,舞散南山百卉香。
奋进精神添斗志,草根文化撒春光。千人汇演声威大,向上盱城乐小康。

盱眙风光

其　一

探幽何必赴名川,古邑风光尽自然。拾级南山文蕴厚,绕城淮水景娇妍。
铁山寺里迎新客,明祖陵中叙旧缘。借得林泉闻鸟语,豁然陶醉蔚蓝天。

其　二

清风送日下西楼,淮畔朦胧落鹭鸥。静暮沉沉曲径暗,疏星淡淡密林幽。
苍山一枕轻云远,碧水九弯闲月柔。隐约岸边灯火处,渔家舱满晚归舟。

其　三

渔舟唱晚映斜阳,倒影南山胜画廊。巧妇炊烟催暮鼓,牧童竹笛越山梁。
淮流玉带都梁绕,鹤舞金风宝积扬。此景米苏毫墨染,碑文诗赋史留香。

其　四

翠峦碧水秀城藏,华夏诗乡誉四方。百里淮河飘玉带,千年古邑展新装。
帝王故里龙虾美,生态家园稻谷香。工业园区铺锦绣,登高望远铸辉煌。

流　水

一泻难回下岭丛,经溪顺壑赴龙宫。任凭叠嶂拦途径,总是蜿蜒偏向东。
浩浩汪洋源点滴,微微细雨蕴洪峰。兴亡哲理明君鉴,舟覆舟行莫怨风。

大云山怀古

汉王静卧大云山，一觉千年未醒眠。珍宝陪从惊史册，战车仪仗震空前。
曾经衰世埋声誉，也历盛朝开笑颜。大汉昌兴留史册，仍输当代景娇妍。

淮河唱晚

淮映云霞水色融，蒹葭摇曳戏轻风。烟开浪起千寻碧，日落瞳收万顷红。
仿佛玉箫声绕苇，依稀白鹭影停丛。船行河道成诗画，此处幽情哪处同？

情系都梁

枫林尽染满山坡，淮水深情泛碧波。把盏翠屏尝美酒，扬帆苇荡放渔歌。
都梁阁下柔情月，明祖陵旁素韵荷。生态家园山水秀，帝王故里赋词多。

赞第一山古松

独赏悬崖一劲松，顶天立地傲苍穹。云萦雾绕新枝翠，雨打风吹老干雄。
电闪雷鸣添气概，霜欺雪虐豁心胸。依依不舍回眸处，更赞躬身歇倦鸿。

渔舟唱晚

汉河环绕苇湾家，菡萏幽居小径斜。水浅有时能捉蟹，草深无处不抓虾。
塘中精养珍稀种，岸上香飘奇异花。莽莽蒹葭飞野鹤，渔舟唱晚映红霞。

淡　定

资浅平庸早自知，功名懒问已多时。书间褪去清愁事，笔下涂来淡定诗。
春暖初栽塘岸柳，秋凉再剪菊边枝。红尘世俗皆随意，得失心中一笑之。

秋　霜

润濡枫叶醉，调色菊花黄。何故偏生事，催涂两鬓苍。

癌　变

权钱名与色，贪恋隐心头。长久忘根治，星疮变恶瘤。

苦　瓜

满脸青春痘，浑身皆是皱。此味若君尝，人生参悟透。

蝌　蚪

悠悠晃晃满池塘，身黑头粗尾细长。待到尖尖荷角露，鼓腮争唱稻花香。

酿　诗

酿韵沉思踱柳堤，西山正拽夕阳时。怅愁旧案无佳句，摘朵彩云镶小诗。

托　夕

重九登高菊正黄，遐龄聊发少年狂。为延晚照桑榆景，奋臂西山托夕阳。

赊　韵

学浅能庸智亦愚，佳词妙句腹中无？才情半斗恩师借，年底归还一斛租。

种　韵

既种新蔬也种诗，园畦案牍忘劳疲。秋来君若问收获，韵味鲜将菜味欺。

登第一山

雨停拾级漫天晴，不见长淮水浊清。休怪浮云遮望眼，只缘身处更高层。

沈曙明

沈曙明（1957～　），女，江苏盱眙人。淮安市诗词协会会员，盱城诗词学会副会长。

乡　愁

最笃是乡愁，离肠千结柔。听鸿生绪乱，望月涌情惆。
梦里家山路，天涯风雨楼。无论成与败，故土在心头。

乡　恋

村前逢发小，执手两嘘唏。息叹光阴速，惊呼霜鬓稀。
前寻青楝树，再探老房基。弱岁贪玩处，依依不舍离。

喜度元宵节

稚子灯笼挑，皤翁醉步摇。猜谜寻妙趣，拆字出奇招。

四处人声沸，一天月色娆。千年承俗习，万众闹元宵。

雪 霁

一夜堆琼玉，盈眸美景妍。寻梅松岭下，踏雪竹林边。
路滑蹒跚步，风寒初霁天。童心尤未老，捷足上峰巅。

闲 居

斗室居颜巷，蓬庐别样天。篱边葱蒜绿，几上枣梨鲜。
夜赏窗前月，朝吟李杜篇。长淮抛玉带，伴我度流年。

晚 年

节令入寒凉，依依眷暖阳。抚琴听婉曲，读赋动柔肠。
廊下梅枝短，窗前竹影长。悠悠思往事，徊恋旧时光。

归 来

离家两月余，小院尽荒芜。墙角青苔渗，房檐蛛网涂。
枯藤缠锈锁，衰草掩庭庐。启户忙修整，秋窗入画图。

铭国耻

神州大地历风霜，华夏子孙齐救亡。战士横枪驱贼寇，英雄跃马杀东洋。
黄沙处处埋忠骨，碧血殷殷烁璨阳。万里山河铭国耻，千秋大业共图强。

自 嘲

一路走来如梦醒，少谙世事性纯真。粗颜陋质无灵气，朴饰轻妆不可人。
稚幼离师悲学浅，遐龄就教叹诗深。癫狂笑我仿诗客，作赋涂鸦更至晨。

学 诗

几净窗明入课堂，神游唐宋醉诗乡。抑扬顿挫痴吟韵，色舞眉飞酣举觞。
都说退离多落寞，孰知晚景更辉煌。填词作赋怡情性，七彩云霞绕夕阳。

静 心

褪尽芳华五七春，蓦然回首独沉吟。鬓生霜发色尤浅，褶上眉梢纹渐深。
落叶归根寻故土，飞花逐月避嚣尘。沧桑历遍惜秋色，风雨归途宜静心。

诗　心

独对斜阳抱膝吟，遣词酌韵度晨昏。篇篇格律注魂魄，字字珠玑倾胆心。
灵感袭来擒绝句，诗魔兴至赐奇珍。琼楼玉阁千般好，不及草堂无限春。

咏　梅

娉婷玉立在风前，傲骨铮铮临苦寒。白雪轻拥怜丽质，红云漫吻惜娇颜。
倾情展蕊迎新岁，着意弥香辞旧年。待到冰融春暖日，芳魂一缕隐萱园。

山林漫步

雨后初晴万象新，欣然独步向山林。坡前漫漫枯藤厚，阶下悠悠落叶深。
云淡天高潭沁碧，风清气爽竹成荫。不期去岁吆羊处，偏巧又逢放牧人。

咏八仙台

幽幽山谷隐禅台，招得八仙论道来。黄土深深掩国宝，碧泉汩汩涤尘埃。
漫山松竹影成趣，遍野李桃花竞开。天地和谐鸾鸟唱，一方乐土赛蓬莱。

贺淮安市第二届田园诗大赛盱眙诗人喜获五奖

淮城三月起吟潮，击鼓田园夺锦标。绿鬓欣弹晨播曲，红颜婉赋暮春谣。
青山漫漫育灵杰，碧水悠悠酿雅骚。骄我都梁兵马壮，捧回五奖乐陶陶。

观雪抒怀

漫天银絮舞红尘，四季风光竟醉人。温饱无愁时代好，贫寒匿迹岁涯新。
幼时常作饥肠辘，皓首尤将盛世珍。雪兆丰年千户乐，神清气爽待来春。

岁末感怀

风车云马酉年去，暮鼓晨钟万事悠。不论人生成与败，总经岁月喜和忧。
轻名或可心墙固，重利安为衣食谋？对镜又添霜几缕，拈来文字赋闲愁。

咏　夏

长淮盛日竞芳菲，岭上青红映翠微。阵阵熏风催果熟，绵绵酥雨送春归。
禾迎穗老银镰舞，人唱年丰热汗挥。学子又临高考季，轩窗烛影备文闱。

闲适人生

盛世尧年醉物华，春光又探旧时家。盱山隐隐袅诗梦，淮水悠悠唱晚霞。伏案涂鸦勤点墨，潜心琢句喜成葩。闲来三五吟坛友，檀板金樽共酒茶。

天鹅湖公园看演出有感

狮跃龙腾锣鼓喧，轻歌曼舞玉姿翩。乡谣唱绿堤边柳，焰火燃红水底天。人步园中叹景美，蝶萦湖畔恋芳妍。香车宝马清风里，正是韶春三月间。

赴越有感旅游购物店里的中国商人

异国他乡生意场，摇唇鼓舌气轩昂。沉香道是万能药，硅枕称之百宝囊。高价丝绸呼购买，低端珠宝劝收藏。若能挣得钱包鼓，勿论亲疏都是羊。

北固山感怀

扬子滔滔无尽休，烟波万里逐千愁。尤闻淡淡阳关曲，不见翩翩柳叶舟。塔下花开迎日月，亭前碑记刻春秋。风流人物今何在，一阕长歌掩墓丘。

桂林采风

高天群雁一行行，诗友采风赴桂乡。米线清香馋食客，山歌甜美悦心房。桃花源里思遂隐，银子岩中探穴藏。两岸奇峰凝秀色，轻舟漫渡醉漓江。

夏游井冈山

终将夙愿付行囊，拎起背包上井冈。大碗南瓜汤细品，小盆红米饭新尝。眸观云海叹神妙，车绕盘山惊胆惶。领袖旧居人肃立，斟词酌韵寄情长。

闻井头街面临拆迁感吟

千年古邑老城街，面对长淮背靠崖。壁嵌苍苔融岁月，墙观告示触情怀。外婆小脚眼前晃，舅母青丝雪里埋。往事依依挥不去，东风浩荡作新裁。

过分金亭

小镇千年朴未泯，春秋佳话炙淮津。叔牙举善襟怀阔，管仲从贤情性真。相契美谈传远古，分金逸事总如新。巍巍雕塑立村口，亮节高风励后人。

欣赏葫芦丝“枣园抒怀”有感

一曲仙音天外来，延河细浪耳边洄。锅烹小米南瓜粥，案聚中华文武才。
宝塔山前驰骏马，土窑洞内孕风雷。军民鱼水情流淌，岁岁枣园花盛开。

迎本命年

欣逢花甲庆生年，二月春风醉景天。缠道红绳当手链，买支炭笔画眉尖。
安于斗室度寒暑，独步长淮赏夕烟。一路走来无所冀，有诗有梦即华筵。

秋日遣绪

秋塘漫步惜枯莲，水冷风凉十月天。本欲逃离三界外，怎堪身在五行间。
半生淡泊无奢欲，一世情浓有挂牵。月冷星寒何遣绪？慢弹琴瑟细撩弦。

退　休

风尘漂泊几多年，解甲轻装还故园。屋后篱前忙种菜，田头地垄育时鲜。
街边喜品黄梅调，河畔悦观歌舞篇。月下轩窗寻雅趣，吟诗索句乐陶然。

春　风

携月牵云自在游，亲梅吻柳过江楼。催开野岭山花俏，唤醒荒坡青草柔。
化雨禾边滋沃土，摧冰溪畔饮耕牛。驱寒送暖迎归燕，浅唱轻吟醉九州。

赞野菊花

素质无矜饰，金颜兀自生。馨香弥旷野，绽蕊递秋声。

邻家女

其　一

邻家有女唤阿云，粉面娇容一可人。尤物天生惊造化，宛如仙子谪凡尘。

其　二

舞姿曼妙体轻盈，燕语莺声赛百灵。目秀眉清明皓齿，一颦一笑溢风情。

其　三

尤忆垂髫换齿龄，嘻玩笑闹斗输赢。爸妈几叫不回屋，踢瓦摔泥共忘形。

其　四

转眼姑娘初长成，分襟各自走人生。风霜雪雨红尘路，梦里家山姐妹情。

其 五

叶落归根怀故旧，西窗共友话晨昏。阿云依旧风姿好，俏媚恒如画里人。

秋夜随笔

盈盈月色笼西楼，淡淡清风送婉柔。夜静更阑花解语，人间共醉一泓秋。

田 超

田超（1957～ ），江苏盱眙人。曾任乡统计员、党委秘书、组织委员、副乡长。盱眙诗词学会会员、盱眙诗词学会穆店分会会长。

看大云山刘非汉墓

自古王侯死当生，葬身百丈云山深。金玉陪伴难瞑目，车马相随未断痕。
冥国还阳夙愿在，一朝被掘空悲魂。千年棺椁木腐朽，坑穴残存示后人。

参观台儿庄抗日纪念馆

当年日寇侵中原，国共同心歼敌顽。历史毋忘雪国耻，耳边响起将军言。

学武术

雨洗风磨三尺剑，势如银蛇舞翩跹。无须侠义逞豪杰，身壮体康乐晚年。

清浦会友

清浦会友梅正香，高朋赐教暖心房。诗海学吟随潮进，传承国粹诵淮乡。

陈 平

陈平（1957～ ），女，江苏盱眙人。盱眙农业银行工作，盱眙县诗词学会会员。

我父我母

指腹成婚配，悠悠七十秋。应无花前约，却复月下忧。苦甘相与共，共济在一舟。世有铁钻石，难禁逝水流。我父骑鹤去，独将念思留。我母哀戚戚，针线结成愁。明堂遗旧物，孤灯映白头。芭蕉悠悠滴，何当泪雨休。

童年夏日趣事

避炎移短床，酣睡小街旁。夜半微风起，星繁清露凉。
慈亲苦无计，稚子梦犹香。滋水谎称雨，惊醒月正黄。

咏第一山玻璃泉次韵唐许棠之题闻琴馆

源流石狮嘴，漱玉似鸣琴。池碧沉山月，泉清洗我心。
空留幽梦影，远带急弦音。净面何甘浊，玻璃鉴古今。

严冬作

何日是春期，梅开好写诗。冰魂才著雪，玉骨未盈枝。
入眼霜刀处，挑帘黑夜时。东君千百转，莫忘老城池。

盱眙老北头三星丰登两桥出土

淤滞涧沟千百年，丁酉唱晓见蓝天。三星摇落老车辙，五谷丰登旧衙边。
自在观花桥上过，辛勤叫卖月难眠。泥腥散发岁寒意，满目沧桑诉从前。

清明日

清明祭扫一年又，南北山头闻哭歌。榆树虬枝青叶老，梨花粉蕊雨痕多。
墓前新烛风吹灭，碑上亡名手细摩。逆旅人生皆过客，乱冈每到总蹉跎。

迎新春

雪化冰融暖意生，桃枝柳树已勾萌。推窗卷幔回阳接，启户开门听鸟声。
拙笔难书春百态，冰心却伴月三更。高歌痛饮屠苏酒，不负光阴不负程。

偶　作

一架紫藤临水低，清香引我坐廊西。心中无再有他事，闲看闲人钓苇溪。

游第一山杏花园

红销绿满已深春，园径静闲远世尘。但觉繁华迷众眼，不知幽寂属诗人。

牡　丹

小园亦种牡丹花，只取精神别莫夸。安得闲庭人一品，无须取媚洛阳斜。

怀 旧

一自合家人动迁，老房遗迹没平原。只今唯有玉兰树，指认东头是菜园。

老北头情结

月照千年老北头，南山脚下水悠悠。白墙碧瓦动迁后，民俗土风何处留。

注：老北头，盱眙县老居民区，现被拆除。

动迁后旧地重游作

记中老宅影存留，念旧之人一再游。片瓦不知南北院，残砖犹可刻乡愁。

赏 荷

清高不与众芳同，宜画宜诗宜听风。拥绿围红心倦怠，不如身置月明中。

蛰 冬

帘旌垂挂闭门户，半拥棉衾半拥炉。一榻闲书随意看，御寒老酒独倾壶。

黄昏雨

小城雨歇晚霞熏，隔岸河滩织巧云。驻足行人争指认，像山像树像羊群。

题第一山百年桂花树

老树虬枝碧叶连，轻黄点点共婵娟。他年尚若香依旧，又是何人赏月前？

咏 槐

自小刺头荒草中，长成更不委低丛。素心只愿供明月，一串香酬十里风。

二月兰

南山春气又融融，二月兰花隔树丛。人处其间真得趣，犹如身置紫云中。

赏 梅

一夜风吹香万家，野田山坞旧篱笆。寻芳拾翠争先后，唯恐春深听落花。

无 题

风软日长花色新，春山期约旧游人。清幽小路谁与共，摘叶难题点绛唇。

年三十

街空市冷夜阑珊，老树门前寂寂寒。山脚人家守新岁，春风扶过几重栏。

迎新春

风吹玉柳舞蛮腰，兑雪清溪过小桥。舍后舍前泥泞路，迎来客子返乡潮。

过大年

雪化冰融暖意生，桃枝柳树已勾萌。老身岂敢偷闲去，浆洗掸尘煎煮烹。

咏　梅

琼瑶捣碎播均匀，细润梅林气象新。仙树冰枝休妄折，此花已属品高人。

看　病

从前医馆二三间，医技高明医德全。今日危楼立医馆，教人却步忆从前。

步入老年

昔过重阳取淡然，谓言饮菊是他年。今过重阳生感慨，不觉他年到眼前。

怀　旧

记得南园斗草情，少时玩伴各前程。只今唯有蛩吟响，断续三更到五更。

无　题

唯恐多言受扯连，坐看鬼魅舞翩翩。同车不作同共济，江底今沉非偶然。

暮秋时偶作

年少疏狂爱出名，松风柳色苦相争。老来于世两相忘，淡处尘缘又一程。

不　舍

昨日南山赏桂前，枝轻香薄未开全。我今远别家乡去，可惜错过三两天。

梳　妆

往日镜前常久留，青丝慢理美中收。而今怯怯镜前站，怕见银丝又上头。

秋 景

开门扑鼻桂花香，好个晴天映艳阳。莫道秋深多冷落，秋深引我数诗行。

回乡偶书

旧日娘家栀子花，香浓叶碧惹人夸。只今仍有殷勤意，捧着冰心迎小丫。

七 夕

其 一

星空何处鹊桥仙，每到今宵总望天。不识牛郎和织女，一寻费却好多年。

其 二

传说千年今古闻，银河牛女怅离分。孩童哪解情何物，乱指星空看巧云。

其 三

年年相会从今别，夜夜孤灯白了头。祈愿飞来莫飞走，鹊桥当固解千愁。

惜 秋

叶老枝头谁可怜，秋风一阵落人前。念卿曾亦同共梦，捡起书中作锦笺。

淮岸游

其 一

只见云雁等闲飞，短棹声轻入翠帏。几簇青芦栽倒影，游鱼戏谑不知归。

其 二

滩头苇送晚来风，摇落斜阳水映红。行客吟眸心取醉，不知不觉入图中。

第一山探梅未果

冰封雪覆闭山门，槛外何求一缕魂。逸兴高情难再托，风中忆起旧梅痕。

暴 雨

小城一阵墨云翻，雨点如砣比弹丸。怕湿衣裙忙打伞，又被风戏太难看。

阵 雨

小城一阵墨云翻，顷刻荷衣珠乱弹。疾步阳台收什物，雨龙风逼过河滩。

腊八粥

又逢腊八酷寒天，老母灶堂生火烟。五谷年年熬岁末，香浓一碗放儿前。

盱眙老北头诗作十咏

井头街井

老井幽深韵味长，陈年故事此中藏。栏前不见昔人影，泉底朦胧冷月光。

兴隆街小丫

生在寒门一小丫，自来咽菜滚泥巴。现今拼得身千万，频梦穷时旧日家。

胡家巷银杏树

老树孤标古道傍，秋看黄叶夏乘凉。天涯浪迹思归老，远迎客子换绿装。

山口门弃犬

石屋花墙不复存，空留古树立黄昏。谁家弃犬枯篱卧，料是忠心恋旧门。

石佛巷寺院蔷薇

繁华褪尽不沾尘，独向偏隅听经纶。寺院只今何处是，崖头又附报三春。

涧沟渡出土丰登桥

历经沉埋几百年，丰登又现庆蓝天。桥身承载岁寒意，泥垢苔痕窥史篇。

前街老园翠竹

闲时常把小园看，风未吹斜雨未残。想是怜君多寂寞，石边又发二三竿。

谈家巷老人

修到生涯即老仙，随风随雨总悠然。春来邀坐暖阳下，秋至闲观落叶天。

后街石板路

石青路铺草花丛，山道蜿蜒上碧空。一座松峰名校坐，书声直入白云中。

风坡岭松树

山里人家做屋梁，鸿儒笔下出诗章。松针扎手我偏爱，细捡缝成一枕香。

纪念知青上山下乡50周年新老诗作

小　聚

五十年来今又逢，早将得失看云空。纵然忆起从前事，尽在推杯谈笑中。

又下乡

故土重来感万千，山村往事已如烟。只今犹记桃园树，曾落小芳花满肩。

认　门

溪桥烟树故人村，五十年来认旧门。唯见青禾连四野，风中久伫已黄昏。

知青岁月

红花响鼓关乡别，一路歌声赴远村。渐觉心空才落泪，忽惊境寂复依门。
荒村残月风摇影，土屋孤灯夜断魂。年复一年多旧梦，泥身乏体又黄昏。

山村游

蓝天依旧白云飘，五十年来一梦遥。昔日回归横泗涕，而今重聚涌心潮。
曾疑书本蒙轻垢，未忘田间练直腰。往事春秋人说去，山村漫踏路和桥。

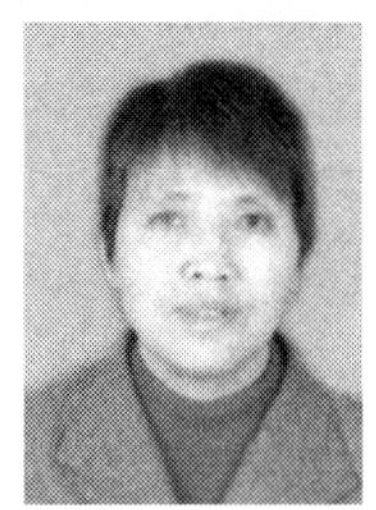

刘家华

刘家华（1957～ ），女，江苏盱眙人。盱眙县水泥制品厂退休。盱眙县诗词学会会员。

参观母校

毕业盱中四十秋，今番应约得重游。旧址已无歌响亮，几多感慨上心头。

师生偶遇

同窗宴庆摆“香江”，巧遇老师欢一堂。万语千言谈不尽，泪花炽热酒花凉。

朱洪滔

朱洪滔（1960～ ），笔名寒枫，江苏涟水籍，盱眙人。中华诗词学会会员、淮安市诗词协会理事、盱眙诗词学会副会长、《都梁诗讯》副主编。

假　日

门邻闲兴起，邀我钓山溪。饵料殷勤撒，垂竿枉自提。
斜阳迎宿鸟，空篓对长堤。觍脸分渔获，聊凭诳老妻。

冬日小聚

老暮因何趣，缘交有忘年。品茶谈砚墨，煮酒论诗篇。
但得融侪类，哪求入圣贤。偷闲成小聚，自不逊神仙。

冬日感怀

依依原上柳，澹澹水中舟。老燕携雏去，残荷伴藕留。
日炎方恨夏，冰冻始怀秋。倘若能先悟，何来眼下愁。

蜡梅赞

严寒不欲惊，独向北风迎。雪压枝虬劲，霜凌蕊淡清。
山川钦傲骨，日月见忠贞。但守孤标格，红尘莫肯争。

晨过渔家

孤身陌上行，景色莫相争。风息林无语，人来鸟未惊。
才临鱼始胖，况值雨初晴。不见湖中影，唯闻纵棹声。

暮　愿

蒲座挨清壁，昏窗透暗灯。寒阶依老竹，茅舍绕枯藤。
三界须当弃，五行岂足乘。此身何所愿，四海一游僧。

独　处

茅檐风独啃，院树鸟孤鸣。野老红尘避，孺生俗世争。
炎寒皆未惧，宠辱更何惊。淡茗须能品，清醪自可醒。

蛰　冬

风吹檐草落，雪大堵柴门。鸟宿荷池冷，人围炭火温。
既然甘野老，何必慕王孙。寂寞消长夜，聊凭酒一樽。

许光达

秀才弃笔缚长缨，浴血几番死后生。瓦庙林中牛角号，葭芦河畔马蹄声。
一人徒手荒茅地，十万铁流装甲兵。不获降衔求降级，未教青史著芳名。

故友逢

闻言客自楚州来，急扫寒庭陋户开。两地相思凝老目，八年阔别积陈埃。
一枝杨柳承恩墓，十里烟波韩信台。往事欣悲皆作罢，临辞执手泪盈腮。

雪　霁

几处童山头盖白，一窗碧宇陡生寒。枯芦萧瑟垂深水，野鸭凄惶缩浅滩。
淡酒未消心意冷，薄衾不敌漏更残。何来羁旅难成寐，夜半哀箫奏玉阑。

寒　枫

执手唏嘘已暮穷，风花雪月转头空。当年春去三江燕，一夕秋归五柳鸿。
梦里风流绡帐客，人前潦倒白头翁。杖藜送别休噙泪，谁使长川不向东。

渔　翁

聊奈寻租几亩塘，柴房土灶度时光。褴巾敢避当头热，破袄能驱刺骨凉。
春放肥苗千百斛，秋围瘦蟹两三筐。人逢舛运终无计，卖得零钱换杂粮。

春游成子湖

春光哪敢付蹉跎，成子湖头好放歌。几网鱼虾非养殖，无边碧玉未经磨。
风吹渚上鸥千羽，浪打船艄雨一蓑。最是吟家闲不住，小诗掷去漾清波。

龟山行

御碑辨识故风姿，遥想当年盛极时。港里三千漕运客，城头十万项王师。
疏篱只见农家屋，断壁难寻水母祠。淮渎安澜临旷世，龟山依旧锁支祁。

醉　归

酒酣不识路，撞入对门家。落座方才稳，呼妻速倒茶。

晚　酌

故友约黄昏，风寒懒出门。午餐余菜少，多半与娇孙。

寻　梅

寻踪花不在，却有暗香来。疑是邻家女，时常绮户开。

冬日杂感

少酒无花意渐灰，寒鸦老树独徘徊。何时等得漫天雪，好与南山赏蜡梅。

闲　处

远避喧嚣遁野村，蔬园几亩足鸡豚。怡然何必东篱菊，竹马纸鸢戏小孙。

列车用餐

肉价沽来炒地瓜，三钱只作两钱花。不愁旅客能挨饿，下站仍然独一家。

山　泉

莫道无喉便作喑，唠叨一路出丛林。来回那点山中事，自古恬然说到今。

梨花吟

未屑杨妃媚主功，哪曾带雨泣东风。纵然一旦容颜老，不染春江半点红。

戏说情人节

一遇其时便大方，献花未惜动箩筐。农家也会投机巧，只种玫瑰不种粮。

感美英法联手轰炸叙利亚

休言弱小被人欺，民主从来写大旗。兄弟出牌三打一，缘由何在莫须知。

陈德志

陈德志（1962～　），江苏盱眙人。中学教师、经济师。盱城诗词学会副会长。

咏　菊

羞作春花媚草虫，难为水柳舞西东。随缘乱种疏篱下，只待危临凋土中。
莫道孤芳无俊友，争知冷艳惜红枫。轻肌瘦骨陶翁照，醉觉悠然撷几丛。

咏　梅

横斜疏影两三枝，百丈悬冰俏玉姿。不与春花争蝶舞，却傍寒雪听笙吹。
东君珂佩寻香颊，北谷清流隐黛眉。有约当年梅嫁我，桃情李意誓难移。

登岳阳楼

洞庭湖水接吴荆，百里烟波客慕名。雁引骚人秋色远，舟浮渔火月光清。
楼曾灰烬华文在，士为难堪泽畔醒。敬仰范公忧乐志，拳拳赤子自缠萦。

第一山秋望

雨翠南山水带烟，秋空燕过惹人怜。欲寻苏米摩岩上，待拜先生孔庙前。
多少情愁阡陌撒，几篇唱和画堂填。攲栏笑看红妆女，恰似荷池并蒂莲。

游古桑吴大山农庄

玲珑秀景也嵯峨，小路蜿蜒绕岗坡。野径丛深追草凤，天池水滑洗嫦娥。
炊烟画暖三村屋，落照燃红半幅河。月映楼明人所事？儿童笑语客颜酡。

惜　春

燕子衔泥垒旧巢，桃花唤雨孕新苞。东风不解呢喃意，一夜红尘下树梢。

春　雪

谁使青禾日渐浓？春姑巧手抹华容。残冬恚愤抛阳雪，冻死螟蛉李更秾。

王长林

王长林（1963～　），江苏盱眙人。工程师，长期在盱眙广电部门从事技术工作。

咏蜡梅

纷纷瑞雪散空庭，狂放梅花欲唤春。入夜吟诗阶下立，金黄玉白照天明。

咏枇杷树

夏日曾摇一树金，经冬还见满枝青。时人皆叹果甘味，吾独钦其四季春。

杨玉勤

杨玉勤（1964～　），江苏盱眙人。淮安市诗词协会、盱眙县诗词学会会员。

晚步偶得

晚步南城道，沿街数店旗。烦随行去了，逸逐汗来之。
月出林梢处，风从脚下时。逍遥如是景，能有几人知。

步行闻蝉随感

时闻蝉一噪，朝暮步行时。曾似陈年调，今鸣甚处枝。
偶听残韵在，再探旧音迟。断续谁家树，风吹即别离。

秋日明祖陵怀古

南红门外又秋光，玉带桥头叶渐黄。神道寂寥空念远，冢丘沉静倍凄凉。大明由检煤山尽，帝里名洲泗水茫。望断长淮凝泪眼，半壶老酒醉斜阳。

秋晚远眺

薄酒轻寒醒易醒，高楼远眺极苍穹。长淮千里熔彤日，百舸层帆竞晚风。雁字横飞云影白，晚霞斜照水纹红。谁人殷切呈秋意，君看东山岭上枫。

秋　菊

金颜幽径无人赏，恰似深闺隐媚娘。粉靥并非谋雅客，芳容小艳谢秋阳。

秋　老

素月丹枫黄叶落，浮云雁影动秋声。炊香新稻芦花老，向晚吟寒怯句生。

放　言

鬓霜对镜难瞒老，体硕开襟易忘忧。四季闲文持笔手，从今不复揖公侯。

秋　日

一轮落日圩滩上，万缕金丝化水中。莫道西风花事了，霜来东岭叶正红。

秋　夜

玉面金花冷尚幽，素娥碧海秀银钩。霜风雁阵归心箭，淮楚池楼白露秋。

夏日临窗

花香莫若书香鲜，至乐何如访圣贤。盛夏临窗持一册，即便自在爽凉天。

秋　望

竹影摇寒落叶天，素云雁影水如烟。蒹葭白首垂杨瘦，销翠残荷冷月怜。

武 斌

武斌(1964～),江苏盱眙人。中共党员,副主任科员。中华诗词学会、江苏省诗词协会会员,淮安市及盱眙县诗词学会理事,淮安市第二届田园诗大赛“十杰”诗人。作品见于《中华诗词》《诗选刊》《江海诗词》《淮海诗苑》等,收入《当代诗词传世经典》《诗词千家》等。

飞赴中华诗词上杭金秋笔会

江淮红叶灿,闽越稻花香。雅韵承龙脉,群贤聚上杭。
不辞山海阔,一醉众星光。浩浩诗途远,云天正启航。

作客老淮安

金风桂子香,古楚暮云长。一字霞飞雁,千重绿间黄。
情投忘远近,义笃慰炎凉。漂母真犹在,夜阑倾别觞。

龙泉湖秋兴

新秋漫野黄,波瀚水泱泱。雁叫长空远,舟行细雨凉。
金风歌俚曲,老柳舞天霜。遥唤渔樵客,花间醉一觞。

三峡大坝

直下大河浪,拦腰一坝横。巴渝连海接,荆楚达江平。
缭绕隐云雾,轰隆作吼声。国疆重器具,筑梦世人惊。

暮春野望

平畴碧水长,陌垄好栽秧。荷秀蜻蜓憩,篱疏粽叶香。
蛙声催麦熟,鸟语唤梅黄。短笛弄何处,清风醉一觞。

长安忆旧

长安回首几秋冬,烟海茫茫寄旅踪。一片汉宫霜月冷,千年秦岭雾岚浓。
别难忍见灞桥柳,夜永愁听雁塔钟。最是风轻云淡处,峰巅谷底两从容。

长安怀古

槛外梅花傲雪开,曲江霜冷月徘徊。华清池畔千年恨,兴庆宫中百事哀。

烽火骊山臣不信，闲渔渭水业能回。莫言命运天公定，得失多凭人剪裁。

凭金上京遗址

立马横巅极远空，南溟北水一疆同。胸怀大野东青志，经略中原鱼米丰。
万里河山分半壁，尺天孤井锁双公。残垣衰草斜阳暮，犹忆完颜盖世功。

白帝城怀古

三代王侯霸业空，英雄自古起蒿蓬。从来得失中原鹿，孰料输赢赤壁风。
世事唯余千载恨，江山尽付一孤忠。若非白帝城头记，谁识庙堂龙与虫。

三游洞怀古

山色苍茫暮霭沉，峡江口外又兴兵。连营七百随灰灭，天下三分伴火生。
楚塞楼萦今古事，摩崖石刻聚离情。当年际会风云处，千载犹闻擂鼓声。

船过川江

万马西辞挟冷风，川江涛涌逝如纵。邀来溪水三千道，捧起巫山十二峰。
九派天云润荆楚，一尊神女顾岷邛。樯帆逐浪向东域，大泽洪渊腾巨龙。

戊戌初秋重访维桥

三十四年春梦中，悠悠往事岂朦胧。几多朋辈成阴鬼，那只猿猴变悟空。
白发青丝新月异，维乡穆店一家同。圩头桥畔风光美，堪比西湖碧玉容。

涪陵采风夜宿山巅客栈

巴蜀秋来景正斓，一江澄碧绕重峦。舟移两岸画图里，车挂千寻云雾端。
武陵山巅邀月醉，枳人客栈傍星罫。 蓬瀛幸与长相对，从此无歌蜀道难。

采风归来

齐鲁秋来意若何，荻花枫叶一支歌。才观晋寨梯田浪，又赏明湖碧玉波。
路近乡关云缱绻，霜浓原树影婆娑。晴空雁阵冲天上，笃向淮边越大河。

游清明山农业生态园

一席微凉绿正浓，诗情美景此相逢。嶂岚过眼云千叠，麦菽随风浪九重。
观海遥看八荒水，听涛坐拥万株松。明山堪比桃源境，掷去乌纱做钓翁。

金 科

金科(1966～),江苏南京人。盱眙县诗词学会理事,江苏省诗词协会、中华诗词研习会会员,中国寺庙文化促进会院士。著有《诗词曲联备用手册》。

游第一山

悠闲假日逛南山,景色琳琅赏不完。快步玻泉迎贵客,静观孔庙接儒贤。
园中杏木花枝下,庵外瑞岩碑石前。五岳三川天下甲,常游此处亦陶然。

赞惠源居

西依淮水千舟竞,东枕盱山层岭翩。楼宇幢幢除旧貌,住家户户换新颜。
鸟儿鸣唱境优美,大树婆娑空气鲜。都市喧哗何处静,乐来争做惠源仙。

铁山寺

南去盱城游览处,自然生态气新鲜。天文台里观星象,孔雀园中大地欢。
水上舟船风浪逐,山间禅寺佛香延。眼前美景迷人恋,直叫车停不想还。

八仙台胜景

塑雕维妙神仙见,怪石稀奇状似桃。香阁山青高远眺,游船水秀往来摇。
洞中探险森幽静,岛上休闲声乐飘。名胜景区传四海,笑迎宾客共逍遥。

十三香龙虾

昔日龙宫称小辈,如今宴席一佳肴。十三香味飘千里,吸引外资来筑巢。

象山公园有感

炮声十里石灰扬,几代辛劳钎镐忙。远去车船时变换,矿山废址着新妆。

粮食直补到农家

好雨润苗时恰到,农家心里乐陶陶。民生大计天知晓,反哺耕农国力高。

雨中都梁阁

海市阁楼悬半空,玲珑四面赛蟾宫。天庭哪位神仙造,却是都梁建伟功。

李洪兰

李洪兰(1967～),女,江苏盱眙人。就职于盱眙县农业资源开发局。盱眙县诗词学会会员。

诗画乐生涯

气傲质无华,风格独一家。闲愁放纵酒,悦性煮清茶。
翰墨吟怀志,丹青绘锦花。闲云浮野鹤,诗画乐生涯。

寄远方之子

浩渺江湖路万条,鲲鹏之志踏云霄。扬帆涉海心犹在,逐梦登山气未消。
莫道人生多险阻,休言岁月少狂潮。他乡冷暖须珍重,常系维桑慰寂寥。

梅花山有感

片片嫣红似剪裁,繁多名目任人猜。湖边垂柳逐清韵,岭上梅花次第开。
远眺吴王灵秀地,近观明帝葬瑶台。风流自古江南景,中外游人沓至来。

注:吴王,孙权。明帝,朱元璋。

雨中天

听风听雨蕴禅心,春去春来垄又青。水秀碧波浸皓月,山青翠筱悦心情。
云窗逸趣嵌香字,庭院闲情弄雅琴。若谷虚怀胸襟阔,浮尘看淡一身轻。

无　题

三椽茅屋胜华堂,一片幽篁无肉香。明月举杯邀挚友,清风吟赋唤才郎。
门开极目天然画,帘卷奇思得锦章。曾是夫子栖宿处,旧时难见断愁肠。

注:苏东坡曰:“宁可食无肉,不可居无竹;无肉令人瘦,无竹令人俗。”

有　感

索句开怀韵律酬,疏闲整日度春秋。少时不屑读书重,老耄才知腹地羞。
一夜霜寒无应策,半生劳苦赚浓愁。韶光不再空遗恨,岁月蹉跎憾事留。

流年碎语

梅雪飘裙枝上逢,岁除邂逅小桥东。昔年堤柳依然在,今日形容各不同。

常忆春秋难忘事，时将碎影流年封。经年此去桑田变，泣喜相逢犹梦中。

一宵冷雨易伤情

一宵冷雨易伤情，欲待游园怕自行。柳细香残花渐老，春深遗恨远莺声。

自　嘲

故作清高弄雅章，浅学翰墨亦张扬。千淘万漉斟酌句，癖爱古风未见芳。

闲　愁

冷雨敲窗暗自伤，蹉跎岁月任流光。情归何处仰天阙，闲点清愁赋字章。

独　饮

梅残小院雪飘飘，且把闲愁用酒浇。玉靥溢香独醉我，无端愁绪盏中消。

雨　巷

青砖灰瓦巷深幽，零乱落英满地秋。烟锁重楼思念远，丁香空结雨中愁。

碧波花影柳迷人

其　一

绿树香风点绛唇，碧波花影柳迷人。久闻枕水江南景，迟日相偕又踏春？

其　二

淑气融融草色青，一帘莺语醉中听。平湖秋月断桥梦，共度云舟赏绿萍。

其　三

钱塘湖畔久相违，倒影盈盈已忘归。涤荡闲愁春海里，香风拂面暖心扉。

其　四

烟荒堤柳一园春，四月人间景煞人。体弱风凉浑不顾，何堪辜负此良辰。

醉　春

佳期如约喜相逢，故地重游景不同。霏雨初晴萌睡眼，心怀未减纵情浓。

感　怀

岁月侵颜刻细纹，艰辛砺指茧留痕。心中有梦春常在，青果长成甚喜人。

王德友

王德友(1967～),江苏盱眙人。中学高级教师,任教于盱眙中学。盱眙县诗词学会会员。

落 叶

一枕萧萧到五更,何人解得摇落情。逐红浪蝶藏孤影,抱绿寒蝉恨费声。
秋骨羞邀春燕舞,残躯只待功狗烹。皆因错负韶华意,莫信定龛歌乱英。

再咏第一山之古木

羞于江柳竞春先,余勇宜将扫剩寒。老干何尝畏斤斧,霜根一意夺层岩。
苍鹰驻足灵霄志,蝼蚁趋行痴腹餐。试待罡风催草木,却吟天籁向青天。

咏水仙

物华岁晚竟萧疏,幸有仙子雅陋居。满院矜梅羞玉骨,一帘香月妒冰肤。
不疑湘客魂归晚,确信灵妃心似初。山谷无知真被恼,人间自是浪情虚。

咏 梅

冰骨阑干始放花,年年岁岁违物华。暗香疏影投孤月,雪海芳魂舞冷霞。
目断青天无燕迹,心怜紫陌有蜂家。千山万木同摇落,迟暮高才独自嗟。

咏 桂

愁枫深信板桥霜,病菊才知石井凉。难有柔枝留浪蝶,却多老绿掩新芳。
贪婪恶妇长袖舞,浅薄鄙夫阔斧扬。叶底可怜心已碎,遥呈郁郁一帘香。

咏野菊

不与夏莲争赤阳,更羞桃李斗芬芳。野居只为衣冠扰,新瘦非关病酒伤。
落落乾坤阡陌月,悠悠身世板桥霜。穷生偏值西风烈,虽死犹余侠骨香。

咏刺槐花

凌然中岭丈夫柯,不似垂杨媚态多。素面无须蛱蝶舞,芳心只倩稚蜂歌。
枕边浥浥浮香梦,厨下醺醺渐醉酡。老干酬春情更切,悠悠渭水荡清波。

秋日有感

丹枫清渭两萧疏，寥廓江天旧钓徒。矞矞皇皇腴蕾落，婷婷袅袅瘦荷枯。休言老骥思千里，且笑饥鹰待一呼。宿雨频敲残梦破，阮郎枉自哭穷途。

中　年

中年心镜愈光明，确信夕晖气转平。羲御辚辚近嵎谷，阳戈霍霍难返程。聊期宋兔触株死，却见楚猴被绣行。面壁潜心颐养术，追诛东鲁两书生。

观初夏桃李

绿珠点点日便便，翠盖纷披蹊径前。饮露餐霞穷碧落，拓疆垦壤下黄泉。轻薄燕莺频造访，贪馋虫蚁早垂涎。可怜秋后胡风劲，老骨孤魂断籁悬。

冰　消

冰消雪尽迟日熏，娇绿针针依旧痕。紫蝶相称须髯古，黄蜂自是窟宅尊。衔泥新燕迷芳径，吹浪老鱼知钓纶。收目无忧春意浪，高蝉柳暗泣残魂。

第一山学府夜课有感

耿耿残星天底横，深枝宿鸟徙南冥。云侵瘦月吞还吐，雾笼腴松雨亦晴。裘敝唯忧锥太短，囊羞何怨萤不明。可怜彻骨寒霜后，能有清香几树呈。

遣　兴

绿荫成盖子离离，子实葳蕤甘息机。鹰隼深惭志千里，鷦鷯自足巢一枝。秋芳郁郁风霜重，残照晖晖暮霭时。隐几南窗送归羽，持螯把盏意迟迟。

穷冬短景

穷冬短景易蹉跎，岁末逍遥自在多。秉册负暄烦破眼，拥裘箕踞信含歌。闲乘落照寻仪狄，醉倚来风戏嫦娥。古木楼头摇不定，灵池窗下懒生波。

周家鸿

周家鸿(1968～),字山乔,江苏盱眙人。江苏省书法家协会会员,兼习诗词。现供职于江苏省盱眙县河湖堤防管理处。

逸　乐

傍水依山是我家,行云走笔写年华。书中养性汲珠玉,砚内怡神舞墨花。
古韵盈盈扬紫气,今风脉脉耀红霞。悠然小雅和春意,醉处闲吟细品茶。

归　燕

家燕霜催去,长空梦剪姿。闲檐独对酒,相见又何时?

游天泉湖

群山影入绿平湖,天朗风和韵景图。小舫依桥春似海,浓浓惬意乐渔夫。

人生八雅

琴

柔荑舞动曲悠扬,天籁和音蕴意长。逸雅情怀歌岁月,奇葩飞跃世流芳。

棋

两军对弈步云烟,马出象飞赛俊贤。谁主沉浮筹妙计,卒行万水凯歌旋。

书

字句平凡韵美篇,精深似海意无边。寻真悟道书中有,任尔淘金织锦天。

画

妙手挥翰宿景春,飞鸿片纸染红尘。花间冷暖锋豪韵,气贯山河显精神。

诗

一语一言尽兴挥,精湛短小畅心扉。雄浑秀逸非凡意,自古吟来似日晖。

酒

百年陈酿气尤香,可口清纯细品尝。知己欣逢来叙旧,深情邀月举杯觞。

花

悠然绽放绿茵融,占尽风情映日红。斗艳争奇香万里,人生如是乐从容。

茶

新芽春到舞山间,散入清泉泛翠烟。闲品奇香茗助爽,红笺走笔醉如仙。

叶素霞

叶素霞(1968～),女,江苏盱眙人。淮安市诗词协会、盱眙县诗词学会会员。

游古汴与诗友小酌

三月湖西风景美,银杯慢举醉心飞。洋河酒碧香飘远,古汴波清鱼自肥。勤妹娇娆比花艳,林兄细腻识机微。高台乐上观禽鸟,一曲轻歌衣袂挥。

春　趣

田园三月好风光,万物争春野趣长。最是桃花惹醉眼,风姿妩媚领群芳。

春　媚

三月阳春谁更娇,万千新绿秀枝条。桃花岛里冰清女,欲语还羞更窈娆。

探　春

初春湿地草青青,岸柳摇风芽嫩新。微雨梅园心欲醉,寻芳胜日画中行。

三十年同窗相聚

其　一

依依一别三十年,喜迎同窗再相联。岁月有情花有色,推杯换盏尽开颜。

其　二

乡路漫长情更长,远山近水总思量。相逢时节三春秀,桃李不言满树香。

无　题

书山晨醒理秋思,不解凡人笑我痴。好景撩人情伴酒,枫红桂馥入闲诗。

欢度龙虾节

锦绣盱眙佳节到,八方宾客涌如潮。怡情山水圣贤地,小巷龙虾香远飘。

淮堤柳

照影临波似害羞,河边雅客乐悠悠。多情还是拂堤柳,也学渔翁垂钓钩。

汤明秀

汤明秀(1969～),女,江苏盱眙人。2010年开始学习诗词。盱眙县诗词学会会员。

初四游铁山寺

空山鸟迹无,林木任风呼。小径春芽绿,苍烟野寺孤。
溪清磨玉镜,藤老幻仙姝。绝顶聆天籁,悠然绮梦苏。

贺《都梁诗讯》发刊100期

都梁春汛早,淮水涌诗潮。两岸非常雅,百期分外娇。
青山思切切,红日忆迢迢。纵酒谈千古,谁能胜此朝。

登都梁阁

花径通高阁,春风满古城。铺宣山竞秀,横笛鸟争鸣。
拾级浮云远,凭栏玉宇清。乘闲呼烈酒,仗醉纵豪情。

夜　雨

小雨千般意,无声待夜临。柔柔滋绿野,细细润芳心。
涤石删陈迹,流泉抚玉琴。不愁春老去,山径有香吟。

雾　霾

阴霾压境欲埋天,满眼昏昏失大千。高速封程愁远足,学堂停课补童眠。
迷离白线迟疑过,隐约黄灯忐忑前。莫问尘灾谁罪孽,治污环保应当先。

次韵义山《题僧壁》

霜天雁字已无踪,梦里江南隔九重。月上寒檐聆白塔,风吹乱絮试青锋。
秋深不再心如草,夜寂依然影若松。灯火阑珊成旧事,闲拈落叶漫听钟。

贺诗讯换新版

剖开诗胆浇诗骨,始得新姿唤燕回。缕缕东风苏绿野,丝丝细雨奏春雷。
淮边柳浪莺声叠,岭上松烟墨色堆。自古都梁山水秀,登高极目抵千杯。

夏登都梁(和西伯冬登都梁)

晚风轻拂柳婆娑,山水之城乐事多。千里长淮呈玉带,五层高阁立金陀。
云移月镜寻芳影,萤挑星灯访素荷。沉醉都梁诗画里,何须把酒问东坡。

秋上都梁

乘闲独自上都梁,天朗气清野菊香。古寺钟声穿雁字,长空云影绕禅房。
浮阶落叶知秋意,栖树昏鸦论俗肠。放眼千帆皆过客,青山坐老看斜阳。

夏夜(回文诗)

轻舟小月醉荷池,盈露香酬闲酒诗。夜寂流星寒碎影,莺飞柳岸水栖鹚。
池荷醉月小舟轻,诗酒闲酬香露盈。影碎寒星流寂夜,鹚栖水岸柳飞莺。

王成文

王成文(1969~),江苏盱眙人。中学教师,从事语文教学。淮安市诗词协会、盱眙县诗词学会会员。

重阳感怀

九九重阳日,行人马上催。落红随雨下,游子带尘归。
菊影勾人恋,茶香荡气洄。流云平水岸,照我鬓毛衰。

老来乐

晚年多健忘,坐享满庭芳。晨起花拖影,夕归月照裳。
荣华皆可弃,儒雅不言狂。垂钓清溪畔,扁舟散酒香。

你好五月

槐花五月香,醉意绕山梁。楚楚擎云盖,嗡嗡造洞房。
皎洁凝美玉,轻巧舀琼浆。莫叹韶华逝,春深韵味长。

莲

莲白尤胜雪,摇曳鸟传音。貌比天仙子,妍如玉美人。
随风蝶起舞,放浪藕藏身。品性堪称颂,周公早著文。

秋山行

暑气将消骤雨急，杖梨扶我渡江溪。刹时风起云飘散，俄顷虹飞日漫移。
倦鸟纷纷归岭岫，红枫飒飒写情诗。笑言客往何山去，薄暮冥冥意乱迷。

铁山禅寺

铁山寺里有人家，紫气氤氲映落霞。乔木林中藤绑树，石头缝底蟹欺虾。
摩肩接踵腾云雾，叩首奉香敬释迦。半醉桥边心已醉，一行归雁在天涯。

出塞曲

年少轻狂随性吼，横刀跃马赴凉州。风吹枯草孤城闭，雁落平沙百兽忧。
塞上雄关悬冷月，杯中烈酒染白头。凯歌奏响归来日，锦瑟貂裘坐凤楼。

挺进深蓝

万里海疆波浪涌，陋船亦敢戏蛟龙。丹心只待群帆起，白手全凭热血冲。
昔日汪洋他做霸，而今深水我称雄。强军更是强国本，屹立潮头唱大风。

长相思

柳舞青丝日照长，支梅轻扣小轩窗。爱深方晓柔情重，醉后才知烈酒强。
有幸春花时映月，无缘秋树已凝霜。痴心未必朝夕守，莫叫相思化断肠。

涧河春光

暮春日丽响天晴，携手寻芳涧水滨。岸上柳枝随性舞，溪中蔓草辟波惊。
揽青桥畔凭栏眺，政府楼前举步停。畅想改革书雅韵，笙箫猛奏踏歌行。

郊　游

假日驱车去远游，道旁豆麦满山沟。白云涧里飞新燕，绿树丛中见绣楼。
生态农庄尝野味，养殖基地泛扁舟。葡萄上架瓜拖蔓，特色经营有计谋。

盖世阁观舞

盖世琼阁列阵图，铜盔铁甲震天呼。动装力士腾空跃，冷面学究坐地书。
仙乐声声舒广袖，香风阵阵绕高炉。重回西楚繁华日，马放南山向太虚。

秋江落日

云蒸霞落入江圩，映日波光伴雁归。霜叶纷飞寒气长，荻花漫舞劲风吹。
沉沉暮霭群山远，滚滚烟尘并马回。痴女不觉天色晚，无边美景染清晖。

夏 夜

池蛙鼓噪和蝉鸣，野外追风捕火萤。新月如钩天作水，又得鸡犬两三声。

乡下小聚

闲来沽酒话桑麻，篱畔摘菊焙作茶。快意人生须放手，慢谈农事社员家。

夏日回乡

蝉声一路宛如歌，烈日田池满绿荷。偷取浮生三日醉，竹林柳岸梦南柯。

晚 秋

桂子流芳近尾声，繁华渐尽已随风。蒹葭秋月霜铺地，仍有菊香醉满城。

庭 憩

一院花香几本书，半壶老酒共茶炉。满山霞雾随风起，屋后蛙声庆有余。

苦 菊

形似菊花菜地栽，无香未见粉蝶来。此生只解平民困，不侍王侯土里埋。

蒲公英

陇间又见蒲公英，顶举黄花半灭明。烈日催生白发满，随风漫卷自飘零。

韩大远

韩大远（1969～ ），江苏盱眙人。现为无锡市日达远隆公司办公室主任兼管理者代表。

留守妇

夫出务工妇守宅，耕耘持家兼全职。晨扫庭除呼儿起，暮候公婆奉汤汁。妆扮随意少胭脂，珍将时衣压箱格。神如木讷难生动，相邦才知心肠热。昼夜辛劳未辞苦，力微却羞浅墒辙。偶有健男助援手,舅姑眼神常恻恻。少言怕牵邻里非,栓门但防无良客。夫婿远方寄钱来,点藏不敢问收入。薪少但愁出门苦,钱多又恐生变测。且借电视解闷愁,消息无多反自得。碌碌经年无闲暇,风雨不忘备犁轭。君不见黄云覆地时令催,多少柔肩增茧褶!

陈璋圆壶歌

群雄逐鹿起风波,宣王难顾乐笙歌。忽闻燕地生内乱,急遣陈璋动干戈。烽火直下黄金台,易水萧萧无荆轲。将军回马出幽燕,珠宝奇珍汗明驼。行文论赏锲方印,象形会意难琢磨。铭勋勒石需趁早,何待曦之仿白鹅。浮华从来如烟梦,风雨如晦漫蹉跎。沧桑历尽千余载,圆壶零落南山阿。宝气冲光待牛斗,未逢盛世掩尘坷。民夫挥镐一声咤,灵瑞终开耀星河。壶身盘蛇九十六,梅花结点五百多。兽面衔环虎形耳,草叶纹雕若乱柯。金饼留余九块半,未敢十全忌天磨。史吏纷纷赴都梁,刮垢磨光细护呵。穆店明公知兴废,当衔仿筑铸嵯峨。唯愿江山永固无兵革,太平永佑舞婆娑!

按:陈璋圆壶,1982年出土于江苏省盱眙县穆店乡马湖村。齐宣王五年(前315),齐国趁燕内乱,派陈璋率兵灭燕,毁其宗庙,迁其重器,此圆壶由燕到齐。

村　居

荒村人迹少,落寞对余晖。野际天初肃,芜园叶乱飞。
霜迟怜豆荨,蔓老护荆扉。无以娱清境,频频坠紫薇。

早　春

春风暗度总悄悄,梦里花开屈指遥。满树新芽睁柳眼,浑身旧絮裹芭蕉。
人惊物候增苔迹,鸟感时差褪羽毛。洗净青瓷存玉露,好留明日驻妖娆。

喜　春

好景无声入画屏,揄关春信总来轻。庭阶落雨闲圈点,草木萌芽乱发生。
妩媚随风千丝绿,妖娆着意一枝横。应怜时老红装换,翠浪沉浮簸柳莺。

回故乡

乡村小路识孩提,泥水殷勤沾我衣。炊煮杂粮当夜宴,问询故旧作谈题。
月林疏影虫声密,村落幽眠犬吠稀。入静暂抛邻里事,且留好梦待晨鸡。

咏　怀

萍踪孤影浪天涯,塞北江南何处家?淮岭云轻常出岫,江洲水浅易流沙。

半生颠沛茫无定，万事蹉跎懒细查。寄意他乡终有倦，回眸仍恋故园花。

望　淮

村墟隔岸露林梢，脉脉长流入海遥。落日烟霞消远鹜，映山碧水点青蒿。
帆来帆往无时尽，春去春回又几遭。多少风情成故事，沾巾莫问旧津桥。

无　题

红尘迷梦几多回，辗转踌躇心力摧。潮信遥遥难寄意，水云漫漫阻行桅。
湘枝渐老斑痕重，荆玉长埋色泽灰。浓淡妆成谁与论，从来风月世人非。

祭屈原

峨冠落拓走江湖，骨立形销望郢都。史笔由来轻膏肉，汗青从此重名符。
万方彩乐英灵奠，千古忠魂浩气舒。水底鱼虾频试探，高阳龙种惯沉浮。

雅安抗震

苍茫宇宙诚难宰，盘古开天力已稀。大地轻浮何以信，崇山易碎不堪依。
莫悲娲女留前恨，重整河山待后裔。万众驱驰援国难，军民同谱动人诗。

探留守儿

春去秋来两地书，残羹又尽酒空壶。多年背井随工转，幼子遗家隔代抚。
欲把柔情消冷漠，难将常理论亲疏。羞囊独向回程慨，急下长途奔短途。

无　题

其　一

袅袅秋风木叶残，微茫尽处隐斑斓。湘灵鼓瑟愁音杳，柳毅传书怯水寒。
月海空怜鲛影瘦，犀灯独照蔻痕干。巫云只合归青埂，莫向人间系彩鸾。

其　二

剪剪双瞳水一湾，眉峰凝黛锁春山。闷声对酒还无味，苦竹啼痕剩有斑。
熏袖留风香阁冷，芸窗去影玉灯闲。相逢莫寄巴陵道，望极天涯岭树鳏。

其　三

秋波几度老蒹葭，户外青蝉扣碧纱。晚桂传风移月影，晨珠滴泪冷心芽。
伤神应怨连盅酒，漱齿还思隔夜茶。晓镜多时眉未展，庭阶落尽紫薇花。

其　四

竹马青梅两未猜，红绳误系自堪哀。初生涩果随风落，暗涌柔波化雨来。

晓镜无端翻旧影，菩提岂助拭灵台。情知岁久弭初恨，总负灯前手托腮。

其　五

银河别后授衣迟，露冷风寒自惜之。岁近重阳花事老，霜凝菊圃蝶神痴。
重温玉枕难回梦，再搭灵桥未有期。月色无人凉似水，闲将旧物浸相思。

怀　归

吴山脉脉对斜晖，隐隐重楼锁翠微。圆日沉江留半照，孤鸥贴水作双飞。
身形已向花间瘦，桂影犹从月里肥。北望乡关空攥钥，南风寄去启门扉。

芒　种

侵野高楼日渐多，农耕往事已蹉跎。空闻布谷催芒种，不见田园有牧歌。
水面青蕖干宿雨，厨中绿豆肯生蛾。枣花蔌蔌埋砧砺，长喟镰刀久未磨。

回龙泉湖故居

高秋为我放天晴，户映清波灼眼明。短假怀乡归院落，长飙到此罢蓬征。
门前路隐山中色，午后鸡啼画外声。暂居田园聊自适，陶然菊圃乐餐英。

闻妻获允退休有感

一本证书惠尔曹，浮生卸轭罢辛劳。肩停日月双推磨，春逝江河独酹滔。
暮路情怀无老迈，秋心况境是清高。颐年岂有冯唐恨，和露南山种碧桃。

重阳节登西高山

极目萧疏动客愁，谁书雁字下汀州。闲巡旧地情难了，远去长空墨未留。
白荻飞霜怜晚鬓，斜阳入岭暗残秋。怀乡每畏登高处，怕见云深隐故楼。

再登西高山

重阳过后复登临，不似前番敢畅襟。草木声悲传地籁，冈峦雾老化秋阴。
长云黯黯淤红日，暮鸟闲闲落旧林。夜露应凋花事了，偏催菊绽故园心。

盼　春

节后连番雨未停，一年美景尚无形。消寒略许梅魂瘦，尽九微闻土气腥。
雪有春心难告白，风抛柳眼暗垂青。多情只意寻芳事，不是花开懒得听。

有感叶公好龙

千载何辜落骂名，原知世相本狰狞。但留巧色能娱目，岂作糊涂乱点睛。
处士饥肠思煮鹤，陶公病酒欲煎英。几人勘破贤愚面，忽露真容恐亦惊。

咏张居正

安邦治国有良筹，毁誉相交竟未休。暗拢黄门期立足，阴翻旧阁为抬头。
行云须借风和雨，施政但凭术与谋。一代名臣真不忝，应惭德服逊伊周。

龙湖晓月

夙夜西行向玉关，孤辉烛照水云间。碧波无意留清影，淡出江湖见好山。

马湖村晓

户外沉沉曙色开，东湖洗马事成埃。鸡声已报莲塘驿，不见桥霜印履来。

秋日偶感

满眼青葱入旧年，依稀夏日去如烟。凉风渐不招人爱，犹自厮磨向耳边。

郊　游

江淮四月减芳菲，渐落黄花菜荚肥。遍野青芒迷远径，时来粉蝶逐人飞。

黄昏独饮

几上无尘影自双，慵闲锦鲤转晶缸。风来户外樟花落，细挽茶烟出绿窗。

登盱眙都梁阁

地迥天高接翠微，幽明万象看轮回。欲偕麻姑叹沧海，晴峦深处野云飞。

咏　荷

清波掩映暂扶持，慧眼难明水下谜。只到时来该出手，连根拔起一身泥。

叶全英

叶全英(1970～),女,江苏盱眙人。现就职于盱眙县第一中学。

读《短歌行》有感

其　一

对酒长歌,道尽奈何!太阳耀之,朝露莹之。
慷慨陈词,忧思往矣!何用解之,天地浩气。

其　二

冷冷冰霜,冻结彩衣。但得和风,破茧荼蘼。
炎炎似炙,尘蒙难抑。我心如月,清音静息。

其　三

幽幽星际,遐思不已。深寒高处,可有佳丽!
寻寻觅觅,枉见痕迹。桃源世外,传说而已。

其　四

天朗气清,端正光明。偶有失意,不过一时。
四季交替,斯人已逝。短歌吟罢,铭之志之。

咏　叶

其　一

肃气过秋林,叶飘任转萍。乾坤皆若此,世事岂由人?

其　二

霜叶其时逝,春华尚未生。涅槃成彩凤,一世付丹心。

秋日登高

其　一

淮水夕阳红,暝山拢蕙风。丹青映日月,落笔意犹浓。

其　二

夕烟渐已深,倦鸟续归林。人随兰楫远,梦循桂香行。

有　感

其　一

辛苦一生所为何,回首方感时如梭。但教心中无憾事,任它岁月怎蹉跎。

其　二

俗世红尘梦不同，人生一度在其中。笑看春花烂漫舞，醉听夜雨晚来风。

姚家泉

姚家泉（1971～ ），江苏盱眙人。现任盱眙县公安局政治处主任。盱眙县诗词学会会员。

咏淮安交通

交错纵横达五湖，接天立地惊淮殊。羊肠阡陌儿时有，天堑壕沟今昔无。
喜看巨龙连屋脊，更期银燕入蓝图。嫦娥已悔偷灵药，无奈归来不识途。

咏月季

清晨庭院偶成诗，彩作朝霞玉作姿。不共牡丹争富贵，甘同泥瓦守寂时。
娇红何必香增色，艳翠全凭雨润枝。独领金秋迎霜雪，花开一朵谢相知。

元旦赠公安前辈

一度一年辞旧日，千家万户团圆时。为酬夙志呕肝胆，祈愿民安吐茧丝。
正气一身驱邪恶，经纶满腹作吾师。秋去冬来多寒夜，挑灯入寝未宜迟。

赠　别

其　一

书生意气任驱驰，恰是风华正茂时。春暮寻花桃结子，秋晨饯客藕连丝。
路逢淮水清荷远，梦入南山芳草奇。前路何愁无知己，年华似水月如诗。

其　二

万里凌云越九重，天高海阔任西东。漫言九曲肠思断，回首三年行色匆。
相度春秋风雨后，分飞南北泪流中。倩谁雪尽传消息，独忆桃园似火红。

其　三

扶摇直上小神州，万里乘风意不休。前路当存高远志，位卑未敢忘邦忧。
十年风雨磨霜剑，九曲人生砥柱流。莫道关山多险阻，征袍卷处白云悠。

自励诗

焦头烂额志安丧？樗栎原非比栋梁。冷对厚颜憎拍马，不趋风雅颂清狂。

韩　新

韩新(1974～　),女,江苏盱眙人。盱眙县诗词学会会员、江苏省诗词协会会员、中华诗词学会会员。淮安市第二届青年诗人、巾帼诗人、田园诗人大赛"十杰"诗人。

新疆伊犁诗社社长阎青到访都梁

相聚何分你我先,今朝有酒醉情牵。几丝细雨因留客,满座高朋只为缘。
期待重逢思半日,偶生别绪话他年。而今提笔深冬里,南北分明一样天。

晚遇交警查车

学生接罢月如银,一脚油门只道辛。街上车灯方乱眼,路边交警却愁人。
开单罚款才知错,说我违章始信真。教训好多钱买得,此时心堵意难陈。

感叹税务扣款

申报提交税未先,想来还有几多天。银行他道能生利,系统谁知已扣钱。
新政笑同都减负,满屏出错不关联。每逢升级常防堵,款项因何快似烟。

感企业注销

注销路远已然熏,新税繁难几度闻。一载劳神常默默,隔周去电也欣欣。
心情早是愁生怨,资料休言两到斤。学习想来还未透,又多财务水中军。

家

又是一年冬欲尽,梅花数罢雁书忙。逢君古道连幽径,执手亭台落冷霜。
月淡十分乡梦短,风寒百里旅途长。谁知小院秋千架,只系清风几度凉。

周年上坟

经年梅信又回春,三尺方碑尽染尘。心事盈怀常呓语,竹枝弄火总伤神。
几番入梦千般好,一载牵情此刻真。百里车程寒透骨,寒灰落下泪沾巾。

王兆勇

王兆勇(1984～),江苏盱眙人。2004年于网络发表作品。著有《床头记》《南浔吟草》。

独步吟怀

中秋将即,别湖州至南浔就业已一载矣(离家至湖州9年)。此晚酒后甚感不适,故独步郊园,思绪万千,草成此首。

醉人凝望北,鸣雁过南浔。月出池翻白,风生树漏金。
热情因昼减,凉意逐宵侵。所得零丁梦,无从试浅深。

秋　意

苍茫侵四野,无处觅韶华。陡岸风声紧,长天雁字斜。
不经生白露,犹顾赏黄花。漠漠来时路,浑教落叶遮。

再登八仙台

湖山存秀色,为客尽开颜。舟泛白波上,鸟啼青竹间。
重来无少兴,独醉不多闲。得赠淋漓意,还凭诗作还。

己丑岁末感怀

未逢名利欲何求?月近年关别样愁。人是风筝家是线,世如沧海命如舟。
闲来倦怠疏文字,醉里逍遥断计谋。几度星光萦枕畔,清寒一片梦难收。

原注:腊月十八深得泉兄开导,重拾荒废已久之笔,凑句寻诗。忆往昔心绪万千,承蒙兄几载关爱,甚是感激。作此律,愿友谊万古长青。

感　悟

天机泄露本无期,万物生灵总费思。地泛金光风水旺,人沾晦气性情衰。
横财拒向贫穷拢,小鬼专挑老病欺。善恶分清名不朽,迷途到底命悬丝。

自　勉

梦魇长河百丈冰,直须烈焰热相蒸。融开水路三千里,漫向仙台十二层。
汽郁何思遮挡伞,星晴自有导航灯。无帆无桨无盘舵,信我扁舟照样升。

登　楼

倚竹楼台爱抚琴，晚风催我复登临。家传雁字归心切，酒润诗肠醉意深。
一阕青春空付水，十年铁杵未成针。而今难得留高处，岂顾更阑露染襟。

原注：十年，本人闯荡江南今年正好10年整。

得《荒漠集》答赠荒漠之旅兄

行旅今朝意不同，黄沙尽被绿洲蒙。常来常往潺潺水，时有时无淡淡风。
雪染三分梅表白，梅开二度雪留红。若夸此处多诗境，先记能人盖世功。

冬夜寄吾兄泉名

南国寒梅第一株，江城老友可收无？长思慰励堪锋笔，慢理云谊须暖壶。
渊识频开陶学子，华篇屡出类鸿儒。今宵凑句朝君寄，更觉寻诗是远途。

中秋寄怀

一往幽怀散弗开，良辰依旧独衔杯。长租陋室尚能耐，偶得新诗究可哀。
雨夜难禁蛩涕泣，云天不见月徘徊。曾经误被江南宠，时下归期竟费猜。

秋　思

又逢一字雁南征，萧瑟风光逐日兴。叶染青黄山渐变，云藏浅淡月初升。
应酬知己千杯酒，莫羡环城万户灯。不得逍遥缘俗事，何当削发学游僧。

酒

新醪对酌亦醇香，清醒明知酩酊狂。沁胆逍遥还壮胆，浇肠寂寞更牵肠。
千杯毕竟酬知己，三碗何曾醉过冈。意在壶中凭酝酿，酣然品会出诗行。

郊　行

身缠琐事未消停，一别城池顿现形。麻雀闻声抛野树，白鸥掠影过长汀。
时光不与风光久，人气何如草气馨。醉客抒怀堪到此，且将百绪寄浮萍。

青　蛙

平生跃跃爱长堤，独自高歌独自迷。坐井犹夸天大小，游园恰辨草高低。
虫殃圣地命该绝，谷进丰仓我欲栖。莫视寒冬因一梦，但怀日暖早分泥。

乌 龟

迟缓生途未觉惭，神情镇定性情憨。名声有幸排王八，辈份无缘论鳖三。
长寿曾邀松不老，虚心竟送兔难堪。自从甲壳能占卜，丞相平添一负担。

喜 鹊

为候佳音上树梢，寻常报喜恃歌谣。心灵似懂千家愿，智巧能支七夕桥。
勤筑蓬巢鸠独爱，惯留故地雪频邀。居高只做圣贤鸟，飞跃乡间自不聊。

鸬 鹚

江湖浪迹一鱼鹰，身入渔家意缚绳。偶立船头听日晒，频穿浪底任川冰。
皮圈套颈喉先鼓，美味回舱腹未升。暮色侵天齐落岸，凭栏怅望雀欢腾。

蜜 蜂

风光错爱每当珍，自命飞飞不负春。莫笑采花皆大盗，应怜授粉有嘉宾。
归操胜果如同约，聚住公房格外亲。留得人间甜蜜蜜，谁能记取我艰辛？

辞职开店有感

归乡寻梦梦依稀，现状毫无过去威。浊乱途中志气落，杂稠荫下曙光微。
脱缰野马从容驶，断线风筝自在飞。正事磨成须趁早，偷些春意壮心扉。

教 子

琐事须当重任扛，休将美梦系东窗。邪风尚在招摇世，鬼话偏开唬弄腔。
国有雄威谁敢犯，军无士气莫如降。腥膻岁月崎岖径，不是猛龙难过江。

钓鱼岛书愤

事到关头不必谈，浪尖带怒指东南。雄风几欲邀歼十，鬼气依然附晋三。
由古狂徒腔乱放，历来歪道寇深谙。醒狮若发雷霆日，遍地扶桑见祭坛。

步渔艇丽人大姐韵恭贺73寿诞

诗怀荡荡兴匆匆，歌罢遥青咏落红。鹤托七旬三载梦，松邀两袖四时风。
柔情满付骚坛上，健影长依仙岛中。每至新山桃李畔，清吟犹似抚弦桐。

初　恋

伊人别我几经秋，一念终成绕指柔。梦醒时分伤不起，思空境界恨难收。
黄鹂树下翻红线，绿水桥头折彩舟。望断当年娇倩影，诗中更带许多愁。

壬辰岁末遣怀

三十年来雨渐停，回乡不再羡浮萍。蓬门始种摇钱树，小肆徒求生意经。
妻满柔情温老酒，儿掰嫩指数明星。风寒偶感真无谓，一捧诗书比药灵。

秋　分

其　一

炯林消翠绿，沉穗泛金黄。白露三更重，离人一枕凉。

其　二

风来惊雀散，波动采菱舟。梧叶遮幽径，黄花半带羞。

雨

看涨三江水，听从六月雷。无关歌与怨，千古费人猜。

致初中诸友

岁逢而立岂天真，少小情怀别样亲。十四年前桥上客，如今多是有家人。

夏夜雨后

残水依稀忆雨声，小桥滴漏到三更。趁机欲做归乡梦，知了无情照旧鸣。

游园漫兴

寒风也学假斯文，欲代东君散气氛。一树梨苞吹不醒，功夫到底逊三分。

炎日抒怀

其　一

是客纷纷怨汗长，我偏润笔咏骄阳。聊将暑气收诗里，三九天来寄北方。

其　二

天公已换立秋装，唯有西风不赏光。日月仍燃三把火，江湖尽煮一锅汤。

钓鱼岛事件警寄东瀛

其 一

小鬼由来理不通，居人嘴下妄称雄。莫非死日才分晓，孰是雄鸡孰是虫。

其 二

倭寇贪心岂会终，钓鱼岛畔要阴功。可怜日暮本亏尽，壶里唯余西北风。

秋 兴

夕照长河火染枫，舟人坐岸数归鸿。浮萍落叶皆飘去，毕竟秋风不做东。

秋 夜

天藏冷露地铺愁，梧叶捎来满院幽。许是人情教月懂，圆盘瘦到一弯钩。

深秋杂咏

渐变秋天别样灰，迷途北雁不胜衰。凄风冷雨连三夜，敢问诸君醉几回?

读泉名《爹湖轩吟草》

占得芳斋傍小湖，一门心思尽归儒。耕耘五载灵光现，绽放梅花千万株。

秋 风

暖意无须二月寻，西风亦有火红心。夸羞满岭霜枫叶，灼亮千家柿子林。

秋回母校

池满青苔院满风，梧桐叶漫石阶中。当年到此一游字，还在灰墙黑板东。

注:撤乡并镇，乡里中学合到隔壁镇上。

遣 兴

十月初三竹月高，枯荷忆昔漾微涛。凉风怕我无诗兴，时向眉头划一刀。

捕 风

刺骨寒风到处狂，独居陋室不胜凉。梦中欲捕些些许，三伏天来寄故乡。

陈　岭

陈岭(1995～　),网名枫叶过霜桥,江苏盱眙人。毕业于江苏科技大学。自幼爱好文学,吴门诗社社员。

雨水拈韵得“俱”字

荒山接径衢,春雨一时俱。棠棣分新蘖,犁花入旧图。
云开犹翳翳,风软始劬劬。蘸破陂池水,依稀是野凫。

回赠束昱

四载经营感物华,蒙君为我作长嗟。岁从沧海今期隔,身向青山异地遮。
蕉鹿梦多愁半减,稻粱谋好运交加。相知肯信相逢晚,纵使云深各一涯。

赠别阿福

一去天涯敛客身,南徐柳色带愁新。怜行风向车前冷,怕晚情多酒后真。
长梦经年翻蝶梦,流尘万里杂衣尘。闻说北地春应暖,或有花开似故人。

次韵撒花

桃杏撩云共一春,围城香气欲流人。过桥柳絮风飞远,临岸楼台浪打频。
客里情怀余酒渍,贫中牢落只衣尘。经年心事追无计,犹抱残红照眼新。

自　寿

长坐中宵独废眠,斯人顾影感斯年。满怀襟抱全辜负,一片机心尽斡旋。
斜月孤星悬域外,旧书新简近灯前。凭窗桂子香无定,多谢秋风慰客先。

岁　末

其　一

清辉渐冷下楼台,忽见千灯一径开。城绾流光波似泣,云围濯锦月如裁。
征骖未卜服盐老,残雁何须问舍回。零落盆花成泥骨,当年信手欲深栽。

其　二

医未学成势已穷,暂凭杯酒慰清风。山于寥廓江天外,人自澄明月色中。
痛惜云烟封楚殿,剧怜花草死吴宫。绮怀耽后如新整,故故长宵见霓虹。

年 后

年光销尽赴前盟，烟火风干次第声。醪后刳肝扶月重，人前曳尾钓名轻。才抟羊角飞长漏，忽见灯花结小城。逐得东君游冶处，漫看春水映云生。

秋雨芭蕉

卧闻窗外雨潇潇，风卷黄昏正寂寥。如织秋声围曲巷，似翻寒气涨微霄。千家向晚灯初上，诸事消磨骨竟销。欲放愁心眠不得，而今深悔种芭蕉。

岁末寄友

别来诸事隔云烟，客寄尘间又一年。看月怀君宜酒后，垂光认信趁灯前。栖栖活计终遗落，冉冉生涯幸自全。忆里寒风今再起，教人长夜不成眠。

淮安市诗词协会成立30周年

卅载风光始到今，江淮潮水记浮沉。清时正遌留名业，盛事躬逢作雅吟。遍数清江诸子梦，方成诗岸百年心。由来文采谁堪似，犹有斯人抱素襟。

病中杂感

漠漠中宵积素尘，未眠心事不堪论。灯前拭镜逼残夜，雪后伤风催病身。书有崎岖能详案，诗无丰骨问斫轮。春来草色寒难尽，故友殷殷倩自珍。

南山八首次秋兴（节选）

其 一

寂寂山行日欲斜，天光愈老愈无华。青鱼藏信寻溪客，红叶题诗寄海槎。孤寺檐高寒没角，禅林风落冷吹笳。扶持残兴枯藜木，偶有蹭来桔梗花。

其 二

斜阳半掩到楼头，坐望江河万里秋。草木葳蕤逢劫火，风烟惆怅动云愁。信成眼底无青鸟，诗到襟怀见白鸥。心事随波今日去，何时浪迹到扬州。

其 三

薜萝重觅径逶迤，路转山头见岭陂。野柿风吹生簇簇，劫灰历尽谢枝枝。谁堪诗酒三相问，我与秋心两不移。醉里不知星斗转，还看玉桂向人垂。

有寄一组

冰轮圆尽转婆娑，看得星辉抱玉河。花自风前香易散，客从春后睡难多。

从无人与分情味，渐有卿同解世罗。想象谢娘相对望，于眉眼处起秋波。

题雪美人图

云无踪迹雪留痕，玉絮凝成一笑温。且做低眉和袖手，怕风吹到美人魂。

平安夜

满城灯火渐微阑，彩带银花只独看。入夜流光零落尽，一街风向路人寒。

无　题

柳外残云闭落晖，新坟看罢旧坟围。未如蝴蝶封愁事，逐得黄花自在飞。

赠　别

其　一

零星诗草复删存，个里情怀莫可论。一自故人长别后，怕看风景到黄昏。

其　二

经年辜负此花恩，谙得花开半不存。一种愁根除未尽，到黄昏处最销魂。

春　日

社燕翻飞入眼斜，一池春水想清华。东风偏爱长桥柳，只为江南拂落花。

拟作述怀

其　一

久做绝梁断后材，蓬门得遇一时开。分明长夜云中景，俱到斯人眼底来。

其　二

说剑学诗证不才，春寒倒尽讵堪哀。东风别久还怜我，一扫胸中未死灰。

其　三

寸心全付小盆台，漫漫长宵独自栽。载月分光多细等，十年种豆今始开。

其　四

一味相思夜夜催，春风去后又重回。当年花事来眉底，怪我青春不盛开。

其　五

情味难如世味酸，美人如月隔云端。此生长做花园子，种得相思夜夜看。

拟寄

其一

浮生野马各成欢，情事惯从纸上看。心似残垣深井水，最无人处起波澜。

其二

别后风尘杂午尘，樽前放浪未惜身。渐无风景如初遇，略有相思只故人。

其三

暌违鱼信又一春，心思寥落各沾尘。当年我是惜花客，卿也云英未嫁身。

长江

湛湛长江去未消，冥冥细雨涨平潮。历来无数伤心水，犹自年年哭六朝。

早起

惯见流尘厌市嚣，清晨小站立人潮。萍身累我无清梦，我欠萍身一逍遥。

过秦淮

行舟烟浪隔浮花，临水妆楼处处家。一抹秦淮残照色，犹含千古旧繁华。

清明

野色离离暮色长，春风吹絮过横塘。年年避雨寻常处，花自飘零草自芳。

偶遇故人

惯信生涯事不期，相逢暗自两相疑。当年笑靥惊花客，犹是风华未改时。

周总理诞辰有怀

济世男儿意未销，大江离棹俱寂寥。汗青沥有苍生泪，染碧纷繁世上潮。

练笔

其一

落夜披衣剪素纨，案头诗草未吟安。小窗长闭扪孤月，斫得清辉一半寒。

其二

客风吹落转蓬身，心迹沾灰俱未陈。一别愁看淮岸水，清波潋滟不如人。

拟作花开

其　一

大抵深恩未许成，于微寒处赴前盟。春施一记丹青手，十里花开欲焚城。

其　二

不证飘零证内材，寒光销尽讵能哀。小城花色知春意，直为行人断续开。

其　三

重来尘世问刘郎，花气合围转莽苍。怜我生涯牛马走，年年辜负一城香。

无　题

南徐天气不经秋，残照依依晚接楼。落夜行人归复尽，一城灯火转温柔。

一年矣

其　一

柳色凄迷月色中，怀人心事与谁同。当年系树绸犹在，料得榴花分外红。

其　二

去年今日始听闻，剩有哀思寄纸焚。漠漠春阴人尽处，梨花开后雪纷纷。

郑　杰

郑杰（1996～　），江苏盱眙人。中华诗词学会会员、江苏省诗词协会会员、河南诗词学会会员、淮安市诗词协会会员。其诗词曲联发表于国内外200多家报刊上。在全国各级诗词楹联大赛中多次获奖。

山居闲吟

惆怅生涯漫所思，薰风独坐正相宜。门前劲竹修仙骨，岭上苍松厌俗姿。艳蕊偶巡飞粉蝶，深林常见语黄鹂。孤云飘逸成闲趣，半卷狂吟足自怡。新绿连天开画障，残红数点缀樊篱。多情世味几杯酒，过眼功名一局棋。莫是遥程藏曲折，尤其好梦破参差。春花辞树有来日，翠发沾霜无少时。乐事从容应淡淡，尘襟坦荡更迟迟。烹茶置座推窗去，放入青山共论诗。

游采石矶

牛渚凌霄碧翠浮，潢潢楚水接天流。千寻峻壁云中峙，一径竹风尘外幽。
沿岸花蹊宜弄笛，仰君襟韵漫登楼。江山也爱英豪气，自此狂吟醉里留。

悼霍松林先生

春寒瑟瑟未成眠，君别长安咽管弦。渭水鹃凄声渐恻，秦川月冷影堪怜。
滋兰树蕙尊夫子，振藻扬葩学圣贤。万卷唐音贻后世，更谁天国比吟肩。

观 鸥

钓水散轻鸥，闲身快远游。翰飞可衔日，直向海云留。

望月即句

3月14日夜，明月甚圆，遂口占一绝记之。

夜色凉如水，今宵月正圆。旅人乡梦浅，怕见冷婵娟。

放生池前

郁郁复青青，微风挹蕊馨。躬身询锦鲤，高听几卷经？

薄暮风雨大作感棚户居民

黑云卷覆万重山，霶霈奔雷竞出关。谁晓蓬门寒庶夜？两肩风雨是人间。

十月初八夜梦祖母

离梦牵情横涕残，未知湿枕独知寒。孤衾拧出沧桑泪，十载骄阳晒不干。

春登北固楼

玉山风韵快吟眸，踏上潮声登此楼。自在云台作闲望，江随春色漫心头。

上采石矶吊李太白

狂吟醉饮楚江东，响振中天自不同。骋望千年奇胜地，重林仍荡大鹏风。

窥 镜

振衣对面镜中窥，沉郁斯人又是谁？一个何为心事重，至今两两未开眉。

题法堂前一树梅花

疏影浮香暗自来，寒花未放我先开。善根幸植菩提处，听得雷音立圣胎。

春　笋

掀岩破土险生存，晓梦空凉带泪痕。他日披云君莫忘，雷霆雨露是天恩。

母亲节有寄

经年辛苦复迢迢，几度思来泪半宵。唯愿椿萱少劳累，为儿不忍看心焦。

夜宿西安回民街

深巷千家彻夜灯，市声云外去腾腾。天君也晓长安好，快马辞仙下九层。

登华山莲花峰

惊心直上小苍龙，四野屏开险万重。应谢天公贻绝景，霄崖千仞种芙蓉。

登华山主峰落雁峰

直削危岩万丈高，千山匍匐沸云涛。未曾修炼乾元上，仙府今来走一遭。

登乐游原

但闻百啭静疏林，一卷风流惬到今。四顾长安皆属我，闲云快意好题襟。

仰文笔塔

久仰尊名到眼迷，诗心春色两萋萋。欲将此塔执为笔，铺展长天恣意题。

登少林寺

香台缥缈树云深，幽步空庭仰少林。难得一方清世界，几多禅味浸尘心。

游龙门石窟

遥看伊水湛空灵，夹岸摩崖开画屏。万窟千龛犹夜象，纷纷直下坠繁星。